壁の中

後藤明生

新装普及版

つかだま書房

後藤明生

「内向の世代」の作家として知られる後藤明生は、1932年4月4日、朝鮮咸鏡南道永興郡（現在の北朝鮮）に生まれる。中学1年の13歳で敗戦を迎え、「38度線」を歩いて超えて、福岡県朝倉郡甘木町(現在の朝倉市)に引揚げるが、その間に父と祖母を失う。当時の体験は小説『夢かたり』などに詳しい。旧制福岡県立朝倉中学校に転入後(48年に学制改革で朝倉高等学校に)、硬式野球に熱中するも、海外文学から戦後日本文学までを濫読し「文学」に目覚める。高校卒業後、東京外国語大学ロシア語科を受験するも不合格。浪人時代は『外套』『鼻』などを耽読し「ゴーゴリ病」に罹った。53年、早稲田大学第二文学部ロシア文学科に入学。55年、小説「赤と黒の記憶」が第4回・全国学生小説コンクール入選作として「文藝」11月号に掲載。57年、福岡の兄の家に居候しながら図書館で『ドフトエフスキー全集』などを読み漁る。58年、学生時代の先輩の紹介で博報堂に入社。自信作だった「ドストエフスキーではありません。トリスウィスキーです」というコピーは没に。59年、平凡出版（現在のマガジンハウス）に転職。62年3月、小説「関係」が第1回・文藝賞・中短篇部門佳作として「文藝」復刊号に掲載。67年、小説「人間の病気」が芥川賞候補となり、その後も「S温泉からの報告」「私的生活」「笑い地獄」が同賞の候補となるが、いずれも受賞を逃す。68年3月、平凡出版を退社し執筆活動に専念。73年に書き下ろした長編小説『挾み撃ち』が柄谷行人や蓮實重彥らに高く評価され注目を集める。89年より近畿大学文芸学部の教授（のちに学部長）として後進の指導にあたる。99年8月2日、肺癌のため逝去。享年67。小説の実作者でありながら理論家でもあり、「なぜ小説を書くのか？　それは小説を読んだからだ」という理念に基づいた、「読むこと」と「書くこと」は千円札の裏表のように表裏一体であるという「千円札文学論」などを提唱。また、ヘビースモーカーかつ酒豪としても知られ、新宿の文壇バー「風花」の最長滞在記録保持者（一説によると48時間以上）ともいわれ、現在も「後藤明生」の名が記されたウイスキーのボトルがキープされている。

ブックデザイン――ミルキィ・イソベ（ステュディオ・パラボリカ）
本文付物レイアウト――安倍晴美（ステュディオ・パラボリカ）
本文ＤＴＰ――加藤保久（フリントヒル）

壁の中——目次

第一部

第二部

付録

第一部

≪贋地下室≫＝空中にとび出した地下の延長の行き止り

こうして私はこの小説の第一章を書き終えた。厳密に読み返してみると、多くの矛盾が目につく。しかし今さらそれらを訂正したいとは思わない。

……………………

わが新作よ、ネヴァ河の岸へ飛んでゆくべし。そして栄光の貢物、すなわち誤解と騒音と罵倒を、私のために頂戴して来い！

――プーシキン『エウゲニー・オネーギン』

1

M君、とつぜんこの手紙を書きはじめたのは、他でもない。この部屋のことを知らせるためだ。実は、この部屋に来てそろそろ一年になる。そのことに気づいて、自分でもおどろいたところだった。ランボーではないが、もう秋か。もちろん、僕がここへ来ているのは、ランボーのように、季節の上に死滅する人々から遠く離れるため、ではない。

一年前の夏、身辺にちょっとしたことが起った。このことは君に知らせたかな。知らせなかったかな。まあ、どちらでもいいだろう、それは。しかし、身辺の事情はともかく、ここに来た理由をまるきり省略、というわけにもゆくまい。なにしろ、ドストエフスキーの地下生活者でさえ、自分が地下室へ引きこもった理由を、とにかく世間並みに説明しているのだから。あれにはいささか面喰ったものだ。やれ病人だ、なまけ者だ、賢者だ、キチガイだとさんざん自分でいっておきながら、ずいぶんと律儀に説明している。つまり彼は、二十年間ある官庁に勤めた八等官だった。ただしそれは、ただ食わんがための勤めだった。だから昨年、遠い親戚の者が彼のために六千ルーブリの遺産を残して死亡するや否や、ただちに勤めを辞めて、薄暗い地下室に自分をとじこめてしまった、というのである。

ずいぶんとまた都合のよいときに、都合のよい親戚があったものだと思う。しかし、遠い親戚というのが、何とも泣かせるじゃないか。何だかんだいいながら、作者は結構、自分の分身である地下生活者に、地上の普通人に対してあれこれ気を遣わせている。それに、六千ルーブリという金額が、また何ともいえない。これがもし六万ルーブリであって見給え。あの地下の手記は、たぶん成り立たないだろう。もちろん、誰よりも作者が、そのことを一番よく知っているのである。簡単にいえば、それはこういうことだと思う。つまり、かの『外套』の主人公である万年九等官の年俸は、約四百ルーブリだった。それで八十ルーブリの外套を新調するため、すでによく知られている通りの、いろいろな苦労をした。下宿に帰ったらお茶も飲まない。飯より好きな筆写の夜なべは下宿のおばさんの電燈の下でやる。道を歩くときは靴底が減らぬよう足を持ち上げて歩く、といった按配である。

なるほど、こちらの地下室の住人の方は、『外套』の主人公よりは一等官上の八等官であった。これは、『鼻』の中で、とつぜん逃げ出した自分の鼻を追っかけまわすコワリョーフと同じ官等である。だから、『外套』の万年九等官よりは、年俸も少しばかり多いかも知れないが、それでも倍ということはあり得ない。ただ、『鼻』の八等官は、住み込みの下男を一人雇っている。イワンという名前である。

それでは八等官と九等官の違いは、下男の有無かというと、そうでもないらしい。例えば『分身』のゴリャードキン氏、彼は確か九等官だったと思うが、下男を雇っていた。こうなると、何だか混乱して来る。そういえば、どこの馬の骨だかわからない、かの贋検察官フレスタコーフも、オーシップという下男を連れていたようである。

しかし幸いなことに、いまは下男が問題ではなかった。六千ルーブリという遺産の金額が問題だった。そしてその転がり込み方が、いささか都合がよすぎるのではないか、ということだった。しかし、そのことを最もよく知っているのは他ならぬ作者自身であった。そこで熟慮の末、その金額を六万ルーブリではなく、六千ルーブリということにしたのではないかと思う。

もちろん、六万ルーブリにしたところで、決しておどろく程の遺産とは思えない。なにしろ、『鼻』のコワリョーフは、同じ八等官でありながら、自分のところへ来る花嫁には二十万ルーブリくらいの持参金がついていて当然だと決めてかかっているのである。

もっとも、地下室の主人公とコワリョーフを一緒くたにしたのでは、幾ら何でも地下室の主人公に気の毒過ぎると思う。二人は、ただ同じ八等官というだけで、まったく別世界の人間である。『鼻』の八等官は、ただただ、五等官になりたいだけだ。だから彼の鼻は、勝手に五等官に化けてペテルブルグの街じゅうを馬車でねり歩くのである。彼は鼻を追って街へ出て行く。新聞社へ行く。警察署長宅へ行く。そして、さんざんな恥辱を味わう。彼はまぎれもなく、一人の鼻なし道化だ。にもかかわらず彼はその恥辱に耐え抜く。鼻なしでは社交界の夜会にも出られないし、彼の夢である五等官にもなれないからである。そして、五等官になることは、二十万ルーブリの持参金つき花嫁をもらうことであった。

このようなコワリョーフを、俗物と断ずることは誰にでも出来る。何も大天才の手を煩わせるまでもないのであって、事実、新聞社の受付からも、警察署長からも、また、警官によって届けられたニセモノのコルクのような鼻を取りつけに来た医者からも、充分に愚弄されているのである。また、実際、地下室の住人はコワリョーフのことなど問題にもしていない。彼の反論、嘲笑、挑戦、愚弄の対手は「自然と真理の人」ルソーであり、『何をなすべきか？』と啓蒙するチェルヌイシェフスキーであり、その両者の善良なる信奉者たちだった。

しかし、それではコワリョーフは、地下室の住人にとって、まったく無縁の人間だろうか。彼はコワリョーフの存在を、まったく無視しているのだろうか。あるいは、すっかり忘れているのだろうか。そうではなかった。なにしろ、作者は大天才なのである。作者は決して地下室の住人に、コワリョーフの存在を無視させてはいない。忘れたふりなどさせてはいない。

左様、ここまでいえば君にもすでにおわかりと思うが、地下室の住人が最も怖れていたのが、実はコワリョーフの五等官病だったわけだ。つまり、例の将校なのだ。ある晩、ビリヤード屋で彼をまるで蠅のように扱った将校がいたのを思い出してくれ給え。喧嘩を売ろうとして通路をふさいだ彼を、両肩に手をかけてぽいとバケツか何かのように脇へどけて歩いて行った将校のことだ。彼は屈辱のために熱を出したり、ベッドで一人涙を流したりした挙句、ついに一大決心をする。ネフスキー大通りで、白昼堂々と、その将校に正面衝突を敢行しようというのである。

その敢行の有様を、いまここでいちいち再現するのは止めて置く。ただ、参考までに書いておけば、その場面は河出版全集第五巻の47ページから48ページにかけて出て来る。暇があったら開いて見るといいと思うが、面白いのは、その正面衝突を敢行するに先立って、この地下室の住人が、手袋や外套の襟やカフスボタンなどを新調するところだろう。彼は『外套』の主人公のように、爪に火を灯すようにして貯金はしないが、（実際そんな時間がなかった）一大決心をして課長に借金をする。そして、どの手袋や外套の襟が安くてしかも高そうに見えるかとあれこれ思い迷うのであるが、そのあたりはまったく『外套』の主人公そっくりである。もちろん、作者が意識して、そっくりに書いたわけだ。

同時に、彼を蠅かバケツのように取り扱った将校は、コワリョーフだった。ほとんど間違いなく、そうだと思う。この八等官は、市場で物を売っている女たちに向って、自分を「少佐」と呼ばせる。また、「ウォスクレセンスキー橋でむき蜜柑を売っている女か何かなら、鼻なしで坐っていることも、そりゃあ出来るでしょう」などという。

つまり彼は、そういう女たちを堂々と虫けら扱い出来たわけだ。しかし、地下室の住人にはそれが出来ない。同時に、自分は虫けらにさえなれないという。そして、考えてみると、その二つは同じことだと思う。

『外套』の主人公は、コワリョーフ少佐の前では虫けら同然だったと思う。彼を一喝して気絶させたのは、一人の「有力な人物」であったが、コワリョーフにとって『外套』の主人公は、たぶん蠅かバケツのようなものだったのである。ところが地下室の住人は、『外套』の主人公ではなかった。彼は、外套一枚のために死ぬ代りに、自分の地下室にとじこもったのである。つまり、コワリョーフ少佐の前では虫けらにしか過ぎない『外套』の主人公にはなれなかった。だから地下室の住人になったのである。

つまり地下室の住人は、地下にとじこもった『外套』の主人公なのだ。そして彼は、自ら病人だという。キチガイだという。なまけ者だという。賢者だという。虫けらになりたくて仕方がないという。しかし虫けらにさえなれないという。そしてそれが恥辱だという。しかし恥辱こそは快感だという。そして、あの有名な「歯痛の唸り声」を披露している。

確かに、あの唸り声説は、説得力を持っているようだ。それも、実はたったいま実証されたばかりなのだ。いまといっても一時間くらい前の話なのだが、トイレットに立って戻りがけ、左足の小指を電気按摩椅子の角にいやというほど打ちつけたのである。もちろん、この僕が、である。この電気按摩椅子については、あとで詳しく説明する。この椅子ばかりでなく、この壁の中の部屋じゅうの隅から隅まで詳しく伝えるつもりでいるが、いまは暫く待ってもらいたい。もちろん、打ちつけた瞬間、僕は悲鳴をあげた。そして次に、「痛て、て、て、て、て、こん畜生！」と声をあげた。ここまでは、いつもと同じだったのである。

しかし、次の瞬間、地下室の住人を思い出した。そうして、ひとつあの声を真似てやろうという気になった。この馬鹿馬鹿しいような唸り方は、河出版全集第五巻の15ページの上段に出ている。簡単に引用出来るものならと思っていま開いてみたのであるが、どうも余り馬鹿馬鹿しいので、写すのは止めにした。だからもし興味と好奇心があるなら読んで見るのもよいだろうと思ってページだけを書いて置くが、とにかくそれを真似てみたのである。その結果は、簡単にいえば、それは一つの真理だった、ということである。

真似方は、これも一言でいえば、わが儒教および武士道の伝統を持つ社会において、「女の腐ったような」と呼ばれて来た、あの調子でやればよいと思う。それが地下室の住人いうところの「ヨーロッパ的文化の洗礼を受け」「祖国の土と国民的本質から絶縁された教養人」の唸り方に、最も近い唸り方ということになるのではないかと思う。また、思い切って、「おかあちゃん、痛いよう、痛いよう、早く僕のこの小指を舐めてちょうだいよう」と繰り返してみるのも、いいかも知れない。

その他、これらをヒントにしたいろいろなヴァリエーションもあると思うが、秘訣は、そういう具合に唸り声を上げながら、そうやっている自分を思い切り嫌悪することだという。思い切り侮辱することだという。その汚辱にまみれた自意識の中に情欲にも似た快感があるというのである。

なるほどこれは、情欲の真実というものかも知れない。汚すことと汚されること。その心理の深層の構造かも知れない。しかし、それ自体は、いまとなってはもはやどうということもないことなのだ。つまり当り前の知識であって、もし本当にそうすることが歯痛なり頭痛なり、その他もろもろの痛み止めに利き目があるのならば、ひとつ応用してみようかという程度の知識に過ぎない。そして事実、つい一時間ほど前、このわたしもそれを思い出して、応用してみた。つまり、そういうふうに、いまでは誰にでも出来るわけだ。別にわざわざ地下室にこもる必要もないのである。

だから、ここでは一応、こういうふうにいって置くことも出来ると思う。すなわち、このわれわれの時代においては、地下室ももはや一つの知識になったのだ。実際、この地下室の知識を身につけた男女(なにしろ知識に関しては同権だからだ)は、われわれのまわりにうようよしている。大学の中にも、大学の外にも、マンションの中にも、マンションの外にも。会社の中にも、会社の外にも、官庁の中にも、官庁の外にも。電車の中にも、電車の外にも、マイカーの中にも、マイカーの外にも、とにかく地上にうようよしているのである。

地下室に関する彼らの知識は、歯痛についてばかりではない。「自然と真理の人」ルソーも知っているし、チェルヌイシェフスキーの啓蒙的理想的「水晶宮」についても知っている。また、地下室の住人がそれを嘲笑し愚弄したことも知っている。あの謹厳なるプロフェッサーのお手本のような顔をしたチェルヌイシェフスキーが、夜中ひそかに、「女の腐ったような」破廉恥な唸り声をあげる場面を想像することさえ知っている。あるいは更に、チェルヌイシェフスキー教授が、夜中ひそかに女装をして自分の唇に赤いものを塗り、鏡の中でシナを作るポーズさえ想像することを知っているかも知れない。

　事実、地下室の住人の舌の毒は、そこまで及んでいるのだと思う。そして、そこまではすでに知識になったのだと思う。ただ、彼らが知らないのは、地下室の住人が実は『外套』の主人公だということだった。もし知っているのならば、ちょっと誰かを軽蔑したくなったときに、地下室の住人の顔を真似てみようなどというお人好しは、たぶん一人もいなくなるだろうからである。誰が果して、『外套』の主人公になることを望むだろうか？

　もちろん、地下室の住人は『外套』の主人公ではない。しかしそれは、彼が地上人のすべての権利を放棄して地下室にとじこもったからであって、そうなる前は『外套』の主人公そのものだった。それはもうさっきどこかで触れた通り、コワリョーフ少佐の前ではただ蝿のようなものであり、ビリヤード屋やネフスキー大通りにおいては、バケツのような存在に過ぎなかったのである。過去においてそうだったばかりではない。これから先においても、地下室を出て地上人に戻るや否や、たちまちにしてそうなってしまうはずなのである。

　ご存知の通り、地下室の住人は、「２×２＝４《ににんがし》」の世界に向ってありとあらゆる憎悪と反逆の唾《つばき》を吐きかけている。これはまったく当然の話だ。なにしろ地上人の世界は「２×２＝４《ににんがし》」以外の何ものでもないからだ。つまり、ににんが四の世界においては、彼は蝿かバケツのようなものに過ぎなかった。だから彼は、「２×２＝５《ににんがご》」では何故いけないのだという。しかし、ににんが四の世界に向って、そう叫んで唾を吐きかけるためには、さっきから何度か出て来た、例の六千ルーブリが、是非とも必要だったのである。それは、いわば地下室の住人になるための権利金のようなものだ。ににんが四の世界に唾を吐きかける権利金なのである。

　いい換えればそれは、彼が地上人のすべての権利を売り払った金だ。そしてそれは決して高いとはいえない。コワリョーフ少佐の希望する持参金二十万ルーブリに較べてみるだけで、それは充分だろう。外套一着が八十ルーブリである。そのために死んだ万年九等官の年俸が四百ルーブリだった。もと八等官であった地下室の住人の年俸は、それより少しばかり高い六百ルーブリくらいだろうか。そうすると遺産金六千ルーブリは、彼の生命をとにかく十年間だけ維持出来そうな金額ということになる。

　何だか、つまらぬ算術をしていると思うかもわからないが、そうではないつもりだ。これは地下室の住人を作り出した作者の算術だと思ってもらわなくては困るのである。いや実際、作者はそう計算したに違いないと思う。つまり作者は、地下室の住人が向う十年間、ににんが四の世界からは一文の金を得ることなく生きてゆける金額を計算した。なにしろそうしないことには、ふたたび地上の蝿かバケツに逆戻りしなければならないからだ。

もちろん、地上へ戻ってコワリョーフ少佐になれるのであれば、話は簡単である。しかし、一度でも地下室の住人に興味を抱いたものは、たぶんそうはなれないと思う。そして、そうなれないとすれば、『外套』の主人公にならざるを得ない。ににんが四の世界においては、コワリョーフ少佐になるか、『外套』の主人公になるか、そのどちらかなのだ。いや自分は、断じてそのどちらでもない、とおそらく笑うものが出て来るに違いない。なるほど、われわれの時代においては、コワリョーフ少佐を笑うくらいはいとも簡単なことだ。『外套』の主人公を哀れむのと、たぶん同じくらい簡単だと思う。そしてそれは、地下室の知識が、いまや地上人の世界に蔓延したからに他ならない。これはまったく重宝な知識だ。なにしろににんが四の世界にいながら、ににんが四を笑うことが出来る。ににんが四に唾を吐きかけることが出来る。鼻なしが鼻なしを笑うことも出来る。蝿がバケツに唾をかけることも出来る。

誰が自分をコワリョーフ少佐だと思うだろうか？　誰が自分を『外套』の主人公だと思うだろうか？『鼻』や『外套』の作者は、そういう作者だったのである。彼は、誰もなりたいとは思わないような人物ばかり作って見せた。誰も、決して自分だけはそうではないと思い込んでいるような人物ばかりを作った。つまり彼は、なりたいとかなりたくないとかにかかわらず、人間とはこういうものだという、その形を書いたのである。また、自分がそうであると思っていようと思っていまいと、気づいていようが気づいていまいが、人間はこういう形なのだと考えた形に合わせて、その人物を作ったのである。

いや、いや、いや、これは失礼。つい調子に乗って一大論文か何かを書いているようなつもりになってしまったが、ただここでは、こういいたかっただけだ。つまり、地下室の住人の顔つきは、そういう『鼻』や『外套』の人物たちとはいささか異る、ということなのだ。それは、何かある種の魅力といってもいいものであって、少なくとも、自分は決して鼻なしの少佐や『外套』の主人公ではないと思い込んでいる連中を、たぶらかしたり誘惑したりするような顔といえるのではないかと思う。暗鬱そのもののように禿げ上った額、もはやすべてを見尽したために何ものをも見ていないような小さな両眼、世界じゅうを憎悪している自分を嫌悪するかのようにややうなだれた首、そういう顔つきで、彼は待ち構えているのである。そして実際、多くの青年たちがその顔に誘惑された。そして、年を取った。彼らは競って地下室の知識を身につけ、その顔つきを真似た。その顔は、どうかすると、本物の地下室の住人よりも本物らしく深刻に見えることがあった。それで今度は、本物よりもむしろ、本物よりも本物らしく見える贋物を真似るものも出て来た。確かにそれは、見分けにくいものだったと思う。なにしろ彼らは、実は自分はににんが四の世界のお世話になっているバケツなのだからと、正直にバケツをかぶったりはしていなかったからである。また、自分の正体は蝿だからといって、広い額に蝿をとまらせておくようなことはしなかったからである。

しかし、もちろんこれで、地下室のすべてがわかったなどというつもりはない。当然のことだが、何もかも一ぺんにわかるようなら、はじめから地下室でも何でもないのである。だからこの地下室およびその住人とは、これからもずっとつき合ってゆくつもりであるが、今日のところはこのあたりで一旦打ち切ろうと思う。

第一に、幾ら君が僕の古い友人であり、かつ辛抱強い研究家であっても、これ以上ぶっ続けに地下室の住人や『鼻』や『外套』の人物やらとつき合わされるのは迷惑だろうと思うし、それに、そもそもこの手紙はこんなことを書くために書きはじめたのではなかった。もっと簡単なはずだったのである。例えばそれは、互いに音信不通だったこの一年間の近況報告とでもいったものだったと思う。それが、どういうはずみか（確かに何かのはずみだと思う。しかし何だったのか、もう思い出せない）こんなことになったわけだが、しかし、こうやって書きはじめてみると、いままで書いて来たことがまんざら無意味だったとも思われない。いや、むしろこうなってみると、この手紙ははじめからこう書くつもりで書きはじめられたのではなかろうかという気もして来たくらいだ。いや、本当にそんな気がして来た。なにしろ、ここにいまこうして、こんなことを書いているこの僕自身、どうやらバケツをかぶっていない贋地下室の住人ではないかと思われて来たからである！

もちろん僕は、額に蝿もとまらせてはいない。第一、仮にとまらせたくとも、ここには蝿など一匹もいない。もっとも、ゴキブリはときどき床を這いまわっている。ついさっきトイレに行ったときは、白い馬蹄形の便器の中に一匹浮かんでいた。つまり底の方の狭い水溜りで泳いでいたのだ。何故そんなところで泳いでいるのか、わからないが、わからないまま上から小便を降らせてやった。降らせながら、幾ら平等だとか同権だとかいっても、これは男だけのたのしみだと思った。そして、誰かの詩の断片を、とつぜん思い出した。

ぼくの女は持っている　グラジオラスの性器……
ぼくの女は持っている　カモノハシの性器……
ぼくの女は持っている　昔の飴玉の性器……
ぼくの女は持っている　鏡の性器……

もちろん、うろおぼえの出鱈目であるが、いったいこれは誰の詩だったか。どうも思い出せないのだが、グラジオラスやカモノハシや昔の飴玉や鏡ではゴキブリはやっつけられない。と、まあそんなことを考えながら部屋へ戻って来ると、例の電気按摩椅子の角に左足の小指をいやというほど打ちつけたわけだ。

それにしても、何ともうまいところで按摩椅子が出て来たものだ。これは案外、グラジオラスやカモノハシや昔の飴玉や鏡のお蔭かも知れない。とにかく、はじめの約束通り、早速この電気按摩椅子の説明をしようと思うが、いや、それよりまず、この部屋のことから書く方がいいかも知れない。

まず、この部屋は九階建てのビルの九階にある。もちろんエレベーター付きだ。エレベーターは地下一階まで降りており、そのまま地下鉄の入口につながっている。つまり、このビル全体が地下の延長ということになる。空中にとび出した地下の延長である。そしてこの九階は、その空中にとび出した地下の行き止りということになる。

これがビル全体の構造であるが、エレベーターでこの行き止りまで来る途中、もちろん、いろいろな人間が乗ったり降りたりする。男もいれば女もいる。ほとんどが会社か何かの事務所みたいだ。一階は喫茶店とかブティックのような店だ。だから夜はどうなるのか、はっきりしたことはどうもよくわからない。人間が寝泊りをしているのかどうか。ただ、このわたしだけは、昼も夜もこの部屋にいる。

別に、監禁されているのではない。軟禁でもない。出入りはまったく自由だ。もちろん妻や子供たちのところへ帰ろうと思えば、いつでも帰れる。電話も自由だ。だからといって、この部屋はいわゆる仕事場ともちょっと違う。家族のものはここにはやって来ないし、僕の生活のほとんど全部が、この部屋の中にある。一年ほど前から、ある事情でそうなっているのだ。

この事情については、やがて詳しく話すことになるかも知れない。しかし、そうならないかも知れない。少なくとも、M君、僕がこうして君宛てに書いているのは、その事情を説明するためではない。実際、こうしてここにいることは、それほど奇怪なことではないともいえる。早い話、この部屋の中で僕は、寝たり起きたりするだけでなく、仕事もする。そしてその仕事たるや、これはほとんど家族たちのためといえるからである。つまり、サラリーマンと同じことなのだ。こんな話がある。某一流企業のサラリーマンからきいた話なんだが、そこでは、社員が結婚するや否や、会社が家を建てさせるらしい。もちろん、ただで建ててやるわけではない。早やばやと、退職金を貸し付けるのである。女たちがこれを喜ばないわけはない。なにしろ若き一流社員たちは、早くも逮捕されたのだから。彼らは、もはや逮捕された徒刑囚のようなものだ。もちろん彼らは日本じゅうどこへでも行ける。世界中どこへでも旅行出来る。しかも自由に動きまわればまわるだけ、徒刑囚の期限はのびるのである。

さすが一流企業の社員だけあって、彼は早くもそのことに気づいたらしい。話によると、ある夏、彼は妻を伴って信州方面を旅行し、江戸時代に賑ったという旧宿場町の旅館に泊った。何でも旧宿場時代からの由緒ある旅籠で、彼は宿の主人から家伝の古文書なるものを見せられたそうだが、それは、夫が妻を質に置いた請証だったというのである。何でも善光寺詣りの帰りに、酒代に不足したかバクチに負けたかしてのことだったらしいが、請証がいまに残っているからには、請出しはされなかったのだろう。一流社員の細君は、その晩彼に絡みついて来たらしい。もちろん見せられた古文書のせいだったと思うが、彼はとてもそれどころではなかったらしい。細君の手を払いのけるや否や、ふとんからとび出し、冷蔵庫に備えつけのビールから酒から、ありったけを飲み込んで酔い潰れ、今度はそれを吐き続けた。たぶん、さっきの請証が他ならぬ彼自身の質札に見えて来たのだと思う。ふとんの中で細君に絡みつかれたとき、とつぜん逮捕された自分に気がついたのである。

その後、彼はどうしているか。ここ数年会わないのでわからないが、彼の言葉はおぼえている。いやあ、あのときはおどろきました。現代とは女房が亭主を質に置く時代なのですね。

ところで、四、五年前にマンションを買ったことは、君も知っていると思う。家族たちはもちろんそこに住んでいるが、当然のことながら僕はそのローンを払っている。長女はいまや高校二年生だ。長男の方は中学三年生だ。

そして妻は、その教育に夢中のはずである。何だか、空中にとび出た地下の行き止りから、いきなり地面に顔を出したような話になったが、止むを得ない。あの地下室の作者でさえ、ににんが四の世界と縁を切るためには、苦肉の六千ルーブリを捻り出さなければならなかったのである。

あれだけひねくれ者の八等官一人を地下にとじこめるのにも、とにかく十年間食うだけの金を、作者はちゃんと持たせている。ににんが四の世界に唾を吐きかけるためには、そうしておかなければ、必ず地上人のリアリズムに足をすくわれることを知っていたからだろう。ににんが四に唾するためには、ににんが四世界のリアリズムを納得させねばならない。それだけの仕掛けが必要だったのである。

ましてや、ここは地下室ではない。なるほど、空中にとび出た地下の行き止りではあるが、「ににんが五」の世界ではない。紛れもない「ににんが四」の世界なのだ。ローンもあれば、子供の教育もあるのである。つまり僕は、わが国の法律の奴隷であり、同時に優等生なのである！

十九世紀ロシアの地下室の住人は四十歳の独身者だった。ところが、四十五歳の僕は、そうではない。何故に彼は独身者なのだろうか？　もちろん作者がそうしたからだ。そしてそれが、六千ルーブリ同様、あの小説のもう一つの仕掛けだった。そうして置かなければ都合が悪かったのである。何と都合のよい仕掛けではないか。なにしろ独身者は、どんな哲学だってのべられるからである。しかし、まあ事実は事実として、仕方がない。とにかく彼は十九世紀ロシアの首都ペテルブルグの地下室の住人であり、こちらは二十世紀日本の首都トーキョーの、空中にとび出た地下の行き止りの住人なのだ。そして、ににんが四の世界の住人だった。

その代りここには、あの地下室に無いものが何でもある。部屋は二方がガラス窓で、昼は陽当りがよく、実に明るい。天井は高いし、広さは少なくとも十五、六畳はあるだろう。その一角に、バスとトイレットがある。もちろん、ガスレンジもある。片方の窓際にはソファーが置いてある。もう片方の窓際には、仕事用のスチールデスクが置いてある。サイドテーブルの上の電話は、白い新式のもので、部屋じゅうどこへでも移動出来る。もちろん、プッシュホンだ。

冷蔵庫もあれば、洗濯機もある。掃除機がないのは、掃除をする必要がないためである。毎日、一回、ビル清掃会社のおばさんが灰皿から紙屑籠の中身まで始末してくれる。もちろん床の絨毯もだ。そして、いうまでもないことだが、おばさんはいつも清潔な紺の制服を着て、胸にビル清掃会社のマークをつけている。おばさんの顔はときどき変るようだ。しかし、取り決めた習慣は、きちんと守られている。ビルの清掃は、昼休み時間と午後四時頃の二回らしい。それを僕は、午後四時頃の一回だけにしてもらっている。一回で充分だし、昼過ぎまで眠りたいことも多いからだ。その約束を忘れて、昼間からドアをどんどん叩くようなおばさんはいない。

もっとも、昼間からドアをノックする者がいないわけではなかった。しかしそれは掃除のおばさんではなくて、他の誰かだ。ドクター井上であることもあったし、女秘書の川口であることもあった。このノックの音がすると、仕事中であれ、ベッドの中であれ、すぐに返事をすることにしている。ノックは、余程の急用の場合に限られていたからである。

ノックのあと、ドクター井上や女秘書の川口が僕の部屋へ入って来ることもあった。また、僕の方がドアを出てドクターの部屋へ出かけることもあった。もっとも一度、こんなこともあるにはあった。午後の三時頃だったと思うが、ノックの音がしたので返事をすると、ドアが開いて知らない女の顔がのぞいた。おや、と思って机から立って行ってみると、女が検尿のガラスコップを手にして立っていたのである。目盛りのついたガラスコップには、黄色っぽい液体が入っていた。女は三十過ぎぐらいに見えた。部屋を間違えたのである。

左様、ここは医院でもあるのだ。医院としては、まことに平凡な医院だと思う。つまりビルの九階にある井上内科ということであり、ドクター井上はその院長だった。看護婦が数名に女薬剤師が一名、受付の女性が一名。患者は内科であるから、男もいれば女もいる。その点まったく、どこにでもある町の内科と同じなのであるが、ただ、ドクター井上は井上内科の院長であると同時に、井上出版の社長でもあった。女秘書がいるのはそのためであって、ビルのエレベーター乗り場の案内板には、井上内科と並んで井上出版と出ている。井上医院が世田谷の方からこのビルに移ったのは、ビルが新築された五、六年前のことだったらしい。ドクターの住いはそのまま世田谷の方であるが、もちろん僕は医者でもなければ薬剤師でもなく、また検尿その他の検査員でもないので、ドクター井上と知り合ったのは、彼が井上出版をはじめてからなのである。

三年前の、ちょうどいま頃ではなかったかと思う。しかし、知り合ったいきさつは、たぶん長くなるのでここでは省略しておく。また、何故に彼が出版などをやる気になったか、その動機その他も、同様にここでは省略する。

とにかく僕は三年程前から、この井上出版の翻訳の仕事をはじめた。これが、さし当り必要な、彼と僕の関係である。

そしてそれは、三年後のいまも、関係としては変っていない。ただ、一年前から、時間的、空間的な多少の変化を生じた。例えば、この井上出版の仕事をはじめた当初から、僕はしばしばこのビルの九階に泊めてもらった。特に、午前中に大学へ出る前日などは、ほとんどここを宿泊所に利用していた。もちろんドクター井上がそうするようにすすめてくれたからだが、これはまったく何もかも結構ずくめの名案という他なかった。ビルの中で夜遅くまでやれば仕事は捗ったし、そこで眠れば、横浜まで帰る時間も翌朝そこから出て来る時間も省ける。もちろん疲労も省ける上に、大学には遅れずに行けるのである。それに、なにしろ病院なのだ。入院室こそなかったけれども、ベッドに不自由はなかった。そして、もちろん無料である。

ただし当時は、いまのような部屋はなかった。この部屋は、一年前、ドクター井上がわたしのために九階の内部を改造して作ってくれたのである。彼とわたしの関係で変化したのは、その部分だろうと思う。改造された内部は、簡単にいえばこうなる。フロアー全体が一本の通路によって二分されており、その両側にそれぞれ次の順で部屋が並んでいる。片側は、出口に近い方から受付、薬剤室、看護婦休憩室、小物置、レントゲン室、そして一番奥がわたしの部屋。もう片側は、同じく出口の方から待合室、診察室、処置室、井上出版、そして一番奥がドクター井上の部屋の順である。だから、彼の部屋とわたしの部屋は、通路を挟んで向き合っているわけであるが、診療時間中ほとんど彼はそこにいない。いるのは急用のときか、診療時間の前後なのである。

井上出版の部屋には、男が三名、女が二名いる。その他、絶えず、実にいろいろな人物が出入りしている。紙屋とか印刷屋とかデザイナーとか新聞記者とか校正者とかカメラマンとかはもちろんであるが、中には株屋とかデパートの専務とかも混っている。易者もいるようだ。

いまやっている仕事は、アメリカの心理学者がまとめた女性の性白書のようなものだ。未婚と既婚、二冊分ある。その前は占星術のようなものを二つばかりやったが、占星術とやらはいまだにさっぱりわからない。終ったとたん、全部きれいに忘れてしまう。その他これもアメリカものの女性美容術のようなものをやったこともあるが、これはドクター井上の代訳である。まあ、ざっとそんなところか。これで結構忙しい。

さて、ところで、肝心の電気按摩椅子のことを忘れていたが、別にこれといった特別のものではない。ごくありふれた按摩椅子なのである。ただ、どういうわけか、これが部屋のほぼ中央部に置かれている。もちろん置いたのはこの僕なのだが、たぶん、あれこれ置き場を考えた挙句、名案がないままそこにひとまず置いたのがそのままになったのではないかと思う。どうも、そんな置かれ方だ。しかし、だからといって、特に不都合というわけではない。年中、足の指を打ちつけるわけでもない。だから、さっき打ちつけたのは、やはりグラジオラスかカモノハシか昔の飴玉か鏡だかのせいだったのだろう。

それからここには、もちろん本棚もあれば、本もある。ダブルベッドもある。このあとは君の想像にまかせることにしたいが、とにかく以上が、空中にとび出た地下の延長の行き止りの、壁の中だ。そしてこの壁の中が、ににんが四の世界の、つまり《贋地下室》の住人の地下室なのである。

2

わたしがM宛ての手紙を書き終えたのは、朝の六時だった。カフカには『死刑宣言』を一晩で書き上げたという伝説がある。伝説ではなくて、日記だったかも知れない。何でも、ある晩の十時頃からとつぜん書きはじめ、翌朝の六時頃までに、一気に書き上げたらしい。もちろん、こんなことは別にカフカに限ったことではないと思う。他にも多くの作品が似たような時刻に誕生したはずである。

夜の十時から翌朝の六時。いかにもそれは何かが誕生しそうな時間ではないか。ただ、カフカは直ちにそのことを日記に書きつけている。日記も断片も小説も、カフカにとってはみな同じようなものだったともいわれているが、何でも、川の底を息を止めたままどんどん歩いて行くような感じだ、というふうに書いてあったような気がする。カフカの日記は、このところ暫く読んでいない。調べようと思えば、この部屋には全集もあるが、いまはその気力がない。なにしろわたしも昨夜の十時から今朝の六時まで、一睡もせずにM宛ての手紙を書いたのである。

いかにも馬鹿気た真似をしてしまったものだ。しかし、川床を息を止めて歩き渡るというところは、さすがだと思う。子供の頃川にもぐったときの夢の中での恐怖が思い出される。薄みどり色の水をいくら搔いても向う岸に着かない。手と足で藻搔けばもがくほど、上体は直立して来て自由を失う。しかし、首も頭も水面には出ないし、足は底に着かない。とうとう耐え切れなくなって口を開く。

もちろんカフカの日記の記述は、その夢にそっくりではない。彼は川床を息を止めて歩いてゆく感じだったという。水の中は真暗ではない。たぶんそれは、薄みどり色をした薄暗い迷宮ということになるのだろう。そして、生と死の境界である。生から死の方へ彼はどんどん歩いてゆく。同時にそれは死から生へ歩いていることでもある。歩き続けている以上、それは常に境界なのである。

彼は主人公のゲオルグと一緒に歩いてゆく。窒息の恐怖、苦痛と一緒に歩いてゆく。しかし、それは恍惚でもある。恐怖と恍惚と生と死と無意識と、そしておそらく鋼鉄のようだったと思われる意志。川の底を息を止めてどんどん歩いてゆく彼は、そういう彼だったと思うのであるが、本当にこんなことが日記に書いてあったかどうか。どうもうろおぼえではっきりしない。あるいは日記ではなくて、何か他の断片だったのか。しかし、九月の（確か九月ではなかったかと思う）ある日の午前六時、書き終ったカフカはずぶ濡れの状態だったに違いない。水の底から全身ずぶ濡れでどこかの岸辺に這い上って来たような気がしたのではなかったかと思う。

この作品の生れ方は本物の誕生のようなものだった、とも彼は日記に書いていたような気がする。これも確かめていないので日記だったかあるいは別の何かだったかはっきりしないが、まるで本物の誕生のように汚物やら粘液やらにまみれて自分の中から生み出されたというのであった。そういえばゲオルグもびしょ濡れだった。彼は父親から「溺死せよ」という宣告を受けて家をとび出し、そのまま橋の欄干から川へ身を投げるのである。

つまり何もかもびしょ濡れだった。汚物やら粘液やらにまみれて胎内から出て来たびしょ濡れの新しい生き物は、作品でもあっただろうが、作者自身でもあったような気持におそらく作者はなっていたのだろう。そういう自分を、まるで濡れネズミのようだ、と彼は思ったかも知れない。そして彼は、九月何日かの朝六時、机の前で、本物の濡れネズミのようにぶるるっと身震いしたかも知れなかった。それから何やら不思議な動物のような声を出して、大きな欠伸をしたかも知れない。欠伸と同時に、体のどこかから何か別の音さえ出したかも知れない。それから、疲労と満足のために、ベッドにばったり倒れたかも知れなかった。それとも婚約したベルリンの女から押し倒されるような恰好で倒れたのだろうか?

もちろん、カフカとわたしでは何もかも違っている。第一に彼は、当時まだ二十八か九である。そして死ぬまで独身者だった。婚約しては破約する。それを何度か繰り返したらしい。独身者であるところは、あの地下室の住人と同じである。然るにわたしはそうではない。贋地下室の住人であると同時に、贋独身者だった。妻子はあるが、このビルの九階で独り住いをしている。

それに、前夜十時から翌朝六時までに彼が書き上げたのは一篇の小説だった。汚物と粘液にまみれた、びしょ濡れの小説なのであるが、わたしが書いたのはM宛ての手紙である。長さはどうだろうか。いや、そんなものは較べるべきではない。なにしろ片や今世紀を代表する短篇小説であり、こちらはただの手紙なのである。ただ、たまたま二つは同じ時間に書かれた。さっきは馬鹿気た真似だと書いたが、もちろんただそう書いてみただけで、特別にへりくだっていったわけでもない。二つはまったく別物であって、そもそも比較するような筋合いのものではない。ただカフカはわたしを知らないが、わたしは彼を知っている。彼とわたしの関係は、一言でいえば、そういう形のものではないか。またそれはどんな形でも構わないし、どんな形にも変化し得る。彼はわたしを知らないが、わたしは彼を知っている! まったく当り前過ぎる話ではあるが、これは彼が死んだあとから生れたものの権利ではないか。そしてもちろん、相手は彼に限らずなのである。

例えば、今朝はこんな具合だった。午前六時、M宛てのながながとした手紙を書き終ったわたしは、誰でも(特に小説の中の主人公)がするように、椅子から立ち上ると、両手を高くあげて、大きな伸びをした。それから煙草に火をつけ、くわえたままトイレットに入った。ゴキブリはもう見えなかった。

部屋に戻ったわたしは、冷蔵庫から冷えた水を取り出し、ウイスキーの水割りを作った。そのグラスを持って、電気按摩椅子に腰をおろした。ビルの外はすでに薄明るくなりかけていたのだと思う。しかし部屋にはまだ光はさし込まなかった。窓の二重カーテンのせいでもあった。東側の窓にも、北側の窓にも、レースのカーテンの上に分厚い暗幕のようなカーテンが重なっている。これは昼間眠るためで、つまり今朝のような日のために取りつけたのである。

今日はたぶん、こうして何杯かの水割りウイスキーを飲んだあと、午後三時か四時頃まで眠ることになるのだと思う。カフカはずいぶん日記をつけたらしいが、わたしにはまるでその習慣がなかった。もうずっと、子供の時分からそうで、何度はじめても続かなかった。わたしの血液型はAである。カフカは何型だったのだろう。なにしろ、川の底を息を止めて歩き抜けるようにして、一気に徹夜で小説を書き上げた作家と、休まず日記を書き続けた作家とが同一人物なのである。あるいはこれは血液型というより占星術の領域なのかも知れない。これでいえばわたしは牡羊座に当るらしいが、その種の本を二冊も翻訳しておきながら、それ以上のことはいまだにまるでわからない。ただし、この本はずいぶん売れた。正続合わせると五十万部ではきかないと思う。ドクター井上がわたしのためにこの部屋を作ってくれたのもそのためだった。

「もうこれで、大学も悠々と辞められますね、先生」

とドクター井上はいった。彼はわたしを「先生」と呼んだ。わたしは彼のことを、ドクターと呼んだ。しかし、そのときわたしは何と返事したのか、どうも思い出せない。ドクター井上は、こうもいった。

「ずいぶん辞めたがってましたものね」

しかし、これに対する返事もやはり思い出せない。出て来るのはみんな彼がわたしにいったことばかりである。

曰く、「先生、この出版社はね、潰れることはありませんよ。大きくする気もありませんけど」

曰く、「わたしは医者ですし、ここは病院だからですよ」

曰く、「しかし、あれかな。翻訳を出すためには、やっぱり大学の先生の肩書きがあった方が有利でしょうかね」

ドクター井上は、小柄ではあるが、均整の取れた体格で、医院の中でも、医院の外でも、きちんとネクタイをしていた。男にしては極端な色白で、目鼻立ちもはっきりしている。

特徴は、唇の薄さかも知れない。ときどき笑っているように見えるのはそのためだと思う。もちろん、笑っていないときにそう見えるのである。眼鏡は何か読むときだけ、太い黒縁のものをかけた。たぶん老眼鏡だろう。煙草は吸わない。酒はわたしともときどき飲んだが、量はかなりなものである。しかし、極端な色白であるにもかかわらず、顔には出なかった。出ないだけでなく、酔って乱れるということがないようである。少なくともわたしは見たことがなかった。そして必ず、待たせてある車で帰った。飲んだあと、わたしも一緒にその車で帰ることがあった。九階のビルの前まで送ってもらうのであるが、その車の中でも彼はいつもと変らなかった。

ただ、一度こんなことがあった。ある晩わたしたちは小さなヌード劇場の中に入った。わたしたちは三人だった。ドクター井上とわたしの他にもう一人の男がいた。飲んだのは何度か行ったことのあるピアノのある店で、ドクター井上はそこでいつものようにブランデーを飲んだ。もう一人の男は詩人だという。わたしは初対面だったが、彼はわたしのことをよく知っているといった。井上出版に出入りしているらしい。小さな代理店のような会社をやっているそうである。デザインもやれば本や雑誌の企画も作る、そういう代理店なのだという。テレビ番組や映画の話もしていた。敗戦のときは海軍兵学校にいたそうであるから、年はドクター井上と同じくらいかも知れない。色は浅黒くて、上背があった。やや癖のある髪を長目に伸ばしている。

初対面でわかったのはざっとそんなところだったが、その他では、ときどき自分の顎を撫でる動作が記憶に残った。わたしと同じ水割りウイスキーを飲みながら、合間にそうするのである。そこに鬚を貯えているわけではなかった。ただ、やや尖り気味の顎は、なかなか形がよかった。つい撫でてみたくなるような形といってもよいのではないかと思う。

ヌード劇場に入ったのは、こんな成りゆきだった。ピアノの店のビルを出ると、三人はたちまち雑踏にまぎれ込んだ。そして二度か三度、同じような道から道へ曲り込んだような気がする。それからとつぜん、ヌード劇場に入った。われわれの時代はストリップ劇場でしたがね、と詩人がいった。しかしそれはもう、すでに薄暗いヌード劇場の中においてなのである。彼は雑踏の中を歩きながら、居合抜きのような早さで三人分の入場券を買い求めたらしい。実際、わたしはまるで気づかなかった。そして手招きされるまま入ったのである。薄暗がりの中でわたしは詩人にたずねてみた。

「ここには、ときどき？」

「いや、はじめて」

「こんなところにありましたかね」

「さあ」

しかし、それは形通りのヌード劇場であることに違いなかった。誰が考えついたのかわからないが、いかにもやくざな歌謡曲が薄暗い壁の中をひっかきまわしていた。それは低い天井から降って来るようでもあり、左右の壁からはね返って来るようでもある。舞台は青くなったり赤くなったりした。またとつぜん明るくなったりした。そして、一つの顔と一つの性器を持った女が出て来る。一人ずつのこともあり、二人組のこともあった。いずれの場合にも女たちは、自分の顔と自分の性器をはっきり見せた。

ぼくの女は持っている　グラジオラスの性器……
ぼくの女は持っている　カモノハシの性器……
ぼくの女は持っている　昔の飴玉の性器……
ぼくの女は持っている　鏡の性器……

女は動きながら見せることもあった。立ち止ったり、腰をおろしたり、横になったりして見せることもあった。さあわたしの顔とわたしの性器をよおく見較べて頂戴！　実際、女たちの見せ方はそういう見せ方ではなかったかと思う。うしろ向きになることもあった。顔はその場合、開かれた両股の間からこちらに向けられていたのである。そしてドクター井上がとつぜん笑い出したのは、そのときだったと思う。わたしたちは間もなくヌード劇場を出た。詩人がわたしの脇腹を軽く突っついて、出ようとうながしたからである。同時に彼はドクター井上の腕を刑事のようにつかんでいた。それは確かに、適切な処置だったと思う。まず、両股の間からこちら向きになっていた女の表情が変った。性器の真下でさかさまになっている唇が歪んで、いまにも何かを口走りそうに見えた。それでもドクター井上の笑いは止らなかったのである。やがて近くの席から男の怒声がきこえた。ドクター井上の笑いはそれでも止らなかった。なにしろ、それまで一度もきいたことのない笑い声だった。彼があんなにながく笑い続けたのもはじめてではないかと思う。発作のような、痙攣のような、狂ったような、拷問されているような笑いだったのである。

帰りの車の中で、ドクター井上はいつもの顔に戻っていた。笑ってはいないのだがときどき笑っているように見える、いつもの顔である。詩人はいつの間にかどこかへ姿を消していたようである。わたしは九階のビルの前で降ろしてもらった。

わたしは電気按摩椅子から立ち上って、水割りウイスキーを作った。これが四杯目ではないかと思う。ビルの外側からの音は何もきこえなかった。二重カーテンはしめたままである。その外側は二重ガラスだった。この部屋の中できこえているのは、電気按摩椅子の鈍くて低い震動音だけである。わたしは新しい水割りウイスキーのグラスを持って、またそこに腰をおろした。ドクター井上は、わたしに、こうもいった。

「この部屋と先生の家庭の事情とは何の関係もありません。幸いわたしは先生の家庭の事情を、まったく知りません。また、知る必要もありません」

「このわたしの立場は、先生がうちの仕事を続けて下さる限り、変らないと思って下さい。それはお約束します。もし仮に先生が、わたしのこの立場に不満であっても、同様ですよ」

「その代り、遠慮とか、特別な感謝とか、そういったものは一切不要にして下さい」

「この部屋は、どんな使い方をされても構いませんよ。私用公用、いずれも先生の自由です。不自由な点は何でもおっしゃって下さい。この壁の中を改造することは、医院にとっても、会社にとっても、わたし個人にとっても、ぜんぜん無駄にはなりませんから。いかなるマイナスにもなりませんからね」

「とにかく井上出版の仕事に支障を来さない限り、この部屋の使用権は先生のものです。これがこの部屋に関する先生とわたしの契約ですよ」

ところが、わたしの返事の方は依然として出て来なかった。何故だろう？　しかし、何だかとつぜん眠くなって来た。どうやら徹夜のあとの水割りウイスキーがまわって来たらしい。電気按摩の震動も利いたようだ。

3

目をさますと、部屋の中は薄暗かった。わたしは思わず、ぶるっと身震いした。何だか部屋の中がいつもより寒いような気がした。くしゃみは出なかったが、目をさましたのはそのせいかも知れない。もちろん酔いもさめていた。それにわたしは、電気按摩椅子に腰をおろしていたのである。どうやらあのまま眠り込んでしまったらしい。機械は止っていた。それから膝には毛布が掛けられていた。誰か入って来たのだろうか。しかし、その日が日曜日であることはすぐにわかった。日曜日は井上医院も井上出版も、休みである。部屋の中がいつもより寒く感じられたのは、そのせいかも知れない。このビルの九階にいるのは、わたし一人だった。つまり、電気按摩のスイッチを切ったのもわたし、膝に毛布を掛けたのもわたしだった。その程度のことは、もはや無意識に出来たのである。なにしろすでに一年、この部屋に一人で暮しているのだ。

それとも、宮子だろうか？　もし日曜日にこの部屋へ入って来るものがあるとすれば、彼女以外には考えられない。彼女には合鍵が渡してあった。わたしも彼女のマンションの合鍵を持っている。わたしは立ち上って、ダブルベッドのそばへ行ってみた。しかし彼女の姿は見えなかった。わたしはベッドに腰をおろし、薄暗い部屋の中をすかして見た。しかし人間らしいものは、どこにも見当らなかった。

わたしはベッドに大の字に倒れ、ケケケケと声を出して笑った。彼女がこの部屋にあらわれるときには、必ず前もって電話があることを思い出したのである。彼女は必ずそれを実行した。そういう約束になっているわけではなかったのだが、これまで一度の例外もなかった。たとえ、このビルのすぐ下の公衆電話からでも、彼女は必ずかけて来たのである。

時計を見ると、五時ちょっと前だった。わたしは部屋に明りをつけ、贋地下室の生活を開始することにした。まず、歯をみがき、顔を洗った。まったく当り前のことだが、しかしこれがなかなか重要なのである。試しにこれを一ヵ月止めてみればよくわかると思う。何かが変化したことに気づくはずである。あるいはそれはふつう一般に人生観と呼ばれているようなものかも知れない。また、それ程はっきりした現実的なものではないにしても、他人と自分との関係に何かしら微妙な変化が生じたことに気づくと思う。それはいわば、一ヵ月の間に口の中で発生した薄い膜のようなものであって、そいつを通して世の中を見ると、まあ簡単にいってしまえば、すべてのものが馬鹿馬鹿しく見えるということになるのである。つまり、毎日毎日きちんと歯をみがき顔を洗っている人間の生活というものの価値が疑わしくなる。毎日毎日きちんと歯をみがき顔を洗っているというだけで、それらの人間を軽蔑せずにはいられなくなる。

つまり「ににんが四」が馬鹿馬鹿しくなる。その法則の法廷にぺっと唾を吐きかけたくなる。検察官にも、弁護人にも、原告にも被告にも、ぺっぺっと唾を吐きかけてやりたくなる。要するに、地下室病の兆候ということなのだ。もっともこれは、わたしの正確な体験談ではない。わたしはまだ一ヵ月間ずっと歯をみがかずにいたことはない。顔を洗わずにいたこともない。ただ、一週間ばかりそうしていたことがあった。何年か前の、確か大学の春休み中のことだったと思う。するとわたしは、自分の中にたちまち地下室病の明らかな兆候を自覚した。よし、とわたしは腹を決めた。明日は早速、学部長宛てにながい手紙を書き、辞表を同封してやろうと決めたのである。

僅か一週間で、こうなるのである。だから、一ヵ月というのは個人差というものを考慮しての話だった。しかし、結果はご覧の通りである。わたしは学部長宛てのながい手紙も書かなかったし、辞表も出さなかった。翌日、起きたときまでは、確かにそのつもりだった。ところが、一週間ぶりに歯をみがき顔を洗い、机の前に坐ってみると、すっかり様子が変ってしまった。

とつぜん、自分が恥かしくなったのである。これは、唾を吐きかけたくなるくらい嫌気のさした大学教師というものを、とつぜん尊敬する気になったからではない。ただ、一週間みがかなかった歯をみがいただけである。すると、学部長宛てにながい手紙を書こうとした自分が、まるで嘘のような気がしたのである。そして、そのことが恥かしかった。それが恥辱だ、と思ったのである。

つまり、恥辱と引き換えに、そのときの地下室病は治ったわけだ。しかし、どうやら完治したのではなかったらしい。その証拠にわたしの地下室病は再発した。そして、ちょうどその時期に、わたしはドクター井上にめぐり会った。

「ずいぶん辞めたがってましたものね」

と彼がいったのは、そのためである。例の西洋星占いの翻訳本が五十何万部だか売れたときだ。

「もうこれで、大学も悠々と辞められますね、先生」

同時に彼は、こうもいった。

「しかし、あれかな。翻訳を出すためには、やっぱり大学の先生の肩書きがあった方が有利でしょうかね」

そしてドクター井上は、井上医院の一角にわたしのための特別室を作ってくれた。すなわち《贋地下室》である。

それが一年前のことだ。以来わたしは贋地下室の住人となり、ドクター井上の代訳その他の仕事をしながら、そこから大学へ通っている。つまり、わたしは大学教師であることを辞めなかった。わたしの地下室病は、またもや治癒されたのである。しかもそれは、贋地下室によってであった。贋地下室による地下室病の治癒⁉

これは何とも滑稽な話だ。しかし同時に、何とも厳粛なる事実だった。いや実際、井上医院はもう一枚看板を掲げるべきではないかと思う。井上医院は、もはやただの内科ではない。堂々たる〈地下室病科〉でもあるからである。そしてドクター井上には、現在の博士号の上にもう一つ、〈地下室病博士〉の学位が授与されるべきであろう。

とにかくわたしの地下室病は、こうして治った。わたしは贋地下室を手に入れ、大学教師を辞めなかった。贋地下室と引き換えに、大学教師を辞める権利を放棄したのである。しかし、この論理は、その逆にはならない。つまり、わたしは贋地下室を得んがために大学教師を辞めなかったのではない。そうではなくて、贋地下室を得たことによって、大学教師を辞める権利を失ったのである。

こうしてわたしは贋地下室人になった。そしてそれ以来わたしは、毎日欠かさず、歯をみがき顔を洗い続けている。もちろん、「六千ルーブリ」の用意ある者は別である。それはもう、立派に地下室人の有資格者であるから、一ヵ月といわず、死ぬまで歯をみがかなくてもよい。本物はそれでよいわけである。しかしニセモノは、そうはゆかない。といっても、それほど複雑なわけではない。つまり、自分が贋物であるということを、絶えず意識し続けること。これが贋地下室の哲学だからだ。歯をみがくのも、顔を洗うのも、その哲学の実践なのである。

そういうわけで、夕方からはじまった日曜日の生活も、まことに単純かつ平凡に進行した。歯みがき、洗顔が済むと、わたしは風呂を沸かした。これはごくふつうのガス風呂で、洋式にも和式にも使える。シャワーもついている。髪を洗っているとき、自分は一年に一度か二度しか髪を洗わないといっていたカメラマンの話を思い出した。あるいはカメラマンではなくて、デザイナーだったかも知れない。理髪店の週刊誌で読んだのだと思うが、顔写真も載っており、なるほど洗いにくそうな長い髪型をしていた。理由は何か書いてあったが忘れてしまった。彼が自分を本物だといっていたか、それとも贋物だといっていたか。それもわからない。いや、たぶんそんなことは何もいっていなかったと思う。ただいかにも、本物よりも本物らしく見えそうな話だと思ったのである。それからわたしは、いつかの詩人の長い癖毛をちらっと思い出した。一緒にヌード劇場に入った詩人である。そして、癖毛だけでなく顔も、理髪店の週刊誌で見たカメラマンだかデザイナーにそっくりだと思った。しかし、そう思ったとたん、わたしは思わず悲鳴をあげた。シャンプーの飛沫がいきなり目にとび込んで来たのである。

風呂から上ると、わたしは鬚を剃った。理由は、歯みがき、洗顔とまったく同じである。それから牛乳を沸かし、冷蔵庫からサンドイッチの残りを取り出して頬張った。この九階の部屋の東側の窓からは、すぐ左手に民放テレビ局のテレビ塔が見える。また北側の窓からは、これはすぐ近くではないが、立体交叉する高速道路を見下すように眺めることが出来た。国電四谷駅、国電市ヶ谷駅にはどちらも歩いて十四、五分だと思う。

暇なときには、そのあたりまでわたしは食事に出かけた。レストラン、中華料理店、そば屋、うなぎ屋、ラーメン屋、スナック、何でも一通り揃っている。しかし、日曜日にはほとんど休業していた。なにしろ附近一帯、ビルばかりになってしまった。昼間は勤め人たちが、ビルというビルに集まって来る。また、ビルからビルへと移動している。そして、彼ら勤め人たちは、そうやってビルにいる間は、すべて独身者である。しかし夕方になると、一斉に電車で遠くの方まで帰って行く。そして土曜、日曜にはやって来ない。それで、附近一帯の昔からの魚屋が、一つ二つと潰れて行ったそうだ。八百屋ならばまだしも、昼間だけ果物屋に転向することも出来る。しかし、ビルに集まって来る勤め人を相手に魚を売ることは出来ないということらしい。

四谷駅から新宿寄りのところには朝鮮料理店もあった。あそこは確か日曜日もやっていたと思う。しかしわたしは、暫く部屋で待つことにした。宮子からの電話である。食事はそれからで充分だろう。それに何より、今朝六時までかかって書き上げたM宛ての手紙を読み返してみる必要があった。これは、是非とも必要なことだ。確かに書いたのはM宛ての手紙であるが、果してM宛てに出すべきであるか、どうか？　とにかく読み返してみなければならない。

わたしは電気按摩椅子に腰をおろした。そしてM宛ての手紙を読み返しはじめた。スイッチは入れなかった。薄い便箋に万年筆で書かれた文字は、思ったよりも読みやすかった。徹夜で書き上げた割りには、消したり書き直したりも少ないようである。カフカは引っ掻くように書いたというが、ノートがそういう音をたてたのかも知れない。わたしは、ペンが紙を引っ掻く音を一、二想像してから、自分の爪で便箋を引っ掻いてみた。そして、『死刑宣告』に出て来る手紙のことを思い出した。主人公のゲオルグは若い商人である。彼は、あるよく晴れた日曜日（そういえば、この小説も日曜日の出来事だった！）の午後、友人に宛てたながい手紙を書く。この友人は遠く故郷を離れて、ペテルブルグへ商売に出かけていたが、仕事はうまくいっていないらしい。またそのために、却ってかたくなに故郷へ帰ろうとしないようである。したがって、たまに文通はあっても、二人はもう久しく会っていないらしい。一方、ゲオルグの商売は日増しにその手を拡げている。そのため彼は友人への手紙にいろいろ気を使わなければならない。特にその日の手紙は、友人に自分の婚約を打ち明けたものだ。

しかし、このペテルブルグの友人に宛てたながい手紙は、結局出されなかった。ゲオルグは書いた手紙を持って父親の部屋へ入って行く。そして、その内容を父親に知らせると、父親はいきなり喧嘩を吹っかけて来る。彼はすでに年老いて、商売は次第に息子の手に移りはじめていたのだ。彼はそんな友人などきいたこともない、という。しかし、息子がベッドに寝かしつけると、今度は、お前は婚約者の女とぐるになって、おれとあの孤独な友人をないがしろにしたのだ、という。それから、とつぜんベッドの上に立ち上り、ゲオルグに「溺死せよ」と宣告を下す。そしてゲオルグは、友人宛てのながい手紙をポケットに入れたまま、橋の欄干から川に身を投げてしまうからである。

カフカにとって婚約というものがどういうことであったか、それはもう世界じゅうの書物に書かれている。カフカ自身の書物にも、カフカについて書かれた書物にも、である。この短い小説にも婚約者が出て来た。彼女は、ゲオルグがペテルブルグの友人のことを話すと、そんなお友達があるのなら自分と婚約などすべきではなかったのではないか、という。また、自分の心は傷つけられた、ともいう。そういうことを、ゲオルグとの接吻に激しくあえぎながらいうのである。しかし、友人に婚約を知らせる手紙を書こうと、ゲオルグに決心させたのは、その婚約者の言葉だった。そして、その手紙は出されずに終る。

わたしは、M宛ての手紙から目を離して、白い新型の電話器を見つめた。すると、どうしても考えなければならない問題が、もう一つ出て来たような気がした。Mのことを、まだ一度も宮子に話していなかったことを、思い出したのである。

わたしは、鼻と口で一つ大きく息をついた。それから、煙草をくわえたまま、暫く火をつけるのを忘れていた。宮子にMのことを話すべきであるか、どうか？　また、M宛てに書いたながい手紙のことを話すべきかどうか？

話すとすればどの程度に話すべきであるか？　また、手紙そのものを見せるべきであるか、どうか？

正直いって、こんなことをずっと前から考えていたわけではない。M宛ての手紙を書くときには考えてもみなかったことだ。徹夜して書き上げたM宛てのながい手紙を読み返したとき、とつぜん思いついたのである。おそらく、『死刑宣告』のせいだと思う。その短篇が九月何日だかの夜九時から翌朝の六時にかけて、まるで川床を歩き抜けるようにして一気に書き上げられたということ。それは日曜日であったということ。そんな符合のために、ゲオルグとその婚約者の暗示にかかったに違いなかった。

実際、暗示にかかりやすい体質らしい。体質？　あるいはこれは体質ではなくて、何か別のものなのかもわからない。例えば、いわゆる自意識。しかし、その自意識と催眠術の関係をここで考えようというのではない。その心理学を考えようというのではない。いや、むしろ心理学とは反対のことだ。早い話、わたしがいまふっと思い出したのは、いつだったか、たまたま眺めていたテレビの画面である。

それは催眠術の場面で、画面には四人の男女が椅子に腰をおろしていた。催眠術師はアメリカ人かフランス人だったと思う。実験台に選ばれた四人は日本人で、いずれもマスコミの有名人だった。右端はテレビでトイレットの防臭剤とおせんべいのコマーシャルに出ている中年の新劇女優だった。その隣は男で、中年の落語家。次はデビューしたときからずっと子供のような顔をしたままの女性歌手。そして四人目は、すでに老教授といって差支えないと思われる、長顔の大学教授である。実際、その長い顎と広い額が彼の特徴なのであった。その他では、老眼鏡をかけていないこと、タートルネックのシャツを着て、ステッキをついていることなどだと思う。彼は歴史学者であるが、若い小説家や俳優や評論家たちと、しょっちゅう雑誌で対談などをしている。相手はどれも彼の息子か娘、あるいはそれ以下の年頃だった。そのうち自分の孫との対談を雑誌に載せたいといい出すかも知れない。

老教授は、催眠術のテレビの画面でも、相変らず愛用のステッキを携えていた。そのため、番組のはじめに、ちょっとしたトラブルがあったようだ。アメリカ人だかフランス人だかの催眠術師が、実験中はステッキを持たないで欲しいといったらしい。ステッキに頼らなければならぬような動作は要求しないし、それに催眠術中は意識を失うからステッキは却って危険である。番組の司会者がそのことを老教授に伝えた。司会者は日本人で、日本語で伝えたのである。すると老教授はこう答えた。自分はステッキを手放す気はない。確かに催眠術にかかればステッキが危険であるという意味はわかるが、その心配は無用に願いたい。何故なら、自分は決して催眠術などにはかからないからである。

そして老教授は、今日こうして自分が諸君の前に出て来たのは、それを証明するためだ、とつけ加えた。もちろん生来の好奇心のせいでもあるが、真の知性とはいかなるものであるか、真の自意識とはいかなるものであるかを、遠来の催眠術師に知ってもらうためなのである。ただし、自分があなた（催眠術師）の術にかからないのは、あなたが不自由な日本語を使わなければならなかったからだと思われては困る。疑うならば、フランス語なり英語なり、あなたの母国語で術をかけてもらって結構である。

「あたしも、その方がいいわ！」

と、老教授の隣の子供のような顔をした女性歌手がいった。

「あ、そいつはいいや！」

と、中年の落語家が膝を叩いてみせた。

「それなら絶対かかりっこないやね」

子供のような顔をした女性歌手と落語家は暫く笑い続けていた。中年の新劇女優も笑ったが、すぐに笑い止めた。老教授は、たぶん老教授が笑わなかったためだと思うが、二人はどこかで対談でもしたことがあったのかも知れない。老教授は、笑っている女性歌手と落語家をじろりと睨んだ。そして愛用のステッキを突いて椅子から立ち上ると、そのステッキを催眠術師の方へ向けて、何か喋った。最初は英語で、次にフランス語で喋ったのである。女性歌手と落語家は笑うのを止めて、顔を見合わせた。落語家は何か小声でいって、チンパンジーを真似た手つきで頭をかいてみせた。女性歌手もそれに小声で答えて、下を向いた。二人のやりとりは、たぶんこんなふうなものだったのではないかと思う。

落語家「あたしゃまた、シャレかと思って感心してたんだけど」

女性歌手「ほんと、最高のジョークだと思ったんだわぁ、あたしも」

しかし、ステッキを向けられた催眠術師は、にこにこと愛想よく笑いながら答えた。

「ドーモ、ドーモ、ゴシンパーイ、ゴムーヨウデース」

まことに、たわいもないといえばそれまでの話であるが、そんな一幕が番組のはじめにあったのである。それから催眠術師は、日本語でいろんなことを四人に指示した。たぶん、両手を頭に載せてとか、上着のボタンを一つはずしてとか、そんなふうなことではなかったかと思うが、このあたりのことはどうもはっきり思い出せない。ただ、問題の催眠術師の日本語であるが、これはなるほど老教授が見抜いた通り、決して正確なものとはいえなかった。つまり、ゴシンパーイ式にあちこち間のびするのである。しかし、その方がきいていて眠くなるような気がした。故意か、それとも下手くそなのか。もちろんわからないが、催眠術師はそういう日本語で幾つもの動作を四人の男女にやらせたあと、最後に、それぞれ自分の鼻をつまむよう四人に命じたのだった。

鼻をつまんだ実験台たちは、やがて口をあけて息をしはじめた。つまり、自分の鼻をつまんだ指が、鼻から離れなくなったのである。中年の新劇女優も鼻をつまんで口で息をしていた。隣の落語家も同様である。次の子供のような顔をした女性歌手も同じだった。ただ一人、左端の老教授だけが例外だった。彼は、やや開いた両膝の間に愛用のステッキを立て、両手はステッキの柄に重ねていた。彼は胸を張り、どうだといわぬばかりに催眠術師を睨みつけた。それから、自分の鼻をつまみ、口をあけて息をしている三人のものに目を移したが、それは動物園の猿を見る目つきだったと思う。

しかしそれは、老教授にしてみれば当然の目つきだったといわなければなるまい。なにしろ彼は予言通り、ものの見事に催眠術にうち克ったのである。鼻をつまみ口をあけて息をしている三人のものたちが、彼の目にどれほど馬鹿に見えたか。いかに下等なものに見えたか。幾ら軽蔑しても軽蔑し過ぎることはないと思われたに違いないと思う。所詮キミたちは芸人なのだよ。どうだね、これでわかっただろう。道化役者諸君！　それにしても、何とも哀れな姿じゃないか。いったいキミたちの脳味噌は何グラムなのかね？　揃いも揃って鼻つまみとは、これじゃ三猿にもなりはしない。ところがこれで、わが国では歴っきとしたマスコミ界の有名人と来ている。ま、二、三流どころのタレントなのだろうが、仮に一流だって五十歩百歩さ。ただ、この三人のように、馬鹿正直でないだけの話だ。仮に本人がそうだとしても、マネージャーやエイジェントがそうさせないだけだ。一流タレントに勝手に道化を演じられちゃあ、あとあと商売に差支えるだろうからな。

それにしてもこの三人、まったくたわいのないものだね。その点この催眠術師、敵ながらなかなか天晴れといってよいかも知れん。しかし、お前さん、間違えちゃいかんよ。お前さんが思うように鼻をつまませることの出来たのは、ここに並んでいる道化役者どもに過ぎない。いや、あるいは、もっと高級な人間にも同じことをさせる力を、お前さんは持っているかも知れない。よし、よし、持っていると仮定しょう。いや、この際、お前さんを世界一の催眠術師だと仮定してもよいし、仮定ではなくてそれが事実であれば、話は一層好都合なくらいだ。なにしろこの吾輩はそのお前さんの術にかからなかったのだからな。

どうだい、キミも一つ試してみないか。この際テレビ局とタイアップして、わが国の一流人物たちに挑戦するのさ。学者、文学者、芸術家、ジャーナリスト、医者、技術者、政界、財界、法曹界、スポーツ界、それから宗教関係、それらすべての分野で一流と呼ばれている人物を何名かずつ選んで、お前さんが術をかける。誰が鼻をつまむか、つままないか。これは案外、大変な企画かもわからないぞ。いや、いや、これはキミ、ひょっとすると革命的番組になるのじゃないか。それも、わが国テレビ界の革命なんていうチャチなシロモノじゃない。全知識人に一大ショックを与える知的、意識的大革命です。百恵ちゃんも出て来る。総理大臣も出て来る。ピンクレディーも出て来る。芸術院会員も出て来る。ナガシマもオーも出て来る。玉三郎も出て来ればジャイアント馬場も出て来る。社会、公明、民社、共産各党の党首、書記長も出て来る。いや、出て来ざるを得ないように仕掛けるのさ。つまり、この一大知的ユーモア番組『鼻つまみ』に出演せざるものは、スーパースターに非ず、のキャンペーンを張るわけだよ。

ユーモア、ユーモア、ユーモア！　これがキャンペーンのスローガンです。なにしろ日本人は、このユーモアってやつにヨワイからね。というのも、要するにユーモアなるものがひどくニガテだからだ。つまり、ユーモアなるものが、どうしてもよくわからない。わからないからいつも気にしている。何だかひどく有難いものだと思い込んでいる。だから、あの人にはユーモアがない、といわれることを何よりも恐れておる。その日本人のユーモア崇拝、ユーモア・コンプレックスを一衝きするのさ。番組名は、ずばり『ユーモア！　ザ・鼻つまみ』、なんかいいのではないか。番組の宣伝コピーは、「この番組にはユーモア嫌いの方々にはご出演をご遠慮願っております」、これでいいだろう。

また戦略としては、落語家、漫才師、コメディアンの類は一切出演させないこと。今日は落語家が一人混っていたようだが、欽ちゃん、ドリフ系は絶対に出さない。つまり、この番組のめざすユーモアは、落語、漫才、テレビ・コメディーなどとは異なるレベルのユーモア、知的にして真性なるユーモアであることを強調するためです。またその番組のイデオロギーを、いいかい、イデオロギーだよ、キミ、この番組のイデオロギーとしてのユーモアを、出演交渉の際に、あくまで「オフレコ」として耳打ちする。

そして戦術として、毎回必ず外国人を一名出演させる。これは必ずしもスターである必要はないだろう。最初はむしろ、学者なんかがいいかも知れない。例えば哲学者、科学者、日本文化研究家など。ただし、一流でなければダメだな。それらを、まずユーモアの本家として日本人が信仰しているところのイギリス人から出演させる。続いて、アメリカ人、フランス人……あとは中国人、ロシア人、インド人、ドイツ人、韓国人……要するにオリンピックに参加するすべての民族、人種を網羅する。

そうすればこれは、国際ネットワークにもつながるだろう。まずアメリカのテレビ局とタイアップして宇宙中継する。そして秘かに交渉を進めて、ある日とつぜんアメリカ大統領を出演させる。こうなれば、世界じゅうのスーパースターが、われもわれもとこの番組に殺到するだろう。もちろんスポンサーも殺到する。ここで肝心なことは番組のイデオロギーを最後まで貫くことだ。すなわち、「この番組にはユーモア嫌いのスポンサーはご遠慮いただいております。それがこの『ユーモア！　ザ・鼻つまみ』のイデオロギーだからであります。それをご理解の上、どうぞこの全人類の知的番組に今後とも一層のご協力をお願い申し上げます」というわけだ。

どうだいキミ、これが真のテレビ革命というものだよ。これこそ二十世紀最大の、いや二十世紀最後の全人類的大イベント、全人類の知的大事件だといえるのではないかね。そしてキミは、かのスエーデンボルグに比肩する歴史的スーパー催眠術家、スーパー・トリックスターとなるわけだ。ただし、キミがそうなるためには、ということはこの『ザ・鼻つまみ』が成功するためには、この吾輩を中心とする史上最強のプロジェクト・チームを必要とするがね。なにしろ吾輩は、キミの術に勝ったのだからな。そうだったね、キミ、アッハッハッハ！

もちろんテレビの中の老教授は、そんなことは喋らなかった。したがって、「お前さん」がいつの間にか「キミ」に変ったのも、彼のせいではない。最後の笑い方についても同様である。とにかく彼は愛用のステッキをついたまま、胸を張っていただけであった。ただその表情は、何を喋ったとしても不当ではないというふうに見えた。少なくともいまは、何人といえども彼の奢りを押しとどめることは出来ない。なにしろこれはクイズ番組などとはわけが違うのである。相手は、いやしくも人間の理性と意識に挑戦しようという催眠術なのだ。そして老教授は、傲慢ともいえる予言通り、ものの見事にその術を打ち破ったのである。しかも西洋人の使うその術をである。

やがて、鼻をつまんでいた三人の善男善女は、術を解かれて意識を取り戻した。そして司会者の説明をきいて、おどろきと畏敬の視線を老教授に注いだ。彼らの目には、老教授のつくステッキが、破邪の剣に見えただろうと思う。以下、テレビの問答は次のようなものであった。

「いやあ、おそれ入りました」と落語家。

「あたし、鼻つまんでたって、本当ですか？」と子供のような顔をした女性歌手。

「嘘だと思うなら、あとでＶＴＲ室へおいで下さい」と司会者。

「先生、わたくし先生にお詫びしなければなりませんわ」と中年の新劇女優。

「ほう、それはまた何ですかな」と老教授。

「だって、わたくし先生を疑ってましたから」と中年の新劇女優。

「なるほど」と老教授。

「先生の予言を疑ってただけじゃなくて、本当は、先生が真先にかかれば面白いだろうななんて、思ってましたの。どうしてそんなこと考えたのか、不思議ですけど、本当なんです。でも、ちゃんと正直に白状致しましたから、赦して下さいね、先生」と新劇。

「ハッハッハ」と老教授。

「本当にヘンなこと考えちゃって、ゴメンナサイ」と新劇。

「いや、いや。僕はキミから何も迷惑は蒙っちゃあいません。だから赦すも赦さないもありませんな。それに、いまキミのいったことは、あれでしょう、このテレビを見てた人の大多数が考えたことじゃないですかな。ハッハッハ」と老教授。

「それで安心致しましたけど、何だか自信無くしちゃったわ」と新劇。

「いや、いや。無意識は神の領域ということになっておりますからな。それだけ神に近いということですよ。その点、僕なんぞ、この年になってますます救い難いということですな」と老教授。

　しかし、そのときテレビの画面一杯に大写しになった老教授の顔は、神よりも素晴しいもののようであった。長い顔の頬から顎にかけて深く刻まれた皺の一本一本が、理性と意識の象徴のように見えた。いかなる状況、いかなる場面においても、決して自意識を失わない顔。絶対に鼻をつままない顔。つまり、神の領域である無意識とこの顔のどちらを選ぶかと問われれば、躊躇なくこちらの顔を選びたくなるような、そういう顔だったのである。そこにはまた、かすかな憂愁のかげりさえ見えた。いやまったく、鼻をつまんでスヤスヤ眠り込んでいたシアワセなキミたちが羨ましいよ、とその顔はいっているように見えた。同時に、そういった自分を羨ましいと思っているに違いないシアワセなるものたちへの軽蔑の色も見えた。

　つまり、そこには、ほとんど申し分のないといってよい一人の知識人の顔があったのである。すなわち、彼は、無意識とは何かということについての知識は持っているが、(あるいは持っているがゆえに)決して無意識になれない(あるいは、なりたくない)。また、シアワセとは何かということについての知識は持っているが、(あるいは持っているがゆえに)決して自分がシアワセだという顔はしない(あるいは、したがらない)。そういう知識人の顔だったと思う。

　つまり暗示にかかりにくい顔だ。それは、絵に描いたような鈍感さの正反対のように見える。しかし先にもいった通り、わたしは自意識と暗示の心理学をはじめる気はない。はっきりいって、ニガテなのである。それに第一、地下の世界は心理学の教室ではない。『地下生活者の手記』の作者を「最大の心理家」と呼んだ大文豪がいるそうであるが、たぶん何かの間違いだろう。わたしが愛用しているのは米川正夫訳であるが、その書き出しはこうなっている。
《わたしは病的な人間だ……わたしは意地悪な人間だ。わたしは人好きのしない人間だ。これはどうも肝臓が悪いせいらしい》
　わたしはこの書き出しが大好きである。単純な文章の連発で、音楽的だ。ドストエフスキーはペン字が自慢だったそうだが、音感もよかったのではないだろうか。少なくとも音痴の作家にこういう文章は書けない。もちろんこれを、心理的というのも生理的というのも各人の勝手である。ただ、わたしは贋地下室人として、それを催眠術にひっかけて、ちょっとばかり次のように変形してみたいだけである。

わたしは鈍感な人間だ！　にもかかわらず他人の鈍感さには、我慢の出来ない人間だ！　これはどうやら、わたしが生きているせいらしい。生きていることを恥辱だと思いながら、死にたくだけはない人間であるせいらしい。地下室に憧れながら、地上でしか生きられない贋地下室の住人であるせいらしい。だからわたしは、自意識などというものを余り重大に考えないことにしたのである。そんなものは、自分だけは鈍感でないと信じ込むことの出来るシアワセな人物におまかせして、迷わず鼻をつまんで眠りたい。さまざまな催眠術に人よりも先にかかりたい。どのような暗示にも人より先にかかりたい。そしてそれを恥とは思わないことにしたい。なにしろこの地上の世界で生きている以上、かかなければならない恥は、何もそれだけではないからである。

それにしても、ゲオルグとその婚約者の暗示から、われながら、ずいぶんまわり道をしたものだと思う。しかし、もちろんわたしは、ゲオルグとその婚約者のことを忘れていたわけではない。いや、いや、忘れるどころか、まわり道の間じゅう、ずっと考え続けていた。そのことばかり考えていたとさえいえるくらいだ。実際、あのゲオルグの婚約者の声を忘れることが出来るものだろうか？

ゲオルグはペテルブルグに行っている古い友人のことを彼女に話す。すると彼女は、そんなお友達があるのなら自分と婚約などすべきではなかったのではないか、という。また、自分の心は傷つけられた、ともいう。そういうことを彼女は、ゲオルグとの激しい接吻にあえぎながらいうのであるが、わたしが忘れられないのは、その声なのだ。暗示にかけられたのは、その声なのだ。実際その声は、わたしの耳、頭、いや体じゅうにこびりついた。そして、ながいまわり道をしている間じゅう、わたしの体のどこかで、生きもののようにあえぎ続けたのだった。あの淫らな声で。とぎれとぎれに、すすり泣くような声で。窒息しかけた動物のような声で。そしてそれは、他ならぬ宮子のあえぎ声だったのである。

ああこれはゲオルグの婚約者の声だ、とわたしは思った。最初に宮子と抱き合って絨毯の上に転がったときだ。

宮子はスカートのまま絨毯の上を転がりながら、まるでゲオルグの婚約者のように、彼女の声であえいだのである。二人とも汗まみれだった。なにしろ二人とも衣服のままだったのである。昨年の、梅雨の終りがけで、大学が夏休みに入る少し前だったと思う。翌日は午前中に大学に出る日で、わたしは井上医院に泊り込んで翻訳の続きをしていた。まだ、いまの贋地下室が出来上る前で、確か工事の真最中ではなかったかと思う。わたしは、診察室の隣の、処置室でドクター井上の代訳に精を出していた。そこに置かれている看護婦用の机は、いつもきちんと整頓されていて仕事をするのに都合がよかったし、また、壁際にはこれまた都合よく患者用のベッドが置いてあった。ドクター井上の診察を必要としない患者たちが、看護婦から注射を打たれたり、その他の手当てを受けるためのベッドだった。それで、いまの部屋が出来上る前は、だいたいその部屋を利用していたのである。

蒸し暑い夜で、ルームクーラーをかけていたが、部屋は充分に涼しくはなかった。ただし、これは機械のせいではなく、入口のドアも隣の診察室との境のドアも、あけ放しにして置いたためだ。おまけに、窓も半開きにしていた。いまの部屋はそうではないが、処置室の方は、煙草を吸い続けていると、煙がこもってしまうのである。井上医院には入院室がなかった。これはドクター井上の方針らしいが、それで職員たちは遅くとも八時には全員帰ってしまう。もちろん、井上出版の方は、誰かが遅くまで残っていることもあった。ときには十二時過ぎることもあったようである。

電話が鳴っているのに気づいたのは、九時過ぎぐらいではなかったかと思う。しかし、わたしは放って置いた。電話の音は、机に向っているわたしの背中のうしろからきこえた。たぶん井上出版の電話だったと思う。電話はかなり鳴り続けていたようであるが、やがて止んだ。その日は井上出版の方も早く引き揚げてしまっていたようである。隣の診察室の電話が鳴ったのは、それから二、三分後だったと思う。わたしは机の前から立ち上って、受話器を取った。電話は薬剤師の森野宮子からで、忘れ物をしたので取りに行きたいが入れてもらえるだろうかという。いま井上出版の方へかけてみたが誰もいないようすなので、ともいった。かけているのは、ビルの近くの赤電話だという。間もなく入口のブザーが鳴った。

彼女は受付のうしろの調剤室に入り、わたしは処置室の机に戻った。ショルダーバッグをかけた彼女が処置室に入って来たのは、それから五、六分後だったと思う。あるいは、もっと早かったかも知れない。何を忘れたのかはわからなかった。彼女はショルダーの他に、何かの店の紙袋をさげていたと思う。それが忘れ物だったのかも知れない。しかし、はじめから持って入って来たのかも知れなかった。わたしは何もたずねなかったのである。たずねる必要もなかったし、たぶん必要かどうかさえ忘れていたのだと思う。彼女は、わたしに西洋星占いの続きを訳しているのか、とたずねた。例の西洋占星術が大当りしたあとだった。いや、これはドクター井上の代訳だとわたしは答えた。あの星占いは買って読みました、と彼女はいった。こちらはすっかり忘れてしまったというと、それでは先生の運命を今度調べて教えてあげましょう、と彼女はいった。

わたしは机の一番下の引出しをあけて、ウイスキーのボトルを取り出した。そして、グラスを取りに立ち上ろうとすると、彼女はショルダーバッグをはずして紙袋と一緒にベッドの上に置き、湯わかし場の方へ消えたかと思うと、グラス二個と水差しを銀色の盆に載せて戻って来たのである。その素早さが、わたしを何となくうっとりさせた。わたしは二人分の水割りを作って、一つを彼女にすすめた。彼女はそれを受取ると、ショルダーバッグをちょっとずり上げ、半分だけ腰かけるような形で、ベッドに軽くもたれかかった。おどろいたことに、いつの間にかまたショルダーバッグをかけていたのである。

わたしは仕事を中断した。そして、椅子をうしろ向きにして、飲みはじめた。彼女のスカートは、きっちりしたものではなく、ふわっとした形だったと思う。そして、スリッパの先を軽く交叉させていた。そんな恰好の彼女を見るのは、もちろんはじめてだった。いつもは白衣だったのである。話をしたのもはじめてだったと思う。もちろん一緒に飲むのもである。しかし、だからといって、そこで新しく何かを発見したというのではなかった。わたしは彼女が薬科大学を出てほぼ十年近くになるらしいこと、井上医院には二、三年前から勤めていることを知っていた。しかし、知っているのは、そのくらいだった。だから何かを新しく発見したとすれば、それは抱き合って転げまわってからだったと思う。

わたしは彼女がその晩、何をしにやって来たのかということも考えなかったと思う。忘れ物は何だったのかということなどはもちろん、それが嘘か本当かさえ考えなかった。その晩わたしが病院にいることを、彼女が知っていたのかどうかも考えなかった。まず井上出版の方に電話をかけた意味も考えなかった。すべては偶然であるのか、それとも計画であるのか。計画だとすれば、彼女個人の計画であるのか、それともドクター井上とも関係があるのか。あるいは彼以外の誰かと関係があるのか。そういうことも一切考えなかった。実際、原因も結果も考えなかったようである。そしていつの間にかわたしは、彼女の隣に腰をおろし、何杯目かの水割りウイスキーを飲んでいたようである。それからわたしは空になったグラスをベッドの上に置き、彼女の肩に腕をまわしてベッドに押し倒そうとした。しかし、ショルダーバッグだけがベッドに残って、彼女はずるずるっと腰から処置室の床に滑り落ちた。それで彼女は、ベッドを背にして床に両脚を投げ出した恰好になったが、それが拒否であるのか、その反対の場合の彼女の癖であるのかはわからなかった。実際、どちらともいえない滑り落ち方だった。右手には水割りのグラスを握ったままだったのである。

わたしは彼女の手からグラスを取った。そして、底の方の薄くなった水割りを大急ぎで飲み干し、グラスをベッドの上に置いた。それから、抱き合って床の上を転げまわった。さっき、絨毯の上でといったのは、間違いである。処置室の床は、絨毯ではなくて、ふつうの病院同様、リノリューム張りだ。その上で二人とも汗まみれになった。転がりながらベッドに衝突した。注射器やら金属製の皿やらを載せた車つきの台にも衝突した。机の脚や椅子にも衝突した。その度に上になったり下になったりした。彼女は何度か、わたしの腕を振り払うようにして、リノリューム張りの床にぺたりと坐り込んだ。どうやらブラウスの袖が抜けないらしい。うしろから脱がせようとすると、彼女の両脇のながいくろぐろとした脇毛にさわった。彼女は短い悲鳴をあげて、四つん這いの恰好で逃げようとした。その足首をつかんで引き戻すと、今度は何か口の中でいいながらわたしの上にかぶさって来た。それからまた抱き合って処置室の床の上を転げまわった。そしてその間じゅう彼女は激しくあえぎ続けたのである。

4

翌日、大学での授業中、わたしはとつぜん右肘の関節に激痛をおぼえた。何かの拍子で教卓に肘をついたとたん、思わずうめき声をあげてしまったのである。学生たちには悲鳴のようにきこえたかも知れない。わたしの耳には、ゲオルグの婚約者のような宮子のあえぎ声がきこえた。処置室のリノリューム張りの床の上を転げまわりながらあえぎ続けた女薬剤師の声である。もちろん、そのときは痛みなど感じなかった。そのあと彼女は処置室の黒い革張りのベッドの上でもあえぎ続けた。しかしそのときも痛みはわからなかった。わたしはエレベーターで彼女をビルの一階まで送って行った。それから彼女はタクシーで帰った。午前一時過ぎだったと思う。わたしはエレベーターで九階に戻り、処置室の黒い革張りのベッドで朝まで眠り、大学へは遅刻せずに出かけた。

わたしはこの私立大学の英米文学科に週三日来て、七つの授業を受持っている。大学用語でいえば、七コマである。つまり週一回一時間半の授業が一コマであり、それを七つ受持っているわけだ。この一コマという単位、いったい誰が名づけたのか、もちろんわからない。いつ頃から出て来たのかもわからないが、八年前、わたしが大学教師をはじめたときは、すでにそうなっていたようである。申し遅れたが、八年前までわたしは高校の英語教師をしていた。関東某県の公立を振り出しに、東京へ来て私立を二つばかり変った。妻は、その初期の頃の同僚である。終りの二年間は、私立大学の非常勤講師もつとめた。一コマ講師を、二つの大学でつとめた。いわゆるゼンキョートーの時期に当る。つまり、わたしはあの大学紛争をたまたま一コマ講師として眺めたのである。

紛争のあと暫くして、わたしは専任の七コマ講師になった。ゼンキョートー紛争中に助教授が一人辞めたためだ。彼のことはわたしもまんざら知らぬわけではない。彼は大学を辞めるの弁を、手記にして某綜合雑誌に発表した。また雑誌の座談会にも何度か登場した。もちろん、その種の手記を発表したり座談会に登場したりしたのは、彼だけではない。しかしそういう大学教師のすべてが大学を辞めたわけではなかった。だから、いまでは、いったい誰がどんな手記を発表したのか、誰がどんな発言をしたのか、ほとんど思い出せないくらいである。もちろん、当時ゼンキョートーであったヘルメット学生の中にはそれをおぼえているものがいるに違いない。実際あれからまだ十年しか経っていないのである。しかし、彼らがすでに三十を過ぎたことも事実だった。

つまり、ゼンキョートー時代に大学を辞めたときの助教授と余り変らない年齢ということである。実際、彼は三十四か五ではなかったかと思う。いわゆる若きエリート助教授であった。彼のその後の消息は次第に不明になり、いまもそのままらしい。しかし、さすがエリートである。さまざまな噂、スキャンダル、伝説にいまなお包まれている。まず、彼の姿をホンコンで目撃したという噂があった。一緒にいた女性は、当時ゼンキョートーの女子学生で、某貿易会社社長令嬢だそうだ。それ以上のことは謎らしいが、もし将来ふたたびわが国において第二次ゼンキョートーとでも呼ぶべき大運動があり得るとすれば、それは彼らと無関係には考えられないであろう。その中心となる思想および理論はともかく、その闘争における資金面においては、まず彼と彼女の存在抜きには考えられない。なにしろ第二次ゼンキョートーは大学生だけの戦いではなく、すでに三十歳を過ぎた、(ということはすでに妻子持ちもいる)第一次ゼンキョートーとの連帯による、言葉の真の意味でのゼンキョートーとなるであろうからだというわけである。

かと思うと、またこんな噂もあった。それによると、かのエリート・ラジカル助教授が大学を辞めたあと奥さんと離婚し、もとゼンキョートーの女子学生と一緒にホンコンへ出かけたのは事実だ。ただし彼は、その後間もなく精神病院に入院したそうである。どこの精神病院かは不明であるが、とにかく入院させられてしまい、いまなおそのままだという。病院は日本のどこかだともいわれ、またカリフォルニア州某市だともいわれているが、病名は精神分裂病だという。

そしてその噂から、もう一つの噂が生れた。つまり、カリフォルニア州某市の精神病院の一室で彼が書いた長篇SFがたまたま日本人編集者の目に止り、試しにその一部を雑誌に紹介してみると、果せるかな大評判となった。もちろん、彼の名前では出せない。それで編集者は知恵をしぼり、かの大ベストセラー『日本人とユダヤ人』を放った謎の人物にあやかって、ロシア系ユダヤ人らしい架空の作者名を案出し、英語からの翻訳SFとして紹介したのである。やがてその長篇SFは出版され、予想は的中してベストセラーとなった。劇画にもなって週刊誌に連載された。

しかし、この謎のSF作家伝説には異説もあるらしい。つまり、もともと彼はホンコンにも出かけず、精神分裂病で入院もしなかった。大学を辞めたあと、奥さんと別れ(ただし、正式離婚ではないという説もあるらしい)、もとゼンキョートーの女子学生とどこかのマンションで暮しはじめたのは事実であるが、それは最初から予定の行動であって、彼は大学を辞めるときから、もとゼンキョートーの女子美大生を利用し、SFと劇画で一発当てようと企んでいたのだそうだ。

この説によれば、架空のロシア系ユダヤ人らしい筆名も、もちろん彼自身が考えたもの、ということになる。架空の翻訳者名も同様である。しかし、彼女についての異説もある。彼女は女子美大生ではなくて、英米文学科の女子学生、つまりラジカル助教授の直接の教え子だという説である。また、貿易会社社長令嬢か否かについても諸説あるらしい。ただ、いずれにせよ、彼女がゼンキョートーの女王的存在であったことは確からしい。そしてそのかつてのゼンキョートーの女王が、いまでは三名のアシスタントを抱える劇画界の女王に変身しつつあるという噂だ。一方、もとラジカル助教授の方は、ロシア系ユダヤ人らしい筆名の他に、もう一つ日本人名の筆名を作った、という噂だ。余り濫発し過ぎては「翻訳もの」の有難味が薄れるのを怖れたためだそうである。

それにしても、またずいぶんと彼の噂を書き並べたものだ。確かに彼はわたしの前任者であるが、何もここまで彼について語る義理があるわけではない。実際、前任者とはいえ、わたしは彼の椅子をそっくり譲り受けたわけではなかった。彼の助教授の椅子を譲り受けたのはもと専任講師某であって、わたしはその専任某の後釜に入ったのである。そして、わたしにとってこの地位は、ほとんど半永久的なものだ。次に助教授の椅子があけば、それを譲り受けるのはわたしよりも若い専任講師某であって、高校教師上りのわたしは、万年専任講師に過ぎないのである。せいぜい、七コマの義務が、六コマか五コマに減るくらいではないかと思う。

もちろんそれが、理屈に合わないというのではない。それがケシカランと訴えたいのでもない。ケシカランどころか、事実は高校の英語教師の方が、ずっと大変だったのである。早い話、大学の方は週のうち三日だ。前期十六週、後期十七週、合計一年間に三十三週。日数にすると、三十三の三倍で出講日は年に九十九日となる。うち二コマが六十六日、あとの三十三日は一日一コマで終る。そしてその日は、他の大学に非常勤講師で出かける。つまり、一コマのアルバイトである。非常勤講師は、その他にもう一コマ持っている。これは年間九十九日以外のはみ出し日であるが、それを加えても百三十二日であるし、それに、一年じゅう一度も休講なしという授業はない。一年三十三週のうち、カラスの鳴かない週はあっても、大学に休講のない週はないのである。

いつだったか、サラリーマン出身の某作家が、同じ月給取りでも大学教師は勤め人とはいえない、と何かに書いていたが、なるほど当っていると思う。実際、専任の大学においては出来るだけコマ数を減し、その分よその大学に出かけて一コマ幾らのコマ数を稼ぐ。更に余った時間は、翻訳その他アルバイト原稿書きに当てる。さしずめこれが、わが国における当世大学教師気質ということになりそうである。関取り衆は星勘定、センセイ方はコマ勘定！

それにしても、この一コマという単位、いったい誰が名づけたのだろう？　もちろん、いつ頃出て来たのかもわたしは知らないが、名づけ親はたぶん、文部省かどこかの大学の、ひどく頭のいい事務官ではないかと思う。そして彼は、たぶん将棋好きの男ではなかったかと思う。なにしろそれは、誰でも知っている通り、平たい板に線で仕切られた桝形の齣の中に、五角形のこまかい木製の駒を並べる遊びだ。そしてある日、某事務官は大学のセンセイ方を、その将棋のコマに見立てたのだと思う。あるいは彼は、実際にセンセイ方の名前を小さな紙に書いて、それを将棋のコマ形に切ってみたのかも知れない。そうしてそれを、一週間分の時間表のコマ割りの中に並べてみたかも知れない。並べながらときどき、ふっと息で吹きとばしてみたり、ぴんと爪先ではじきとばしてみたりしたかも知れない。実際、そうやっているいかにも頭のよさそうな事務官の顔を想像してみるのは、それほど困難なことではない。なにしろそうやっている彼の顔くらい満足そうな人間の顔は、そうざらには見られないだろうと思うからである。

しかし、だからケシカランというのではない。ケシカランどころか、いまやわたしも、彼の発明したコマ割りの中で生きている七コマ講師だ。ただ、半永久的七コマ講師であるがゆえに、ゼンキョートー時代に大学を辞めた前任助教授に対しては、何の義理もない人間だといいたかったのである。なるほど、義理のない割には、わたしは彼について、少しばかり多く語り過ぎたかも知れない。確かにそれは、われながらそんな気もする。

早い話、わたしは、もとラジカル助教授のＳＦなど読んだこともない。第一、そのロシア系ユダヤ人らしい筆名がどんなものであるかさえ知らないし、知りたいとも思っていない。また、もとゼンキョートーの女王だという彼の愛人の劇画も知らない。正直いって、そんなものは、知ッタコッチャナイのである。ホンコンへ行こうが、カリフォルニア州の精神病院に入ろうが、奥さんと正式離婚しようがしまいが、その愛人が女子美だろうが英米文学科の教え子だろうが、知ッタコッチャナイのである。なにしろ、彼が大学教師を辞めたところから、わたしの大学教師ははじまったのである。そして、わたしが知っているいまのキャンパスは、誰が飛ばしたのか、紙飛行機が飛んでいるようなキャンパスだからだ。実際、ある日の午後、六階の研究室の窓からぼんやり外を眺めていると、研究室のビルと教室に挟まれた中庭に、ふわりとひとつ紙飛行機が浮いていたのだった。

つまり、そんなふうに大学のキャンパスは変ったのである。しかし、いまのキャンパスは決してゼンキョートー時代の廃墟ではない。もちろんこれを廃墟とみなすゼンキョートーOB、OGもいるであろう。しかし、いまの学生たちはわざわざ高い月謝を払って、ゼンキョートーの廃墟見物に来ているわけではない。高い月謝を払って、廃墟に紙飛行機を飛ばしに来ているわけではないのである。学生たちが、相変らず、高い月謝を払って集まって来るのは、とにかくこの大学が「解体」しなかったからだ。「解体」せずに残っているからなのである。そして、他ならぬこのわたしも、だからこうして七コマ講師になっているのだった。

ただし、くどいようだが、わたしは半永久的七コマ講師だ。いわば『外套』の万年九等官みたいなものである。もっとも、『貧しき人々』の主人公は、わがロシアにあんな九等官など実在しない、とイチャモンをつけている。イチャモンをつけているのも、同じように貧しい、初老の、独り者の九等官である。

《いったいわたしにしてからが、舗道がでこぼこしているときには、よく爪先で歩くようにはしますが、靴を大事にするからとて、それがどうしたというのでしょう！　他人がときどき金に困って、茶も飲まないでいるなんてことを、なんのために書く必要があるのでしょう？》

《世間の取り沙汰が恐ろしくって、なんでもかでも落首に作られはせぬかと、小さくなって身を潜め、自分でひけ目に感じていることを隠すようにして、ときにはどこであろうと、人前へ顔を出すのさえ、恐れているのに、もういつの間にか自分の市民生活も家庭生活も、すっかり文学に書かれて、ちゃんと立派に印刷され、みんなに読まれて笑いぐさにされ、取り沙汰されているという始末です！　もうこれじゃ表へ出ることもできやしない。何から何まで残らず書き立てられているので、今ではただ歩き方を見ただけでも、われわれ小役人仲間だということがすぐわかってしまいます》

《どこにいいところがあります？　あれでは日常の俗な生活の中から、つまらぬ例をとってきたというだけです。それにしても、どうしてあなたはあんな本をわたしに届ける気になったのです。あれは悪意を含んだ本です。ヴァーリンカ、あれはてんで嘘っぱちです。なぜなら、あんな役人なんかいるはずがないからです。いや、まったく、こうなったからにはわたしは抗議します、ヴァーリンカ、正式に抗議しなければなりません》

あるいはわたしも、こんなふうにイチャモンをつけられるだろうか。あんな大学教師なんか実在するはずがない、とイチャモンをつけられるだろうか。たぶん、その心配はないと思う。『外套』は天才の傑作である。『貧しき人々』もまた、天才の傑作である。二人の天才はともに九等官を書いた。そして書かれた九等官は、お互いが相手の影であった。『外套』の九等官は『貧しき人々』の〈影〉であり、『貧しき人々』の九等官は『外套』の九等官の〈影〉である。つまり『貧しき人々』の九等官は、自分の〈影〉にイチャモンをつけているのである。いわばそれは、天才同士のイチャモンである。その点こちらは、ただの英語教師に過ぎない。『外套』の万年九等官のような万年七コマ講師に過ぎないのである。

しかし、だからといって、彼について一切ノーコメントで澄ましていられるだろうか？　わたしは八年前までは高校の英語教師でありました。したがって、前任者であるラジカル助教授とも、またゼンキョートーとも何らかかわりはございません。そういっただけで、果して澄ましておれるものだろうか？　中庭に浮かんだ紙飛行機を研究室の窓から眺めながら、助手の入れてくれた紅茶を満足した顔で飲んでいることが出来るだろうか？　鉄パイプや汚れタオルやヘルメットよりは、やはりこっちの方がいいもんだと、鼻毛を引き抜いたりしておれるものだろうか？　ゼンキョートーの女王をいただいたのはよいが、はやりすたりの激しいSF作家などより、やはりこっちの方がいいんだよ、とにんまり顎など撫でておられるものだろうか？　これでもうゼンキョートーとの取引きは済んだのだから、あとは自分の領分をいかに守るかを考える権利があるのだと、コマ数を頭に浮かべておれるものだろうか？

ある日の午後、研究室の窓から、誰が飛ばしたのか、ふわりと空中に浮かんでいる紙飛行機を眺めながら、わたしはそんなことを考えていたような気がする。すると、これまたある日とつぜん、宮子の口からゼンキョートーがとび出したのである。実際それは、とつぜんだった。たぶん、リノリューム張りの処置室の床の上をごろごろ転げまわった晩から、一月ばかりあとだったと思う。しかしこの場合、まさか彼女が、というのとは少し違う。わたしが彼女のことを知らなかったというだけである。したがって、とつぜん、ということなのである。

しかしここでは、そのことよりも、右肘の痛みの続きを先にしなければならない。幸い大学の教室では、大したことは起らなかった。思わずうめき声をあげたあと、わたしは学生たちの反応をうかがってみた。しかし、彼らはすでに何もきこえなかったような顔をしていた。教室の学生は、男子十四、五名、女子十名くらいだったと思う。

全体が四十名程のクラスで、出席率はだいたいいつもこんなものだ。男子学生は、向って左側に塊っていた。女子学生は右側である。そして、前の方はガラガラだった。これもいつもと同じである。

何故うしろの方に塊るのか？　とわたしは学生たちにたずねたことはない。たずねてみようとも思わなかった。ただ、全員もっと前の席に塊るように、と一度いってみようとは思っていた。しかし、まだ一度もいったことはない。教室に入って、実際に学生たちがうしろの方に塊っているのを見たとたん、忘れてしまっているようである。

全員もっと前の席に塊るように。不思議なことに、一度そういってやろうと思っているのは、いつも教室以外の場所だったようだ。そして教室に入ると忘れてしまった。だから教室での学生たちはいつものままだ。

頬づえをついている女子学生がいる。机の上で両手を組合せ、その上に額を載せて居眠りしている男子学生がいる。その姿勢は何かに祈っているように見えなくもない。テキストに目を落しているもの、漠然と黒板の方を見ているもの、ノートに何か書き込んでいるものもいる。顔は、ほとんどわからない。これはわたしの目のせいでもあった。

申し遅れたが、わたしは眼鏡をかけている。すでに十代の半ば頃から、近視と乱視だったが、いまでは読み書きにもう一つ眼鏡が必要になった。もう三、四年になると思う。早くいえば、老眼である。眼鏡屋に行くと、近視とは無関係です、という。ずいぶん薄情なものだな。わたしは、ほとんど本気でそう思った。眼鏡屋ではなく、自分の近視眼に対してである。なにしろ十五、六のときから近視とつき合っているのだ。その分人より老眼は遅れてもよいのではないか。しかし、眼鏡屋は無関係です、という。むしろ逆に早いんじゃないでしょうか、ともいった。そういう説もあるらしいという。この説にもわたしは腹を立てた。検査が済むと眼鏡屋は、遠近両用という新型をすすめた。この新型のことは、まるきり知らぬわけではなかった。もとプロ野球のホームランバッターがさかんにテレビで宣伝していた。テレビの画面でもとホームランバッターは、絵の展覧会場にあらわれたり、縄とびをしたりしていた。そして最後に、あなたはいま何歳ですか、という。

「いわゆる境目のない、若づくりの老眼鏡なんですね」

そういって眼鏡屋の男は、にやりと笑った。ひどく背の高い男で、流行のローデンストックの縁をときどき指でさわっていた。眼鏡のことならお前さんなんかよりこっちの方がずっと上だ、とわたしは思った。実際、男はまだ老眼鏡にはほど遠い年に見えた。彼は、わたしに新型のレンズをかけさせ、階段の模型のようなものを登らせた。

「登りは、ちょっと上目づかいの感じで、レンズの上の方の層から見るようにしてみて下さい。つまり遠くを見る場合と同じ要領ですね」

と男はいった。わたしは、幼稚園の遊戯の道具のような木の階段の模型を、三段か四段登った。

「いかがですか?」

と男はいった。

「そうやって立止って、中間距離を見るときは、レンズのほぼ中央部の層をお使いになって下さい。そして、階段を降りる場合はですね、さっきと反対にやや目線をさげていただいて、ほぼ靴の先のあたりを見るような感じになるわけです。つまり、近距離の場合と同じく、レンズの下の方の層から見るわけですね」

要するに、かけたりはずしたりする必要のない、一つで二つ分の眼鏡だという。しかしわたしは、男の説明にいちいち腹が立った。男のかけているローデンストックにも腹が立った。男のいいなりに、上目を使わされたり、下目を使わされたりした自分にも腹が立った。わたしは、もとホームランバッターがテレビで宣伝している「若づくりの老眼鏡」は買わなかった。読み書き専用のものを別に作った。

家に帰ると、もとホームランバッターが、またテレビに出て来た。わたしはテレビを見ながら妻に向って、さんざん若づくりの老眼鏡の悪口をいった。ローデンストックをかけた背の高い男にも悪態をついた。そして、もとホームランバッターをこきおろしはじめた。

「でも、奥さんはミス神戸でしょう」

と妻はいった。わたしは妻に腹を立てた。そして更に、もとホームランバッターをグズだとかバカだとかこきおろし続けた。

「グズやバカで野球選手になれるのかしら」

と妻はいった。わたしはますます妻に腹を立てた。そして、世の中にはそんなグズなところをわざわざ好きになる女も多いらしいよ、などと悪態をつき続けた。

「男の更年期障害みたいなものですかね」

そういって妻はテレビの前から立って行った。わたしは自分がハイド氏の顔になっているのがわかった。立って行った妻をあとから追って行って、めちゃめちゃに殴りつけ、その場に突き転がしてスカートをひんめくってやりたい気がした。しかし、実際にはどちらもやらなかった。

そういう状態が一年ばかり続いたような気がする。そしてそのうち、妻にも腹を立てなくなったようである。若づくりの老眼鏡をかけた、もとホームランバッターにも腹を立てなくなった。テレビの画面で、縄とびをしていようが、いまあなたは何歳ですか、とたずねようが、どうでもよかった。テレビには年を取ってから外国旅行をたのしむ老夫婦たちが映っていた。ベニス、ローマ、アテネ、ストックホルム、マドリッド、シンガポール、ホンコン……。日本人の老夫婦もいたし、西洋人の老夫婦も映っていた。しかし、わたしは六十代になって外国旅行をしている自分を想像することは出来なかった。とてもあんな老人にはなれない。いや、わたしはテレビの画面で外国旅行をしている老人たちよりも、自分の方がすでに老人になっているような気がしたのである。ドクター井上に出会ったのは、ちょうどその頃ではなかったかと思う。

大学の教室では、わたしは読み書き用の眼鏡をかけた。したがって、教室のうしろの方に塊っている学生たちの顔は、はっきり見えない。当然の結果として、なかなか顔をおぼえられない。実際、わたしは自分が教えている学生の顔をほとんど知らなかった。それは、一つには確かに眼鏡のせいだ。しかし、全部が全部そのためではなかった。原因のもう一つは、出席簿である。見たところ、別に変った出席簿ではない。ごくごく当り前の黒い厚紙の表紙がついており、黄色い金具つきの穴が二つあって、黒い紐で綴じられている。いまどきむしろ、懐しいとさえいえるくらいだ。ところが、表紙を開くとこうなっている。

まず右上の方に、６４３５—００—１１３８—４３７—１という数字が見える。これはおそらくこの授業の講座番号だろうと思うが、はっきりしたことはいまだにわからない。もちろんわからないのはわたしなのであって、事務所の人間が見れば、一目ですべてがわかるのだろう。学部、教養科目か専門科目かの区分、講座名、曜日、時間、教室、単位数などのすべてである。

次は、横書きのカタカナ八文字。これはわたしの名前であるが、そのすぐ下の１９００２４７の数字、これはどうやらわたしの教員番号らしい。そして、これもおそらく見る人が見ればすべてが一目瞭然という数字であろう。

所属学部、教授か助教授か専任か非常勤か。あるいは給料の額からコマ数までわかることになっているのかも知れない。

さて、その下が学生たちであるが、それはざっと次のような具合だ。47610023アカサカミドリ（実物は横書き。以下同じ）、47610029アサオカフミコ、47610089アダチユキヒコ、47610172エガワタカコ、47610214エンジョウジヨシアキ、47610224オオタニマユミ、47610230オカダマサオ……この調子で約四十名続いているのである。

簡単にいうと、最初の数字が学部番号、次の二桁が入学年度、あとが個人の学生番号ということになるが、これは二年生の場合であって、三年、四年になるとこの八桁のあとにAとかBとかの専攻学科の記号が入り、更に専攻学科への進級年度をあらわす二桁の数字が加わる。しかし、現実には、まだ三年、四年の方が、幾らかましという気がする。それだけレポートなどを見る回数も増えて来るから、少なくともアカサカミドリが赤坂ミドリであるのか、それとも赤坂みどりなのか、あるいは赤坂緑であるのか、その区別くらいはついて来るわけだ。しかし、47610029アサオカフミコだけでは、どうにもならない。朝岡なのか浅岡なのか。それとも浅丘であるのか。名前のフミコの方は、更に種類が多くなって来るし、それを苗字の三種類と組合せると何通りのアサオカフミコになるのか、もう考えるのもバカバカしくなる。

もちろん、暇な人はやってみるのも悪くないと思うが、結果はおそらく、アサオカフミコという女子学生の顔が、ますますわからなくなるだけではないかと思う。これならいっそ、同じクラスに、朝岡文子と浅丘芙美子と浅岡二三子の三人がいた方が、まだましだろうという気がする。いや、もう二、三人、例えば朝岡フミ子と浅岡ふみ子と浅丘文子がいても構わない。漢字でそう書いてあれば、その方が余程、顔はおぼえやすいと思う。とにかく47610029アサオカフミコでは、どうにも顔がおぼえられない。まるで、お札《さつ》だ。

いや、お札の方がまだましかも知れない。そこにはちゃんと、誰でも知っている顔がある。ところがこちらは、顔のないお札だ。あの誰でも知っている顔のある楕円形の部分が、カラッポなのである。それが四十も並んでいるのである。頭痛？　吐き気？　いや、メマイだ。実際、教室に入って出席簿を開く度に、わたしは軽いメマイを起す。もっとも、このメマイは、わたしの年齢や目のせいだろうというものもいる。なるほどそれも、一理ある話だ。

というのは、学生たちはこの番号をそれほど毛嫌いしていないらしいのである。レポートには、名前の脇にこれが必ず書いてあった。これは止むを得ないともいえるが、中には暑中見舞いにまでつけて来るのがいる。年賀状でも必ず何通かについて来た。

わたしは、読み書き用の眼鏡をはずし、外出用のものにかけかえてみた。教室の中の学生たちは、相変らずだった。頬づえをついている女子学生、祈るような姿勢で眠っている男子学生、漠然と黒板の方を向いているもの、テキストを読んでいるもの、ノートに何か書いているもの。ただ、それらの学生たちの顔が、読み書き用の眼鏡で眺めたときよりも、はっきり見えただけである。わたしは、教室の向って右側のうしろの方に塊っている十名ばかりの女子学生の中から、アサオカフミコの顔を探してみた。しかし、もちろん、もともと知らない顔が見つかるはずはなかった。アカサカミドリもわからない。エガワタカコもわからなかった。オオタニマユミもわからない。わたしはすぐに眼鏡をはずした。すると、宮子の顔が浮かんだ。

わたしは、女子学生の顔のどれかが、宮子に似ていたのだろうかと思った。あるいは髪型とか、着ているものとか。わたしは女子学生たちの方へ視線を戻した。しかし、眼鏡をはずした目には、ほとんど何も見えなかった。すると、宮子の顔も、まるで眼鏡なしで眺めてでもいるように、ぼんやりして来るような気がした。わたしはあわてて眼鏡をかけた。しかし女子学生の顔は誰も宮子には似ていなかった。

わたしは左手の指先で、右肘の関節のあたりをさわってみた。つい何分か前、とつぜん激痛をおぼえたあたりである。さわると、熱をもっているようだった。腫れも少しあるようである。指先に力を入れてみた。すると、さっきと同じうめき声が出た。そして宮子の顔がすうーっと消えた。わたしはあわてて、思い出そうとした。すると目の前に、顔のないお札の白い楕円形が浮かんだ。

5

追伸、M君、いまとつぜん古田先生のことを思い出した。

「キミ、あれはもう学校とはいえんよ」

あれ、というのは例のカタカナと数字が並んだ出席簿のことです。先生にお会いしたのはいつだったろう？　先生が胃潰瘍の手術をされ、全快祝いに何人か集まったときか。とするとかれこれ七、八年前だが、それとも先生が定年になられたときか。とすると三年、いや、四年前か。

キミたちの時代はまだあんなものはなかった、と先生はいわれた。それが、お札《さつ》に変ったのはいつ頃だろう。とにかく僕が大学教師をはじめたときは、すでにお札式だった。しかし先生が、自分だけの出席簿を作っているという話には、おどろいたな。大学ノートに学生の名前を漢字で書き直した出席簿を作る話。毎年それを作り替える話。それも一通では済まない。学部、大学院あわせて何通くらいになるのだろう。それを毎年、定年まで続けたんだかな。

昔、繰り返しきいた古田語録。

曰く、

「僕は満鉄帰りだよ」

また曰く、

「あのロシア饅頭はうまかったよ」

また曰く、

「僕はクリスチャンじゃないよ。しかしキミ、聖書を読み給え」

あの頃古本屋で買ったペーパーバックの文語訳の新約、黒いハードカバーの英和対照の新約、二冊ともいまなお手許に残っている。

また曰く、

「僕は英文学の教授なんかじゃないよ」

また曰く、

「僕はただの語学教師だよ」

もっとも、「僕はただの語学教師だよ」と称する大学教師は、日本じゅうにゴマンといる。なにしろそれは、「幾らか頭のいい学生」に対して、なかなか効果のあるセリフらしいからである。ただし、そのほとんどは言行不一致であって、また実際そうでなければ、そう自称する効果もなくなるからである。そういうネライで、自称しているのだ。つまり実際には「ただの語学教師」ではないからそういっているのであって、そこのところを学生にわかってもらえなければ、そもそも意味を失ってしまう。そういう、「幾らか頭のいい学生」向きのネライであり、ヒネリなのである。

しかし古田語録に、そういったものはまったくない。

「僕はただの語学教師だよ」

この、ゴマン教師たちとまったく同じ文句の使用法が、古田先生とゴマン教師とでは正反対である。実際、先生の道具は白墨と黒板だけだった。大学内でも、大学外でも、先生はいかなる文章も書かなかった。効果もネライもヒネリもない、「僕はただの語学教師だよ」の言行一致。そして、だから青二才だったわれわれにはそれが何となく物足りなかったわけでもある。しかし古田先生のそういう言行一致は、決して、言行不一致のゴマン教師たちへの批判でもなかった。もちろん、僕の「七コマ講師」ともわけが違うことは、いうまでもないと思う。

また曰く、

「僕は明治の生れだよ」

また曰く、(但しこれは記憶による意訳)

「キミ、明治人を信用し過ぎてはいかんよ。キミのお父さんも明治の生れだろうが、明治人を尊敬し過ぎてはいかんよ。神話化してはいかんよ。明治人のイサギヨサなどというものを神話化してはいかんよ。僕をもっと疑わなきゃいかんよ。本当は自分の世代のことしか考えていないんだよ。考えられないんだよ、キミ。戦争についての弁明も批判も、要するに自分たちの世代論なんだよ。だから、キミたちの世代への理解なんてものを、僕たちに期待してはいかんよ。明治人に理解してもらいたい、などと甘えていると裏切られるよ。そういうものなんだよ、キミ」

以上、とつぜん思い出した古田語録です。先生はその後お元気だろうか？　ただし、もしお会いする機会があったら（そして、もしたずねられたらの話だが）、僕のことは、このところ音信不通とでも答えて置いてくれ給え。

それに実際、この手紙自体、まだポストには投げ込まれていないわけだからな。

6

追伸（2）手紙の中で、この部屋の中の物をずらずら書き並べたが、確かテレビが抜けていたと思う。これは案外、重大なことかも知れないという気がするので、追加して置きます。何インチ画面というのか、とにかく、かなり大きいものです。少なくとも、わが家（と書いて、思わず、何秒間かペンが止ったが、ま、ここは息を止めて、一気に書いてしまおう。この贋地下室ではない、妻子のいるわが家のことだ）のものより大きい。もちろん、カラーで、リモコン付き。つまり、この部屋じゅうの他の物と同様、要するに新しくて、ゼイタクなものである。それが、ドクター井上の好みだから。もちろん見るのはぼくなのだが、この部屋の中の物は（ぼくが持ち込んでいる書物以外は）すべてドクター井上が買ったものです。

ところでさっきの「わが家」であるが、君にしても、十九世紀のロシア人の話などより、そっちの話をさっさときかせろ、といいたいのではないかと思う。しかし、ちょっと待ってもらいたい。実は「わが家」よりも、彼らの方が気になるのである。もちろんこれは、相手が君だからに違いない。しかし、それだけではないような気がする。ではそれは何かというと、実のところ僕自身にもよくわからない。はっきりしない。はっきりしないが、とにかく気になる。そして、気になるからこうして書いているのであるが、書いているうちに少しははっきりするのではないか。ちょっと待ってくれ、というのはそういう意味です。

例えばここに、オネーギンという男がいる。まず、チャイルド・ハロルド卿気取りの遊蕩児《イカレポンチ》と、作者プーシキンは書いている。彼はロンドン仕込みの流行服を着て、フランス語を話し、チャイルド・ハロルドふうに「ふさぎの虫」に取りつかれ、田園の処女タチヤーナの純愛を嘲笑した。そして、最後は社交界の女王となったタチヤーナに惚れ込んで今度は見事に振られるわけだが、そのタチヤーナにしたところで、（一般には最もロシア的な理想の女性といいわれているようであるが、本当にそうかな？）手紙はロシア語よりもフランス語で書く方が得意だったのである。

また、かのピョートル・ヴェルホーヴェンスキーの父親ステパン教授は、行き倒れ寸前にフランス語でウワゴトをいうし、首つり自殺用のロープに石鹸を塗ったことで世界にその名を知られたスタヴローギンは、間違いだらけのロシア語で遺書を書き残した。

そして例の地下室人は彼らを、「ヨーロッパ的文化の洗礼を受け」「祖国の土と国民的本質から絶縁された教養人」である、と総括した。しかし、総括した彼自身が、他ならぬ分裂したロシア人だったのである。スラブと西欧に分裂した混血児だったのである。

なるほど彼らは、百年前のロシア人です。十九世紀ロシアの首都ペテルブルグの住人です。しかも物語の中の人物です。その彼らのことが、「わが家」のことよりも気になる、などといまさらいい出せば、あるいは大先輩たちから一笑に付されるかも知れません。キミ、それは〈ロシア病〉というもんだよ、というわけです。

実際、わが国の大先輩たちは旧制高校の白線帽時代、ずいぶん〈ロシア病〉にかかったらしい。もちろんその中からは「批評の神様」も出現した。しかし大まかなところ、わが大先輩たちの〈ロシア病〉は、一種のハシカみたいなものだったらしい。ハシカがまずければ〈青春病〉でもよい。いずれにせよ、わが大先輩たちは、白線帽時代に〈ロシア病〉にかかり、やがて、「いやあ、僕らも昔はロシア文学を読んだもんだよ、キミ」という。

なるほど地下室人は〈病気〉である。つまり〈地下室病〉だ。しかし〈ロシア病〉は、果して〈青年の病気〉だといえるだろうか。「ヨーロッパ的文化の洗礼を受け」「祖国の土と国民的本質から絶縁された教養人」という総括は、青二才のタワゴトだろうか。『地下室』の作者は四十を過ぎている。『悪霊』を書いたのは、ちょうど五十くらいではないかと思う。然るにわが大先輩たちは、その年齢にさしかかると、「いやあ、僕らも昔はロシア文学を読んだもんだよ、キミ」という。

もちろん『地下室』や『悪霊』の作者の年齢そのものが問題じゃない。しかし、わが大先輩たちが、その作者そのものを忘れていたとすれば問題だろう。『ボヴァリー夫人』の作者は「ボヴァリー夫人は私だ」といった。それと同じ意味での『地下室』や『悪霊』の作者のことである。つまり「地下室人は私だ」ということである。ということは、「『ヨーロッパ的文化の洗礼を受け』『祖国の土と国民的本質から絶縁された教養人』は私だ」ということである。そして、このスラブとヨーロッパの分裂と混血は、わが国における〈和魂〉と〈洋才〉の分裂そのものとはいえないだろうか。

何だか話が大袈裟になったが、もちろんこんな話はもっとゆっくりしなくちゃいけない。また君が、こういう大ざっぱな、十把ひとからげ式の話を好まないことも、充分承知している。だから今日のところは、いわば雑談ということにしておく。それに、そろそろあるところから電話がかかって来る時間なので、この話は一旦ここで打切ることにします。

と書いたところで、いま思い出したが、昔、太宰府天満宮で「和魂漢才」という掛軸を見たことがある。確か菅原道真公の直筆で、いまでも宝物殿に展示されていると思うが、僕が見たのは小学校四、五年の頃です。僕のおやじが職業軍人だったことは、君に話しただろうか。あるいは一度くらい何かのとき話したかも知れないが、飛行将校で、そのため僕はおやじの勤務地をあちこち動きまわった。日本じゅうだけでなく、朝鮮の会寧《かいねい》というところにも行った。豆満江《とまんこう》に面した朝鮮最北端の町で、北は満洲、東はウラジオストック。小さな町に陸軍飛行連隊があったのは、そのためだったと思う。

もっとも、それは僕がまだ小学校に上る前で、向う岸の見えないあの馬鹿でかい川をぼんやりおぼえているくらいです。それからおやじは、僕が小学校に入る年に、太刀洗《たちあらい》の飛行連隊に移った。太宰府から電車で三十分くらいのところで、あの地方の小学生は、必ず何度か太宰府へ遠足に出かける。なにしろ勉強の神様だからね。遠足じゃなく、遊びに行くこともある。「和魂漢才」の書を見たのは、たぶん学校からの遠足のときだったと思う。でもなければそんなもの見物しなかっただろうからな。

ただ、僕には〈和魂〉が、どうも気になる。これは、あるいは僕が〈さまよえる日本人〉だったためかも知れない。しかし、それはともかく当分の間、僕は「ヨーロッパ的文化の洗礼を受け」「祖国の土と国民的本質から絶縁された教養人」たち、十九世紀のロシア人たちとつき合うつもりです。ということは、迷惑かもしれぬが（たぶん、迷惑でしょう）、君にもつき合ってもらうということです。なにしろ、こちらは、空中にとび出した地下の延長の行き止りの、壁の中で暮している贋地下室の住人なのですから。

7

追伸（3）　どうも追加、追加でおかしな恰好だが、まだ電話がかかって来ない。といっても、君には何のことかわからないだろうが、それはまたいずれということにして、大急ぎで追加をもう一つ。いま調べたところなんだが、例の『地下室』にも下男がいました。いたどころではない。事もあろうに、アポロンという名前だ。月給は七ルーブリ。歴っきとした住込みの下男なのである。

地下室人の遺産六千ルーブリについては、すでにしつこ過ぎるくらい書いた。また、それが八等官の年俸の約十年分に当ることも書いたと思うが、七ルーブリという月給が当時の下男の相場として、安過ぎるのか、ふつうなのかはわからない。

もっとも、この地下室の住人が、誰に宛てたのだかわからない手記を書きはじめたとき（つまり、食うために勤めていた八等官を辞めてしまったあと）、アポロンはすでにいなくなっている。しかし、このアポロンという下男は、無視出来ない。いや、この小説になくてはならない存在だといえる。

どうやら彼らは、地下室に、何か衝立のようなものを置いて、その両側に住んでいたらしい。この二人の関係は、実に面白い。地下室の住人は、自分の下男であるアポロンのことを、自分の癌だと呼ぶ。また、神の送り給うた鞭なのだ、ともいう。そして、自分はもう数年の間、この男としのぎを削って来たため、この男が憎くて憎くてたまらないという。生れてこの方、この男くらい憎い男はいないという。しかし、にもかかわらず、この男を追い出すことが出来ない。

どうして憎いかといえば、自分を見くだし、軽蔑するからだという。自己というものに一度も疑いを抱いたことがなく、常に、マケドニヤのアレキサンドル大王のような自尊心の持ち主だからだという。眉が白っぽいと書いてあるから、かなり年寄りの下男だと思うが、彼は自分の服のボタンの一つ一つ、自分の爪の一つ一つに、間違いなく惚れ込んでいる。そして、自信に満ちた重々しい目つきに、必ず冷笑をたたえているという。この他にも、まだいろいろとアポロンのことは書かれている。精進油をてかてかに塗った髪の毛とか、V字形に下唇を突き出したもらしい。

アポロンは地下部屋の衝立の向うで、内職の繕い物のようなこともしている。また、これも内職に、靴墨のようなものも作っているらしい。また、近所に頼まれてネズミ取りなどもやっているらしい。そして、暇なときには聖書の詩篇を、例のひそひそ声で朗読している。ときには、どこかの葬式に雇われて、詩篇を読みに行ったりもするっともらしい顔つきとか、舌を縺《もつ》らせたような発音のし方とか、勿体ぶったひそひそ声とか。

主人である地下室の住人と話すときも、その調子はまったく変らない。あくまでも落着き払っており、両手を背中に組み、やや目を伏せるようにして、抑揚のない、いつも一定の早さを保った小さな声で話すのである。

この落着き払った態度が、地下室の住人には、どうにもガマン出来ない。およそ自意識というものを持った人間に自尊心など持てるはずはない、と彼はわめく。それが地下室人の哲学だからだ。そこで、二人の戦争がはじまる。

地下室人は、七ルーブリの月給をわざと払わない。二日、三日、と支払いを引きのばす。そして、引出しの中の七ルーブリを見せて、アポロンに憐みを乞わせようとする。下男らしく、主人の前に跪《ひざまず》いて、ご主人様お願い致しますです、といわせようとする。しかし、アポロンは跪かない。ときどき、すうっと主人の脇にあらわれて、落ち着き払ったいつもの態度で、主人の顔を見るだけである。それから、さっと廻れ右をして、衝立の向うへ消えて行く。

しかし、この二人のニラメッコは、一週間ともたない。そして、もちろん戦争は、地下室人の敗北に終る。彼は、ついに耐え切れなくなって、悲鳴を上げるのである。この戦争の面白さは、まず、そういう結末になることを、両者がすでによく知っていること。にもかかわらずそれを繰り返していることにある。

アポロン氏は決して大きな声を出さない。大きな声は相手を観察するための妨げになるからである。

そして、わが地下室の住人は、そのアポロン氏の観察力によって、すっかり見抜かれている。すなわち、この主人は、下男を決して虫ケラ扱いに出来ない人間だということ。そうしたくない（のであれば話にもならぬが）のではなくて、一度でよいから、何とかそうしたいと思っている。しかし、どうしてもそうすることが出来ない。つまり、物売りの女に自分を「少佐」と呼ばせるコワリョーフ氏には、決してなれない。また、（わが地下室の住人を）まるで蝿かバケツみたいに扱った、かのビリヤード屋の将校には、決してなれない。しかも、一度でよいからそうなりたいと思っておる。アポロン氏の目は、それをすっかりお見透しなのである。

つまりアポロン氏は、立派なコワリョーフであり、ビリヤード屋の将校だといえる。ただ、いまはたまたま地下室の住人の下男であるに過ぎない。だから、もし何かの拍子（例えば神様のおぼしめし）で、立場が逆転したときには、地下室人が逆立ちしても出来なかったことを、いとも簡単にやってのけるであろう。そして一旦それをわが物にしたが最後、カミナリが鳴っても手放さないであろう。

彼は奴隷になることも出来る。奴隷の主人になることも出来る。しかし、決して神のおぼしめしには逆らおうとしない。だから、衝立の向う側の自分の片隅から出て行こうとしない。与えられた片隅で繕い物の内職をしながら、低い声で詩篇などを読んでいる。そうやって、落着き払って、絶えず相手を観察している。すなわち、相手の奴隷となるべきか、それとも相手を奴隷にすべきであるか。その関係を観測している。

要するにアポロン氏は、地上人の代表ということです。地下室人がペッと唾を吐きかけた地上人の代表です。同時に地下室人が最も恐れる人間の代表です。だから、この二人の関係は、主人と下男であって、同時にそれを超えたものです。この地下室は、単なる十九世紀ロシアの首都ペテルブルグの特産物ではありません。普遍的なものです。この地下室が全世界そのものです。二人の関係の滑稽さも、悲惨さも、われわれの生きている現代そのものです。官庁そっくり、会社そっくり、そしてもちろん、大学そっくりでもあるわけです。

いや、はや、何だか、思わずペン先に力が入り過ぎたようだが、失礼、ここで電話が鳴りはじめた。

8

授業が終ると、作業服を着た清掃婦（？）が入ってきて、たちまち黒板の文字を消しはじめた。作業服に、汚れた（もともとは白だと思うが）前垂れをかけ、青い大型のポリバケツを引きずっている。年齢は、よくわからない。たぶん、まだ四十前ではないかと思う。この教室は、五階建て校舎の三階である。研究室とは別棟であるが、通路でつながっている。しかしその通路は、さながら迷路だ。エレベーターはついていない。

黒板の文字は、みるみる消えてゆく。いつ頃からこういうことになったのだろうか。古田先生は、もちろん、自分で消しておられた。ゆっくり、ゆっくり、消しゴムで消すように。わたしも、（七コマ講師になって）はじめの頃は、自分で消していたような気がする。しかし、いつ頃からこう変ったのか、はっきり思い出せない。わたしは廊下に出て、煙草に火をつけた。廊下には、黄色っぽいプラスチック製の椅子が並んでいる。そして、筒型の灰皿が、ところどころに立っている。駅のホームにあるようなものだ。尻の部分が窪んだ一人掛けのプラスチックの椅子も、同様である。

隣には、ミニスカートの女子学生が腰をおろしていた。流行おくれであるのか、それともまた流行しはじめたのか。太腿（長くて太いようだ）の半分が露出している。彼女は煙草は吸っていない。その隣の、煙草を吸っている男子学生と、何か話しているようだった。

清掃婦は、黒板消しは使わない。テレビで宣伝している新製品だろうか。何か専用の四角い布のようなものを使用していた。黒板の前で、彼女の腰や尻がリズミカルに動いている。彼女にとってそれは紛れもない作業なのだ。つまり、彼女にとって白墨の文字は、汚れに過ぎない。黒い壁に白墨で書かれた落書きである。たぶん彼女は、授業終了一分前に到着して、いまわたしが坐っているこの廊下の椅子に腰をおろして待ち構えているのだと思う。そして、授業が終るや否や、わたしが教室を出るよりも早く、青いポリバケツと共に教室に侵入して、たちまち、黒板の汚れを取り除きはじめる。

あんた作る人、ぼく食べる人。テレビでやっていた即席ラーメンのこのコマーシャルは、どこからか文句が出て、取り止めになったらしい。理由は、差別ということだそうだ。清掃婦の腰と尻は、リズミカルだ。黒板の汚れは、やがてきれいになくなるはずである。彼女は腹を立ててはいない。なにしろそれが彼女の仕事なのだ。あんた書く人、あたし消す人、なのである。

あるいはこの何年かの間に、彼女は「汚す人」たちの特徴を、すべて呑み込んでしまったかも知れない。あのセンセイの汚し方、このセンセイの汚し方。あのセンセイの漢字、このセンセイの英語。あのセンセイのドイツ語、このセンセイのフランス語。あのセンセイのロシア語、このセンセイの色チョーク。と、いう具合だ。そして、それぞれの汚れに応じた最も有効な消し方が、すでに彼女の身についているのかも知れない。あの汚れは上から、この汚れは下から。あの汚れは右から、この汚れは左から。そして、それが彼女の腰や尻のリズムなのかも知れなかった。

もちろん、彼女にしても腹を立てることはあったと思う。ただし、それは「汚す人」に対してではないと思う。また、「汚し方」に対してでもない。たぶん「遅れる人」に対してだと思う。授業終了時刻の一分前に、彼女は青いポリバケツと共に、教室の前の、廊下の椅子に到着する。「消す人」として到着するのである。そして、やがて時間が来る。隣の教室からは、学生たちが出て来る。しかし彼女が消すためにあらわれた教室の授業は、まだ終らない。彼女が腹を立てるのは、そういう「遅れる人」に対してだと思える。先に終った隣の教室から消してゆけばよいではないか、というのは、シロウトの考えである。「消す人」には消す人の、仕事のリズムというものがあるのだ。一旦それが崩された償いは、何ものをもっても、償い切れないのである。一旦崩れた腰や尻のリズムは、なかなか取り戻せるものではない。そしてそれは、その日一日じゅう、彼女を不愉快な気分にするのである。

実際わたしも、何度か、教室のうしろのドアからのぞかれたことがあった。最初わたしは、ウカツにも、誰かが教室を間違えたのだと思った。それで、そのまま五、六分間（僅か五、六分ではあったが）、授業の残りを続行した。しかし、それが「消す人」だったとわかってからあとは、直ちに授業を打ち切るように努めている。どうしても無理な場合（例えば、四年生の授業になると、教育実習などということで、二週間ばかり欠席するものが出て来るが、規定のカードに書き込んで事務所に提出すると、欠席扱いにされずに済む。学生がその種のカードに担当教師の認めのサインを求めて来るのは、大体、授業が終ってからだ）は、教壇を降りて（つまり、黒板を明け渡して）、学生たちの机の方でやることにしている。とにかく、交代の時間なのだ。その時刻が来れば、黒板は、「書く人」のものから「消す人」のものに変る。黒板はもはや、「消す人」のための存在となるのである。

最近でもわたしは、年に何度かはうしろのドアからのぞかれることがあった。しかし、彼女たちは、決して、それ以上の無作法な真似はしない。どんどんとドアを叩いたり、青いポリバケツを開いたドアの間から、教室の中へ押し込んだり、といったことはしない。きこえよがしに、露骨な声を出したりもしない。ただ一分おきくらいに、静かにうしろのドアをあけて、ちらりと汚れた黒板（なにしろそれが、彼女の職場なのだ）の方をのぞくだけだ。つまり、女アポロンのようなものだ。八等官であった地下室の住人に対する下男アポロンのように、彼女（たち）はあくまでもの静かであり、落着き払って、正確に「消す人」の任務を遂行しているのである。

「君は、ぼくの授業に出てましたかね？」

と、わたしは隣の椅子のミニスカートの女子学生に話しかけてみた。すると、彼女は、隣の男子学生と黙って顔を見合せ、それから口に手を当てて、ちょっと笑った。

「それとも、この教室の次の授業なのかね」

彼女は、もう一度、隣の男子学生と顔を見合せたようだ。そして、「さあ、どちらでしょう？」とでもいうように、ふわりと立ち上ると、二人で廊下を歩いて行った。そのジーパンと並んでゆくジーンズのミニスカートを見送りながら、わたしは、あるいはあれが、４７６１００２９アサオカフミコだったのかも知れないと思った。

わたしは、筒型の灰皿（？）に煙草を捨てて、立ち上った。そして、階段を降りはじめた。この文学部のキャンパス（文学部だけが他の学部から少し離れた場所に独立していた）は、七コマ講師としてもう何年も通っているにもかかわらず、いまだに迷路のようだ。キャンパスというより、正確にいえば、わかりにくいのはこの建物なのだが、大ざっぱにいって、全体がコの字形になっており、その裏側に、余り広くない中庭を挟んで、もう一並び三階建てのやや古い校舎が建っているのはわかっている。ただ、問題はコの字形の方なのである。

例えば三階の教室から出て研究室へ戻ろうとする場合、階段を二階まで降り、そこからコの字形の背の部分の通路（この通路の下の一部がドーム式になって、裏の中庭へ通じている）を歩いて行くと突き当りが教師、助手用の図書室になっており、そこを右折すると研究室用のエレベーターのところへ出る。つまりエレベーターは、二階からというわけだ。したがって、それに乗って六階へ行き、すぐに左折して、突き当りをもう一度左折するというのが正しい道順なのであるが、どうかすると、三階の教室からの階段をつい一階まで降りてしまい、気がつくと、いつの間にか校舎の外へ出てしまっているのである。また、その反対のこともあった。つまり、校舎の外へ出ようとしたにもかかわらず、いつの間にか、二階まで降りたところで、コの字形の背の部分の通路へ入り込んでしまい、そこを歩いてエレベーターのところまで行き着いてしまうわけだ。

もちろん、そんなことになるのは、こちらがうっかりしているからに違いなかった。なにしろ、学生たちは研究室へ帰るのではなく、外へ出なければならぬわけだし、誰が考えたのか、とにかくそういう構造になっていることはわかっている。しかし、何度も同じところで間違えるのも事実だ。それも、ほんのちょっとしたはずみのようなものなのである。とつぜんおぼえた右肘の痛み。思い出せなくなった宮子の顔。ゲオルグの婚約者のようなあえぎ声。４７６１００２９アサオカフミコ。のっぺらぼうのお札《さつ》。女アポロン「消す人」の腰と尻のリズム。「さあ、どちらでしょう?」とでもいうようにふわりと立ち上って行ってしまったジーンズのミニスカート。それらのうち、いったいどのはずみだったのかはわからないが、気がつくと、やはりわたしは校舎の外を歩いていたのである。

そしてやがて、向う側の棟の一階にある事務所の脇から階段を登り、エレベーターの前に出て来た。どちらにしても、そこに着くことは着くのである。しかし、わたしはエレベーターには乗らずに、左手の教員控え室に入って行った。別に用事は何もなかった。なにしろ、研究室へ戻るはずだったのである。それに、この控え室には、この頃では特に用事らしい用事もない。せいぜいチョークを取りに来るくらいだ。それも、授業に遅れて来て（三十分遅れると自然休講）、六階の研究室へ寄る暇がないときである。それから、ときどき、お茶を飲みに立ち寄る。「茶」と「湯」と「冷水」三つの押しボタンのついたセルフサービスの機械があって、そばの盆に湯呑み茶碗が伏せてあった。それと、隣が広い会議室になっているので、会議の前後にそこを通る。そして、たまにソファーで一服したりすることもあった。いまでは、ざっとそんなものだと思う。

しかし、非常勤の一コマ講師だった頃は、毎回必ずそこへ立ち寄ったものだ。立ち寄るというより、そこしか部屋はなかったのである。がらんとした大部屋で、入口近くに、若い女の事務員が一人坐っている。それから、例のセルフサービス機だの、チョークだのの一角があり、その先にソファーが五、六本並んでいる。四、五人がけのソファーで、間に細長いサイドテーブルが置いてあり、脇には筒型の灰皿、といった具合だ。

もちろん、控え室であるから、一人一人の机などはない。奥の方の壁際に、ロッカーが並んでおり、小さな引出しに小さく一人一人の名札がついているだけである。そして、非常勤講師は、必ずそこをあけて見なければならない。前期、後期のテストの日程。レポートの締切り。学部行事、休日などの通知書。銀行振込み済みの給料明細書入りの封筒。かと思うと、最近、学部事務所へ無断で休講する講師が増えているが、休講の際は必ず事前に学部事務所宛てに直接連絡すること。つまり授業の終りに口頭で学生たちに次回は休講と告げるようなことはしないように、などという通達事項、その他、その他。そういった紙片が一枚か二枚入っている、いわば郵便受けみたいなものだ。

もっとも、そのロッカーの小さな引出しさえのぞいておれば、誰とも一言も口をきかずに済むといえば済む。実際、一コマ講師だった一年間、わたしはそこで一言も、誰とも口をきかなかったような気がする。入口近くに坐っている若い女事務員とも、きかなかった。何も用事がなかったのである。すらりとした、ほとんどお化粧もしていない（学生アルバイトか？）女事務員だったが、彼女も何をしていたのか、よくわからない。もちろん、いるからには何か仕事はあるのだと思うが、電話番と会議室のお茶汲み、それとセルフサービスの湯呑みのあと始末、そのくらいだったのかも知れない。

もちろん、大部屋全体が、しーんと静まり返っているというわけでもない。ソファーの一角では、話し声もきこえる。どこかの大学の名前がきこえたり、学部や学科や、そこの教師らしい人名がきこえたりした。

「そいじゃあ、これから？」

「そう、そう」

「そいつは、大変だわ」

「なんせ、逆方向だもんでね」

などときこえた。七十歳の私立大学の定年を、すでに過ぎたような顔も見えた。またどこかの私立の専任に籍を置いて、いわゆるコマ数稼ぎにとびまわっているような顔も見えた。しかし、それら老講師たちの話し声は、いずれもなかなか元気そうにきこえた。互いに、相手の手駒を勘定しながら、自分の手駒を披露しているようにきこえたのである。

黙って、手帖に何かを記入している若手講師の姿も見えた。セルフサービスのお茶をぐっと飲み干し、腕時計を見て、あわただしく立ち上って行く中年講師もあった。

テレビはつけっ放しになっていたようである。しかし、のんびりとそれを眺めているものは、たぶんいなかったのではないかと思う。なにしろ、控え室なのである。どこからどこへ行くのだとしても、いわば、あわただしさそのものが、この部屋の身上なのだ。つまりこの部屋においては、あわただし気に見えるものほど、生き生きとして見えるということなのである。そして、老講師たちはそれを口に出し合っていた。ただ、若手、中年講師たちは、それを別のやり方で表わしたのである。もちろん、わたしも黙っていた。なにしろ当時はまだ（別にこっそり隠れて来ていたわけではなかったのだが)、本業は高校の英語教師だったのである。

教員控え室の様子は、当時とほとんど変っていないように見える。変ったのは、入口近くに坐っている女事務員(これはやはり学生アルバイトで、この八年間にもう五、六人変った)と、つけっ放しのカラーテレビの画面が、やや大型になったことくらいではないかと思う。それと、クーラーが新型になったのだろうか? あるいはこれはもとのままなのかもわからないが、とつぜん、首筋のあたりが、ひやりとしたような気がした。

その他は、相変らずだったようだ。互いに手駒を披露し合っている老講師連(もちろん顔ぶれは変っているのだと思うが)の話し声も似たようなものだし、それらにわざと背を向けるようにして、ぽつりぽつりと、離れればなれに坐って何かしている若手、中年の講師たちのうしろ姿も、相変らずのものに見えた。

わたしは、まずセルフサービスの茶を湯吞みに汲み、商売道具の革鞄を左手、湯吞みを右手に持って、誰もいないテレビの近くのサイドテーブルに運んだ。そして、ソファーに腰をおろし、ぼんやりとテレビの画面を眺めながら、ゆっくりと熱い茶をすすった。テレビでは、男と女が揃いの派手なエプロンをかけて、何か料理を作っていたような気がする。

こともあろうに、(誰がチャンネルをまわしたのか)、あわただしさが身上のこの控え室で、お料理番組とは! しかし、もちろん、見ているものは誰もいなかった。チャンネルは(これは誰でも自由にまわせることになっている)、あるいは昨日(いや、昨年か)のままになっているのかも知れない。わたしも熱心に見ているわけではなかった。実際、何を作っているのやら、さっぱりわからなかった。ただ、朝から何も食っていなかったことを思い出したようだ。なにしろ、女薬剤師がタクシーで帰ったのが、午前一時過ぎだった。それから井上医院の処置室の、黒い革張りのベッドで眠り、午前十一時から十二時半までの授業に駈けつけたのである。

テレビの料理番組を見ながら、わたしはそんなことを思い出した。しかし、とつぜん食欲をおぼえるということはなかったようだ。そういえば、あれからまだ半日経つか経たないかなのだな。わたしは煙草に火をつけた。そして、もう暫くこのテレビの前に坐っていようと思った。幸い、専任の方は一コマだけの日だったのである。危うく、もう一つの大学の非常勤の一コマを忘れるところだったが、そちらにはまだ二時間ばかり余裕があることにも気づいた。これは、このあわただしさが身上の教員控え室のお蔭だったといえるかも知れない。

もし、教室からそのまま研究室に戻っていれば、あるいは忘れてしまっていたかも知れないのである。料理番組のテレビを見ながらセルフサービスの熱い茶を呑み、煙草を一本吸い終ったあと、そっとシャツの腕まくりをして右肘のあたりをのぞき込んだとき、そう思った。見ると、教室で激痛をおぼえた関節のあたりは、想像以上に、赤く腫れ上っていたのである。左手の掌を当ててみると、熱を持っていた。そして、それも教室で触ってみたときより、熱いような気がした。

わたしは、ソファーの前の低いサイドテーブルに、右肘を当ててみた。すると、思わず「うっ」とうめき声をあげそうになった。わたしは、もう一度、右肘のあたりをのぞき込んだが、これはなかなか、簡単なようで骨の折れることがわかった。幾ら首を曲げてみても（鶴のような首でない限り）、自分の右手の肘の全体を充分に観察することはむずかしいのである。そして、そのせいかどうかわからないが、関節のあたりはただ赤く腫れ上っているばかりでなく、奇妙な具合に歪んでいるように見えた。とつぜん首筋のあたりが、ぞくっとしたのである。そして、この部屋へ入って来たとき、とつぜんひやりと感じたのは、ルームクーラーが新型になったせいではなくて、あるいはこの右肘の、腫れと熱のせいだったのかも知れないぞ、と思った。

わたしは立ち上って、ドアの外の教員用トイレットに出かけた。もちろん、トイレット本来の使用目的のためにである。ところが、そこで鏡を見つけた。もちろんこれも、わざわざわたしが見つけなくとも、そこの手洗いの前に、当然あるものとしてあったに過ぎない。しかしそのときのわたしには、とてもそうとは思えなかった。つまり、トイレットに鏡があるのは（いやしくも大学の教員用なのだ）当然過ぎるくらい当然のことだ（なければそれこそ問題だろう）とは、思えなかった。早い話、有難かったのである。

もちろんそのトイレットに入ったのは、はじめてではない。最近でこそ、ふだんは六階のトイレットを使用しているが、八年前の一コマ講師時代には、専らそこを使用したのである。にもかかわらず、そこにある鏡を有難いなどと思ったことはなかった。有難いどころか、忘れてさえいた。実際、忘れても不思議ではないような、実に平凡な鏡なのだ。要するに、ただの矩形なのである。

しかし、いまは、これまでこの鏡をそんなふうに見過して来た自分が、まるで嘘のような気がした。やや大袈裟にいえば、この何の変哲もない、平凡極まる矩形の鏡の前にわたしが立っているのは、ただの偶然ではないような気がした。もちろん、ただの生理的必然でもない。つまり、単なるア・コール・オブ・ネイチャーではない。何ものかが、わたしを手招きしたのだ。そして、その何ものかの不思議な手招きによって、いまわたしは、こうしてこの平凡な鏡の前に立っているのだ。そんな気がしたのである。

ご存知の通り、とつぜん自分の鼻に逃げ出された八等官コワリョーフは、何度も鏡をのぞき込む。まず、ある朝、目をさまして伸びをしたあと、彼は下男のイワンにテーブルの上の小鏡を持って来させる。そして、昨夜鼻の上に出来ていたニキビの具合を見ようとしたのだったが、ニキビは愚か、肝心な鼻そのものがなくなっていることを知っておどろき、あわてるのである。

彼は、失われた鼻を求めて、新聞社の広告係や警察署長室などを訪ねまわった挙句、身も心も疲れ果てて、わが家へ帰って来る。そして、もしや、と思って、もう一度鏡をのぞく。しかし、のぞき込んだ瞬間、「何て呆れ果てた姿だろう！」と叫んでしまうのである。

また、コワリョーフから、鼻のなくなった顔を見せられた新聞社の広告係の男は、「なるほど、これは珍妙ですなあ！」という。「跡がまるで、焼きたてのパンみたいにつるつるしている。よくもまあ、こう平べったくねえ！」ともいうが、これも、直接鏡ではないが、鏡をのぞいたのと同じことだと思う。

もちろん、わたしは、鼻をなくしたわけではなかった。教員控え室用トイレットの鏡をのぞき込んだのは、鼻のせいではない。右肘のためだ。赤く腫れ上り、熱を持っている右肘をのぞき込むためだ。わたしは教員控え室のテレビの前のソファーの上で、二、三度そこをのぞき込んでみた。しかし、意外にも、自分の右肘のあたりを充分に観察することの困難さを知らされたのである。実際、その部分は、（背中、尻、顔は別として）自分の肉体のうち、一見そうではなさそうに見えて、実は最も見えにくい部分ではなかろうか。そう思った矢先だっただけに、教員用トイレットのまことに平凡な鏡が、何か不思議な鏡のように思えたのである。そして、何か大袈裟なことまで考え、ついでに、コワリョーフの鼻まで思い出したわけだ。彼は、鼻の上のニキビを見ようとして、鏡をのぞいた。なにしろそれは、自分の鼻の上のニキビだからだ。これが他人の（例えば下男のイワンの）ニキビならば、鏡はいらない。また、宮子の右肘であるならば、鏡はいらない。しかし、なにしろわたしが見たかったのは、わたし自身の右肘だったのである。

わたしは早速、鏡の前で腕まくりをすると、まず、くの字に曲げた右肘を鏡の方に突き出して見た。そして、まるでコワリョーフのように「うへっ！」と声を上げて、のぞき込んでいた鏡から、思わず顔をうしろへ引いた。のけぞった、といってもいいかも知れない。そこに写っていたのは、まさにゲンコツのお化けだった。というべきか、あるいはお化けのゲンコツというべきか。とにかく、（ここで『鼻』から『外套』へとつぜん変るが）あの『外套』の最後の場面に出て来る、巨大なゲンコツである。つまり、ある晩、アカーキー・アカキエヴィチの幽霊のあとを、一人の臆病な警官がつけて行くと、とつぜん幽霊は立ち止って、振り向き、「何か用かね？」とたずねる。そして、とても生きた人間とは思えない巨大なゲンコツを、警官に向って突き出す。それから、オブーホフ橋の方へ向ったかと思うと、あっという間に暗闇の中へ姿を消してしまうのであるが、まさに、その幽霊が突き出したような、巨大なゲンコツに見えたのである。それが、鏡の中から、わたしの顔に向って、突き出されていたのだった。

もちろん、それはお化けでもなければ、ゲンコツでもない。くの字に曲げた、わたしの右肘だった。しかし、その赤く腫れあがった先端には、奇怪な渦巻きのようなものが見えた。天眼鏡でのぞいた親指の指紋のような、渦巻きである。しかも、それが横長の歪んだ楕円形に見えた。そして、その奇怪な渦巻きを持つ、赤く腫れあがって楕円形に歪んだ先端部の端の方には、まるで、本気で向う側から鏡を突き破りでもしたかのような、傷が見えた。皮がめくれて、赤く腫れあがった全体の中でも、その部分は、充血したようにひときわ赤かったのである。

わたしは、思わず、ひとつ溜息をついた。それから、これは何かの間違い、つまり錯覚ではなかろうかと思った。おかしいのは鏡か？　それとも眼鏡だろうか？　まずわたしは、自分の眼鏡に触ってみた。それは、確かに所定の位置にあった。鏡にも、間違いなく写っていた。もう十年近くも使っている、何の変哲もない黒縁の眼鏡だ。いつだったか、眼鏡屋に腹を立てながら新しく作った、読み書き用の眼鏡ではない。

そちらの眼鏡は、教員控え室のソファーの上に置いて来た鞄の中だ。まさか、トイレットまでは持って来なかったのである。それに、そもそも、トイレットに来たのは鏡のためではなかった。しかし、もし読み書き用の眼鏡だったとしても、結果は同じようなものだったと思う。五、六十センチから一メートル弱の距離であれば、どちらでも同じだったのである。

また、鏡にも異状はなさそうであった。そこに写し出された顔は、どこから見ても、他人のようには見えなかった。赤く腫れあがってもいなかったし、楕円形に歪んでもいなかった。鼻なしコワリョーフの顔でもない。どこにでもすぐに類型が見つかりそうな、黒縁眼鏡の東洋人の顔の一つに見えた。しかし、古田先生の顔でもなければ、ドクター井上の顔でもなかった。また、年寄りの顔でもなければ、若者の顔でもない。つまり、(いや、これ以上、自分の顔のことを書くのは止めて置く。第一、あの地下室の住人もさすがに自分の顔については語りたがらなかったようだし、それに、ウヌボレるにせよ、その反対にせよ、これ以上書けば、それこそ鏡の方を疑いたくなるおそれがないとは断言出来ない)、とにかく、幸か不幸か、生れてからこの方、四十何年かの間に自分が見て来た、いかなる他人の顔でもなかった。そして、その鏡には、そろそろ目立ちはじめた頰から顎にかけての不精髭、および、両瞼のまわりにクモの巣のようにはりついている、薄暗いシミのようなひろがりまでも、正確に写し出されていたのである。

睡眠不足のせいだ、とわたしは思った。なるほど、そうには違いなかった。それに、前夜のアルコールも、まだ完全に抜け切ってるとはいえないかも知れない。わたしは、鏡の前で、何度か強くまばたきをしてみた。睡眠不足はそれでわかった。目の奥が、ちかちかするのである。わたしは、眼鏡をはずして顔を洗ってみた。それから、もう一度、くの字形に曲げた右肘を、鏡の前に突き出そうとした。すると、トイレットのドアがあいて、誰かの声がきこえた。二人連れらしい。教員控え室用のトイレットは、二人で満員だったのである。

教員控え室に戻ると、誰かが立ったまま大声で電話をかけていた。電話は、女事務員の近くにあった。テレビの料理番組はまだ続いていた。男が先生で、女はアナウンサーらしい。電話をかけているのは、非常勤講師ではなさそうである。何となくそんな気がした。電話は、煙草を一本吸い終るまで続いた。わたしは、鞄を持って立ち上り、電話のところへ行った。研究室のことを思い出したのである。わたしが女事務員にその番号をいうと、彼女は坐ったまま、黙ってわたしの顔を見上げた。なるほど、電話は直通式で、内線は自分でダイヤルをまわせばよかったのである。黙ってわたしの顔を見上げたのは、非常勤講師だと思ったのだと思う。そういう目つきなのである。そして、なるほど、早くもそうなったのか、と思った。

電話にはすぐに、助手が出て来た。わたしは、今日はこのまま、そちらへは戻らないからと伝えた。すると助手は、もう一人の講師（二人部屋の研究室なのである）も、やはり今日は戻らないそうだ、と答えた。その他は、特に電話も、伝言のようなものもないらしかった。わたしは鞄をさげて、電話を離れた。そして、どこかから井上医院に電話してみようと思った。

わたしは、キャンパスの中の、ゆるいコンクリートの坂道を門の方へのろのろと歩いた。歩きながら、トイレットの鏡の中の、ゲンコツのお化けのような右肘を思い出した。しかし、そうやって歩いている分には、右肘は何事もなさそうだった。痛くもなければ、痒くもなかった。わたしは立ち止って、鞄をさげた左手の甲で、その右肘にさわってみた。すると、とつぜん、宮子のあえぎ声がきこえた。わたしは、またのろのろと歩きはじめた。すると今度は、彼女が処女ではなかったことを思い出した。

門へ向うゆるいコンクリートの坂道で、わたしは何人もの４７６１００２９アサオカフミコに出会った。擦れ違うものもあったし、うしろから追い越して行くものもあった。また、ゆるい坂道の両側の、コンクリート製ベンチに、何人かで腰をおろしているものもあった。

9

文学部のキャンパスを出て右に折れると、すぐに黄色い電話が目に入った。わたしは、思わず、どきりとした。ボックスは二つ並んでおり、片方は若い男が使用中だった。ボックスの壁にもたれ、ガラス張りのドアを片脚で器用に半分だけ押しあけて、煙草を吸いながら喋っていた。

わたしは、空いている方のボックスの前で、ちょっと立ち止った。電話の黄色が余りにも目立ち過ぎるような気がした。実際それは、まるでこれが黄色の見本なのだ、とでもいわぬばかりに見えた。露骨に、押しつけがましく、光り輝いていた。もちろん黄色い電話は、昨日今日そこに置かれたものではない。しかし、その前で立ち止ったのははじめてだったと思う。黄色の中に、四角く並んでいる数字が見えた。わたしは、ガラスのドア越しに、井上医院の番号を目で探してみた。しかし、四角く並んだ数字の中から七桁の数字を選び出して並べることは、容易でなかった。

目だけでやっているせいかも知れない、とわたしは思った。それで、今度は口の中で唱えながら探しはじめた。すると、いつの間にか右手の指先が動いているのに気づいた。もちろん、だからどうということはない。ただ、肝心の七桁の数字がなかなか揃わなかっただけだ。わたしはシャツのポケットから煙草を取り出し、百円ライターで火をつけた。それから試しに、自宅の電話番号を同じ要領（目と口と煙草の先）で探してみた。市外であるから、ゼロではじまる局番を入れて十桁であるが、これは二度目に何とかうまくいったようである。

しかし、井上医院の七桁の方は相変らず揃わなかった。もちろん、左手にさげた鞄の中には、あちこちの電話番号を書いた手帖が入っている。井上医院の番号も間違いなくあるはずだったが、わたしはやはりガラスのドア越しに、今度は大学の番号を探しはじめた。これからまわらなければならない、一コマ講師の方の大学である。しかし、これも出て来なかった。それで今度は、いま門を出て来たばかりの文学部の番号に切り換えてみた。すると、とつぜん、軽いメマイをおぼえた。黄色い電話の中に四角く並んだ数字が、出席簿に見えて来たのである。

メマイはながくは続かなかった。ときどき教室でおぼえるような、もともと軽いメマイなのだ。わたしは黄色い電話の前から交叉点の方へ歩きはじめていた。

「いや、あの黄色いやつは、良し悪しですな」

と、歩きながら金子はいった。黄色い電話のところで声をかけられたのである。金子は同じ英米文学科の助教授だった。確か、ゼンキョートー騒動で辞めたラジカル助教授の一つ先輩に当るのではないかと思う。

「どうも、学生たちの電話がながくってね」

「はあ」

「まったく、あの前で待ってると、アタマに来ますよ」

「はあ」

「だから、分ければいいんですよね。黄色いやつは、もちろん必要なこともあるわけなんでね。ただ、あれに十円用の穴を設けてるから混用されちゃうんですよ」

「それとも全部、黄色にしちゃうか、でしょうね」

「もちろん、それはそうです」

「しかし、あの電話は、いつ出来たんでしょうかね」

「え？」

「いや、あの黄色が、あんまり真新しく見えたもんですから」

「ははあ。さあて、いつ頃でしたかねえ」

「以前は、確か青でしたよね」

「いや、あの場所には、ボックスはなかったでしょう」

「じゃあ、赤でしたか」

「いや、さあて、どうだったかな」

「確か、順序からいえば、赤、青、黄の順ですよね」

「なるほど、そうなりますかね」

「いや、必ずしもそうではなかったですか」

「いや、そうじゃなかったですか」

「でも、ボックスとそうでないのがありますから」

「そうか。ピンクというのもありましたな、そういえば」

交叉点へ向う道端には、比較的新しい学生相手の食堂や喫茶店が並んでいた。十何年か前、文学部のキャンパスがいまの場所へ移ってから出来たものらしい。道は学生だらけだった。もちろん男女入り乱れていた。歩いているわたしたち二人の間を擦り抜けるように追い越して行くものもあった。会釈をするものなど一人もなかった。実際、されてもわからなかったと思う。

むしろ会釈したのは、金子の方だった。擦れ違った老教授（たぶんそうだと思うが、わたしには誰だかわからなかった）に頭をさげたのである。

「しかし、今度は何か、電話のことをお調べですか？」

と、金子はたずねた。

「いや、いや」

「もしそういうことであれば、事務局の木村君ね。彼にきけば、この界隈のことなら、ほとんど生き字引きですよ」

「いや、いや」

「わたしはまた、こないだの、星占いでしたかな。いや、錬金術の魔法でしたかな」

「いや、いや」

「あの翻訳が当っちゃったものだから、今度はまた何か、小説のようなものでも計画されているのかと思いましてね」

「いや、いや」

とわたしは、また同じ返事をした。実際、それ以外に答えようがなかった。

「それとも、SFですかな」

「え?」

「あ、それともお宅は、ご存知なかったのかな」

と金子は例のラジカル助教授のことを、簡単に説明した。

「そうですね、噂ていどには知ってましたが」

「そうでしょうな。確か、彼が辞めたあと、非常勤から専任になられたんでしたよね」

「はあ」

「ところで、最近はどうなんでしょうな」

「え?」

「いや、SF作家の彼の活躍ぶりですが」

「さあ」

「いや、ぼくもそちらの方の情報には疎いもんでね、彼のご活躍ぶりも余りはかばかしく知らないんですよ」

「大学へ戻るということは、ありませんかね?」

「と、いいますと？」

「いや、別に何も知らないのですが」

「それはないと思いますよ」

「はあ、そうですか」

「だって、うちを助教授で辞めてますからね」

「なるほど」

「英米文学関係では、考えられませんよ」

「ははあ」

「もっとも、田舎へ行けば、わかりませんがね。最近いろいろ、わけのわからないのが出来てますよね」

「ふうん」

「あるいは、せいぜい非常勤とか」

「なるほど」

「だって、それは例の、あそこの万年助手のケースを見ればわかるでしょうが」

「それは、やはり、思想の問題ですかね？」

「思想？」

「というか、立場というか……」

「これはまた、おどろきましたな」

「は？」

「いや、お宅の場合、学内における立場は、もちろんわれわれよりもずっと自由なわけですがね」

「はあ」

「彼のケースは、思想とか立場とかの問題じゃありません。これは、学界の問題ですよ」

「なるほど」

「とにかく彼は、そこから外れたわけですからね」

「ははあ」

「つまり、学界を捨てて、女に走ったわけですからね。それだけですよ」

「なるほど」

ここで、ちょうど交叉点にたどり着いた。信号は赤である。

「ところで、今日は、これから？」

「ええ、ちょっと」

「何だったら、ちょっとお茶でもと思ったんですが」

「はあ」

とわたしは、教員控え室の非常勤講師のように、腕時計をのぞいた。

「それは残念ですなあ。いや、ぼくの方もね、夕方から多賀先生の会があるんですがね」

「ああ、そうでしたか」

「お宅は、あれは……？」

「いや、わたしの方は、別に」

「あ、関係なかったですかね」

「ええ」

「いや、それまでに、ちょっと時間があるし、こういう機会も滅多にないと思いましてね」

「多賀先生は、来年まででしたかね」

「ええ。それで今日は、その定年の記念出版の打合せでしてね」

「なるほど」

「ところで、夏休みまでは？」

「そうですね、あと一週、一回ずつというところでしょうか」

「なるほどね。それでいいと思いますよ」

ここで、信号が青に変った。

「お宅は、お住いは、どちらでしたかな」

「横浜方面です」

「じゃあ、今日なんか大変でしょう」

「実は今日より、一コマ早いのが、もう一日あるんですよ」

「そりゃあ、大変だ」

「いや、大変です」

交叉点を渡ったところで、わたしたちは別れた。

「地下鉄ですか?」

「はあ」

「じゃあ、ぼくは大学院の方へちょっと顔を出しますから」

わたしは右へ折れて、地下鉄の入口の方へ歩いた。そして、入口を通り過ぎて、そのまま歩いて行った。どこかで一休みしなければ、と思った。一人になると、急に汗がにじんで来たようである。同時に、とつぜん空腹をおぼえた。道端には、相変らず学生相手の食堂や喫茶店が並んでいた。こちらの店は、文学部キャンパスから交叉点へ向う途中の店より、旧式で安いようである。

とつぜん路上に、帽子に白い陽覆いをつけた中学生たちが群がり出て来た。近くにある私立の男子校の生徒らしい。彼らは道路一ぱいになって歩いた。そして、彼らもまた、当然のことながら、歩いて行くわたしを完全に無視していた。わたしは中学生の息子を、ちらりと思い出した。なるほど、世の中には大人と子供が住んでいるのだ。そして、こうやって肩で押し合いなどをやりながら道路をふさぎ、おれを完全に無視して、わいわいがやがや生きている彼らは、おれの息子たちなのだ。口元に、思わず薄笑いが浮かんでいるのが、わかった。あるいは、苦笑いに近かったかもわからないが、どちらにしても、それは息子に対する父親の、ゆとりある笑いというものだったと思う。わたしは、その笑いを浮かべて、道路上の彼らを左手の鞄でかき分け、払いのけるようにして歩いた。ほら、どけ、どけ! どうだ、もう毛は生えて来たかね?

しかし、わたしの口元の笑いも、ながくは続かなかったようだ。まず、忘れていた空腹と汗を思い出した。それから、宮子のことを思い出した。これはたぶん、道端に黄色い電話を見つけたためだったと思うが、続いて、とつぜん右肘に激痛をおぼえて、その場にしゃがみ込んでしまった。たぶん、うめき声もあげたのだと思う。何かが、いきなり強い力で衝突して来たのである。誰かの拳か、それとも肩か、あるいは頭か？　とにかく、何か固いものだ。

　まわりで、「わあーっ！」と中学生たちの喚声があがった。そして、四、五人のものがわいわいがやがや、もつれ合い、揉み合っているのが見えた。それはラグビーのスクラムのようなものだったのかも知れない。そういえば、白い陽覆いのついた帽子が一つ、もつれ合っている何人かの足下を、右へ左へと転がっていたようである。畜生！と顔に血がのぼった。つい何分か前、自分の息子たちなのだ、と思った彼らに本気で憎しみをおぼえたのである。彼らが本物の息子であるような気がした。本物の息子に突きとばされたような気がしたのである。

　わたしは鞄を握りしめた。この金具のついた鞄の腹で、あの息子たちの顔を滅多打ちにしてやりたいと思った。わたしは鞄を右手に持ち代えて、立ち上った。痛みは、忘れていたようである。しかし、それも束の間だった。わたしが一歩踏み出すか出さぬうちに、またもやうしろから、何ものかが右肘に衝突したのである。わたしは、うめき声をあげて、ふたたびその場にしゃがみ込んだ。同時に、鞄が道に転がった。

「どうも、スミマセーン」

　という声が頭の上の方からきこえた。

「どうも、スミマセンでした」

　ともう一人の声がきこえた。そして、鞄が目の前に差し出された。見上げると、朝汐《あさしお》と巨砲《おおづつ》をおカッパ頭にしたような中学生が二人、白い陽覆いのついた帽子を脱いで、こちらを見おろしていたのである。

10

そば屋の店内は、がらんとしていた。何か食っている客は二人ほどで、出前持ちか、板前か、白い前掛けの男が腕組みをして、つけ放しのテレビを見ていた。たまたま昼めしどきのあとだったせいか？　それとも通りから外れているせいか？　とにかく、いつ来てもこの店内はがらんとしていた。はじめて入ったのは、確か一コマの非常勤講師時代だったと思う。

偶然、通りがかりに入った店であるが、それ以来、ときどき行って、カツ丼を食ったり、天丼を食ったりした。極くふつうのそば屋で、味も、可もなく不可もなし、というところだと思う。ドアだけは、新式の自動だったが、ずっと昔からやっている店なのかも知れない。店の広さから、そんな気がした。五十年輩のおかみさんと客とのやりとりからも、そんな気がしたことがあった。学生服を着た、息子らしい高校生がのっそりと奥から出て来て、店のテーブルのスポーツ新聞に目をこすりつけるようにして読んでいるのを見たときも、そんな気がした。先の、かみさんと客とのやりとりは、どうやら、ひどい近視らしいその息子の進学についてのことだったようである。

だからといって、わたしは馴染みとか、定連とかいった客ではなかった。おかみさんと別に挨拶もしなかったし、話もしなかった。顔も素姓も、たぶん知られてはいないと思う。もちろん、同じ大学に八年も通っていれば、顔や素姓を知られている店は、何軒かあった。文学部の近くの、教員専用のようなそば屋もある。また、スナックのような店もあった。しかしこの店では、一度も教師仲間に会わなかった。学生たちが、どやどやと入って来るのにも出会わなかった。

わたしは天丼を注文した。そして、食べ終るまで、一コマの方の大学を休講にしようかしまいかと考えていた。宮子のことはすでに思い出さなかった。中学生たちのことも、思い出さなかったようである。休講か否か、結局、そば屋では結論は出て来なかった。とにかく井上医院に電話してからのことだ、と思った。

しかし、果して宮子は出勤しているのかどうか、まったく見当がつかなかった。平常通り出勤しているような気もしたし、何かを理由に休暇を取って休んでいるような気もした。なにしろ、自分はそのどちらであって欲しいのか、そもそもそれがわからなかったのである。

こういう場合、彼女が何を考えていると考えるべきであるのか。それもわからなかった。もし平常通り出勤しているとすれば、それは何を意味するのか？　また、休んでいるとすれば、それは何を意味するのか？　どちらも解釈がつかなかった。

食べ終って、わたしは煙草に火をつけた。すると、さっき文学部のキャンパスを門の方へ歩きながら、彼女が処女でなかったのを思い出したことを、思い出した。そして、それは当然過ぎるくらい当然のことだと思った。なにしろ、もう十年も前に薬科大学を出た女薬剤師なのだ。それにこちらは、妻子持ちの四十男なのである。その二人がある晩、ウイスキーを飲んでとつぜん抱き合い、井上医院の処置室の床の上をごろごろ転げまわった。それも、ほんの昨夜のことだ。これでは、解釈も何もあったものではあるまい。

やれやれ！　わたしは思わず一つ、溜息をついた。実際、われながら苦笑せざるを得なかったのである。お前さん、いったい何を、どう解釈しようというのですかね？

そして、そう考えると、何もかも辻棲が合うような気もした。まったく何事もなかったとさえいえる。ただ、右肘を少々すりむいただけだ。赤く腫れ上って、熱をもっただけだ。なるほどそれだけのことに過ぎない。そんな気もした。しかし、とわたしは、ここでもう一つ溜息をついた。それこそ解釈というものに過ぎないのではないか。そんな気がしたのである。わたしは、教員控え室用のトイレットの鏡に写った、自分の右肘を思い出した。そして、その奇妙な渦巻きのある歪んだ楕円形の中に、それこそ解釈というものを拒む何かが、ぼんやりと残っているような気がした。

もちろんわたしは、妻の顔も思い出した。しかし、幸か不幸か、弁解めいたセリフは何も出て来なかった。まるで弁解という言葉そのものを、忘れてしまっていたようでさえある。実際それは、われながら不思議なくらいだった。どこか一個所、音の出なくなったピアノのような自分を、ぼんやり眺めているような気がした。

わたしは、つけ放しになっているそば屋のテレビをぼんやり眺めた。そして、煙草の煙を吐き出した。すると、本当に自分が、どこか一個所音の出なくなったピアノになっているような気がした。しかし、いつまでもこのままでいるわけにはゆかないことも、わかった。わたしは大急ぎで鞄を引き寄せると、手帖を取り出した。いつ来てもがらんとしているこの店のどこかに、ピンク色の公衆電話があったことを思い出したのである。

11

ピンク色の電話は、もちろんすぐに見つかった。がらんとしたそば屋の、勘定台の右手に置かれていたのである。ただし、そのピンク色は、かなり色褪せて見えた。さっきの黄色電話とは正反対である。わたしは、鞄から取り出した手帖を持って立ち上った。

「はい、ありがとうございます」

とおかみさんの声がきこえた。

「いや、ちょっと電話を」

とわたしは答えた。

「はい、どうぞ」

「これで、いいわけですね」

と、わたしは色褪せたピンク色の電話を指さした。

「はい、どうぞ」

受話器を取り上げて十円玉を入れると、手首のあたりに鈍い手応えが返って来た。螺旋状の電話線がうまく伸びないようだ。わたしは、電話線に引っ張られるように、少々前屈みになって手帳をのぞき込みながら、のろのろとダイヤルをまわした。実際、ダイヤルはのろのろとしかまわらなかった。指を抜いたあと、番号が元の位置に戻るのがのろいのである。しかも、一回毎に、かすれたような音を立てた。

わたしは、一回毎に指を抜いては、のろのろと元の位置に戻るダイヤルを眺めた。眺めながら、同じことを繰り返した。四回、五回。しかし、このがらんとしたそば屋の片隅に置かれた、色褪せたピンク色の電話が、果して井上医院に通じるのだろうか？　もちろん通じるに違いなかった。井上医院ばかりではない。ニューヨークにでも、パリにでも、モスクワにでも、通じるに違いなかった。なにしろ、これは電話だからだ。いかに色褪せ、番号盤の丸い穴の隅は垢じみているとしても、決して古道具屋の飾り物ではないはずである。

それとも、このピンク電話ではニューヨークは無理だっただろうか？　いや、待てよ。やはり通じるのではなかろうか。ただ、そのためには、何かをしなければならんだろう。何か鍵のようなものを差し込んでまわす、とか。もちろん、いまはニューヨークに用はなかった。わたしがまわしているのは井上医院のダイヤルなのだ。そして、もしこの古道具屋の飾り物のように見えるピンク電話がニューヨークに通じるのであるとすれば、井上医院にも通じなければならないのである。

「ハハハ、ハハハッ！」

と、勘定台の方から、とつぜん男の笑い声がきこえた。わたしは横目で、声の方をうかがった。出前持ちか、板前か、白い前垂れを当てたさっきの男が、これもさっきと同じように腕組みをして、つけ放しになっているテレビを見ていた。わたしは、のろのろと最後のダイヤルをまわした。

「ハハハ、ハハハッ！」

と、また男の笑い声がきこえた。続いて、受話器の中に、呼び出し音がきこえて来た。なるほど、これも電話だったわけだ。一回、二回、三回。呼び出し音は続いた。しかし、わたしはそこで受話器をおろした。鈍い音をたてて、十円玉が転げ落ちて来た。

「お勘定」

とわたしは、腕組みをして笑っている男にいった。男は笑うのを止めて、わたしに釣銭を渡した。

「ありがとうございます」

と、おかみさんの声が背中の方からきこえた。そば屋の自動ドアを出て歩き出しながら、わたしは思わず苦笑を浮かべた。やれやれ、今度はあの男の馬鹿笑いに救われたわけか。あれがなければ、あのそば屋のおんぼろピンク電話で宮子と話をすることになったわけだ。それにしても今日はまた、とんだ電話デーだな。しかし、思わず浮かんだわたしの苦笑も、そうながくは続かなかった。なるほど、あのおんぼろピンク電話を途中で思い止ったのは、われながら上策だったといえる。大学に休講か何かの連絡をするのならばともかく、相手は女なのだ。それも、昨夜の今日、という女なのである。

わたしは、黄色い電話の方へと歩いて行った。さっき、いまいましい中学生どもに衝突された現場近くで見つけた黄色電話である。それは、路上にむき出しではなく、きちんとボックスに納まっていた。ドアを閉じれば、立派な密室である。あそこならば昨夜の出来事に関して、その当事者である男と女が、何事かを話し合うのにおあつらえ向きの密室であるような気がした。実際、どんなことだって話せるはずなのである。

途中わたしは、幾つかの赤電話の前を通り過ぎた。赤電話はどれも、路上にむき出しだった。あるものは煙草屋の窓の外に、あるものは薬局の店先の台の上に、あるものは小さな文房具屋の軒先に、むき出しになっていた。そして、薬局だったか、煙草屋だったかの赤電話では、一人の男が何かを喋り続けていた。

男は、四十くらいではなかったかと思う。彼の足下には、アタッシェケースが置かれていた。それは彼の、かけがえのない商売道具に違いなかった。しかし、彼の足下は、歩道の一部だ。もっともこれは止むを得ぬことだったかも知れない。なにしろ彼の左手は赤電話の受話器を握りしめていたし、右手は手帖（いかにも大切な商売道具に見えた）を握りしめていたからである。

そばを通り過ぎるとき、喋っている男の言葉の幾つかの破片が耳に入って来た。「ですから」「その件につきましては」「さっきから」「何度も」「お詫び申し上げて」「いるじゃあありませんか」「はい」「それは」「はい」「しかし」「ですから」……もちろんそれらの破片は、わたしに何の影響をも与えるものではなかった。わたしはただ、歩きながら喋っている男を眺め、やがてその場を通り過ぎただけだ。男はたぶん、わたしの知らない人生を生きているのであり、いかなる意味合いにおいてもわたしの人生とは無関係の、文字通り、通りすがりの見知らぬ他人に過ぎなかったのである。それに何より、それは別に珍しい眺めでも何でもなかった。

実際、バカバカしいくらい平凡な眺めだ。それこそ、どこかの街角で、誰かが郵便ポストに郵便を放り込んでいるのを見かけたようなものかもわからないし、いや、まだしもその方が珍しいとさえいえるくらいのシロモノかも知れないのである。

もちろん、男の言葉の破片は、ある種の深刻な人生の局面を伝えていた。言葉だけではない。アタッシェケースもそうである。男はアタッシェケースを、決して足下に投げ出したのではなかったと思う。しかしそれは、もはや路上に投げ出されているように見えたのである。そうやって彼は、赤電話の受話器にしがみついていた。そして何事かを喋り続けていた。たぶん唾もとばしていただろうと思う。なにしろその一言一言が、明日からの彼の人生を左右するようなものだったかも知れないのである。

彼だけではなく、彼にぶらさがっている何人かの家族の運命を一変させてしまうほどの、そういう深刻な一言一言だったかも知れない。なにしろ男は四十くらいに見えたし、とにかく彼は詫びていたからだ。相手は意地の悪い取引き先か？　仮に意地悪ではなかったとしても、競争が激しければ結果は同じことになるだろうし、また、相手が取引き先ではなくて自分の会社の上役だったとしても、とにかく男は詫びなければならない人間だったのである。相手の一言によって、支配され左右される立場なのだ。少なくとも、あの赤電話を挟んだ関係においては、そういうふうに見えた。

それとも男は、何か自分で失敗を仕出かしただけだったのかも知れない。そしてその原因は他ならぬ彼自身の怠慢か、あるいは、何かつまらぬ小細工かだったのかも知れない。それに男は、見かけによらぬ案外な小悪党で、あわよくば相手を被害者に仕立てようと、何かけしからぬことを企ててみたのかも知れない。これが初めてではなくて、これまでにも何度か、そういうことを繰り返して来た男だったのかも知れない。なるほど彼は、そういうふうにも見えないことはなかった。

もちろん、どちらにしても、わたしとは無関係のことだ。知ッタコッチャナイのである。にもかかわらず赤電話の男は、わたしのどこかにこびりついたようだ。それは何か、不思議なおどろきのようなものだ。つまり、男がしがみついていたのが、どこにでもある、ただの赤電話だったということ。その路上にむき出しの赤電話一本によって、誰かに許しを乞うことも出来るのだ、ということ。あるいはこわれてしまうかも知れない一人の男の人生を、その電話一本でとにかくつなぎ止めることさえ出来るのだということ。もしかすると逆転することさえ出来ないことはないのだということ。そのための機械が、屋根もなければ壁もない、もちろんドアもない、ただ路上にむき出しのままの赤電話であるということ。そのことが（これまた実に平凡なことだが）、何とも不思議なことに思われたのである。

もっともそのためには、アタッシェケースを路上に放り出さなければならないと思う。なにしろそれは、彼の人生そのものだといえるからだ。男はアタッシェケースもろとも、わが人生を路上にさらした。放り出した。そして、むき出しの赤電話にしがみついた。放り出すことが、しがみつくことだったのである。

わたしは、左手に鞄をさげて、黄色電話のボックスへ向って歩いていた。歩きながら、気がつくと、目で赤電話を探していたようである。実際、あの男のように、左手の鞄を路上に放り出してしまいたいような気が、しないでもなかった。すると、さっき、中学生たちにうしろから衝突されて、左手の鞄が路上に転がったことを思い出した。ちょうど、そのあたりにさしかかっているような気もした。

赤電話は、なかなか目に入らなかった。しかし、もし目に入ったとしても、果してあの男のように、受話器にしがみつくことが出来るか、どうか？　もちろん、しがみつくことは出来ると思う。また、しがみつくために、必要とあらば、左手の鞄を路上に放り出すことだって、出来ないことはないと思う。実際、それは簡単なことだ。わたしは赤電話の前に立ち、汗と一緒に握りしめている左手の掌を、開きさえすればよいわけだ。

しかし、仮にそうすることは出来たとしても、果してあの男のように、何かを喋り続けることが出来るだろうか？　「ですから」「その件につきましては」「さっきから」「何度も」「お詫び申し上げて」「いるじゃあありませんか」「はい」「それは」「はい」「しかし」「ですから」……と男は喋っていた。男は詫びていた。取り繕おうとしていた。アタッシェケースを放り出し、赤電話の受話器にしがみつき、そうやって彼は、その人生の一つの小さな（あるいは大きな）危機を、何とか切り抜けようとしていた。切り抜けるためには、喋り続けなければならない。相手に受話器を置かれないためには、何としてでもそうすべきだったのである。「ですから」「その件につきましては」「さっきから」「何度も」……。

もちろんわたしは、あの男のように喋るわけにはゆかない。第一、宮子に電話するのは、謝罪のためではなかった。それに、明日の午後、必ず電話をすると約束したわけでもない。また、彼女の方も電話して欲しいとはいわなかったと思う。実際、彼女がいま、井上医院の薬剤師として出勤しているのかどうかさえ、わからなかったのである。

それともわたしは、何か謝罪すべきなのだろうか？　あの男のように、何か許しを乞わなければならないことになっているのだろうか？　宮子に、そのための電話をしなければならないのだろうか？　「ですから」「その件につきましては」「さっきから」「何度も」……しかし、もし詫びるとすれば、何を詫びることになるのだろうか？

今日、必ず電話をすると約束しなかったことだろうか？　あるいは、必ず電話して欲しいと、彼女にいわせなかったことだろうか？　そして、それは異常なことだろうか？　異常だとすれば、それは彼女の方だろうか？　このわたしだろうか？　それとも、出来事そのものだろうか？

　わたしはそこのところを、何とか人並みに考えてみなければならないと思った。つまり、このような場合、通常、ふつう一般の男たちが考えるであろうことを、考えてみたいと思ったのである。それはどういうことだろうか？男たちは、このような場合、ふつう一般にどういう考え方をするものだろうか？

　女のタイプということだろうか？　あるいはそういうことかも知れない。しかし、それでは彼女は、何タイプの女だろうか？　なるほど彼女は女薬剤師だ。薬科大学を出て、もう十年近くになる。それで、いまだに独身という働く女性だ。それに何より、当然といえば当然であろうが、処女ではなかった。そして、彼女に関するわたしの知識は、それで全てだ。火遊び好き（専門？）のインテリ女？　あるいはそういうことかも知れない。しかし、彼女は自分で自分を分類することもしなかったようだ。わたしはそういう女なのよ、とはいわなかったのである。

　もちろん、こんなことは、馬鹿気たことだ。なにしろわたしは、男だからだ。男が男の気持をあれこれ考えてみなければならないとは！　馬鹿気ているだけでなく、滑稽ですらある。しかし、事実は事実だった。実際、頭は空っぽになっているような気がした。彼女は出勤しているのか、いないのか？　彼女の気持の動きというものも、さっぱり見当がつかなかった。彼女の気持の動きについて、いかなる想像も働かなかった。いかなる空想も働かなかった。

　これは異常なことだろうか？　相手の気持というものが読み取れない。まるで、何一つ見通せない。彼女の気持だけではなかった。なにしろ自分の過去というものさえ、まるで無かったように、どれ一つはっきり思い浮かばないのである。これまでいったい何人の女を体験して来たのだろう？　しかし、それらの幾つかの体験らしきものも、どれ一つ役には立ちそうにもなかった。まるで、お前さんの体験は昨夜だけなのだとでもいわぬばかりに、沈黙していたのである。

　自分はいったい何を知っているのだろうか？　いったいこれまで何を読んで来たのだろう？　いや、いや、これはそういう問題ではあるまい。たぶん、そうではないはずである。それでは、暑さのせいだろうか？　まさか、そんなこともないはずだった。実際、頭痛がするわけでもなかった。吐気らしいものもなかった。ただ頭が、ガランドーなだけだ。帽子に白い陽覆いをつけた、あの中学生どもと同じなのだ。いや、それ以下かも知れなかった。

わたしは立ち止って、ハンカチで額と首筋の汗をぬぐった。それから煙草に火をつけて、それではいまと似たような体験がこれまでにもなかっただろうか、と考えてみた。つまり、自分の体験がまるで他人のものであるかのようにしか感じられない、そういう体験である。しかし、これまた、まるで他人事とでもいうように、まったく反応がなかった。

まるで他人だ、とわたしは思った。いや、それとも分身だろうか？

わたしは、まるで他人のように、また歩きはじめた。黄色電話のボックスは、すでに目の前だった。わたしはボックスのドアに手をかけた。するとガランドーの頭の中で、とつぜん宮子の激しいあえぎ声がきこえた。わたしはドアもろとも、体をボックスの中に押し込むや否や、鞄を足下に放り出した。そして、いまや明らかに嫉妬の力によって、黄色い受話器にしがみついたのである。

12

「あ、院長先生は、いまちょっとお出かけなんですけど」

と、電話に出て来た井上医院の受付係の女性は答えた。井上医院では、ドクター井上が院長センセイ、わたしがただのセンセイだった。

「あ、そうか。午後は三時からでしたね」

「今日はちょっと、食事に出られるのが遅くなりましたので」

「なるほど」

「でも、もう間もなく帰られると思いますよ」

「いや、別に急用じゃないんですがね」

「川口さんの方へつなぎましょうか」

「え？」

「秘書の川口さんはおられますよ」

「あ、そうか、そうか。何だか暑さでボケちゃったようだな」

「おつなぎします？」

「いや、いや。えーと、実は、ちょっと薬のことなんですがね」

と、わたしはとっさに思いつきを答えた。実際、薬のことなど考えてもいなかったのである。とつぜん右肘が痛み出したわけでもなかった。

「いま何か出てましたか？」

「いや、いや。いまは別にお宅からは何ももらってませんけどね、ちょっと売薬のことで、ききたいことがあったもんでね」

「え？」

「バイヤク。つまり、街の薬屋さんで売ってる薬」

「あ、どうもスミマセン」

「いや、いや」

「じゃあ、森野さんにつなぎましょうか」

「え？」

「薬剤師の……」

「あ、そうか！」

とわたしは、思わず大きな声を出した。まさかここで、井上医院の受付女性の口から、宮子の名前が出て来ようとは、まったく思いもかけなかったのである。同時にわたしは、右肘の痛みをはっきり思い出した。大学の教員用トイレットの鏡に写った、赤く腫れ上った右肘も思い出した。そして、その自分の右肘と井上医院とが同じ一つの現実であることを知った。

「そうですよ」

と、受付の女性は、いとも簡単に答えた。

「うちの、立派な薬剤師さんなんですからね」

そして、クックッと短く笑った。実際、彼女にとって、それ以上に明快な現実はなかったのである。

「なるほど」

「え？」

「いや、お願いします」

「あ、その前に、ちょっとスミマセン」

「え？」

「あの、いま、センセイはどちらですか？」

「は？」

「いや、この電話どこからかけておられますか？」

「どこから、というと？」

「実は、さっきお宅の方からお電話がありましたので」

「ぼくのですか？」

「はい。一時間くらい前だったと思いますけど」

「それで？」

「ですから、たぶん大学の方へ出られたのだと思いまして……」

「そう、そう」

「昨夜は、確かこちらでお仕事されたんでしたよね？」

「そう、そう。なにしろ今日は早い日だもんでね。それが終って、実はいまやっと昼めしを食ったとこなんですよ」

「大学の方にはかかりませんでしたか？」

「いや、うん」

「特に急用ではないようにおっしゃってましたから」

「ふうん……いや、どうもありがとう」

「じゃあ、よろしいですね？」

「いや、どうも、どうも。あとでちょっとかけてみましょう」

「じゃあ、森野さんにつなぎますから」

「えーと……」

とわたしは、シャツの胸ポケットの煙草をまさぐった。

「え？」

本当はここで、一息つきたいところだった。一息ついて、頭を切り換えなければならない。なるほど宮子が無事に出勤していることだけはわかった。無事？　とにかくわたしはホッとしていた。そして、自分はそのことを望んでいたような気もした。はじめからそれを確かめたいために電話したような気さえして来た。少なくとも、最悪の何事かは（それが何であるのかを、あれこれ想像してみたわけではないが）、これで免れることが出来たのではないか？　それになにしろ、出勤していなければ連絡のしようもなかったからだ。自宅の電話は知らされていないのである。


しかし、あるいは反対なのかも知れなかった。わたしがこうしているのは、ただ笑われるためなのかも知れない。妻よりも若い女に欲情した、平凡な、薄汚れた、物欲し気な、妻子持ちの、ただの好色漢？　それを彼女から笑われるだけなのかも知れない。彼女がいかにも平常通りに、何事もなかったように出勤しているというのは、それを笑うためなのかも知れない。つまりそうすることが、彼女にとっては、平常通り以外の何ものでもないからかも知れないのである。

わたしは胸ポケットの煙草をまさぐり続けた。いや、問題は、妻からの電話だ。これはまったくの予想外だった。果して宮子が出勤しているか、どうか？　それも、もちろんわからなかった。どちらとも予想は出来なかった。しかし、それは、もし予想出来たとしても、結局はどちらかなのだ。然るに、妻からの電話は、まったく予定外の現実だった。黄色い電話の受話器にしがみついたときには、まったく考えてもみなかった、予定外の現実なのである。

したがって、いまのこの混乱は、その予定外のための混乱なのだ。

それにしても、いまごろ何の電話だろう？　特に急用ではないということらしいが、もちろん内容はわからない。そして、だからこそ、一息つきたいところなのである。一息ついて、頭を切り換えなければならないのではないか。少なくとも、煙草が必要ということなのではないか。

実際、出来ることなら、一旦このボックスを出たいところだ。そして、百歩ばかり歩きたいところだ。いや、五十歩でもよいと思うし、それに、それは特にむずかしいことでもない。なにしろこれは公衆電話だ。一旦切ってかけ直す。そう答えれば済むのである。井上医院の受付女性とは、もちろんすでに顔なじみだった。白くて広い額が特徴で、たぶんそれが自慢なのでもあると思うが、決して、いわゆる冷たい感じではない。鼻の右脇（それとも左だったか？）のホクロのせいかも知れない。二十四、五に見えるが、あるいは年よりも若く見えるのかも知れない。

「あ、もしもし……」

と彼女の声がきこえた。そしてこれは、当然の話だ。とにかく彼女は、待っているのである。受話器の向うで、わたしの返事を待ち受けていた。それが彼女の仕事だった。彼女は特にわたしをせき立てているのではない。それがふつうの彼女の現実なのだ。平常通りのテンポなのである。いや、むしろ彼女は、ふつうよりも少しばかり忍耐しているくらいかも知れない。なにしろ待たせているのは、患者ではなくてセンセイだからだ。

「いや、ちょっと……」

とわたしは、なおも指先で胸ポケットの煙草をまさぐり続けた。

「はい」

「いや、彼女はいますぐこの電話に出られるわけですね？」

「はい、薬局の方へ切り換えますけど」

「あ、なるほど……いや、ちょっと待って下さいよ」

とにかく煙草だ、とわたしは思った。とにかく、煙を出さなければならない。

「それとも、こちらからかけ直すように致しましょうか？」

「いや、いや、実はいま公衆電話からでしてね」

と、ここでわたしは胸ポケットの中の煙草の一本を、ようやくつまみ出してくわえることに成功した。

「じゃあ、十円玉ですね」

「やれやれ、どうも」

とわたしは、まるで本当に体じゅうのポケットというポケットに指を走らせて命の十円玉を探し求め、ようやく見つけ出したような声を出した。

「よろしいでしょうか?」

「いや、いや、どうもスミマセン。では、お願いしますか」

わたしは大急ぎで煙草に火をつけた。そして、飢えたように、大きくたて続けに三服吸った。それからもう一服、ゆっくり吸った。すると受話器の中から宮子の声がきこえた。

「もしもし……」

わたしは今度は、本気でズボンのポケットをさぐりはじめた。十円玉は出て来なかった。わたしは出て来た百円玉を、大急ぎで所定の穴に滑り込ませた。そして、まるでそれが最初からの用件ででもあったかのように、早速、右肘の痛みについて、かいつまんで話した。

「ゴメンナサイ」

と宮子はいった。小さい声だ。それから低い声で、ウフフフと笑った。

「だって、本物の患者さんみたいでしたから」

彼女はもう一度、同じ声でウフフフと笑った。それから急に、今度は薬剤師の口調で、何か塗り薬の名前をあげた。

「大きな薬局なら、たぶん置いていると思いますから」

「そちらは何ともなかったのかね?」

「はい」

「ふうん……」

実際、それは不思議な気がした。しかし宮子は、不思議がっているわたしを無視するように、薬剤師の口調で答えた。

「それから、さっきの薬ですが、もし薬局で見つからないようでしたら、もう一度お電話下さい」

それから、低い声になって、七桁の番号を二度、早口に繰り返した。それは井上医院の番号ではなかった。

「これは？　自宅？」

「メモのご用意はよろしいでしょうか？」

「はい」

とわたしが答えると、彼女はもう一度、同じ番号を繰り返した。わたしは一コマ大学の授業が五時に終ることを知らせてから、彼女の帰宅時間をたずねた。

「七時頃？」

「いいえ」

「それとも、どこかで待ちましょうか？　大学からは、渋谷が近いけど」

「いいえ」

「でも今夜は、病院の方へは行かない方がいいと思いますがね」

「はい」

「じゃあ、九時頃？」

「はい」

「何か、映画でも見るのかね？」

「いいえ」

「じゃあ、九時過ぎに、さっきのところへ電話ということでいいですか？」

「はい」

「あ、それから、電話は、渋谷からでいいのかな」

「え？」

「それとも、新宿あたりからの方がいいのかな」

「はい。でもそれは、どちらでもよろしいと思いますよ」

「では、九時過ぎに、さっきの番号に電話します」

わたしは大急ぎで手帳にメモしたさっきの番号を、電話口で復誦した。

「はい。ではどうぞ、お大事に」

と宮子は薬剤師の口調で答えた。それから、最初と同じ声で、ウフフフと笑った。宮子との電話はそれで終った。たぶん十円玉一個分以下の時間だったと思う。


わたしは時間通りに一コマ大学へ出かけ、時間通りに授業を始めた。右肘は一度も痛まなかった。用心してどこにもぶつけないようにしたのである。ただ、授業中に、とつぜん「ウフフフ」と宮子の笑い声がきこえた。それから、もう一つの薬剤師の声がきこえた。その二つの宮子の声が、交互に何度かきこえたのである。

しかし、授業は時間通りに終った。この一コマ大学は、比較的古いミッション系の大学であるが、出席簿は専任の七コマ大学のものと似たようなものだ。女子学生も多かった。文学部では半分以上ではないかと思う。つまり、このキャンパスでも、顔のわからない4761００29アサオカフミコが大勢歩きまわっていたのである。だいぶ前、この大学の老教授の一人が女子学生（あるいはその親だったか）から訴えられて、新聞や週刊誌をずいぶん賑わせた。わたしが一コマ講師になる前だったが、たぶん当時の出席簿は、まだ4761００29アサオカフミコではなかったのだろうと思う。

大学から電車の駅の方へ向って、わたしは薬局を探しながら歩いた。宮子と電話で話をしたあと、早速、三軒ばかり近くの薬局でたずねてみたが、どこも置いていないという。一軒では、いかにも陰気くさそうに首を振られた。六十くらいに見える店主らしい男で、そんな薬などきいたこともないという顔をしていた。

電車の駅へ向う大通りで、わたしは二軒の薬局へ入った。しかし宮子からきいた塗り薬は、やはり見つからなかった。気がつくとわたしは、高速道路の下に来ていた。大通りが次第に下り坂になり、いつの間にかそうなっているのである。頭の上で、自動車道路が斜めに交叉していた。

もちろんそれは、別に珍しい眺めではなかった。毎週一度、必ず通る。なにしろ駅への通路だからだ。通る時刻も、ほとんど同じではないかと思う。一コマ講師の授業を終えてそこを通り、電車の駅へ出るのである。

わたしは立ち止って、高速道路の底を見上げた。底とはいっても、それはわたしの頭上で交叉していたからだ。しかしあれは何色だろう？　あるいは色ではないのかも知れない。この人工お化け都市東京の悪という悪を寄せ集め、合成した色？　われわれ（人間）が善（らしきもの）と考えている色の正反対の色？　とにかく、この人工お化け都市を非難するには、まことに好都合な色だったと思う。それとも、まだ何色とも名づけられていない、まったく新しい色だろうか？　ただそれは、少なくとも明るいとはいえない。実際そこへさしかかると、真昼でもとつぜん薄暗くなったのである。しかし同時に、とつぜん涼しくもなった。わたしが立ち止ったのも、たぶんそのせいではないかと思う。

腕時計を見ると、まだ五時半である。取り出したハンカチは、すでに皺だらけだった。なにしろここへたどり着くまでに、もう何度も汗を拭いたのである。しかしわたしは、そのハンカチで額と首筋の汗を拭った。そして、もう一度、頭の上の高速道路の底を見上げた。すると、とつぜん、薬局の男の顔が出て来た。男はいかにも陰気くさそうに首を振っているように見えた。わたしは、いつの間にか薄笑いを浮かべているのに気づいた。これは宮子にカツガレタのではないか？　薬局の男は、きいたこともないというような顔に変った。続いて、電話できいた宮子の笑い声がきこえた。ウフフフ……ウフフフ……。もう一つの女薬剤師の声もきこえた。その二つが交互にきこえた。それからとつぜん、ゲオルグの婚約者の激しいあえぎ声がきこえた。すると、まるでその声をきっかけでもしたように、ゲオルグの父親の声が、とぎれとぎれにきこえた。このわしの顔をよおく見なさい！　と彼はゲオルグに命令した。それから今度は、うって変った声色になった。あの淫らな女が、こんなふうにスカートをまくり上げたんだろうよ！　それ、こんなふうに、スカートをまくり上げたのさ！　それでお前はふらふら女にくっついちまったのさ！　その父親の、とぎれとぎれの声の間に挟まったように、まるで道化だ！　とゲオルグの声がきこえた。

それから、また宮子の声がきこえた。ウフフフ……ウフフフ……。もう一つの女薬剤師の声もきこえた。なるほど道化だ、とわたしは思った。それとも誘惑された道化だろうか？　すると、とつぜん右肘に激痛をおぼえた。何色とも呼べない色をした高速道路の底は、もう頭上に見えなかった。わたしはまた歩きはじめていたのである。激痛は、誰かがうしろから衝突したために違いなかった。

もちろん誰だかわからなかった。それで一向に不思議ではなかった。なにしろそういう場所なのである。同時にそういう時間だった。暑さの中を、互いに顔を知らない男女が群をなして歩いていた。ウフフフ……と宮子の笑い声がきこえた。しかしわたしは、その声の方へ歩いて行った。その声が自分を歩かせているような気がしたのである。

13

「あ、お母さんはいるかね」

とわたしは、電話に出て来た長男にたずねた。そして、自分の声を、父親らしいいつもの自然な声だと思った。抑揚のない、日常的な声だ。特別にやさしくもないが、事務的でもない。もちろん、酔ってもいなかった。ビールの中瓶を一本飲んで、そのあとウイスキーの水割りを半分ほど飲みかけたところである。

「いるよ」

と、長男もいつものように答えた。つまり、彼が受話器を取り上げたのは、たまたまダイニングキッチンの電話の一番近くにいたというだけなのだ。

「いま、何時かね」

とわたしは一つ、意味のないことをたずねた。本当は、お前はいま幾つかね、とたずねたかったのかも知れない、という気もした。そして、朝汐と巨砲をおカッパ頭にしたような中学生を、ちらりと思い出した。

「六時四十分ぐらい」

「じゃあ、夕飯はこれからだな」

「うん」

「じゃあ、ちょっとお母さんに代ってくれ」

「うん」

受話器の中に、何か早口に喋っている男の声がきこえた。テレビの漫画らしい。

「はい」

と妻の声がきこえた。

「あ、何かさっき、病院の方に電話があったそうだけど」

「ああ、そのことだったら、もう済んじゃったわ」

「済んだ、というと」

「子供たちが、カレー、カレーって、昨日からうるさくいうものですからね」

「カレー？」

「そう」

「カレーって、カレーライスのことかね」

「そう。どういうわけだかわかりませんけど、そういうもんですから」

「それで？」

「それで、夕飯はカレーにしようと思いましてね」

「なるほど、そういうことか」

「そう。だから、お昼にカレーを食べないようにと思いましてね」

「何時頃かけたのかね」

「十一時ちょっと前だったかしら」

「だって、お前、今日は十一時からの授業なんだぜ」

「それはわかってましたけど、あるいは、徹夜で休講ってこともあるかと思って」

「なるほど。それで、カレーにしたわけか」

「そう。三時頃まで、電話を待ってと思ってましたけど」

「えーと、昼は何を食ったんだったかな」

「それで、いまどちらなんですの?」

「ここはね、大学の近くの店だよ。あとの方の大学」

正確には、電車の駅を挟んで一コマ大学とは反対側の一角の、飲食街の中の酒場で、一コマ授業の帰りに、ときどき来ていた。誰に教わったわけでもないが、たぶんシラフで入りやすい店だったのだと思う。時間も、まだ五時から六時の間だったと思う。一階、二階とも長いカウンターと椅子席があって、バーテンとボーイだけだ。どこかのウイスキー会社の直営店のようなものかも知れない。とにかく、一人でシラフのまま入るのには手頃な店だったのである。

電話は、幅の広い、やや古めかしい木製階段のあがりはなにあった。最初は赤電話が二つだったが、いつの間にか黄色電話が一つ加わっていた。そこから眺めると、店内はほぼ正方形に見えた。音楽もなければ、装飾らしいものもなかった。しかし客は結構、集まって来るようである。若い女だけの二、三人、四、五人連れというのもあった。案外それが、店の売物になっていたのかも知れない。

「じゃあ、夕食はいいわけですね」

「ま、そうだな。折角のカレーらしいけれどな」

「お昼は、カレーだったんですか」

「いや、いや、そういうわけではない」

するとカレーのにおいがぷんと鼻をつくような気がした。

「これから、ドクター井上と打合せだ」

とわたしは出まかせをいった。

「じゃあ、今夜も病院ですね」

「明日は、授業は午後だけだったよな」

「そう、なりますね」

「ふうん。ま、そっちの方は、もう休講でもいいんだけどな。ただ、ドクターとの打合せの都合では、また病院ということになるかも知れんよ。ま、病院というか、出版社というか」

「いっそ、終るまで泊り込みで片付けちゃったら、どうですかね」

「ふうん」

「それとも、夏休みに入って、まとめてやるとか」

「そうもいかんよ。なにしろ、いまのはドクターの代訳だからな。ときどき打合せがいるわけよ」

「ま、とにかく、うちは今夜カレーですから」

「じゃあ、おれもカレーにするかな」

この返答は、とっさに出て来た。しかも、文字通り、まさに自然なものだった。実際わたしは、嗅覚と味覚の記憶をたどって、何軒かのカレー店を思い浮かべようとしたくらいである。

「何も、無理につき合わなくてもよろしいでしょう。そのあたりには、いろいろおいしいものもあるでしょうから」

「別においしいものを食う気はないがね、とにかく、今夜はまあそういうことだ」

「明日は起こさなくてもいいわけですね」

「は？」

「電話で無理に起こさなくても」

「あ、そうか。それはいいだろう。もし徹夜でどうしても起きられなくなれば、休講にしてもいいんだから」

電話のあと、わたしは店の階段を登って、自分の席に戻った。そして水割りウイスキーを何杯か飲んだ。それからそこを出て、カレーライスを食った。カレーの匂いを求めて、犬のように飲食街を歩きまわり、小さなスナックに入ったのである。スナックのカレーは、色も匂いも味も、わたしが求めていたものとは、まったく別のものだった。わたしは、英語の落書きのついたエプロンをかけた、ひょろ長いジーパンの男に腹を立てながら、カレーを食った。

英語の落書きのついたエプロンをつけた、ひょろ長いジーパンの男は、結構、忙しそうに見えた。カウンターの中で何かを作ったり、皿を運んだり、電話に出たりしていた。いい忘れたが、鼻の下に髭を生やしていたと思う。もう一人の若い女も、同じ英語つきのエプロンをしていた。そして同じように、結構、忙しそうに見えた。

わたしはカウンターでカレーを食べ終るまで、その若い二人に腹を立て続けた。しかしわたしは、カレーを食べ終っても立ち上らなかった。煙草に火をつけたあと、水割りウイスキーを注文したのである。二杯目からはオンザロックにした。鼻の下に髭をつけたひょろ長いジーパン男にはビールをおごった。そして九時までそこで飲んだ。九時になったら電話をかけさせてくれるよう頼んで置いたのである。スナックの電話は、ピンク電話だった。

14

わたしはベッドの上で目をさました。部屋の中は薄暗かった。しかし、目をさましたのが自分の部屋でないことだけは、すぐにわかった。わたしは自宅ではベッドを使っていない。ベッドの上で目をさました以上、それはどこか別の部屋に違いなかった。

わたしがときどき目をさますのは、井上医院の処置室の、黒い革張りのベッドの上である。そしてその日は、だいたいそこから大学の朝の授業に出かけた。実際、つい昨日もそうしたばかりだったのを、やがてわたしは思い出した。

ベッドの上にはわたし一人だった。隣には誰も寝ていなかった。しかし、目をさましたのが井上医院の処置室の黒い革張りのベッドではないことも、やがてわかった。ベッドの下に宮子が寝ていたのである。ベッドの下にもぐり込んでではない。ベッドの脇の絨毯の上にふとんを敷いて寝ていた。

「だってこれは、一人用のベッドですから」

と宮子はいった。昨夜のことだ。ただし昨夜とはいっても、すでに午前二時過ぎだったと思う。あるいは三時になっていたかも知れない。わたしは約束通り、ほとんど九時ちょうどに、彼女に電話をかけた。一人でまずいカレーライスを食ったスナックのピンク電話からだ。「九時になりましたよ。お客さん」と、ひょろ長いジーパン男が教えてくれたのである。わたしは礼をいって、手帖に書き取って置いた七桁の番号をまわした。そして、それがこの部屋の番号だった。宮子はすぐに出て来て、たったいま帰り着いたところだといった。

「どこからかね？」

とたずねると、ウフフフと答えた。それからわたしに道順を教えた。なるほどそれは、新宿からでも渋谷からでも同じくらいの場所らしく聞こえた。曲り角にガソリンスタンドがありますから、と宮子はいった。わたしは教わった通りをタクシーの運転手に告げた。運転手は黙って車を走らせた。しかし、別に腹は立たなかった。それどころかわたしは、ついうとうとっとして、何か短い夢さえ見たようである。

タクシーの中の居眠りは、ほんの五、六分ではなかったかと思う。あるいは二、三分だったかも知れない。短い夢は思い出せなかった。ただ、目をさましたとき、自分がどこにいるのか、よくわからなかった。短い夢は、電車の中だったような気もした。しかし、気分は悪くなかった。酔いがさめたのではなく、首筋のあたりから顔面附近に集中していた酔いが、二、三分かあるいは五、六分の居眠りによって、却って全身の隅々まで満遍なくゆきわたったような気がした。実際わたしは、不愛想な運転手にうしろから、何か軽口の一つもたたきたいような気分だった。しかし、車はすでにガソリンスタンドの角を曲った。そして、迷わず目的地に到着した。なにしろ宮子が、マンションの前に立っていたのである。

「あ、センセイ」

と宮子はいった。それは女薬剤師の声であるような気もした。車から降りたわたしは、ふり仰ぐ恰好になって、目でマンションの階数を数えた。明るい窓もあり、暗い窓もあった。そして、十一階のあたりでわからなくなってしまった。宮子は先に立って、無言でエレベーターの中に入った。九階に着くまで、エレベーターには誰も乗り込んで来なかった。

「最新型のマンションだな」

「この赤煉瓦っぽいのが、いまのはやりなんです」

「しかし、九階とは、おどろいたな」

「ウフフフ」

「電話できいたときは、何だかピンと来なかったけど」

「ウフフフ」

「偶然かね？」

「半年前、ちょうどそこが空いてたわけね」

「半年？」

「ちょうど、半年前です」

「じゃあ、新品同様だな」

「でも、この建物は、もう二年くらい経ってるんじゃないかしら」

「あ、そういうことか」

「でも、何だか、九階っていうのは、空きやすいみたい」

「人が嫌がるのかな」

「前にいたところでも、そうみたいだったから」

「そういえば、マンションの前にキミが立っていたのにも、おどろいたな」

「ウフフフ」

「あっ！」

とわたしは思わずエレベーターの中で叫んだ。五階か六階を通過したあたりだったと思う。ウイスキーを買って来るのを忘れたことに気づいたのである。しかし宮子は、ウフフフと答えた。

「今夜は、患者さんですから、結構です。センセイ」

「患者？」

「シーッ！」

と宮子は、人差し指を唇に当てた。それから、エレベーターが九階に着いたら、自分が鍵をあけて部屋のドアの中に消えるまで、エレベーターの前で待つように、といった。やがてエレベーターが止り、ドアが開いた。わたしはいわれた通り、エレベーターの前に立ち、左手に革鞄をさげて、歩いて行く彼女のうしろ姿を見ていた。

黒い髪の毛の下に、平凡な白い半袖のブラウスがあり、その下で黒っぽいふわりとしたスカートがゆっくり左右に揺れている。足音はほとんどきこえなかった。靴は平べったいネズミ色のものだったようだ。わたしは、黒くてふさふさした彼女の脇毛を思い出した。しかしそれ以外は、まったくすべてが平凡なものに見えた。センセーショナルな匂いもなかった。病院での白衣を脱いだ、ただの女薬剤師に過ぎなかった。ふとってはいなかったが、いわゆる痩せ女のうしろ姿でもなかった。脚はやや浅黒く見えた。やがてそのうしろ姿は、一つのドアの中に消えた。わたしは、閉じられたドアに手招きされるように、歩いた。そして、自ら逮捕されるように、同じドアの中に入った。

わたしは白い小さなテーブルの前に腰をおろした。ソファーは、黒っぽい柄模様のついた布張りで、やはり小型だった。テーブルの上には何もなかった。

「まず、ウイスキーですか、センセイ？」

と、ソファーの脇に立ったまま宮子はいった。それから、こうつけ加えた。

「でも、その前に、患者さんですね、今夜は」

「患者？」

とわたしは、エレベーターの中と同じ返事を繰り返した。

「だって、あの薬、どこにも見つからなかったんでしょう？」

「そう、そう、そうだったな！」

「ウフフフ」

わたしは、大学からの帰りに立ち寄った何軒かの薬局の店主のうち、一人の顔を思い出した。同時に、宮子にカツガレたのではないかと思いながら、高速道路の底を見上げていた自分を思い出した。しかし、それからあとは右肘の痛みをまるで思い出さなかったことも思い出した。実際、幅の広い旧式階段のある酒場でも、ひょろ長いジーパン男のスナックでも、右肘は一度も痛まなかったのである。

「あの薬は、たぶんまだ市販されていないはずですから」

「やっぱり、そうか」

わたしは、薬局の店主からいかにも陰気くさそうに首を振られたことを話した。

「ゴメンナサイ」

と宮子はいった。

「でも、ちゃんと治療致しますから」

そして、どこからともなく商店の紙袋を持って来たかと思うと、ソファーの脇の絨毯の上に、いきなりぺたりと横坐りになって、すうっとわたしの右の手首を両手でつかんだ。絨毯の色は、さっき彼女がはいていた平べったい靴と同じような、ネズミ色をしていた。

「あ、その前に、ちょっと灰皿を一つ」

とわたしはいった。タクシーに乗ってから、まだ一本も吸っていなかったのである。

「あ、ゴメンナサイ」

と宮子は立ち上った。そして、これまたどこからともなく、一つの灰皿を持って来て白い小さなテーブルに載せたかと思うと、さっきと同じ場所に横坐りに坐った。いや、さっきと同じ場所に横坐りになりながら、持って来た灰皿をテーブルの上に置いたという方がよいかも知れない。実際、そういうふわりとした坐り方だった。ふわりとしていると同時に、あっという間でもある。

その素早さに、わたしはうっとりした。うっとりしながら処置室のことを思い出した。肩にかけていたショルダーバッグ（これは確かコゲ茶色だった）を、黒い革張りのベッド（あるいはあの黒革は模造かも知れないと思った）の上に置いて部屋を出て行ったかと思うと、たちまち水差しとグラスを銀色の盆に載せてあらわれたときの、素早さだった。

「いくら患者さんでも、煙草ぐらいは吸わせないとね」

そしてまたウフフフと笑った。灰皿は銀色をした円形のもので、内側だけが真赤だった。大きさは中くらいで、特に珍しいものではない。ただ、内側の赤が、いやに目立つような気がした。

「何だか、灰を落とすのが悪いようだな」

わたしはそういって、赤色の中に灰を落とした。すると宮子は、その煙草をわたしの右手の指先からすっと抜き取り、左手に移した。そして彼女の両手は、早くもわたしの右の手にかかり、「治療」をはじめていたのである。

彼女は、まずわたしのシャツの袖を肘の上までまくりあげ、顔を近づけたり、指でさわったり、前に伸ばさせたり、くの字形に曲げさせたりした。その間わたしは、何度か思わず、「うっ」とうめき声をあげた。すると彼女は「ははあ、痛い？」と、たずねるような、うなずくような返事をした。それから、商店の紙袋の中から取り出した薬を塗った。最初は消毒液で、ひりひりした。次が軟膏で、どうやらこれが、電話で彼女がわたしに教えた塗り薬らしい。

「どこで手に入れて来たのかね？」

「外科医院に、ちょっと、お友達がいるから」

「そこでもらって来てくれたのかね？」

「そういうことは、患者さんは知らなくてもよろしい」

と彼女は、軟膏の上にガーゼを当てて、井の字形にテープで止めた。

「外科の医者かね？」

とわたしはたずねた。これは「男かね？」という意味である。

「それとも、薬剤師かね？」

これは「それとも女かね？」という意味だった。

「だって、この薬のことは、たいてい誰でも知ってますから」

「じゃあ、君が作ってくれたのかね？」

「ウフフフ」

「ははあ、そうか」

「え？」

「そうか、九時に帰って来たのは、そのためなんだな」

「ウフフフ」

と彼女は、やはり紙袋の中から、何かを取り出した。

「それは？」

「サポーター」

そしてサポーターは、早くもわたしの右手首に通され、右肘につけられていた。

「こうして置けば、大丈夫でしょう」

「ふうん」

「ちょっと肘を曲げてみて下さい」

わたしは、いわれた通り、サポーターをつけられた右肘を二、三度曲げたり伸ばしたりしてみた。

「そ、そ、そう」

「こんな便利なものがあるとは、知らなかったね」

「どう？　キュウクツな感じはないですか」

「いや、いや。何だか急に腕が軽くなったみたい」

「あ、それからこの薬も、差し上げます。毎日二回くらい、よく擦り込んで下さい」

薬は、白い中くらいのチューブ入りで、ラベルも貼ってなければ、文字も書いてなかった。ただ真白のチューブだった。

「でも、ただでもらっちゃあ悪いんじゃないかな」

「何いってんのよ」

この彼女の、とつぜんの言葉は、わたしをおどろかせた。実際、まったく思いがけない言葉だった。それは女薬剤師の言葉でもなく、またもう一人の「ウフフフ」の宮子の言葉でもないような気がしたのである。

「いや、いや、ゴメン、ゴメン」

とわたしは謝った。

「それから、えーと、そうそう。ガーゼやテープは、面倒ならば不要ですから」

「薬を塗って、いきなりサポーターでいいわけだね」

「そう、そう」

「何だか、魔法にかけられたようだな」

実際、わたしはそんな気がした。

「こうして置けば、お仕事だって、大丈夫でしょう」

「いや、いや、これなら何だって出来ます」

とわたしはいった。そしてとつぜん、ソファーの脇に横坐りになっている宮子の脇の下に、サポーターをつけた右腕を差し込み、絨毯の上に押し倒した。彼女は、短い悲鳴をあげた。しかし、そのままふわりと絨毯の上に倒れた。それから処置室と同じ場面になった。つまり二人は絨毯の上を転げまわり、互いに身につけているものを剝ぎ取り合い、その間じゅう宮子は激しくあえぎ続けたのである。

そしてわたしは、自分がこうしてここにいるのは、そのためだと思った。またそれを、自分以外の誰にもきかせたくないためだと思った。しかしそれは、すでに自分以外の誰かがきいているのに違いなかった。実際、そういうあえぎ声だったのである。男たちが、どうしてそれを放って置くものだろうか！　そしてだからこそ、誰にもきかせてはならないのである。

わたしは、ドクター井上の薄い唇を、ちらっと思い出した。それから、笑っているわけでもないのにときどき笑っているように見える、いつもの彼の顔も思い出した。すると、やや癖毛の髪を長目に伸ばした詩人（いつだったか、ドクター井上と三人で、とつぜん一緒にストリップ劇場に入った）の顔も出て来た。水割りウイスキーを飲みながら、その合間にときどき彼が自分の顎を撫でていたことも思い出した。

ぼくの女は持っている　グラジオラスの性器……
ぼくの女は持っている　カモノハシの性器……
ぼくの女は持っている　昔の飴玉の性器……
ぼくの女は持っている　鏡の性器……

それからわたしは、もう一人誰かの顔を思い浮かべた。しかし、誰の顔であるのかわからなかった。それは「学界」を捨ててゼンキョートーの女王に走ったラジカル助教授の（週刊誌か何かで見たことのある）顔であるような気もした。また、まずいカレーライスを食ったスナックのひょろ長いジーパン男であるような気もしたし、まだ見たこともきいたこともない誰かの顔であるような気もした。

「ウフフフ」

と、頭の上で宮子の声がきこえた。わたしは絨毯の上に仰向けに転がっていたのである。わたしはそのままの恰好で、立っている宮子の黒っぽいふわりとしたスカートを見上げた。彼女は白いブラジャーをしていた。そして両手で銀色の盆を捧げ持っていた。銀色の盆には黒いウイスキーの瓶と、水差しとグラスが載っていた。黒っぽいスカートに白いブラジャーをつけてそうして立っている彼女の姿は、東洋の女奴隷のように見えた。しかし、両手に銀色の盆を捧げ持ったまま、ふわりとわたしの左脇に横坐りになったところは、どこかの魔女のようにも見えた。

「もう、治療は終りましたから」

と彼女はいった。わたしは絨毯の上に腹這いになって、彼女が運んで来たウイスキーを飲みはじめた。すると宮子はわたしの腰のあたりを揉みはじめた。

「また、患者さん扱いかね」

「そうね、やっぱりセンセイは、患者さんなんだわ」

「外科の次は、マッサージ科、か」

「ウフフフ」

「そういえば、ずいぶんかかってないな」

「ほら、このあたり、特にひどいみたい」

わたしは思わず、「うっ」とうめき声をあげた。

「ほら、このあたり」

と宮子はいった。それからわたしの背中に跨ったようだ。

「しかし、ずいぶんうまいもんだな」

「ウフフフ」

「まさか、薬科大学で教えるわけでもないんだろうが」

「よいしょ」

と彼女は、両手をわたしの肩にかけて、自分の足の位置を少しずらした。

「あ、センセイはそのまま、飲んでいて下さい」

「じゃあ、どこかで別に習ったのかね」

「それがききたい？」

わたしは、返事の代りに、また「うっ」とうめき声をあげた。

「習わなくても、あたしも自分がこる方だから」

そのあとわたしは、とつぜんうとうとっとして、そのまま眠り込んでしまったらしい。たぶん来がけのタクシーの中と同じくらいの、短い時間だったのではないかと思うが、目をさますや否や、わたしは「痛てて！」と悲鳴をあげた。あるいは、悲鳴をあげながら目をさましたか、それとも、自分の悲鳴で目をさましたのだったかもしれない。とにかくわたしは、悲鳴をあげた。そして、握ったまま眠っていたらしい飲みかけの水割りウイスキーのグラスの底を、思わず絨毯に押しつけた。

「ゴメンナサイ」

と、背中の上から宮子の声がきこえた。

「いや」

「ここだった？」

「いや、いや」

とわたしは、握っていたグラスを放して右手をうしろにまわし、跨っている宮子の脚のあたりを指先で二、三度軽く叩いた。あるいは太腿のあたりだったのかも知れない。すると今度は、宮子の短い悲鳴がきこえて、とつぜん腰の上が空になった。わたしは絨毯の上で寝返りを打って、仰向けになった。

「ああ、びっくりした」

と、横坐りになった宮子はいった。そして小さな溜息をついた。

「ここだよ」

とわたしは仰向けに転がったまま、横坐りになっている宮子の手首をつかんだ。そしてその手を、わたしの次第に固くなってゆくらしい部分に持って行った。

「センセイのオチンチン」

と宮子はいった。

「そう、そこが痛かったんだよ」

「どうして?」

「どうしてって、元気になったからだよ」

「どうして?」

「キミのマッサージのお蔭で、また元気に立ち直って来たからだよ」

「じゃあ、もう患者さんじゃなくなったわけ?」

「そういうこと」

「でも、やっぱりセンセイは患者さんだと思うわ」

「どうせ、また患者になるという意味かね」

「ウフフフ」

わたしは、水割りウイスキーの残りを飲み込んだ。それから、横坐りになっている宮子の黒っぽいスカートの中に手を伸ばした。宮子は短い悲鳴をあげて、ふわりと絨毯の上に倒れた。黒っぽいスカートの中は、生あたたかかった。わたしはもう一方の手で彼女の白いブラジャーをつかんだ。そして、いわばポルノグラフィーのように、さっきと同じようなことを繰り返したのである。

15

わたしはベッドの上で上体を起した。そして、小説の中の主人公たちがよくやるように、薄暗い部屋の中をぼんやりと眺めまわした。実際、ベッドの上で主人公が目をさますところからはじまる小説は少なくない。

まず、カフカの『変身』。これはもう余りにも有名過ぎて（実際、中学生でも知っている）、大のオトナが口にするのははばかられるような風潮さえあったらしい。それは、わが国だけの風潮だったのか、どうか。あるいは、どこかの国の風潮であるがゆえにわが国の風潮でもあったのか、よくわからない。またあるいは、ひょっとしてすでにそういう風潮ではないのかも知れないが、どちらにしてもわたしには無関係のことだ。

第一にわたしは、ことさら風潮というものに逆らう気はない。また、そのような義務もない。それになにしろ、文字通りときどき変るのが風潮というものではないだろうか。もちろん、だから風潮など無意味なものだというつもりもない。実際、風潮というものをまるで知らなかったり、あるいはつい忘れてしまっていたために、それだけの理由で笑われるという立場にいる人達もいるのだということは、認めないわけにゆかないと思う。そしてそういう人達にとっては、風潮こそはすべてだ、ということだってあり得るのである。

ただ、幸か不幸か、わたしはそういう立場には置かれていないし、それに本当は、この際わたしの立場などどうでもよろしい。つまり、風潮は風潮、『変身』は『変身』である。実際、この小説をめぐって、仮にどのような風潮が起ったり、また変ったりしたとしても、この小説の書き出しが変るわけではない。とすれば、当然のことながらこの小説は、その主人公であるグレゴール・ザムザという男が、ある朝、何か気がかりな夢から目をさますところからはじまらなければならない。そしてベッドの上で、一匹の大きなゴキブリのような昆虫に変っているわれとわが身を発見せざるを得ないのである。それを変えることが、もはや誰に出来るだろうか？

ゴーゴリの『鼻』も、三月二十五日（いつの三月二十五日なのかはわからないが）の朝、床屋のイワンがベッドの上で目をさますところからはじまる。彼ら夫婦には子供がない。どういう部屋かは詳しく書かれていないが、目をさましたとたん、ぷうんと焼きたてのパンの匂いが漂って来る。匂いだけでなく、ベッドの上から、焼きたてのパンをかまどから取り出しているおかみさんの姿も見えるのであるから、決して広い家とはいえない。そこで夫婦二人が暮しているわけであるが、とつぜん鼻だけが三つになる。床屋のイワンがテーブルに着き、焼きたてのパンをナイフで切ろうとすると、そこから、誰かの鼻が出て来るのである。彼は、それをどこかで見かけたような気になるが、そこから先の話はいまのところ不要だから省略するとして、次の第二章も、今度は八等官のコワリョーフがやはり同じ三月二十五日の朝、ベッドの上で目をさますところからはじまる。そして、鼻の上のニキビを見ようとして鏡をのぞき込み、鼻がないのに気づいてびっくりするわけであるが、これも、ここから先の話はいまのところ必要ないと思う。

ゴンチャロフの『オブローモフ』も、ベッドの上からはじまる。これはもう世界じゅうにずいぶん有名な話だ。なにしろ彼の場合、同じベッドの上からはじまるといっても、目をさますまでに五、六ページかかる。しかしその五、六ページは、彼がみている夢の話ではない。そこに書かれているのは、ざっと次のようなことだ。まずその主人公の名前はイリヤ・イリイッチ・オブローモフであること。年の頃は三十二、三で、目玉は黒味がかった灰色であること。彼はペテルブルグの街中のある大きなアパートの中に、部屋を四つ借りて住んでいるが、実際に使っているのは一部屋だけであって、そこが寝室兼、書斎兼、客間であること。残りの三部屋は、ほとんど一年じゅう窓は閉めっ放しで、家具類には覆いがかけられたままであること。なぜならその主人公はめったに外出せず、また部屋にいるときは、ほとんどベッドの上に横になっているためであること。そして、彼がそういうふうにベッドに横になっているのは、（米川正夫訳によれば）「病人や睡眠を欲する人のように必然的なものではないが、さりとて疲労を感じた人のように偶然的なものでもなく、また怠け者のように享楽でもない、それは一つのノーマルな状態なのであった」からなのである。

また、彼の顔色は浅黒くもなければ、赤味がかってもおらず、かといって青白いともいい切れない、まことにアイマイな色であること。その表情もまた同様であって、疲労と倦怠と物柔かさの入り混った、何ともトリトメのないもので、おそらくそれは彼が何かの瞬間に平静さを失うようなことがあったとしても、たぶん変らないのではなかろうかということ。

それから、彼が愛用しているガウンは東洋ふうのものであること。つまり、ベルトもなければビロードの飾りや総《ふさ》もなく、ヨーロッパ的なものとはほとんど正反対であること。また、生地はペルシャの織物であるが、いまではその自然の光沢よりも、すでに手垢によるツヤの方が目立ちはじめていること。

そして、部屋の隅の方の棚には二、三冊の本がひろげたまま置いてあり、新聞も何枚か放り出されていること。しかし、ひろげられた本のページはすでに黄色くなって挨がたまっており、新聞は昨年のものであること。なるほど机の上にはペンとインク壺とが置かれているが、インク壺の中にはインクではなくて蝿が棲みついているのではないかということ。四方の壁には蜘蛛の巣がレース飾りか何かのように張りめぐらされ、また鏡は……いや、もうこのあたりで止めて置こう。つまりそこには、われわれがいわゆるオブローモフ的と呼んでいる要素のすべてが、えんえんと書き連ねられている。少なくともそれらは、たぶん世界で最も有名なロシア人の一人（例の地下室の住人も有名ではあるが、作者の名前よりも有名である点は、こちらの方が上だと思う）であるこの人物の、可視的な特徴のほとんどすべてであると思う。

　実際、どの一つを取ってみても、まさにオブローモフ的ではないか。いや、余りにオブローモフ的過ぎるとさえいえるくらいであるが、これが本物なのであるから止むを得ない。決してわたしの誇張ではないのである。誇張どころか、これでもわたしはずいぶん省略し、筆の及ぶ限りかいつまんだつもりだ。そしてゴンチャロフの『オブローモフ』というながいながい小説は、その作者よりも有名になってしまったオブローモフという主人公が、あれこれ書き並べて来たようなオブローモフ的、余りにオブローモフ的な部屋の中のベッドの上で目をさますところからはじまるのである。小説では、彼は朝八時に目をさます。ただしそれは、「いつになく馬鹿に早く」だった。そして、そこまでに五、六ページかかったのはすでに紹介した通りであるが、そうやって八時に目をさました彼が、ベッドの上から召使いのザハールを呼ぶまでに、今度は一時間半かかるのである。

　ドストエフスキーの『分身』（これは『二重人格』とも訳されているが、ゴリャードキン氏の前にとつぜんもう一人のゴリャードキン氏が出現するこの物語はやはり米川訳の『分身』の方がよいと思う）も、九等文官ヤーコフ・ペトローヴィチ・ゴリャードキン氏がある朝ベッドの上で目をさますところからはじまる。それがオブローモフと同じ八時であったのは、もちろん偶然ともいえるが、大地主であるオブローモフと違ってゴリャードキン氏はお役所勤めの九等官であるから、八時はいわば当然の時間であって、特にそのことに意味はない。意味があるのは、目をさましてからあとの、彼のその日の行動である。つまり、その朝ゴリャードキン氏は……いや、この話もいまはこのあたりでひとまず止めて置くことにしよう。

　理由は他でもない。まず第一にこんなことを続けていれば、おそらくキリがないからである。なにしろベッドの上で主人公が目をさますところからはじまる小説は、まだまだ世界じゅうに、それこそゴマンとあるに違いない。そして、そのほとんどをわたしは知らない。実際、その朝わたしがベッドの上で目をさまし、ぼんやりした頭で思い出すことが出来たのは、たった四つだ。僅か四篇に過ぎないのである。もっとも、太宰治にも何か、朝目をさますときの気持は面白い、といったふうにはじまる小説があったような気がした。また、椎名麟三にも、誰々（つまり主人公の名前。それとも、僕という一人称だったか？）は毎朝雨だれの音で目をさますのだ、といった書き出しではじまる小説があったことも思い出した。太宰のものは軽妙で、椎名のものは重苦しかったような気がするが、思い出す以上、もちろん両方とも好きなものだ。そして、思い出した以上、それがどんな文章であったか、すぐにでも立ち上って実物を見たいような気もした。しかし、だからこそ、このあたりで止めて置かなければならないのだと思う。実際、そうやって太宰のもの、椎名のものを探し出したら最後、今度はまた何か別のものを思い出さないとは限らないし、別のものが出て来れば出て来たで、また次の次のものを思い出さないとは断言出来ない。それに、そうやって思い出せる範囲のものはまだよいとして、ついには思い出せないものやまだ読んだこともないもの（おそらくその方が圧倒的多数に決っているのである！　実際どのくらいあるのだろうか？）にまで手を伸ばし、主人公がある朝目をさますところからはじまる小説を、（それがただそういう書き出しであるというだけの理由で）片っ端から探しはじめたらどういうことになるだろうか？　キリがない、というのはそういうことなのである。

もっとも、太宰と椎名のものは、同じある朝目をさますとはいっても、ベッドの上ではなかったかも知れない。たぶん、ふとんの上ではなかったかと思うが、ある朝誰かが目をさますところからはじまる小説というのは、（ふとんの上であれ、ベッドの上であれ）何かが何かの境界を越えたところからはじまる話といってよいだろう。それは、眠りと目ざめの境界であり、夢と現の境界であり、無意識と意識の境界であり、暗黒と光の境界であり、ということは（よくいわれるように）死と再生の境界であるというふうにもいえる。

そしてグレゴール・ザムザの場合は、その境界を越えたところで、変化が起った。人間からゴキブリに変化したのである。同様に、床屋のイワン夫婦にも、八等官コワーリョフにも変化が起った。すなわち、イワン夫婦の場合はふつうの夫婦から、二人で三つの鼻を持った夫婦へ、そしてコワリョーフの場合はふつうの人間から鼻なし人間へ、である。

その点、オブローモフの場合は少し違う。彼はゴキブリにも変っていないし、鼻も一つだ。強いて挙げれば、いつもよりかなり早く（八時に）目をさましたということくらいであるが、それは変化というより若干のズレということだろう。もちろん、ズレはズレで、無視は出来ない。ただ、ここではむしろ、そのズレではなく、繰り返しの方が問題ではないかと思う。グレゴール・ザムザや、床屋のイワン（夫婦）や、八等官コワリョーフたちの「変化」に対する「繰り返し」である。

何の繰り返しかといえば、例えば、チック・タックの繰り返しだということにして置いてもよい。そして仮に、チックが眠りの領域でありタックが目ざめの領域だとすれば、そのチックとタックの間の、つまりチックでもなければタックでもない状態が「境界」ということになる。そしてわがオブローモフの眠りと目ざめは、その境界を越えることの繰り返しなのだというふうにいえるのではないか。

わたしは相変らず、ベッドの上で上体を起したまま、ぼんやりと部屋の中を眺めまわしていた。わたしはどうやら、グレゴール・ザムザのように、ベッドの上で一匹のゴキブリには変化しなかったらしい。目をさますとき、何か気がかりな夢を見たような気もするが、まだ思い出せなかった。あるいは見たような気がするだけで、見なかったのかも知れない。また、わたしは、八等官コワリョーフのように、鼻もなくしてはいなかったようである。その証拠に、（まだ鏡はのぞき込んでいなかったが）わたしはベッドの上で煙草に火をつけ、口からだけでなく鼻からも煙を出すことが出来た。

部屋の中は相変らず薄暗かったが、煙草はすぐに見つかったのである。ベッドの枕元の棚（らしきもの）の上に、灰皿、百円ライターと一緒に並べられていた。他には、ガラスの水差しとわたしの腕時計と眼鏡が置いてあった。時間は、七時ちょっと過ぎであった。灰皿は、いつの間に洗ったのか、きれいなものであった。わたしはその内側だけ真赤な銀色の灰皿の底に灰を落とし、この部屋の中で赤いものは、どうやらその灰皿の内側だけらしいことに気づいた。少なくとも、こうしてベッドの上に上体を起して眺めている限りにおいては、そうだったのである。天井も、壁も、窓のカーテンも、それぞれが何色であるのかははっきりしなかったが、どこにも赤は見当らなかった。何もかもが白か黒か、あるいはその中間の（つまり両色が混り合った）色に見えた。

わたしはベッドの上から宮子の顔をのぞき込んだ。音を立てずに眠っているらしい彼女の顔にも赤い色は見えなかった。薄暗い部屋の中と同様、白と黒とその二色が混り合った色をしていた。しかし、どこにも異常は見えなかった。彼女にも変化は起きなかったらしい。白と黒とその二色が混り合った顔のほぼ真中あたりに、間違いなく鼻が見えたのである。なかなか形のいい鼻だ、とわたしは思った。それから枕元の水差しの水を飲み、どうやらわたしはもう一度眠り込んだようだ。

16

ふたたび目をさますと、ベッドの下に寝ていた宮子の姿が見えなかった。ふとんも見えない。わたしは思わず自分の鼻に手をやった。それから、ベッドの上に上体を起し、まるでコワリョーフのように目をこすり、両目をぱちぱちと二、三度強く開閉してみた。目の奥に、かすかにちかちかっとする感覚があった。わたしはもう一度、力一杯両目をつぶってみた。ちかちかする感覚と同時に、暗闇の中で幾つかの金粉が小さな星のように点滅した。しかし二日酔という程ではないと思った。

わたしは首を左右に動かしてみた。何か鈍い音がきこえたようであるが、頭痛はなかった。吐気もなかった。つまり、どこにも異常らしきものはなかったのである。窓のカーテンは閉じられたままであったが、部屋の中はすでに明るかった。しかし、宮子がその明るさとともに幽霊のように消えてなくなったのではないことも、間もなくわかった。彼女は眠っているわたしを自分の部屋に残したまま出勤したのである。

ベッドの枕元の棚に残されたメモ用紙にそう書いてあった。わたしは眼鏡を取ろうとしてそれを見つけたのである。隣の腕時計をのぞくと十一時過ぎであった。メモ用紙はどこかの医薬品会社の名前入りのもので、灰皿の下に敷いてあり、そこにはボールペンの字でこう書かれていた。

「時間通りに出勤します。よく眠っているようなので鍵（腕時計のところ）を置いて行きます。鍵は外からかけて、ドアの郵便受け穴に投げ込んで下さい。ダイニングキッチンの冷蔵庫の中に牛乳があります。残り物でよければサンドイッチもあります。洗面具は浴室（トイレの隣）、シャワーも出ます。シャワーのときはサポーターははずすこと。そのあと薬を塗っておくこと。一日、2〜3回。薬を持って出るのを忘れないように。M」

なるほど宮子もMだったわけだ、とわたしは思った。ボールペンの文字は横書きで、メモ用紙一杯にぎっしり詰っていたが、読みにくい字ではなかった。女にしては角ばった字かも知れない。薬剤師の文字か？　文字だけでなく文章も、ウフフフの宮子調ではなく、女薬剤師調である。とすると、このMは宮子のMではなくて、森野のMだろうか？

メモを読み終ったわたしは、鍵を確かめた。鍵はどこにでもある、いかにも平凡な鍵だった。未婚女性のマンションの鍵としてはいささか平凡過ぎるのではないか？　なにしろ（これが本物だとすれば）いつ何時でも閉じられている彼女の部屋のドアを自由に開くことが出来るのである。鍵にはリボンのようなものもついていない。鎖もなかった。たったいま合鍵屋から受け取って来たような、ただの鍵だ。あるいは本当にそうなのかも知れない。実際、そう考えたくなるような真新しさだったのである。宮子の手の脂や汗を吸い込んだ色ではなかった。わたしは鍵を掌にのせ、もう一方の手の親指の腹で強く押しつけるようにして擦ってみた。鍵はわたしの親指の熱で、息を吐きかけられた鏡のように、ぼうっと曇った。しかしすぐまた、もとの新品同様の銀メッキ色に戻ったのである。

あるいはこの鍵を使うのは自分が最初かも知れないぞ、とわたしは思った。なるほどそれは、男として悪い気分ではなかった。しかし同時に、待てよ、という気もした。わたしがそう思うだろうぐらいのことは、宮子の方が先刻ご存知ということではあるまいか？

わたしは掌の鍵をつくづく眺めた。そして見れば見るほど平凡な鍵だと思った。それはその平凡さ、装飾性の皆無、機能そのものでしかない合理性などにおいて、いかにも女薬剤師の鍵らしくも見えた。わたしは掌の上で鍵を裏返しにしてみた。すると今度は、そのむき出しで大胆不敵な単純さと謎めいた真新しさが、いかにもウフフフの宮子の鍵らしくも見えて来たのである。わたしはゲオルグの婚約者のような彼女のあえぎ声を思い出した。その彼女の、黒いふさふさした男のような脇毛を思い出した。なにしろ季節はすでに夏だったのである。そしてわたしはそのことを、昨夜たずねてみたいと思いながら忘れてしまっていたことを思い出した。同時に、もし忘れずにたずねたとしても、答えは「ウフフフ」だったかも知れないとも思った。それからもう一つ、何か彼女にたずねようと思いながら、やはりたずねるのを忘れてしまっていたのを思い出した。しかしそれは、何だったのか思い出せなかった。

わたしは鍵をもとの場所に戻した。そしてベッドの上にあぐらをかいたまま、煙草を一本吸った。それから、宮子が置いて行ったメモ用紙をもう一度読み返し、そこに書かれている通り（ただし順不同）に行動した。

まずわたしは、ダイニングキッチン（ベッドのある部屋とダイニングキッチンとの間にはドアがあった）を通り抜けて（トイレットで用をすませてから、隣の）浴室へ行き、着ているもの（といってもステテコとパンツだけで上半身は裸だった。ベッドにもその恰好で寝ていたらしい）を脱ぎ、右肘のサポーター（とバンソウコウで井の字形に止められていたガーゼ）をはずし、シャワーを浴びた。糊で固まったようになっていた陰毛には石鹸をこすりつけて落とした。

わたしはちらりと、『ロリータ』（あのロシアの亡命貴族作家ナボコフが書いた）という小説のある部分を思い出した。未亡人の母親と二人暮しをしているロリータの家に最初は下宿人として入り、やがてその未亡人と夫婦になって、ロリータの義父となるあの小説の語り手（主人公ともいえる）が、はじめてその家を訪れて、家の中をあちこち見せてもらってまわる場面である。未亡人は男を浴室にも案内するが、男がバスタブをのぞき込むと、そこに（母親のものかロリータのものかわからないが）陰毛が一本へばりついている。それが、クエスチョン・マーク（?）の形に見えたという部分である。また、その母親が死んだあと（半分は男が殺したような形であるが）男はロリータを車に乗せて、アメリカじゅうを旅して（というか逃げまわるというか）歩くが、行く先々で泊る場所に一番苦労する。なにしろ、誰が見ても二人の年の差は親子（実際、義父とその娘なのだが）なのであるから、モーテルには泊れない。そんなわけでさんざん苦労して安いホテルのようなところに泊ると、シャワーが気になって仕方がない。とつぜん熱湯が出て来たかと思うと、今度は水同然になったりするばかりか、壁越しに隣の浴室の水音がはっきりきこえて来るのである。

もちろんわたしの耳にそのような音はきこえて来なかった。シャワーがとつぜん熱湯になったり、水同然になったりということもなかった。また、シャワーを浴びたあと、ちらりと浴槽（寝棺のような西洋式バスタブではなく、新型ではあるが日本式のものだ）の中ものぞいてみたが、そこにはいかなる形の陰毛も見当らなかった。浴槽の内部は磨いたように光っており、それこそ新品同様に見えたのである。しかし、その新品同様の浴室に真昼間こうして丸裸で立っているこの男は誰だろう？　それは、ロリータを車に乗せてアメリカじゅうを逃げまわった中年男のように、どこか見知らぬ場所の見知らぬホテルにさまよい込んだ人間であるような気もした。実際わたしはこうして自分が真昼間、丸裸で立っている場所がどこであるのかわからなかったのである。

わたしは浴室にしゃがみ込んだ。とつぜん軽いメマイをおぼえたのである。浴室用の（真中に丸い穴のあいた）小さな腰掛けが目の前に見えた。プラスチック製の（ピンク色の）ものだ。それは浴室のタイルの上にしゃがみ込んだわたしの、すぐ目の前にあった。わたしは右手を伸ばして、それに指先で触ってみた。そして、その（ピンクの）腰掛けに坐りなおし、ロダンの「考える人」の恰好になった自分の姿をちらっと想像してみた。あの恰好になれば（人間、困り果てると知らず知らずのうちにあの恰好になっているのかも知れない。そういう意味では、あれは「考える人」ではなく「考えあぐねた人」なのかも知れない）、思い出せそうで思い出せず、喉のあたりか、首筋のあたりか、耳のうしろのあたりかにひっかかっている気がかりな何かが、思い出せるかも知れないという気もした。

気がかりな何かは、昨夜宮子にたずねようと思いながらたずねるのを忘れてしまった何かであるような気もした。また、そうではなくて、ベッドの上で目をさましがけに見ていた夢であるような気もした。

わたしは、目の前の（ピンクの）腰掛けに伸ばしていた左手を、のろのろと引込めた。そして、のろのろと立ち上った。気がかりな何かはどこかにひっかかったまま出て来なかったが、メマイだけは治ったようである。しかし、浴室を一歩出たところで、わたしは思わず「あっ」と悲鳴をあげそうになった。いや、悲鳴はすでにあがっていたのかも知れない。

わたしの目の前にもう一人男が立っていたのである。わたしは思わず顎を引いて、上体をのけぞらせた。すると男も、上体をのけぞらせたようだ。男の顔は、ぼんやりとして見えなかった。顔だけでなく、首から下の部分も水ににじんだようにぼんやりと輪郭が歪んで見えた。男のまわりには湯気のような煙が立ち込めているようだ。顔だけでなく、首から下の部分も水ににじんだようにぼうーっとかすみ、全体の輪郭が不安定に歪んで見えるのはそのためかも知れなかった。

ただ、男が丸裸であることは確かだった。不安定に歪んではいたが、それはとにかく人間の形をしており、頭には頭髪があり股間には陰毛が見えた。そしてその陰毛の蔭に身を隠そうとでもするかのように、また、その蔭から身をのり出そうとでもするかのように垂れている、ペニスが見えた。いや、それはただ垂れているのではなく、伸縮しているように見えた。あるときは陰毛の蔭に身を隠そうとでもするかのごとく、かと思うとその蔭から身をのり出そうとでもするかのごとく、不安定に伸縮しながら、絶えずその形と大きさを変え続けているように見えたのである。

そしてそれはペニスだけではないようであった。男の顔も、首から下のだらりと垂れた両腕も、胴体も、腹も、その下の部分も、両脚も、よく見ていると、ただ水ににじんだようにぼんやりと輪郭が歪んでいるだけではなく、絶えずゆらゆらと不安定に伸縮しながら、その形と大きさを変え続けていることがわかった。つまり男には、その顔も、その他の部分も、ただ単に輪郭がぼやけて歪んでいるだけではなく、いわば輪郭そのものがなかったのである。

「そうじゃないかね？」

とわたしは目の前の男に向ってたずねた。すると男は、顔を歪めた。あるいは、にやりと笑ったのだったかも知れない。わたしは男が眼鏡をかけていないことに気づいた。しかし男が誰であるかはわからなかった。なにしろその顔は、是が非でも自分が自分でなければならないという輪郭そのものをあたかも否定するかのように、絶えずゆらゆらと不安定に伸縮しながらその形と大きさを変え続けていたからである。

「お前は、おれなんだな」

とわたしは目の前の丸裸の男にいった。

「誰でもいいわけだよ」

と目の前の丸裸の男は答えた。

「なるほど。そういうことにもなるかも知れんな」

「だから、おれがあんたであってもいいわけだよ」

そういって目の前の丸裸の男は、また顔を歪めた。そしてとつぜん見えなくなった。

わたしは丸裸のままダイニングキッチンを横切り、ベッドのところへ行って煙草に火をつけた。それからクーラーのスイッチを探した。スイッチには小型計算器のように小さなボタンが並んでいたが、幾つ目かを押したとき、クーラーの鈍い音がきこえはじめた。わたしは煙草をくわえたまま、ベッドの上に大の字になった。天井を眺めているとき、ここが東京のどこかのマンションの九階であることを思い出した。したがって、こうして見上げている九階の天井は十階の床の底なのだということにも気づいたが、それ以上のことはわからなかった。喉か、首筋のあたりか、耳のうしろのあたりかにひっかかっている気がかりな何かも、そのままだった。

しかしわたしは、やがてベッドからとび降りた。いつまでも丸裸のままベッドで大の字になっているわけにはゆかないことに気づいたのである。ベッドの上で目をさましたわたしは、なるほど八等官コワリョーフのように鼻なし男にはなっていなかったようだ。また、グレゴール・ザムザのようにゴキブリに変ってもいなかったらしい。しかし、寝室兼、書斎兼、客間である一室のベッドの上で横になっているのが最も「ノーマルな状態」であるという、大地主のオブローモフに変ったわけでもなかったからだ。

わたしは枕元の棚の上の腕時計をのぞき込んだ。一時ちょっと前であった。大学の一コマ授業（もう一つ別の方の）は二時からである。わたしは、はくものをはき、眼鏡をかけると、大急ぎでダイニングキッチンへとび込んだ。頭痛はなかった。また、吐気もなかったが、食欲もほとんどなかった。しかしわたしは、宮子のメモにしたがって、冷蔵庫の中から四角い紙箱に入った牛乳と、透明なつるつる紙に包んだサンドイッチを取り出した。そして、二片か三片のサンドイッチを牛乳と一緒に喉から腹へと送り込んだ。味はまったくわからなかった。なにしろ自分がどこにいるのかさえはっきりしないのである。

それからわたしは、これも宮子のメモ通りに、右肘に薬を塗り、浴室に置いて来たサポーターを取って来て、薬を塗った部分に取りつけた。取りつけるとき、気がかりだった何かが思い出せそうな気がした。しかし、やはり思い出せなかった。薬は鞄の中に入れた。腕時計をはめ、鞄をさげ、新品同様の合鍵はもう一方の手に握った。そして、ドアのちょうど目の高さのあたりについているのぞき穴に片目を当てると、はいている靴がふわりと床から浮き上るような気がした。ドアの外側が横長の楕円形に見えたのである。同時に、その楕円はいつかどこかで見たような気がした。

横長の楕円形の中を、一人の主婦らしい女性が歩いて行った。わたしは彼女の歪んだうしろ姿が見えなくなるまでのぞき続けた。それからドアをあけて外に出て、宮子のメモの通りにした。

エレベーターの前に一人の女性が立っていた。近づいて見ると、さっき横長の楕円形の中を歩いて行った主婦らしかった。楕円形の中にエレベーターは見えなかったのである。しかし、わたしたちは、もちろん何も話さなかったし、会釈もしなかった。やがてエレベーターが来て、ドアが開き、わたしたちは四角い箱の中に入った。

17

エレベーターは動いたり止ったりした。その度に、当然のことながらドアは開いたり閉じたりした。そしてその度に何人かの女性が四角い箱の中に入って来た。男は入って来なかったようだ。箱から出て行くものもなかったようだ。そのためわたしは、最初は出口近くに立っていたのが、だんだん奥の方へ押し込まれた。しかし、そのために四角い箱の中で苛々するということはなかった。

むしろ開かれたドアが閉じられる度に、わたしはホッとしたくらいである。なるほどその度に、わたしは女性たち(主婦のようでもあり、そうではないようにも見えた)によって少しずつ奥の方へ押し込まれる形になった。実際、わたしの背中は彼女たちによって、すでにドアとは反対側の壁に押しつけられていた。しかし、エレベーターである四角い箱自体は開かれたドアが閉じられる度に(つまり、わたしの背中が壁に押しつけられれば押しつけられるほど)、少しずつ下へ降りて行くはずだった。そして少しずつ、このマンションの出口の方へと近づいているに違いなかったからである。

やがてエレベーターは一階に到着して、ドアが開いた。わたしは一番あとからそのドアを出た。女たちはすでにマンションの出口の方へ歩きはじめていた。わたしはすぐ前の一人(九階から一緒に乗った女性だったかも知れない)を追い越してみた。すると、もっと追い越したくなった。わたしは、エレベーターの奥の壁に押しつけられていた分を取り戻さねばとでもいった勢いで、とつぜん女たちを追い越しはじめた。そしてやがて(四、五人を追い越したあたりからだろうか?)、あたかも脱出の日だけを夢見ながら、日夜、出口だけを探し続けて来た捕虜でもあるかのように、何人かの女たちを更に追い越し、真先にマンションの出口へと急いだのである。

マンションを出たわたしは、とにかく煙草に火をつけた。そして、昨夜ここへタクシーで到着したときと同じように、いま出て来たばかりのマンションをふり仰いだ。九階はすぐにわかった。しかしどれが宮子の部屋の窓であるかはわからなかった。ただ、昨夜のように階数を目で数えてゆきながら、十一階のあたりでわからなくなってしまうということはなかった。宮子が、最近はやりなのだという赤煉瓦っぽいマンションは、十五階建てだった。なるほど、9—15か、とわたしは思った。そして、同じ九階にある井上医院に対して、宮子の部屋を9—15と呼ぶことに決めた。

その思いつきに、わたしは満足した。しかし、どちらも九階である理由はわからなかった。ただの偶然の符合であるのか？　九階はどういうものか空きやすいらしいと宮子はいっていたが、そういうことに過ぎないのか。また宮子は、前にいたマンションもやはりそうだったらしいともいっていたが、それはただそういう傾向だということなのか、それともやはり彼女は九階に住んでいたということなのか？　とするとそれには何か意味があるのか、あるいは、途中入居の場合は九階が最も入りやすいという、それだけのことに過ぎないのか。

それからわたしは、とつぜんもう一つの九階を思い出した。自宅である！　三年前（それとも四年前だったか？）に買った（そしてそのためにいまもローンを払い続けている）4ＬＤＫのマンションも、やはり九階だったのである。

「ははあ」

とわたしは思わず声を出した。そして、喉のあたりか、首筋のあたりか、あるいは耳のうしろのあたりかにひっかかっていた気がかりな何かは、これだったのかも知れないと思った。もちろん、自宅の九階はわたし自身が選んだものだ。一階から十二階までの各階に4ＬＤＫは何戸ずつか作られていたが、九階の4ＬＤＫが、わたしの予算に最も適していたからである。それ以上の理由は何もなかった。井上医院の九階との符合は、もちろんただの偶然に過ぎないし、それ以上の意味など考えてみたこともなかった。どちらも九階のある建物であれば、誰かが九階に住んでいるに決っているのである。

しかし、昨夜、宮子のマンションに到着したとき、自宅の九階（十二階の九階であるから9—12）を忘れてしまっていたのも事実だ。宮子の部屋（9—15）と、井上医院の九階（九階の九階であるから、9—9か）との符合には気づきながら、9―12の方は思い出さなかったのは何故だろうか？

喉だか首筋だか耳のうしろだかにひっかかっていた気がかりな何かは、あるいはこれだったのかも知れない。9―12と9―9と9―15、この三つの偶然の符合は、何といっても大きい。二つならばとにかく、三つなのである。したがって、（この場合は）昨夜自分が9―12を思い出せなかったことより、むしろいま（になってではあったとしても）、9―12と9―9と9―15という三つの符合に気づいたことのおどろきの方が重大であるような気もした。実際わたしはおどろいていたのである。

「ははあ」

ともう一度わたしは声を出した。それから、もう一度9―15の窓のあたりを見上げ、ガソリンスタンドの方へ歩きはじめた。ガソリンスタンドはすぐにわかった。しかしそれ以上は何もわからなかった。つまり、駅名もわからなければ方角もわからない。宮子のメモにも、どういうわけか駅のことは何も書かれてなかった。わたしはガソリンスタンドの前で、タクシーを待つことにした。とにかくそこから最寄りの駅へ行けばよいと思った。そしてその通りにうまくいった。タクシーはすぐにやって来て、わたしの前にドアをあけた。そして、メーターが一度変っただけで、最寄りの国鉄駅前に到着したのである。タクシーはまたドアを開き、わたしは降りた。つまりすべては（思いがけず）順調に運んだのである。ただ、喉だか首筋だか耳のうしろだかにひっかかっていた気がかりな何かは、やはりあのことではないような気がした。9―12と9―9と9―15……この偶然の符合は、なるほど大きい。ただ、気がかりな何かは、やはりそれ以外の何かであるような気がした。タクシーの中で、煙草を吸っているとき、そんな気がしはじめたのである。しかし、思い出せなかった。

日中の電車はどことなく間の抜けた感じだった。しかし、ガラガラに空いているというわけでもなかった。全車輛を隈なく探しまわれば別であろうが、ざっと目で探しただけでは空席はなかった。それに、隙間を見つけて割り込むには暑過ぎたし、また、二つ目の駅で地下鉄に乗り換えなければならない。その日の一コマ大学へは、そういう道順だった。わたしは吊革につかまって、窓の外をぼんやり眺めた。頭の上で扇風機のまわる音がきこえた。

乗り換えた地下鉄の中も似たようなものだった。ただ、当然のことながらこちらは窓の外が見えない。もちろん最近では窓の外が見える地下鉄もある。しかしそのときは見えなかった。わたしは吊革につかまっていた。すると、あの裸体が思い出された。宮子の部屋（9―15）の浴室でシャワーを浴びて出て来たとたん、目の前に立っていた（輪郭そのものを失ったような）男の裸体である。

わたしは吊革につかまっていた右手を放して、耳のうしろのあたりを掻いてみた。すると、そうしている自分が目の前の薄暗い窓ガラスに写った。わたしは首筋のあたりに手を移した。すると、やはり同じものが目の前の窓ガラスに写った。わたしは喉のあたりに手を移した。やはり同じものが目の前に写った。それから首を左右に折り曲げたり、のろのろとまわしたりした。しかし、気がかりな何かはなかなか出て来なかった。

わたしは、大急ぎでふたたび吊革につかまった。電車がとつぜん大きく揺れたのである。そして地下鉄特有の激しい騒音がきこえた。もちろん騒音はそのときはじまったわけではないはずである。ただ、そのときはじめて気づいたような気がした。騒音は続いていた。わたしはまるで気がかりな何かがその騒音ででもあるかのように、（したがって、まるで騒音に耳を傾けるかのように）騒音をきき続けた。両耳にヘッドホーンをつけた若者（大学生か？）が目に入った。若者はわたしの斜め前に腰をおろしていた。

半袖シャツの胸には、型通り英語の落書きがあった。そして（これも型通りに）ジーパンの膝の上に分厚いマンガ雑誌をひろげていた。なるほど地下鉄にヘッドホーンとは考えたものだ、とわたしは思った。若者は指でマンガのページをめくった。しかしヘッドホーンは、ただの耳栓代りではなかったらしい。ページをめくったあと、若者は反対側の指を腰のあたりで動かした。見ると、革ベルトに小型ラジオらしきものが取りつけられており、一本の細い線でヘッドホーンとつながっていることがわかった。そして若者が指先で動かしているのは、小型ラジオのダイヤルらしいこともわかった。

わたしは若者から目を離した。そしてまた騒音に気を取られた。騒音はますます激しくなるような気がした。そして、その騒音の中から、とつぜん一人の男が出て来た。『分身』のゴリャードキン氏である。わたしは思わず「あっ」と声をあげそうになった。いや、声はすでに（9―15の浴室から一歩足を踏み出したときと同様）わたしの口からとび出していたのかも知れない。わたしはちらっとヘッドホーンの若者に目をやった。彼はさっきと少しも変らなかった。もっとも彼は、仮にわたしが彼の顔の真前で「あっ」と叫んでみせたとしても、同様だったと思う。彼の耳には自分が選択した音しか入らない。それは革ベルトに取りつけられた小型ラジオから一本の細い線を伝って、ヘッドホーンに入って来る。そして彼は、その音（音楽か、誰かのお喋りか？）を伴奏にして、ジーパンの膝の上に開いたマンガを読んでいるわけだ。

しかし、変らないのは、ヘッドホーンの若者だけではないようだった。つまり他の乗客たちも一斉にわたしの方を振向いたりはしなかったのである。したがって、「あっ」というわたしの声は、出そうになっただけで出なかったのかも知れない。あるいは、（出ることは出たのであるが）誰の耳にも入らなかったとも考えられる。実際、そのくらいの騒音だった。そして、そういう騒音の中だからこそ、とつぜんゴリャードキン氏があらわれたのである。

その証拠に、彼はある朝（八時頃）ベッドの上で目をさましたゴリャードキン氏ではなかった。彼は激しい雨まじりの雪（雪まじりの雨）の中を生きた心地もなくさまよっていた。しかも、真夜中だった。彼がフォンタンカ（これはもうロシアの小説には欠かせないペテルブルグの運河）の河岸にたどり着いたとき、ペテルブルグじゅうの時計台の時計は一斉に夜の十二時を報じはじめたのである。彼はその夜、五等文官邸でおこなわれた夜会に出かけた。新しい手袋と一ルーブリ半の香水を買って。しかし玄関払いを喰わされた。中へ入れないよう命じられているのだという。彼は屋敷の裏にまわって、台所（らしきあたり）に身をひそめ、舞踏会がはじまるのを辛抱強く（実際、何時間も待ったようだ）待ち続ける。そしてついに、とつぜん舞踏会場に姿をあらわして演説をはじめる。それから五等文官の一人娘クララ嬢（夜会は彼女の誕生日の祝いに催されたのである）の方へ近づいたかと思うと、とつぜんその手を握りしめる。クララ嬢は「きゃっ！」と悲鳴をあげた。その他にも二人ばかりの貴婦人が悲鳴をあげた。オーケストラは鳴り止み、ゴリャードキン氏は取り巻かれ、何人かの男たちによって五等文官令嬢から引き離され、胸ぐらを取られ、背中を押され、ドアの方へ運び出され、外套を着せられ、帽子を（ぐいと目深かに）かぶせられ、玄関の外へ追放されたのである。

それは恐ろしい夜であった（と米川正夫は訳していた）。《十一月特有の、湿った、霧の深い、雨まじり雪まじりの夜――炎症、鼻カタル、おこり、扁桃腺炎、ありとあらゆる種類の熱病、ひと口にいえば、ペテルブルグの十一月の贈物を、ことごとくもれなくはらんでいる夜だった。風はがらんとして人気のない街々を咆哮して、フォンタンカの水を、もやい用の鉄環よりも高く持ち上げ、河岸通りの痩せひょろけた街燈を意地悪くゆすぶっていた。すると、街燈はまた街燈で、か細い刺すようなきしみ声を立ててこれに応じる。こうしたすべてが、ペテルブルグの住人にいたって馴染みの深い、はてしのない悲鳴に似た、ひびの入ったような交響楽となるのであった。――》つまり、ゴリャードキン氏が夢遊病者か泥酔者（彼は一滴も飲んではいなかったはずだが）のようにさまよっていたのは、そういう夜だった。

地下鉄の騒音は相変らず激しかった。ゴリャードキン氏もさまよい続けていた。雪まじりの雨は情容赦なく彼の顔面に降りかかった。それは刺すようでもあり、引っ掻くようでもあった。ついに彼の片方のオーバーシューズは、フォンタンカ河岸のぬかるみに取られてしまったが、彼はそれを拾おうともしない。吹き降りはますます激しくなるようだった。彼はその中を歩き続けた。そして運河の橋の上で、とつぜん、もう一人の自分に出会うのである。《突然……突然、彼は全身をぴりっとおののかせ、思わず二歩ばかりかたわらへ跳びのいた。いいようもない不安を覚えながら、彼はあたりを見まわし始めた。が、そこにはだれもいず、何も変ったことは起らなかったのである。にもかかわらず……それにもかかわらず、だれかしら今、ついたった今しがた、ここにいたように思われた。彼のかたわらに、彼と並んで、同じく河岸の欄干にもたれていたのみか――不思議にも！ 何か彼にものをいったような気さえしたのである》

ゴリャードキン氏は、最初はそれをただの幻覚だろうと思う。しかし、同時に、これまで体験したことのない、憂愁とも恐怖ともつかぬ不思議な気分に包まれて、また歩きはじめた。すると今度は、一人の男とすれ違う。男はゴリャードキン氏と同じ外套を着ている。ゴリャードキン氏はちょっと立ち止って振り返り、また歩きはじめる。それから思わず「あっ」と叫び声をあげた。さっきすれ違ったばかりの男に、また出会ったのである。ゴリャードキン氏は、ついに歩道の杭に腰をおろして（やはり「考える人」のポーズか？）しまう。しかし、やがて我れに返ると、わが家（アパート）の方角へ一目散に走りはじめた。片方だけになっていたオーバーシューズもぬかるみに取られてしまうが、もちろんそんなものを拾ったりはしない。彼は幾つかの街角（小説にはいちいち名前が出ているが）を曲る。すると今度は、さっきの男が自分の前を走っているのを発見した。男はアパート（ゴリャードキン氏の）の門を入った。ゴリャードキン氏も続いて入った。男は階段を駈け上り、ゴリャードキン氏の部屋に消えた。下男のペトルーシカがドアをあけて入れたのである。そしてゴリャードキン氏が部屋へ入ったときには、すでに男はベッドに腰をおろし、かすかに笑いさえ浮かべていたのである。ゴリャードキン氏は、何か叫ぼうとした。しかし声が出なかった。何か抗議をしなければと思ったが、すでにその力を失っていた。《彼は髪の毛が逆立つ思いであった。そして恐怖のあまり感覚を失って、その場にへたへたと崩折れてしまった。が、それも無理からぬことであった。ゴリャードキン氏はこの深夜の客をはっきりと見分けた。深夜の客はほかならぬ彼自身であった――ゴリャードキン氏なのであった――第二のゴリャードキン氏であった。あらゆる点において、彼自身と寸分たがわぬ男で、ひと口にいえば、いわゆる彼の分身なのであった…………》

ゴリャードキン氏の分身は、こうして出現したのである。この新ゴリャードキン氏は役所にもあらわれ、(ちょうど、『ウィリアム・ウィルソン』におけるもう一人のウィリアム・ウィルソンのように)ことごとに旧ゴリャードキン氏の前に立ち塞がる。すなわち、旧ゴリャードキン氏の仕事を横取りして上役に取り入り、だしぬき、足を引っぱるばかりではない。公衆の面前で旧ゴリャードキン氏の頰っぺたを二本の指できゅっとつまんだり(このあたり、例の地下室の住人がビリヤード屋で将校からまるでバケツか何かのように扱われるところを思い出させる)、かと思うと頰っぺたを軽く(「可愛い坊やちゃん」などといいながら、まるで愛撫でもするように)ぴしゃぴしゃと叩いたりする。また、一緒に喫茶店に入って来て、ドイツ人のウエイトレスを卑猥な言葉でからかったかと思うと、ピローグ(ロシア肉饅)の食い逃げをしたりする。つまり、旧ゴリャードキン氏がどんなにやりたくとも到底出来そうもなかったことを、彼と瓜二つの仮面《マスク》をつけた新ゴリャードキン氏は全部やってのけたわけだ。そして最後は、旧ゴリャードキン氏を精神病院行きの馬車に押し込んで手を振るわけであるが、ただ、あのゴリャードキン氏の分身出現の場面(フォンタンカ河岸の)は、いささか大袈裟過ぎたのではないかという気がしないでもない。

実際、あの雪まじりの雨(あるいは雨まじりの雪)の吹き降りの夜の場面は、いささか旧式の怪談仕立て(いわゆる、おどろおどろしい、というやつ)と、お化け屋敷調(いわゆる、どたばた)の混合ではないかという人もいると思うし、なるほどそういわれてみれば、わたしもそれに敢えて反対する気はない。しかし同時に、それが地下鉄の騒音にはいかにもふさわしいものだったことも事実だ。なにしろわたしはあの場面を、タクシーの中でもなければ、国電の中でもなく、およそ東京じゅうの乗り物の中で最も騒々しい地下鉄の騒音の中で、ようやく思い出すことが出来たからだ。そして同時に、(喉だか首筋だか耳のうしろだかにひっかかっていた)気がかりな何かが、実は他ならぬあの小説の、その場面だったことに、わたしは気づいたのである。

しかし、それではわたしは、あの場面を夢に見たのだろうか？　9―15（宮子の部屋）のベッドの上で目をさましたとき、何か気がかりな夢を見ていたような気がしたのは、あの場面だったのだろうか？　あの場面だったとすると、それはあの場面のどの部分だろう？　どの部分を取ってみても、それはいかにも夢らしい気がした。むしろ夢らし過ぎるとさえいえるくらいだ。そして、見たのだとすれば、なるほどそれは気がかりな夢に違いなかった。しかし、ゴリャードキン氏の分身の出現は（グレゴール・ザムザがゴキブリに変身したのが夢でなかったのと同様）、夢ではない。ただ、その出現の仕方が、いささか大袈裟だっただけだ。旧式怪談仕立てでもあり、お化け屋敷調でもある。それは、ただ何か気がかりな夢から目をさましただけでゴキブリに変身していたグレゴール・ザムザの場合と比較してみると、更にはっきりして来る。しかし、だから旧式怪談仕立てやお化け屋敷調がよくないといえるだろうか？　そこがやはり十九世紀と二十世紀の差なのだ、といえるだろうか？　いや、いや、そう簡単にはいえないはずだ。理由は、ゴリャードキン氏がもう一人の自分のあとから自分のアパートのドアの中へ入って来たあとの、次の数行を見れば充分だろうと思う。《ゴリャードキン氏の予感はことごとく的中したのである。彼がおそれていたいっさいのこと、彼が予想したすべてのことが、今やうつつに実現されたのである》

つまり彼は、グレゴール・ザムザが何か気がかりな「夢」を見ていたのと同じように、何か気がかりな「予感」を抱いていた。そしてどちらもその気がかりだった「　」内のものが、現実そのものに変っただけだ。すなわちグレゴール・ザムザにとっては気がかりな「夢」が、また、ゴリャードキン氏にとっては気がかりな「予感」が、そのまま「気がかりな現実」になったのである。実際、彼らにとって、現実くらい気がかりなものはなかったのではないか？　何か気がかりな夢（あるいは予感）のようなもの、それこそ現実そのものだったのではないか？

地下鉄の騒音は相変らずだった。斜め前の席に腰をおろしたヘッドホーンの若者も相変らずである。ジーパンの膝の上にはひろげた分厚いマンガ雑誌があり、ときどき片方の指でページをめくった。また、もう片方の指はベルトに取りつけられた小型ラジオのあたりで、ときどき動いた。ただ、まったく変化がないわけでもなかった。彼はちらりと腕時計をのぞいた。それからマンガを二、三ページめくっては腕時計をのぞく、という動作が繰り返された。そして、それが何度か繰り返されたとき、とつぜん地下鉄の騒音が止んだ。駅に着いたのである。電車が停り、ドアが開いた。

ドアがしまり、電車が走り出し、ふたたび車内は騒音に包まれた。ヘッドホーンの若者も同じ動作を繰り返しはじめた。マンガ二、三ページと腕時計の繰り返しである。やがてわたしにもその繰り返しの意味がわかった。ヘッドホーンの若者には地下鉄の騒音はきこえない。ヘッドホーンはそれを拒絶し、ベルトに取りつけた小型ラジオから一本の細い線を通ってきこえて来る何か別の音を選択している。同時に、アナウンスの声も彼にはきこえない。したがって、腕時計で距離を測っているわけだった。時刻で自分の下車駅の見当をつけているのである。腕時計は(これも型通り)いわゆるデジタルだった。

もう夏休みに入ったのだろうか？　しかし、ジーパンの膝の上にひろげた分厚いマンガ雑誌の下に、ノートらしきものが見えるような気もした。マンガと腕時計の繰り返しは続いた。それから地下鉄の騒音が止み、電車が停った。ヘッドホーンの若者が立ち上った。ドアが開き、吊革につかまっているわたしの腕の下を若者がくぐった。わたしは思わず「うっ！」とうめいた。右肘のサポーターに何か固いもの（若者の頭か？）が衝突したのである。しかし彼は振返りもしなかった。そしてわたしのうめき声などおかまいなしに、ドアを出て行った。なにしろヘッドホーンなのである。わたしはヘッドホーンをつけた彼の頭の裏側をにらみつけた。このボーンヘッド野郎奴が！　それから大急ぎでドアをとび出した。わたしも下車する駅だったのである。背中のすぐうしろでドアがしまった。

地下鉄のホームには学生らしい若者の姿が目立った。男女半々くらいに見えた。だいたいいつもこんなものだ。ただ、夏休み直前にしてはマジメな方だといえるのかも知れない。女子学生の方には短大生も混っているのだろう。一コマ大学（わたしが週一回出かけている）と同じ経営の女子短大で、キャンパスも隣合っている。駅前から出ているスクールバスも同じだ。しかし、誰がどこの学生であるのか、まるでわからない。どの顔もどこかで見たような顔に見えたし、同時にまったく見知らぬ顔のようにも見えた。もちろん、わたしに会釈するものもなかった。

わたしはヘッドホーンの若者の頭の裏側を見ながら歩いた。ジーパンに落書き（英語の）シャツは他にも大勢歩いていた。ただヘッドホーンつきは一人だったようである。彼は改札口を出た。わたしも出た。駅前にはスクールバスがいつもの場所に停っていた。学生たちは次々にスクールバスの中に入った。ヘッドホーンも入った。やはり学生らしい。その何人かあとからわたしも入った。

スクールバスは満員にはならなかった。実際、歩いても二十分はかからないだろう。わたしはヘッドホーンのうしろの座席に腰をおろした。やがてスクールバスはドアをしめて発車した。わたしはヘッドホーンの頭の裏側がときどき上下に動くのを見ていた。バスの中は学生たちの声でガヤガヤしていた。ヘッドホーンがマンガを読んでいるのかどうかは見えなかった。ただ、ヘッドホーンをつけている以上、誰とも話は出来ないはずである。彼は、首筋のあたりを掻きはじめた。それから耳のうしろのあたりを掻きはじめた。

スクールバスが停り、ドアが開いた。学生たちはぞろぞろと前のドアの方へ動いた。運転席の隣に料金（または回数券）箱のついたワンマンカーである。わたしはヘッドホーンのうしろからバスを降りた。そして、今日はずいぶんドアを入ったり出たりしたような気がした。

キャンパスの中でわたしは、一度ヘッドホーンを見失った。スクールバスを降りたあと、わたしは教職員用トイレットから、そのままエレベーターに乗り、三階の教室へ直行したからだ。彼はわたしの授業（英文演習2D）は取っていないのだろう。しかし、教室に姿が見えないのは彼だけではなかった。誰もいなかったのである。

腕時計を見ると、二時十分前だった。授業は二時からである。わたしは煙草に火をつけて、廊下に出た。専任の七コマ大学と同様（最近はどの大学も似たようなものだが）、この大学の廊下にも灰皿（円筒型の）と椅子（色のついた、人間の尻の形をしたもの）が幾つか並んでいる。わたしは腰をおろして煙草を吸い、ハンカチで汗を拭いた。ぷんと汗の臭いが鼻に入ったが、それはいま拭いている汗の臭いではなく、すでにいつかどこかで嗅いだような気のする汗の臭いだった。昨日の汗だろうか？　それとも一昨日のものか？　もちろんハンカチは皺だらけだった。

学生たちはわたしの前を行ったり来たりしていた。なにしろそこは廊下だからだ。時間もそろそろ二時になろうとしていた。学生たちは廊下から教室に入りはじめた。やがて、二本目の煙草を吸っているわたしの前を一人の教師（名前も顔も知らないが、教師であることだけはわかった）が通り過ぎて、隣の教室に入って行った。腕時計を見ると、まさに二時であった。

ずいぶん正確な教師だ、とわたしは思った。そして昔（旧制中学～新制高校）ポンプという渾名の数学教師がいたことを思い出した。そのココロは、始業の鐘（たぶん当時は鐘だったと思うが）が鳴るや否や、早くも教壇にあらわれている、というわけだ。夏はシモフリ、冬は黒の詰襟の服を着ていた。そして頭は丸刈りだった。東京物理学校（漱石の『坊っちゃん』の主人公もそこを出たことになっている）を一度も落第せずに卒業したらしい。『坊っちゃん』の方は、落第したのだっただろうか？　とにかく落第で有名な学校だったらしいが、その物理学校を一度も落第せずに卒業した（十人だか、二十人だか）の一人だという。ところがそのポンプ先生には、もう一つ別な渾名があった。

毒マラ、である。そのココロは、三度結婚して三度とも奥さんが死んでしまったから、という。ポンプと毒マラ。その因果関係はもちろんわからなかった。誰がつけたのかもわからない。どちらが先についたのかもわからないし、本人が自分の渾名（特に毒マラの方）を知っているのかどうかもわからなかった。知っているという説も、いや知らないという説もあったようである。ギョロリとした目玉で、やや長い首が少し右の方に傾いていた。そして、ときどき口のあたりをぴくぴくっと痙攣させた。顔面神経痛（この言葉はどういうわけだか、中学時代にずいぶんはやっていた）らしいという説もあったが、これはもう一人別に、ガンメンという渾名の先生（生物）がいたため、余り強調はされなかったようだ。

わたしは、一コマ大学の三階の教室の前の廊下の椅子に腰をおろして煙草を吸いながら、二人の教師（ポンプ＝毒マラとガンメン）の顔を、とつぜんはっきり思い出した。二人とも四十歳くらい（なにしろもう三十年以上も前のことだ）に見えた。そしてその四十歳くらいに見える（つまり、いまのわたしよりも若い）二人の顔は、不思議なくらいはっきりしていた。実際わたしは、いま自分が腰をおろしている場所が一コマ大学の三階の教室の前の廊下であることを忘れそうになったくらいだ。目の前に、四十歳くらいの二人が、出席簿とチョーク箱を持って、いまにもあらわれそうな気がしたのである。

もちろん二人はあらわれなかった。しかし、あらわれないのは二人だけではなかった。腕時計ではすでに二時十分だった。にもかかわらず、わたしの教室には一人の学生もあらわれなかったのである。教室を間違えたのだろうかと思って手帖を見たが、そうではなかった。わたしは吸いかけの煙草（三本目か？　それとも四本目だったか）を灰皿に投げ込むと、エレベーターの方へ急いだ。

エレベーターの前には誰もいなかった。ボタンを押すと、どこかで何かが動き出す音がかすかにきこえた。そして目の前にドアが開き、わたしは四角い箱の中に入った。箱の中もわたし一人だった。ボタンを押すと開いたドアが目の前でしまり、四角い箱は動きはじめた。そして停止し、また目の前のドアが開いた。

わたしがふたたびヘッドホーンを見つけたのは、掲示板の前だった。教養学部事務所前の掲示板である。彼は掲示板を見上げていた。シャツには背中にも英語の落書きがあった。その上にヘッドホーンをつけた頭の裏側が見えた。他の学生たちも掲示板を見上げていた。男女半々くらいに見えた。ノートにメモを取っているものもあった。

わたしは学生たちのうしろから掲示板を見上げた。ヘッドホーンを見つけたからではない。わたしも掲示板を見るために三階から降りて来たのである。わたしはヘッドホーンが見上げているあたりを見上げた。そして、思わず「あっ！」と叫び声をあげた。ヘッドホーンが見上げているのは、「英文演習2D休講」の貼紙だったのである。

18

ヘッドホーンが、ちらりとわたしを振返った。わたしの叫び声のためではなく（きこえるはずはないから）、わたしの鞄の角が体のどこかに当ったらしい。彼はわたしの顔を一瞥した。しかし、すぐまた掲示板を見上げた。そして、ジーパンの尻のあたりを、埃でも払うように軽く二、三度片手ではたいた。わたしは、二時になっても誰も入って来なかった三階の教室の前の廊下に並んでいた、人間の尻の形をした椅子を思い出した。ジーパンの尻は、本物の尻よりも尻らしい形をしたあの椅子に、いかにもぴったりはまりそうに見えた。

ヘッドホーンの他にも、何人かの学生たちがわたしを振返った。どうやらわたしは、本当に悲鳴をあげたらしい。学生たちが振返ったのはそのために違いなかった。しかし、会釈するものは一人もなかった。実際、男も女も見知らぬ顔ばかりである。同時に、どこかでいつか見たような顔に見えた。４７６１００２３アカサカミドリ、４７６１００２９アサオカフミコ、４７６１００８９アダチユキヒコ、４７６１０１７２エガワタカコ、

４７６１０２１４エンジョウジヨシアキ、４７６１０２２４オオタニマユミ、４７６１０２３０オカダマサオ……彼らは、「英文演習２Ｄ」の学生かも知れなかった。そうでないのかも知れなかった。彼らは、わたしを一瞥した。実際それは、ヘッドホーンがやったのと同じように、いかにも一瞥という見方だった。そして、これまたすぐに、掲示板の方へ顔を向けた。

掲示板は貼紙で埋っていた。ただ、よく見ると、（理由はわからないが）紙の大きさは大中小とまちまちである。マジックインクの黒文字も、太いの、中くらいの、細いのとまちまちだった。その中で「英文演習２Ｄ休講」の貼紙は（これも理由はわからないが）、「大」に見えた。マジックインクの文字も、まわりの文字より太く見えた。

とつぜん、靴の底がふわりと地面から浮き上るような気がした。宮子の部屋（９―15）のドアの内側ののぞき穴からドアの外側をのぞいたときに似ていた。ヘッドホーンのうしろから見上げている「英文演習２Ｄ休講」の貼紙が横長の楕円形に見えたのである。そして左右にゆらゆら揺れはじめた。わたしはポケットからハンカチを取り出してまず眼鏡を拭い、それから顔の汗を拭った。皺だらけのハンカチは、ぷんと乾いた汗の匂いをたてた。昨日の汗か、今日の汗か？　しかし、そんなことを詮索している場合ではなかった。わたしは眼鏡をかけ直し、ふたたび掲示板を見上げた。

しかし、楕円形になった「英文演習２Ｄ休講」の貼紙は変らなかった。いや、変らなかったばかりではない。楕円形はゆらゆらと左右に揺れ動きながら、次第に大きくなってゆくようだった。実際、それはみるみる大きくふくらんでいった。そしてついに、左右にゆらゆらと揺れ動きながら、掲示板一杯にふくれ上った。いや、いまや掲示板そのものが一個の楕円だったのである！

どこかで何かが変化したに違いなかった。しかし、ではどこで何が変化したのだろう？　わたしは９―15のドアを出てから、この一コマ大学の掲示板の前にたどり着くまでの経路を頭の中に描き出してみた。すると、なるほどそれはドアばかりであるような気がした。いったい幾つのドアを出たり入ったりしたことになるのだろう？　９―15のドア、エレベーターのドア、マンションのドア、タクシーのドア、国電のドア、地下鉄のドア、スクールバスのドア、三階の教室へ昇るエレベーターのドア、三階の教室から降りて来たエレベーターのドア……。そのどこで変化が起きたのだろうか？　どのドアを出るときだろうか？　あるいはどのドアを入ったときだろうか？

それとも変化は、9—15のベッドの上で目をさましたとき、すでに起きていたのだろうか？　シャワーを浴びて浴室を出たときだろうか？　不安定に伸び縮みするペニスを垂らした、輪郭そのものを否定するかのようなぼんやりした男の裸体を見たときだろうか？　9—15のドアののぞき穴からのぞいたドアの外側が楕円形に見えたときだろうか？　地下鉄の激しい騒音の中で、とつぜんゴリャードキン氏が出現したときだろうか？　そして、喉だか首筋だか耳のうしろだかにひっかかっていた気がかりな何かが、あの場面（ゴリャードキン氏が吹き降りの真夜中、フォンタンカの橋の上でもう一人の彼に出会う）だったのだ、と気づいたときだろうか？

あるいはそれらのすべてだったかも知れない。実際、どれも何かしら変化の起りそうな場面ではないか。どの場面でどんな変化が起きたのだとしても、決して不思議とはいえない気がした。しかし同時に、それらはすべて、一コマ大学のこの掲示板にたどり着くための入口であり、また出口であり、当然たどるべき必要な経路だったのだ、という気もした。つまり、喉だか首筋だか耳のうしろだかにひっかかっていた気がかりな何かは、最初からこの楕円形の掲示板だったのではなかろうか？　この「英文演習2D休講」の貼紙だったのではなかろうか？　わたしの休講を告げるその貼紙を、その授業の学生かも知れないヘッドホーンのうしろから、その他の学生たちと一緒に自分が見上げている、この場面だったのではないだろうか？

いや、そうに違いなかった。喉だか首筋だか耳のうしろだかにひっかかっていた気がかりな何かは、はじめからこの（いまや楕円形の掲示板そのものとなった）貼紙だったのである。そして、わたしがここへやって来たのは、他ならぬそのために違いなかった。幾つものドアからドアへ（実際、幾つだったのだろう？）出たり入ったりしながらやって来たのは、その気がかりな何かのためだ。そいつに手招きされて、わたしはここにたどり着いた。そしてその気がかりな何かは、いまやわたしの目の前にあった。

誰かが、わたしに無断で、わたしの休講届けを出したのである。しかしそれは、簡単なことだ。実際、電話一本で済むのである。休講届けは授業開始一時間前までに学部事務所教務課宛てに連絡すること。事務所を通さない（例えば教室で直接学生に伝えるとか、研究室助手に伝言するとかの）休講は認めないこと。また、授業開始後三十分経過しても授業が開始されない（つまり教師が教室にあらわれない）場合は自然休講となること。そういう取り決めだったのである。

誰が電話したのかわからなかった。しかしそれは事務所にとっては、何ら問題ではなかった。電話はおそらく（誰がかけたのだとしても）規定通り（それを知っていたにせよ、知らなかったにせよ、とにかく）授業開始の一時間前までにかかって来たに違いないからだ。掲示板に貼り出されたからには、そうであるに違いなかった。「英文演習2D休講」。学生たちはその貼紙を見上げていた。ヘッドホーンも見上げていた。わたしも見上げていた。掲示板は楕円形のままだ。地面からふわりと浮き上ったような、靴の裏の感覚も同様だった。

19

しかし（とつぜんだが）M君、そこであわてるわけにはゆかなかった。大声をあげて、騒ぎ立てるわけにもゆかない。もちろん、学生たちが群がっている掲示板の前にいきなりしゃがみ込んで、「考える人」のポーズをとるわけにもゆかなかった。

なるほど、誰かが、ぼくに無断で、ぼくの休講届けを出したに違いない。しかしぼくは、それを自分で確かめるためにそこへやって来ているような気がしたからだ。幾つものドアからドアへ、出たり入ったりしながらそこへたどり着いたのは、それを見届けるためだったような気がした。それになににしろ、喉だか首筋だか耳のうしろだかにひっかかっていた気がかりな何かが、他ならぬそのことだったことを、（M君、君ならこれ以上の説明なしでわかってくれると思うが）、誰よりも早くこのぼく自身が、すでに認めていたのである。

しかしもちろん、問題はここから先だ。あわてるわけにもゆかず、大声で騒ぎ立てることも出来ず、その場にしゃがみ込むわけにもゆかなかったが、かといって、いつまでも掲示板を見上げているわけにもゆかないだろうからだ。

もちろん、こういう場面で、うまく終ってくれる小説もある。そして、それはそれでまんざら意味のないことでもない。それはそれで小説家の勝手でもあるし、ある種の小説の型通りの結末だともいえる。しかし、どこの大学でも似たようなものだと思うが、（幸か不幸か）掲示板の近くには必ず事務所というものがある。いや、事務所の近くには掲示板がある。なにしろそれは事務所の掲示板だからだ。それでぼくも、そこへ出かけてみることにしたのである。

とはいっても、迷わず、一直線にそこへ出かけたのではない。まず、このまま（つまり掲示板の前から）黙ってキャンパスを立ち去ることを考えた。なにしろ本日の「英文演習2D」はすでに「休講」なのだ。そしてそのことは、ぼく自身が腹でも立てない以上、大学にとっても学生たちにとっても、何ら不都合なことではない。ケシカランことでもなかった。すでに夏休みは目前なのだ。つまりぼくは、スクールバスに乗るなり、ぶらぶら歩くなり、とにかく好きな方法でこのキャンパスを出て行けばよろしい。誰に気兼ねする必要もなく、そうすることが出来るのである。

次に、電話のことを考えてみた。考えてみただけでなく、実際、掲示板の反対側の壁際の電話のところまで歩いて行った。電話は赤と黄色で、どちらも学生が使用中だった。しかし、かけなかったのはそのためではない。自宅（9―12）の方へかけてみるべきか、それとも井上医院（9―9）の方へかけてみるべきか、結論が出て来なかったのである。

電話は、赤い方を女子学生が、黄色い方を男子学生が使用していた。そして、赤い方が先に終った。ぼくは鞄を足下におろし、受話器を握った。しかし、すぐにその手を受話器から引込めてしまった。とつぜん背筋がぞくぞくっとしたのである。なにしろ……いや、とにかく、結論が出なかったのである。

気がつくと、ヘッドホーンの姿が見えなかった。すると、エレベーターが頭に浮かんだ。三階の教室へ向うエレベーターである。それに乗ってもう一度、三階の教室をのぞいて見るべきではないだろうかと思った。何かの間違いで、すでに学生たちが集まっているような気がしたのである。腕時計を見ると、（自然休講すれすれの）二時半だった。

しかしM君、（正直にいうが）ぼくが三階の教室を思い出したのは、決して語学教師の良心などのためではない。いかに非常勤の一コマ講師といえども、そのくらいの良心は持合わせているのだ、ということではない。もちろん、だからといって自慢にもならぬわけだが、とにかく良心でもなく自慢でもない事実として、この一コマ大学の授業もぼくはずいぶん休講している。「休講」の電話は、自分でかけることもあったし、妻にかけさせたこともあった。

ただ、ここでそのことを敢えて強調しているのは、学生たちのためでもなければ、もちろん大学のためでもない。他の誰でもないぼく自身のためだ。つまりぼくは、何となく三階の教室が気がかりだったのである。そしてぼくが、三階の教室をのぞきに行かなかったのも、他ならぬその「気がかり」のためだ。つまり、掲示板の貼紙が本物だとすれば、ぼくは自宅か、さもなければ井上医院か、そのどちらかにいなければならない。なにしろ本日の「英文演習2Ｄ」は「休講」だからだ。しかし、もし掲示板の貼紙が何かの間違いだとすれば、ぼくはいま三階の教室にいるわけだった。そこで「英文演習2Ｄ」の授業をやっているはずだからである。

なるほどこれは、理屈としていえば、いかにも子供じみた屁理屈に過ぎない。そしてＭ君、（君にこんなことを断わるまでもないと思うが）、幾ら何でもそんなものを君にきかせるつもりはない。したがって、ぼくがここでそれを敢えて強調するのは、もちろん理屈としてではない。その（理屈としていえば子供じみた屁理屈でしかなくなってしまうような）理屈が、理屈としてではなく、何か気がかりだったということなのである。いかにも平凡な（ハンコで捺したような）屁理屈なるがゆえに、却って気がかりだったということを、是非ともわかってもらいたいためなのである。その子供じみた屁理屈通りのことが、三階の教室で（いま現に）起きているのではなかろうか？　エレベーターで行って見ると、そこで何かが（本当に、誰だろうか？）「英文演習2Ｄ」の授業をおこなっているのではなかろうか？　そして、それとまったく同じような（屁理屈通りの）現象が、（もしぼくが赤電話をかけた場合に）電話口で起らなかったと断言出来るだろうか？

いや、Ｍ君、笑わないで欲しい。女子学生が使い終った赤電話の受話器に手をかけたとき、背筋がぞくぞくっとしたのは、そのためだったのだから。また、気がかりな三階の教室をのぞきに行かなかったのも、そのためだったのだから。だからＭ君、子供じみた屁理屈の方はともかく、この背筋の「ぞくぞくっ」だけは信じてもらいたい。なにしろ夏休み直前の暑さなのだ。しかも場所は（君もよく知っている通り）学生たちのごった返す掲示板附近なのだ。実際、ポケットの中のハンカチは、古い汗、新しい汗で皺だらけだった。そういう暑さの中での「ぞくぞくっ」だったのである。

とにかくぼくは、事務所に出かけて行った。夏休み直前の事務所の中は、これまた君もよく知っている通り、男女学生たちでごった返していた。ぼくは彼らの列のうしろに並んだ。もちろん、そんなことはしなくても済む方法はあったと思う。非常勤の一コマ講師とはいっても、学生たちとは用向きが違うのである。しかし、この場合、用向きとは何だろうか？　学生たちの列のうしろに並んだのは、それがわからなかったためかも知れない。もちろん、並んでいてもそれはわからなかった。そしてわからないまま順番がまわって来た。事務員は見たこともない若い男だった。彼は、低いカウンター越しに黙ってぼくの顔を見上げた。そのあと彼との一問一答は次の通りだ。

「休講の係は、こちらですかね」

「休講は掲示板を見て下さい」

「いや、それは見たんだがね」

「休講についての疑問ですか」

「そう、疑問といえば疑問なんだがね」

「どういう疑問ですか」

「つまり、掲示板の貼紙は、こちらで出すわけですね」

「こちらで？」

「つまり、教師から休講届けが出ますね」

「先生からの休講届けは、教務課です」

「つまり、それはこちらで受付けるわけですね」

「休講届けですか？」

「そう、そう」

「いつの休講届けですか」

「いや、そうではなくてね、実は今日の分なんですがね」

「何時限ですか」

「実は、いまなんですがね」

「え？」

「つまり、いまだとすると、何時限目ということになるかな」

「いま？」

「そういうこと」

「休講届けは、始業の一時間前までです」

「いや、それはいま掲示板で見て来たんですがね」

「何先生の、何の授業についての疑問ですか」

「今日の、英文演習２Ｄなんだがね」

「何時からの授業ですか」

「いま、つまり、二時からだね」

「二時からの、英文演習２Ｄ……」

「そう、そう」

「今日のですね」

「そう、そう」

「それなら、休講です」

「つまり、休講届けが出ているわけだね」

「あとは掲示板を見て下さい」

「しかしだね、キミ」

「え？」

「いや、その休講届けは、電話だったですかね」

「え？」

「いや、どうも」


つまりＭ君、結局は何もわからなかったわけだ。もちろん、だからといってあの若僧事務員を責めるわけではない。なるほど彼は、ぼくの顔を知らなかった。しかし、それはもはやいまの大学では常識というものだろう。たぶん君も（好むと好まざるとにかかわらず）、一つや二つ非常勤講師をやっている（というか、やらされているというか）と思うが、学部事務所の事務員と非常勤講師との関係は、ま、国電の改札係と通勤者くらいのものではないだろうか。なにしろ、学生にしてからが（何度も繰り返すようだが）、顔のないノッペラボーのお札《さつ》みたいなものなのである。

　そしてそれは、いわばお互いさまなのだ。実際、彼らは掲示板の前でも、誰一人ぼくに会釈などしなかった。ま、会釈はいいとして、誰一人、不思議がりもしなければ、騒ぎ出しもしなかった。ぼくが、他ならぬぼく自身の「休講」の貼紙を見上げていたにもかかわらずである。彼らは、なるほど、一度だけ振返った。たぶん、ぼくが悲鳴（だか、叫び声だか）をあげたからだ。彼らはぼくを一瞥した。そして、それだけだった。

　しかしM君、あの若僧事務員がぼくの顔を知らなかったこと、ぼくが顔を知られていなかったことは、考えてみれば幸いだったといえるのかも知れない。もし知っていたとすれば、どういうことになるだろうか？

　まず、あの一問一答自体が成り立たないだろう。それから、ぼくの「休講」はたちまち事務所内に広がるだろう。そして、やがてそれは学部内にもひろまり、あるいは教授会で問題になるかも知れない。

　もちろん、「休講」届けの出ている張本人が、まさにその授業時間中にひょっこり事務所にあらわれたことが問題なのではない。なるほどそれも、奇妙といえば奇妙かも知れない。しかし「休講」必ずしも病欠ではないから、学部の授業を「休講」にして予備校のアルバイトをしていた（君もおぼえていると思うが、われわれの学生時代に、さる高名な日本近代史の教授が、それで問題になったという噂があったな。あの結末はどうなったのだろう？）というケースとも異なるし、「休講」中の時間にその張本人が、事務所のテレビ（いや、これはなかったかも知れないが、仮にあったとして）の画面に写っていたって、別にちっとも構わないわけだ。

　ただ、「休講」届けの出ている張本人が、それを知らなかったとなれば、話は別だろう。これは、奇妙では済まされない、怪談だからね。誰が「休講」の電話をかけて来たのか？　また、それを受けたのは誰であるか？　当然、問題にならなければならない。なにしろ、電話一本で、幾らでもデタラメ休講が成り立つわけだから。そうなれば事務所も、もはや怪談などとのんきなことはいっておれないだろう。怠慢学生のイタズラか？　過激派グループの妨害か？　それとも、何か現実的な利害のからんだ陰謀か？　だとすればそれは大学内部の関係者か、また外部の関係者か？　あるいは私的なエンコンか？　だとすれば、男か、女か？

とにかく、何らかの問題にはなったと思う。あるいは、電話を受けた教務課員の責任問題というようなことも出て来るかも知れないし、となると、同時に「休講」届けをもっと厳格にせよというようなことになって来て、電話一本による「休講」届けの制度は改めなければならぬというような（教師にとってはまことに面倒な）成り行きになったのかも知れない。そして、そういうことになれば、少なくともぼくは、重要参考人（？）として事務所および教授会に出頭せざるを得なかったと思う。

しかし、幸か不幸か、それらしいことは何も起きなかった。ぼくの身辺にも、大学（考えてみれば、よく起きないものだと不思議な気がして来たが、そうは思わないか？）にも起きなかったようだ。そしてそれは、（ぼくの場合）あの若僧事務員がぼくの顔を知らなかったためだ。駅の改札係と通勤客の関係だったためだ。ぼくは、どこにも呼び出されなかった。事務所からも、教授会からも喚問されることはなかった。その他、正体不明の誰かからの謎めいた呼び出しのようなものもなかった。脅迫めいた電話や手紙の類もなかった。

つまりM君、見わたしたところ、ぼくの身辺には何ら異常は見当らなかった。ただ一つ、最初からわからなかったことだけが、わからないままだっただけだ。左様、あの「英文演習2Ｄ休講」の貼紙である。あの貼紙の出所である。いったいどこの誰が電話したのだろうか？　結局ぼくは、わからないまま事務所を出て来た。つまり事務所に出かける前とあとでは、何も変っていなかったわけだ。そして、何もわからないまま、スクールバスでキャンパスを離れた。ヘッドホーンは、どこへ消えたのか、すでに見当らなかった。

ぼくはスクールバスを降り、地下鉄に乗って、国電乗り換えの駅に着いた。そこまでは来がけと同じだった。同じコースを逆戻りしたわけであるが、国電の中で、とつぜん、ピンク色の電話を思い出した。昨夜（つまり、9―15へタクシーで出かける前）まずいカレーライスを食った小さなスナックのピンク色の電話である。

電話、電話と考えていたためだろうか？　たぶんそれもあったと思うが、続いて、ひょろながいジーパン男を思い出した。彼が鼻の下に生やしていた髭も思い出した。英語の落書きつきのエプロンも思い出した。同じエプロンをかけて一緒に働いていた若い女も思い出した。すると、細長い店内にたちこめていたカレーの匂いが国電の車内に侵入して来たような気がして、とつぜん空腹をおぼえた。なにしろ9―15のダイニングキッチンで、宮子の残りもの（とメモに書いてあった）サンドイッチを二片か三片、牛乳と一緒に呑み込んで一コマ大学へ駈けつけたのである。しかし同時に、こんなときに空腹を意識するというのは、不都合なことなのではないかという気もした。あるいは意識したのだとしても、ふつう小説などでは省略することになっているのではなかろうか。

もちろん、省略した方が都合がよいのであれば、（M君、この場合はあくまで君の都合なのだが）こんなものは幾らでも省略する。ただ、あのスナックへ行くことだけは、すでに国電の中で決めていたようである。いや、国電にこうして乗っているのは、最初からそのためだったのではないかという気にさえなっていたくらいだ。しかしそれは空腹のためではない。なるほど、あれこれ思い出しているうちに、空腹を意識したのは事実である。しかし、そもそもはピンク色の電話だ。あのスナックのあの電話を、とつぜん思い出したのが最初だった。そして、あのスナックにもう一度行ってみようと思いついたのもそのためだった。どうもそこから、何かがはじまっているような気がしたからだ。

M君、どうも何だか、いつもの手紙調とはどことなく勝手が違うようで（何故だろうか？）うまくないのだが、つまり、そういうことなのだよ。昨夜ぼくは、（幅の広い旧式な木製の階段のある酒場で少し飲んだあと）カレーライスの匂いをかぎ当てるようにして小さなスナックにたどり着き、まずいカレーライスを食った。そしてそのあと水割りウイスキーを飲みはじめた。それからカウンターの向う側で働いているひょろながいジーパン男にビールをおごり、九時になったら教えてくれるように頼んで、水割りウイスキーをオンザロックに変えた。そして、九時になり、9―15（あのときはまだ9―15の実物を知らなかったわけだが）に電話をかけた。そのピンク色の電話なんだよ、M君。もちろん、それは何でもないただの、どこにでもあるピンク色の公衆電話だ。しかし、そこから何かがはじまったのではないか。あの電話のところで、何かが変化したのではないか。それがそもそも、あの楕円形の貼紙のはじまりではないのか。そんな気がしたのである。

だからM君、国電の中でぼくがとつぜんそれを思い出し、とにかくそこに戻ってみようと考えたのは、（こんなことをいうと『黒猫』の作者がクシャミをするかもわからないが）、いわゆる犯人が自分の犯行現場に戻って来る、というようなことになるかも知れない。しかし、いまさら『黒猫』の作者のクシャミをおそれても仕方がない。実際、電車は走り続けていた。そして幾つ目かの駅に着き、ぼくは降りた。

もちろん昨夜のスナックへ行くためである。ところが、(誰でも知っている有名な犬の銅像のある)この駅は、まさに蜘蛛手十字だ。国電と二つの私鉄電車、それに地上に乗り上げて来た地下鉄の駅がビルの中で交叉し、折り重なっていて、待ち合わせで有名なはずの犬の銅像の前になかなかたどり着くことが出来ない。この駅には週一回(もう一つの一コマ大学があるので)来ているが、何年経っても変らないようだ。もっとも、一コマ大学は犬の銅像の反対側に当る。だったら、大学と反対側へ行けば犬の銅像の前へ出そうなものだが、そこが蜘蛛手十字で、なかなかそうはいかないわけだ。

しかし、それでもとにかく犬の銅像のあたりに出ることは出て来た。これがまた蜘蛛手十字の不思議なところで、どうしても出られないというわけではない。いつも迷うが、永久に迷うということにはならない。迷っているうちに、偶然のような形でひょっこり出て来る。しかし、出て来たのは偶然のような気がしているから、次にはまた迷ってしまう。その繰り返しである。

もちろん、迷わない人もいると思う。いかに蜘蛛手十字とはいっても、なにしろそれは通路だからだ。いや、それを通路と考える人には、蜘蛛手十字でも何でもない、ただの通路ということなのかも知れない。そして通路であるからには、(偶然ではなくて)当然、出口へ出られなければならないわけだ。

つまり、偶然か、当然か、だ。そしてM君、君はどちらなのかわからないが、あの駅ビルのドアというドア(実際それは幾つくらいあるのだろう?)からビルの中に入り込み、蜘蛛手十字の中を動きまわっている人々は、(年齢性別を問わず)そのどちらかに大別出来るのではないか。すなわち、蜘蛛手十字の駅ビルから犬の銅像のところへすっと真直ぐ出て来てそれを当然と考えるか、それとも、永久に迷い続けるわけではないが、たどり着くのはいつも偶然であるような気がするか。この駅に来る度に、そんな気がした。そして、そんな気がしているということは、早くも迷いはじめているということになるのかも知れない。

犬の銅像からスナックまでも似たようなものだった。もちろん、例の酒場までは間違いない。一コマ大学からの帰りに、まだ明るいうちから何度も出かけた店なのである。ただしスナックの方は、そこから、カレーの匂いをかぎ当てるようにして偶然たどり着いただけだ。それに、アルコールも入っていた。店の名前などもちろん知らない。電話番号もわからなかった。

狭い角を何度も曲った。そして曲っているうちに、二度、例の酒場の前に出て来た。それでいっそ、昨日とそっくり同じことを繰り返してみようかと思ったくらいだ。同じ酒場に入って、昨日と同じ二階の席に腰をおろし、昨日と同じ酒を同じだけ飲む。それから表へ出て、カレーの匂いを求めて歩いて行けば、昨日のスナックにたどり着くのではないか。実際、逆まわしのフィルム（あるいはビデオテープ）を見ているような気がしないでもなかった。例えば、物言いのついた相撲のビデオテープ。土俵際でもつれ合い折り重なって倒れた二人が、現実に倒れたスピードよりも何倍か遅い（あるいは、何倍か早い）速度で、起き上って来るビデオテープの逆まわし。

そのとき、自転車に乗ったジーパンの女が、酒場の前を通り過ぎた。自転車の速度は早くなかった。スロービデオテープのように見えないこともなかった。そしてやがて角を曲った。ぼくもその角を曲ってみた。自転車も女もすでに見えなかった。ぼくは、もう一つ角を曲ってみた。やはり女も自転車も見えなかった。しかしＭ君、ぼくは昨日のスナックにたどり着くことが出来たのである。

20

細長いスナックの中は昨日と同じように見えた。客がいないところ（昼めし時のあとのせいか？）も同じだった。ひょろながいジーパン男がかけている英語の落書きつきのエプロンも同じだった。同じエプロンをかけて一緒に働いている女も同じだった。カウンターの向う側で、（客がいないにもかかわらず）結構忙しそうに動いているところも同じように見えた。カレーの匂いも同じだった。

わたしは昨日と同じ場所に腰をおろした。そして、昨日と同じカレーライスを注文した。昨日と同じ場所にピンク色の電話が置いてあった。水を持って来た女に、わたしは声をかけようかと思った。しかし、もう少し様子を見てからにしようと思い直した。女も黙って水を置いて行った。わたしは、ひょろながいジーパンの男の、鼻の下の髭に目をやった。しかし男も何もいわなかった。

わたしは煙草に火をつけて、（たぶん昨日と同じ味がするであろう）カレーライスを待つことにした。同じエプロンをかけて働いている二人は、ただのマスター（あるいはコック）とウエイトレスに過ぎないようにも見えた。しかし、二人は昨日からこのスナックの中で（何をしていたのかはわからないが）いままでずっと一緒にいたのではないかという気もした。二人はラジオをききながら働いているようだった。音楽の切れ目に英語が入った。昨日もたぶんそうだったのだろう。

わたしは昨日と同じ味のカレーライスを食べ終った。そして、煙草に火をつけてから、男の方に声をかけた。

「昨夜は、どうも」

男はわたしの方を振向いた。しかし、何もいわなかった。顔は、誰かにいきなり声をかけられた、という顔に見えた。

「あれを貸してもらったでしょうが」

わたしはピンク色の電話を指さして見せた。

「え？」

「電話ですよ、あの電話」

「電話、というと？」

「昨夜の九時に、あの電話をかけさせてもらったでしょう」

「お客さんが？」

「そう、そう」

「どこへ？」

「どこへって、それはこっちの勝手なんだけどね、とにかくここで、お宅に時間を教えてもらってだね」

「ぼくに？」

「そう、そう。ここでまずカレーライスを食って、そう、この同じ椅子でカレーを食って、それから水割りを飲んで、それから……」

「何時ごろ？」

「だから、ちょうど九時ですよ」

「あのお客さんでしょう」

と女がいった。

「九時までここで、オールド飲んでた」

「そう、そう」

「じゃあ、昨夜は帰らなかったわけ？」

「え？」

「だって、ずいぶん遠いんでしょ？」

21

「しかし、何故キミにそんなことまで知る権利があるのかね？」

とわたしは、ひょろながいジーパン男と同じ英語の落書きつきエプロンをかけた若い女にいった。

「あ、もしかしてその人、昨夜のカレーのおじさまじゃないの」

と、ひょろながいジーパン男が振返った。

「え？」

「だって、カレーの話、ずいぶんきかせてくれたじゃない」

「カレーを食ったのは、おぼえてるけど」

「黙って食ったと思ってるわけ？」

「おかしいな」

「そういえば、こっちも何だかおかしいんじゃないかと思ったけど」

「例えば、それは、どういうことかね」

「例えばっていわれても困るけど、自分のカミさんのカレーが、どうのこうのって」

「カミさんの？」

「カミさんのカレーと、そば屋のカレーが、どうのこうの、とか」

「それで？」

「別に」

「いや、だから、その他にどんなことを喋ったかってこと」

「さあ、こっちは別に、大して興味もなかったし」

「じゃあ、一人で喋ってたのかね？」

「そんなこと、こっちの知ったことじゃないだろう」

「おい、おい」

「そんな、おまわりさんみたいな口、利かないでよ」

「おまわり？」

「そう」

「こっちはキミ、少なくともこの店の客なんだよ」

「客だから、勝手に好きなこと喋らせといたんじゃない」

「それは、つまり昨夜のことだね」

「そういうこと」

「勝手に、ぼくが喋ったわけだな」

「だって、カミさんのカレーがどうのこうのなんて、そんな他人の日常にさ、いちいちつき合う人なんて、いないんじゃない」

「なるほど、他人の日常、か」

「で悪けりゃあ、中年の酔っ払いでもいいけど」

「キミ、年は幾つなのかね」

「また、おまわりさんか」

「それで、よくこの商売やってゆけるな」

「それでって？」

「その、態度ですよ」

「来たくなけりゃあ、来なければいいわけじゃない」

「もちろん、もう来ないがね」

「おとなしく、カミさんのカレーか、そば屋のカレーでも食べてる方がいいんじゃない」


とつぜん、背筋がぞくぞくっとした。わたしはカウンターに載せて置いた鞄を両手で握りしめ、腰を浮かせた。そして、このまま代金を払わずに、さっさと店を出て行く自分の姿を想像してみた。すると、もう一度、背筋がぞくぞくっとした。同時に（というか、反対に、というか）頬がかっと熱くなった。しかしわたしは、浮かせた腰をもとに戻した。いつの間にか、若い女の姿が見えなくなっていることに気づいたのである。

トイレットだろうか？　出前だろうか？　わたしは、彼女が帰って来るのを待つことにした。彼女に是非ともたずねなければならないことがあるような気がした。彼女が何を知っているのか、確かめなければならない。わたしは、鞄に両手をかけたまま、もう一度ひょろながいジーパン男に声をかけた。


「昨夜、そこの電話を貸してくれたことは、おぼえてるだろうね」

「何だか、そういうことらしいけど、それがどうかしたのかね」

「いや、お客さん九時ですよって、教えてもらったんでね」

「そんなの、別にどうってことないわけじゃない」

「でも、こっちは助かったわけだよ」

「そのくらいの、もののあわれは、あるってことじゃないの」

「とにかく、飲んでると、時間がわからなくなるもんでね」

「それで、義理固くお礼に来てくれたっていうわけ」

「もののあわれ、に、義理固く、か。なるほど」

「そう分別くさくいわれちゃうと、シラケるんだよね」

「なるほど」

「その、なるほど、が気に入らないわけ」

「なるほど」

「それじゃあ、息子に嫌われても仕方ないんじゃない」

「息子？」

「そう。ひょっとして、おれぐらいの息子がいるんじゃないかと思って」

わたしは、カウンターの向う側の、英語の落書きつきエプロンを眺めた。そのエプロンの上に顎があり、顎の上に口があり、口と鼻の間に髭があった。わたしは、ヘッドホーンの学生を思い出した。鼻髭のひょろながいジーパン男は、ヘッドホーンと同じくらいの年にも見えた。しかし、ずっと年上のようにも見えた。

「キミは、学生かね？」

「おや、また、おまわりさんかね」

「じゃあ、何ものかね？」

「だからさ、おまわりさんごっこは止めてくれって、さっきからいってるわけ」

「だったら、どうして他人の息子の年など気にするのかね」

「何となく、ってところじゃない」

「じゃあ、水割りを一杯もらおうか」

「昼間から？」

「ああ」

そのとき、店のピンク色の電話が鳴りはじめた。ひょろながいジーパン男は、ながい腕をのばして受話器を取り上げた。すると、そこへ若い女が戻って来た。やはり出前だったらしい。

「まだいたの？　センセイ」

と、カウンターに向って腰をおろしているわたしのうしろを通り抜けながら、彼女はいった。受話器を握った男は、「ああ」とか「うん」とか「それで」とか受け応えしていた。出前の電話ではなかったらしい。しかし、大してながい電話でもなかった。そして、電話が終ると、やがて男の姿は見えなくなった。

「トイレかな?」

とわたしは、カウンターの向う側へまわった女にたずねた。

「トイレは、そこ」

と女は、わたしの背中のうしろを指さしてみせた。

「いや、そうじゃなくて、彼だよ」

「出かけたんじゃない」

「だって、奥の方へ消えただろう」

「ここは、三階になってるから」

「三階?」

「三階と二階から、非常階段で外へ出られるわけ」

「じゃあ、キミたちはこの上に住んでるわけかね」

「彼は、住んでるみたい」

「というと……」

「わたしは、アルバイトだから」

「じゃあ、別のアパートか何か」

「そういうこと」

「じゃあ、キミは学生かね」

「そう」

「この近くのかね」

「近くってほどじゃないけど」

「女子大かね」

「女子大に見えるかな」

「なるほど」

わたしは、そこで水割りを思い出した。

「さっきから、何か忘れてるような気がしてたんだが」

「これから授業じゃないの、センセイ」

「センセイ?」

「それとも、休講?」

「休講?」

とわたしは思わず大きな声になった。

「は?」

と、うしろ向きになってウイスキーのボトルに手をかけていた女が振返った。昨夜と同じ黒ボトルだった。

「いや、ちょっと待ってくれよ」

「は?」

「いや、ウイスキーは、それでいいんだ」

「そういえば、もう夏休みだから」

女は、水割りウイスキーを作りはじめた。

「しかし、どうもヘンだな」

「だって、センセイはわたしをずっと待ってたわけじゃない」

そういって女は、水割りウイスキーのグラスをわたしの前に置いた。

「キミ、そのセンセイは止めてくれんかね」

「どうして?」

「それは、こっちがききたいくらいだ」

「だって、センセイなんじゃない」

とわたしは水割りウイスキーを一口、呑み込んだ。

「とにかく、ちょっと待ちなさい」

とわたしは、もう一口呑み込んだ。そして、左手でカウンターの向う側の女を押し戻す恰好をした。実際わたしは、自分が何のためにこんな店のカウンターの前に腰をおろしているのか、忘れかけているような気がしたのである。

「ちょっと、たずねたいことがあるんだがね、キミ」

「どういうこと？」

「キミはさっき、自転車に乗っていなかったかね？」

「は？」

「キミは、ジーパンをはいてますね」

「それ、どういう意味？」

「いや、意味ではなくて、事実としてだよ」

「わたしが自転車なんか乗るわけないじゃない」

「ないじゃないというけど、さっき酒場の前で見かけたんだよ」

「酒場？」

「といってもね、ただの酒場じゃない」

「やっぱり、ちょっとおかしいんじゃない」

「何がかね」

「何がって、わたしはここにいま、センセイの目の前にいるわけじゃない」

「とにかくだね、その酒場の前にさっき立っていると、ジーパンの女が自転車で通り過ぎた」

「それで？」

「それが、キミじゃないかとたずねてるわけだよ」

「だから、どうしてそのジーパンの女が、わたしでなきゃならないわけ」

「しかし、そのあとをつけて来ると、この店にたどり着いたんだよ」

「やっぱり、ちょっとおかしいんじゃない」

「どうしてかね」

「それとも、ちょっと早過ぎるんじゃない」

「いや、早過ぎるどころか、さんざん迷ったあげく、だから」

「そういう意味じゃなくて」

「キミは、ずいぶん意味が好きらしいが、これも意味ではなく、事実としてだよ」

「だったら、それは、偶然じゃない」

「そう、そう、その偶然ということ」

「それにしても、ちょっと早過ぎるんじゃない」

「偶然には、早過ぎるも遅過ぎるも、ないわけだよ。それが偶然というものだからね」

「だから、そういう意味じゃないって、いってるじゃない、この酔っ払いセンセイ」

「そ、そ、そ、そう。そのセンセイをもう一度いってみてくれ」

「それじゃあ、さっきと反対じゃない」

「しかし、問題は、そのセンセイですよ、センセイ」

「わたしはさっきから、そのセンセイの酔っ払い方が早過ぎるんじゃないかって、いってるわけ」

「だから、そのセンセイであることがだね、どこでどうしてキミにわかってるのか、ということですよ」

「それで、酔っ払ったふりしたってわけ」

「酔っ払ったふりなんぞしていないよ。むしろ反対に、これでどうやら、目の前が少し明るくなって来たくらいだ」

「どうして？」

「罠から逃げだせそうだということ」

「罠？」

「でなきゃあ、キミの魔法から、といってもいいがね」

「魔法？」

「とにかく、糸口がつかめかけたのさ」

「だって、まだ何もわかってないわけじゃない」

「だから、いまからそれをたずねようとしているわけよ。その、質問の糸口がどうやらつかめたってわけです」

実際、そんな気がしたのである。クックックッと腹の中で誰かが笑っているような気もした。なるほどこれは、（ひょろながい男のセリフじゃないが）刑事のような笑いかも知れない、とわたしは思った。犯人のアリバイを一つ一つつき崩してゆき、自白まであと一歩のところまで追い詰めた刑事が腹の中でひそかに笑うような、そんな笑いである。わたしは大急ぎで水割りウイスキーを呑み込んだ。一口、二口、三口、たて続けに呑み込んだ。それから両目を固く閉じると、額をカウンターにこすりつけた。そして、両手を力一杯握りしめ、歯を食いしばった。

「やっぱり、酔っ払ったんじゃない」

と頭の上の方で女の声がきこえた。わたしはカウンターにこすりつけた額を少しだけ持ち上げ、頭を左右に二、三度ゆっくり振ってみせた。ノー、ノー、ノー、いいえ、いいえ、いいえ。それはおそらく、一つ一つアリバイをつき崩されて自白寸前に追い込まれた犯人の仕草に見えたに違いなかった。本当は、力一杯握りしめた両手の拳でカウンターを、子供のように（というか、本物の酔っ払いのようにというか）思いきり続けざまに叩きたいところだ。しかし、それは止めて置いた。その代りわたしは、両足の親指の先に力を込めて、靴の底を思いきり床にこすりつけ、息を止めた。もちろん、笑いをこらえるためだ。実際そうでもしないことには、腹の中のわけのわからない（刑事のような）笑いが、いまにも喉からとび出して来そうな気がした。そしてそれは、一旦とび出したら最後、もはや自力では止めようのない（シャックリの発作のような）ものに違いないことを、わたしは予感したのである。もう一度わたしはカウンターに額をこすりつけた。むっとする匂いが鼻をついた。古いカレーの匂いと誰かの古い汗が混り合ったような匂いだ。わたしは両目を固く閉じ、両手を力一杯握りしめ、歯を食いしばり、そして息を止めた。つまり、自白寸前に追い込まれた犯人の仕草で、自白寸前にまで追い詰めた刑事のような笑いをこらえたのである。

　わたしは水割りウイスキーのお代りをした。

「本当に大丈夫なんだろうね」

　と女はいった。

「もちろん、この通り」

　とわたしは答えた。

「じゃあ、さっきのあれは、何の真似よ」

「あれは、そうだな、一種の発作だね」

「発作？」

「まあ、シャックリのようなものだよ」

「じゃあ、ときどき起るわけ」

「まあ、そういえばそうなるかな」

「じゃあ、テンカンみたいなわけ」

「テンカンは、ちょっとひどいんじゃないかね、キミ」

「そういえば、泡は吹かなかったけどさ」

「しかし、いまどきテンカンを知ってるのは珍しいな」

「目が白目になっちゃってさ、泡吹いちゃうやつ」

「さては、誰か知ってるな、キミ」

「その、キミ、キミっていうの止めてくれないかな、センセイ」

「あ、そうか。よし、わかった。しかしだな、そういえば、なぜキミはぼくをセンセイと呼ぶのかね？」

「だって、センセイだからじゃない」

「そ、そ、そう。そこで謎を解く糸口が見つかったわけだよ。つまり、何故このぼくがセンセイであることを知っているのか。それをたずねようとして、さっきの発作が起ったわけだからね」

「そういうときに、ああいう発作が起るわけ」

「そう、いや、待てよ。話を脇道にそらしちゃいかん」

「だって、そらしてるのは、自分の方じゃない」

「よし、じゃあ、たずねるが、どうしてセンセイだと知っているのかね」

「だって、自分で喋ったじゃない」

「というと、昨夜だな」

「そう」

「じゃあ、何をどういうふうに喋ったのかね」

「だって、さっきも彼からずいぶんイビられてたじゃない」

「おい、おい」

「カレーライスが、どうのこうの、なんて」

「待てよ、あのときキミは、いなかったんじゃないかな」

「いなきゃあ、わかるわけないじゃない」

「じゃあ、あのあといなくなったんだな」

「でも、中年の人って、イビられるのにヨワイみたい」

「しかし、あの男は、キミの何なのかね」

「それどういう意味なの」

「意味じゃなくて、事実としてだよ」

「だから、アルバイトだって、さっきいったじゃない」

「すると彼は、経営者ということかね」

「そうねえ。まあ、そうもいえると思うけど、他にもいろいろやってるみたいだから」

「酒場とか、かね」

「そういう商売じゃなくて、一種のカゲキ派みたいだから」

「カゲキ派？」

「だから、ゼンキョートーで中退して」

「ははあ、なるほど」

「だから、中年の大学のセンセイとか、おまわりさんとかは、敵なんじゃない」

「ははあ……わかったぞ。それで、まったく一言も敬語を使わなかったわけだな」

「敵だから、すぐわかるんじゃない」

「それで、いまも、その何かね……」

「わたしはまだ若いから、ゼンキョートーとか、そんな昔の大学のことはよくわからないけど、何かいまでもグループでやってるみたい」

「ゼンキョートーは、十年前だよ」

「だって、一昔前じゃない」

「なるほど」

「わたしなんか、まだ子供で、毛なんか生える前のことじゃない」

「なるほど、昔ね」

「でも、何か新聞みたいなものも作ってるみたい」

「ふうん、昨夜はずいぶん親切だなと思ったけどね」

「それは、ビールなんかおごったし、ずいぶん使ったからじゃない」

「ま、そりゃあ、そうかも知れんがね」

「幾ら払ったのか、おぼえてないんじゃない」

「おぼえてないね」

「知りたければ、教えてもいいけど」

「いや、それより、断わっとくけど、ぼくがここへ来たのは、彼のことを知ってじゃないよ。ただの偶然なんだからな」

「そんなことくらい、彼にはすぐわかるんじゃない」

「どうしてかね」

「何となく、じゃない」

「それで、何かね、キミも彼らのグループなのかね」

「じゃあ、わたしもビール飲もうかな」

「あ、これは失礼、気がつかなくて」

女は冷蔵庫からビールを取り出して来て、わたしの目の前で、ポンと音をたてて、栓を抜いた。わたしはその瓶を受け取り、女のグラスにビールを注いでやった。

「ああ、おいしい」

と、いかにもうまそうに女はいった。わたしは水割りウイスキーのお代りをした。それから、いちいち書くのは省略するが、このあとも何度かお代りをした。また、これもいちいちは省略するが、女もビールを何度か冷蔵庫から取り出して来た。また、わたしは水割りウイスキーを飲みながら、何本も煙草を吸った。途中でなくなると、女がどこからか買って来て、自分も二本ばかり吸ったようだ。煙草の常用者ではないように見えた。煙草よりは、ビールを好むようである。それから、これもいちいちは省略するが、わたしは二度ばかりトイレに立った。女も二度ばかり立ったと思う。そして、その度に、まるで目に見えそうな生ま生ましい音がきこえた。それらはすべて、これから先の二人の会話の途中でおこなわれたのである。

「しかし、大丈夫なのかね」

とわたしはたずねた。

「だって、おごってくれるんでしょ」

「ビールじゃなくて、店のことだよ」

「だって、今日はもう来ないんじゃない」

「来ないというと、客がかね」

「そう」

「どうしてわかるのかね」

「来るとすれば、センセイみたいな人じゃない」

「それはキミ、どういう意味かね」

「この店のことを知らない客ってこと」

「つまり、過激派グループってことかね」

「それもあるわけだけど、彼が出かけちゃったわけじゃない」

「ということは、この店は、ある種のグループのアジトってわけかね」

「え？」

「つまり、彼らのグループの溜り場というか、そういうことだな」

「ま、そういうことみたい」

「はははあ、さっきの電話だな」

「でも、電話もいろいろあるみたい」

「グループの会合とか……」

「テツマンとか、さ」

「それで、キミはどうなのかね」

「わたし？」

「いや、もちろん秘密はいろいろあるだろうけどさ」

「この二階でやるときはね」

「ははあ、なるほど」

「ときどき、四、五人来てるみたい」

「そういうときは、キミも参加するわけか」

「だって、センパイじゃない」

「なるほど、そういう関係なのか」

「大学の方は別なんだけど、田舎の、高校のセンパイだから」

「じゃあ、やっぱりただのアルバイトじゃないわけだな」

「だって、たまにはつき合わなきゃ悪いじゃない。バイト料も時給でちゃんとくれるしさ、店の売上げとは関係なしに」

「しかしだね、いろいろ秘密もあるんじゃないの」

「ここでやるのは、テツマンが主みたい。それとか、酒とか」

「ははあ、それにしても、おれもずいぶん変った店に入り込んだもんだな」

「センセイみたいなお客も、たまには入って来るみたいだけど、でも、二度は来ないみたい」

「つまり、過激派と知らずに来る客だな」

「そう、それと、彼の趣味を知らない客」

「おい、おい、本当かね」

「さーすが、センセイ、勘がいいじゃない」

「ははあ……」

「つまり、彼はA地点趣味ってわけ」

「A地点、か」

「女には興味ないみたい」

「しかし、待てよ。それじゃあキミがときどきつき合うっていうのは、彼じゃないわけか」

「だから、女のV地点には興味がないわけ」

「じゃあ、この二階に集まる連中ってのは、そういうグループなんだな」

「そういうわけ」

「じゃあ、客もかね」

「知って来る客は、そうみたい」

「じゃあ、キミを目当てに来る客もいるってことかね」

「ヘンなこといわないでよ」

「しかしだね、さっき……」

「だから、センパイだからっていってるじゃない」

「いや、失礼、失礼」

「それに、男の人って、両方の人って意外に多いんじゃない」

「なるほど」

「センセイだって、そんな顔してるけど、たまにはってこともあるんじゃない」

「おい、おい」

「わたしだって、たまには別に悪いとは思わないし」

「しかし、そっちだけがあれじゃないわけだろう」

「そう、そう。その点が、センパイとか、あのグループは困るわけ」

「しかし、おどろいた過激派だな」

「でも、他のことはわたしは関係ないから」

「それは、まあよくわかったけど、おれもまた大変な店に迷い込んだもんだよ」

「それにしちゃあ、ずいぶんいるじゃない」

「だから、知らないから、迷い込んだわけだよ」

「昨夜は、奥さんのカレーの匂いに釣られてやって来たらしいけど」

「どうも、いろいろ喋っちゃったようだがね、しかし今日は、いや、今日も迷うのは迷ったわけだがね」

「じゃあ、今日は何しに来たわけ?」

「それはだな」

「結局わたしに会いに来たんじゃない」

「どうしてキミに会わなきゃならんのかね」

「じゃあ、彼に会いに来たわけ？」

「おい、キミ、ヘンなこというんじゃないよ」

「じゃあ、何しに来たわけ？」

「だから、それは……」

「じゃあ、カレーライス食べに来たわけ？」

「まあ、それもあるけど」

「じゃあ、どうしてすぐに帰らなかったわけ？」

「それはだな、ちょっと確かめたいことがあったからさ」

「でも、ずっとわたしが戻るのを待ってたじゃない」

「だから、それは認めるよ」

「じゃあ、やっぱり、わたしに会いに来たわけじゃない」

「おれが確かめに来たのは、キミじゃないよ。もちろん、彼でもない」

「じゃあ、何か、スパイに来たわけ？」

「おい、キミ、ヘンなこというんじゃないよ」

「だって、証拠がないわけじゃない」

「よし、じゃあ、こっちもきくがね、キミはいったいどこの大学の学生かね」

「そんなこと、カンケイないじゃない」

「学生なら、証拠があるはずだろう」

「冗談よ、センセイ」

「しかし、スパイとはキミ、冗談では済まされんよ」

「大丈夫、今日はもう彼は帰って来ないんだから」

「しかし、まさかキミは、ぼくを知ってるんじゃないだろうね」

「知ってるって？」

「どこかの大学で、だよ」

「そういうことたずねると、スパイみたいに思われるわけじゃない」

「よし、わかった。スパイ云々は、じゃあ無かったことにしよう。それでいいわけだな、キミも」

「だったら、さっきの続きがあるわけじゃない」

「だから、それはだね、要するに休講だったからだよ」

「休講って?」

「もちろん、おれの授業がだよ」

「じゃあ、行かなくてもいいわけじゃない」

「だから、ヘンだといってるんだよ」

「ヘンって?」

「そうだな、キミも大学生なら、あれは知ってるわけだな。例の、事務所の前の掲示板」

「休講なんか貼り出すところでしょ」

「そう、そう。そこにだね、おれの授業の休講ビラが貼ってあったわけ」

「だって、別にヘンじゃないじゃない」

「しかしだな、おれは休講届けは出してないわけ」

「それ、どういう意味?」

「その意味がわからないから、おかしいといってるわけですよ」

「だったら、何かの間違いじゃない」

「キミね、よくきいてくれよ。ぼくはわざわざ、二時からの授業のために、電車を乗り継いで大学へ出かけたんだよ。そう、タクシーまで使った」

「どうして?」

「どうしてって、遅れそうだったからじゃないか」

「どこから?」

「どこからだって、それはいまは、問題じゃないよ」

「それで?」

「それでだね、教室に行ったが、誰もいない。それで、掲示板のところへ行くと、休講の貼紙があったわけだ。もちろん、学生たちもその貼紙を見ていたし、事務所でも確かめたし」

「それで?」

「だから、それで、わからなくなったわけじゃないか」

「それで、わたしのところへ戻って来たわけ?」

「キミのところというか、とにかく、この店でだいぶ酔っ払ったらしいから」

「それで、わたしに何かを確かめに来たわけ?」

「確かめるというか、とにかく、何か糸口が見つかるのではないか、と思ったわけだよ」

「それで、何か見つかったわけ?」

「おい、キミ、オトナをイビるもんじゃないよ」

「だって、さっきはずいぶんイビられながら、わたしを待ってたじゃない」

「それはね、あんな男にいちいち腹を立ててる暇がなかったからです」

「だったら、わたしとなら今晩じゅうでもいいわけ」

「おい、キミ、いい加減にしたまえ」

「だって、まだ糸口がつかめないわけじゃない」

「だから、それをつかみたいわけだよ」

「だから、協力してもいいって、いってるじゃない」

「じゃあ、頼むから、まじめにきいてくれ」

「よし」

「ここがいやなら、わたしはどこでもいいんだから」

「ホント?」

「いや、そうじゃなくてね、こうなったら正直にいうからな」

「だって、センセイははじめから正直じゃない」

「まず、昨夜ここから、あの電話を借りて、つまり彼に九時になったのを教えてもらって、女のマンションに電話をかけた」

「それで？」

「それで、タクシーで、そのマンションに出かけて、そこに泊った」

「それで？」

「それで、そのマンションから、大学に出かけた。すると、休講になってたわけだよ」

「それで今夜はどこへ行くわけ？」

「いまはね、今夜じゃなくて、昨夜から今日にかけての問題なんだよ」

「ねえ、センセイ」

「え？」

「やっぱり昨夜は、自宅に帰ったんじゃない」

「え？」

「この店を出て、電車に乗って」

「誰が？」

「誰がって、センセイがじゃない」

「おい、キミ、おかしなことというもんじゃないよ」

「この店を出て、そこの駅から電車に乗って、十何分か乗って別の電車に乗り換えて、その電車は割とガラガラなんで、坐って、三十分か四十分くらい居眠りして、それでもう一回、別の電車に乗り換えて、十何分かそれに乗って、それで自宅に帰ったんじゃない」

「おい、キミ……」

「そして、休講の電話かけたんじゃない」

「しかしだな、もしそうだとしたら、何故わざわざ大学へ出かけたのかね」

「だって、そんなことわからないじゃない」

「しかしだな……」

「だって、証拠がないわけでしょ」

「じゃあ、どうして、ここにこうしているわけかね？」

「だから、わたしに会いに来たわけじゃない」

「しかしだな、ここから昨夜、あの電話を借りて、女のマンションに電話したことは、キミも、それから、彼だって知ってるはずだからな」

「だって、そんなのわからないじゃない」

「証拠がない、というわけだな」

「それに、いちいち電話の内容までスパイしてるわけじゃないし」

「よし、じゃあ、いまここから、あの電話で昨夜の女に電話してみようか」

「だって、どんな女かわからないわけじゃない」

「キミ、それはどういう意味かね」

「だって、センセイの女だって、嘘くらい幾らでもつけるだろうし」

「よし、何なら、キミが直接きいてみろよ」

「だから、センセイとおまわりさんは似てるなんていわれるわけ」

「キミ、それはどういう意味かね」

「つまり、バカ気てるってこと」

「それは、キミが信じないからじゃないか」

「そんなの、こっちの勝手でしょ」

「だったら、はじめから証拠などと、一人前の口をきくもんじゃないよ」

「そういうところが、おまわりさんに似てるっていわれるところじゃない」

「何？」

「自分の証拠のために、他人の女に電話させようなんて考える方が半人前なんじゃない」

「しかしだな……」

「そんなこと、誰かがすると思ったりするところが、バカ気てるわけ」

「しかし、キミが協力するというから」

「だって、そういうのはユーモアみたいなもんじゃない」

「ユーモア？」

「だって、センセイの浮気の証拠なんて、はじめからこっちにはどうでもいいわけじゃない」

「浮気？」

「じゃないわけ？」

「それよりも、問題は、休講だよ、キミ」

「じゃあ、やっぱり昨夜は、ちゃんと電車に乗って、奥さんのところに帰ったんじゃない」

「いや、違う」

「だったら、悪い薬でも飲んだんじゃない」

「悪い薬？」

「それで、何か悪い夢でも見たわけじゃない」

「悪い夢だって！」

「そう」

「口から出まかせも、いい加減にしろ」

「でなかったら、このセンセイが二人いることになるわけじゃない」

22

「キミ、ちょっとその電話を貸してくれないかね」

とわたしは、英語の落書きつきエプロンの女にいった。

「ホントにやってみる気なの、センセイ」

「病院だよ、病院」

「病院って？」

「だからだね、このぼくが本当に二人いるのかどうか、調べるわけだよ」

すると、薬剤師の白衣をつけた宮子の姿がわたしの目の前にちらりと浮かんだ。それは、うしろ姿だった。それから、やはり白衣をつけたドクター井上の笑ったような顔と、処置室の黒いニセ革張りのベッドが浮かんだ。

「だったら、あれじゃない」

「何が？」

「病院じゃなくて、自宅の方にかけてみるべきじゃない」

「自宅？」

「そう」

「そうって、誰のかね」

「誰のって、センセイのに決ってるじゃない」

「どうしてかね」

「だって、昨夜帰ったかどうかを確かめるわけじゃない」

「だからさ、まず病院の方にいるかどうかということだよ」

「どこの病院にいるかも知れないわけ？」

「それはだな……9―9だ」

「え？」

「ま、キミには関係ない病院だな」

「じゃあ、やっぱり、精神病院みたいなところにかかってるわけ」

「スパイの次は、キチガイというわけかね」

「だって、さっき、ちょっとテンカンみたいな感じもあったし」

「だから、あれは違うといっただろうが」

「そういえば、ちょっと違うみたい」

「ははあ、なるほど。やっぱりそういうことだったのか」

「センパイがこわいわけ？」

「そういう意味じゃないさ」

「じゃあ、何が？」

「何がじゃなくて、なるほど予感のようなものは当るものだ、ということだ」

「予言？」

「予言じゃなくて、予感」

「テンカンが、こわいわけ？」

「だから、こわいとかこわくないとかの問題じゃないといってるじゃないか」

「じゃあ、オカマがこわいわけ」

「とにかく、ゼンキョートーさんとつき合う気はないよ」

「だったら、わたしは無関係じゃない」

「しかしだな、そんな証拠はどこにもないだろうが」

「だったら、ここを止めればいいわけじゃない」

「止める？」

「そう」

「そうって、キミが止めるのかね」

「そう」

「ま、そりゃあキミの勝手だがね、それでどうするのかね」

「止めなくても、センセイさえここへ来なければいいわけじゃない」

「たぶん、そういうことになるだろうがね」

「それが、わたしの予言では、そうじゃないわけ」

「予言？」

「予言じゃなくて、予感でもいいけど」

「それで何が、どうなるわけかね」

「何がって、女に決ってるじゃない」

「女？」

「そう」

「それで、女がどうかしたのかね」

「つまり、逃げられるってわけ」

白衣姿の宮子が、目の前にもう一度ちらりと浮かんだ。彼女はさっきと同じうしろ姿で、９—９の廊下をゆっくり歩いているように見えた。

「おい、キミ、それはどういう意味かね」

そういってわたしは、思わずドキリとした。白衣姿の宮子が、（まるでわたしが彼女にそうたずねでもしたかのように）とつぜんこちらを振返ったのである。

「思い切って、わたしに乗り換えたら、センセイ」

そういうと女は、カウンターの向う側で、素早く何か書きつけたようだ。

「これがわたしの電話番号」

と、女は小さなメモ用紙をカウンターの上に置いた。

「こっちがアパート、こっちがこの店。もしかしてセンパイが出たら、黙って切ればいいわけじゃない」

これが女の、（少なくともわたしの記憶に残っている）最後の言葉だったと思う。

23

もちろんわたしは、この「休講事件」を誰にも話さなかった。妻にも、宮子にも、ドクター井上にも、大学の事務局にもである。またわたしは、誰にもたずねなかった。したがってそれは、依然として謎のままだ。例のスナック（これも実は謎のままだが）の女のメモも、どこへ消えたのか、見当らなかった。あるいはあのあとスナックを出るや否や、（故意か偶然かはわからないが）手の中で丸めて路上に落としてしまったのかも知れない。とにかくどこにも見当らなかった。まるで、どこかでいつか、見知らぬ誰かにきいた噂か何かのように、すでに影も形もなかったのである。

しかし、それより何より不思議なことは、その晩帰宅したわたしの身辺に、いかなる異変も起きなかった（！）、ということだったのかも知れない。実際、（休講事件も、英語の落書きつきエプロンの女も）すべてがまるで嘘でもあったかのように、何の異変もそこには認められなかったし、その予兆らしきものすら見当らなかったのである。

わたしは（わたしの帰宅を待ち構えていたような誰かによって）、とつぜん逮捕されるというようなこともなかった。どこからか、理由のわからない呼び出しを受けるということもなかった。不審な人物の訪問も受けなかったし、不審な電話も鳴らなかった。

また、ウィリアム・ウィルソンの前に、（青ビロードのスペイン風マントを羽織り、真紅のベルトに細身の剣を吊して黒い絹の仮面《マスク》をつけた）もう一人のウィリアム・ウィルソンがあらわれたように、とつぜん、もう一人のわたしがわたしの目の前に出現するということもなかった。旧ゴリャードキン氏の前に不意にあらわれてピローグを食い逃げした新ゴリャードキン氏のような、もう一人のわたしがあらわれることもなかった。

実際その不思議さ加減は、あの（ルカ伝の）「蕩児の帰宅」の次男坊が経験したような不思議だったといえるかも知れない。もちろんわたしは、あそこに出て来るような蕩児などではない。第一わたしは、息子ではないし、まるで立場が違っている。

あるところに二人の息子を持つ男があり、蕩児はその次男坊の方だ。あるとき彼は父に申し出て、自分の分け前分の遺産を前払いしてもらい、さっさと遠くの町へ出かけて、それを使い果してしまう。何に使ったのか詳しくは書かれていないが、あとの方で兄が「遊女《あそびめ》らと共に汝の身代を食ひ尽したる此の汝の子」と怨みがましくいうところがあるから、たぶんそんなふうに使い果したのだと思う。とにかく彼は、食うに困ってある人の豚飼いに雇われる。ところが、たまたまその年その地方に大飢饉があって、彼は畑で飼っている豚の餌（これは、イナゴ豆と書いてあるが、どんな豆だろうか？）を盗んで食いたいくらいであったが、誰一人彼に食物を恵んでくれるものはなかった。そこで彼は、故郷の父親を思い出す。そこには充分な食物があり、多くの使用人たちが働いていることを思い出すのであるが、さすがに、ただのこのことそこへ帰り、助けを求めようとは思わない。

いくら放蕩息子でも、そこまで虫のよいことは考えない。自分は天に対し、また父や兄に対して罪を犯した人間だ。したがって、最早やその父や兄から息子あるいは弟と呼ばれる資格はない。すでに人間失格なのだ。しかし、父のところには大勢の雇人がいる以上、自分もその一人として雇われることは出来るのではなかろうか。よし、自分は父の奴隷になろう！　このわたしを今日からあなたの奴隷にして下さい、と父にいおう。と、放蕩息子なりに殊勝なことを考えて、父のところへ帰って行くのである。

ところが、その息子の姿を見つけるや否や、父は遠くの方から走り寄って、息子の首っ玉にしがみつき、接吻する。そして「いや、お父さん、わたしはすでにあなたの息子と呼ばれる資格はないのです」という息子の言葉などまるできこえないとでもいうように、（このあたりのルカの描写力は、なかなかのものだ）使用人たちに命じる。すなわち、ぐずぐずしないで、大急ぎで一番上等の着物を持って来てこの息子に着せてやりなさい。また、この息子の手に指輪（これはどういう意味かよくわからないが、親と子のシンボルのようなものかも知れない）をはめてやり、裸の足に靴をはかせてあげなさい。それから、よく肥えた犢《こうし》を一頭引いて来て屠れ！　その犢の肉の食卓を囲んで今夜は大いに楽しむのだ。なにしろこの息子は一旦死んだ息子なのだ。それがこうして再び甦ったのだ！

なにしろこの息子は一旦どこかへ消え失せていたのだ。それがこうして再びここに姿をあらわしたのだからな！

こうして放蕩息子の予想とはまる反対の、盛大な歓迎の宴が開かれたのである。

一方、兄の方はその日もいつものように野良仕事をしていたのであるが、夕方、仕事を終えて家の近くまで戻って来ると、(このあたりも、ルカの描写はなかなかリアルだ) 何やら家の中が騒々しい。まるで祭のような音楽やら舞踊らしき音がきこえる。いまごろ何事だろうかと不審に思い、使用人の一人を呼び出して問いただすと、遠くへ出かけたままだったあなた様の弟が戻って来られたのだという。それであなた様の父上は、その無事の帰宅を祝って、よく肥えた犢一頭を屠りあのように祝宴を催されているのだという。

きいて長男は腹を立て、家に入ろうとしない。すると父親が出て来て、問答がはじまる。「考えてもみて下さい、お父さん」と長男は訴える。自分はご覧の通り、何年も何年もお父さんのそばで働き続けたばかりではありません。一度だってあなたのいいつけに逆ったことさえありません。しかし、小山羊一匹わたしのために与えられたことがあったでしょうか？　その肉で友達と一緒に楽しむことをさせてもらったことがあったでしょうか？　一度だってありはしませんでした。ところがお父さん、あなたは、遊女たちとの放蕩三昧に自分の分け前を使い果し、すってんてんになって帰って来た弟のためには、わざわざよく肥えた犢一頭を屠ってお祝いまでしてあげているのです

しかし父親は少しもあわてず、はじめに使用人たちにいったのと同じように、「子《こ》よ、汝《なんぢ》は常《つね》に我《われ》とともに在《あ》り、わが物《もの》は皆汝《みななんぢ》の物《もの》なり。然《しか》れども此《こ》の汝《なんぢ》の兄弟《きやうだい》は死《し》にて復生《またい》き、失《う》せて復得《またえ》られたれば、我《われ》らの楽《たの》しみ喜《よろこ》ぶは当然《たうぜん》なり」と答えるのである。

「ルカ伝」では、この「蕩児の帰宅」の前に、例の有名な「迷える子羊」の話が出ている。すなわち百匹の子羊のうち、もし一匹が迷ったならば、残る九十九匹を放って置いても行方不明になった一匹を探し求めるべきだ。なぜならばその一匹は悔い改めを必要とする迷える小羊であり、それを探し出して肩にのせて戻って来ることは、悔い改めを必要としない九十九匹のためにも大いなる喜びに他ならないからだという。そしてキリスト教では、この一匹の迷える子羊と次男坊の蕩児とは、同じものだという解釈になっているのではないかと思う。また、そのすぐあとに出て来る十枚の銀貨のうち一枚をなくす話も同様だと思うが、もちろんわたしはキリスト教徒ではない。いまだかつて一度もそうではなかったし、たぶんこれから先もそうはならないであろう、と考えている一東洋人であり、

一人の（自称）仏教徒に過ぎない。幸か不幸か、それだけは事実だ。

したがってわたしは（次男坊の蕩児にせよ、一匹の迷える子羊にせよ、また、なくなった一枚の銀貨にせよ）、それらを「ルカ伝」の通りに解釈する必要はない。その義務も責任もない。同時に、自分のまわりのものたちに、何が何でもそう解釈しろと要求する権利もないし、そうして欲しいと頼む気持もなかった。実際、そんなことが頼めるものだろうか？　もし仮にでもわたしが（キリスト教徒でもないわたしが！）そんな気を起そうものなら、それこそ滑稽千万という他はないからである。

にもかかわらず、そういうわたしが、「蕩児の帰宅」を思い出したということ。これも事実だ。しかしそれは、帰宅した自分（三日ぶりか？　それとも四日ぶりだったか？）を次男坊の蕩児に見立てたからではなかった。また、妻や子供たちがそういう自分を歓迎するために、よく肥えた犢の肉の料理を用意してくれていなかったためでもない。

それに、もし仮に犢の肉料理が用意されていたとしても、おそらくそれらはわたしの喉を通らなかっただろうと思う。なにしろその日（つまり、ゼンキョートーくずれのテンカン性過激派オカマのスナックで、英語の落書きつきエプロンをかけた正体不明の女を相手に昼間からウイスキーの水割りを飲みはじめた日）わたしが帰宅したのはすでに夜の十時過ぎ（あの不思議なまるで嘘のようなスナックを出たあと、例の旧式な幅の広い木造階段のある酒場に寄ったのだろうか？）だったし、ダイニングキッチンのテーブルの上にわたしのために残されていたその日の夕食（確か、芽キャベツ、ジャガイモ、ニンジンを添えたハンバーグではなかったかと思う）さえ、すでに喉を通らなかったのである。

にもかかわらず、わたしは「蕩児の帰宅」を思い出した。そして、なるほど彼は神に祝福されたものだ、と思った。彼は、自分の罪をまず認める。それは、遊蕩のあげく無一文となり、飢えに耐えられなくなったためではあったが、とにかく天と父と兄弟に対して、自分が罪を犯した人間であることを認めた。そして自分はすでに、実の父親からさえ息子と呼ばれるに値しない人間だと思う。その上で、父の奴隷になる決心をした。またあるいは、奴隷にさえしてもらえないとも考えたかも知れない。父や兄からだけでなく、使用人たちからさえ物笑いにされるくらいならば、まだよい。あるいは石を投げつけられ、追い払われるかも知れない、というところくらいまでは考えたのではないか。また、そうされても仕方がない。なにしろ自分は天と父と兄弟に対してすでに罪を犯した人間なのであるから。と、そのくらいのところまでは考えたに違いない。少なくとも、そのくらいの不安を抱き、そのくらいの覚悟を決めて帰宅したのだろうと思う。ところが、結果はああいうことになった。
しかしわたしが、彼を神に祝福されたものだというのは、そういう意味ではない。つまり、キリスト教的な意味ではない。神の前に悔い改めを必要とする迷える子羊だからなのではない。わたしが彼を神に祝福されたものだと思うのは、他でもない。つまり彼は、少なくともそこに「もう一人の自分」がいるかも知れないなどとは、まったく考えてもみなかったに違いないと思うからだ。空想さえしなかったと思うからである。

遊びにあきて気がついて
　お暇乞もそこそこに
帰る途中の楽しみは
　土産にもらった玉手箱

帰って見ればこは如何に
　元居た家も村も無く
路に行きあう人々は
　顔も知らない者ばかり

心細さに蓋とれば
　あけて悔しき玉手箱
中からぱっと白烟《しろけむり》
　たちまち太郎はお爺さん

誰でも知っている通り、これは文部省唱歌の「浦島太郎」だ。いつ頃作られたのかわからないが（また、明治の頃一度文句が変ったとかいう話もきいたが）、わたしも小学生の頃これを習った。またレコード（当時は蓄音機）でもきいたし、講談社の絵本でも見たが、（それに、いまこうして書き写してみると、何だか気味が悪いくらい生まなましいことに気づいておどろいているが）、果してこれは悲劇だろうか？　それとも喜劇だろうか？

　もちろん唱歌では、どちらでもない。絵本でも、それは同様だったと思う。つまりそれは、ただのオトギバナシなのである。しかし、もしこれを悲劇と考えるにせよ、反対に喜劇と考えるにせよ、自分が龍宮城から帰って見るとそこにはちゃんと「もう一人の自分」がいるのではなかろうか、などと浦島太郎が考えてみなかったことだけは確かだ。なるほど、「お暇乞もそこそこに」というのであるから、彼にも何かしら気がかりなもの、ぼんやりとした不安とでもいったものが、なかったとはいえない。喉のあたりだか、首筋のあたりだか、耳のうしろあたりだかに、そうした気がかりな何かがひっかかっていたのではないかと思う。しかし、少なくともそれは、「もう一人の自分」などというものではなかった。帰って見ればこは如何に、そこにちゃんともう一人の浦島太郎が暮しているのではなかろうか、などとは空想さえしなかったに違いないのである。そして、事実そうではなかった。

　もちろん浦島太郎と「ルカ伝」の蕩児は同じではない。第一、太郎の方は助けた亀から恩返しに龍宮城へ連れて行かれるのであるが、蕩児の方は自分から出て行く。また、太郎の方は原因不明のワンダーランドの中でとつぜん白髪の老人に変容するが、蕩児の方はそうならないばかりかよく肥えた犢の肉で歓迎された。なるほど次男坊の蕩児も、ただ、のほほんと帰宅したわけではない。蕩児は蕩児なりに、あれこれ考え、悩み、覚悟した上での帰宅であったことは、先に書いた通りであった。しかし、そのようにして自分が帰って行こうとする場所に、自分そっくりのもう一人の自分がすでにいるのではなかろうか、などとは少なくとも空想さえしなかった点において、二人は同じだ。そして、まさにその点において、わたしは浦島太郎でもなかったし「ルカ伝」の蕩児でもなかったのである。

　エレベーターに乗って九階のボタンを押す。エレベーターのドアがしまる。エレベーターが動きはじめる。エレベーターが止まる。エレベーターのドアが開く。エレベーターを出る。わたしのうしろでエレベーターのドアがしまる。そのまま（五メートルくらいか？）歩いて左折し、今度はもう少し（十メートルくらいか？）歩いて一つのドアの前に止り、ブザーを押す。やがてドアの向う側で何かの気配（たぶん、のぞき穴から誰かがのぞいているのだ）があり、カチリとロックのはずれる音がきこえる。しかし、そのドア（もちろん自宅、つまり9―12の）を押して入ったわたしの目の前に立っていたのが（妻でも、長女でも、長男でもなく）わたしのパジャマ（青いストライプ入りの）を着てわたしのパイプ（というか、自宅で使用しているヤニ取り用の黒いホルダー）をくわえたもう一人のわたしだった（！）としても、決してわたしはおどろくわけにはゆかない。なにしろその晩、自宅のドアを入るときのわたしは、そういうわたしだったからだ。今日一日じゅう自分は、ただその場面だけをずっと想像し続けて来たのではないのか？　いや、すでにずっと前からそんな気がしていたのではないのか？　いつかきっと、とつぜんそういう場面に遭遇するのではないかと、ずっと気がかりだったのではないのか？　その晩、自宅のドアを入るときのわたしは、そういうわたしだったのである！　頭のどこか片隅のあたりで、ぼんやりとそんな場面を想像していたわたしだったのである！

実際（順序は少々逆になったが）ブザーを押したあとドアの向うで何かの気配がしたとき、わたしはとつぜん自分のはいている両足の靴底が、ふわりとコンクリートの廊下から浮き上る、例の感覚をおぼえた。すると、ぶるっと一つ身慄いが出た。ドアの内側ののぞき穴からのぞかれている自分が、楕円形であることに気づいたからだ。

わたしは、いまこうして自分が立っているのが、9―12のドアの前ではなくて、9―15のドアの前であるような気もした。また反対に、自分は9―15のドアの前に立っているのではなくて、その内側ののぞき穴からドアの外側をのぞいているような気もした。実際、それはドアの外側の世界が楕円形に見えるのぞき穴だったからだ。しかし同時に、それがいつかどこかで見た楕円形であるような気がしたことも思い出した。そしてそれは、他ならぬ9―12（つまり自宅）のドアの内側ののぞき穴からのぞいた楕円形であることも思い出した。わたしは、いま自分が立っている目の前のドアの向う側ののぞき穴からのぞかれている、楕円形のわたしをぼんやりと想像してみた。つまりドアの外側に立っている楕円形になった自分を、ドアの内側ののぞき穴からのぞいているわたしを想像していたのである。

もちろんドアの内側には、（先にも書いた通り）異変らしきものは何一つ見当らなかった。ドアの鍵をあけてくれたのは長男（中学三年）で、彼の背丈はすでにわたしと同じくらいだったが、別に彼がわたしの青いストライプ入りパジャマを、勝手に着用しているわけでもなかった。もちろんヤニ取り用の黒いホルダーをくわえてもいない。また、ダイニングキッチンのテーブルの上には、(これも先に書いた通りの)わたしのために残された夕食用の皿その他が並んでおり、薄い水色の蠅入らずがかぶせられていたのである。

ヤニ取り用の黒いホルダーも、わたしの部屋の所定の位置にあった。つまり、机の上の灰皿と読み書き用眼鏡ケースとの間である。青いストライプ入りパジャマも同様だった。つまり、押入れ(壁に作りつけになった棚のようなもので、何段かの引出しに分れている)の下から二番目の引出しの中である。

ただ一つ、強いて変化らしきものといえば、とつぜんきこえた猫の声だったかも知れない。わたしは(ちょうどパジャマを取り出したところだったが)声の方を振返った。すると、半開きになったわたしの部屋のドアのところに、一匹の真白い仔猫が、すうっと姿をあらわしたのである。もちろん見おぼえのない仔猫だった。

24

どこかで猫の鳴き声がきこえたような気がした。わたしは、自室ではなく、リビングルームのソファーに寝そべっていたようである。テレビの画面が、何だかずっと遠くの方に見えた。何か映っているらしかったが、形はほとんどわからない。何通りかの色が、伸び縮みするように、上下左右に動いていた。音もほとんどきこえなかったようだ。

「お父さん……」

と、近くで誰かの声がきこえた。それから誰かの顔が見えた。ゆっくり前後に揺れているようである。最初は妻のように見えたが、長女らしい。高校二年の長女の体格は、すでに妻を上まわっている。なにしろ中学三年の長男が、すでにわたしに追い着いていた。長女は、向い側のロッキングチェアに腰をおろしているらしい。そして、膝の上で両手を籠のような形にしていた。その中に小さな真白い猫が見えた。

「お父さん……」

「ははあ、やっぱり夢じゃあなかったわけか」

とわたしはいった。

「え？」

と、長女はロッキングチェアを止めた。

「いや、何だか昨夜、真白い仔猫を見たような気がしたもんでね」

「どこで？」

「どこでって、お父さんの部屋のドアのところだ」

「だって、お父さん、昨夜はだいぶ酔っ払ってたんじゃない」

「まあ、そうだな」

「だから、昨夜は、話さない方がいいだろうってことになってたんだけど」

「だから、夢だったのかな、と思ったわけだよ」

「それとも、あれか、すでに電話か何かできいてたわけ？」

「電話？」

「お母さんから」

「電話で、何を？」

「何をって、このオリーブのこと」

「オリーブ？」

「じゃあ、昨夜きいたんじゃない？」

「いや、別に」

「じゃあ、やっぱり知らなかったわけか」

「お母さんからの電話は、あったがね、それにこちらからもかけたと思ったがね」

「いや、それなら、いいんですよ」

「ええと、何だったかな、あれは」

「実は、正直に申しますと、ね」

「あのときは、確か、そうそう、あのとき電話に出たのは、お前じゃないんだ」

「実は、電話では、オリーブのことはいわないことにしてたわけ」

「ふうん」

「電話で話して、反対されちゃうとまずいからって」

「なるほど」

「だから、まことに申訳ないけど、お父さんには事後承諾の形にしてもらおう、ってことにしたわけ」

「つまり、全員でそう決めたわけだな」

そこへ妻が入って来た。彼女は、冷し麦茶のコップを載せた小さな盆を、サイドテーブルに置いた。そして長女の隣の椅子に腰をおろし、わたしの顔を見て、ニッコリ笑った。

わたしは、妻と長女が、同じ色模様のワンピースを着ているのに気づいた。そして、これと同じような場面をいつかどこかで見たような気がするのは、例のよくある錯覚だろうか、と思った。

「そういうわけです」

と、長女が答えた。

「ふうん」

とわたしは、サイドテーブルに手を伸ばし、黒いシガレットホルダーをつまみ上げて口にくわえ、それから煙草に手を伸ばした。すると妻は、もう一度わたしの顔を見てニッコリ笑い、麦茶のコップを取って、煙草の方に伸ばしたわたしの手に、それを渡した。

「ふうん」

とわたしは、それを受取った。受取らなければ、麦茶のコップはサイドテーブルとソファーの間の絨毯に落ちただろう。妻の渡し方はそういう渡し方だった。わたしが手を伸ばしたのは煙草のためではなくて麦茶のためであり、したがって、それを受取らぬはずはない。そういう渡し方だったのである。

「ふうん」

とわたしは、残りの手で口にくわえた黒いホルダーをはずし、受取った麦茶を、半分ばかり一息に飲み込んだ。すると、それで何かが終ったような気がした。同時に、すべてが納得ゆくような気もした。妻から麦茶のコップを手渡されたことも、それを半分ばかり一息に飲み込んだことも。そうすることが何かの約束か、儀式だったような気がした。実際、妻と長女が同じ色模様のワンピースを着ていたことも、それで納得がゆくような気がしたのである。そして、その約束だか儀式だかを済ませるのを自分でも待っていたかのように、わたしは煙草に火をつけた。

「えーと、それで……」

とわたしは、煙を吐き出した。

「一雄のこと?」

と長女がたずねた。

「あ、そうか……」

「彼は、お勉強」

「あ、そうか……」

「いまは、まだ学校だけど、夏休みに入ると夏期講習に通うんじゃない」

「そういえば、お前は、ずいぶん早いな」

「早いったって、お父さん、もう四時ですよ」

「しかし、いま帰って来たわけじゃないだろうが」

「もう夏休み前の、短縮だから」

「なるほど」

「大学は、もう休みなんでしょ?」

「うん、あ、そういえば、何とかいってたな、さっき」

「さっき、って?」

「その白猫の名前だ」

「ね、やっぱり」

「何が？」

「たぶんお父さんは、そう呼ぶだろうって予感してたわけ」

「予感ね……」

「だって、『黒猫』の反対じゃない。だからまず、絶対にお父さんは、このオリーブを白猫と呼ぶに違いあるまい……」

「ふうん」

「つまりですね、『黒猫』の猫はブルートーでしょう。ところが、その反対の白猫だから、もし牡猫だったら、ポパイってことになるわけじゃない」

「ふうん」

「だって、ポパイの漫画でもブルートーは、仇役じゃない」

「なるほど」

「冥府の王じゃない」

「ふうん」

「ところが、牝にポパイじゃあおかしいから、その恋人のオリーブにしたわけ」

「ポーじゃなくて、ポーパイか」

「そう、そう、そう！」

と長女は、膝の上で籠のような形にした両手の中で、白い仔猫を軽くゆすった。仔猫はいかにも仔猫らしい細い鳴き声を出した。籠のような形にした長女の両手が、何だか馬鹿に大きく見えた。実際、ポパイ漫画のオリーブ・オイルの手のように見えたのである。

「ポーパイ、ポーパイ、また来週！　ポッポー！」

とわたしは、とつぜん節をつけて歌った。

「いやだ、お父さん、とつぜんハシャイじゃって」

「だって、お前がまだ幼稚園の頃、毎週テレビで見てたんだからな」

「ホント？」

「ポーパイ、ポーパイ、また来週！　ポッポー！」

とわたしは、もう一度節をつけて繰り返した。あのテレビ漫画の日本語吹き替えの声優は誰だったのだろう？　しわがれたようで、奇妙に高い声だ。そのテーマソングに合わせて、マドロスパイプをくわえたポパイが、画面の中央の円の中におさまり、ドーナツ形の煙を吐き出す。そこで「ポッポー！」と汽笛が鳴り、漫画シンジケートの字幕が出て、終った。まだテレビは白黒だった。

「それにしても、お父さんうまいね」

「しかし、だね」

「え？」

「いや……」

とわたしは、出かかった言葉を取消した。何故わたしが反対すると思ったのか？　誰がそう考えたのか？　それをたずねようとしたのである。しかし引込めたのは、答えはすでにわかっているような気がしたからだ。つまり、これまで何度も、すでに同じようなことを繰り返して来たような気がした。高校二年の長女がまだテレビ漫画のポパイを見ていた頃、小学校の頃、中学校の頃……また、中学三年の長男が幼稚園の頃、小学校の頃……何度も似たようなことが繰り返されたのではないか？

しかしわたしは、何も思い出せなかった。具体的ないかなる場面も思い出せなかった。それは時間のせいではなかった。実際わたしはポパイ漫画は思い出したのである。ポーパイ、ポーパイ、また来週！　ポッポー！

わたしは長女と並んでいる妻の顔を眺めた。妻は最初から無言だった。しかし、その顔はニコニコ笑っていた。何故わたしが反対すると思ったのか？　誰がそう考えたのか？　妻は黙ってその問いに答えているように見えた。あなたが思い出せないのは思い出したくないからでしょう？　しかし、あなたが思い出さなくとも、わたしがおぼえています。だからあなたは、安心して忘れて下さって結構です。どうぞ思い出したくないものは思い出さないで下さい。ただし、わたしを忘れさせることは出来ないでしょう。そしてわたしが忘れない以上、幾らあなたが忘れても、思い出しているのと同じことです。

妻の無言はそう語っているような気がした。ニコニコ笑いながら、そう語っているように見えた。すると、さっきの麦茶の儀式が何かの黙契であるような気がした。そして、膝の上で籠のような形にした長女の両手の中にいる小さな真白い猫が、その動かぬ証拠であるような気がした。その動かぬ証拠を、いまこうして目の前に突きつけられているのだ、と思った。あなたは自分の思い出したくないものを忘れようとしています！　しかしこの白猫がすべてを知っているのです！

それは猫に関してだけということかね？　とわたしはニコニコ笑っている妻にたずねた。それはどういう意味ですか？　と妻は無言のままたずね返した。いや、それとも猫以外の何事かを意味するのか、という意味なんだが。というと何か他にも、あなたは忘れていることでわたしにいま思い出させようということがあるわけですか？

わたしはサイドテーブルの上の麦茶のコップを眺めた。麦茶は、さっき飲み残した通り、半分ほどコップに残っていた。わたしはサイドテーブルに手を伸ばした。すると妻は素早くそれを取り上げ、伸ばしたわたしの手にコップを渡した。

「じゃあお父さん、これ知ってる？」

と長女がいった。

「何かね」

とわたしは、コップの麦茶を飲み込んだ。

「この、オリーブは何猫でしょう？」

「わからん」

「はい、ただの日本猫です。では次は、このオリーブは生後何ヵ月でしょう？」

「わからん」

「はい、今日で三ヵ月とアルファー日です」

「アルファー？」

「つまり、三ヵ月と何日かだけど、それが正確にはわからないわけ。では次、このオリーブは、どこで生れたのでしょうか？」

「日本」

「それは、正解です。ただし、日本のどこでしょうか？」

「わからん」

「はい、正解です！」

「じゃあ、野良猫かね」

「つまり、どこかの誰かが、捨てる代りにペット屋さんに預けていたのを、買って来たわけ」

「ふうん」

「では次、このオリーブは、幾らだったでしょう？」

「わからん」

「はい、二千円でした。では、最後の問題ですが、わたしたちは何故、牝猫を選んだのでしょう？」

「わからん」

「これは、ちょっと難問かな」

と長女は、ちらりと妻の方に目をやった。しかし妻は、相変らず、無言のままニコニコしていた。

「それはまず、牝の方が飼いやすいからです。第一にトイレの始末がよい」

と長女は、また妻の方に目をやった。

「次に、これが最大の理由だけど、牡は放浪癖が強い」

と長女は、またまた妻の方に目をやった。

「つまり、ある日とつぜん、ふらりと出て行ったまま帰ってこない。これはデータによると、どうも、いわゆる発情期に多いらしいんだけど、何年も飼っていても、そういうことが起る。ある日とつぜん行方不明、つまり、蒸発しちゃうわけ。そしてこれもデータによると、それはその猫の癖というか、個性とかじゃあなくて、牡猫一般の習性のようなものということになっているわけ」

と長女は、今度もちらりと妻の方に目をやった。

「これでクイズは終りますが、何かご質問はありませんかな？」

「それで、ふらりと蒸発したままなのかね」

「まず、戻って来る例はないようです」

「すると、野良になるわけかな」

「野良になる場合もあるし、偶然また誰かに飼われることもないとはいえないわけ」

「しかし、またそこから、ある日とつぜん消えちゃうわけかね」

「その可能性は、充分あるわけです」

「すると、最後はどうなるわけかね」

「それは、わからん」

と長女はわたしの口真似をした。

「永遠に、どこかをさ迷い歩いているわけかね」

「たまたま、飼い主のところで死ぬこともあり得るとは思うけれども、そうやってふらふら放浪を続けながら、野垂れ死にするとか、あるいはまた、最近では、交通事故で死ぬとか、そんなケースが多いんじゃない」

長女は、膝の上で籠のような形に作った両手の中の真白い仔猫を、またちょっとゆすった。仔猫は、これもまた、いかにも仔猫らしい細い鳴き声をあげた。

「しかし、オリーブとは、なかなかいい名前じゃないか」

とわたしは、まるでその鳴き声にお世辞を使うようなことをいった。

「オリーブさん、お父さんからホメられましたぞ」

と長女は、両手の中の白猫に向って話しかけた。白猫はまた細い声を出した。

「なにしろ、ブルートーからも、ポパイからも追っかけられるわけだからな」

「そういえば、そういうことになりますわね、オリーブちゃんは」

「しかしだね……」

「え？」

「しかし、おれはいつからここに寝てたんだろう？」

とわたしは、長女の膝の上の白猫を見ながらいった。

「いつからって？」

「昨夜からずっとここに寝てたのかな」

「それはオリーブちゃんには、わからないですね」

「いや、その白猫だけがすべてを知っているのかも知れんぞ」

わたしは妻の方に目をやった。しかし妻は、相変らずだった。無言のまま、ニコニコ笑っていたのである。わたしは青いストライプのパジャマ姿でリビングルームのソファーに寝そべっていた。いったい、いつからそうやって寝そべっていたのだろう？

25

夏休みの間わたしは、９—12（自宅）と９—９（井上医院）の間を何度か往復した。もちろん井上医院には夏休みなどなかったし、わたしはドクター井上の代訳を夏休み中に仕上げることにしていた。仕事のあとわたしは９—９の処置室の黒いニセ革張りのベッドに寝ることもあったし、９—15に出かけたこともあった。たぶん半々くらいではないかと思う。

しかし、９—12にはその後も別に不審な電話はかからなかったようだ。不審な訪問者もあらわれなかったようである。もっとも、ある日、こんな電話はかかって来た。４７６１０６６ミウラトモヒコと名乗る（電話口で自らそう名乗ったのである）学生からで、実は明日（だったか、明後日だったか）アメリカへ出かけるのですが、ぼくの前期のテストは何点でしょうか、という。まだ採点していないと答えると（実際、一枚も採点していなかったし、前期テストの採点表を事務所に提出するのは夏休みあけの九月下旬でよい）、では大体どのくらいでしょう、という。

何かそれがアメリカ行きに関係があるのか（こんなことを、ついたずねてしまうところが、たとえ七コマ講師といえども教師というものらしい）、とたずねると、いえ直接には関係ありません、という。それでは向うで何かの講習でも受けるのかとたずねると、そうでもないらしい。どのくらい行って来るのかとたずねると（これも本当は、きかずもがななのであるが）、まあ一月くらいだという。その他、（これはたずねたわけではないが）親戚のものがどうの、ペンフレンドがこうの、庭の芝刈りがどうの、ボランティアがこうの、などと並べたてていたようであるが、要するに夏休みにアメリカ旅行へ出かけるということらしい。それでは、何で前期のテストの点数など気にするのか、とたずねると（これは、きいているうちに些かバカバカしくなったり、腹も立って来たので）、何となく、だという。アメリカ旅行へ出かける前に、何となく前期テスト（なるほどそれは、英語は英語なのだが）の成績をたずねてみたくなった、ということらしい。そして、４７６１０６６ミウラトモヒコ（と電話口で名乗った学生）は、最後にこうつけ加えた。それではセンセイ、あちらで生きた英語を勉強して来ますのでヨロシクお願いします。

「ちぇっ！　何てこった！」

と電話を切ったあと、わたしはポパイ（の十八番）の口真似をした。

「それこそ、カリフォルニヤの精神病院の庭の芝でも刈ればいいんだ」

しかし、他にはこれといって不審な電話はなかったと思う。忘れないように書いて置くが、例の右肘の痛みも次第に減ったようである。まだ完治とはいえなかったが、腫れと熱は引いたようだ。サポーターは仕事（字を書く）のときだけつけた。これは（幸い右肘であるから）、妻や子供たちに見られても、いちいち理由をいう必要はなかった。ただ、宮子からもらった（レッテルも何もついていない）白いチューブ入りの薬は、夜、自室でこっそり塗った。

薬は、商売道具の革鞄の底に入れて置いた。誰にも見られないためには最も安全な場所だったし、そうして置けば外出するときに忘れることもなかった。革鞄のチャックをあけるとき、わたしはぼんやりと、浦島太郎の玉手箱を思い出していたようである。

心細さに蓋とれば

あけて悔しき玉手箱
中からぱっと白烟
たちまち太郎はお爺さん

もちろん、古ぼけた（実際、一コマ講師以来の古物なのだ！）革鞄からは白煙も立ち昇らなかったし、わたしも白髪には変らなかった。ただ、思わず、髪をかき上げたようだ。そして（これも思わず）口の中で、わたしはぶつぶつぶやいていたようである。

白頭《はくとう》掻《か》けば更《さら》に短《みじか》く
渾《す》べて簪《かざし》に勝《た》えざらんと欲《ほっ》す

誰でも知っている杜甫の「春望」の最後の二行であるが、この名高い八行詩は、偶然にも杜甫四十六歳の作だそうだ。偶然にも、というのは、わたしも数え年ではそうだったからである。しかし、ただそれだけだった。四十六歳の杜甫はすでに白髪だったらしいが、わたしはそうではない。実際、目の方は（近視に乱視であるにもかかわらず）早やばやと老眼にやられていたが、頭の方に目立った変化はまだなかった。理由はよくわからないが、同年輩者の中では、確かに遅い方かも知れない。

しかし、一度こんなことがあった。ある晩（すでに夜更けで、家族のものはみな眠っていたはずだと思うが）、わたしはいつものように革鞄の底から白いチューブを取り出し、右肘の例の部分に薬を塗ろうとしていた。すると、とつぜん背筋がぞくぞくっとした。うしろから誰かが見ているような気がしたのである。とっさに（実際それは、まったく意味のない反射的な動作だったと思う）わたしは、白いチューブを左手もろとも革鞄の中へ押し込んだ。すると、ニャーンといういかにも仔猫らしい細い鳴き声がきこえた。そして振返ると、真白い仔猫が（ちょうどわたしがその仔猫をはじめて見た晩と同じように）、半開きになったわたしの部屋のドア（まったく気づかなかったが、実際、半開きになっていたのだ！）のところに正座（つまり、二本の前肢をきちんと揃えて腰をおろした姿勢）して、わたしの方を見ていたのである。

もう一度、背筋がぞくぞくっとした。そして、同時に、頭の髪の毛という髪の毛が、そのつけ根の部分から先の先まで、一本残らず、半開きになったドアのところからこちらを見ている仔猫（そう、オリーブだった）のように、あっという間に真白くなったような気がした。中からぱっと白烟《しろけむり》、たちまち太郎はお爺さん！

しかしわたしは、あの『黒猫』の主人公（語り手である殺人者）の気持にはならなかったようである。酒に酔っていなかったせい（実は、そのあと寝酒にウイスキーの水割りを飲むつもりだったが）かも知れない。あるいは、あの『黒猫』の主人公が（かつては）ブルートーを愛していたようには、わたしが（まだ）真白い仔猫（実際、まだ名前さえすぐには思い出せなかった）を愛してはいなかったせいかも知れない。とにかくわたしは、いかなる凶暴な衝動にも駆られなかった。いや、そのときのわたしほど、いかなる凶暴な衝動からも遠い存在はなかったのではないかと思う。

わたしは、（『黒猫』の主人公のように）ナイフで真白い仔猫の片目をえぐりもしなかったし、えぐりたいとも思わなかった。理性や意志の力で自分を抑えつけたのではなく、思いつきもしなかったのである。それどころかわたしは、まだドアのところに正座している白猫を避けるようにして、部屋を出た。

ダイニングキッチンは、いつもの通り、薄暗かった。もちろん、誰の姿もなかった。わたしはまるでスパイのように忍び足で、トイレットへ向った。トイレットの中で、薬を塗ろうと思ったのである。

わたしは（これもいつもの通り）、トイレットのドアのノブに左手をかけ、右手で電燈のスイッチを探した。しかし、あわてて両手を放した。ドアをあけると、白い馬蹄型の便器に、もう一人のわたしがすでに腰をおろしているような気がしたのである。

26

M君、いまとつぜん「白毛女」のことを思い出したところだ。たぶん、「たちまち太郎はお爺さん」と「白頭搔けば」と白猫のせいだろうと思うが、例の（われわれが学生時分の）中国映画。といっても筋ははっきり思い出せないのだが、何でも、貧乏な百姓の美人娘が、金のため無理矢理、金持ち（地主？）の妾にされる。ところが（妻妾同居だから）本妻にさんざんいじめ抜かれ、娘のみどりなす黒髪は哀れ一夜にして白髪と化す、というような話だったと思う。いつ頃の話なのかはっきりわからないが、映画はそれを毛沢東主義に合わせた（つまり古き哀話を新しき怒りに変えた）、いわゆる人民映画だったと思う。

あの映画、君と一緒に大学の講堂で見たんだったか？　君は見なかったか？　いや待てよ、ぼくもビラだけで映画は見なかったのかも知れない。まあ、どっちにしても（筋さえはっきり思い出せないのだから）同じようなものだが、あの「白毛女」、映画だけでなくて、あの頃はシロウト劇団などでもやたらと流行してたのではないだろうか。大学のあちこちにべたべた貼られていたポスターは、君もおぼえていると思う。それと、タテカン（あの時分もタテカンだったかな？　でなかったとすると、何と呼んでいたのか、これまた思い出せないが）の前で、何だか色のついた布きれをひらひらさせながら、ヤンコー踊り（意味はわからないが、確かそうきいたような気がする。もちろんタンコーに非ず）とやらを踊っていた、人民帽の連中。

マオツォートン、スターリン
マオツォートン、スターリン
輝く（それとも、われらの、だったか？）太陽（それとも、英雄、だったか？）だ！

盆踊りみたいに輪になって、色つきの布きれ（長さも幅も越中ふんどしくらいに見えた）をひらひらさせながら、そんな歌を歌っていた連中。いやM君、不愉快ならば無理に思い出すことはないさ。ぼくだって、別にわざわざ思い出したわけじゃないんだから。実際、何の脈絡もなければ、何の意味もない。いわば記憶の条件反射みたいなものだ。条件反射による自動作用のようなものといってもよい。しかしM君、「たちまち太郎はお爺さん」「白頭掻けば」のあとに、条件反射的自動作用とはいえ（あるいは、それだからこそ）、とつぜん「白毛女」が出て来るということ。出て来たという事実。これがどうやら、わが世代の宿命（M君、まあ、そう顔をシカめ給うな）というものらしいな。

それにしてもあのヤンコー連中（たぶんミンセイの連中）いま頃どこで何をしているのだろうか？　何でメシを食ってるのだろうか？　いや、それとも、あの人民帽も、あのひらひら踊りも、案外いまいうタケノコ族（といっても君は知らぬかも知れないが。また、かくいうぼくもテレビで何度か眺めただけなのだが）みたいなものだったのだろうか？　案外そうだったような気もする。紅衛兵以前の毛語録すなわち「矛盾論」「実践論」「文芸講話」時代のタケノコ族！

どうだろうかね、M君？　いや、そうに違いないという気がだんだんして来た。そしてM君、あの当時われわれを彼らから遠ざけてくれたものこそ、他ならぬ、あのヤンコー・タケノコ族だったのかも知れんよ。どうだろうかね、M君？　われわれが当時の大学内のいかなるタケノコ族のグループ（それこそゴマンとあったと思うが）にも所属しなかった（あるいは出来なかった）のは、案外あのヤンコー・タケノコ族のひらひら踊りのお蔭だったのかも知れんよ。実際、あのヤンコー・タケノコ族のひらひら踊りだけは……どうも……何とも……見ていて顔が赤くなったからな。何故だろう？　そう、もちろん、それ（いわゆる生理的何とやらというやつ）もある。しかし、どうもそれだけでは片付かないらしい。そこのところがどうもはっきりしないのだが、とにかく顔が赤くなったのである。

ただしM君、（無理に同意は求めないが）それはぼくがヤンコー・タケノコ族のひらひら踊りを頭からナメていたからではない。ふふんと鼻の先でせせら笑っていたからではない。もしそうだったのなら、話は実に簡単なことだ。実際、（もしそうだったのならば）何で顔など赤くする必要があったろうか！　ところが連中のひらひら踊りは、ぼくに顔を赤くさせたのである！　何故だろうか？　どうもそれは、はっきりしない。しかし、いや、つまり、はっきりしない何かが、ぼくの顔を赤くさせたわけだ。

M君、ここまで来れば君もたぶんうなずいてくれると思うが、何かはっきりとはわからないが、ぼんやりしたあるもの、それがぼくの顔を赤くさせたのだ。そしてそれは、たぶん（思い切っていえば）、ぼんやりした「未来」とでもいったものではなかったかと思う。いや、いや。何だか思わず肩に力が入ってしまったようだが、しかしこれで肩はだいぶ軽くなった。

さてM君、もちろんわれわれは、スターリンや毛語録よりも、古田語録の方を信じていた。
曰く「ぼくはただの英語教師だよ」
曰く「聖書を読み給え」
曰く「明治人のイサギヨサなどというものを神話化してはいかんよ」
その他、その他……。これはM君、君も異存のないところだと思う。そして実際われわれは、大学内のいかなるタケノコ族にも属さなかった。いや、はっきり軽蔑していたといってよいと思う。しかしM君、この軽蔑という奴が何とも実に厄介だったわけだ。

確かにぼくは、ヤンコー・タケノコ族のひらひら踊りを頭からナメてなどいなかった。ふふんと鼻の先でせせら笑ってもいなかった。それは先に書いた通りだ。しかしぼくはそれを軽蔑していた。これは決して矛盾などというものではない。矛盾どころか、軽蔑しているがゆえに、ナメてなどいられなかったのだ。せせら笑ってなどいられなかったのだ。馬鹿にしてなどいられなかったのだ。なにしろ、そうやって自分が最も軽蔑しているヤンコー・タケノコ族のひらひら踊りが、あるいは「未来」というものではなかろうかと、ぼんやり考えずにはいられなかったからである。

つまりM君、そういうことだったのだよ。君はどうだったのかわからないが、ぼくはそうだ。もちろん、生理的何とやらも含めた上で、あのひらひら踊りだけは、何ともたまらない。幾ら何でも、そのお遊戯だけはカンベンして下さい。しかし、もしあれが「未来」らしきものであるとしたら、どうだろうか？　いったいどうすればよいだろうか？　「何を大袈裟な！」とだけはいわないでくれ給え。実際、例の「地下室」の住人がありとあらゆる呪いの言葉とともに唾を吐きかけた「水晶宮」は、この地上に傲然と聳《そび》え立っていたのである。これこそ人類の「未来」だとでもいうかのように！　地下室の住人の呪いの言葉や唾など、（ちょうど、あのビリヤード屋で将校がそうしたように）まるで蝿かバケツのように扱われたのだ。いや、そんなものは「水晶宮」にとまった一匹の蝿ですらなかった。実際、われらが「地下室」の住人は、その「水晶宮」の地下牢深く永久に葬り去られたかに見えたではないか。

マオツォートン、スターリン
マオツォートン、スターリン
　輝く太陽だ！

ヤンコー・タケノコ族のひらひら踊りは、毛沢東とスターリンの「水晶宮」に捧げられた踊りだった。北京とモスクワに築き上げられた「水晶宮」への讃歌だった。同時にそれは「未来」への進軍ラッパだった。そしてぼくは、そいつを眺めながら軽蔑していた。

おや、まあ、この人、キチガイみたいに踊りやがって！　ははあ、踊り蜘蛛《タランチュラ》に咬まれたんだな。しかしM君。軽蔑しながら（軽蔑するがゆえに）、ぼくはおそれていたのです！　もちろんM君、もし、あのひらひら踊りが「未来」ならば、そんな「未来」などマッピラご免だ、ということは出来た。そんな「未来」など糞喰え、ということも出来た。あのヤンコー・タケノコ族のひらひら踊りを踊らされるくらいなら、いっそ、グレゴール・ザムザみたいになった方がましだ、ということも出来たと思う。

しかし、本当にゴキブリになることが出来るだろうか？　ゴキブリになってでも、あのひらひら踊りの輪の中へ加わることを、断乎拒絶し通すことが出来るだろうか？

顔が赤くなったのは、そのためだったと思う。つまり、拒絶どころか、あれほどまでに軽蔑していたひらひら踊りの輪の中へ、自分から入って行くのではないか？　そんなことはあり得ないと果して断言出来るだろうか？　いや、ヤンコー・タケノコ族のひらひら踊りを眺めながら、ぼくはすでにそうなっている「未来」の自分（あるいは「自分」の未来）を、ぼんやり空想していたのかも知れないのである。顔が赤くなったのは、そのためだったと思う。そしてそれが二十何年か前の、ぼくの軽蔑の力学だった。恥辱と滑稽の構図だった。

いや、はや、「白毛女」のお蔭でとんだ昔話になったようだが、しかしM君、年は取ってみるものだな。そうじゃないかね、M君、第一あの人民帽のヤンコー族のひらひら踊りがタケノコ族だった、とわかっただけでもマシじゃないか。

それから、スターリンも毛沢東も死んでしまった。すると、これが「未来」だ、とでもいわぬばかりに聳え立っていた「水晶宮」に、どうやら雨漏りがしはじめたらしいこともわかった。そして、その「水晶宮」の地下牢深く永久に葬り去られたかに見えたわれらが「地下室」の住人が、復活したのだ。

　しかしそれは、彼がありとあらゆる呪いの文句とともに唾を吐きかけた「水晶宮」が消滅したということではない。消滅どころか、いまこそわれわれはもう一つの「水晶宮」の壁の中にいるのである。なにしろ彼の「水晶宮」とは、いわば「パンドラの匣」の中身を「2×2=4《ににんがし》」の法則で制度化したようなところなのだから。いや、ちょっと待ってくれよ、M君、これは『おかしな人間の夢』の方だったかな？　いや、どっちにしても似たようなものだろう。とにかく、われわれがいまももう一つの「水晶宮」の住人であることは確かだ。第一、ぼくが百年以上も以前の彼と、いまだにこうしてながながとつき合っている（いられる）ということ、それだけだってその証拠として充分だろうじゃないか。

　つまり、地下室人が呪いの文句とともに唾を吐きかけた「水晶宮」は、いまわれわれがこうして生きている（二十世紀の）この世界そのものでもあったわけです。だから、それを「予言」と呼ぶ人もいる。そして実際それは、正当なる評価だと思う。なにしろ彼の「予言」は的中しているからだ。ということは同時に、彼が呪いの文句を吐いたり、唾を吐きかけたりした百年（と少々）前から、われわれ人間（の世界）は変っていない、ということでもある。しかしM君、この話はまたの機会にして、今日のところはひとまずこのへんまで、ということにして置こう。この分だと、この地下室の住人とのおつき合い、まだまだ当分は続きそうだからな。

　ただ、変らないといえば彼の年齢は、百年と少々経ったいまなお、相変らず「四十歳」のままだ。彼が、食うだけのために勤めていたお役所（八等官）を辞め、たまたま転がり込んだ虎の子の遺産六千ルーブリとともに地下室にもぐったときの年齢である。お蔭で、つき合っているうちに、とうとうこちらの方が年寄りになってしまったわけだが、しかしM君、これも人のことは余りいえないという気もする。例えば、二十何年か前の軽蔑の力学にしても、恥辱と滑稽の構図にしても……いや、実際、人のことはいえないものだ。

　それにしてもM君、二十何年か前タテカンの前でひらひら踊りをしていたヤンコー・タケノコ族たちは、どこへ消えたのだろう？　そうだな、きっとどこかで竹藪になっているんだろうな。

27

M君、いまとつぜん思い出したんだが、あの頃、毛沢東のことを「ケザワヒガシ」と呼んでいたのは、誰だったかな？　君だったような気もするが、これはいまふっとそんな気がしただけかも知れない。もし君でなかったら、そして誰だったか思い出したら、（別に急がないから）いつか報らせてくれ給え。

　それから、白髪（どうも白髪にこだわるようだが、これはケザワとは無関係です）で思い出したのを、もう一つ。といっても、これまた誰でも知っている「秋浦吟」だが、（まあ、せっかく思い出したことだし）先に杜甫が出たことでもあるから、ここで李白が出てもまあよいことにして置いて下さい。

白髪三千丈《はくはつさんぜんじょう》
愁《うれ》いに縁《よ》りてかくのごとく長《なが》し
知《し》らず明鏡《めいきょう》の裏《うち》
何《いず》れの処《ところ》より秋霜《しゅうそう》を得《え》たる

杜甫はわれわれの目の前に（簪《かんざし》の止めピンも受けつけぬほどに薄くなった）白頭をさらした。そしてそれを掻いて見せた。李白は「三千丈」の白髪を、いきなり鏡の中に写して見せた。そして首をかしげている。いったいこれは何ものだろう？　この白髪め、いったいどこからやって来て、勝手に人の頭を占領してしまったのだ⁉

　李白の生涯は六十年とちょっとだったらしい。この白髪三千丈の絶句は、その最晩年の作らしいといわれているが、何ともいえぬ不思議な笑いだ。それこそ一旦流れ出したら最後、一千年いや三千年でも止まりそうもないような、そんな涙の出そうな笑いではないか。もちろん白髪は愁いの象徴に違いない。李白のそれは三千丈の愁いであり、杜甫のそれはピン止めも使えぬ愁いだった。しかし、李白も杜甫もその白髪を、何か知ら不思議な異物（あるいはイキモノ）の如くに扱い、眺めている。不思議な笑いとファンタジーは、そこから出て来たのではないかと思う。

追伸

これは白髪ではありませんが、「仏法僧」（雨月物語）の一節（高野詣でをして、奥の院の片隅で野宿をした夢然《むぜん》親子の目の前に、関白秀次《ひでつぐ》とその一党の亡霊が出現し、深夜の酒宴を開くところ）に、こんなのがあります。

「頭《かしら》に髪《かみ》あらばふとるべきばかりに凄《すさま》じく肝魂《きもたましい》も虚《そら》にかへるこゝちして、云々」

もし、夢然が頭を丸めていなかったとしたら（彼は出家ではないが隠居して頭を丸めていた）、恐怖の余りその髪の毛は棒のように太くなったに違いない。そんな魂消方《たまげ》だったというわけですが、頭に毛のない夢然がそう感じたというところが、却って生ま生ましい。一瞬、丸めている頭の毛穴という毛穴から一斉にとび出した髪の毛が、一尺ばかりもの長さに棒立ちになったような感じか？

愁いの象徴、恐怖の象徴、怒りの象徴、歓喜の象徴、若さの象徴、老いの象徴、知性の象徴、セックスの象徴、煩悩の象徴、悟りの象徴……まだまだ他にもあると思う。とにかくこの毛髪というやつ、どうやら霊肉双方の象徴らしいが、それにしてもM君、毛沢東センセイを「ケザワヒガシ」と呼んだのは、（もし君でないとすると）いったい誰だったのだろう？

28

「何か、ヘンな電話はかかって来なかったかね？」

とわたしは宮子にたずねた。わたしは9―15の黒っぽい布張りソファーに腰をおろして、水割りウイスキーを飲んでいた。宮子はいつもの通り、小型サイドテーブル脇（の絨毯の上）にぺたりと横坐りに坐っていた。彼女の上半身は、これもいつものように、白いブラジャーだけだった。したがって、ふさふさした黒い脇毛がのぞいて見えた。下は（これもいつもの）ふわりとした黒っぽいスカートだった。わたしは、ランニングにステテコだった。

「ヘンな電話？」

　と宮子は、わたしのグラスから素早くウイスキーを一口飲んだ。実際それは、盗み飲みのような素早さだった。そして飲み終るや否や、グラスはサイドテーブルの元の位置に戻っていたのである。しかし脇毛は、彼女が脇を開いたときよりも、閉じているときの方が、よりふさふさとながく見えた。

「つまり、不審な電話だよ」

「いたずら電話みたいなもの？」

「なるほど、そういうのもあるわけか」

「間違い電話とか」

「いや、それとはちょっと違うけど」

「じゃあ、エッチ電話のこと？」

「いや、そうか、その手もあるわけだな」

「あ、そうそう、こないだ一つありました」

「エロ電話かね」

「エッチ電話じゃないわね」

「夜中かね？」

「真夜中じゃないけど、名古屋から」

「名古屋？」

「そう、こないだの月曜日の、夜九時頃だったかしら」

「男かね？」

「男は男なんだけど、息子さんの嫁を探してるんだって」

「おいおい、それはどういう意味かね」

「息子さんのお嫁さんが、行方不明になったんだって」

「ホントかね？」

「東京で暮してたらしいんだけど」

「逃げられたわけか」

「そのあたりが、何だかさっぱりわからないのね」

「それが、どうしてここへかかって来たわけかね？」

「誰だって、そう思うでしょう」

「それで、どういうことなのかね？」

「どういうことだと思いますか？」

「わからん」

「この電話は、もと息子夫婦がいたアパートの電話なんだって」

「ホントかね？」

「それは、わたしにもわからないでしょう」

「アパートというのは、このマンションなのかね？」

「それも、はっきりわからないわけ」

「部屋の番号とか、何かあるだろう」

「そういえば、そうだわよね」

「そうだわよね、じゃなくて、たずねなかったのかね？」

「だって、何だか不思議な話でしょう」

「しかし、いたずらかも知れんわけだよ」

「ところで、そのときは、何だか不思議な話きかされているみたいで」

「肝心なところは、わからなくなるわけだな」

「そう、そう」

「ふうん……」

「それで、こっちも何をどうたずねたらいいのか、ヘンな具合に頭が混乱するのね」

「そういう話し方なんだな」

「そう、そう。何かたずねようとしてるうちに、あっちへ行ったり、こっちへ行ったり」

「それで、その息子というのは、いまどこにいるのかね」

「それが、東京にいるようにもきこえるし、そうじゃないみたいにもきこえるし」

「それで、そいつは何者なのかね」

「息子さんの方？」

「うん」

「何とか会社の営業部じゃなかったかしら」

「会社もわからんわけだな」

「そういわれてみれば、そういうことね」

「つまり、何にもわからんわけだ」

「結局そういうことだわね」

「わかってるのは、電話番号だけってわけか」

「それは、わたしも確かめました」

「しかし、証拠はないわけだろう」

「それは、そうね」

「しかし、頭がまわらなかった、わけだ」

「そう、そう。それと、名古屋からっていうんでしょう」

「だから、そこが敵の手なんじゃないの」

「うーん、確かに、名古屋で信用しました」

「北海道なら、もっと信用するわけだよ」

「じゃあ、全部、嘘だったのかしら？」

「だって、あれだろう、名古屋の方の電話番号はきかなかったんだろう」

「とても、そんなところまで、ぜんぜん」

「年は幾つくらいなのかね」

「ちょっと、見当つかないわ」

「本物の老人の声なのか、どうか」

「若い人じゃないわね。でも、男の人の声ってわからないでしょう」

「訛りなんかは、どうかね」

「どうも、はっきり思い出せないわ」

「やっぱり、ちょっと怪しいよ」

「でも、わたし耳はよくない方だから」

「しかし、そいつは君に、じゃあ何をたずねたかったのかね？」

「たぶん、何か手がかりになるかも知れないと思ったんじゃない」

「行方不明の嫁さんのかね」

「息子さんの、じゃないかしら」

「何だ、息子の方も行方不明なの？」

「だから、きいてて、頭が混乱しちゃうのよね」

「ははあ、この電話番号のもとの持主の行方をたずねようってわけだ」

「だから、わたし知りません、っていったの」

「やっぱり、怪しいな」

「インチキなのかも知れないわね」

「だって、そんなら電話局にたずねるべきだろう」

「電話局でもわからないんじゃないかしら」

「でも、そんなこと、こっちの知ったこっちゃあないわけだよ」

「それは、そうね」

「そうねじゃなくて、どうせインチキに決ってるんだから」

「今度かかって来たら、そういえばいいわよね」

「それとも、一度、電話局へ問い合わせてみたらどうかな」

「問い合わせるって、何を？」

「いや、これは関係ないか」

「だって、そういうことは電話局の方へおたずね下さい、そういえばいいわけでしょう」

「それか、いっそ警察だな」

「警察？」

「そう、人探しだったら警察に頼みなさい、そういってやればいいわけだよ」

「あ、それがいいわね」

「警察か、区役所にでもたずねろ、って」

「そうね、メモしとかなくちゃ」

「え？」

「だって、つい忘れちゃうといけないでしょう」

「そう、そう」

「まず、相手の電話番号、それから、電話局と警察と……区役所だったわね」

そういって宮子は、わたしのグラスから素早く水割りウイスキーを一口飲んだ。そしていつもの通り、飲み終るや否や、グラスをサイドテーブルの元の位置に戻した。しかし、メモはしなかったようだ。

「やっぱり、いたずら電話かしら？」

「それも案外、近くの奴かも知れんな」

「この近く、ってこと？」

「例えば、君を知ってるものかも知れんよ」

「知り合い、ってことじゃないわけでしょう？」

「あるいは、このマンションの中にいるんじゃないか」

「じゃあ、このマンションの中からかけて来たのかしら？」

「何か、そんな感じはなかったかね」

「さあ……」

「何か、極端に近い感じとか」

「まだこのマンション内では電話したこともないし、もらったこともないわね」

「だって、あれだろう、公衆電話でも、極端に近いと、音が違うだろう」

「それがわたし、どうも耳が弱いわけね」

「あるいは、その電話は、どこか外からだったかも知れんがね」

「名古屋なんて、いっちゃってね」

「だって、この十五階建ての巨大マンションに、どんな奴が住んでいるのか、まったくわからんわけだろう」

「だって、一人も知らないもの」

「ところが毎日エレベーターの中で、君の隣に立ってるかも知れんわけじゃないか」

「電話番号が悪いのかしら？」

「え？」

「どうも、わたしって電話運が悪いみたいだから」

「電話運？」

「だって、この前いたマンションでも、そうだったもの」

「ヘンな電話のことかね」

「でも、仕方ないわよね」

「しかしだね、それは電話運とかいうものとも違うんじゃないの」

「でも、こないだいた部屋の電話も、その前の持主の知り合いって人からかかって来たもの」

「ははあ、そういう意味か」

「それで、電話局に頼んで、番号変えてもらおうかとも考えたんだけど、止めちゃったわ」

「ふうん……」

「だって、変えたって、また同じようなことかも知れないでしょう」

「ふうん……」

「だって、前の持主がどんな人だったのか、そんなことわかるわけがないんだものね」

「そりゃあ、前の持主のせいじゃなくて、デタラメだよ、デタラメ」

「でも、結果は同じことでしょう」

「ふうん……」

「でも、こういうところにいるんだもの、仕方ないわよね」

「インチキだよ、インチキ」

「そうね、この頭の真上にいる人だって、わからないんだものね」

サイドテーブル脇の絨毯の上に横坐りに坐ったまま、宮子は天井を見上げた。わたしもソファーに腰をおろしたまま、(10—15の底であるところの) 9—15の天井を見上げた。すると、小さな木のドアの向うのダイニングキッチンで、電話の音がきこえた。わたしと宮子は (当然のことながら) 思わず顔を見合わせた。しかし宮子は、すぐにふわりと立ち上った。私は大急ぎで煙草に火をつけた。そして、電話の方へ歩いて行く宮子のうしろ姿 (白いブラジャーの裏側と、その少し上のあたりにのぞいて見える脇毛と、黒っぽいふわりとしたスカート) を見ていた。

29

電話の内容は、もちろんわからなかった。宮子の声も、きこえているようでもあり、きこえて来ないようでもあった。仕切りの木のドアはちょうど半分くらい開かれていた。受話器を耳に当てている宮子の姿は、ソファーに腰をおろした位置からは見えなかった。しかし彼女が電話で話をしていることはわかった。

誰からの電話か、もちろんわかるはずもなかった。ただ、不審な電話ではなさそうである。何かその種の電話であれば、半開きのドアの向う側から、何かの合図が送られて来るに違いなかった。わたしはソファーに腰をおろしたまま、少し首を伸ばすようにして、半開きのドアの向うをうかがった。盗み見というより、自分では、きき耳を立てているような気がした。あるいは、そうやって、何か彼女からの合図を待っているような気もした。しかし、彼女との間に何かそういった示し合わせがなされていたわけではない。また、何か合図らしきものもなかった。

わたしはウイスキーの水割りを一口飲み、もう一度、半開きのドアの方へ首を伸ばした。相変らず宮子の声は、きこえるようでもあり、きこえないようでもあった。半開きのドアの向うからの合図もなかった。わたしは、ウイスキーのグラスを左手に握ったまま、ちょっと腰を浮かした。実際、自分が本当に何かを待っているような気がしたのである。いったい何を待っているのだろう？　くろいふさふさした彼女の脇毛だろうか？　半開きのドアの向うから送られて来る彼女の合図だろうか？　合図だとすれば、それは何の合図だろうか？　失踪した息子の嫁を探しているという男からの電話だという合図だろうか？

とつぜんわたしは、ソファーから立ち上った。わたしが待っていたのは、どうやら、もう一人のわたしからの電話だったらしいからだ。そのことに、とつぜん気づいたのである。しかしそれは、9―12のわたしからだろうか？　それとも9―9のわたしからだろうか？　わたしは、半開きのドアの方へ二、三歩、歩いた。しかし、宮子からの合図はなかった。見えたのは、宮子が受話器をおろすところだった。

わたしは、ソファーへ引き返した。そして、どうやら左手で握りしめたままだったらしいウイスキーのグラスから、水割りウイスキーを一口飲み込んだ。すると半開きのドアの向うから、トイレットの水の音がきこえた。

30

わたしは青いストライプのパジャマ姿で、リビングルームのソファーに横になっていた。テレビの画面がずいぶん遠くの方に見えた。画面では何種類かの色が、縦横斜めに動いているようである。動きは、とつぜん早くなったかと思うと、ふたたび眠気を誘うようなのろのろとした動きになったりした。音も、何かきこえているらしいが、き き取れなかった。どこかで猫の鳴き声がしたような気がした。

長女がロッキングチェアをゆっくり動かしていた。いったい、いつからここにこうやって横になっていたのだろうか？

うに、同じ色模様のワンピースを着ていた。妻は、その隣に腰をおろしていた。二人は、いつかと同じよ

わたしは、あのときからずっとこうして、ソファーに横たわっていたような気もした。そしてそれは、何かを待つ ためだったに違いなかった。そのためにわたしは、こうして（まるで、ソファーそのものであるかのように！）ながな とリビングルームのソファーに横たわっているのだ。それ以外に理由は見当らなかった。

実際、何かを待っているのでなければ、わたしはただのソファーそのものだった。9—12のリビングルームのソ ファー以外の何ものでもなかったのである。ソファーは、ちょうどわたしの身長にぴったりだった。肘かけの部分 に頭をのせると、両足の裏がちょうど反対側の肘かけの部分に届いたのである。

わたしが待っているのは、長女からのクイズだろうか？ それとも妻からの質問だろうか？

しかし長女は、クイズを仕掛けて来なかった。妻は、いつかと同じように無言のままニコニコ笑っているように 見えた。ずいぶん遠くの方に見えるテレビの画面では、相変らず何種類かの色が、あるいは早く、あるいはのろの ろと、縦横斜めに動いていた。もう一度、猫の鳴き声がきこえた。

「あ、そうだった」

と、とうとう待ち切れずにわたしはたずねた。

「何か、電話はなかったかね？」

わたしの目の前にいたのは、真白い仔猫だった。仔猫は、長女が膝の上で籠のように作っている両手の中で丸く なり、こちらを見ていた。したがってわたしは、長女の膝の上の猫にたずねたことになったのかも知れない。

実際、妻は相変らず無言のままニコニコ笑っていた。しかしそれは、別に電話はなかった、と答えているのと同 じだった。そしてそれは、いつかの場面と同じだった。いつかの場合もわたしは、こうして同じこのリビングルー ムのソファーに横たわり、同じように無言のままの妻と問答をしたのである。

「何か、不審な電話はなかったかね？」

とわたしはたずねた。どういう電話のことでしょう？　と無言のままの妻はきき返した。つまり正体不明の、ヘンな電話ということだよ。何か、そんなふうな電話がかかって来ることになっているんですか？　別に、かかって来ることになっているわけではないがね。じゃあ、偶然の間違い電話のようなものですか？　故意か偶然か、それはわからんがね。故意であれば、イタズラ電話ということですか？　それがわからんから不審な電話ということじゃないか。男の声ですか、女の声ですか？　それもわからんがね、たぶん……

わたしはそこで口をつぐんだ。妻には何も話していないことに気づいたのである。大学の掲示板に出ていた「英文演習2D休講」の貼紙のことも、ヘッドホーンをつけたジーパン学生のことも、文学部事務所内での若い事務員（実際あいつは、地下室の住人の下男アポロンそっくりだった！）との問答のことも、英語の落書きつきエプロンをつけたひょろながい男のスナックのことも、まずいカレーライスのことも、ひょろながい男との問答のことも、そいつがゼンキョートーくずれ（しかし、まだ何か企んでいるらしい）オカマらしいことも、その後輩だという正体不明の女子学生（？）のことも……もちろん、9―15のことも、それから、右肘の痛みのことも。わたしは誰にも問い合わせなかったし、告白もしなかったのである。また、内密にいかなる調査もしなかったのである。

しかし妻は、「たぶん……」で口をつぐんだわたしの言葉尻を捉える様子でもなかった。わたしは目の前の、長女の膝の上の真白い仔猫に目をやった。すると、いかにも仔猫らしい細い鳴き声がきこえた。わたしは妻の方に目を移した。しかし彼女は、いつかとまったく同様だった。無言のままニコニコ笑っていたのである。

「いや……」

とわたしは、目の前の真白い仔猫に答えるようにいった。

「別に、何もなければ、それでいいんだ」

わたしはそのままソファーに横たわり続けた。誰にも打明けられない以上、待つ他はないからだ。

「そうだろう？」

と、わたしは目の前の真白い仔猫にいった。

「電話がない、ということは、まだかかって来ない、ということだからな」

それからとつぜん、わたしは（まるでゲオルグに溺死の判決をいい渡す父親のように）ソファーの上に仁王立ちになると、リビングルームの天井めがけて、右腕を大きく一振りした。どこから侵入したのか、天井に取りつけられた蛍光燈の四角いカバーにとまっている、一匹の蠅を見つけたのである。

しかしわたしの一振りは、見事、空振りに終った。一匹の蠅は、まるで蛍光燈の四角いカバーについた小さな黒いシミのように、静止していた。わたしは、もう一度、同じことを繰り返した。しかし、結果は前回とまったく同様だった。長女の膝の上から、いかにも仔猫らしい細い鳴き声がきこえた。それはまた、いかにも仔猫らしい鳴き声のようにきこえた。

「よし！」

とわたしは、新聞紙（それはすぐに、難なく見つかったのである）をまるめた。わたしは、棒状にまるめた新聞紙を右手に固く握りしめた。そして、一旦ソファーの上に身をかがめて反動をつけるや否や、蛍光燈のカバーに取りついた一匹の蠅めがけて、牡猫のように跳び上り、一撃を加えた。

棒状にまるめた新聞紙と蛍光燈の四角いカバーとが衝突する、鈍い音がきこえた。わたしの両脚は元に戻り、ソファーに少し喰い込んでいた。続いて、ふわっと体が浮き上るような気がした。

当然のことながら、わたしは天井を見上げた。蠅はどこにも見当らなかった。その代り、四角い蛍光燈のカバーが、天井から斜めにぶらさがっていた。それは、何ものかの、うなだれた首のように見えた。うなだれた首のような四角いカバーを支えているのは、どうやら二本の鎖らしい。しかし、それ以上のことは、わからなかった。四角い蛍光燈のカバーが、どのようにして天井に取りつけられていたのか？　それがわたしの一撃によって、いまどういう状態になっているのか？

わたしは、天井から首のようにうなだれた四角いカバーと、それを（絞首刑を執行された首を支えるように）支えている二本の鎖とを、ぼんやりと見上げ続けた。同時に、わたしは相変らずソファーに横たわったまま、その一部始終を、スローモーションのビデオテープに写し出されたもう一人の自分を眺めるように、ぼんやりと眺めているような気もした。

どこかで猫の声がきこえたような気がした。わたしは妻のことを思い出し、そちらへ目を移した。そこには相変らず、ニコニコ笑っている妻の顔があった。そして、相変らず無言のまま、長女にこういっているのがきこえた。

部屋へ行って一雄を呼んで来てちょうだい。この後始末は、お父さんにはたぶん無理でしょうからね。

31

M君、(相も変らず)とつぜんで申訳ないが、宮子からゼンキョートーの話をきいたのは、それから間もなくだったと思う。こんなことをとつぜん書いても、それこそ君には何のことだかわからないと思うが、ま、友達甲斐だと思って、きいてくれ給え。なにしろ、ぼくにとっても、それはまったくのとつぜんだったのだから!

実際、(あの、まずいカレーライスを食わされたスナックのオカマ・ゼンキョートーくずれにも恐れ入ったが)宮子のゼンキョートーも、実に何とも不思議な気がした。いや、正直に(いまさら君に隠したって仕様がない)、おどろいたといって置こう。なにしろ、いわゆる六〇年アンポの時代からゼンキョートーの時代にかけて、日本じゅうで一番の厄介者、始末の悪い連中は大学生(いまはそれが、どうやら大学生から中学生に変ったらしいが)ということになっていたのだから。実際、彼らは(例の地下室の作家ふうにいえば)、それこそ日本という豚の体内に入り込んだ悪霊どもだったわけだ。ちょうど百年後のピョートル・ヴェルホーヴェンスキーの輩《やから》だったわけだ。

もっとも、日本の豚は、『悪霊』の扉に引用された「ルカ伝」の豚の群のように崖から湖にとび込んで溺死もしなかった(東大安田講堂がびしょ濡れになった程度だった)ようだが、ま、こんな話よりも、宮子の話にしよう。ただし、これは、ここだけの話だ。なにしろ、君宛てのこの手紙のことは(いまのところ)彼女にも秘密なのだから。それから、もう一つ、途中、幾らか目ざわりな(というか、耳ざわりなというか)会話や場面が出て来るかも知れないが、そこはひとつ、前もって「乞御海容」といって置きます。

もちろん、(君の判断で)どうしても無意味だと思われる個所、また(いかなる意味においても)君が愉快ではないと感じる個所は、どんどん(本当に遠慮なく!)とばし読みして下さい。しかし、だからといってこれは(断わるまでもないと思うが)、決してぼくの勝手な作り話ではありません。デタラメな妄想でもありません。また、興味本位のタネ明かし(もっとも、宮子の実体を知らぬ君にタネ明かしも無意味だと思うが)などというものでもありません。ただ、ぼくがわざわざこんなことを君宛てに書くのは、(仮に、目ざわり、耳ざわり、無意味な部分はあるとしても)、決して全体が無意味だとは思わないからです。一行の例外もなく、まったく君の関心、興味の埒外(もし間違っていたら謝りますが)だとは思わないからです。

いや、失敬、またまた前置きがながくなったようだが、話の成りゆきは、こんな具合だったと思う。


「その後、ヘンな電話はかからないかね?」

と、わたし(いや、この場合は、ぼくかな)は、まずたずねた。

「あったと思うわ」

と、宮子は答えた。

「例の男かね?」

「例の男?」

「いつかの、行方不明の息子の嫁だかを探してるとかいう」

「あ、あれじゃあなかったみたい」

「今度のは、どういう電話かね?」

「ウフフフ……」

「その、ウフフフは、禁物だよ」

「ウフフフ……」

「もちろん、ヘンな電話に対して、という意味なんだが」

「ウフフフ……」

「それは、つまり、男がこういうふうにしたくなるからだよ」

と、ぼくは(いや、M君、どうも最初から手紙では書きにくい場面になったようだが、ま、遠慮なくとばし読みしてくれ給え)、サイドテーブル脇に、いつものようにぺたりと坐っている宮子の脇毛に手を伸ばした。彼女は「あっ」と短い悲鳴をあげて、ふわりと絨毯の上に倒れた。(以下、中略)

「9―9の方には、ヘンな電話はかからないかね？」

と、ぼくは（これもいつものように、もとのソファーに戻り、水割りウイスキーを飲みながら）たずねた。

「え？」

「あ、そうか」

つまりM君、ぼくはここで、妻およびその他の誰にも話していなかったこと（「英文演習2D休講」の貼紙その他の一切。もちろん、君宛ての手紙も含む）を、宮子にも話していなかったことに気づいたわけだ。

「まだ、話してなかったかな」

「別にいいんですよ」

「いや……」

「無理はしない方がいいですよ、センセイ」

「いや、そんなに複雑なことでもないよ」

実際、9―9自体は別にどうということはなかった。ただの記号に過ぎない。それでぼくは、9―9＝井上医院、9―15＝宮子の部屋、9―12＝自宅であることを宮子に教えた。すると、そこから、とつぜん、ゼンキョートーが出て来たのである。

「じゃあ、わたしも記号を打ち明けようかしら」

と、宮子はいった。

「キミにも、記号があるのかね？」

「ウフフ……」

「何か、秘密のようなものかね？」

「そんなに複雑なものじゃありません」

「なるほど、記号なんだからな」

「だって、体のことですから」

「体？」

「そう」

「それはまた、どういう意味かね？」

「わたしには、ちょっとした肉体的欠陥があるの」

「欠陥？」

「そう。わたしが真夏でもノースリーブを着ない理由」

「それは、つまり、このせいだろう」

と、ぼくは彼女の脇毛に手を伸ばした。

「ウフフ……」

「しかし、そうだな。不思議といえば、なるほど不思議ではあるな」

「ですから、その理由」

「しかし、それが、肉体的欠陥というものと関係あるのかね？」

「そう。でも、その前に一つだけ質問していいかしら？」

「何か、クイズのようなものかね？」

「クイズ？」

「いや、どんなことかね？」

「センセイと、ゼンキョートーとの関係」

「おい、おい、ゼンキョートーって、あのゼンキョートーのことかね？」

「そう」

「しかし、それとキミの肉体的欠陥というやつと、何か関係あるのかね？」

「そうなの」

「ふうん……それで、ぼくとゼンキョートーとの関係というのは、どういう意味かね？」

「それはですね、例えば、あの当時センセイはどこで何をしてたか、ということ」

「ははあ……」

「だって、ずっとセンセイだったんでしょう？」

「そうか、なるほど、そういえばキミはあの頃の学生なんだな」

とまあ、M君、こういう次第なんだか、ぼくはここで、例のスナックのまずいカレーライスを思い出した。英語の落書きつきエプロンをつけた、ひょろながいジーパン男を思い出した。そいつが、もとゼンキョートーの過激派オカマだったらしいことも思い出した。その後輩（高校の）だという正体不明の女子学生（？）も思い出した。しかし、もちろんそれは黙っておいた。ただ、ゼンキョートー時代のぼく自身については、ほぼ、ありのままを彼女に話した。つまり、高校の英語教師兼大学の一コマ非常勤教師時分のことだ。彼女は、ぼくの家庭（例えば、ぼくが当時すでに結婚していたかどうかといった）のことは、何もたずねなかった。それで、ぼくも話さなかったが、仮に話したとしても、それは単純そのものだった。実際、あの時分のぼくは、自分自身にも正体のよくわからない欲求不満を内攻させた（どうやらそいつは、日本が戦争に敗けたとき以来、ずうっとぼくの頭だか腹だかに内攻し続けて来たものらしいことに、最近ようやく気づいたのだが）、単純な一教師に過ぎなかったと思う。

「どこの大学ですか？」

「いまの七コマ大学だよ。いまの大学の非常勤の一コマ講師」

「例の、安田講堂のときも？」

「そう。あの機動隊の水攻めは、たしか自宅のテレビで見たな。まだ、あのときは白黒テレビだ」

「自宅ですか？」

「うん、たしか、そうだよ」

「あれ日曜日でしたかしら？」

「ははあ、そうか……」

「ま、どこだって構いませんけど」

「いや、それじゃあ、あれだ。あの日は学校の方はサボったんだよ。そう、何かで、サボって家にいたんだ」

しかしM君、不思議なことに（いや、実に不思議だ！）、まったく単純だった当時のことを話しながら、ぼくは、次第に自分が興奮してゆくのに気づいた。ウイスキーのせいだろうか？　あるいは、それもあったかも知れない。なにしろぼくの飲み方は（アルコール常用者でない君には、実感出来にくいと思うが）飲むほどに、酔うほどに、ピッチに加速度がつくのだ。しかし、それだけではなかったような気がする。

しかし（どうも、しかしが続くようだが）M君、いまはその不思議な興奮状態の原因分析は止めて置く。とにかくぼくは、不思議な興奮状態で、事もあろうに宮子に向って、『悪霊』の話をはじめたようだ。すなわち、日本のインテリたちはロシア、ロシアと後進国扱いするが（こんなことをいうのが、すでに興奮している証拠だろう）、あれ（ゼンキョートーの内ゲバ、殺人、放火）と同じことがロシアではちょうど百年前に起きていたのを知っているかね。いや、起きたばかりでなく、ちゃんと『悪霊』という小説にまでなっている。実際、彼らがやったことは、この小説に全部書いてあることばかりじゃないか。キミ（もちろん宮子のこと）は読んだかどうかわからないが（彼女の様子からは、読んでいないように思えた）、あれは百年前に書かれたあの小説の猿真似に過ぎない。あの小説のコピーに過ぎない。嘘だと思うなら、キミも読んでみ給え！　もちろん、彼らが取り憑いた日本は、豚だ。大学も豚だ。それは、あの小説の扉の「ルカ伝」に書いてある通りです。彼らは豚の体内に入った悪霊たちです。東大安田講堂と、そこにもぐり込んだ学生たち、それこそ、豚とその体内に入った悪霊の分身みたいなものではないですか。

もちろんぼくは、彼らを軽蔑していうのではない。どうして彼らを軽蔑なんぞ出来るでしょうか？　それはぼくが、彼らを憎んでいたからです。それはぼくが、教師だったからではない。実際、ぼくは教師とはいっても、非常勤の一コマ講師に過ぎなかったのです！　また、彼らが破壊しようとしているもの（豚のような日本と豚のような大学）を守らなければならぬと考えたからでもありません。破壊すべきではないと考えたからでもない。暴力そのものがおそろしかったというわけでもない。暴力反対ということでもない。ぼくが彼らを憎んだのは、彼らが余りにも堂々とやっていたからです！

理由は……いや、それはもう少しあとにしましょう。もう少し落ち着いてから、というか、例えばこのウイスキーの酔いが少しさめてからにしますが、とにかくぼくは、あのテレビの画面を見ながら、何度かそのガラス製の画面を叩きこわしたくなりました。実際、そのテレビをぼくは、ソファー（といっても、いまの、つまり9―12のソファーではありません）に横になり、煙草を吸いながら見ていたのですが、何度か、思わずソファーの上に上体を起したものです。そして、その白黒テレビのガラスの画面を拳を固めて叩き割り、両手に高く差し上げて、窓から(当時のぼくは、五階建てのアパートの四階、つまり例の記号でいえば4—5に住んでいました)地上へ放り投げたいと思ったほどです。

繰り返しますが、それは彼らを軽蔑したためではない。彼らを、それほどまでに憎んだということなのです。そしてそれは、彼らが余りにも堂々としていたからです。ぼくはそれを憎悪しました。つまり、それほど彼らが羨ましかったということなのです!

いや、M君、宮子の「秘密」をきくはずのところが、どうも何だかアベコベの形になったようだが、それでも宮子は黙って(ときどきぼくのウイスキーグラスから、例の手つきで、素早く一口ウイスキーを飲み込みながら)ぼくの独演(?)をきいていたようです。もちろん、だから彼女がぼくの話のすべてを、夢中できいていた、などと断言する気はありません。なにしろ夢中だったのは(その分析はあとまわしにするとして)ぼくの方だったようですから。しかしM君、このあといったい何がとび出して来たと思うかい? それが、例の、われらがラジカル助教授だったんだよ、M君! それと例の、ゼンキョートーの女王様! それはたぶん、こんな具合ではなかったかと思う。

「じゃあ、センセイ、玉井センセイをご存知でしょう?」

「玉井センセイ?」

と、ぼくはきき返した。実際、とっさに思い出せなかったのである。

「だって、同じ大学のセンセイでしょう?」

「ただ、さっきもいった通り、こちらは当時は、一コマ講師だったからな」

「でも、同じ英米文学科でしょう?」

「英米文学科のセンセイなのかね?」

「というより、ゼンキョートーの玉井センセイ、といった方がわかりやすいのかな」

「ああ、あのラジカル助教授センセイ!」

「思い出しましたか?」

「まさか、思い出さぬわけにはゆかんだろうからね」

それからぼくは、彼との関係を手短かに説明した。つまり、われらのラジカル助教授がゼンキョートーの女王と手に手を取って「学界」を捨てたお蔭で、ぼくが一コマの非常勤講師から、何とか七コマの専任講師に成り上ったという因縁話だ。

「じゃあ、あんまり悪くもいえないということ？」

「そんなことは、それこそ、知ッタコッチャナイ、だよ」

「それは、そうですね」

「しかし、ヘンだな」

「わたしが玉井センセイを知ってるっていうこと？」

「ま、そういうことかな」

「ウフフ……」

「おい、おい、まさか……」

「それはですね、同級生の一人が、つき合ってたから」

「同級生というと、薬科大学のかね？」

「そう」

「つまり、その子はゼンキョートーかね？」

「もちろん、それもあるんだけど、彼女は飛田さんとも張り合ってたから」

「飛田さん？」

「あの、女子美大のひと」

「女子美大の学生かね？」

「あの、玉井センセイとホンコンに飛んじゃったひと」

「ああ、あのゼンキョートーの女王様か！」

「そう、そう、その女王様と同級生の一人が張り合ってたわけ」

「しかし、ヘンだな。あの女王様ならラジカル助教授センセイの教え子じゃないのかね」

「ううん、そうじゃないでしょう」

「いや、教え子だという説と、いや、女子美だ、という説があったらしいな」

「そう、そういう噂もききました」

「カリフォルニア州だかどこだかの、精神病院に入ったとか、入らないとかいう噂もきいたようだが」

「玉井センセイのことですか？」

「そう、そう」

「ホンコンじゃないかしら」

「そういえば、ホンコン説もあったかな」

「二人とも、ホンコンだと思いますよ」

「しかし、例のSFの噂は知ってるだろう？」

「玉井センセイの方のね」

「そう、そう。何でも、ロシア系ユダヤ人らしき名前を使った、ニセ翻訳SFがバカ売れしてるとか、どうとか」

「でも、そんなことしなくてもいいんじゃないかしら」

「じゃあ、ゼンキョートーの女王が、いまや劇画の女王だという噂も、デタラメかね？」

「だって、あの人たち、そんなことやってるヒマないんじゃないかしら」

「それは、大金持ち、という意味かね？」

「そう、それもあるわね」

「ま、どっちだって、知ッタコッチャナイわけだけどね」

「ウフフフ……」

「え？」

「センセイの大学には、ずいぶん行ったわ」

「例の同級生とかね？」

「そう」

「それで、その同級生は、いまはどうなってるのかね？」

「もう、だいぶ前に結婚しました」

「誰と？」

「誰だかわからないけど、たぶん、ふつうの結婚じゃないかしら。関西の方に帰ったらしいですから」

「しかしだね、彼女もラジカル助教授センセイの女だったんだろう？」

「だって、あのセンセイのまわりには、そういう女子学生が大勢いたもの」

「キミもその一人だったわけかね？」

「ウフフフ……」

32

ところでM君、宮子の「記号」というのは「m」だったわけだよ。左様、アルファベットの小文字の「m」です。いや、これにはぼくも、余りの呆気なさにいささか拍子抜けしました。そういえば、君もMだが、彼女（なにしろ森野宮子なのです）に至っては、それこそMMなんですからね。

ただ問題は、彼女のいう「ちょっとした肉体的欠陥」とそいつとのつながりなんだが、どうやらそれは、こういうことです。すなわち、その「m」記号が、例の（どうも何度も繰り返すようでいささか気がひけるのだが）、彼女の脇毛（確か左だったと思う）の中に隠れた、小さな刺青だった（！）ということ。したがって、真夏でも剃り落とさずに伸ばしたままの脇毛は、その「m」記号のカムフラージュ（実際それは、ほぼ完全にカムフラージュされていました。ぼくはそれまで、まったく気づかなかったのですから）のためであること。そして、そのような両者の関係を、彼女は自分の「ちょっとした肉体的欠陥」と呼んだというわけなのです。

そうだな、「m」記号の大きさは、普通判のコクヨ原稿用紙の枡目一個分くらいでしょうか。あるいは、もう少し小さかったかも知れませんが、色はやや青味がかった黒インク色、つまりブルーブラックです。M君、いかに君が書斎の人でも、一度くらいは本物の刺青を見たことがあると思うが、この「m」記号、小なりといえども、本物の刺青でした。それに、大文字の「M」よりこの小文字の「m」の方が何となく気味悪いような気がしたのは、何故だろうか？「m」の曲線のせいだろうか？ とにかく、いまはその理由がはっきり言葉にならない（適当な言葉が発見出来次第、また書きます）のだが、ところでこの「m」、いったい何の記号だと思いますかね、M君？以下、例によって君にはいささか退屈かもわからないが、その点に就いての彼女とぼくの問答です。

「自分のイニシャルではないよな、まさか」

「ノー」

「そうだな、いまのはわれながら愚問だな」

「ヒントを出しましょうか？」

「いや、待てよ」

しかし、ぼくはすぐにそれをひるがえし、更にもう一度ひるがえした。そして、水割りウイスキーを一口飲み込んでから、たずねた。

「じゃあ、男かね？」

「やっぱり、ヒントが必要みたいね」

「男、じゃないわけかね？」

「そうか……」

「え？」

「そういえば、あれは、男なんだわ」

「それは、どういう意味かね」

「ただし、男といっても、個人的なものじゃないわけ」

「それは、いわゆる君との個人的な関係ではない、そういう意味かね？」

「そう、そう」

「待てよ、じゃあ、さっき出て来たあれかい、ゼンキョートー？」

「イエス」

「その、セクトか何かだな、すると」

「イエス」

「ははあ、すると、あのラジカル助教授センセイも、このm記号なのかね？」

「それは、たぶん違うと思うわ」

「だって君が、さっき話した同級生は、そうじゃなかったのかね」

「それは、個人的な関係の部類じゃないかしら」

「すると、あのゼンキョートーの女王様も、違うわけだな」

「たぶん、違うと思います」

「すると、どこか関西の方で結婚したとかいう同級生は、m記号なんだね？」

「そう、そう」

「よし、いや、そうか。男だったな」

「イエス」

「しかし、まさか、マルクスってことはないよな」

「考え方としては、いい線いってるけど、では第二ヒント。実在の人物ではありません」

「よし、それでは、ヘルメットの色は、何色だったかね？」

「そう、そう！　スレスレのところ」

「え？」

「ノーだけど、スレスレってこと」

「だから、何色だったわけかね？」

「色より、スレスレなのは、そのヘルメットの方」

「ヘルメット？」

「では第三ヒント、水銀色のヘルメットです」

「水銀色というと、銀と鉛の中間だな」

「とにかく、水銀色のヘルメット、です」

「どこかで見たようなヘルメットだな」

「たぶん、消防自動車じゃないかしら」

「ふうん、なるほど」

「あれより、もう少し鉛がかった感じでしょうね」

「マルス、かな?」

「マルクスはさっき出たじゃない」

「マルクスじゃなくて、ギリシャ神話の軍神マルス」

「そう、そう。ギリシャ神話の神様なんだけど、このmは英語読みの頭文字じゃなかったかしら」

M君、何だか子供のなぞなぞめいて来たようで申訳ないが、この「m」記号、マーキュリーの頭文字なんだそうだ。

「なるほど、それで水銀色のヘルメット、ね」

「さすが、英語のセンセイです」

「だって、いくら記号に過ぎんとはいっても、あれだろうが、まさかゼンキョートーさんが商売の神様を名乗るわけにはゆかんでしょうが」

「でも、セクト名は、マーキュリーじゃなかったわけ」

「じゃあ、メルクリウス」

「ノー」

「じゃあ、ヘルメス」

「イエス、そのヘルメス党です」

つまりM君、この「m」記号、ヘルメス→メルクリウス→マーキュリーということで出て来たらしいが、ここで火薬が出て来るところが、なるほど薬科大学らしいといえるのかも知れない。

「じゃあ、英語のセンセイに英語たずねますけど、火薬は英語で何でしたっけ？」

「火薬ならば、ガンパウダー、だな」

「そう、そう、それで記号をｍにするか、ｇにするかで、だいぶもめたらしいわ」

　つまり、マーキュリーかガンパウダーかということらしいが、Ｍ君、どうやらこのヘルメス党なるセクトの第一の使命は、火薬密造にあったらしい。そして、火薬製造には水銀が必要なのだそうだ。実際、宮子は（例によって、あっという間にどこからかメモ用紙を運んで来て）、何やらカメの甲式の分子構造らしきものを書きはじめた。しかし、もちろん、こちらにはさっぱりわからない。

　ところが宮子は宮子で、自分にはギリシャ神話の方がわからないという。何故ヘルメスがマーキュリーであるのか？　そして、それが何故、水銀であるのか？　そんなわけで、Ｍ君、今度はこれまた事もあろうに、ギリシャ神話の「お講義」の真似事みたいな仕儀と相成ってしまった。実際、いまさらこんなところでギリシャ神話のイロハなど、君にとってはまったく迷惑千万（！）ということだろうが、事の成りゆき上、まったく知らぬというわけにもゆかない。

　そんなわけでＭ君、ええい、ままよ、ということです。といっても、せいぜいトマス・ブルフィンチ程度のお子様向けだが、例によって例の如く、退屈なところ（あるいは間違いの部分）は、どんどん（本当に遠慮なく）とばし読みしてくれ給え。

　ということで、さて、ヘルメスの素姓からはじめると、彼はアポロンとは異母兄弟に当る。ただし、同じゼウス大神が父親ではあっても、女神レートから生れたアポロン（例の地下室の住人の下僕の名は、このアポロンから取られたものだ。もちろん、作者がわざわざそうしたのである）と違って、神々よりは一格下の半女神《ニンフ》マイアの胎内から出て来た。生れた場所も神殿ではなく、暗い洞窟の中だったらしい。もっとも、ゼウス大神の正妻は例の嫉妬の女王ヘラであるから、アポロンだって正確にいえば妾腹なのだが、そこは母親の格の違いということなのであろう。

　なにしろ、このアポロンとヘルメスとではすべてが正反対である。正と邪でもよいし、統一と矛盾でもよい。また、秩序と分裂でもよければ、円と楕円でもよい。とにかく、ことごとく対立している。アポロンはオリンポスの神殿にあって神託（予言）を下すのが仕事であるが（例のソポクレスの『オイディプス王』もこのアポロンの神託によってはじまり、最後はその通りの結末となる）、片やヘルメスの方は一所不住の放浪者である。翼のついたカブトをかぶり、翼のついたサンダルをはいているのはそのためであって、ゼウスの使者としてどこへでも、常にあちこち飛びまわっている。

「何か、杖のようなものを持ってたみたいだけど」

「そう、そう。あの商業学校の帽子のマークね」

「蛇がまきついてなかったかしら」

　ところが、その蛇が一匹ではない。一匹だってうるさい蛇が、二匹まきついた杖なのである。それは、この杖の二重性を表わす。すなわち、死者の魂を冥府へ送り込むことも出来るし、反対に死霊をそこから連れ戻すことも出来る。眠っているものを目ざめさせることも出来るし、目ざめているものを眠り込ませることも出来る。実際、百の目を持つアルゴスを眠り込ませたのも、ヘルメスのこの杖だったのである。

　ある日、ゼウスの正妻のヘラが、いつものように空を飛んでいると、とつぜん世界が暗くなったので、これはきっと夫のゼウスが、またまた何かよからぬことをはじめたのだと気づく。それで雲を払いのけて見ると、案の定、川端の草むらの中で、ゼウスがイオ（河の神の娘）と戯れているのが見えた。一方ゼウスも、ヘラに気づき、あわてイオを一匹の牝牛に変身させてしまう。しかし、ヘラは無理にその牝牛をゼウスからもらい受け、誰かがゼウスの命令で助けに来ぬよう、百の目を持ったアルゴスに監視させる。そこへゼウスの命を受けたヘルメスがやって来て、羊飼いに化けてアルゴスを眠らせ、その首を切り落としてしまうわけだ。

「そのあと、どうなったと思うかね？」

「牝牛から人間に戻るわけ？」

「ま、最後は、そうなるわけなんだが」

「何だか、昔読んだような気がするけど」

「ヘラは、死んだアルゴスをどうしたんだと思うかね？」

「思い出せない」

「その百の目をくり抜いて、自分の飼っていた孔雀の尾飾りにつけちゃったらしい」

「子供の頃に読んだのも、それと同じ話だったのかしら」

「そりゃあ、そうですよ」

「でも、さっさと忘れちゃうでしょう」

「それはたぶん、理由というものがわからないためだよ」

「でも、子供のとき読んでると、本当に面白いと思うでしょう」

「それは、たぶん、理由というものが不要だからだな」

「ところが、いまは、ぜんぜん思い出せないわ」

「それはたぶん、君が大人になっているからです」

理由というものを考えはじめると、神話はどんどん忘れてしまう。しかし、だからといって、まったく忘れてしまうわけではない。例えば、何故ゼウスはイオを牝牛に変えたのか？　それは、嫉妬深いヘラに浮気がバレては困るからだ。ヘラは何故に嫉妬深いか？　それは夫のゼウスがしょっちゅう浮気（実際、ゼウスは何人の女に子供を生せているのだろう？　数えてみたことはないが、どこもかしこも、ゼウスの子供だらけだ）ばかりしているからだ。そして、そういう部分（つまり、理由がわかる部分）は、大人になってもおぼえている。少なくとも、忘れにくい。

しかし、では、何故ヘラはアルゴスの百の目を孔雀の飾りにつけたのか？　これこそ、まさに神のみぞ知る、という他あるまい。そして、そういう部分（つまり、神のみぞ知る部分）は、大人になるとすぐに忘れる。どうも、そんな気がするんだが、どうだろうかね、M君？

「もちろん、忘れたって、ちっとも構わないわけなんだが」

「じゃあ、そのヘルメスが、商売の神様でもあるのは、どういうことかしら？」

「だって君、彼はね、泥棒の守護神でもあるんだから」

しかも、まず最初に盗んだのが、事もあろうにアポロンの牛だったらしい。それから彼（ヘルメス）は竪琴の名手ということになっているが、その竪琴は、どこかで拾った（この拾うのも泥棒のうちか？）亀の甲羅で作ったらしい。その他、いろんな楽器（例のアルゴス殺しのときは、羊飼いに化けて、笙のような笛を吹いたらしいが、それではアルゴスは眠らなかった）も持っていたようであるが、それらはみんな自分で作った楽器らしい。そして自分勝手な演奏をやったらしいが、しかし、同じ音楽でもアポロンのような「芸術」的なものではなくて、何でも、ゼウスの神（つまり自分の父親）とニンフのマイア（つまり自分の母親）が、いかにして暗い洞窟の中でひそかに交わり、そして自分を生み出したかといったふうな、猥歌まがいのものだったそうだ。

これを要するに、アポロンは生れも育ちもよい優等生、ヘルメスは私生児的な不良息子、アポロンは正統、ヘルメスは異端ということだろう。しかし、この異端、ただの異端ではないようである。単なる正統への反逆者、対立者、はみ出し、余計者といった異端ではない。例えば、彼の役割を羅列すると次のようだ。

ゼウスの使者
放浪者
商業の守護神
泥棒の守護神
生と死の使者
目ざめと眠りを司る者

しかし、この羅列は一見、無秩序、混乱、デタラメに見えて、そうではない。いや、無秩序、混乱、デタラメであることにおいて、一貫しているというべきだろう。分裂、矛盾、二重性、両極であることにおいて、見事に一貫しているのである。

つまり、ヘルメスにはアポロンのようなはっきりした人格もなければ、性格（輪郭）もない。したがってヘルメス自体は何者でもない。ただ、何ものかと何ものかの媒介者である。また、何ものかを何ものかに変化させるためには、是非とも必要なあるもの（要素）である。この分裂、この二重性、この矛盾、この両極、この無秩序、この混乱、このデタラメの中で、わがヘルメスの役割は一貫している。実際、使者も放浪者も泥棒も商人も、何ものかと何ものかとの媒介であり、何ものかを何かに変える要素なのだから。生と死、目ざめと眠り、もまた同様であって、はじめであって終りであり、はじめでもなければ終りでもない。ああでもなければこうでもなく、ああでもあればこうでもある。

しかしM君、それにしても不思議なものだな。たったこの程度の（つまり、ブルフィンチ程度の）ギリシャ神話であるにもかかわらず、こうして、ウイスキーを飲みながら喋っていると、不思議な興奮をおぼえて来るのは、何故だろうか？

それともM君、この興奮は「理由なき神話」「理由なき寓意」のせいではなくて、「m」記号のせいだろうか？ それがブルーブラックの刺青だったせいだろうか？ それが宮子の腋毛の奥に隠されていた「ちょっとした肉体的欠陥」だったせいだろうかね？ そしてそれが、もとゼンキョートー「ヘルメス党」の記号だったせいだろうか？

もちろん、それらもなかったとはいえまい。しかし、やはり、それだけではないような気がする。それは、やはり、このヘルメスそのもののせいではないだろうかね、M君！

「ところで、君たちの、そのヘルメス党の親分とは、いったい何者だったのかね？」

「それが、さっぱりわからないの」

「どうしてかね？」

「どうしてって、会ったこともないし」

「男かね？」

「たぶん、女じゃないでしょうか」

「どうしてかね？」

「そういう噂だったから」

「なるほど、噂か……」

「だけど、反対の噂もあったわ」

「学生なのかね？」

「学生だという噂もあったし、もと学生、という噂もあったわ」

「まさか、おい、あの男じゃあないんだろうね」

「え?」

「ずっと逃げまわっていて、どこかでつかまった男」

「あ、それは爆弾男でしょう」

「そう、そう! 女と一緒に、広島だか岡山だかで、つかまった奴。それとも、四国だったかな」

「あの人じゃあないでしょうね」

「だって、男だか女だかわからなかったわけだろう?」

「男でもあり、女でもある、という噂もあったわ」

「じゃあ、何かね、化けるのかね?」

「変装するのかも知れないわね」

「それで、その正体は誰も知らないわけかね?」

「何人かの人は、知ってたんじゃない」

「じゃあ、このm記号の刺青党員は、どのくらいだったのかね?」

「ぜんぜんわからないわ」

「大体、薬科大学の学生なのかね?」

「たぶん、そうじゃないかと思うんだけど、本当のことはわからないわ」

「ははあ、きけばきくほど、ヘルメス的だな」

「わたしも、何故ヘルメスが水銀なのか、やっとわかって来たわ」

「ところで、そのヘルメス党は、まだ何かやってるのかね?」

M君、ここでぼくは、例の(まずいカレーライスの)スナックの、英語の落書きつきエプロンをつけた、ひょろながいジーパン男を思い出した。

「そんなこと知ってたら、いま頃こんなことしてられないと思うわ」

「じゃあ君は、ヘルメス党では、何をやってたのかね?」

「ウフフフ……」

「火薬作りかね？」

「わたしが知ってたのは……」

「それとも、水銀の買出しかね？」

「わたしが知っていたのは〝分解し、かつ、結合せよ！〟」

「何だ、そりゃあ？」

「ヘルメス党のスローガン」

「ははあ、わかった、錬金術だな」

「実はわたしも、ヘルメスの話で、やっとわかったような気持になったわ」

「え？」

「いま頃わかっても仕様がないけど」

「どうも、何だかそうらしいな」

「じゃあ、センセイ、これ知ってる？」

と宮子は、素早くメモ用紙に鉛筆で何かを書きつけた。

「何だ、そりゃあ？」

「何に見えますか？」

「二つのVの組合せかね？　それとも待てよ、Xの組合せかな？」

「反対向きになったMの組合せにも見えるでしょう」

「ふうん、なるほど」

「じゃあ、これは？」

と宮子は、またもや素早く、メモ用紙に何かを書きつけた。

「雌の記号に、精虫が二匹くっついたみたいだな」

「何だか、いやあな記号でしょう」

「それとも、水虫のコマーシャルか？」

「え？」

「水虫出たぞ、水虫出たぞ、カユイゾ、イッヒッヒ!!」

いや、M君、これはどうも失礼！

「とつぜん、バカみたい！」

「これ、知らないかね？」

「知らないわ」

「そういうテレビのコマーシャルが、昔あったわけ」

「昔？」

「そう、昔だな」

M君、ここでぼくは、例のオカマ・ゼンキョートーのスナックにいた正体不明の女子学生（？）を思い出した。

「じゃあ、これは、わかるでしょう？」

と宮子は、またメモ用紙に素早く書きつけた。

「えーと、この二つの正三角形は、大宇宙と小宇宙。つまり、ソロモンの印璽《いんじ》っていうやつだな、これは」

「じゃあ、これもわかるでしょう？」

と宮子は、四つ目も素早くメモ用紙に書きつけた。

「えーと、こいつは何とかいったな」

「絵はうまくないけど、これは、自分の尻尾をくわえてる蛇です」

「例の、宇宙蛇だな」

ところでM君、宮子がメモ用紙に書きつけた四つの記号、ぼくにはあとの二つしかわからなかったんだが、はじめのV（またはXまたはM）を二つ組合せたようなやつは、錬金術の「蒸溜器」の記号、次の、雌の記号に二匹の精虫をくっつけたような（あるいは、水虫出たぞ！　ふうの）やつは、やはり錬金術の「水銀」の記号なんだそうだ。そして、その四つと小文字の「m」、これらがもとゼンキョートー「ヘルメス党」の五つの暗号なのだそうだ。情報、連絡、アジビラ、マニフェスト、その他に用いられたらしい。そして、刺青にも、である。

「薬科大学では、錬金術も教わるのかね?」

「何かの歴史で、ちょっと出て来たと思うわ」

「例の、不老不死の万能薬製法は教わらないのかね?」

しかしM君、錬金術問答は、ひとまずこのへんで打ち切ります。なにしろ今日は、もう時間がない。それに、いまさら「聖なる術にしてペテン師の術」、「卑しき素材を貴い金に変化させる贋金づくり」、「賢者の石を探求するヘルメス哲学」のイロハなど、君には迷惑千万であろうから、ここでは、宮子との対話の残り（それとも君には、こちらも迷惑千万か？）を続けさせてもらいたい。といっても、いや何、もう、ほんの少々です。

「ところで、火薬作りでも、水銀の買出しでもないとすれば、君はヘルメス党の何だったのかね？」

「何って？」

「つまり、何をしていたのかね？」

「ま、雑役だわね」

「例えば、どういう雑役かね？」

「一言でいえば、衣食住の世話かしら」

「衣食住？」

「一箇所に、じっと住んでちゃまずい人たちもいるわけだから」

「ふうん、なるほど」

「でも、それがどういう人なのか、わたしたちにはほとんどわからないように、なっているわけ」

「しかし、男か女かくらいは、わかるんじゃないかね？」

「それは、ちゃんとわかっています」

「つまり、両方いるわけだな」

「それから、何の連絡なのか中身はぜんぜんわからない連絡ね」

「それで、わがラジカル助教授のところへも、しばしば出かけたわけだな」

「たぶん、それもあったと思うわ」

「どうやら、それ以外の用向きもあったらしいけど」

「その他、もろもろの雑用係ね」

「ところで、君の同級生はどうしたんだろうかね？」

「え？」

「小文字のm記号の刺青のことだよ」

「それは、わからないわね」

「まさか、そのまま関西のどこかへ、お嫁に出かけたわけじゃないだろう？」

「わからない」

「でも、いまは、取るの簡単だろう？」

「でも、自分では無理だわ」

「薬剤師でもかね？」

「たぶん、うまくは出来ないと思うわ」

「それで君は、取らないのかね？」

「ウフフフ……」

「じゃあ、その刺青、誰がそこに彫り込むのかね？」

「ウフフフ……」

「仲間の誰かが、彫るわけだろう？」

「もちろん、商売人には頼めないわね」

「男なのかね、女なのかね？」

「ウフフフ……」

「それじゃあ、君のおやじさんは、いまお幾つですか？」

「え？」

33

M君、宮子とのなぞなぞめいたヘルメス問答の最中、とつぜん彼女の父親のことがとび出して来たのは、他でもない。左様、お察しの通り、例の（『悪霊』の）ステパンとピョートル父子の関係を思い出したためです。だから君にもそれをいますぐ思い出してくれというのは、（毎度のこととはいえ）いささか手前勝手過ぎるかもわからないが、ま、とつぜん電話がかかって来たのよりは幾らかマシだと思って、カンベンして下さい。もっとも君のような書斎の人のところには、君の大脳の中で目下進行中の思考とまったく無関係の、まったく前後関係を無視した（つまり、とつぜんの）電話など余りかかって来ないかも知れない。しかし、ま、世の中にはそういう電話もあるわけです。いや、電話というもの自体が、そもそもそういう機械ではないだろうか？

それにしてもM君、（これは、たったいま思いついたのだが）、かの電話発明王グラハム・ベルの名前と電話のベル（つまり、エレクトリック・ベル）とは、まったく偶然の符合だろうか？　彼が電話機を発明したのはいつだったか、いまちょっと確かめられないが、彼が一八四七年に生れ、一九二二年に死んだというくらいのことは、簡単な英和辞典にも出ている。同時に、では果して誰が（といってもネズミなんだが）猫の首に鈴をつけるか、という話も、「イソップ物語から」として出ている。ベル・ザ・キャット——すなわち、「進んで難局に当る」というわけだ。

もちろん、ベルは電話発明王が生れる前から、ベルであった。電話発明王の名前から、ベルが出て来たわけではない。結婚を祝するマリッジ・ベルも、臨終を告げるザ・パッシング・ベルも、電話のベルよりずっと昔から鳴り続けていたのである。とすると、この符合は偶然の一致か、さもなければ発明王の親がとてつもない空想的な人物（あるいは予言者）であったか、それとも、発明王自らが電話機発明後に、わが名を文字通り世界じゅうに鳴り響かせんがために改称したか、そのいずれかであろうと考えられるが、もちろん、どれだって構わないと思う。ただ、いま事のついでに（といっても、あくまでぼくのついでなのだが）、立ち上って本棚から岩波文庫の『イソップ寓話集』（山本光雄訳）を取り出し、埃を払ってぱらぱらとめくってみたのであるが、例の「猫の首に鈴をつける」話が見当らない。

もし暇があったら（いや、君にそんな暇はないだろうな）ちょっと探してみて欲しいが、この岩波文庫版には、三百五十八の寓話が出ている。翻訳は、一九二七年パリの某出版社刊になるギリシャ語原文からのものだというが、どういうものか、ベル・ザ・キャットの話は見当らない。中に、三つばかり猫の話があるにはあるが、例の話ではない。一つは「猫と鼠たち」というもので、これにまず間違いないと思ったのだが、読んでみると、ネズミたちが猫に食われるのをおそれて穴に逃げ込んでしまったので、猫は軒先にぶらさがって死んだふりをしてみせるがネズミたちは欺されなかった。「おや、こ奴、お前なんかには、お前が革袋になった時でも、近寄りはしないぞ」とネズミはいう。そして「この話は、考えのある人間は或る人々が悪いものであるかどうか試してみた暁には、もはや彼らの猫被りによって欺《あざむ》かれない、ということを明らかにしています」とイソップ先生はいう。

二つ目は、「猫と鶏たち」で、似たような話だ。三つ目は「牝猫とアプロディテ」というので、美青年に惚れてしまった牝猫を可哀そうに思ったアプロディテ（ビーナス）が、美女に変身させてやる。そして、メデタク二人（？）は結ばれるのだが、アプロディテが試しに一匹のネズミを彼女の（つまり美女になった牝猫の）部屋に放してみると、たちまち美女はその本性をあらわしネズミを追いかけはじめたので、怒ったアプロディテは美女をもとの牝猫の姿に戻してしまった。そして曰く「こういう風に、人間においても生れつき悪い人々は、たといその姿を変えても、決してその気性までは変えるものではありません」。

何だか、またまたギリシャ神話の復習になったようで恐縮だが、この美神アプロディテも、なかなか嫉妬深い女だったらしい。しかし、もちろんイソップはそうはいわない。あくまでもこの美神を崇めて、美は内面にあり、と説いている。そしてそんなところが、いわゆる奴隷の思想などと呼ばれる所以かも知れないとも思うが、アプロディテの嫉妬深さ（ヘラほどではなかったかも知れぬが）は、彼女がゼウスの息子の中でも最も醜いヘパイストスと無理に結婚させられたためかも知れない。なにしろ牝猫が惚れたのは、なかなかの美青年だったらしいからね。

ヘパイストスは、歴っきとしたゼウスと正妻ヘラとの間に生れた息子なのだが、醜男である上に足が曲っていたらしい。それで、怒ったゼウスは彼を空から海に蹴落したそうだが、そういう息子に、選りにも選って最高の美女を妻として与えたのは何故だろう？　もちろんこれも（気紛れを絵に描いたような）ギリシャの神々のやったことで、理由のセンサクほど無意味なことはない。また実際、その謎解きは、ゼウスの浮気を止めるのと同じくらい、そしてヘラの嫉妬を止めるのと同じくらいの難題だと思うが、この美神アプロディテの出生には、何となくいかがわしいところが多い。なるほど系図ではゼウスがディオネに生せた娘ということになっているが、一説には海の泡から生れたのだという。それも、ただの泡ではない。ゼウスが自分の父親クロノスのペニスを切り取って海に投げ込むと、(どういうものか、ギリシャ神話では末の息子が父親のペニスを切ることになっている。ゼウスはクロノスの末息子であるが、そのクロノスもウラノスの末息子で、やはり父親のペニスを切り取っている)、その巨大なペニス(なにしろクロノスは、ゼウスの兄弟たちを腹に呑みこんでいたという巨人族なのだから)に海の泡がたかった。その、たかった泡の中から誕生したことになっているのである。

醜い男といえば、イソップの顔もずいぶんひどいものだったらしい。彼は架空の人物だという説もあるらしいが、『イソップ寓話集』の訳者山本光雄氏の解説によると、ヘロドトスの著作にその名が出て来るから、実在説にも相当の根拠はあるという。それによると、イソップ(ギリシャ読みでは、アイソポスらしい)は紀元前六世紀頃、寓話作者として名高かったこと、何とかいう人の奴隷であったこと、また、最後はデルポイで殺害されたこと、などが書かれているという。ただし「何故に彼がデルポイで殺害されたかはこの記述から知ることを得ないが、後の報告者たちの言によれば、アイソポスがデルポイ人たちを侮辱したからだというのである。しかし真偽のほどはわからない」らしい。

また、アリストパネス、プラトン、アリストテレスなどが、イソップの寓話をしばしばその著作に引用したことも山本氏の解説には出ているし、ソクラテスが牢獄の中で死刑を待ちながらイソップ寓話(これは散文で書かれ、ギリシャの学校では初等科の作文の練習課題などにも用いられたそうだ)を韻文に書き改めていたらしいことも出ているが、その顔の話は、プラヌデスという人(一二六〇~一三三〇年)の『アイソポス伝』という書物に出ているそうだ。もちろん、ぼくは読んだこともないが、何でも彼は「人々のうちで一番醜く、頭は尖り、鼻は獅子鼻で、首は極めて短く、唇は突き出、色は飽くまで黒く、腹は便々たる太鼓腹で、足はガニ股、おまけに舌足らずで言葉がはっきりしな」かったというのであるから、その醜男ぶりは、ゼウスが天から蹴落したというヘパイストスといい勝負だったかも知れない。

とすると、彼にも、アプロディテ級の美女を妻にもらう権利があったとも考えられるが、そこはやはり、神と奴隷の差ということなのであろう。そして奴隷のイソップは、アプロディテと牝猫の寓話を語り、「美は内面にあり」といった。しかし、最後に殺害されたのは、デルポイ人を侮辱したかどだというから、何かの拍子につい、彼もホンネを吐いてしまったのかも知れない。この奴隷の哲学者にも、初等科のお手本になるような「寓話」を書くだけでは満足出来ぬ何かが、あったのだろうと思う。もっとも、アプロディテのような妻をもらうことが、果して彼のために幸せだったかどうか？　実際、系図の上では、彼女はエロス（キューピッド）の母親であるが、父親の名は記されていない。なにしろ、自分の息子エロスの矢を胸に受けて、美青年アドニスを追いまわすような女なのだ。エロスが誰の子であろうと、別に不思議ではないのである。

いや、はや、M君！　実に何とも申訳ない。ほんの一行（実際、そのつもりだったのです！）で済ませるはずだった電話（ベル）の話から、何だかとんでもない脇道にまぎれ込んだようであるが、ま、脇道では（ロレンス・スターンという）偉大なる先輩もいることです。で、ここはひとつ、かの『トリストラム・シャンディ』を思い起してカンベン願いたいが、（それにしても、あの黒ベタ塗りのページはいま考えてみれば劇画的だな。ゴーゴリも脇道の天才だったが、それでも、まるまる一ページを黒ベタというのはない。もちろん、地震計の針だか、心電図の針だかが描いたような、奇怪な曲線もない）それに、いつだったかも一度（あるいはもっと？）書いた通り、ぼくがこうして書いていることは、すべて何かの復習なのです。われわれに残されたものは、復習しかないということなのです！

しかしM君、だからといってぼくは、もちろんわれわれの偉大なる先輩たちを怨みに思っているわけではない。お釈迦様やギリシャ人たちや孔子や司馬遷やキリストや、ゴーゴリやドストエフスキーや、また、さっきのスターン先生たちより遅れて生れて来たことを嘆いているわけでもない。ただ、幸か不幸か、自分がこういう時代に生れ合わせているということだけです。だから、せめて（そのような自分の時代に忠実に）、せっせと復習をしようと思っているだけです。

それにM君、この復習というやつ、やってみるとまんざら面白くないわけでもない。いや、面白くなくないどころか、この復習に勝る予習はないのだ、という気さえする。M君、これは決して駄ジャレなんかではない。なるほど、「予習に勝る復習なし」とは、（いや、まったく涙の出そうな、なつかしい文句だ！）、いつだったか、もう思い出せぬくらい昔の（小学生の頃かな？）偉大なる学習訓であった。しかしそれは、どうやらわれわれ日本の小学生（つまり、少国民というやつです）のためのものだけではなくて、万国共通のものだったらしい。また、「大東亜戦争下の少国民」を叱咤激励するためなどといったケチなものではなく、どうやら人類というものがこの地球上に生存しはじめて以来の、万古不易の学習訓だったらしい。つまり、われわれ（人類）のご先祖様たちは、この「予習に勝る復習なし」の精神で、営々と（つまり、前向きに！）文化とか文明とかを作り続けて来た。歴史というものを作り続けて来た。そして、文学というものもまた、その例外ではなかったわけです。

お蔭でM君、ぼくの本棚はすでに満員、というわけです。そしてぼくは、その本棚の中の時間を、うしろへうしろへと歩いているだけです。そして、ときどき（でもないか？）脇道へそれているだけです。実際、本棚というやつは、アミダクジみたいなものだからね！　いや、見れば見るほど、アミダクジに似ている。そうは思わないかね、M君？

　君の書斎はまだ見たことがないが、嘘だと思うなら、ちょっとうしろ（あるいは横かも知れぬが）を振返って見給え。誰が考え出したのかわからないが、実際アミダクジそっくりではないか。いや、冗談ではなく、この発見は今日最大の収穫かも知れない。

　それともう一つ、（断わるまでもないと思うが）、ぼくがうしろへうしろへと歩いているのは、他ならぬ「時間」とともに歩いているということです。つまり、歩く（読む）ためには「時間」が必要だということですが、これはいわば「時間」とともに「時間」と反対方向へ歩いていることになるわけです。これはどういう計算式になるんでしょうか。もっとも例の「地下室」の住人は「2×2＝5《ににんがご》」などといっているわけですから、まあ、どんな計算式があっても悪くはないわけだし、何が何でも計算式に置き換えなければならないわけでもない。

　要するに、うしろへうしろへと歩いてゆくということは、いわゆる「過去」へ遡るということではない、ということです。うしろへ歩くことが、前へ歩くということです。つまり、すべてが現在なのだ、ということです。そしてそれは『ギリシャ神話』も『悪霊』も『イソップ寓話集』も、その他の本も、同じ本棚に（アミダクジ式に）並んでいるようなものだ、ということです。それを（本棚のアミダクジ式構造に忠実に）読んでゆくことが、ぼくの

「復習」であるということです。そうすることが、(例のラジカル助教授がどんなSFを書いているのか知らないが)ヘタなSFなどよりもずっと「未来」的なのだ、ということです。つまり、「復習に勝る予習なし」とはそういう意味なのだ、ということです。そしてそれらのことを、君だけがわかってくれれば、何も無理にそれを計算式に置き換えなくてもよいわけです。

だからM君、こないだぼくは、十年前にゼンキョートー過激派どものやったことは、すべて百年前に書かれた『悪霊』のコピーだ、ピョートル・ヴェルホーヴェンスキーの輩《やから》の猿真似に過ぎぬと書きましたが、それはむしろ、当然ということになるのかも知れない。

「諸君」と、ピョートルは演説をはじめる。同志だったシャートフを(その日彼の妻は赤ん坊を生んでいたのである)、密告の疑いありということで殺害し、その死体をスタヴローギン公園(これはスタヴローギンの持村の中の公園である)の奥の池に石をつけて沈めたあと、殺害に参加した「五人組」に向って、である。この演説はずいぶんながい。米川正夫訳、河出書房新社版ドストエフスキー全集(十巻)の百四十九ページ上段の途中から、百五十ページ下段の半分近くまでである。それをここにそのまま写す。M君、暫く我慢してきいてもらいたい。実際、ここには「五人組」のスローガンのすべてが語られていると思うし、それに、ぼくがあれこれ説明をすれば、結局は同じくらいか、もっとながくなるだろうと思うからだ。

《「これでもうわれわれは別れるのです。疑いもなく諸君は、自由な義務の遂行にともなう自由な誇りを、感じていられることと思います。もし遺憾にも、今この際、そういう感覚を味うべく、あまりに興奮していられるとすれば、明日は間違いなく感得されるに相違ありません。明日それを感得しないのは、もはや恥です。ところで、あの醜悪を極めたリャームシンの興奮にいたっては、ぼくは単に熱に浮かされたものと見なしておきます。まして本当にあの男は、今朝から病気だという話ですからね。それから、ヴィルギンスキイ君、きみはほんの一分間でも、自由な気持ちで省察してみたら、共同の事業のためには、誓いなど当てに行動するわけにはいかない、どうしてもぼくらのやったようにしなきゃならない、ということがわかって来るでしょう。(中略)危険なんかって、そんなものは断じてありません。だれにせよ、ぼくらに嫌疑をかけようなどとは、思いも寄らないこってすよ。ことにきみがたが上手にたち廻ったらなおさらです。なぜなら、大切な点は要するに、諸君および諸君の十分な信念にかかってるんだからね。きみがたはこの信念を、明日にもさっそく獲得されることと嘱望します。しかるに、きみがたは目下共同の事業のために、互いに精力を分ち合い、必要に応じては、互いに注意監督するの目的をもって、同志の自由結社たる独立の機関に入っておられる。したがって、きみがたは一人一人、最高の責任を帯びているわけなのです、停滞のために悪臭を発する古ぼけた事物を一新する使命を持っているのです。これは勇気を失わないために、いつも念頭においてもらいたい。目下のところきみがたの進むべき道は、ただいっさいの破壊、――国家とその道徳の破壊あるのみです。その破壊の後には、あらかじめ権力を継承しているわれわればかりが残ることになる。そうして、賢者は自分たちの仲間に加え、愚者はどんどん馬蹄にかける。それをきみがたは心苦しく思ってはいけない。自分を辱しめないようにするためには、一代の人間を鍛え直さなければならない。これからさきでも、まだ幾千人のシャートフが、進路に横たわっていることでしょう。われわれは、大体の方向を摑むために団結したのです。だから、のんきそうにねそべって、ぼんやり口を開けながら、ぼくらを見ているようなやつを、手で拾い上げないのは、むしろ恥辱なくらいです。これからぼくはキリーロフのところへ行きます。そして明日の朝までに例の遺書ができるわけです。それはあの男が死に臨んで、政府に対する弁明書という意味で、いっさいを自分に引き受けてくれるのですが、なにしろこれくらいまことしやかなコンビネーションはほかにありゃしませんよ。第一に、あの男はシャートフと仲が悪かった。二人はアメリカで長く一緒に住んでいたのだから、その間には喧嘩ぐらいしたに相違ない。またシャートフが変節したこともあまねく知れわたっている。してみると、主義上の敵視、密告を恐れての敵視というやつが、あるに違いない、――つまり、とうてい妥協の道のない敵視なのです。これがすっかり遺書の中に書き込まれるわけですよ。まだその上に、あの男の住んでいるフィリッポフの持ち家に、フェージカが寝起きしていたことも書かせます。こういうわけで、われわれに対する嫌疑はことごとく排除されるわけです。なぜって、世間の間抜けどもは、すっかり五里霧中に彷徨するに決まってるから。ところで、諸君、明日はもうぼくらは会うことはできません。ぼくはほんのちょっとの間、郡部の方へ出かけなければならないのです。明後日になれば、諸君に新しい報告を伝えることができます。なるべくなら、あす一日、きみがたは家に籠っている方がいいですよ。さて、ここでぼくらは二人ずつ、違った道を行くことになりますね。トルカチェンコ君、きみはお願いだから、リャームシンの面倒をみて、家へ送り届けてくれたまえな。きみなら、あの男に勢力があるから。それに第一、あんな気の狭いことでは、どれだけ自分を害なうことになるかも知れないと、よくあの男に言い聞かしてもらいたいね。それから、ヴィルギンスキイ君、きみの親戚のシガリョフ君のことは、ぼくもきみ自身と同様に、少しも疑念を挟まないです。彼は密告などしやしない。ただ彼の行動を惜しむのみです。しかし、彼はまだ退会を宣言したわけでないから、彼を葬るのは尚早です。じゃ、諸君、少しも早く、いくら間抜けなやつらだといっても、やはり用心にしくはないです……」》

M君、どうだろうかね、さっきぼくは、ここには「五人組」過激派のスローガンのすべてがあるといったけれども、どうして、これはただのスローガンなどではない。これは、まさに組織の力学であり、心理学であり、また政治学でもあり、もはや催眠術だとさえいえる。しかも脅迫をやんわりと含んだ催眠術です。それに、いま一字一句を書き写しながらわかったのだが、この演説はなかなか魅力的です。もちろんそれは、ドストエフスキーおよび米川正夫氏の才能に負うものだと思うが、いかにも「頭に穴のあいたお喋りな書生さん」（これが、町の連中がピョートルにつけた渾名だった）の顔が見えるようではないか。

それから彼は自分の部屋に戻り、落ち着き払って「高跳び」の準備を済ませ、夜中の二時近くになってからキリーロフの部屋へ出かけて行く。そしてキリーロフに、問題の「贋遺書」（その内容は、さっきのピョートルの演説に出て来た）を書かせるための、ながながとした問答の場面が続くわけであるが、どうもわが国では、このピョートルは余り好まれない人物らしい。

反対に、この『悪霊』という小説の中で、日本人に最も好まれているのがキリーロフらしいが、たぶんそれは、彼がほとんど笑わないためではないかと思う。つまり、いつも何かを（その一つは「自殺」と「神」の関係であるが、M君、ここで無理に彼の「思想」を要約するのは止めにして置く）考えている、笑わない哲学青年である。そして実際、ピョートルのことを「悪党」と呼び、「卑劣漢」と呼び、「偽の知恵だ」ともいう。面と向って、はっきりそう呼ぶのである。

ところでその嫌われ者のピョートルのことを、わが「批評の神様」は何と書いていると思うかね、M君？　まず「神様」は、この『悪霊』を「壮大な道化芝居」だという。それから、次にピョートルの父親であるステパン氏のことを、「『悪霊』について」の中で、こう書いている。《(この『悪霊』という壮大な道化芝居で)、ぼろを出さずに道化の役を為果せてゐるのは、端役に限る。例へばカルマジイノフなどは若しモデルがツルゲネフだといふ事が無かつたなら見物の見逃す端役だ。だがステェパン・トロフィモヴィッチの様な大役になると、役者は見事に失敗してゐる。この詩の書けない詩人、講座を持たぬ大学教授、新しい時代のマテリアリスト達を月たらずとからかふ程度の機智や皮肉は心得たディレッタントで、パリで教育を受けた自由思想家を以て任じてゐるが、持つて生れた貴族趣味が捨てられない、大学を追はれたのは、政府の弾圧によると思ひ込んでゐる程、自分の進歩的教養には己惚れてゐるが、彼に惚れ込んで世話をしてゐる女地主から世間知らずとやり込められるのには手も足も出ない。要するに今日わが国でも未だ色々の形で跡を断たぬ高等道化のタイプなのであるが、作者はこの人物に当時のロシヤの伝統的貴族主義と外来の自由主義との奇怪な混淆に関する、あらゆる諷刺的意匠を着せた。作者の犀利な分析力は、諷刺的意匠の蒐集といふ仕事は苦もなくやつてのけたが、意匠を凝して役者を歩かせるには、彼にはゴオゴリの笑ひが欠けてゐた。役者は意匠の重みによろめき、内心の悲しさを作者に打明ける（後略）》

何だか、引用に次ぐ引用になったようだが、どうせ一度はどこかで、引き合いに出さなければならぬ部分だ。だからこの際、まとめて引用させてもらって置くが、ピョートルについては、次のように書かれている。

《ピョオトル・ヴェルホヴェンスキイといふ道化役の演出も亦混乱を免れてゐない。作者はこの人物を『半ばユウモラスなタイプ』と説明してゐるが、読者はこの自分の道化を悉く意識してゐる極端な打算家にユウモアを発見する事は難しい。彼は寧ろ『半ばグロテスクなタイプ』である。自分自身の思想を持たぬといふより、凡そ思想といふものに縁のない革命のロボットだ。而もこのロボットは凡そ無理論な暴動を極めて正確に計算し遂行する。（後略）》

なるほど小林秀雄氏がいう通り、ピョートルは「道化」に違いあるまい。そして、その彼の「仮面」は、ほとんど常に笑っている。実際、腹を立てているときでも、笑ったように見えると作者も書いていたと思う。

しかしM君、どうだろうか？　つまり、ピョートル・ヴェルホーヴェンスキーが、キリーロフに「贋遺書」を書かせようとする、あのながながとした問答の場面――（もし読んでいなければ、そこだけでも是非とも読んでみて欲しい。それは例の、いわゆる「スタヴローギンの告白」として名高い「チーホン僧正の庵室にて」の次の、第三篇第六章の(二)の部分です）、それが正真正銘のドタバタ喜劇であるのは、ピョートルが「道化」だからだろうか？

彼が「自分の道化を悉く意識してゐる極端な打算家」だからだろうか？　彼が「自分自身の思想を持たぬ」頭に穴のあいたお喋りな書生さん、だからだろうか？　また、「凡そ思想といふものに縁のない革命のロボット」だからだろうか？

それから、あの事件の当日、町の貴族団長夫人の主催で開かれた「婦人家庭教師のための慈善パーティ」におけるステパン氏の演説……いや、Ｍ君、どうやらぼくは少しばかり先を急ぎ過ぎているような気がする。あるいは、ただそんな気がするだけなのかもわからないが、とにかくここで一服、煙草を吸わせてもらうことにしたい。他人の文章を引用するのは、これで案外くたびれるものらしい。いや、自分で勝手に引用させてもらいながらこんなことをいうのは、まことに申訳ない次第なのだが、とにかく不思議なくたびれ方です。実際……いや……ピョートル・ヴェルホーヴェンスキーではないが、何だか頭に穴のひとつもあけてみたい、そんな気分だ。そして、その穴でいま思い出したのであるが、どうやら（わが国のインテリ諸公に余り評判のよくない）このピョートル・ヴェルホーヴェンスキーという男、あるいは百年前のロシアにふらりと出現した、ヘルメスだったのではないかな？

34

ところでＭ君、『悪霊』の例の部分、読んでみてくれただろうか。いや、もちろん、強制はしません。なにしろこの小説は、わが批評の神様が途中でサジを投げたという難物ですから。それは、こないだもちょっと触れた「『悪霊』について」というものなんだが、読んでゆくと、「スタヴローギンの告白」の引用の途中で、とつぜん中断してしまうわけです。

何故だろう、とぼくも人並みに考えてみました。そしてあるとき、なるほどこれは実に象徴的なことではないか、と思った。すなわち、その中断の理由をつきつめてゆけば、それこそ一篇の小林秀雄論が出来上るのではないか、という意味なんだが、もちろんぼくがそうしようというのではない。実際、ぼくがこの小説に迷い込んだのは、もとはといえば宮子のせいです。ゼンキョートーのせいです。そしてそこから出て来た、ステパン教授とその息子であるところの（頭に穴のあいたお喋りな書生さん）ピョートルのせいです。

つまり、小林氏のいう「今日わが国でも未だ色々の形で跡を断たぬ高等道化」と「凡そ思想といふものに縁のない革命のロボット」親子というわけなんだが、どうやら小林氏は、そんな親子の組合せなど、ほとんど眼中になかったらしい。そして実際、さてこれからが本番だとばかりに怪物スタヴローギンに立ち向ってゆく。そしてそこのところが、「象徴的」だと思うわけです。

《『悪霊』といふ小説は巨大な仮面舞踏会を思はせる。殆ど凡ての人物が、既に述べた様に拙劣な被り方をしてゐるにせよ、作者の嘲笑が作つた仮面を強ひられてゐるが、彼等を宰領するスタヴロオギンの仮面だけは肉に引附いてゐる。キリロフが言ふ。「スタヴロオギンといふ男は、たとへ信仰を持つてゐても、自分が信仰を持つてゐる事を信じないし、仮りに信仰を持つてゐなかつたら、持つてゐない事を信じない」（第三篇第六章）一切を信じない、ただ何が目的で使ひ果たされるのかわからない絶対な力だけを感じてゐる》

もう一個所、やはり「『悪霊』について」から引用させていただく。（傍点いずれも引用者）

《物語が繰り拡げられる或る田舎町に突然姿を現す主人公は既に『破滅した』男である。放蕩、決闘、流刑、アイスランドからエジプトに至る遍歴、彼の破滅を準備したあらゆる事件は、物語の始まる時にははや過去のものとなつて、読者の眼に隠されてゐる。作者はムイシュキンを取扱つたのと全く同じ手法をここで採用してゐる。ムイシユキンがスイスからやつて来たのが確かなら、スタヴロオギンがシベリヤからやつて来たのも確からしい。酔つぱらつた取巻きと莫迦話をし乍ら自分の定義を下してゐるこの人物は、命さへ賭けてゐる尊敬者達（引用者注・つまりピョートル等の過激派の輩）と真面目な議論をし乍ら異様な孤独を守つてゐる。この孤独は内部から直かに描かれず、外から交渉する人々を透かして暗示されるあの同じ手法が用ひられてゐる。だが僕は先づ一足飛びに『スタヴロオギンの告白』に這入つて行かうと思ふ》

どうだろうかね、M君？　こうして二つの文章を並べて見ると、仮に君がまだこの小説を読んでいなくとも、凡その見当はつくのではないかと思うのだが。つまり、『悪霊』について」という批評文が中断のままになった理由は、他ならぬこの引用文そのものの中に明記されているようなものだと思うのだが、どうだろうか。

まず、傍点の部分に注目されたし。そして、ここに並べた二つの引用文を前の方から「引用A」「引用B」ということにすると、まず中断の理由その一は、「引用A」の傍点の部分だ。つまり、「仮面が肉に引附いてゐる」というのは、すなわちスタヴローギンだけが「巨大な仮面舞踏会」の世界からはみ出しているという意味だろう。他の「道化」たちが「ロボット」であるのに反して、スタヴローギンだけは「例外」という意味だろう。しかし、果してそうだろうか？

さて次は、中断の理由その二であるが、これはもういうまでもなく、「引用B」の傍点の部分だ。それと、より正確を期すためにつけ加えれば、その傍点の最後の一点から、次の一行へ移る、その接続詞の「だが」なのである。実際それは、「出口であって同時に入口でもある」ところの、いわゆるヤヌスの門のようなものだ。つまり、「だが」でもよいし「だから」でもよい。「だが」にもなるし「だから」にもなる。「だが」になれば「入口」となり、「だから」となれば「出口」となる。そういうヤヌスの門なのである。「だが」小林氏は、自らその片方を塞いでしまった。そして気合いもろとも、そこから「一足飛びに」スタヴローギンの「告白」の中へととび込んでしまった。そしてそのまま、二度とふたたび出て来なかったのである。

しかしM君、どうしてあそこが「だが」なんだろう？　どうして「だから」とならなかったのだろうか。というのは、まず面倒でも、もう一度「引用B」の傍点部分を読み返して見給え。つまりそこで小林氏は、スタヴローギンなる人物を作者が「内部から直かに描かれず、外から交渉する人々を透して暗示」する方法で書いている、というわけだろう。なるほど「交渉」とは、いかにも古い（この論は一九三七年に書かれています）用語だ。いまどきの批評家は、もう誰もこんな用語で批評はしないようだが、まあ、そんなことはどうでもよろしい。問題は『悪霊』の作者がスタヴローギンを書こうとした方法であって、それは「内部」からではなく「外部」から書く方法だったということなのです。そしてそれは、まさに神様の指摘通りだったということなのです。したがって、「交渉」といういささか古風な用語を、「関係」というわれわれに馴染みの用語に置き換えさえすれば、「引用B」

の傍点の部分は、一応了解出来るわけなのである。「一応」というのは、他でもない、「外から交渉する人々を透して暗示される」という、その「暗示」の不徹底にひっかかるからだが、まあ、それはここでは一応「四捨五入」ということにして置く。そういう意味です。

さて、『悪霊』の作者は、すべてを「関係」として描こうとした。つまり、すべてを「関係」として「相対化」しようとした。ただし、それは「革命のロボット」あるいは「頭に穴のあいたお喋りな書生さん」のピョートルや、その父親である「高等道化」のステパン教授だけなのではない。「神と自殺」の関係を考え続けている（日本の文学青年好みの）「笑わない」哲学青年キリーロフだって同じことだ。そして、およそ近代人の大脳が持ち得る限りのウルトラ自意識、モンスター的無神論者スタヴローギンも決して例外ではないと思う。つまり、彼の「仮面」だけが、他の人物たちの仮面と違って、「肉に引附いて」いたわけではない。なにしろこの小説は、（それこそ神様のおっしゃる通り）「壮大な道化芝居」（つまり喜劇）だからである。そしてそうである以上、（もしこの小説がそこいらの三文小説でない限り）一人でも例外（つまり、道化でないもの）があってはおかしい。それに実際、この小説の作者の目は、まことに公平そのものなのである。

左様、実例ならば幾らでも挙げます。早い話、こないだ君に一読をすすめて置いた、例のピョートルがキリーロフに贋遺書を書かせようとするながたらしい問答の場面でもよい。あそこで、キリーロフが、遺書の上に「赤んべえ」の漫画を書こうとするところがあっただろう？　するとピョートルが、あわててそれを押し止めるところがあっただろう？

いや、こんなことを書いているとキリがないので止めにしますが、要するに、わが文学青年好みの哲学青年キリーロフの自殺も、決して「絶対化」はされないということです。自殺主義者キリーロフが自殺によってまさに自己を絶対化しようとしている部屋に、とつぜん「革命のロボット」が闖入して来る。つまり「笑わない」哲学青年が、自己の世界をまさに一個の円形として完結しようとする寸前、闖入して来たピョートルによって、たちまちそれは楕円形に歪められてしまう。

そしてこの場合、重大なことは、二人がまったく対等だということです。つまり、この場面がどたばた喜劇であるのは、決してピョートルが「道化」だからではない。ただ、二人の「思想」が違うだけです。二人の価値観が違うだけです。二人の自殺論が違うだけです。「笑わない」仮面と「笑っていないときでも笑っているように見える」仮面の違いだけです。そして、違うからこそ、対等なのです。その正反対で対等な両者が、同じ場所に同時に共存しなければならない。だから滑稽だということでしょう？　だから、グロテスクということなのです。

そもそも「関係」とは、そういうものではないだろうかね、M君？　つまり、この場面における二人の関係は、軽蔑する←→軽蔑される、ということです。そしてこの軽蔑の力学こそ、この小説の基本だということです。それは「暗示」などというようなものではなくて、この小説の基本的な方法です。基本的な構造なのです。

基本であるからには、どの場面にも通用しなくてはならない。そして、もちろん、スタヴローギンとチーホン僧正の対決の場面にも通用します。ところが、わが批評の神様は、そこだけを「例外」だと考えてしまった。スタヴローギンの仮面だけは、「肉に引附いて」いると考えたわけだ。なるほどあの場面には、それくらいの魔力はあるかも知れない。なにしろ、ウルトラ自意識の権化の如きモンスター的無神論者と、どことなく正体不明の隠者ふう僧正との対決なのだ。それに、そのようなスタヴローギンが、チーホン僧正だけに「告白書」（ヨーロッパのどこかで秘密に印刷されたもの）を読ませる場面なのである。

そして、その問題の「スタヴローギンの告白」を引用している途中で、とつぜん「『悪霊』について」は中断した。一九三七年のことだ。そして、四十年以上経ったいまだにそのままである。何故だろうか？　思うに、神様はスタヴローギンのウルトラ自意識にのめり込み過ぎた。その無神論の「思想」にのめり込み過ぎた。つまり、他の「道化」どもは相手とするに足りぬ。対等につき合えるのはスタヴローギン唯一人というわけだ。

もちろん、そういう小説の読み方がいけないというのではない。実際、キリーロフになりたがる文学青年も、わが国にゴマンといたわけである。しかし、スタヴローギン唯一人を「例外」だと考えたとき、神様の頭からこの小説は消滅した。この小説の構造は消滅した。したがって、もし仮に、四十何年ぶりかで「『悪霊』について」が書き継がれることになったとしても、おそらくそれは『悪霊』論にはならない。スタヴローギン論にはなるとしても、『悪霊』論にはならないと思うのである。

いや、はや！　とんだところで「文芸講演会」になったようだが、しかし神様の頭の中で『悪霊』の構造が消滅しても、この小説があくまで構造であるのは、もちろんのことです。その中においては、いかなる「思想」、いかなる価値観も「関係」として「相対化」されずにはすまない、そういう構造です。スタヴローギンのウルトラ自意識だって、決して例外ではありません。

例えば、チーホン僧正に手渡された「スタヴローギンの告白書」には、あっちこっちにロシア語文法の間違いがあることが指摘されています。指摘しているのは、作中の「私」という、これまた正体不明の人物です。何だ、そんなものは取るに足らぬ些末事に過ぎぬ、という人がいるかも知れない。肝心なのはスタヴローギンの「告白」の中身なのだ、ということでしょう。なるほど、それは深刻なものです。中でも、マトリョーシャという貧しい少女を犯し、挙句に首吊り自殺をさせてしまう話は有名なものです。その他にも、いろんな悪があります。つまり神様が先に要約してくれた通り「放蕩、決闘、流刑」などなど「彼の破滅を準備したあらゆる事件」というわけです。

そういう深刻な「告白」書の中のロシア語文法の誤りの指摘——なるほどこれは、いってみれば、極大と極小の組合せのようなものかも知れない。しかし、だからこそ、グロテスクということでしょう。しかも、一度ならず、作者は「私」を通して、二度も同じ指摘を繰り返しています。すなわち、最後に首吊り自殺をする前、スタヴローギンがダーリヤ・パーヴロヴナという女性宛てに書いた手紙についてです。そして作中の語り手である「私」にこういわせています。「この手紙は、立派にヨーロッパふうの教育を受けながら、ロシア語の読み書きを充分に習得しなかった、ロシア貴族の子弟の文体に特有の誤謬を、些細の点までも朱を入れないで、そのまま一字一句たがわず再録したものである」。こうなればもはや作者が、スタヴローギンという人間をどういう形に書こうとしたか、その方法はいやでも明らかになってしまうというものだろうじゃないかね、M君?

もちろんM君、いくら何でも、スタヴローギンとチーホン僧正対決の場面を、これだけで片づけようなどとは思わない。例えば、「告白」書を読み終ったチーホン僧正に向って、スタヴローギンは、自分はこの「告白」書を世間に発表することなど怖れない、という。そしてそれは人間どもが憎くてたまらないからだという。同時に人間どもに自分を憎ませるためだという。そしてそれに耐えるためだという。

するとチーホン僧正は、こう答える。あなたは自分の罪悪の告白は怖れないだろう。またそれを公表することによってあなたに向けられる人間どもの憎悪も怖れないだろう。しかし、「世間人の笑い」には耐えられないだろうという。そして、どんな偉大なる告白にもどこかに滑稽な部分があるものだ、という。

しかしスタヴローギンも頭は下げない。そして僧庵を出ながら「いまいましい心理学者め！」と彼は吐き出す。これが、スタヴローギンとチーホン僧正対決の場の幕切れである。

もちろんM君、こんな要約など、ほとんど無意味であることは、ようくわかっています。それに正確にいえば、これは要約にさえなっていません。ただぼくは、スタヴローギンも、この小説の中では決して「例外」扱いは受けていないということ、それをいいたかったまでです。つまり、「スタヴローギンの告白」の場面も、基本の構造は、先のキリーロフとピョートルとの場面と同じだということです。

いい換えれば、このスタヴローギン対チーホン僧正の場面は、教義問答ではありません。したがってどちらも「参りました」と頭は下げない。しかし、だからこそ、この場面も歪んだ楕円形ということではないだろうか？実際この場面こそ、（武田泰淳が『司馬遷』でいうところの）「二つの中心」を絵に描いたようなものではないだろうかね、M君？

35

追伸　これはいまふっと思いついたんだが、あのチーホン僧正、ひょっとすると例の、フリーメーソンというやつではないかな？

36

ところでM君、何だか話がステパン親子から離れてしまったようだが、わが批評の神様が、「頭に穴のあいたお喋りな書生さん」ピョートルを評して「凡そ思想といふものに縁のない革命のロボット」だといったことは先に書いた通りだ。つまり「思想」を「ロボット」よりも有難がっているわけで、いかにも明治人（明治何年生れなのかわからないが、古田先生くらいか?)にとってはそうであろうが、果してわれわれにとっては、どうだろうか?
というのは、他でもない。久しぶりに(いや、まったく久しぶりだ!)「古田語録」を思い出したためです。

《キミ明治人を信用し過ぎてはいかんよ。キミのお父さんも明治の生れだろうが、明治人を尊敬し過ぎてはいかんよ。神話化してはいかんよ。明治人のイサギヨサなどというものを神話化してはいかんよ。僕をもっと疑わなきゃいかんよ。本当は自分の世代のことしか考えていないんだよ。考えられないんだよ、キミ。戦争についての弁明も批判も、要するに自分たちの世代論なんだよ。だから、キミたちの世代への理解なんてものを、僕たちに期待してはいかんよ。明治人に理解してもらいたい、などと甘えていると裏切られるよ。そういうものなんだよ、キミ》

しかしM君、わが明治人が「ロボット」よりも価値あるものと信じて疑わなかった「思想」とは果して何だろう? 例の「和魂漢才」のあとを受け継いだ「和魂洋才」というやつだろうか? なるほどこれは、幸福なる「思想」だ。ヘッドとハートのこれ以上幸せなる結合はあるまい。しかしM君、本当にそうだろうか? もしかすると、これはひどい皮肉じゃないだろうか。でなければ、ひどく鈍感なのか? とにかくそのどちらかなんだ。第一、「和魂」と「洋才」がそんなに都合よく統一出来るものだろうか? これは明らかに分裂なんだよ。ただそれに気づいていないだけだ。あるいは、気づかぬふりをして来ただけか。いや、やはり気づいていないのだろう。少なくともわが明治人は、例の「地下室」の住人のような「悲鳴」は挙げなかったのだから。

「西欧の知識教養を身につけたためにロシアの大地と国民的本質から切り離された人間、それがわがロシアの知識人なのだ」

もちろんこれはロシア知識人の悲鳴だ。つまり、「和魂洋才」をもじっていえば、「露魂」と「洋才」との分裂の悲鳴だ。そしてこの分裂は、何も「地下室」の住人だけのものではない。スタヴローギン然り、ステパン教授然り、ラスコーリニコフ然り、イワン・カラマーゾフ然り……である。いや、ロシアじゅうの知識人という知識人の分裂だったのである。

それでは、わが東洋の島国の知識人はどうだったのか。もちろん分裂はあったと思う。ただし、わが東洋の島国ではそれを「分裂」とは呼ばなかった。すなわち「和魂」を離れた「洋才」は「軽薄才士」と呼ぶ。あるいは「高等道化」というわけであって、なにしろわが東洋の島国においては、「思想」とは、「分裂」のないのがタテマエだからだ。「分裂した思想」とは、つまり形容矛盾であって、もはや「思想」ではない。「思想の分裂」はすなわち「思想の喪失」を意味する。したがって、「笑っていないときでも笑っているような」仮面をつけたピョートルが、「凡そ思想といふものとは縁のない革命のロボット」と呼ばれたのは、むしろ当然というべきだろう。確かにピョートルには、わが明治人のいう「思想」はなかった。なにしろ、持たせようにも、「分裂」のない「思想」など、たぶん当時のロシアにはなかっただろうからだ。わが東洋の島国における「和魂洋才」の如き、幸福な形に統一された「露魂洋才」は存在しなかったのである。

とにかく、わが明治人はロシア人のように悲鳴をあげなかった。たぶん「思想」というものに「分裂」などあってよいとは考えられなかったからだ。そしてそれは、例の古田語録にいう「明治人のイサギヨサ」というものかも知れない。息子ピョートルを「思想なきロボット」と一刀両断、返す刀でその父ステパン教授を「高等道化」と切り捨てたのも、そのイサギヨサだったと思う。しかし、このイサギヨサの日本刀、いささか切れ味が良過ぎたようだ。なにしろこの日本刀は、ピョートル、ステパン親子もろとも、この小説の構造そのものまで切り捨ててしまったからである。

その理由は、すでに述べた。それこそ「文芸講演会」ふうに、これまでしつこく書いて来た通りであるが、もう一つつけ加えれば、この小説は、果して誰に「思想」があって誰にないのか、などということを問題にしているのではない。また、誰それの「思想」が誰それのものより優れている、などといっているのでもない。劣っているといっているのでもない。深いとか浅いとかの「思想」の比較品評でもない。もちろん、誰それの「思想」に感服しろなどともいってはいない。

それでは作者は、それらの人物たちを、さまざまな「仮面」をつけた「道化」として陳列しているだけだろうか？　まさか！　それでは、それらの「分裂」した迷える魂たちを何かの主義だか思想だかによって救済しようとしているのだろうか？　まさか！

なるほど、『悪霊』の作者がおこなった「プーシキンに関する演説」は、いわゆるスラブ主義者と西欧主義者とを握手させた社会的「事件」だったのだそうだ。ほとんど伝説化さえしているらしい。しかし、読んでみればわかると思うが、あれは一種の茶番劇です。例えば『オネーギン』の女主人公タチヤーナについて、「かかる美しさを持ったロシア女性の積極的典型は、わずかにツルゲーネフの『貴族の巣』のリーザをのぞいては、その後はほとんどわが文学中に二度とくり返されなかった、とさえいうことができる」という。しかし当のプーシキンは、そのタチヤーナもまた、手紙はロシア語よりフランス語の方が上手だった、と書いているのである。つまり彼女も、スタヴローギンと同じ教養の持主なのだ。まさか『悪霊』の作者が、その一節を忘れたわけではあるまい。いや、忘れるどころか、ひょっとすると、例のスタヴローギンが（二度まで）ロシア語文法を間違えるところは、『オネーギン』におけるこのタチヤーナの手紙のくだりからヒントを得たのではなかろうか、とさえ考えられるくらいだ。

いや、M君、ぼくは実際そう思ったし（事実は別として）、その方がいかにも『悪霊』の作者らしいではないか。ところが、彼はタチヤーナを、いかにもスラブ派好みの「ロシア女性の鑑」に祭り上げてしまった。そうしておいて、一方でツルゲーネフへのお世辞（と同時に、これは明らかに『悪霊』の中で彼を西欧派の、それこそ「高等道化」の一人カルマジーノフのモデルにしたことの穴埋めです）によって、西欧派の機嫌をも取り結んだ。そういう茶番だということです。

実際、『オネーギン』の題名を、むしろ『タチヤーナ』にすべきではなかったか、というに及んでは、到底本心とは思われない。もし本心だとすれば、理由は二つしか考えられません。一つは、モウロク（この演説は一八八〇年、つまり死の前年、作家五十九歳のときのものです）。もう一つは、小説以外の方法、形式では彼は真の自己を語ることが出来なかった。そのどちらかです。そして、そのどちらだったとしても、あの演説が彼の「小説」とも「思想」とも縁なきものだと思うわけです。

なにしろ彼の「思想」とは、それこそ「露魂」と「洋才」の分裂そのものだったからです。スラブ主義にして同時に西欧主義者であり、また、スラブ主義者でもなければ西欧主義者でもない。ああでもなければ、こうでもなく、ああでもあるし、こうでもある。そういう歪んだ楕円形です。「二つの中心」に引き裂かれた楕円なのです。そして彼が書いた人物たちは、すべて、その楕円形に歪み分裂した自意識の分身なのです。そしてそれらの分身たちは、すなわち「様々なる思想」なのです。そして彼の小説は、それら「様々なる思想」のすべてが、「関係」として相対化される構造なのです。そしてその構造そのものが、彼の「思想」だということなのです。

つまり、小説＝構造＝思想、あるいは、小説⟷構造⟷思想、ということだと思う。もちろんこれは、ぼく一人の勝手な図式なんだか、ついでにもう一つ勝手なことをいえば、この図式は彼のシベリア土産だろうと思う。「批評の神様」が、スタヴローギンを指してシベリアから来た男といったことは先に書いたが（なかなかうまいことをいったものだ）、それに倣っていってみれば、『悪霊』の作者はこの図式を十年間の流刑地シベリアから持ち帰ったのである。そしてここで勝手ついでにもう一つアクロバットをご披露すれば、『悪霊』の作者は流刑地土産としてシベリアから「神」と一緒に「悪魔」を連れて戻ったのである！　果してその後の両者の関係や如何に⁉

いや、はや！　またまた「文芸講演会」の続篇になったようだが、それにしてもM君、どうしてこんなことをながながと喋らなければならないのだろう？　といっても、もちろんぼくが勝手に喋っているだけなんだが、一つだけはっきりしているのは、次のことです。「和魂洋才」とは果して何だろう？　その正体が、ぼくにはいまだにさっぱりわからないためです。ということは、百年前のロシアにおける「露魂」と「洋才」の分裂が、どうも「他人事」とは思えない。つまり、その百年前のロシア人の悲鳴は、ひょっとすると自分のものではなかろうか⁉　ということなのです。

それともう一つ。これは、たったいま気づいたのだが、理由のよくわからない吐気です。あるいはこれは、ただ空っ腹に少々煙草を吸い過ぎたための吐気なのかも知れない。実際、煙草なしにはぼくはほとんど喋れないのですから。いや、本当に、それは鉛筆もペンもなしで手紙を書くようなものなんですからね、M君。しかしそうではないのかも知れない。この吐気は空腹のせいでも煙草のせいでもないのかも知れない。ただ、こうしてぼくが、まるで吐き続けるように君に向ってながながと喋っているのは、間違いなく、吐気のせいです。だから、君にはまったく申訳ない吐気なんだが、理由はわからなくとも、吐気がある以上、吐き続ける他ありません。それに、もし君が、仮にその理由を考えてくれたとしても、結果は同じということなのです。

しかしM君、お蔭で大分吐き出したよ。いや、まったく、まったく君のお蔭です。それこそ「文芸講演会」の挨拶ではないが、ゴ静聴マコトニアリガトーゴザイマシタ！　なにしろ、これでどうやら、肝心のステパン教授「最後の放浪」のところまで、何とか辿り着いたわけですから。え？　何？　まだ「文芸講演会」の続々篇か、だって？　いや、まことに申訳ない。しかし、ぼくが最初から話したかったのは、この、ステパン教授「最後の放浪」のことだったんだよ、M君。その彼の最後の放浪の果てにとび出す「最後の悲鳴」だったわけです。なるほどぼくは、少々まわり道をし過ぎたかも知れない。もちろんそれはこのぼくの才能のせいです。つまり、その不足によるアミダクジのせいです。迷路から迷路へとさまよったせいです。しかし、それは同時に「黄金の迷路」（どこか南方の島では、ジャングルのことを「黄金の迷路」と呼んでいるのだそうだが）でもあったようです。実際それは、例の「地下室」の住人の「歯痛」の悲鳴ではないけれども、ステパン教授の最後の悲鳴を、あと十分、あと五分、あと一分と、一寸のばしに勘定しているようなものだったからだ。

さてM君、ピョートルたち過激派のシャートフ殺害、放火、キリーロフの自殺、「婦人家庭教師のための慈善パーティ」のどたばた騒ぎなどのあと間もなく、わがステパン教授は、四十ルーブリ（それが彼の全財産だった）を懐にして、とつぜん家出をします。理由は、「ロシアを探す」ためだという。そして実際、途中でロシアの百姓たちの馬車に出会う。ステパン教授の靴を見て、百姓の一人は、旦那は散歩しているのだろうという。もう一人の百姓は、いや、どこか外国から汽車に乗って来た旅行者だろう、という。また別の百姓は、いやあの靴は商人の靴だといい、更に別の百姓は、いやあの靴は軍人の靴だという。ステパン教授は、いや自分は商人でもなければ軍人でもない、と答える。しかし百姓たちには通じない。なにしろ教授の言葉には、必ずどこかにフランス語が混っていたからである。

もちろん教授は、わざとそんなことをしているのではない。それどころか彼は、百姓たちに対して（何一つ悪い事をしたおぼえはないにもかかわらず）、何か悪い事でもしているような気持にさえなっている。同時に、そんな自分を不思議がってもいる。しかし、露骨に好奇心をむき出す百姓たちに向って、何とか自分を説明しようとすればするほど、（つまり、しどろもどろになればなるほど）教授の言葉にはフランス語が混り込んでしまうのである。（もはやいうまでもないとは思うが、ここで例の「スタヴローギンの告白」を思い出して下さい。また、彼が首吊り自殺直前に、ダーリヤ・パーヴロヴナという女性宛てに書いた手紙の件を思い出して下さい。そのどちらにも、ロシア語文法の誤りがあったと、作者がわざわざ「私」なる人物に指摘させていたことを思い出してくれ給え！）

このステパン教授と百姓たちとの、とんちんかんなやり取りは、（何もいまはじまったことではないが）えんえんと続く。そのうち教授は百姓たちのがたくり馬車に乗せてもらうが、そのがたくり馬車の歩みの如く、えんえんと続く。もちろんそれは省略するが、とある見知らぬ村の休憩小屋のようなところで、教授は「聖書売り」の女ソフィヤに出会う。そして彼は聖書を買い、もう三十年くらいも聖書を読まなかったことを思い出すのである。

ソフィヤは、セバストーポリで従軍看護婦をしていたという。しかし十八歳で未亡人となり、いま三十四歳だという。それから二人のやり取りが、またまた、えんえんと続くのであるが、ある晩ステパン教授は、とつぜん擬似コレラの発作を起す。そして、三日後に見知らぬ村の宿で息を引き取るわけであるが、その野垂れ死に同然の死の直前のうわ言にまで、フランス語が混っていたのである。

教授はソフィヤに、どこでもいいから聖書の一節を読んでくれと頼む。彼女は「山上の垂訓」を読む。すると、もう一つ読んでくれという。彼女は「黙示録」の一節を読む。そして最後に、例の「ルカ伝」の豚の群のくだりが出て来るわけだが、M君、ここだけはどうでも米川正夫訳で読んでもらいたいと思う。

「今度はもう一度あの……豚のところを読んで聞かして下さい」とつぜん彼はこう言った。

「なんですって?」とソフィヤは恐ろしく面くらった。

「豚のところです……それはあの……あの豚ですよ《セコション》……私も覚えています、悪鬼が豚の中に入ってみんな溺れてしまったという話。ぜひそれを読んで聞かせて下さい。なんのためかってことは、後で話しますよ。私は一字一字おもい出したいのです。一字一字……」

ソフィヤは福音書をよく知っていたので、すぐルカ伝の中からその場所をさがし出した。それは、この物語の題名としてかかげた章である。私はもう一度ここへ引用しよう。『ここに多くの豚のむれ山に草をはみいたりしが、彼らその豚に入らんことを許せと願いければ、これを許せり。悪鬼その人より出て、豚に入りしかば、そのむれ激しく馳せくだり、崖より湖に落ちて溺る。牧者《かうもの》どもそのありしことを見て逃げ行き、これを町また村々に告げたり。ひとびとそのありしことを見んとて、出てイエスのもとに来れば、悪鬼の離れし人衣《きもの》を着け、たしかなる心にてイエスの足下に坐せるを見て、おそれあえり。悪鬼に憑かれたりし人の救われしさまを見たる者、このことを彼らに告げければ……』

「わが友よ《マアミ》」ステパン氏はなみなみならぬ興奮の体で言った。

「ねえ《サウエー》、あなた《ウー》、この驚嘆すべき……非凡な一章は、私にとって一生の間、dans ce livre（この本における）つまずきの石だった……だから、私はもう子供の時分から、ここのところを憶え込んでいましたよ。ところが、今ある一つの思想が une comparaison（一つの比喩）が浮かんできました。いま私の頭には恐ろしくたくさんな思想が浮かんで来るのです。ねえ、これはちょうどわがロシヤの国そのままです。この病める者から出て豚に入った悪鬼どもは、何百年の間、わが偉大にして愛すべき病人、すなわちわがロシヤの国に積り積ったありとあらゆる疫病です、黴菌です、不潔物です。ありとあらゆる悪鬼です、悪鬼の子です！ Oui, cette Russie, que j'aimais toujours（そうです、これは私の常に愛していたロシヤです）しかし、偉大な思想、偉大なる意志はちょうどその憑かれた男と同じように、わがロシヤをも高みから照すに相違ない。すると、この悪鬼や悪鬼の子や、上っ皮に膿を持ったあらゆる不潔物は、すっかり外へ追い出されてしまって……豚の中へ入らしてくれと、自分の方から願うのです。いや、ことによったら、もう入ってしまったかも知れません！ それはつまりわれわれです。われわれと、そしてあの連中です。ペトルーシャもそうです、et les autres avec lui,（彼に従うほかの連中もそうです）或いは私なぞその親玉かも知れない。私たちはみんな悪鬼に憑かれて、狂い廻りながら崖から海へ飛び込んで、溺れ死んでしまうのです。それがわれわれの運命なのです。われわれはそれくらいの役にしか立たない人間ですからね。しかし、病人は癒されて『イエスの足もとに坐る』でしょう。そして、人々は驚きの目をもって、彼を眺めるに相違ありません……chère, vous comprendrez après.（親愛なるものよ、あなたも後でわかるでしょう）が、今こういう話はあまり私を興奮させる……vous comprendrez après……nous comprendrons ensemble（あなたは後でだんだんわかってきます……私たちも一緒にわかるでしょう）」

彼はやがて譫言を言うようになり、ついに意識を失ってしまった。

これがステパン教授「最後の悲鳴」です。そしてどうやらこれが、「ロシアを探しに」家出したステパン教授の、結論のようだが、この聖書解読の当否は、君にまかせる。そして、いつか機会があれば是非きかせてもらいたいと思うが、いまぼくが君にきかせたいのは、右の引用中の傍点（もちろんぼくがつけたもの）の部分の解釈です。その中でも特に「ペトルーシャ（これはピョートルの愛称。つまりステパン教授はうわ言の中で息子をそう呼んだわけだ）もそうです」「或いは私なぞその親玉かも知れない」というところです！

なにしろそこでステパン教授は、ピョートルたちの過激派を生んだのは、自分たちだといっているからです。「笑っていないときでも笑っているような」仮面をつけた「頭に穴のあいたお喋りな書生さん」は、他ならぬ自分の息子だといっているわけです。「凡そ思想といふものに縁のない革命のロボット」の製造者は、この自分だというわけです。そして、いうまでもないと思うが、それは単なる肉親の「親子」ということではない。つまり、「パリで教育を受けた」「高等道化」の世代が、「頭に穴のあいた」「革命のロボット」の世代を生み出したのだ、といっているわけです。

したがって自分たちは、せめて豚の中に入り、狂いまわりながら崖から湖にとび込んで溺死する他あるまいというわけです。それが「西欧の知識教養を身につけたためにロシアの大地と国民的本質から切り離された」知識人とその息子たちの運命なのだ、というわけです。それをフランス語混りのうわ言でいいながら、野垂れ死にしたわけなのです！

なるほどこれは、滑稽な悲鳴だ。まさに、「露魂」と「洋才」が分裂した「高等道化」の代表的悲鳴に違いあるまい。しかし、これを指して「今はわが国でも未だ色々の形で跡を断たぬ高等道化のタイプ」と、いえるだろうか？　つまり、これほどの悲鳴をあげたわが明治人が、誰か一人でもいただろうか⁉

いろいろ、ながながと書いて来たが、要するに、そういうことなんですよ、M君。「悪霊」たちの生みの親は、他ならぬ自分（たち）なのだと意識した知識人が、わが東洋の島国のどこかにいただろうか？「和魂洋才」とは実は「和魂」と「洋才」の分裂なのだ、と悲鳴をあげたものがいただろうか？　ゼンキョートー過激派の生みの親は、他ならぬその分裂した自分たちなのだと名乗り出た知識人がいただろうか？　革命のロボットを製造した「高等道化」とは、他ならぬこの自分なのだと、イサギヨク名乗りをあげた知識人がいただろうか？

もし知っていたら、これも是非とも知らせて欲しいものだが、たぶんいないだろうと思う。なにしろ、イサギヨサと道化とは、それこそ「分裂した思想」だろうからだ。そして、自分だけは決して道化ではない、と信じ込んでいるのが、「和魂洋才」なる「思想」らしいからだ。そしてこれは、古田語録の次の一節に対するぼくの解釈でもあるわけです。

キミのお父さんも明治の生れだろうが、明治人を尊敬しすぎてはいかんよ。神話化してはいかんよ。明治人のイサギヨサなどというものを神話化してはいかんよ。僕をもっと疑わなきゃあいかんよ。

37

追伸　いまふっと思い出したんだが、いつだったか、過激派息子の父親が一人、首吊り（だったと思う）自殺をしたことがあったね。日航機ハイジャックだったか、それとも浅間山荘事件だったか？　そのあたりどうもはっきりしないのだが、何でも、どこかで旅館をやっている人物ではなかったかと思う。そして、過激派息子の方は、京大かどこかの学生じゃあなかったかと思うが、しかし、あの父親はステパン教授とは違うよ。というより、ステパン教授の反対ではないかな？

もちろん、旅館の主人だからなのではなく、あの父親の首吊りは、「悲鳴」ではなくて、世間への謝罪だからだ。つまり、自分は息子をああいう人間に育てたつもりはなかった。しかし不徳の致すところであのような不祥事を仕出かし、何とも申訳ない。世が世であれば、この手で成敗するところであるが、それはおカミにお預けします。ただ、それだけでは父親として気が済まぬし、世間に向ける顔とてないゆえ、死んで皆々様にお詫び申し上げる。

と、まあそういう自殺ではなかったかと思うが、その「イサギヨサ」が、ステパン教授と反対だということです。いかにも自分は、あの聖書の豚に取り憑いた悪霊の「生みの親」には違いない。しかし「思想」の親ではない。あの父親の首吊りは、そういう、息子否定の証明だからね。つまり、「悲鳴」の反対の「イサギヨサ」です。

ところであの連中、いま頃どこで何を考えているんだろうか？

38

追々伸　（こんな文句があるのかどうかわからないが、まあ、あることにして下さい）聖書の豚で思い出したんだが、（いや、それとも、父親と息子で思い出したのかな？　あるいは、その両方からだったのかもわからないが、とにかく）、「旧約」のノアの洪水のあと、どうしてノアはハムの息子のカナンを、セムとヤペテの奴隷にしてしまったんだろうかね、M君？

いや、（いつものことながら）とつぜんの質問で申訳ありません。しかし、ここはどうでも君の意見をききたかったわけです。そこで例によって少しばかり「復習」させてもらうと、まず、ノアはアダムとイヴの子孫に当る。何代目になるのかは面倒だから省くが（実際、いまちょっと「創世記」第五章の系図をのぞいて見たが、とてもじゃないがメマイがして来た）、彼は五百歳のとき、セム、ハム、ヤペテの三人の息子を生んだ。

それから百年後（ノア六百歳）に大洪水が起るわけだが、その理由はこうなっている。

《人《ひと》、地の面《おもて》に繁衍《ふえ》はじまりて、女子之《をんなのこれ》に生《うま》るゝに及《およ》べる時、神の子等、人の女子《むすめ》の美しきを見て其好《そのこの》む所《ところ》の者を妻となせり。（略）ヱホバ、人《ひと》の悪《あく》の地《ち》に大《おほい》なると、其心《そのこころ》の思念《おもひ》の都《すべ》て図維《はか》る所《ところ》の、恒《つね》に惟悪《ただあし》きのみなるを見たまへり。是《ここ》に於《おい》てヱホバ、地の上に人《ひと》を造《つく》りしことを悔《く》いて、心に憂《うれ》へたまへり。ヱホバ言《いひ》たまひけるは、我《わ》が創造《つく》りし人を、我地《われ》の面《おもて》より拭去《ぬぐひさら》ん、人より獣昆虫《けもののはふもの》天空《そら》の鳥にいたるまで、ほろぼさん、其《そ》は我之《われこれ》を造りしことを悔《くゆ》ればなりと》

しかし、ノア一族（三人の息子たちにはそれぞれすでに妻があった）だけは助けられる。そしてその理由は、こうなっている。

《ヱホバ、ノアに言《いひ》たまひけるは、汝《なんぢ》と汝《なんぢ》の家皆方舟《いへみなはこぶね》に入《いる》べし。我汝《われなんぢ》がこの世の人の中にて、わが前に義《ただしき》を視《み》たればなり。諸《すべて》の潔《きよ》き獣を牝牡《めを》七宛《ななつづつ》汝の許《もと》に取り、潔《きよ》からぬ獣を牝牡《めお》二《ふたつ》、亦天空《またそら》の鳥を雌雄《めお》七宛取《ななづつとり》て、種《たね》を全地《ぜんち》の面《おもて》に生《いき》のこらしむべし》

つまり、ノア一族は、エホバの神が自分で造っておきながらその「悪」にうんざりし、大洪水を起してこの地上から全滅させてしまいたくなった人間どもの中で、唯一、溺死を免れた一族である。また、そのことをノア本人も疑わないし、家族たちも疑わなかったらしい。何故、自分とその家族のものだけが選ばれて生き残ることを許されるのか？　エホバの神にたずねたような形跡はない。自分たち一族だけでなく、せめて誰それの家族だけでも一緒に方舟に乗せていただけないものだろうか、と嘆願したような形跡もなかった。

もっとも、そういうところが、選ばれた理由なのかも知れないね、M君？　何故自分たちだけが選ばれたのか、エホバの神様に質問なんかするようでは、選ばれる資格はないのかも知れないだろうからだ。また、自分だけでなく誰それ一家も救って下さい、などと嘆願などしなかったところが、エホバの神の気に入ったのかも知れない。自分などより、誰それの方が、エホバ様、あなた様の御心により適った人物であります、などと謙遜したりしなかったところが、そもそもエホバの神の御心に適ったのではなかろうか。

いや、きっとそうだ、そうに違いないと思いますよ、M君！　要するにエホバの神は、余計なことを考えない人間（だけ）を選んだのです。「疑問」や「謙遜」などという余分な意識を持ち合わせない男を選んだのです。そういう人間だけを残したかったからでしょう。それ以外の人間どもは不要と考えられたからだと思う。疑問も不要、謙遜も不要、そういう人間だけを新しい地上に残したいとエホバの神は考えたに違いないのである。

なるほど、さすがは全能の神エホバ様だ。そう思わないかね、M君？　つまり、この人選は正しかったわけだよ。実際、エホバの神自身にとっても、また、人間どもにとっても「余分な意識」などというものくらい「余計」なものはないわけだからね。「パンドラの匣」じゃないけれども、「余分な意識」などというものくらい、「不幸」や「悪」の種はないわけだからね。そしてそれは、ノアの時代も、われわれがいまこうして生きている二十世紀の「昭和の御代」も、さして変りはないということなのです。全能の神エホバ様は、すべてをお見透しだったというわけです。

そしてその証人こそ、他ならぬ、われわれ自身ということでしょう。つまり、全能の神エホバ様は、ただ一つだけ誤算があったとすれば、あの「大洪水」を起してもなお、われわれ人間どもは変化しなかった、ということかも知れない。相変らず「余分な意識」などというものを持ち合わせた輩も、絶滅には至らなかったということです。エホバの神が希まれたように、ノアの子孫だけが生き残ることにはならなかったわけです。

なるほど、ノア族（最近は、アンノン族という新種族も出て来たらしいが、どうやらこれはノア族系のようです）は、いまなお、われわれの周囲で優勢です。いや、圧倒的多数だといってよいでしょう。しかし、圧倒的多数ではあるが、「全部」ではない。そして、その全部ではないところが、極めて重大なのであります。仮にいま、ノア族と非（または反）ノア族との割合いを八対二くらい（いや、九対一くらいか？）だと考えてみても、とにかく全部ではない。地球上の人間どもが、一人残らずノア族というわけではない。

もちろん、証人ならば幾らでもいます。何ならM君、君宛てにこんなものを（本当に、これは何なのでしょうか？）ながながと書き綴っているぼくでもいいし、名差しでその相手にされているM君、君自身でもよいと思う。しかし、（謙遜するわけではないが）非（反）ノア族の代表を一人挙げよということになれば、それはやはり、例の「地下室」の住人（あるいはその作者）ということになるのではないだろうかね、M君⁉

なるほど彼（彼のことになると、またまた「文芸講演会」ふうになるおそれがあるので、今回は注意します）は、シベリア流刑の途中でもらった一冊の聖書（新約）を、死ぬまで肌身離さなかったそうだ。そして死の床でそれを開き、そこにたまたま出て来た「マタイ伝」のイエスとヨハネの問答を読み、「今は許せ、ということは今日死ぬということだ」、といったという。またその聖書は、いまもモスクワかどこかの記念館のガラス箱の中に保存されているそうだ。そして、たとえ2×2=5《ににんがご》であろうとも、自分は合理よりもキリストを選ぶと宣言した。

もちろんM君、それは真実であったと思う。ぼくもそれは、ノアに倣って疑わないが、ぼくがここでいいたいのは、同時に彼は聖書というものを、一冊の書物として完璧にマスターした男だったろう、ということなのだ。それは、そこに書かれた「内容」「思想」だけではない。その書かれ方、作られ方、その方法、その構造というものを完璧にマスターした作家ではないかということです。

あの聖書という書物、開いて見れば誰にでもすぐわかる通り、イエス様は自分では一行も書いていない。（そういえば、孔子様も、ソクラテスも、自分では一行も書いていないな。しかし、ま、それはともかく）、イエス・キリストの言行、奇跡を、その弟子であったところのマタイ、マルコ、ルカ、ヨハネ、ヤコブ、ペテロ、ユダたちが書いたのである。それも分業式に、ある部分を誰かが書いたのではない。それぞれが、同じイエス・キリストの言行、奇跡を、それぞれの文章で書いた。したがって、そこに少しずつ違いがある。ズレがある。

ところが、それは、ただの記憶違いとか、受け取り方の違いだけではないらしい。こんなことを君に書くのは、それこそイエスに説法だろうと思うが、マルコは主としてローマ人のために、マタイはユダヤ人のために、ルカはギリシャ・ローマ世界の人々のために、そしてヨハネは、ギリシャ・ローマ世界の中でも主としてインテリを相手に、書いたのだそうだ。

つまり、同一の素材（といっては失礼かもわからないが、とにかく同一人物の言行と奇跡）を、それぞれの弟子たちがそれぞれの文章をもって、意識的（いまはやりの言葉でいえば、戦略的）に書き分けた。したがって、各書に見られるズレは当然ということです。そして、わが「地下室」の住人を作り出したあのシベリア帰りの作家がマスターしたのは、まさに「聖書」のその方法、その構造ではなかったろうか、ということなのです。それがつまり、最近いわれているところの「多声法《ポリフォニー》」なるものではなかろうか、ということなのです。

いやM君、今日の「文芸講演会」はこのくらいで打ち切りますが、ぼくがいいたかったのは、彼はそういうキリスト教徒だったのではないか、ということです。ゼウスの神々の国から火を盗み出して来たプロメテウスのような、そういうキリスト教徒、そういう人間、そういう小説家ではなかったろうか。そしてここでぼくがわざわざこんなことをいうのは、（もちろん、君が先刻お見透しの通り、いつものアミダクジ的悪癖もあったでしょうが）、もう一つは案外、あの「地下室」は、エホバの神への「抗議の書」なのではなかろうか、と思うからです。

いやM君、これは決して冗談なんかではない。案外、彼は非（反）ノア族の代表として、エホバの神に抗議したのかも知れんよ。非（反）ノア族の、ノア族への抗議の書かも知れんよ、M君！　そして、そのノア族の代表が、例の「地下室」の住人をまるでバケツか何かのように、ひょいと脇へどけてしまった、ビリヤード屋の「将校」です。また、雇主である「地下室」の住人よりも、何倍も落ち着き払って自信に満ちている下僕のアポロン、というわけです。

実際彼らは、ノア族の代表的人物です。つまり彼らが、落ち着き払って自信に満ちているのは、「余分な意識」など持ち合わせていないからです。そして「地下室」の住人はそのことに抗議しているわけです。いや、あれは「抗議」というより、もはや「悲鳴」だね、M君。あれこそまさに、「余分な意識」を持ち過ぎた非（反）ノア族の代表的な「悲鳴」であり、ヒステリーです。

もっとも、エホバの神にしてみれば、だからこそあの「大洪水」を起したのかも知れない。そして更に非（反）ノア族らしくカンぐれば、あるいはノアは、選ばれたのではないのかも知れない。つまり、あのときノアが唯一人選ばれたのは、選ばれたのではなくて、あのときすでに地球上では、ノア唯一人を除いて、すべての人間が非（反）ノア族だったということかも知れないからだ。

したがって、あそこで「大洪水」を起して、ノア以外の人間どもを全滅させぬことには、地球上の人間どもがすべて非（反）ノア族になってしまう、とエホバの神は考えたのかも知れぬ。そしてそうなれば、エホバの神そのものの存在が危い。なにしろ非（反）ノア族は、「疑う者」だからだ。また「謙遜」などという「余分な意識」を働かせたがる人間だからだ。それはエホバ様の危機ではなかろうか？

そこで、全能の神エホバ様は、こう考えたのかも知れない。そして、ひとり言のように、こんなことをぶつぶつつぶやかれたのかも知れない。どうせ大洪水のあとも、非（反）ノア族どもは、おそらく、ふたたびこの地上に生存しはじめ、増えはじめるに違いあるまい。そもそも人間とは、そういう生き物だからだ。泥をこねてこさえてやったときに、どこでどうサジ加減を間違えたのか、何かの拍子に、非（反）ノア的な要素がまぎれ込んだらしい。しかし、ここで一旦、非（反）ノア族になってしまった人間どもを全滅させて置けば、まあ、当分は安泰だろう。そうだな、あと二、三千年はノア族の天下が続くだろうよ。なるほど、例の「地下室」の住人を作り出したロシア人は、ずいぶんあちこちの国で評判らしい。しかし、それだって、地球上のすべての人間どもの数からすれば、知れたものよ。奴さんの「悲鳴」が幾ら大きいといったって、それが本当に耳にきこえる非（反）ノア族は、せいぜい全人間どもの一パーセントくらいなもんじゃないかな。いや、もっと少ないかも知れんて。なにしろ、だからこそ奴さんも「悲鳴」をあげたわけなんだからな。

もっとも、一匹の蟻の穴から大堤防も決壊する、とかいう諺が、どこか東洋の島国にあるらしいことは、わしも知っておる。したがって油断は禁物なんだが、しかしその島国では最近、アンノン族とかいう種属が増え続けているという噂じゃないか。そして彼ら（いや、どうやらアンノン族は女族らしいから、彼女らか？）は、なかなか頼りになるノア族らしいじゃないか。それに、彼女らが増加する傾向は、当分変らんらしいという話じゃないか。それに、その東洋の島国の影響力（金力か？）は、いまや、そのご先祖様に当る大陸やら半島やらにまで及んでおるという噂じゃからな。

まあ、そんなわけで、決してわしも油断はせぬつもりなんだが、あと三千年くらいは安泰だろうよ。地球上はノア族の天下だろうよ。もちろんこれは、ハッタリなんぞではない。疑うものは、「創世記」第五章を見よ！　どうも最近の人間どもは、テレビとかいうものの見過ぎのためか、それとも働くために時間を取られ過ぎのせいか、あるいは女族のご機嫌取りでくたびれ過ぎのためか、「メマイがする」などと称してあの章を精読しないらしいが、あそこを読めば、わしのいっておることが決して人間どものいうハッタリなどでないことがわかるはずだ。つまり、地上に人間というものをこさえてから、わしがあの大洪水を起さねばならぬと判断するまでに、どれだけの時間、どれだけの年数が経っておるか。それがはっきり書かれておる。

そうだな、「メマイがする」というのならば、ひとつわしが計算してやろうじゃないか。といっても、細かいところはそちらにまかせる。そうそう、お前さんたちが発明した、その「デンタク」とかいうものを使えばよかろう。

さて、よろしいかな？

まず、アダムは百三十歳でセツを生み、九百三十歳まで生きた。セツは百五歳でエノスを生み、九百十二歳まで生きた。エノスは九十歳でカイナンを生み、九百五歳まで生きた。カイナンは七十歳でマハラレルを生み、九百十歳まで生きた。マハラレルは六十五歳でヤレドを生み、八百九十五歳まで生きた。ヤレドは百六十二歳でエノクを生み、九百六十二歳まで生きた。エノクは六十五歳でメトセラを生み、三百六十五歳まで生きた。メトセラは百八十七歳でレメクを生み、九百六十九歳まで生きた。レメクは百八十二歳でノアを生み、七百七十七歳まで生きた。

そして、ノアは五百歳でセム、ハム、ヤペテの三人の息子を生み、九百五十歳まで生きた。また、わしが大洪水を起したのは、そのノアが六百歳のときである。

どうじゃな？　「メマイ」に「デンタク」の人間クンよ、これがこの地上に、お前さんたちのご先祖様を泥でこさえてから（もっとも、そのときに、ちょっとばかりサジ加減が狂ったようだが）、わしがあの大洪水を起すまでの時間だ。左様、これを要するに、非（反）ノア族どもが、ノア族の天下をおびやかすようになるには、それだけの時間がかかったということなんじゃよ。

まあ、あとは、お前さん方の発明した「デンタク」とやらで、じっくり計算してみるがよかろう。例のヒステリーのロシア人がいかに「悲鳴」をあげようと、いかに歯ぎしりしてみようと、それこそ東洋の島国でいうところの、ゴマメの歯ぎしりに過ぎんことがわかるであろうよ。いかに非（反）ノア族の過激派どもが蜂起しようと、あと何千年かはノア族の天下が続くことがわかるであろうよ。

その「何千年」かが、お前さん方人間どもの何千年に当るのかは、そちらの「デンタク」にまかせる。それは、最初に断わって置いた通りじゃ。細かいところはそちらにまかせる、とな。それと、もう一つ、これも最初にいったことだが、わしは決して油断はしておらん。それを決して忘れんようにな。

しかし、まあ、二割までは大丈夫だろうよ。つまり、地球上の人間どもの力関係が、ノア族八、非（反）ノア族二、くらいまでは大丈夫じゃろう。そしてそのことも、ちゃんとあの方舟のところで、こっそり教えて置いた。あの方舟に、どういう生き物がどれだけ乗ったか？　そこに謎として仕掛けて置いた。左様、お前さん方のはやり言葉でいえば、「記号」じゃな。もっともそれを、お前さん方人間どもが、どう「解読」するかは、勝手じゃがな。ま、このわしの話をきいて、少しでも心に不安が生じたならば、「メマイ」だの何だのといっておらずに、とにかくあの本を読むことだろうよ。ただし、間違えてはいかんぞ。例のロシア人が読んでいた本と、間違えてはいかんぞ！

いやはや、M君、何だかエホバの神様にすっかり引掻きまわされてしまった。お蔭で、敬遠していたアダムの系図をとうとう読まされてしまったばかりか、とんだ算術までやらされてしまったようだが、まあ、カンベンして下さい。それに、幸か不幸か（というか、残念ながら、というか）、エホバの神の話には、いちいちもっともだと肯かざるを得ないようだからね。つまり、エホバの神の誤算だったにせよ、そうでなかったにせよ、われわれとノア族とのおつき合いは、当分このまま続きそうだ、ということです。

しかしM君、それにしても地球上の非（反）ノア族が「一パーセント」以下とは、エホバの神もいってくれたものだな！　いや、実際、さすがはエホバの神様、どうもオソレ入リマシタ、とでもいう他ないよ、これは。なるほど君は書斎の人だが、それでも、少なくとも大学には出入りしているだろう。そして、大学というところに出入りしていれば、ノア族対非（反）ノア族の関係がいかなるものであるか、その割合いがいかなるものであるか、もはや説明は不要だろうと思う。つまり、大学の中も、テレビ番組も、すべて、全能の神エホバ様の仰せの通りだということなのです。そしてそれは、あと「何千年」だか（これはデンタクを持ち合せないので、まだ計算していないが）は変らないだろう、ということなのである。

さて、それでノアの方舟の話なんだが、（疑問だの謙遜などという「余分な意識」を持たなかった）ノアは、エホバの神様の言葉通りに、方舟を作った。この方舟の細かい構造は聖書（エホバの神様が読めといった方の）には書いていないようだが（何故だろう？）、イトスギ材で作られたらしい。そして、ある絵本で見たところによると、三階建てになっており、長さ百五十メートル、幅二十五メートル、高さ十五メートルだという。また、各部屋は厳重に仕切って、その壁の内外をアスファルトで固めさせたそうだ。また、窓は一つだけで、そこに戸をつけさせたそうだ。

実はこの絵本、サムエル・テリエン編、高崎毅・山川道子訳監修『原色・聖書物語』全三巻（創元社刊）という本なのだが、面白いのは、長い白髪と長い顎ひげを生やし、長い木の杖を持ったエホバの神らしき（それとも、ノアかな？）人物の指図に従って、大勢の男たちが材木を運んだり、削ったり、組立てたりしている図柄だ。

場所は、岩山の斜面のようなところで、山頂には六、七分通り出来かけた方舟が見える。大勢の男たちは、その出来かけの舟の中や、手前の傾斜面で働いているのだが、長い木の杖をついた白髪の老人がエホバだとしても、ノアだとしても、（いま絵本を開いて数えてみると）働いている男は十六人いるから、彼らのうちほとんどのものは、方舟に乗せてもらえなかったわけだ。つまり、彼らは方舟作りをさせられただけで、その方舟に乗り込んだノア一族を目の前に眺めながら、「大洪水」に呑まれ、溺死したのである。

しかし、もちろんノアは、そんな「余分な意識」など持たない。そして、これもエホバの神に命ぜられた通り、自分の妻、三人の息子、その妻たち、と一緒に出来上った方舟に乗り込む。また、動物たちも、エホバの神の命令通りに積み込む。したがって、この方舟に乗り込んだものは、ノア一族（つまり人間）が夫婦四組で八人。「潔《きよ》き獣」各種（何種類かは不明）七ツガイずつ。「潔《きよ》からぬ獣」各種（これも何種類かは不明）二ツガイずつ、および鳥類各種七ツガイずつ、ということになる。

どういうわけか、鳥類の方は「潔き」ものと「潔からぬ」ものに分けられていないが、これは「天空《そら》の鳥」とわざわざ書いてあるから、あるいは地上の生き物たちとは別扱いなのかも知れない。大洪水はあくまで、エホバの神の「地上の生き物ども」に対する制裁であった、ということなのかも知れない。
とすると、選ばれて方舟に乗ることを許された人間および獣の「数」の中に、さっきのエホバの神の独り言に出て来た、「謎」が仕掛けられているということだろうかね、M君？　つまり、方舟に乗せられた「潔《きよ》き獣」と「潔《きよ》からぬ獣」の割合いは7対2だ。それに、ノア一族は、これはもうエホバの神の御心に適った唯一の人間代表なのであるから、もちろん「潔き」ものであろう。

とすると、「潔き」もの＝ノア一族プラス「潔き獣」となり、「潔き」もの対「潔からぬ」ものとの割合いは、8対2となる。これだな、M君！　これが、きっとエホバの神が独りごとの中でいっていた「地球上の人間どもの力関係」すなわち「ノア族対非（反）ノア族」の割合いだよ。つまり、「潔き」もの＝ノア族＝8、「潔からぬ」もの＝非（反）ノア族＝2、というわけなんだよ。

それとも、ちょっと待ってくれよ、M君、あるいは、そうではなくて、そのものズバリ、方舟に乗り込んだノア一族（夫婦四組）の八人！　これかな？

とにかく、いずれにせよこの「8」が、ノア族＝「潔き」もの、の象徴数字ということになるらしいが、いやはや、M君、またまた下手な算術になってしまった。しかし、どうやら、下手なものほどやりたがるのが、この算術というやつではなかろうか、という気もして来た。だから、2×2＝5《ににんがご》などと、ヤケクソみたいに数字を呪っていた例の「地下室」の住人など、非（反）ノア族の代表であると同時に、案外こちらの方の代表者でもあるのかも知れない。つまり、数学が好きで好きでたまらないにもかかわらず、まったくその才能に恵まれていない、といった、われわれの周囲にもよくある種類の人間であって、かくいうぼくなども、その見本の一人なのかも知れない、ということなのです。まあ、そうとでも考えてもらって、この際（あるいはこれから先も）ひとつ目をつむって下さい、ということなのです。

しかしM君、（自分で勝手に下手な算術を持ち出して置きながら、そのすぐあとでこんなことをいうのは、ナンなんだが）、このノア族対非（反）ノア族の問題は、やはり算術では解けないのではないだろうか？　なにしろそれは「意識」の問題ではあるし、しかも「余分な意識」と来ている。それに何より、ノア族の中には、自分をノア族だと「意識」していない（あるいは意識したがらない）ものがずいぶん混っているらしい。つまり、自分だけはノア族ではない、と思い込んでいる（あるいは思い込みたがっている）わけです。そしてどうやらそれが、まさに彼らノア族の最大の特性らしいからです。

しかし（何だか、しかしが続くようだが）M君、今日ぼくが是非とも君にたずねたかったのは、ノア族対非（反）ノア族の問題などではなかった。また、エホバの神様の独り言の当否でもなく、「大洪水」のことでもない。それから、方舟に乗り込んだ人間や動物たちのことでもなく、そこにエホバの神が仕掛けて置いたらしい「数」の謎解きなどでもなく、最初に書いた通り、「大洪水」のあとのことです。「大洪水」のあとの、ノア一族の「父と息子」との問題です。

そこで、M君、申訳ないが手許にある「旧約」の「創世記」のところを、ちょっと開いて見てくれ給え。そうだな、最初に少し引用した第七章の終りあたりからかな。

《かくて七日《なぬか》の後《のち》洪水地に臨《のぞ》めり。ノアの齢《よはひ》の六百歳の二月即ち其月《そのつき》の十七日に当り、此日《このひ》に大淵《おほわだ》の源《みなもと》皆潰《やぶ》れ天《あま》の戸開《とひら》けて、雨四十日《にち》四十夜《や》、地に注《そそ》げり。此日《このひ》にノア……》

いやM君、もう少し先だな。

《而《しか》して水瀰漫《はびこ》りて大《おほい》に地に増《ま》しぬ。方舟《はこぶね》は水の面《おもて》に漂《ただよ》へり。水甚大《はなはだおおい》に地に瀰漫《はびこ》りければ、天下《てんか》の高山《たかやま》皆おほはれたり。水はびこりて十五キユビトに上《のぼ》りければ、山々《やまやま》おほはれたり。凡《おほよ》そ地に動く肉なる者《もの》、鳥、家畜《かちく》、獣、地に匍《は》ふ諸《すべて》の昆虫《もの》および人《ひと》、皆死《しね》り。即ち……》

いや、もう少し先です。

《神、ノアおよび彼とともに方舟にある諸《すべて》の生物《いきもの》と諸《すべて》の家畜を眷念《おも》ひたまひて、神乃《すなは》ち風を地の上に吹《ふか》しめたまひければ、水減りたり。亦淵《またわだ》の源《みなもと》と天《あま》の戸《と》閉塞《とぢふさが》りて、天《てん》よりの雨止《やみ》ぬ。是《ここ》に於《おい》て水次第に地より退《しりぞ》き、百五十日を経てのち水減り、方舟は七月に至り其月《そのつき》の十七日にアラテの山に止《とどま》りぬ。水次第に……》

いや、もう少し先だ。

《六百一年の一月の月朔《ついたち》に、水地に涸《かれ》たり。ノア乃《すなは》ち方舟の蓋《おほひ》を撤《のぞ》きて視《み》しに、視《み》よ、土の面《おもて》は燥《かわき》てありぬ。二月の二十七日に至りて、地乾《かわ》きたり。爰《ここ》に神……》

いや、もう少し先。

《神、ノアと其《その》子等を祝《しゆく》して之《これ》に曰《いひ》たまひけるは、生《うめ》よ、増殖《ふえ》よ、地に満《みて》よ。地の諸《すべて》の獣畜《けもの》、天空《そら》の諸《すべて》の鳥、地に匍《は》ふ諸《すべて》の物、海の諸《すべて》の魚《うを》、汝等《なんじら》を畏《おそ》れ汝等に慴《をのの》かん、是等《これら》は汝等の手に与へらる。凡《おほよ》そ……》

いや、もう少し先。そうそう、これです、第九章の終りのところです。

《ノアの子等の方舟より出《いで》たる者は、セム、ハム、ヤペテなりき。ハムはカナンの父なり。是等《これら》はノアの三人の子なり。全地《ぜんち》の民《たみ》は是等《これら》より出《いで》て蔓延《ひろが》れり。爰《ここ》にノア農夫となりて葡萄園《ぶだうばたけ》を植《つく》ることを始《はじめ》しが、葡萄酒《ぶだうしゆ》を飲《のみ》て酔《ゑひ》、天幕《てんまく》の中《うち》にありて裸になれり》

そして問題は、この直後の部分です。

《カナンの父ハム、其父《そのちち》のかくし所《どころ》を見て、外にありし二人の兄弟に告《つげ》たり。セムとヤペテ乃《すなは》ち衣《ころも》を取《とり》て倶《とも》に其《その》肩に負《かか》け、後向《うしろむき》に歩みゆきて其父《そのちち》の裸体《はだか》を覆《おほ》へり。彼等、面《かほ》を背《うしろ》にして其父《そのちち》の裸体《はだか》を見ざりき。ノア、酒さめて其若《そのわか》き子の己《おのれ》に為《なし》たる事を知れり。是《ここ》に於《おい》て彼言《いひ》けるは、カナン詛《のろ》はれよ、彼は僕輩《しもべら》の僕《しもべ》となりて其《その》兄弟に事《つか》へん。又《また》いひけるは、セムの、神ヱホバは讃《ほむ》べきかな。カナン、彼の僕《しもべ》となるべし。神、ヤペテを大《おほい》ならしめたまはん、彼はセムの天幕《てんまく》に居住《すま》はん、カナン其僕《そのしもべ》となるべし》

これはいったい、どういうことなんだろうかね、M君!?

39

M君、ノア一族の話がようやく山場にさしかかったところで、まことに申訳ないのだが、思い出したときに書いて置かぬと、それこそ永久に思い出せなくなるおそれがあるかも知れないので（いや、決して大袈裟でなく、最近では実際、そんな不安にときどきふっと襲われます）、ここで一つ「訂正お詫び」をして置きます。もっとも、いま頃わざわざこんなことをせずとも、君のことだから適当に訂正しながら読んでくれるとは思うが（それに、もっと他にも、ずいぶんあちこちに訂正お詫びの必要な個所があったのだとも思うが、ま、それはともかく）、いつだったか、例の電話発明王ベルの話からイソップの話へ、イソップの「猫とネズミ」の話からアプロディテの嫉妬の話へとアミダクジ式にどんどん話がそれてしまったときだったと思う。

あそこで、父親ウラノスのペニスを末っ子のクロノスが切り取ったように、クロノスの末っ子のゼウスもまた父親クロノスのペニスを切り取った、というのは誤りでした。したがって、ゼウスが切り取ったクロノスのペニスを投げると海に落ち、そこにたかって来た泡の中からアプロディテが誕生した、というのも誤りです。アプロディテが泡から出て来たのは間違いではない（らしい）のですが、それはクロノスのではなく、クロノスが大鎌を振って（なにしろ巨人族なのだから）切り取った父親ウラノスのペニスをうしろに投げ捨てるとそれが海に落ち、そいつにたかった泡から誕生した、というのが正解らしい。以上、訂正お詫びします。

それにしてもM君、そのペニス切りの大鎌を作ってクロノスに与えたのが、ウラノスの細君（つまりクロノスの母親）ガイアだというのは、何ともおそろしいことです！　おそろしいというのは、生ま生ましいということです。生ま生ましいというのは、現実的だということです。左様、M君、リアルだということなのです！　ところでM君、わが家（といっても、いまこうしてこれを書いているぼくは、自宅＝9―12を離れてこの9―9＝空中にとび出した贋地下室の住人なんだが）の長男は中学三年（あるいは今年から高校だったか？）なんだが、君には息子さんはいたんだっけ？

いや、まあ、それはどうでもよろしい。いるのも運命、いないのも運命ということなんだが、ただ、現実に息子がいるか、いないか、これによってこの神話の受取り方は違うだろうということです。ショックが違うだろうということです。つまり、ただの「神話」か、それ以上のものになるかということです！

それにしてもM君、ガイアが作って息子クロノスに与えたという大鎌は、いやはや、何とも巨大なものだな。というのは例のヴァザーリ描くところの「ウラノスとクロノス」（いまぼくはその絵を目の前に拡げている）なんだが、M君、君もちょっと開いて見給え。

いや、あの素裸のクロノスが手にしている大鎌、あれは怪獣でも退治出来そうなものだね。柄は、そうだな、クロノスの背丈くらいか。その先端につけられた刃は、まるで怪鳥の羽のような形をしている。そいつが、やはり素裸で仰向けに倒れている父親ウラノスの股間めがけて、まさに振りおろされたところなんだが、どうやら場所はガイアの寝室らしい。

もちろん、すべてはガイアの陰謀だったのだろう。なにしろウラノスは、毎晩、酒に酔ってガイアの寝室に侵入して来たらしいから、あらかじめ大鎌を持ったクロノスをドアの外だかベッドの下だかに隠れさせて置き、まさにウラノスがガイアに襲いかからんとするところを狙わせたのだと思うが、なるほど肉棒を切断するには、そいつが固く伸び切っている方がやりやすいわけだ。

理由は（神話に理由が無意味なことは、すでに何度も書いた通りなんだが、理由があったり、無かったりするところも、これまた神話の神々の気紛れということでしょう）、ガイアが生んだヘカトンケイル（百本の手を持つ怪獣で、どうやら三つ児だったらしい）を、ウラノスが暗黒の冥界に埋めてしまったためだという。ウラノスは、この百腕怪獣に限らず、どういうものか自分がガイアに生せた子供たちを余り好まなかったらしい。

ただし、毎晩、ガイアと交ることだけは欠かさなかったらしいから、この切断は彼女の嫉妬からではないのだろう。彼女は、ヘラのような嫉妬深い女ではなかったのかも知れない。また、ウラノスの方も、ゼウスのような浮気男ではなく、むしろ律義者の子だくさんタイプだったのかも知れぬ。それに、嫉妬深い女は、たぶん、こういう切断はやらないのではないだろうかね、M君？　実際、あの嫉妬の女王ヘラもそうはしなかったし、もし切断したとしても、それを海に捨てさせたりはしなかったと思うが、どうだろうか？

このヴァザーリの「ウラノスとクロノス」は、フィレンツェのヴェッキオ宮殿の壁画らしい。そしていまぼくが開いて見ているのは、その部分の小さな複製の白黒写真版（まったくお粗末なものです）なんだが、右端の柔かそうな長椅子（ベッドか？）に、両脚を半開きにして素裸で寄りかかっているのは、たぶんこの切断事件の主謀者であり、ウラノスの妻であるところのガイアだろう。仰向けに寝ていた体を、半分起したような姿勢で、右手を乳房に軽く当てがっている。その顔は、残念ながら（本当に、残念です！）見えません。もちろん、本物（壁画）には描かれているのだろうが、これは、是非とも一度見たいものです！　それともM君、もし君のところに（複製でも）あったら、是非とも見せて下さい。といっても、いつ会えるのかわからない（本当に、いつ会えるんだろうか？）ので、その複製の出ている画集を教えて下さい。

しかしM君、まさか、彼女は笑ってはいないだろうね!?　いくら自分が仕組んだ陰謀だとはいえ、目の前で夫がペニスを切り取られようとしているんだからな。しかも、わが息子の手（いや、大鎌）によって、なんだからね！

画面には、やはり右端の方に、もう一人女が描かれています。だいたい、この種の神話画には、いろいろな副人物（羽の生えた天使とか、弓矢を持ったキュピッドとか、楽器を手にしたニンフとか）がつきものなんだが、この絵で全裸のガイアの隣に腰をおろしている女は、何者だろうか。彼女は、下半身だけを薄衣で覆い、両方の乳房はまる出しで、顔は心もち右に傾いている。その目は、うっとりと何かを見ているように見える。彼女は、笑ってはいない。しかし、悲しんでいる表情でもない。むしろ、たぶん、大鎌を振う若々しいクロノスに見惚れているのだろう。クロノスは素裸で、背中をこちら（つまり、ぼくの方）に見せている。したがって、彼女の目はクロノスの肉体の表側のすべてを見ることが出来たはずです。彼女の膝には、細長い尖った木の葉に包まれた、リンゴのような果実が載せられており、そこに右手が軽く添えられている。また左手は、やや右にかしげられた頭上に、いかにも若い女性らしく、優美にかざされています。

ニンフだろうか？　それとも、のちにクロノスの妻になった姉のレイアだろうか？　いや、M君、たぶんそうです。あの目つきは、おそらくそうに違いありません。そして彼女は、このときクロノスの妻になりたい（是非ともそうなりたい）と決心したのだと思うよ、M君！

いやはや、とんだところで、とんだ妄想を逞しゅうしてしまったようだが、少なくともこの（レイアらしき）女は、ガイアおよびクロノスの側のものです。それだけは（ぼくの妄想はともかく）間違いないでしょう。絶対にウラノスの味方でないことだけは断言出来ます。

その証拠に、いまぼくが見ている画面では、彼女が優美にかざしている左手の少し上の方に、一本、男の腕が見えます。これは、いかにも逞しそうな右腕で、肘を軽く（つまり、への字形の反対に）折り曲げ、何者か（もちろん、クロノスに決まっています）を祝福するかのように、オリーブ（たぶんそうでしょう）の葉を捧げています。

そして、画面の中央では、先に書いた通りの切断が、まさにおこなわれようとしているわけです。あわれウラノスは仰向けに倒され、右腕の肘は弱々しく「く」の字型に曲り右脚の膝をこれまた弱々しく「へ」の字形に立てています。そしてクロノスの大鎌の刃（これはどうやら、コウモリの羽の片側のように見えます）の先端は、まさにそのウラノスの股間に突き立てられているわけです。

ウラノスの顔は、深い頬髭とながい顎髭で覆われています。この絵では色はわからないが、それらはどちらも真白いのでしょう。太い眉毛も同じことでしょう。その眉毛の下から、あわれにもウラノスは、息子クロノスの顔を見上げています。もちろん仰向けに倒されている以上、見下ろすわけにはゆかぬわけだが、一方、クロノスの目は（彼は背中をこちらに向け、顔は左向きなので左目だけしか見えないが）、その父親ウラノスの目を一直線ににらみつけています。

それは、メドゥーサの首を切ったときのペルセウスの目よりも、怪獣から生れたというライオンを退治したときのヘラクレスの目よりも、憎しみに満ちたものだったと思う。そして、テーバイの王ライオスを殺したときのオイディプスの目よりもすざまじいものであったはずだ。なるほどライオスはオイディプスの実の父親であったが、それはあとでわかったことだからである。殺害したとき、オイディプスはそれを知らなかったからである。

ところで、いまぼくが見ているヴァザーリの「ウラノスとクロノス」には、倒れているウラノスのうしろ（というか、向う側）に、二つの象徴が描かれている。一つは、球形の檻のような（例えば、地球儀の表面を剝ぎ取って、骨組みを露出させたような）もので、おそらくこれは地球すなわち大地（ガイア）の象徴だと思う。それからもう一つは、支配者が常に握っている金の棒（この絵では色はわからないが、あれはM君、笏杖というんだったかね？）、すなわち王権の象徴である。

そして、このヴァザーリの絵では、その金の棒（握りの部分が剣の柄のように太くなって、菊の蕾のような形をしている）が、裸にされて骨組みを露出した地球儀のような球形の檻に、斜めに突きささっている。つまり、これは（すでに説明も不要なくらい）そのものズバリであって、ウラノスのペニスとガイアの交接である。

しかし、そのウラノスのペニスの支配も、すでに終りだ。なるほどその棒は、裸にされた地球儀にささってはいる。しかし、垂直に、深くではなく、斜めに、浅くだ。つまりそれは、いまやクロノスが振りおろした大鎌の、コウモリの羽の形をした巨大な刃によって、まさに切断されんとしているウラノスのペニス＝王権の象徴であります。

ところで、ペニスを切り取られたウラノスはどうなったのだろう？　もちろん彼は、人間ではないから、死んだわけではない。なにしろ彼は天なのであるから、ペニスを息子に切り取られたからといって、死ぬわけにはゆかないわけだ。いっそ彼は、こんなことなら死んだ方がましだと考えたかも知れない。しかし天である以上、人間のように死ぬわけにはゆかぬ。ただ、大地であるところの妻ガイアと、夜な夜な交わることが出来なくなっただけだ。

それは死ぬより辛いことだっただろうか？　あるいはそうだったかも知れない。しかしとにかく、ウラノスの大地に対する支配権は、そのペニスと共に失われたのである。

したがって、このヴァザーリの「ウラノスとクロノス」は、血なまぐさい、猟奇的な惨劇の場面であると同時に、厳粛な王権交替の儀式の場面だ。父と息子の役割り交替の儀式だ。支配と権力の座を、息子に奪取される儀式だ。画面の右端に描かれた右腕が捧げているオリーブの葉も、豊満な乳房をむき出しにしたレイア（らしき女）の優美な左手も、その膝に載せられた果実も、すべてその儀式への祝福（供物）であろう。

そしてその儀式を、このマニエリスムの巨匠は、実に生ま生ましく描いた。ぼくが下手な絵解きについ夢中になったのも、その生ま生ましさのためです。もちろん、巨匠の壁画とこんな閑文字（本当にヒマな奴だな、と笑うなかれ）とを比較するなどオコの沙汰だが、たかだか複製（いや、複製のまた複製かも知れない）の粗末な白黒写真版ですら、ぼくにこれだけの言葉を吐き出させずには置かなかった、ぼくがいうのはそういう意味です。

しかし、それにしても、どうだろうかねM君？　いや、自分からあれこれ勝手なことを喋って置きながら、ここに来てこんなことをいい出すのはどうかと思うが、やはりこの絵を、これはただの「儀式」なのだと割り切ることは、なかなか出来ない。それは第一に、ぼくが東洋の島国人だからでしょう。そして第二には「贋地下室」人の妄想も加わっていることでしょう。しかし、やはり、それだけではないような気がする。

つまりヴァザーリが描いたウラノスは、架刑台から降ろされたキリストのように衰えてはいない。なるほど彼は仰向けに倒れているし、その顔を包んでいる頬髭、顎髭はたぶん真白いことであろう。しかし、その肩は充分に盛り上っており、腕には男の筋肉が見える。また、その胸板も充分に厚く、腹筋もまだまだたるんではいない。それに実際、彼はその夜も妻ガイアの寝室へ、ほろ酔い機嫌で侵入して来たのである！

しかしM君、ぼくがいいたいのは、だからこそこの絵が、やはり「儀式」なのだと割り切れない、ということなのです！　つまり、仰向けに倒れたウラノスの肉体が、いっそ架刑台から降ろされたキリストのようであれば、問題はないのだと思う。それはすでに、男の肉体ではないからです。然るに、このウラノスはそうではない。いまだ、そうはなり切っていない。まだまだ充分に、男の肉体なのです。そしてM君、ぼくがいいたいのは（たぶん君がすでにお見通しの通り）、そのウラノスの肉体以上に、息子クロノスの肉体は若いということなのです！

こっちに背中を向けて、コウモリの羽の形をした刃のついた大鎌を振っているクロノスの尻が、余りにも若いということです。その尻が（ヴァザーリが戦争画に描いた軍馬の尻のように）余りにもまるまると盛り上っているということです。余りにも、はち切れんばかりだということです！　この尻と架刑台から降ろされたキリストの肉体とでは、これははじめから比較になりません。然るにウラノスの肉体は、まだまだ充分に男のものです。だからこそ、この父親と息子の肉体は、余りにも残酷な比較だということなのです。余りにもこの比較は、リアル過ぎます。実際、これは、儀式というには余りにもリアル過ぎるのではないだろうかね、M君⁉

もちろん、ウラノスの方も、ただ黙っておとなしく息子を許したのではなかった。彼は自分のペニスを切り落とした息子クロノスに呪い（これは神託だともいわれているらしいが、神託とは、そもそも呪いのようなものでしょう）をかける。すなわち、息子クロノスよ、お前たちはやがて自分たちの生んだ子供たちによって滅ぼされるであろう、という予言である。

そして不思議なのは、それをクロノスが信じるところなのだが、そのためクロノスは、その妻レイアの生んだ子供たちを、片っ端から腹の中に呑み込んでしまう。しかし末っ子のゼウスだけは、それを免れる。母親のレイアが、おむつだか何だかに包んだ石を、赤ん坊だと偽ってクロノスに呑み込ませたからだそうだ。そして、ゼウスはクロノスの目から隠され、どこかで、誰かに育てられ、誰かに作らせた何とかいう薬をクロノスに飲ませて、呑み込まれていた兄たち（ポセイドン、ブルートーなど）を吐き出させる。そして、ウラノスの呪い（神託）の通り、兄たちと力を合わせて父親クロノスを滅ぼしたのだそうだが、末っ子のゼウスが、天界および地上の支配者になったのは、兄弟でくじ引きをした結果らしい。いったい、どんなクジだったのか、まさか、アミダクジではなかったと思うが、その結果、ポセイドンには海の支配権が当り、ブルートー（ハーデース）には冥界の支配権が当ったのだそうだ。

ここで蛇足ついでにもう一ついえば、かの嫉妬の女王であり、ゼウスの正妻であるところのヘラは、やはりクロノスに呑み込まれていた、ゼウスの実姉なんだね。しかし、だからヘパイストスのような足の曲った醜男が生れたのかも知れない、などと考えるのは、わが近代人の悪癖なのでしょう。以上（少々ながくなりましたが）訂正お詫びまで、です。

40

さて（ここで、こないだのノア一族の話に戻りますが）、あのノアの怒りはいったいどういうことなんだろうか。息子（次男のハム）が、たまたま父親の「かくし所」を見てしまったということ、これはどういう罪なんだろう？

　このノア一族の話は、もちろん、モーゼの「十戒」以前なんだが、あの「十戒」にもそんな罪はなかったんじゃないかな。いや、待てよ、M君。済まないが、念のため「出エジプト記」のところをちょっと開いて見てくれ給え。そこの、

《神この一切《すべて》の言《ことば》を宣《のべ》て言《いひ》たまはく、我《われ》は汝《なんぢ》の神ヱホバ、汝《なんぢ》をエジプトの地、その奴隷たる家より導き出せし者なり》

　ではじまる第二十章です。つまり、ようやくエジプトを脱出したイスラエル人たちに、ヱホバの神が、モーゼの口を通していわゆる「十戒」を告げるところなんだが、面倒でもそこをシラミ潰しに当ってみようか。

《汝、我面《わがかほ》の前に我《われ》の他何物《ほかなにもの》をも神とすべからず。汝、自己《おのれ》のために何の偶像をも彫《きざ》むべからず。（中略）我《われ》ヱホバ、汝の神は嫉《ねた》む神なれば、我《われ》を悪《にく》む者にむかひては父の罪を子にむくひて三、四代に及ぼし、我《われ》を愛しわが誡命《いましめ》を守る者には、恩恵《めぐみ》をほどこして千代《せんだい》に至るなり》

　このあとは「安息日」のことなので少しとばして、

《汝の父母を敬《うやま》へ。是《これ》は汝の神ヱホバの、汝にたまふ所《ところ》の地《ち》に汝の生命《いのち》の長からんためなり。汝、殺すなかれ。汝、姦淫《かんいん》するなかれ。汝盗《ぬす》むなかれ。汝、その隣人に対して虚妄《いつはり》の証拠《あかし》をたつるなかれ。汝、その隣人の家を貪《むさぼ》るなかれ。又《また》、汝の隣人の妻およびその僕《しもべ》、婢《しもめ》、牛、驢馬《ろば》ならびに凡《すべ》て汝の隣人の所有《もちもの》を貪《むさぼ》るなかれ》

　このあとは、例のシナイ山の雷鳴および「天使のラッパ」の部分なので、少しとばします。

《汝等《なんぢら》、何をも我《われ》にならべて造るべからず。銀の神をも金の神をも汝等のために造るべからず。汝、土の壇を我《われ》に築きてその上に汝の燔祭《はんさい》と酬恩祭《しうおんさい》、汝の羊と牛をそなふべし。我《われ》は凡《すべ》て、わが名を憶《おぼ》えしむる処《ところ》にて汝に臨《のぞ》みて

汝を祝《めぐ》まん。汝もし石の壇を我につくるならば、琢石《きりいし》をもてこれを築くべからず。其《そ》は、汝もし鑿《のみ》をこれに当《あて》なば、之《これ》を汚《けが》すべければなり》

しかしM君、このノミという字は、メマイがしそうだね、まったく！　もし間違っていたらご訂正願いたいが、ただ、この次の文句はどうだろうか。

《汝、階《きざはし》よりわが壇に登るべからず。是《これ》、汝の恥《はづ》る所《ところ》のその上に露《あらは》るることなからんためなり》

因みに、この部分の口語訳は、こうです。

《あなたは、階段によって、わたしの祭壇に登ってはならない。あなたの隠《かく》し所《どころ》が、その上にあらわれることのないようにするためである》

つまり、ここでようやく、「恥《はづ》る所《ところ》＝隠《かく》し所《どころ》」だけは見つけたわけだが、どうやらこれは徒労だったようです。しかし、エホバの神が、自分でこしらえた人間どもの（しかも、さんざん苦労をしてエジプトから救い出したイスラエル人たちの）「隠し所」を見たくないというのは、これまたどういうことなんだろうか。とにかく、君の意見をききたいものです。もちろん、ぼくがききたいのは、エホバの神が見たくないという「隠し所」よりも、ノアの「かくし所」の方です。いや、両方きければそれに越したことはありませんが、どちらか一つといえば、ノアの「かくし所」の方という意味です。

ただ、そのためにも、ぼくの意見をのべて置いた方が便利（？）ではないかと思うので、例によって例の如く、勝手な思いつきを書いてみると、まず、ノアの三人の息子なんだが、長男のセムはセム族、次男のハム（問題の「かくし所」を見てしまった）はハム族、ということでしょう。そして、おやじのハムがノアの「かくし所」を見てしまったばっかりに、セムの奴隷とされてしまうハムの息子のカナンは、カナン人ではないかと思う。

いや、このあたりのことは、それこそ君に正確なところをききたいわけなんだが、とにかく、ハム族はエジプト系だろう？　そしてイスラエル人たちは、そのエジプトで奴隷にされていたわけだろう？　また、カナン人は、モーゼに導かれてエジプトを脱出したイスラエル人たちの「約束の土地」カナンを、ずっと支配して来た種族だろう？

いやはや、M君、これではまるで、君の返事を勝手にぼくが空想しながら、何だか君の意見を偽造しているような形になったが、（いや実際、だんだんそんな気持になったようです）、それにしてもイスラエル人たちは、余程このカナンの土地が欲しかったらしいね。実際それは「乳と蜜との流れる土地」だとモーゼもいっているようだし、なにしろそれを手に入れるために、イスラエル人たちは七十年（だったか？）も荒野や沙漠をさまよったわけだからね。そして、ようやくカナン人に勝って「乳と蜜との流れる」「約束の土地」を手に入れることが出来たわけだが、七十年とは、やはりながいよ。それも、（映画『十戒』に出て来る、例の紅海の水を真二つに押し分ける奇跡を起すことの出来た）エホバの神がついていてそうなのであるから、イスラエル人にとってこのカナン人とは、余程ニガテな、イヤな相手だったということだろう。いや、それだけではなくて、どうやら彼らはカナン人にコンプレックスを抱いていたのではないかと思うが、どうだろうか。

《わが使《つかひ》、汝にさきだちゆきて、汝をアモリ人《びと》、ヘテ人《びと》、ペリジ人《びと》、カナン人《びと》、ヒビ人《びと》およびヱブス人《びと》に導きいたらん。我《われ》かれらを絶つべし。汝かれらの神を拝むべからず。これに奉事《つかふ》べからず。彼らの作《さく》にならふなかれ。汝それらを悉《ことごと》く毀《こぼ》ち、その偶像をうち摧《くだ》くべし。汝等の神ヱホバに事《つか》へよ。然らばヱホバ、汝等のパンと水を祝し、汝等の中《うち》より疾病《やまひ》を除きたまはん。汝の国の中には流産《りうざん》する者なく、妊《はらま》ざる者なかるべし。（中略）我《われ》、黄蜂《くまばち》を汝の先につかはさん。是《これ》、ヒビ人、カナン人、およびヘテ人を汝の前より逐《おひ》はらふべし。我かれらを一年の中《うち》には汝の前より逐《おひ》はらはじ。恐《おそら》くは土地荒れ、野の獣増て汝を害せん。我、漸漸《やうやく》にかれらを汝の前より逐《おひ》はらはん。汝らは遂《つひ》に増てその地を獲《うる》にいたらん》

これは「出エジプト記」第二十三章の一部なんだが、要するにカナンの地を支配していた種族の方が、イスラエル人たちよりも知的、文明的に高度だったということだと思う。しかし、汝等イスラエル人は、そのカナンの支配者どもを滅ぼさねばならぬ。何故なら、彼らは異教徒だからだ。そしてわがエホバの神は、エホバ以外のいかなる神、いかなる偶像を拝むものも決して許さない、「妬《ねた》み」の神だからである。

ところで、次男坊のハムに、その「かくし所を」見られたノアは、ハムの息子のカナンに、こう宣言した。

《カナン詛《のろ》はれよ。彼は僕輩《しもべら》の僕《しもべ》となりて、其《その》兄弟に事《つか》へん。又いひけるは、セムの神ヱホバは讃《ほ》むべきかな。カナン、彼の僕《しもべ》となるべし。神、ヤペテを大《おほい》ならしめたまはん。彼はセムの天幕《てんまく》に居住《すま》はん、カナン其僕《そのしもべ》となるべし》

とするとM君、このノアの宣告は、イスラエル人たちを率いてエジプトを脱出したモーゼに告げられたエホバの神の予言の、そのまた予言（であると同時に願望＝夢）ということなのかも知れない。つまり、「かくし所」を見たとか見られたなどということは、本当はどうでもよいことだったのかも知れない。少なくとも理屈では、そういうことになるのではないだろうか。

しかし、ぼくは、それでは面白くないわけです。だからこそM君、「かくし所」についての君の意見をききたいと思うのだが、ただ、エホバの神の御心に適って「大洪水」から救われた唯一の人間＝ノア一族が、（理由はノアの「かくし所」であったにせよ、なかったにせよ）、大洪水のあと、他ならぬ内部から分裂してゆくというのは、なかなか面白い話ではないかと思う。

つまり、次男ハムは、ノア一族の中の「悪い種子《たね》」だったわけです。そしてそれは、少なくともノアには、最初からわかっていたのかも知れない。どうもこいつは、生れたときからノア族らしくない奴だと、ノアは前々からそう思っていたのかも知れない。

しかし、だからといって次男のハムだけを、方舟に乗せないというわけにもゆかない。なにしろ、「汝《なんぢ》と汝《なんぢ》の家皆方舟《いへみなはこぶね》に入《い》るべし」というのが、エホバ様の命令だったからだ。また、もし、どうもあの次男のハムはわが一族の「悪い種子《たね》」のようです、などとエホバ様に申し上げようものなら、おそらく、ハムだけでなく、ノア一族は方舟に乗せてもらえなかっただろうからである。したがって、六百歳のノアは、無事に方舟が動き出したあと、次のようなひとり言を、ぶつぶつつぶやいていたのかも知れぬ。

どうもあの次男のハムは、わが子とも思えぬ非（反）ノア的な男だ。あれは、わしがエホバ様の命を受けて、方舟作りに取りかかって四日目のことじゃったと思うが、ハムの奴、わしにこんなことをたずねおった。

父上、この舟は何のための舟なのですか？　誰を乗せる舟なのでしょうか？　誰が、どこへ行くための舟なのですか？

もちろん、わしは何も答えなかった。エホバ様に誓って、これは本当のことじゃ。わしはハムにこう命令した。兄のセム、弟のヤペテを見習え。兄のセム、弟のヤペテと同じように黙って汗を流せ。兄のセム、弟のヤペテと同じように材木を運べ。それがエホバ様の御心に適うことだからだ。

それとも、あのハムの奴、ひょっとしておれのタネではないのじゃろうか？　いや、いや、そんなおそろしいことを、わしは一度だって考えたことはなかったぞ。もちろん、いまも考えてはおらんし、これから先も決して考える道理がないわ。なにしろそれは、エホバ様に背くことじゃからな。何ごとも、すべてはエホバ様の御心次第じゃ。それに、もし本当にあのハム奴が「悪い種子」じゃったとしても、わしにそうと見抜けたものが、エホバ様に見抜けぬなどということは、あってはならぬことじゃからな！

とにかくわしは、こうしてこの方舟に乗っていさえすればよいのじゃ。百年でも、二百年でも……そうすれば、またエホバ様から何かお指図があるであろう。そしてそのときは、そのお指図通りに、従いさえすればよいのじゃ。しかし……いや……誰だ、そこに立っているのは？……え？……いや、それともただの空耳かな？……何かいま、そこらで誰かの靴の音がきこえたようじゃが……しかし、それにしてもあのハムの奴、どこでいったい手違いが生じたのか？

どうもうまく思い出せんのだが、ま、もう百年も前の晩のことじゃ、仕方あるまい。おそらくその晩は、わしが少々酔い過ぎておったのじゃろう。それで、ちょっとした手違いが生じたのであろう。それ以外には考えられぬし、また、そうであればエホバ様も、きっとお許し下さると思うわ。なにしろわしも人間じゃからな。エホバ様が泥をこねてこさえて下さった人間の、そのまたアバラ骨でエホバ様がこさえられた女から生れたものなんじゃからな。手違いの一つや二つは、むしろ、女から生れたものの証拠のようなものじゃろうて！

それに、（まったく畏れ多いことじゃが）全能の神エホバ様にも、ちょっとした手違いがあったのじゃそうじゃ。それは何でも、エホバ様が泥をこねておられたときのことだそうじゃが、何か小さな、よくないものが、エホバ様の目をかすめて泥に紛れ込んだことに、つい気づかれなかったのだそうじゃ。ところがその「悪い種子」は、だんだんとはびこり、とうとうエホバ様は、自分でこさえられた人間どもに腹を立ててしまわれたわけじゃ。そして、とうとうこの大洪水を起されたわけじゃからな。

それにしても、あのハムの奴を、わしはどうすべきであろうか？　あの男が、「疑う人」であることは、もうはっきりしておる。なるほど、そんな「悪い種子」を蒔いたのはわしの手違いじゃったが、わしの手違いじゃからこそ、このわしの手で成敗すべきではないのじゃろうか？　それとも、やはり、すべてはエホバ様の御心におまかせすべきじゃろうか？

もちろん、これはすべてぼくの単なる空想です。そして、これまたぼくの勝手な空想によれば、ノアは、方舟の中でのそんな自分のひとり言など、やがて忘れてしまったのではないかと思う。したがって、末っ子のヤペテから、ハムが「かくし所」を見たことを密告されたときも、最初は何とも思わなかったのかも知れない。

なにしろ、ぶどう畑で働いたあと、ぶどう酒に酔ってテントで昼寝するのは、別にその日がはじめてではなかったからだ。そして、そうやって昼寝をするときには、ノアはいつも丸裸だったからだ。また、それに何より、息子がその父親の「かくし所」を見た罪というものが、彼の知る限りでは、エホバ様の戒めの中に見当らなかったからである。

しかし、ヤペテの話をきき終ったノアは、とつぜんテントから走り出した。彼は、すっかり忘れてしまっていた大洪水を思い出したのである。方舟の中での自分のひとり言も思い出した。また、方舟作りの最中に、ハムがあれこれ質問して来たことも思い出した。そして、それらのことをすっかり忘れてしまっていた自分の罪をおそれた。

ヤペテを突きとばさんばかりの勢いでテントを走り出たノアは、ぺたりと地面に跪いた。そしてエホバの神に謝罪の祈りを捧げた。それは同時に、エホバの神への感謝の祈りでもあった。実際、今日まで、すべて（大洪水のことも、方舟の中での自分のひとり言も、ハムが質問をしかけて来たことも）を忘れて、ぶどう酒に酔払い、しかも丸裸で、昼寝などしていた自分が罰せられなかったことが、彼には奇跡のように思われたのである。

彼は、ながい間祈り続けた。夜になっても立ち上らなかった。もちろん何も食べなかった。そうやって彼は、地面に跪いたまま、一晩じゅう祈り続けた。祈りながら、ぶるぶるふるえていた。エホバの神の、お赦しの声がきこえなかったからだ。

たぶんノアは、いつだったかのエホバの神のひとり言をきいていなかったのだと思う。つまり、エホバの神は、ハムが「悪い種子」＝「疑う人」＝非（反）ノア族であることなど、先刻お見通しだったのである。しかしそれは、方舟に乗せたノア一族八人の中の、一人に過ぎない。しかも、大洪水のあとハムにはカナンが生れ、ノア族の中の非（反）ノア族は、逆に１―８から１―９に減ったわけだ。まだまだ、あわてる必要はないのである。いつだったかのひとり言でもいった通り、2—10までは大丈夫なのだ。エホバの神はそう考えていたのである。

ところがノアは、そのエホバの神のひとり言を、うかつにもききもらしていたらしい。したがって、これほどまでに一晩じゅう祈り続けて、なおエホバの神のお赦しがきこえないのは、忠誠の証しがないためだ、と思ったのだと思う。自分の手違いによって、こともあろうにノア族の内部に発生した非（反）ノア族である（らしい）次男のハムを、方舟の中のひとり言以来、ずっと忘れ放しでいたためだ、と思ったのだと思う。しかし、ノアが忘れていたのは、別にハムのことだけではなかった。実際、大洪水があったことさえ、ノアは忘れてしまっていたのである。

すでに夜は明けはじめていた。アララテ山の頂の万年雪は、朝陽で赤く染まっていた。とつぜん、ノアは立ち上った。そして、心配そうな顔を並べているノア一族の前で、ハムの息子カナンに奴隷の宣告を下した。そうすることが、一晩じゅう、何も食わず、地面に跪いて祈り続けた自分の、エホバの神に対する忠誠の証しだと考えたからだ。つまり理由は、「かくし所」ではなかった。ただ、「かくし所」がショック、すなわち引き金になったのである。

それともM君、そうではなくて、問題はやはり「かくし所」そのものだろうか？　それを見たのが息子であり、見られたのが父親だったということの中に、何か、秘密（か謎）があるのだろうか？　とすれば、どんなことが考えられるだろうか。何かそこに、一見たちまち父親の権威のすべてを失墜させるような、重大な欠陥でもあったのだろうか？

それとも、末っ子ヤペテの密告に何か問題があったのだろうか？　つまりヤペテは、例えばハムが、あのウラノスのペニスを切り落としたクロノスの大鎌みたいな、コウモリの羽の形をした刃を持った鎌を、ぶどう酒に酔払って、（丸裸で）昼寝をしている父親ノアの「かくし所」めがけて、あわや、振り下そうとしていた、とでも密告したのだろうか？

しかし、それにしても、何故ハムにではなくて、その息子のカナンに奴隷の宣告が下ったのだろうかね、M君⁉

追伸　アルメニヤ・コニャックの特級品「エレヴァン」（これは現在のソ連邦アルメニヤ共和国の首都の名です）のラベルに、（ノアの方舟が漂着したという）アララテ山のマークがついているのを、知っていますか？

41

M君、ノアの「かくし所」に関する鍵を一つ見つけた。あるいは君はすでに先刻ご存知かとも思うが、とにかく報告して置きます。

《二二節の〝裸〟についてはイスラエル人はギリシャ人などと違い、強い羞恥心を持っていた（出エジプト二〇／二六参照）》

これは関根正雄訳『旧約聖書―創世記』（岩波文庫）の註釈（一六九ページ）です。「二二節」とは、「創世記」第九章第二十二節のことで、例のブドー酒に酔っ払ったノアが丸裸でテントの中で眠っていて、息子のハムに「かくし所」を見られた個所ですが、（出エジプト二〇／二六参照）この文字を見たときは、思わずドキリとしました。いよいよこれで重大な謎が解けるのか、と色めき立ったわけです。いや、正直いって、そこの部分（一六九ページ）を開いたままの岩波文庫を手にして、思わず椅子から立ち上ったほどです。もちろん、どこへ行こうというわけではない。実際、どこに行くところなどあるだろうか⁉　なにしろぼくがその個所を発見したのは、9―9＝空中にとび出した贋地下室だったのですから。ですからこれは、いわゆる、居ても立ってもいられない、というやつなのでしょう。

ぼくは岩波文庫を持って、トイレットに入りました。そして白い馬蹄型の便器に腰をおろしてみました。しかし、そこでも長続きはしなかったようです。つまり、何もしないまま立ち上り、ふたたび机の前に戻り、椅子に腰をおろしかけたが、腰をおろさず、暫く部屋の中をうろうろ歩きまわってから、電気按摩椅子に腰をおろしました。

左様、例の電気按摩椅子です！　ぼくが君宛てに書き続けているこの手紙（？）の、最初に出て来たあの電気按摩椅子です。そう、そう、ぼくが（あのときも）トイレットに立って行き、戻るときに蹴つまずいた、あいつです。そして、君宛ての最初の手紙を徹夜で書き終り、ぼくはそこに腰をおろして水割りウイスキーを飲んでいるうちに居眠りをしました。それから、カフカのことをぼんやり考えたりしました。カフカが『死刑宣告』を、まるで川の底を息を止めて歩き抜けるようにして徹夜で書いたということ、またそれは、遠くロシアの国へ出かけている（そして、たぶん、もういないかも知れない）古い友人宛ての手紙を書き終えたところからはじまる小説であったこと、などです。

あ、それから、宮子のあえぎ声もです。それが、ゲオルグの婚約者のあえぎ声のようにきこえるということです。ゲオルグが遠いロシアに出かけている古い友人の話をすると、婚約者はあれこれ難くせをつけてからんで来る。ゲオルグが接吻すると、激しいあえぎ声をあげる。そして、あえぎながら難くせをつけるわけです。それが宮子のあえぎ声のようにきこえるわけです。それでぼくは迷ったのだと思う。果して君宛てのながい手紙を、宮子に見せるべきか、どうか？　見せないで、話すだけにするべきか、どうか？　電気按摩椅子に腰をおろし、ぼんやりと迷っていたのだと思う。

あれは、いったい、いつだったのだろうかね、Ｍ君？　何でも、確か、ランボーの詩か何かを（柄にもなく）ちょっと出したような気がする。もう秋か……左様、いつだったのかわからないが、秋だったことだけは確からしい。そしてそれから、いまなおこうして書き続けているわけなのだが、その間、何千年かが過ぎたような気もする。いったいこの天地を、混沌の中から造り出したのはエホバの神が先か、それともギリシャの神々が先なのか。それこそ（エホバの神のひとり言ではないが）細かいことはすでにわからないし、またどちらでも構わない。なにしろ君宛ての手紙の中でぼくらは、エホバの神やゼウス様から、ゼンキョートーの女王様までつき合って来たわけだからね！

何千年というのは、そういう意味です。しかし、だからどうというのではありません。この君宛ての手紙を書きはじめたのが、何千年か前でなく、昨日だって同じことです。つまり、最初と同じように、いまもぼくはこうして君に向って書いているということです。また、最初と同じように、この君宛ての手紙（のようなあるもの）を、宮子に見せるべきか、どうか、迷っているということです。見せないで、話すだけにするか、どうか、決めていないということです。その本質的なアイマイさにおいて、最初もいまも変らないということです。それがぼくの現在だということです！　それが、この９―９の世界だということです。それが、空中にとび出したこの贋地下室の世界だということです。そしてぼくは、いまもその最初と同じ電気按摩椅子に腰をおろし、ぼんやりしているということなのです！

いや、はや、とんだところで「！」を連発してしまったようだが、もちろんぼくは、ただぼんやりしているだけではない。一冊の岩波文庫がその何よりの証拠であって、その一六九ページの「二〇／二六」とはいったいいかなる個所であるのか、そいつを思い出そうとしていたのである。なにしろそこに、ノアのキンタマ、(いや、失礼！)「かくし所」の秘密を解く鍵があるらしいからだ。そして、そうであるならば、何としてでも思い出さねばならない。

もちろん聖書なら、すぐそこに置いてある。「旧約」も「新約」も、口語訳も文語訳も、すぐそこの机の上に見える。しかしM君、君ならわかってくれると思うが、ぼくは自力で思い出したかったわけだ。なにしろ、ぼくはすでにその部分を何度も(実際、何度読んだだろうか！)読んでいるからである。そしてそこに、重大な謎を解く鍵が隠されていたのだとすれば、ぼくはそいつを読み落としていたことになるだろうからだ。いったいぼくは、いままで何を読んだことになるのだろう？　何も読まなかったことになるのである！

ぼくは、電気椅子、いや、電気按摩椅子の上で次第に不安になって来た。本当にぼくは何も読まなかったのだろうか？　いや、何だかそんな気がして来た。「二〇／二六」ノアの「かくし所」……「二〇／二六」ノアのキンタマ……タッタッタヌキのキンタマは……月夜の晩に火事あって水持って来いと木兵衛さん金たま落としてドロだらけ……カッカッカッ掛布さん、カキクケクケカキキンチョール……ニッポンの、ノギさんが、ガイセンす、スズメ、メジロ、ロシヤ、ヤバンコク、クロポトキン、キンタマ……六百一歳のノアのキンタマ……イスラエル人のキンタマ……アブラハムは神が命じられたように八日目にその子イサクに割礼を施した……アブラハム百歳のときだ……ゲオルグは父親の「かくし所」は見なかった。しかし、父親は彼に溺死の宣告を下した。ゲオルグは遠いロシアの国へ出かけたままの古い友人に宛てて書いたばかりのながい手紙について父親に話した。手紙には婚約のことが書いてあった。父親はとつぜんゲオルグをののしりはじめた。あのスベタ奴がお前を誘惑しおって！　そうだろう？　こうやってスカートをまくり上げて、お前を離れられなくしたのだろう！　そうだろう？　こうやってスカートをまくり上げて！　と父親は自分のガウンをまくり上げた。戦争で受けた太腿の傷痕が見えた。

まるで道化だ、とゲオルグは思わず叫んだ。それでお前たちはグルになってこの父親をベッドに縛りつけたんだ、と父親はいった。こうやって毛布ですっぽりくるみ込んだのだ！　あのスベタ奴とグルになってお母さんの思い出を辱しめたんだ！　しかし、この父親が本当に動けないかどうか、よく見るがいい！　そういって父親はベッドの上に立ち上り、両脚を片方ずつ宙に蹴り上げて見せた。それからとつぜんゲオルグに溺死の刑を宣告した。ゲオルグは部屋を走り出た。女中を突きとばしそうになって階段を駈け降り、表へ走り出て、橋の手摺りにしがみついた。なつかしいお父さん、お母さん、ぼくはあなた方を愛していました！　そしてゲオルグは手を放した。

しかし彼は、何故、手を放したのだろう？　それはわれわれにわからない。父親の太腿の傷痕を見たためだろうか？　とにかく彼は手を放した。本来お前は悪魔のような人間だったのだ、と父親はいう。そして溺死の宣告を下す。それは、われわれには謎のようなものだ。しかしユダヤ人の息子はその宣告に黙って従う。われわれにはわからない謎が、彼にはわかったのである！

ノアは自分の「かくし所」を見たハムの息子カナンに奴隷の宣告を下した。その謎の文句がわれわれにはわからない。しかし、ハムにはわかったらしい。父親の太腿の傷痕と父親の「かくし所」、溺死刑の宣告と奴隷の宣告。これは、イスラエル人──→ユダヤ人（この変化は関根説によれば、紀元前六世紀の途中かららしい）親子だけの秘密だろうか？　とにかく、関根氏は「出エジプト二〇／二六参照」といわれる。ところが、それがどうしても思い出せない。

いや、ちょっと待ってくれ給え、M君。いや、やっぱりこれでよかったのかな？　どうも今日は何だか筆が重いようだが、たぶんこれは、失望のせいです。実際、「出エジプト二〇／二六」を開いて見て（そうです、結局、電気按摩椅子の上でどうしても思い出せず、とうとう開いて見たわけです）、ガッカリしました。わが国聖書研究のオーソリティーに向って、一門外漢がこんなことをいうのはまことに畏れ多いことだとは思うが、いささか拍子抜けしたというのが、偽らざる告白です。つまり、それだけ、期待が大きかったということなのです。

《あなたは、階段によって、わたしの祭壇に登ってはならない。あなたの隠し所が、その上にあらわれることのないようにするためである》

左様、何のことはない、これが「出エジプト記」第二十章第二十六節だった。そして関根氏は、これをイスラエル人の「強い羞恥心」と解釈したわけだ。つまり、ノアの怒りは、この「強い羞恥心」が直接の原因ということだろうか。

なるほど、それも一理かも知れない。実際、エデンの園で知恵の蛇にそそのかされて禁断の木の実を食べたアダムとイヴは、自分たちが丸裸であったことを知るや、すぐにイチジクの葉で前を隠した。そしてそれ以後、「旧約」の世界においては、関根氏のいわれる通り、ギリシャ神話におけるような露骨なる描写は見当らない。それは確かだ。「交わる」という表現すらない。すなわち「人はその妻エバを知った。彼女はみごもり、カインを産んだ」のである。また、「男根」は「かくし所」であり、関根訳においては、その「かくし所」さえ見当らない。因みに、例のブドー畑のブドー作りがブドー酒に酔っ払う部分の関根訳、

《彼は葡萄酒を飲んで酔っぱらい、天幕の中で裸を出していた。カナン〔の父ハム〕は父の裸を見て、外にいた二人の兄弟に告げた。セムとヤペテは着物をとって二人でその肩にのせ、後ろ向きに歩いてその父の裸を蔽った。彼らは顔を後ろに向けていたので父の裸を見なかった》

と、いった具合である。傍点をつけたのは、ぼくであるが、最初に出て来た「註釈」に「二二節の〝裸〟については」とあるのは、この訳から来ていたわけで、あるいはイスラエル人は、関根説の如く性的羞恥心の強い人種だったのかも知れない。少なくとも形になった表現においてはそう見えるようだ。実際それは、ゼウスが女神やニンフたちと手当り次第に「交わったり」、息子が父親の「男根」を切り落としたり、その「精液」がまき散らされて泡が立ったり、といったギリシャ神話の世界とは正反対の世界に見える。したがって、ノアの奴隷宣告は、そのギリシャ人などとは違う「強い羞恥心」のためだとする解釈にも、一理はあろうかと思われるわけだ。なにしろ、エホバの神にさえ見せてはならぬ「かくし所」を、事もあろうに息子に見られてしまったのである。ノアの奴隷宣告は、その狼狽と怒りによるものだと考えれば、そう考えられぬこともないといえる。

しかしM君、どうだろうかね？　関根説の「強い羞恥心」だけで、果してこの難問、解決出来るものだろうか？　いや、解決、解釈はともかく、早い話、納得出来るだろうか？　ましてや関根訳においては、その「かくし所」さえ隠されてしまい、ただの「裸」になっているのである。これでは、ほとんど謎に近い。いや、近いというより謎そのものだ。なにしろカナンは、そのためにセム伯父さん、ヤペテ叔父さんの奴隷にされたのだった。その謎を解くための鍵だと思ったものが、謎そのものだったということなのである。

M君、いささか拍子抜けしたというのは、そういう意味です。実際、思わず「チェッ！」と舌打ちが出たほどで

した。もっともこれは、自分に対してでもあります。「出エジプト二〇／二六」がいかなる個所であったか、ただちにピンと来なかったぼく自身への舌打ちです。そこに何か重大な鍵があるかの如き妄想を抱き、あらぬ期待のために興奮したぼく自身への舌打ちでもある。

しかし同時に、やれやれ、と胸を撫でおろしたのも事実でした。なるほど「二〇／二六」を思い出すことは出来なかったが、ぼくがそこに、何か重大なものを見落としていたわけでもなかったからです。少なくともそれだけは、はっきりしたわけです。

もちろん、断わるまでもないと思うが、関根説を否定しようなどという大それた気持は、ぼくにはありません。ただ、幸か不幸か、ぼくの関心は、いまのところ、イスラエル人とギリシャ人の「羞恥心」の強弱比較にはない、というだけです。したがって、その点においては、「イスラエル人はギリシャ人などと違い、強い羞恥心を持っていた」という関根説に反対するいかなる根拠をも持っていないし（実際、持っているはずもないでしょう）、また、そうしなければならぬ理由も必要もありません。

ただ、ぼくはガッカリしただけです。もちろん、最初から無理な注文だったこともわかってます。いや、これでは大学者に対して失礼に当るならば、虫の良過ぎる注文だったといい換えてもよろしい。そう、この方が事実に近いし、言葉の口当りもいいようです。つまり、自分勝手な興味や関心が他人の学説によって解けるかも知れないなどと期待したこと自体が、そもそもおかしい。虫が良過ぎるというより、それ自体、そもそも妄想に近いのではないか。そして実際、ノアの「かくし所」の謎も、また「出エジプト記」第二十章第二十六節の「かくし所」の謎も、関根氏のいわれるイスラエル人の「強い羞恥心」で解くことは出来なかった。少なくとも、ぼくには納得ゆかなかったわけです。

当時のイスラエル人たちはパンツをはいていなかったのだろうか？　あるいはそうかも知れない。つまり、彼らの衣裳は、東洋の島国の異教徒であるわれわれが、例の白木屋の火事と聞けば直ちに連想するようなものだったのかも知れない。

とすれば、これは天網《てんもう》恢恢《かいかい》疎《そ》にして漏らさず。いや、これは違うな。この天が下に全能の神エホバ様のご配慮到らざる隈もなし、とでもいうべきか。とにかく、いや、さすがはエホバ様、畏れ入りましたという他ないようであるが、しかし、これは果して「羞恥心」の問題だろうかね、M君？　というより、この二つの「かくし所」（「出エジプト記」第二十章第二十六節のものと、「創世記」第九章の葡萄畑のノアのもの）は、別物ではないだろうか？　同じ「かくし所」ではあるが、その使われ方はまるで違うのではないか。ぼくにはどうもそんな気がする。つまり、前者は神（エホバ）と人間との関係であって、例えばそれは、こんな具合ではないかと思う。

　なるほど、エデンの園におけるアダムとイヴのイチジクの葉以来、神と人間との関係は一変した。つまり、エホバの神にしてみれば、あの猪口才《ちょこざい》な蛇の入れ知恵などによって、たかが泥人形の人間め、小生意気にも羞恥心など持ちおって、といったところではなかったかと思う。また、よしそうなれば、ひとつ徹底的にその羞恥心とやらを持ってもらおうじゃないか、ということにもなって来るであろう。こざかしくもイチジクの葉などで隠すというのであれば、金輪際わしの目に触れぬよう徹底的に隠し通してもらおうじゃあねえか、というわけである。

　なにしろ、自らも再三おっしゃっておられる通り、なかなか嫉妬深い神なのである。嫉妬深いということは執念深いことだ。相手がそのつもりならと、徹底した完全主義を押し通すのである。ああ神様、と降参するまで赦してはくれない。ああ神様、お赦し下さい。わたしどもはこの地上の蛇という蛇を一匹残らず撲滅致します。われわれ人間に、羞恥心などというものを教えた蛇どもを、終生敵として戦います。ですから、どうかわれわれ人間を、この羞恥心というものから解放して下さい。もはやこの意識はわれわれには荷が重過ぎます。なるほど一時は、それはわれわれにとって甘美なる美意識でありました。これこそわれらが万物の霊長たるシンボルとして、大いに自負し、羞恥心というものを知らぬ他の動物どもを軽蔑致したものです。

　しかし、そのことによってわれわれ人間が、果して、他の動物どもより幸福になり得たでしょうか？　残念乍らわれわれは、否と答えざるを得ないようです。むしろ、われわれ人間はいまや、かつてはその有無ゆえに軽蔑して来た他の動物どもに羨望を抱きはじめておるというのが、偽らざる実状であります。恥かしながら（いや、まだ不幸にして、羞恥心から解放されておりませぬので）、そう申し上げざるを得ません。確かに、いまなお羞恥心なるものを、首飾りの如くぶらさげている人間もあるにはあります。ただしそれらのものは、わが人類中ほんの一握りの、「芸術家」と称しておるものどもに過ぎません。なるほど彼らの世界では、いまなお「羞恥心」なるものが、彼らの信奉する美神への忠誠の証しとかになっておるようであります。また、その美神の名に賭けて、彼らの「芸術品」なるものの値打ちを測る秤になっておる模様であります。つまり、彼らの称する「芸術品」なるものの「真贋」を決める秤が、「羞恥心」ということであります。

しかし、先にも申し上げました通り、彼らはわが人類中、ほんの一握りに過ぎません。それも、「真贋」とりまぜて、であります！　え？　その「真贋」の割合いですか？　それは、まことに申訳ございませんが、いますぐはっきりというわけには参りません。なにしろ、肝心な秤そのものが「羞恥心」などという、まことにアイマイ千万なものでございますから！　すなわち、「真」と思えば「真」、「贋」と思えば「贋」、またあるものが指して「真」といえば、いやあれは「贋」だといい出すものが必ずあらわれる始末でございまして、まことに厄介なシロモノであります。そんなわけで、「芸術家」なる輩の「真贋」の割合い、いまだかつてしかと判明したためしはないのでございますが、まあ、大略のところ、半々とお考えいただけば、左程の誤差はございますまい。また、「贋」同士が互いに「真贋」を争ったり致すことも珍しくはございませんが、これも、なにしろ秤が秤でございますから、当然といえば当然でございましょう。

いや、これは、一握りの「芸術家」輩のことで、とんだ時間を浪費致しましたが、ま、われわれ人間大多数派の意中は、凡そお汲み取りいただけましたものと拝察致します。とにかく、われわれ人類の中で、いまだに「羞恥心」などというものを首飾りにしておるのは、申し上げましたような人種のみです。つまりそれは、量において唯一握りの極少数派であるばかりではありません。申し上げるまでもありますまいが、彼らは異教徒であります。すなわち彼らの奉ずる神々は、ミューズであり、パンであり、アプロディテであり、エロスであります。あるいは、ディオニソスであり、ヘルメスなのであります。更に、エホバ神の最も忌み嫌われます、金銀銅鉄その他の像を彫んでおるものさえあります！

以上、甚だ舌足らずではございますが、何卒、全能の神エホバ様、舌足らずのところは補い、また、蛇足（いや、まったく蛇どもに呪いあれ、です！）の部分は切り捨てていただき、われわれ人間大多数派の意中をお汲み取り下さいますよう、ご覧の如く拝跪してお願い申し上げます。何卒、われわれ人間を、羞恥心なる重荷より解放下さいますよう！　何卒、このイチジクの葉を返上することをお許し下さいますよう！　この地球上の蛇ども粉砕!!　イチジク粉砕!!

え？　先の「芸術家」どもの始末でございますか？　なに、それはもう至って簡単でございます。われわれ人間大多数派が羞恥心を返上さえ致しますれば、彼らの半分は、ただちにわれわれに同化致すこと請合いです。なにしろ、先にも申し上げました通り、彼らの半分は「贋」なのですから。あとは残りの半分ですが、これはまあ、放置致しても構いますまい。いずれ餓死するなり、首を吊るなり、腹を切るなり、発狂するなり、それぞれ好きなように振舞うだろうからであります。

いやはや、M君、何だか今日は筆が重いなどといって置きながら、いささか調子に乗り過ぎたようだが、だからといってこれは、もちろんただの冗談などではない。出まかせでもない。疑うものは問題の個所、すなわち「出エジプト記」第二十章第二十六節を十回読んでみ給え、といいたい。

《あなたは階段によって、わたしの祭壇に登ってはならない。あなたの隠し所が、その上にあらわれることのないようにするためである》

これを続けて十回読んで欲しい。そうすればぼくの空想が決してただの冗談でもなければ、口から出まかせでもなかったことが、わかるはずです。もしこれを十回読んで、何かいいたくならなかったら、医者に見てもらった方がよいかも知れない。どこか具合が悪いのではないかと思うからだ。実際これは、そういう文章ではないだろうかね、M君！

この文章の何ともいえぬ、不思議な魔力（本当に、関根先生についてヘブライ語を習ってみたいくらいです！いや、本当に）、それは、いい換えれば、エホバの神の執念だと思う。人間の「かくし所」に対する執念です。エデンの園においてアダムとイヴが、イチジクの葉で前を隠して以来、ずっと抱き続けて来たに違いないエホバの神の執念だろうと思う。その執念が、こうしてわれわれを刺戟するわけです。刺戟して、あらぬことを口走らせるわけだ。まさに、このぼくが口走ったようにです。すでにあれから、何千年もが経っているというのに！　しかし、実際、そういう執念なのです。そしてそれは、おそらくわれわれの羞恥心と引き換えにでもなければ、到底翻すことの出来ない執念ではなかろうか、ということなのです。

以上、東洋の島国の異教徒による独断と偏見的「かくし所」解釈です。ブドー畑のブドー作り＝ノアのキンタマについては、先に書いた通りです。そして今日のところは、このあたりで一服ということにしますか。

どうも最近、また目の方が少しおかしくなってね、こうして書いている間も、実は、かけたりはずしたり、何ともせわしない。いつだったか、「若づくりの老眼鏡」（左様、往年のホームランバッターがテレビで宣伝していたやつだが、そういえばこの頃、さっぱり見なくなったな）の悪口をさんざん書いたが、あるいはそのタタリかも知れんね！　君の方は、どうでしょうか？　もっとも君のことだから、例のホームランバッターのすすめていたやつを、ちゃんと使っていることと思うが、そういえば、この頃は、歯もおかしい。これも長年不精して放置した報いなのだが、俗にいう歯、目ナントカではないけれども、少なくともこの両者どうやら深いつながりがあるような気がする。

え？　何々？　「地下室」の住人に歯痛はつきものではないのか、だって？　おい、おい、何だか君らしくもない冗談のようだが、やはり今日はこのへんで一服ということにしましょう。次の箇条書きは、ぼく自身のためのメモみたいなものです。

※息子クロノスは父親ウラノスのペニスを大鎌で切り落とした。

※息子ゼウスは父親クロノスと戦い、父親クロノスをタルタロス（冥府）に幽閉した。

※息子オイディプスは父親ライオスを殺害し、父親と同じ女（母親イオカステ）に種を蒔いた。

※ステパン教授は息子ピョートルの殺人放火事件のあと放浪の旅に出て、フランス語のうわごとをいいながら野垂れ死にした。

※浅間山荘事件（日航機ハイジャック事件ではなくて、こちらだったらしい）で逮捕された一過激派学生の父親は、首吊り自殺をした。

※ゲオルグの父親は、息子に溺死の刑を宣告し、ゲオルグは黙ってそれに従った。

※息子ハムに「かくし所」を見られた父親ノアは、ハムの息子カナンに奴隷の宣告を下した。

※蕩児の帰宅（ルカ伝）。

お察しの通り、いずれもこれまでぼくが君宛ての手紙（のようなもの）の中で、それこそエホバの神の執念に張り合うかの如くに、繰り返しつき合って来た親子＝父親と息子の関係ですが、この羅列に共通の分母をつけるとすれば、それは何だろうかね、M君？

42

しかしM君、何故ノアはハムを盲目にしなかったのだろう？　あるいはハムの息子のカナンでもよいが、見てはならぬものを見た者への罰は、奴隷より盲目の方がふさわしいと思うのだが、どうだろうか。

例えば、「オイディプス王」に出て来る、かの有名な盲目の予言者ティレシアスです。彼は女神アテナの裸を見たため、盲目にされたわけだろう。何でも、彼の母親（ニンフらしいが）はアテナ女神のお気に入りで、よく女神のお供をしていたらしいが、ある日、森の奥の湖で一緒に水浴をしているところへ、ティレシアスが通りかかった。「オイディプス王」に出て来る彼は、すでによぼよぼの老人で、少年に手を引かれて登場して来るが、彼にも若者だった時代はあったのである。彼は、若きティレシアスは、森でいつものように狩をしていた。そして喉の渇きをおぼえ、湖の方へ歩いて行った。そこで、たまたま、水浴中だったアテナ女神の全裸を見てしまったのである。決して、わざわざのぞいたのではない。

しかし、女神アテナは、ティレシアスの両目を掌で覆い、盲目にしてしまった。母親の哀願もきき入れられなかった。何故だろうか？　もちろん、神々の気紛れは誰にもわからないが、どうやらこのアテナという女神は男嫌いだったらしい。なにしろ、ゼウスの頭から生れ出たといわれている女神様だ。しかも、ヨロイ、カブトに身をかためて生れて来たらしい。そして終生、男と交わらず、処女を貫いたらしい。

この理由もまた不明であるが、男からぜんぜん相手にされなかったわけでもないらしい。実際、こともあろうに、アプロディテの亭主から追いまわされたという話がある。例のゼウスの不肖の息子、足の曲った鍛冶屋の醜男である。アプロディテはこの亭主を、ほとんど相手にしなかったらしい。だから無理もないともいえるわけだが、あるとき女神アテナは、この足の曲った醜男にあわやというところまで追いつめられた。ヨロイカブトに身をかためて生れて来た女神が、どうして足の曲った鍛冶屋に追いつめられたのか、これもよくわからないが、とにかく、女神は草むらに押し倒されたそうだ。

しかし、さすがはヨロイカブトの女神だけあって、ヘパイストスに最後の止めはさせなかった。ただ、揉み合ううちに、ヘパイストスの精液が彼女の脚にかかった。それを羊の皮で拭き取り、地上に（なるほど、この強姦未遂事件は、天上での出来事だったのだ！）投げ捨てると、そこから何とかいう赤児が誕生したらしい。彼女は、その赤児をニンフたちに育てさせたそうであるから、処女とはいえ、母性愛は持っていたのかも知れない。

いや、あるいは、本心はヘパイストスを憎んでいなかったとも考えられる。なまじ美の女神アプロディテなどを細君に持たされたために女房から相手にされない足の曲った醜男に対する同情心もあったかも知れない。それに、ヘパイストスは女神にとって、ただの男ではなかった。この醜男の鍛冶屋は、ゼウスからいろんな仕事を命じられているが、実はアテナがゼウスの頭から誕生するとき、ゼウスはこの男に斧で額を割らせたらしい。つまり、産婆役である。

その意識は、ヘパイストスの方にもあったかも知れない。

この女は、おれがおれの斧で生れさせたのだ！　父なるゼウスよ、あなたはこの女をわたしに与えて下さってもよいのではありませんか！　なるほどあなたは、わたしに美女の中の美女アプロディテを妻としてお与え下さいました。しかし、あの女の所業は、ご覧の通りです。あの無教養な無頼漢アレスとのスキャンダルは、まさか知らぬとは申されますまい。わたしは一計を案じ、見えない網を作って奴らの寝所に仕掛けて置きました。そうです、ネズミ取りのような具合にです。見えないネズミ取りです。

いや、まったく、この時くらい鍛冶屋である自分に感謝したことはありません。いや、もちろんこれは、父なるゼウスよ、わたしを鍛冶屋にして下されたあなた様への感謝でもあります！　わたしはいままであなた様のご命令に一度だって背いたことはありません。あなたの命じられるままに、わたしはオリンポスの神々の神殿を作りました。人間どもを懲らしめるためにあなた様が考え出された女パンドラも、このわたしが作ったものです。その鍛冶屋の腕前で、わたしは見えないネズミ取りを作りました。

そして奴らは、まんまとそのネズミ取りにかかったのです！　姦夫アレスと姦婦アプロディテの密会の現場は、かくしてすべての神々の目にさらされました。父なるゼウスよ、あなたはそのこともご存知のはずです。わが妻アプロディテは、そういう女なのです！　え？　何ですって？　だからお前の方がおれより数倍も幸せ者だとおっしゃったのですか？　なるほど、仰せの主旨はよくわかりました。嫉妬深い貞淑な妻の夫であるよりも、淫蕩な姦婦の夫である方がむしろ幸せ、といわれるわけですな。その方が、気が楽だというわけですな。その方が、誰に気兼ねもなく浮気も出来るというわけですな。その方が、あなたのように自分を白鳥に変身させたり、相手を牝牛に変身させたりする苦労に較べれば、ずっとのんきで幸せだというわけですな。

なるほど物は考えようです。あなたのご苦労、男として決してわからぬではありません。それに、あの女（あなたの正妻であり、このわたくしの生みの母を、こういう呼び方で呼ぶのはまことに罪深いことなのですが）の嫉妬のカンは、実際鋭すぎます。もちろんそれは、あなた自身のせいでもあります。彼女の第六感の冴えはあなたの浮気心に比例しているからです。しかし、あなたのご苦労は、もちろんあなたのご苦労で、変るわけではありません。そしてそれを理解するのにヤブサカでないことは、先に申し上げた通りです。実際、彼女の鋭すぎる第六感のために、どれだけ多くのニンフたちが犠牲になったことでしょう！　いちいち名を挙げなくとも、それこそあなた様が一番ようくご存知のはずです。直接の相手ばかりではありません。エコーは、あなたの密会に協力しただけで、母なる嫉妬の女神から声と言葉を奪われました。もっともエコーは、少々お喋りではあり過ぎましたが。

しかし、いまわたしが申し上げたいのは、あなたの正妻であり、わたしの生みの母であるところの女神の嫉妬についてではありません。いや、それにもかかわらず、あなたの遊蕩癖は相変らずだということであります。そしてそれは（そのためのご苦労はまた別として）、母なる嫉妬の女神の妨害にもかかわらず、とにかく実現されているということであります。実際、あなたの系図（露骨にいえば、姦淫図）は、どういうことになるのでしょうか？　後世の学者、研究者あるいは物語り作者たちは、大いなる混乱に陥ること必定です。

え？　何ですって？　後世の学者、研究者などより、このおれ自身がすでに混乱に陥っている、ですって？　そうでしょう、そうでしょう!!　それに較べて、このわたしは、このざまなんです！　自分の斧で、あなたの額を叩き割って誕生させたアテナに対してすら、このざまなんです!!　どうせわたしは足が曲っています。醜い足の曲った鍛冶屋なんです！

もっとも、わたしのことを、故意か偶然か、ひどく間違えて書いた作者もおります。実際、何故こういうことになつたのか、さつぱり不明ですが、太宰治という作家で、何でも東洋の島国、日本という国の二十世紀人らしい。「懶惰《らんだ》の歌留多」という小説ですが、ちょっと読んでご覧に入れましょうか。

《ヴィナスは海の泡から生れて、西風に導かれ、波のまにまに、サイプラスの島に漂着した。（略）ヴィナスのこの美しさに魅せられた神々たちは、このひとこそは愛と美の女神であると言つてあがめたて、心ひそかに怪しからぬ望をさへいだいたのである。（略）ヴィナスは考へた。こんなに毎日うるさい思ひをするよりは、いつそ誰かにこのからだをぶち投げてあげようか。これときめた一人の男のひとに、このからだを投げてやつてしまはうか。ヴィナスは決意した。一月一日の朝まだき、神々の御父ヂュピタア様の宮殿へおまゐりの途中で逢つた三人目の男のひとを私の生涯の夫ときめよう。ああ、ヂュピタア様、おたのみ申します、よい夫をおさづけ下さいますやうに。

元旦。ま白き被布を頭からひきかぶり、飛ぶやうにして家を出た。森の小路で一人目の男のひとに逢つた。見るからにむさくるしい毛むくじやらの神であつた。森の出口の白樺の下で二人目の男のひとに逢つた。ヴィナスの脚は、はたと止つて動かなんだ。男、りんりんたる美丈夫であつたのである。朝霧の中を腕組みして、ヴィナスの顔を見もせずにゆつたりと歩いていつた。『ああ、この人だ！　三人目はこの人だ。二人目は、――二人目はこの白樺』さう叫んでますらをの広いみ胸に身を投げた。

　与へられた運命の風のまにまに身を任せ、さうして大事の一点で、ひらつと身をかはして、より高い運命を創る。宿命と、一点の人為的なる技術。ヴィナスの結婚は仕合せであつた。ますらをこそはヂュピタア様の御曹子、雷電の征服者ヴァルカンその人であつた。キュウピッドといふ愛くるしい子をさへなした。

　諸君が二十世紀の都会の街路で、このやうな、うらなひを、暮靄《ぼあい》ひとめ避けつつ、ひそかに試みる場合、必ずしも律義に三人目のひとを選ばずともよい。時に依つては、電柱を、ポストを、街路樹を、それぞれ一人に数へ上げるがよい。キュウピッドの生れることは保証の限りでないけれども、ヴァルカン氏を得ることは確かである。私を信じなさい》

　と、まあ、こういうわけなんですが、父なるゼウスをヂュピタアと呼び、わたしのことをヴァルカンと呼び、あばずれ女房アプロディテをヴィナスと呼び、不義の子（いや、わたしは最初から、これはくさいとにらんでいるのです！）エロスをキュウピッドと呼ぶあたり、どうやらこれはローマ人の本に拠るものらしい。しかし、それにしても、よくもまあここまで反対のことを書いてくれたものです！

いや、それとも、神話などというものは、そもそもこういうものでしょうかな？　二十世紀ともなれば、わがギリシャ人の物語もこういう形に変形されるのだろうか？　まさか、そんなことはあるまい。もちろんわたしだって、人間の歴史を、それほど甘く自分勝手に考えてはいない。とすると、これは東洋の島国日本における特殊事情だろうか？　もし、そうだとすれば、いまからでもちょっと出かけてみたいような気もするのだが、あるいはそうでもなく、この太宰治という作家の勉強不足だろうか？　そういえば、父なるゼウスの神殿に詣でる途中の森の出口に、白樺が出て来るのも、ちょっとおかしい。

おかしいといえばこの作家、ちょうどその頃、パビナールとかいう薬物中毒症にかかったらしい。何でも、盲腸炎が悪化して腹膜炎となり、鎮痛剤として投与されていたのがパビナールで、その中毒症になったそうだ。それがいかなる薬物であるか、もちろんわれわれオリンポスの住人にはわからないが、彼はその治療のために、精神病院にずいぶん通ったらしい。また彼は、わがディオニソスの末裔らしく酒びたりで、更にエロスの奴隷の如く性愛にも溺れ、何度か情死未遂事件を起したらしい。そして一度などは相手の女性を死なせた廉で取調べまで受けたということであるから、ディオニソスの末裔、エロスの奴隷であるだけでなく、どうやら冥府への使者、わがヘルメスの血縁にもつながるものらしい。そして、それらの要素を総称して、東洋の島国日本においては、「無頼派」と呼ぶそうである。

しかし、この「無頼派」、島国の文壇ではずいぶん苦労をさせられたようだ。もちろん文壇とはいかなる祭壇であるのか、詳細まではわからないが、察するに、わがオリンポスの神殿でいえば、アポロンの神殿に近い性質のものかも知れない。そしてそう考えれば、「ディオニソス」プラス「エロス」プラス「ヘルメス」であるところの無頼派が、アポロンの神殿に歓迎されぬのは蓋し当然ということになるのだろうが、どういうものかこの無頼派ダザイは、しきりにアポロン神殿入りを希望したらしい。そこのあたりが、どうもわれわれにはわかりにくいところなのだが、東洋の島国には島国で、ヘルメスの血縁がアポロン神殿入りを熱望せねばならぬある種の事情があったのであろう。

とにかくダザイは、そのアポロン神殿入りの許可証とでもいうべき何とか賞（いわば、アポロン賞とでも呼ぶべきものか）を、何が何でももらいたがった。また、（これもわれわれの常識では不思議なことだが）、当然もらえるものと信じ込んでいたらしい。しかし（というか、この方がむしろわれわれの常識では当然なのだが）、とうとうダザイはそのアポロン賞（のようなもの）をもらうことが出来なかった。理由は、才能は認める、しかし、というものだったそうだ。どうやら、ヘルメスがたたったらしい。そして、よし、アポロンがその気なら、と開き直ったのが、この「懶惰の歌留多」という短篇らしいのである。

しかし、読んでみると、これはなかなかマジメなものです。え？　何ですって？　生れてはじめてホメられたからだろう、とおっしゃるのですね！　わかりました。もう止めます。止めればいいんでしょう、止めれば！　え？　何も止めろとはいっていない、といわれるのですか？　まったく、これだから困るんですよ、本当に。お父さん（いや、失礼、父なるゼウスよ！）いい加減にして下さい。続けるのですか、止めるのですか？　え？　読むんですね？　じゃあ、ホメられているところとは別の部分を少し読みます。

《たまには、まともな小説を書けよ。おまへ、このごろ、やつと世間の評判も、よくなつて来たのに、また、こんなぐうたらな、いろは歌留多なんて、こまるぢやないか。世間の人は、おまへは、まだ病気が治らないのではないかと、また疑ひ出すかも知れないよ。

私のいい友人たちは、さう言つて心配してくれるかも知れないが、それは、もう心配しなくていいのだ。私は、まだ、老人でない。（略）やはり三十一歳は、三十一歳だけのことしかないのである。（略）けれども、私は、そんなに悲しんではゐない。私は、長生きをしてみるつもりである。（略）大きな男が、ふんべつ顔して、いろは歌留多などを作つてゐる図は、まるで弁慶が手まりついて遊んでゐる図か、仁王様が千代紙折つてゐる図か、モオゼがパチンコで雀をねらつてゐる図ぐらゐに、すこぶる珍なものに見えるだらうと、思ふ。それは、知つてゐる。けれども、それでいいと思つてゐる。芸術とは、そんなものだ。大まじめである。見ることのできる者は、見るがよい。

もちろん私は、こんな形式のものばかり書いて、満足してゐるものではない。こんな、ややこしい形式は、私自身も、骨が折れて、いやだ。既成の小説の作法も、ちやんと抜からずマスタアしてゐる筈である。現に、この小説の中にも、随所にずるく採用して在る。私も商人なのだから、そのへんは心得てゐる。所謂、おとなしい小説も、これからは書くのである。（略）この作品が、健康か不健康か、それは読者がきめてくれるだらうと思ふが、この作品は、決して、ぐうたらでは無い。ぐうたら、どころか、私は一生懸命である。こんな小説を、いま発表するのは、私にとつて不利益かも知れない。けれども、三十一歳は、三十一歳なりに、いろいろ冒険してみるのが、ほんたうだと思つてゐる》

どうです？　マジメだとは思いませんか？　マジメ過ぎて涙が出そうなくらいですが、このダザイという作家、マジメなだけでなく、なかなか勉強家でもあったらしい。もちろんホメられたからいうのではなく、自ら神の子と称するイエス・キリストという男をローマ人に売ったユダの話や、中国の古い怪談や、日本国のお伽噺や、江戸期のサムライや町人の話、また、フランスの犯罪者詩人などのことも調べているようです。それに、十九世紀ロシアの作家の、どんな勤勉な読者でも眠くならずにはいられない、ながいながい小説もマジメに読んでいるらしい。

ただし、一つだけ嘘があります。「私は、長生きをしてみるつもりである」といって置きながら、またもや女と水にとび込んだからです。それが、この文章を書いた九年後、つまり四十歳のときです。そして今度はこのヘルメス、ついに冥府から戻りませんでした。しかし、以来、読者は増える一方だそうです。特に若い女性が多いらしく、その命日には彼女たちが墓石のまわりに群がって、持って来たサクランボ（ちょうどその季節なのです）を、墓石に彫まれた文字に詰め込んだりするらしい。そして、そういう女性たちは、おそらく彼の書いた文章を信じているのでしょう。つまり、彼が書いた「ヴィナス」をです。彼が書いた「ヴアルカン」を、です。

しかし、残念ながら、あれは間違いです。あの「ヴァルカン」は、わたしではありません。似ても似つかぬヴァルカン様です！　実際、何が「ヴァルカン氏を得ることは確かである」でしょうか？　何が「私を信じなさい」でしょうか？　もちろん彼女たち（サクランボを墓石の文字に詰め込む連中）は、そうでありましょう。もし仮に、わたしが彼女たちの前に姿をあらわし、「私を信じなさい」といっても、彼女たちは信じない。あのヴァルカンは贋物です、本物はこの足の曲った醜男の鍛冶屋なのですと、いくらわたしが繰り返しいったところで、彼女たちは信じますまい。だからこそ彼女たちは、ダザイの墓石のまわりに群がり、その彫まれた文字にサクランボを詰め込んでいるのでしょうから！　つまり、彼女たちにとっては、すでにダザイがヴァルカン様なのです。

もちろんそのことに、ここでインネンをつけようというのではない。わざわざ東洋の島国まで飛んで行って、ダザイの墓石をひっくり返してでもそれを否定しようというのではない。いや、いや、むしろこのわたしの本心はその反対です。実際、わたしはダザイに感謝したいくらいだ。二十世紀のこの地球上に、「美男のヴァルカン様」を祠る国が一つくらいはあってもいいでしょうからね。そしてそれは、先にもいった通り、太宰治という作家の才能のお蔭です。ディオニンスの末裔であり、エロスの奴隷であり、わがヘルメスの血縁であるところのダザイに祝福あれ、です。

しかし、父なるゼウスよ、だからといってこのわたしの不運が変ったわけではありません。わたしは足の曲った醜男の鍛冶屋へパイストスのままです。なるほど、女神アテナの裸を見たティレシアスは盲目にされました。しかし、盲目にされた彼よりもわたしの方が不幸でないと、果して誰にいえるでしょうか？　何故ならば彼は、アテナの全裸を見たからです。然るにわたしは、ついにアテナの、ヨロイの下を見ることさえ出来なかったからです！

いやはや、とんだところでゼウスと鍛冶屋の親子問答になってしまったようだが、ぼくが今日話したかった本筋は、もちろんアテナのことでも、鍛冶屋のへパイストスのことでもなく、盲目の予言者ティレシアスのことです。しかし、アテナと鍛冶屋の二人が、まったく無関係というわけでもない。つまり、アテナが終生処女で通した理由（どうやらゼウスは、それを知っていながら、故意に息子へパイストスには隠していると思えるのだが）は、女性としてどこかに、肉体的な欠陥があったためではないかと思うのだが、どうだろうかね、M君？

もちろんこれは、例によって、あくまでぼくの勝手な空想です。しかし、そう考えてみると、彼女がヨロイ、カブト姿で（しかもゼウスの頭から）生れて来たこと、へパイストスを最後まで拒絶しながら、にもかかわらず（羊皮でぬぐい取って地上に投げ捨てた彼の精液から誕生した）子供をニンフたちに育てさせたこと、が納得できるような気がするからです。しかし（実はこれが一番肝心なのだが）、水浴中の自分の全裸を見てしまったティレシアスを、盲目にしてしまわなければならないほどの、彼女の「肉体的欠陥」とは、いったい何だったのだろう。

ご存知の通り（カフカの『審判』の）レーニは、自分から「ちょっとした肉体的欠陥」を見せびらかす。そしてヨーゼフKを誘惑する。中野孝次訳（新潮社版カフカ全集）では、こうなっています。

「肉体的な欠陥だって？」とKはきき返した。

「ええ」、とレーニは言った、「というのはわたしにはちょっとした欠陥があるのよ、ほら。」彼女が右手の中指と薬指をひろげてみせると、そのあいだにほとんど短い指の一番上の関節まで水掻きがついているのだった。暗いため彼女が何を見せようとしたのかKがすぐにはわからないでいると、彼女は彼の指をもっていって、じかに触らせた。

「なんという自然のたわむれだ」、とKは言って、手全体を一瞥してからこうつけ加えた、「なんてかわいらしいけづめだ！」

43

追伸　他でもない、いつだったかの手紙に書いた宮子の（彼女自身がいうところの）「ちょっとした肉体的欠陥」のことです。といっても、無理かな？　なにしろ、もうだいぶ前の話だから、無理というより、君が忘れるのはむしろ当然だと思うので、ごく簡単に説明すると、まず宮子が脇毛を伸ばしている理由――それは、左の脇の下に彫られた小文字の「m」の刺青をカムフラージュするためだった、ということ。そしてそれは、ゼンキョートー過激派の一セクトであったところの「ヘルメス党」の暗号（すなわち、ヘルメス→メルクリウス→マーキュリー→m）だったということです。

また、その「m」の大きさは、コクヨの原稿用紙の桝目一つ分か、それよりやや小さいくらい、色はブルーブラックである。そしてそれをはじめて見せられたとき、ぼくはすぐに何かを思い出しそうになった。しかし、どうも思い出せなかった。それを、いま思い出したというわけです。もちろん、半年近くの間（たぶん、そのくらい前ではないかと思うが、これはどうもはっきりしませんし、また、実際には時間なんて、どうでもよいと思う。十年前でもいいし、昨日だっていいわけです）、そのことばかり考えて来たわけではない。ただ、たまたま、アテナの「肉体的欠陥」ということから、思い出したということなのです。

「ヨハネ黙示録」のところを、ちょっと開いて見てくれ給え。その第十三章の終りの方です。ぼくがいま見ているのは「ギデオン版」の英和対照本なのだが、これはなかなか便利がいいし、日本語の方もふつうの聖書より読み易いようだ。こちらの眼（こないだもちょっと書いたが）のせいもあるかもわからないが、ま、それはともかく、その十三章の、十一節あたりからか。

「我また他の獣の地より上るを見たり。これに羔羊《こひつじ》のごとき角《つの》二つありて龍の如くに語り、先の獣の凡《すべ》ての権威を彼の前にて行ひ、地と地に住む者とをして死ぬべき傷の医《いや》されたる先の獣を拝せしむ。また大《おほ》いなる徴《しるし》をおこなひ人の前にて火を天より地に降らせ、かの獣の前にて行ふことを許されし徴《しるし》をもて地に住む者どもを惑《まど》わし、剣《つるぎ》にうたれてなほ生ける獣の像を造ることを地に住む者どもに命じたり。

　而《しか》してその獣の像に息を与へて物言はしめ、且《かつ》その獣の像を拝せぬ者をことごとく殺さしむる事を許され、また凡《すべ》ての人をして、大小・貧富・自主・奴隷の別なく、或はその右の手、あるひは其の額に徽章《しるし》を受けしむ。この徽章《しるし》を有《も》たぬ凡《すべ》ての者に売買《うりかひ》することを得ざらしめたり。その徽章《しるし》は獣の名、もしくは其の数字なり。

　知慧はここにあり。心ある者は獣の数字を算《かぞ》へよ。獣の数字は人の数字にして、其の数は六百六十六なり」

　ヨハネは、この「黙示録」の他に、「ヨハネ伝福音書」「ヨハネの第一の手紙」「第二の手紙」「第三の手紙」を書いているが、もちろんこの「黙示録」が一番わかりにくい。というより、ほとんど暗号文に近いが、なにしろ、キリスト教徒への最も凶暴なる迫害者ローマ帝国の滅亡を予言しているわけであるから、余り簡単にわかられても困るのだろう。この部分は、あるいは暴君ネロの時代に当るのかも知れないが、このあと、かつての迫害者の都「大いなるバビロン」が、姦淫と奢りによって腐敗堕落した「大淫婦」のように滅亡したことが告げられる。つまり、奢るもの久しからず、ローマもやがてバビロンと同じ運命をたどるであろう。その最後の審判の日は近づいたのだ、というわけである。そして最後に「夫のために着飾った花嫁のように」すでに用意をととのえた新しい都エルサレムの未来図が示されるのであるが、この黙示録、いささか劇画的過ぎるような気がしないでもない。

　実際、龍にしても、二本の角を生やした獣にしても、テレビ漫画ウルトラマンふうの怪獣といったところであるが、ま、これは暗号、象徴によって書かれた「霊夢」なのであるから、文章（言葉）よりも絵画（イメージ）の方に近いのは当然なのかも知れない。そもそも夢そのものが劇画的なものだともいえるし、それを言葉化したのが、黙示録というものかも知れない。

さて、ところでぼくが思い出したものだが、ここでローマの暴君およびその崇拝者、下僕たちの「右の手あるいはその額」につけられていたという「六百六十六」という数（字）、これはいったい何だろうかね、M君？　いや、これは筋道がアベコベで、「六百六十六」という数（字）＝記号を解読すれば、それがローマの暴君およびその崇拝者、下僕たち、というふうになるのだろうと思うが、これはいったいどこから出て来たものだろう？「ギデオン版」では——and his number is Six hundred and sixty and six. であるが、解読の鍵は「6」という数字なのだろうか？　それとも数量としての「六百六十六」だろうか？

あるいは、順序としての「六百六十六」番であるのか？　それとも「6」「6」「6」と三つの「6」が問題だろうか？　またあるいは「6」そのものが「悪魔」の数字だろうか？　何かわかったら教えて欲しいものだと思うが、もちろん、急ぐわけではありません。というのは、ぼくが思い出したのは、英語で書かれたSix hundred and sixty and six でもなければ、日本語の「六百六十六」でもなく、また数字の「6」でもありません。それは、「6」が三つ横に並んだ666だったからです。そしてそれが、小文字の「m」と似ているという単なる連想に過ぎません。つまり、666↔m——あるいは、666↔m——という幼稚な連想だったわけです。

蛇足——宮子の「m」は「右手」ではなく、左の脇の下です。

44

さて、ティレシアスは、女神アテナの全裸を見たわけであるが、もしアテナの裸のどこかに「肉体的欠陥」があったのだとすれば、彼は正に「見てはならぬもの」を見たことになるだろう。そして、そうだとすれば、アテナにあわやというところまで迫りながら、ついにそのヨロイの下を見ることの出来なかったゼウスの息子＝アプロディテの亭主＝鍛冶屋で足の曲ったヘパイストスが羨望嫉妬するに値するものであったかどうかも、わからなくなる。

ただ、アテナの「肉体的欠陥」とは、果して何だったのか？　それは誰にもわからない。ギリシャの神々も何も語っていないし、どこにも書かれていないからである。現在までに書かれた、いかなる書物にも見当らない。たぶん、ティレシアスが沈黙していたからだと思うが、考えてみると、彼が「声」を奪われなかったのは、不思議だったような気もする。盲目になっても、「見た」ものを喋ることは出来るからだ。

ゼウスの浮気の片棒をかつぎ、間つなぎのお喋り役をつとめたエコーは、嫉妬の女神ヘラによって言葉を奪われた。ところがティレシアスは言葉は奪われなかった。奪われるどころか、盲目の罰と引き換えに「予言」の能力さえ与えられたのである。彼の予言は数限りなく記録されているようだ。その最も有名なものは「オイディプス王」であろうが、ナルシスの死を予言したのも彼らしい。ナルシスは河の神と川の精の混血児らしいが、彼の母親がわが子の寿命についてたずねたのに対して、ティレシアスは「自分の姿を見なければ長生きするだろう」と答えたそうである。予言は的中、エコーをはじめ、群がる女どもを見向きもしなかったナルシスは、水に写ったわれとわが身に惚れ込んで、死んだ。

そのティレシアス自身は、ずいぶん長生きしたらしい。悲劇「オイディプス王」に登場する彼もすでにずいぶんよぼよぼであるが、死んだあとも彼は、ゼウスの命令によりなおも予言者であり続けたらしい。なにしろ彼は、テーバイ国では唯一人の予言者であったらしいから、ゼウスにしても彼に頼まざるを得なかったのかも知れぬが、こうなって来ると、この「予言」の能力が果して「盲目」の代償だったかどうか、疑わしくなるような気もする。

なるほど女神アテナは、彼の言葉を奪わなかった。「見てはならぬもの」を見た彼の罪に対する罰を「盲目」のみに止めたのである。それは、彼の母親とのよしみだったかも知れない。「予言」の能力を与えたのもそのためかも知れない。しかし、予言者とは何だろうか?「ヨハネ黙示録」の「霊夢」もそうだが、聖書にはその他いろいろな予言者が出て来る。彼らはメシア＝救世主の出現を予言することによって弱きもの、迷えるものには見えない世界を語った。

ティレシアスも同様である。盲目の彼には、盲目でないものの見ているものは見えない。しかし彼には、盲目でないものには見えない世界が見えた。そしてそれを、見える通りに語った。語らなければならないし、語らされた。なにしろ予言者だからである。そうして彼はナルシスの運命を語り、オイディプス王の運命を語った。しかし、必ずしも語りたくて語ったわけではなさそうである。

オイディプス　神々の名にかけてたのむ、知っていることがあるのならば、どうかそっぽを向かないでくれ。われらはみな歎願者となって、おんみの前にこうしてひざまずいているものを。
ティレシアス　みんな何も知らぬからじゃ。だがわたしはけっして、この不幸な秘密を明かしはしない――あなたの不幸と呼ばぬとすれば、このわしの不幸を。
オイディプス　なんと申す？　知っていながら言わぬ気か。われらを裏切り、国をほろぼそうとの所存なのか？
ティレシアス　わしは自分をもあなたをも、苦しめたくない。なにとてそのような、無益な詮議をなさるのか。この口からは、何も聞き出せまいものを。
オイディプス　おのれ、この人でなしめ！　一塊の石でさえもお前には、憤りをおぼえるであろう。どうあっても言わぬつもりか。そのかたくなな心のまま、どこまでも強情を押しとおす気か？
ティレシアス　わしの気性を責めながら、あなたと一緒に住んでいる、自分のものがみえぬのか。そしてこのわしばかりを、とがめなさる――。（藤沢令夫訳『オイディプス王』岩波文庫）

　このあとティレシアスは、とうとう喋る。オイディプス王には見えなかったものを、喋ってきかせる。そして、その通りのことが起り、オイディプスは自らの両眼をえぐって盲目となるわけであるが、ここではその「悲劇」の筋書きが問題なのではない。何だかんだといいながら、また、決して喋りたくて喋るわけでもないのであるが、結局、ティレシアスは喋るということなのである。そしてそうなることを一番よく知っていたのは、彼自身だろうと思う。だから彼は、子供に手を引かれてやって来たのである。つまり、「予言」するためにやって来たのだ。それが、女神アテナから与えられた彼の運命だった。

　女神アテナも、なかなか考えたものだと思う。なるほど彼女は、ティレシアスから言葉を奪うことはしなかった。しかし、ティレシアスに残された言葉は、「予言」だった。そしてそれは、ほとんどの場合「語りたくない」言葉だったのである。ティレシアスが本当に語りたいものは、何だったか？　あるいはアテナの「肉体的欠陥」だったかも知れない。またあるいは、そんなものではなかったかも知れない。しかし、いずれにせよ、ティレシアスに残された言葉は「予言」だけだ。そしてそれは的中し、誰もが彼の予言を信じた。しかし、予言以外のことは、誰も彼に求めなくなった。もし仮に、予言以外のことを彼が喋ったとしても、誰もきこうとはしなかったかも知れない。実際、予言以外のことであれば、何もわざわざ盲目の彼にたずねる必要もなかったのである。こうして女神アテナは、「見てはならぬもの」を見てしまったティレシアスの口を封じた。つまり「予言」の能力を彼に与えたのは、「盲目」の代償ではなかった。それこそ、もう一つの罰だったのではないかと思う。

しかしM君、もちろん君は知っていると思うが、この盲目の予言者ティレシアス誕生については、異説がある。もっともギリシャ神話では異説は何も珍しいものではない。というより、(太宰の例の「ヴァルカン様」は別としても)異説のない方が少ないくらいのものだと思うが、このティレシアスという男、盲目の予言者になる以前から、やはりただの「男」ではなかったらしい。「男」とカギをつけたのは、この人物、正に「男」=「女」であったらしいからだ。ただし生れたときからの、いわゆる「両性具有」ではなく、最初は男だったが、あるとき(何歳くらいであるかは、神話ではほとんどわからない)森の中を歩いていると、二匹の大きな蛇が交尾しているのに出会った。それで、持っていた杖で一匹の方を打ちすえると、男だった彼が女に変った。雌の方を打ったからだそうである。

それから七年間(九年という説もあるらしいが)、「彼」は「女」として過ごした。ただ、その間のことは、これまた神話の特権として、何も語られていない。そして、とつぜんふたたびティレシアスは「女」から「男」に帰って来る。すなわち「女」に変って八年目(九年説でいえば十年目)のある日、「彼」はまたまた森の中で交尾している蛇に出会った。それが、前に見たのと同じ蛇だったのかどうか、これまたわれわれ人間にはわからないことになっているが、やはりティレシアスが一匹の方を杖で打ちすえると、「女」から「男」に変ったという。今度は、意識して雄蛇の方を打ったのかも知れない。

このティレシアスの「男女両性」体験は、ゼウスの耳にも入っていたらしい。なにしろ全能の神であるから、当然といえば当然であろうが、その全能の神にとって最もニガテなのが、女王ヘラであることはすでに知られた通りである。その二人の間で、あるとき、性交による快楽は男と女とではどちらがより大きいかということが話題になったらしい。オウィディウスの『変身物語』(中村善也訳・岩波文庫)によれば、「たまたま、ユピテル(つまりゼウス)は、神酒《ネクタル》に陶然として、わずらわしい悩みを忘れ、これも無聊《ぶりょう》をかこっていたユノー(つまりヘラ)を相手に、くつろいだ冗談をとばしていた」となっており、性交の快楽談義もその冗談の中から出て来たことになっているし、また実際、夫婦の間でこれほど平和な談義もめったにあるものではないと思う。ましてや、日頃は、浮気の帝王と嫉妬の女王の間柄なのである。

ただし、この快楽談義は、当然のことながら結着がつかない。ということは、この問題に関しては神々も人間もどうやら変りないらしいということであるが、ゼウスもヘラも、互いに自分の方の快楽がより小さいと主張してゆずらなかったらしいからである。そこで、よし、それではあの「男＝女」ティレシアスにたずねてみようではないか、ということになったらしい。そしてそこまでは、まことに平和だったわけだが、そのあと『変身物語』にはこう書かれている。

《いま、冗談めいた争いの裁定者に選ばれると、彼は、ユピテルの意見のほうを正しいとした。ユノーは、もともと大した問題でもないのに、必要以上に気を悪くして、その裁定者を罰し、彼の目を永遠の闇でおおった。しかし、全能の父なる神は――ある神がおこなったことを無効にすることは、どんな神にも許されないので――ティレシアスが視力を奪われたかわりに、未来を予知する能力を彼に与え、この恩典によって罰を軽くした》

これが、盲目の予言者ティレシアス誕生の異説であるが、先の女神アテナとの話よりも、一般にはむしろ、こちらの方が知られているのかも知れない。また、このときティレシアスは、「性交における快楽を10とすれば、そのうち9は女のもので、男の快楽は残りの1に過ぎない」と答えたという説もあるらしい。ただ、その判定が、「男女両性体験者」であるティレシアスによって下されたということは、なかなか理に適っていたといわなければならない。そして、ヘラが腹を立てたのも、そのためだったのではないかと思う。

つまり、『変身物語』の作者は「もともと大した問題でもないのに、必要以上に気を悪くして」と書いているが、ヘラにとっては決してそうではなかったのである。なにしろティレシアスは「男女両性」の体験者だった。したがって、その判定は、その体験に基づくものだろうからだ。然るに、夫であるゼウスは浮気の帝王だった。ということは、ゼウスの浮気と同じ数の女どもが、他ならぬ自分の亭主であるところのゼウスによって、9対1の割合いで快楽を与えられていることになる。これが反対ならば、まだ許せる。しかし、女9対男1は許せない。これがヘラの嫉妬の構造ではなかったかと思う。彼女は決して、『変身物語』の作者がいうように「必要以上に気を悪く」

したわけではない。彼女の怒りは、嫉妬の女王として、当然だろうと思う。つまり彼女は、自分以外の女どもの「9」の快楽に嫉妬したのである。そして「男＝女」のティレシアスを盲目にしたのだと思う。

と、まあ、こう考えてみたわけなんだが、どうだろうかね、M君？　それとも何かな、そうではなくて、ヘラは、ティレシアスの男女両性体験そのものに嫉妬したのだろうか？　つまり、性交による男女の快楽の割合いが、1対9であろうがその反対であろうが、ティレシアスはその両方を体験済みだからだ。そして、1対9であろうがその反対であろうが、1プラス9は10であり、9プラス1も10だからである。

ただし、そうなって来ると、これはヘラだけの問題ではなくなるかも知れない。ゼウスだって、同じことを考えないはずはないからである。つまり、「しかし、全能の父なる神は——ある神がおこなったことを無効にすることは、どんな神にも許されないので——ティレシアスが視力を奪われたかわりに、未来を予知する能力を彼に与え、この恩典によって罰を軽くした」と『変身物語』の作者は書いているが、それはあくまでタテマエであって、本心はかのアテナ女神と同じだったのかも知れない。すなわち、「予言」の能力は「盲目」の代償としてではなく、ゼウスの嫉妬心による「罰」として与えられたのかも知れないのである。

しかし、何故ゼウスは「女」になれないのだろう？　同時に、何故ヘラは「男」になれないのか？　男としての欲求達成のためには、いかなるものにも変身自在であるところのゼウスが、「女」にだけはなれないというのは、考えてみれば不思議な話だ。ヘラにしても同様である。もっとも彼女の場合は、浮気のためではなく、嫉妬のためにではあったが、セメレーがゼウスの子供を懐妊（それはかのディオニソスだったわけだが）したと知るや、彼女の乳母に化けてセメレーをだますことくらい朝飯前なのである。しかし、彼女も「男」にだけはなれないらしい。

実際、ゼウスとヘラが、互いにときどき（つまり必要に応じて）交替出来れば、何もいうことはなさそうな気がする。そうなれば、早い話、ゼウスの浮気も、ヘラの嫉妬も一挙解決ということになるのではなかろうか？　あるいは、ゼウス＝ヘラという両性具有神の実現である。しかし、どういうわけかそれだけは出来ないらしい。いかに全能の神といえども、セックスの快楽だけは（男女の割合いが1対9であれその反対であれ）やはり10というわけにはゆかないのかも知れない。とすると、その10の体験者であるティレシアスに与えられた「予言」の能力は、やはり「盲目」の代償ではなくて、反対にもう一つの罰だったのだ、ということになるのではないだろうかね、M

君？

45

9—15すなわち宮子の部屋における宮子との対話。

「何だか、二人いるみたい」

「このぼくのことかね？」

「ウフフフ……」

「例の、スナックの話かね」

「スナック？」

「だから、例の過激派だよ」

「過激派？」

「そうです」

「そんな昔のお話じゃなくて、いまの話」

「もちろん、昔の話じゃないよ」

「え？」

「だって、あれは昔の話とはいえないだろう」

「でも、いまは昔、だわね」

「ほほう」

「ウフフフ……」

「しかし、それは、キミのことだろう」

「じゃあ、センセイのは、誰のことなの？」

「もちろん、このぼくのことです」

「何だか話が食い違ってるみたい」

「ふうん、そんな感じだな」

「ウフフ……」

「しかし、本当に何も知らないのかな」

「何もって？」

「例えばだね、例の休講の一件もかね？」

「休講って、センセイの大学の？」

「そう、そう、例の掲示板、それから事務所での一件」

「ぜんぜん、知りません」

「ははあ」

「だって、あの大学にはもう十年以上も行ったことないし」

「あの大学？」

「ゼンキョートー大学」

「ああ、あっちの話か」

「もう、ぜんぶ忘れちゃった」

「いや、そんな昔の話じゃないわけだよ、こっちの話は」

「いまの大学って、どうなのかしら？」

「紙飛行機が飛んでるよ」

「紙飛行機って？」

「ある日だね、研究室の窓からぼんやり外を眺めていると、ふわーっと紙飛行機が飛んでたんだよ」

「誰が飛ばしたのかしら」

「誰が飛ばしたのか知らんけどさ、とにかく中庭をふわーっと飛んでるわけだよ」

「ずいぶんのどかなのね」

「実際、誰が飛ばしたのかな、まったくわからん」

「ウフフ……」

「いや、本当に、顔も名前もわからんのだからね」

「学生の？」

「そう、そう」

「でも、わからなくても構わないでしょう？」

「とにかく、みんなお札みたいなもんだからね」

「一万円札？」

「一万円でも五千円でもいいけど、つまり、お札の番号みたいなもんだよ」

「お札の番号？」

「そうだな、クルマの番号かな。いや、やっぱりお札に近いか」

「学生も車に乗って来ていいのかしら」

「さて、どうだったかな」

「でも、駐車場がないんじゃない」

「ふうん」

「駐車場は、先生のだけじゃないかしら」

「まあ、そうかもしれんがね、いまの出席簿見たことないだろう？」

「ぜんぜん知らない。でも、昔のも知らないけど」

「そういえば、そうだろうがね、いまのは七桁の番号が打ってあって、それからカタカナで名前が並んでいる。いや、待てよ、八桁だったかな」

「それが、お札ってわけですか」

「実際あれは、メマイがするよ」

「あんまり有難いお札じゃなさそうだわね」

「そうか、じゃあ、あのヘッドホーンの学生も知らんわけかな？」

「ヘッドホーンの？」

「知らない？」

「ぜんぜん」

「ははあ、じゃあ、あの、まずいカレーライスのことも知らないわけだな」

「わからない」

「じゃあ、あの贋女子学生ふうの女も、知らない？」

「知らない」

「英語の落書きつきのエプロンをつけてた奴だよ」

「ぜんぜん」

「じゃあ、あのオカマ過激派も？」

「え？」

「だから、例のスナックの、ひょろながいジーパン男だよ」

「何だか、夢の話きいてるみたい」

「ははあ、ここで話が食い違ったわけだな」

「食い違うも何も、ぜんぜん、きいたこともない話だもの」

「しかし、食い違ったといったのは、君の方じゃなかったかな」

「だって、最初から食い違ってたわけでしょう？」

「ふうん」

「それとも、相手を間違えたか」

「相手を？」

「そう」

「誰と間違えたわけかね？」

「ウフフフ……」

「じゃあ、何かい、最初から人違いのつもりできいてたわけかね」

「そういうつもりできいてたわけじゃないけど、何だか面白そうな話みたいだから」

「なるほど、面白そうな話か」

「だって、そうでしょう」

「ふうん」

「いつ、どこの話かもわからないし、誰の話かもわからないし」

「ははあ」

「このわたしに関係があるのかもわからないし、関係ないのかもわからないし」

「ふうん」

「夢なのか、本物なのかもわからないし」

「じゃあ、あれはどうかな、『分身』は？」

「ブンシン？」

「そう、ドストエフスキーの『分身』」

「ドストエフスキー？」

「そう、その『分身』という小説」

「ぜんぜん、知らない」

「じゃあ、話は？」

「だって、ドストエフスキーなんて、読んだことないもの」

「しかし、待てよ」

「あ、思い出したわ！　例の、安田講堂のときの話」

「ドストエフスキーの話だよ」

「だから、例の、安田講堂の話していて、センセイがとつぜん、わたしの父の年齢をたずねたでしょう？」

「ははあ、『悪霊』だな」

「例の安田講堂に機動隊が水をかけた話から、とつぜん、その何とかいう教授と、その息子の話だかになって」

「それで、君のお父さんは、幾つなんだっけ？」

「だって、女は関係ないんでしょう？」

「そんなこと、いったかな」

「だって、あれは大学生の過激派息子と、大学教授の父親の話だったでしょう」

「そう、そう。息子が、ピョートル、おやじがステパン教授」

「それで、豚の群に悪魔が入って、崖から転げ落ちる話」

「ハッハッハ！」

「あれ、豚じゃなかったかしら」

「いや、豚です、豚です」

「その豚が父親で、息子が悪魔だったかな」

「豚が、ロシア」

「じゃあ、ロシアが崖から落ちるわけ？」

「まあ、あれは例の、聖書の文句だから」

「それで、父親が野垂れ死にして」

「そうか、君のおやじさん、医者だったっけ？」

「は？」

「いや、これもあれか、関係ないか」

「父親が家出して、野垂れ死にする話。きいたのはあの話だけですから」

「しかし、待てよ」

「あとは、そうね、ギリシャ神話の話」

「ふうん」

「例の、マーキュリーとヘルメスの話」

「なるほど、過激派ヘルメス党だったな」

「ウフフフ……」

「ちょっとした肉体的欠陥、ね」

「ウフフフ……」

「mのマークのヘルメス党、か」

とわたしは水割りウイスキーを飲み込んで、宮子のm記号の方へ手を伸ばした。

「あっ」

と彼女は短い悲鳴をあげて、ふわりと絨毯の上に倒れた。

46

「しかしだね、確かさっき、二人いるみたいだといっただろう」

「そうだったかしら」

「あれは『分身』の話じゃなかったのかね？」

「ブンシンって、さっきのロシアの小説？」

「そう、そう」

「そんなむずかしい話じゃありません」

「君は、きかなかったといってたけど」

「だから、きいたのは、例の豚と悪魔の話」

「六百六十六は、悪魔の番号、か」

「豚の番号？」

「ハッハッハ！」

「あ、悪魔の方か」

「六百六十六の悪魔は、豚じゃないよ」

「は？」

「豚じゃなくて、えーと、あれはだな、角が二本生えた怪獣だな」

「じゃあ、豚とは別の聖書でしょう」

「そう、そう」

「ほら、やっぱり二人ですよ」

「え？」

「だって、六百六十六なんて、きいたことないから」

「だから、例の、m記号の話ですよ」

「でも、その角の生えた怪獣の話は、はじめてだもの」

「しかしだな、その小文字のmが、すなわち六百六十六なんだよ」

「だから、その話は誰か他の人にしたんですよ、きっと」

「他の人？」

「わたしではない、他の人」

「ふうん」

「だから、誰か他の人にその角の生えた六百六十六の話をしたセンセイと、いまここにいるセンセイと、二人いるわけでしょう」

「しかしそれは、『分身』の話じゃあないわけだな」

「そんなむずかしい話ではありません」

「じゃあ、何かね?」

「オチンチン」

「は?」

「だって、センセイが二人いれば、もうひとつ、どこかにあるわけでしょう」

「ふうん」

「何だか、そんな気がするわけ」

「ははあ、悪魔の森に迷い込みたる豚二匹、か」

「迷い込んだのは、一人だけでしょう?」

「じゃあ、もう一人はどこにいるのかな?」

「それは、わたしにはわかりません」

「ふうん」

「また、どこにいても、わたしには関係ありませんけど」

「ふうん」

「男の人って、そんな気はしないのかしら」

「いや……待てよ」

「考えてると、だんだん不思議な気がして来るんだけど」

「だから、さっきから『分身』『分身』といってるわけだよ」

「さっきの、六百六十っていうのも、よくわからないけど」

「あ、六百六十六、か」

「六百六十六」

「まあ、あれは暗号だろうな」

「暗号?」

「ヨハネ黙示録に出て来る、悪魔の暗号」

「あの、豚の中に入ったような？」

「ま、ちょっと違う悪魔みたいだな」

「ふうん」

「なにしろ、キリストを試そうというような悪魔もいるし、神様に告げ口をしたり、神様の使い走りみたいなことをするのもいるようだし、キリストを滅ぼそうとするようなのもいるみたいだし」

「じゃあ、小文字のmがどうして六百六十六なのかしら？」

「あ、あれはね、単なるぼくの思いつきです」

「思いつき？」

「というか、妄想というか」

「マーキュリーとか、ヘルメスとかと何か関係あるのかしら？」

「いや、いや。そんなのじゃなくて、六百六十六をだね、数字で、そうだな、十回くらい紙に書いてごらん」

「十回？」

「いや、いまじゃなくて、あとで。そして、そいつをだね、さかさまにして見てごらん」

「すると、悪魔に見えるのかしら」

「ま、とにかく」

「ふうん」

「しかしだね、悪魔の森は、また神の森でもあるわけです。悪魔の森でもあり同時に聖なる森でもある」

「は？」

「いや……」

「でも、やっぱり不思議な気がする」

「何が？」

「だって、センセイのものだという気もするし」

「ふうん」

「そうじゃないような気もするし」

「ふうん」

「わたしのものみたいな気もするし」

「ふうん」

「そうじゃないような気もするし」

「ふうん」

「他の人のものみたいな気もするし」

「ふうん」

「そうじゃないような気もするし」

「ふうん」

「誰のものでもあるような気もするし」

「ふうん」

「誰のものでもないような気もするし」

「ふうん」

「いったい、誰のものなのかしら？」

「何だか、ゼウスとヘラの性問答みたいになって来たな」

「え？」

「いや……」

「男の人って、そんな気持しないのかしら？」

「いや……」

「やっぱり、自分のものということなのかしら？」

「だんだん、ヘルメス的になって来たな」

「やっぱり不思議な感じかしら？」

「だって、ヘルメス様は、羽の生えたペニスらしいからね」

「え？」

「昔の話で申訳ないけど、mのマークのヘルメス党と同じですよ」

「ヘルメス党？」

「その過激派ヘルメス党のスローガンです」

「分解し、かつ、結合せよ！」

「そ、そ、そ、そう」

「ふうん」

「つまり、自分のものであって、自分のものでなく、男のものであって、男のものでない」

「ふうん」

「何だか、アベコベになったようだな」

「え？」

「いや……」

「それから？」

「女のものではないが、女のものでもあり」

「ふうん」

「一人のものであるが、二人のものでもある」

「ふうん」

「また、単独のものでもあり、結合するものでもあり」

「ふうん」

「結合したものでもあり、分離したものでもある」

「ふうん」

「これを要するに、自分であって自分でなく、誰かであって誰でもない。これが、羽を生やしたペニス大明神、われらがヘルメス様の正体だろうな」

「何だかよくわからなくなったけど」

「ははあ、待てよ」

「え？」

「まさか、トイレじゃないだろうな？」

「何が？」

「何がって、わがヘルメス様だよ」

「何いってんのよ！」

「じゃあ、たずねますが、トイレのカバーは何色だったかね？」

「ここのトイレ？」

「そう、9―15のトイレット・カバー」

「いまは、黄色じゃなかったかしら」

「じゃあ、トイレのカレンダーは？」

「えーと、あれはどこの会社だったかな」

「会社じゃなくて、絵は？」

「絵じゃなくて、写真だと思うけど」

「じゃあ、その写真は？」

「ふうん」

「風景かね？」

「えーと、今月のは……」

「日本かね、それとも外国かね？」

「ちょっと待って」

「いや、いや、見に行かないで」

「例の、シルク・ロードのシリーズみたいなものね」

「ははあ……あれはどこだったかな」

「どこって、病院のこと？」

「いや……じゃあ、風呂場のスポンジは何色かね？」

「ここのバス・ルームの？」

「そう、そう」

「えーと、体を洗うスポンジね？」

「そう、そう」

「さて、いま使ってるのは、何色だったかしら？」

「黄色？」

「いや……」

「赤？」

「いや……」

「ピンク？」

「いや……」

「ブルー？」

「いや……」

「じゃあ、あと何だい？」

「グリーン」

「あ、グリーンがあったな」

「でも、グリーンじゃないわね」

「じゃあ、あとどんな色があったかね？」

「そうだわね、いま使ってるのは、ブルーじゃなかったかしら」

「じゃあ、トイレのバケツは？」

「バケツ？」

「トイレの掃除用のバケツの色は？」

「トイレにバケツは置いてないわ」

「え？」

「ウフフフ……」

「じゃあ、風呂場だったかな？」

「バス・ルームにもバケツはありません」

「ははあ……」

「病院のトイレにも、バケツはありません」

「じゃあ……いや、待てよ」

「ウフフフ……」

「じゃあ、ピンクのゴム手袋は？」

「ゴム手袋って、あの台所用の？」

「そう、そう、あの大きな、ぐにゃりと折れ曲ったやつ」

「ウフフフ……」

「あのピンクのゴム手袋は、トイレだっけ、それとも風呂場の方だったかな？」

「トイレにもバス・ルームにも、ピンクのゴム手袋は置いてないわ」

「え？」

「トイレにもバス・ルームにも、ぜんぜんゴム手袋は置いていません」

47

今日、仕事中に（例の、夏休み中に仕上げる約束になっている、ドクター井上の代訳もの。そのため、このところずっと９―９に泊り込みである。もう、そろそろ夏休みも終りなのだ）、とつぜん、ドン・ボスコ社版の「聖書」のことを思い出した。夕方、五時少し前頃だったと思う。この聖書のことは、関根正雄訳『旧約聖書』の参考文献欄にも出ていた。それで、ときどき思い出しては忘れ、また思い出しては忘れしていたのである。

銀座の教文館に電話でたずねると、六千円だという。わたしは、９―９からエレベーターで地下一階まで降り、そのまま地下鉄に乗った。９―９を出るとき、白衣を着た宮子のうしろ姿が、ちらりと目に入った。看護婦と何か話していたらしい。こちら向きになっている看護婦と目が合ったが、もちろん何の変化もなかった。たぶん宮子は、薬剤師として看護婦と何かを話していたのだろう。地下鉄の中では扇風機がまわっていた。途中、一度乗り換え、銀座に着くと、わたしは真直ぐ教文館へ向った。そして電話できいた通り四階へ行って、ドン・ボスコ社版の聖書を買った。

銀座へ出かけたのは何年ぶりだろうか？　どうもはっきり思い出せないが、少なくとも「贋地下室」の住人になってからは、はじめてだろうと思う。もちろん、だからといって、特に立ち寄るべき場所もなかった。ただ、何かついでに買うものがあるのではないかという気がした。しかし、何となくそんな気がするだけであるような気もした。同時に、やはりそうではなくて、何か買うものはあるのだが、それが思い出せないでいるのだ、という気もした。

教文館を出ると（教文館には五分もいなかった。ドン・ボスコ社版だけを買って、そのまま出て来たのである）、聖書（広辞苑の三分の二くらいの厚さか？）の入った書店の紙袋をさげて、デパートのショーウインドーの前を、何度か往復した。ついでに買うべきものは何だろうか？　買うべきものはあったのだろうか、ないのだろうか？　デパートの前で、ゴザ（あるいは毛布のようなものだったか？）をひろげて男が針金細工をしていた。あぐらをかいた男は、型通りに英語の落書きつきのシャツを着て、長い髪に細い革製の鉢巻きをしめ、髭をのばしている。そして、これまた型通りに、ショーウインドーの前を行ったり来たりするわたしに対して、まったく関心を示さなかった。

たぶん彼は、わたしが彼の前にしゃがみ込んでも同様だったと思う。ゴザだか、毛布だかの上に腰をおろしても同様だろう。彼の手製の針金細工を手に取っても同様である。それは、わたしが彼に示した関心であって、彼が関心を示す必要はない。それが、どこで焼いて来たのか、真黒に陽焼けした針金細工男たちの哲学なのである。彼も、そういう街の哲学者グループの一人に違いなかった。もちろん、わたしに関心を示さないのは、彼だけではなかった。デパートへ入って行く人々、デパートから出て来る人々、誰一人関心を示さなかったのである。彼らの関心は他にあった。いま何を買うべきであるか、買うべきでないか？　彼らはそれを忘れていない。なにしろ彼らが出入しているのは、デパートだからだ。わたしだけが、そういう彼らに関心を抱いていたのである。買うべきものはあったのだろうか、ないのだろうか？

思い出せないまま、わたしは地下鉄の方へ歩きはじめた。そして通りがかりのそば屋に入り、天丼を注文した。天丼を待つ間に、ちらりと宮子の、白衣を着たうしろ姿を思い出した。ちょうど井上医院も終る時間だった。しかし電話をかけて呼び出そうとは考えなかったようである。それからわたしは、デパートのショーウインドーのマネキンを思い出した。マネキンは、すでに水着姿ではなかった。もう夏休みもそろそろ終りなのだ。とすると、マネキンは何を着るべきであろうか？　ショートパンツだろうか？　しかしこれも、本気で考えているわけではなかったようである。実際わたしは、マネキンの衣裳をまったく思い出すことが出来なかった。わたしが思い出したのは、マネキンであって、衣裳ではなかったようだ。そのピンク色をした脚であり、腕であり、指先だった。あるいはマネキンのボディーは、ピンク色ではないのかも知れない。何か別の呼び方で呼ばれる色なのかも知れない。ただ、わたしはそれを知らないし、知らないわたしの目には、ピンク色の脚、ピンク色の腕、ピンク色の指先に見えたのである。

わたしは、そば屋の天丼を、まるで何か急ぎの用でもあるかのような早さで平らげた。そしてそのことに、ある種の満足をおぼえた。それから、そば屋を出ると、これまた何か急ぎの用でもあるかのように、真直ぐ地下鉄の駅へ向った。階段は、そこから地下へ降りて来る人間たちと、地下から地上へ登って来る人間たちとで埋っていた。

わたしは、ぶらさげていたドン・ボスコ社版聖書入りの紙袋を左脇に抱え直して、地下へ向う群の中に入った。地下鉄のホームでも、地下鉄の中でも、状態はほぼ同様であった。駅に停車する毎に電車のドアは開くには開くが、実際には、そこから出て行くものたちと、そこから入って来るものたちとによって、ドアは埋っていたからである。そしてそれは、最短距離を選ぶ以上、当然の状態であろう。誰もが最短距離を選んでいるのだ。この地下鉄に乗っているものにとっては、この地下鉄が最短距離なのである。だから殺到しているわけだ。彼らは最短距離を選択して殺到する。しかし、誰もがそうする以上、これはもはや、選択出来ないのと同じことかも知れない。なにしろ、最短距離は、そこだけだからである。わたしはドン・ボスコ社版の聖書を両腕でかばうようにして押したり押されたりしながら、その選択不可能な選択に満足した。

9―9──→エレベーター──→地下一階──→地下鉄──→乗り換え──→地下鉄──→銀座──→教文館四階。これがドン・ボスコ社版聖書入手のための最短距離だった。そしてわたしは、その同じ最短距離を逆戻りしている聖書運搬人だった。ただし、時間がズレたのでは意味がなくなる。誰もが殺到するラッシュアワーだからこそ最短距離なのである。やがてわたしは地下鉄を降りた。そして、地下一階──→エレベーター──→9―9。こうしてわたしはドン・ボスコ社版聖書を、「贋地下室」に運び込んだのである。

ドン・ボスコ社版「旧約／新約聖書」
黒表紙（ニセ革か？）
表紙中央にステンドグラス形の金捺し
背文字は銀捺し
序文（バルバロ）二ページ
全聖書序論（無署名）三十四ページ
旧約　千八百九十六ページ
新約　四百六十三ページ
巻末索引　三十五ページ

翻訳　バルバロ／デル・コル（共訳）
発行　一九七六年（八版）東京四谷ドン・ボスコ社

48

M君、例の「六百六十六」の意味がやっとわかった。ヨハネ黙示録（十三章十八節）の「悪魔の数字」です。それとも君は、とっくに知っていたかな？　しかし、とにかく一応報告して置きます。まず、問題の部分は、ドン・ボスコ社版では「知恵《ちえ》は、ここに必要である。知恵《ちえ》のある者《もの》は、その数字をかぞえよ。それは人間の数字であって、その数字は六百六十六である」となっており、すぐ下の注にこう書かれている。

「C古写本、イレネオには616となっている。ギリシャ語、ヘブライ語では、すべての子音に数字の意味があった。それで単語を数字で書くこともできた。この数は、ネロ皇帝（666）神なる皇帝（616）という意味にとれる」

何だか、バカバカしいくらいあっけない話ですが、そういうわけです。また、「C写本」というのは、このドン・ボスコ社版聖書の「全聖書序論」によれば、「エフレミ・レスクリプトゥス　5世紀のもの。現在はパリ国立図書館に保存」というものらしい。らしい、というのは、もちろんそれ以上のことは、ぼくにはわからない、という意味ですが、それともう一つ、この「全聖書序論」そのものの文章が、どうもわかりにくい。難解というのでなく、日本語としてわかりにくい。この聖書は、「全聖書序論」によると、「現代におけるもっとも権威ある批判テキストにもとづく翻訳である。旧約聖書中、歴史書（創世の書からネヘミアの書まで――ルトの書を除く）は、デル・コル師の訳であり、残りの部分はバルバロ師の訳であって、日本人の学者たちの協力をえて、完成されたものである」という。つまり、二人の外国人による日本語訳だ。わかりにくいのは、そのせいかも知れないが、この聖書に対する関根正雄氏の評価をついでに紹介して置くと、こうなっている。「ドン・ボスコ社から出ているバルバロ～デル・コル訳の『聖書』も口語訳で、旧約は外典も含んでいるから、ことに便利であろう。外典というのは経外典ともいうが、本書の結語でふれた。バルバロ〜デル・コル訳は『序論』のほか、各書の前に簡単な緒論があり、各章ごとに、題目とある程度の『註』がついているので親切である。ただし訳はヘブライ原典からの訳ではなく、ヨーロッパ語からの重訳である。／バルバロ〜デル・コル訳よりより詳しい解説と註のついている訳はフランシスコ会聖書研究所からの訳と岩波文庫で出ている拙訳である。（後略）」（『旧約聖書』巻末の「参考文献」）

しかしM君、とはいうものの、「六百六十六」の謎が解けただけでも、ぼくにとっては大収穫です。もちろんぼくは、ヘブライ語も知らないしギリシャ語も知らない。「６１６」と「６６６」の違いも、何だかはっきりしない。しかし、あの短い注だけでも、わざわざ銀座まで出かけて行った甲斐があったといえるくらいです。いや、実はこれは君にも黙って置こうと思ったのだが、白状すると、ぼくはドン・ボスコ社版聖書を買いに、わざわざ地下鉄で銀座の教文館まで出かけたのです！　そして満員電車の地下鉄で、それをここまで運び込んだのです。君に黙っていようと思った理由は、君の想像にまかせます。ただ、もし六百六十六の謎が解けなかったら、おそらくぼくは、ドン・ボスコ社版をわざわざ銀座まで買いに出かけたことを、君に白状はしなかったと思う。つまり、あの短い注は、ぼくにとってそのくらい大収穫だったのだ、ということなのです！　そして、その理由も、これまた君の想像におまかせします。

追伸　もう一つの問題、つまり、旧約「創世記」（ドン・ボスコ社版では「創世の書」）における、例のノア（ドン・ボスコ社版では、ノエ。また、ハムはカム、ヤペテはヤフェト、カナンはカナアンとなっている）の「かくし所」の部分であるが、その部分の訳は、「かくし所」ではなく「裸」となっており、その点は岩波文庫の関根訳と同じである。しかし、注の方はだいぶ違う。

面白いのは、関根氏の注では、ノアがぶどう酒に酔払い、テントの中で（真裸で）眠っていた理由については何も触れていないのに対して、ドン・ボスコ社版は、その点をずいぶん重視（というか、気を使うというか）していることだ。まず、訳文そのものにずいぶん苦労している。すなわち「さて農夫だったノエは、はじめてぶどう畑をつくった人であるが、ぶどう酒をのんでよっぱらい、自分のテントの下で裸になった」という具合であって、その注に曰く――「こうすれば（つまり、こう訳すれば、の意か）、ぶどう酒がノエ以前にもあったが、とにかくそれを知らなかったノエは、それによっぱらったのは、未経験による落度をおかした」。

これは、いつだったか紹介した関根説（つまり、イスラエル人はギリシャ人などと違って、性的なものに強い羞恥心を持っていた、という説）とは、ずいぶん違う。もちろん、注であるから、解釈の違いは当然であるし、違いがなければわざわざ注をつける意味もないが、それにしても、「羞恥心」と「落度」では、ほとんど正反対である。それにこの注の文章、やはり日本語として、少しおかしいのではないだろうかね、M君？　もちろん、意味はこれでわかる。ただ、（さっき「全聖書序論」について）ぼくが「わかりにくい」といった意味は、これでおおよそ君にも見当がつくのではないかと思う。

同じことは、次の注についてもいえる。すなわち「カムの罪は、偶然の好奇心だけではない。本文にそれ以上書いていないにしても、のちに課せられる罪（25章―27章）の重さは、それを仮定する」というのであるが、この「仮定する」は、「証明する」の間違いではないだろうか。でなければ意味が通じない。それから、もう一つ、ついでにいえば、その前の「罪の重さは」は、「罪の重さが」だろう。この「は」と「が」の食い違いは、さっきのノアが酔払った部分にも出て来た。どことなく、咬み合わせの悪い入歯のようなもどかしさは、たぶんその「は」と「が」の食い違いから起るのではないかと思う。

何だか、訳文のあげ足取り（というか、日本語文章教室というか）みたいになったようだが、参考までです。

もう一つの「かくし所」（旧約「出エジプトの記」第二十章二十六節）の注はこうでした。

「当時エジプトやメソポタミアでは、司祭は、儀式のとき、短かい腰帯一枚しかまとっていなかったので、段をのぼると、かくしどころがみえた。エジプトを出たばかりのヘブライ人も、同じであった。禁令の理由は、そこにある。のちに、簡単な祭服がきめられ（28章40―42節と注参照）、のちにまた長くなって禁令の理由がなくなったので、イエルザレムの神殿には段があった」

何だか、当り前過ぎて、面白くもおかしくもない注であるが、これも、参考まで。

49

追伸　こないだドン・ボスコ社版「聖書」を教文館の四階で買った、と書いたのは、八階の誤りでした。今日、気がついたので（どうでもいいことだろうが）訂正して置きます。今日、銀座へ行ったのは、特に理由はありません。強いていえば、天丼でしょうか。こないだドン・ボスコ社版を買いに行って帰りに食った、そば屋の天丼、あれを昼飯を食いに出て思い出し、地下鉄に乗ったわけです。

いまさら断わるまでもないと思うが、ぼくはいわゆる美食家の反対に近い人間です。晩年の荷風は、毎日正午になるとハンコで捺したように何とかいう近くの食堂（京成電車沿線の何とかいう駅前にいまもあるらしい）にあらわれて、ハンコで捺したようにカツ丼（確かにカツ丼は独身男の象徴みたいな食物だと思う）を食ったそうだ。世の中には食物の味のわからない（あるいは食物の書けないだったか？）小説家に文豪なしという説（ビフテキと茶漬けでは西洋文学にかないっこなし、というのとはまた別の説らしい）もあるらしいが、その説でゆくと荷風などはどうなるのだろう？

太宰治はその説を知っていたのか知らなかったのかわからないが、自分は味音痴だと書いている。たぶん、いつだったか「ヴィーナス」に一目惚れされた「美男のヴァルカン様」像を描いて、書かれた当人（ゼウスの息子で、足が曲っていて、アプロディテの亭主であるところの鍛冶屋のヘパイストス）をびっくりさせた『懶惰の歌留多』ではなかったかと思うが、どんなにうまいといわれているものでも手間のかかる食物（例えば鮎の塩焼きなど）は一切ダメだという。そして、玉子焼き、豆腐、牛乳、スープ、葛湯などを愛好するという。要するに味覚より方法だという。

もちろん、本当か嘘かはわからない。あるいは太宰は、例の文豪説を知っていて、彼が死ぬまで怨み、たてついた「文豪」志賀直哉に、ここでもインネンをつけているのかも知れない。そういえばこの小説にも（食物の話のあと）、何やらそれらしき「文豪」の小説の話が出て来るようだが、太宰は天丼、カツ丼の類はどうだったのだろう？　また、茶漬けなんかは、どうだったのだろう？　玉子焼き、豆腐など、つまり味覚より方法の主義でゆけば、天丼、カツ丼党につながると思うが、天丼（あるいはカツ丼）を食っている太宰という図は、どことなくおかしいという気もする。

顔だろうか？　いや、女連れ、ということかも知れない。もちろんこれは勝手な空想なんだが、女連れで丼物はやはりまずかろう。茶漬けは、まだよい。いや、これはずいぶんよく似合いそうだ。茶漬けなら（仮にタクワンだけでも）、傍に女がいておかしくない。いや、タクワンだけのチャブ台の前にあぐらなんかかいて、浴衣がけかなんかで、わざとバカ話なんかしながら、何杯も茶漬けのお代りなんかを女にさせているなんていう場面は、想像出来る。もちろん、バカ話はなくてもよい。バカ話の代りに大汗でもよい。そしてタオルで大汗を拭いながら、「飯食って大汗かくもゲビたこと」などとニコリともせずいうのなんかも似合ったのではなかったかと思うが、これが荷風だと、何だかおかしい。つまり、面白くない。想像する意欲が湧かない。

荷風の茶漬けは、自分で食ってはいけない。荷風と茶漬けといえば、何といっても『濹東綺譚』の「お雪さん」の茶漬けの場面だ。お雪さんは茶棚からタクワン漬けを山盛りにした小皿と茶碗を取り出す。それからアルミの小鍋の蓋を取って（中身はサツマ芋の煮つけだったと思う）、ちょっとにおいをかいでから長火鉢の上に載せる。荷風（作中の「わたくし」）が、途中で買って来た浅草海苔を思い出して提供すると、お雪さんは、奥さんのお土産でしょう、という。いや自分は一人者だ、と答えると、じゃあアパートで彼女と御一緒、などという。いや、そんなのがいればいま頃こんなところをうろうろなんぞしていない、と答えると、お雪さんは、そんなら一緒に食べないかとすすめる。いや、自分はすませて来た、と答えると、お雪さんは、じゃあ向うをむいていてちょうだい、と食べはじめるが、ここで一緒に食わないところがいい。しかし、お雪さんが食べる間向うをむいていたわけでもなく、「女は茶漬を二杯ばかり、何やらはしゃいだ調子で、ちゃらちゃらと茶碗の中で箸をゆすぎ、さも急がしそうに皿小鉢を手早く茶棚にしまいながらも、顎《おとがい》を動して込上げる沢庵漬のおくびを押えつけている」と、じろじろ眺めていたのである。

そして、じろじろ眺めなければ、こうは書けないと思う。一緒に茶漬けを食ったのではこうは書けない。女に茶漬けのお代りをさせてもダメである。しかもこの「わたくし」は仮面をつけている。ポルノグラフィー売人《ばいにん》（本か写真かはっきりしないが）の仮面である。もちろん荷風は「仮面」とは書いていない。ただ少しばかり変装するだけだ。すなわち、開襟シャツのボタンをはずし、上着は着ないこと。帽子はかぶらず、頭髪は幾日も櫛を入れたことがないように掻き乱しておくこと。ズボンはなるべく膝や尻が擦り切れたようなものを選び、靴ははかぬこと。下駄は踵のすり減った下女のものをはき、煙草はバットに限ること、などなどであって、この「朦朧《もうろう》円タクの運転手」のような変装が、お雪さんの住む「ラビラント」、どぶ川沿いの迷宮通いには最適だという。

また、この変装さえあれば、電車の中だろうが道路だろうが、どこへ啖唾を吐いてもかまわないし、煙草の吸殻、マッチの燃え残り、紙屑、バナナの皮の投げ捨ても自由で、公園のベンチで大の字になろうが、芝生に寝転んで鼾をかこうが、ナニワブシを唸ろうが、誰からも顔をじろじろ眺められるおそれはないのだ、ともいう。そしてそれは、「啻《ただ》に気候のみならず、東京中の建築物とも調和して、いかにも復興都市の住民らしい心持になることが出来る」ともいう。

しかし、ぼくのいう「仮面」は、そういう誰からもじろじろ眺められないための変装のことではない。なるほど「朦朧円タクの運転手」(当時の、ポン引きか?)ふうの変装は、どぶ川沿いの迷宮通いにふさわしいものだと思うし、復興都市云々という震災後の新東京に対する荷風の八当りもよくわかる。しかし、ここでいう「仮面」は、誰からもじろじろ眺められないための変装ではなくて、反対に、お雪さんをじろじろ眺めるための「仮面」のことだ。

つまり、ポルノグラフィー売人の仮面である。そして、その仮面をつけてお茶漬けを二、三杯かっ込むお雪さんをじろじろ眺めた。もちろん(先にも書いた通り)荷風は仮面のことは何も書いていない。実際、彼は何もかぶってはいないからだ。彼の顔についていたものは、眼鏡くらいだろう。特別な仕掛けのある眼鏡ではなく、われわれがすでにおなじみのオールドファッションの鉄縁眼鏡である。つまり、お雪さんを眺めていたのは(同時にお雪さんが知っていたのは)、例の(といっても写真しか知らぬわけだが)わが荷風センセイの長顔に過ぎない。すなわち、浅草のストリッパーたちに囲まれたあの顔であり、モーニング姿で文化勲章を首にさげた顔であり、何かの事件(何だったろうか?)でとつぜん有名になった、超高額の預金通帖を入れて常時持ち歩いていたといわれたところの買物籠をぶらさげた顔なのである。

もっとも時間は、多少ずれている。『濹東綺譚』は昭和十二年の作であり、ストリップ小屋、文化勲章、買物籠は戦後のものだ。しかし、どぶ川沿いのラビラントのお雪さんの前に出現した「わたくし」は、すでに「老い」の仮面をもつけている。「わたくし」は、自分の現在をもはや「老後」だといい、だからいまさら花柳病の心配なども無用だという。

要するに（われわれが写真で知っている）荷風の顔そのものが、ポルノグラフィー売人の仮面なのである。その顔に、お雪さんは、向うをむいていてといって、茶漬けをかっ込む。タクワンのおくびを押えながら顎を動かす。しかしポルノグラフィー売人の仮面は、そのお雪さんをじろじろ眺めながら、欲情している。そしてそれは、そのまま一人でカツ丼を食っているときの顔と同じではないかと思う。カツ丼ならば食いながら欲情出来ると思うからだ。

さっき独身男の象徴などといってみたのは、そういう意味でもあったわけだが、茶漬けはほとんど反対ではないかと思う。チャブ台の前にあぐらをかき、浴衣がけか何かで、（汗は必ずしもかかなくともよいが）タクワンで茶漬けをかっ込み、お代りをする。あるいはダザイは（これも必ずしもダザイでなくともよいが、ここでは荷風のカツ丼、ダザイの茶漬け、という比較として）、女の前で演技しているのかも知れない。たぶん彼は、道化を演じているのだろう。しかし、女をじろじろ眺めてはいない。茶漬けをかっ込みながら、じろじろ眺めることは出来ない。演技だとすれば、なおさらである。荷風とは反対に、ダザイは女から眺められている。あるいは眺めさせているのかも知れない。そして女は（眺めながら）欲情しているかも知れない。

あるいは、お雪さんの茶漬けも演技だったかも知れない。向うをむいて、といって置いて眺めさせたのかも知れない。しかし、いずれにせよ、「わたくし」は茶漬けをかっ込むお雪さんを（一人でカツ丼を食うときと同じ顔で）じろじろ眺めながら欲情している。そしてこれが、茶漬けとカツ丼の違いではなかろうかと思うのであるが、どうだろうかね、M君？

いやはや、とんだところで天丼がカツ丼と茶漬けに化けてしまったが、もちろんぼくは荷風センセイでもなければダザイでもない。どこにも特性のない「贋地下室」の住人である。浴衣がけでもなければ、膝やら尻やらが擦り切れたズボンもはいていない。帽子はかぶっていないが、「朦朧円タクの運転手」式に掻き乱した髪をしてもいない。デパートの前でゴザだか（毛布だか）にあぐらをかき、針金細工をしている街の哲学者のような長髪でもないし、ソクラテスのような髭ものばしていない。踵のちびた下女の下駄もはいていない。ふつうのズボンをはき、ふつうの靴をはき、ふつうの半袖シャツを着ている。「ふつうの」とはどんな色か、とたずねられれば答えられないわけではないが、さて、どれだったかとなると、とっさに思い出せない。といって、そんなに色々なズボンやシャツや靴を持っているわけではないから、どこにでもあるごく平凡な色や形を想像してもらえば、当らずといえども遠からず、というところではないかと思う。

つまり、銀行員であっても、商店経営者であっても、大学教師であっても、中学高校教師であっても、タクシー運転手であっても、医者であっても、弁護士であっても、商社員であっても、公務員であっても、新聞記者であっても、髪をのばした坊さんであっても、その他（あるいは書き洩らしたかも知れない）何者であっても、一向に構わない服装なのである。彼らの夏の服装であり、彼らが仕事以外で外出するときの服装である。

たぶん荷風センセイとの共通点は、眼鏡くらいのものではないかと思う。ただし、これも例のオールドファッションの鉄縁などではない。いまや、ありとあらゆる職業人が無差別にかけているどこにでもある眼鏡だ。要するに、何者であるのかわからないし、何者であっても不思議ではない。これが「贋地下室」の住人の服装であって、こうしておけば、誰からもじろじろ眺められることなく、現代の銀座＝ラビラントを歩きまわることが出来る。特に交番を避けて通る必要もないし、そば屋で天丼を食うのも自由だ。

もちろん、「創世記」第九章二十節〜二十七節（すなわちノアの「かくしどころ」）および「出エジプト記」第二十章二十六節（すなわち、祭壇への階段のところで出て来る「かくしどころ」）にこだわっていることを誰に怪しまれることもなく、教文館に入ることも出来る。そして女店員に何かをたずねたり、例えば次のような会話をすることも自由だ。

「あなたはキリスト教徒ですか？」

「いいえ」

「それではぼくと同じですが、聖書にはもちろん興味をお持ちでしょうね」

「それは、もちろん仕事ですから」

「『創世記』第九章二十節から二十七節、あの部分はヘブライ語ではどうなっているのでしょうかね？」

「え？」

「例の、ノアのぶどう畑の部分ですね」

「ヘブライ語の聖書をお探しですか？」

「いや、それが読めないので、おたずねしているわけです」

「じゃあ、ヘブライ語の入門書をお探しですね？」

「では、『出エジプト記』第二十章二十六節、あの部分のギリシャ語はどうなっているでしょうか？」

「ちょっと、お待ち下さいね」

「例の、エホバの神の祭壇の個所ですが」

「誰か、詳しいものがいると思いますから」

「いや、いや」

「専門の者がおりますから」

「いや、いや」

「どうぞ何でも、御遠慮なくおたずね下さい」

「いや、その前に、もう少し考えてみたいこともありそうですから」

「それでは、ヘブライ語の入門書をお探ししましょう」

「は？」

「どうぞ、こちらです」

「あ、そうか」

「あ、失礼致しました」

「は？」

「ギリシャ語の入門書だったでしょうか？」

「いや、いや、自分で探してみますから」

50

教文館で購入した本は次の三冊である。

※片山徹『新約聖書ギリシャ語入門』（キリスト教図書出版社刊・定価千二百円）

紺の布貼りで、背文字は金捺しであるが、活字ではなくガリ版の文字である。「はしがき」の終りの方にこう記されている。「――ところが一昨年（昭和四十一年）春、長年の学校勤めをやめて時間の余裕ができたので、新たに稿を起して謄写版のプリントを作っていった。たまたま昭和四十二年度のキリスト教夜間講座の初級ギリシャ語の講義を依頼され、このプリントをテキストに使うことになったのであるが、病気のため私は始めてまもなく講師を辞退することになった。さいわい斎藤茂氏が私に代ってこのテキストを用いて講義を続けてくださったが、昭和四十三年度にも引き続きテキストとして用いられることになったので、今回オカノ・ユキオ氏のお骨折りにより、私の自筆による謄写版刷をもとに写真版にして一書としてまとめてくださることになったのである。（後略）」

この著者については、まったく知らない。また、右文中に出て来た斎藤、オカノ両氏についても、同様である。

※片山徹『旧約聖書へブライ語入門』（キリスト教図書出版社刊・定価千二百円）

表紙、背文字、ガリ版文字（写真版）とも前書と同様である。

※古川晴風『ギリシャ語四週間』（大学書林刊・定価三千円）

51

M君、またまた訂正お詫びで申訳ないが、こないだ荷風の『濹東綺譚』を昭和十二年作と書いたのは誤りです。ただ、ぼくがいちいち書きはじめると、またまたながびくおそれがあるし、それこそ何か思い違いをして、更に訂正お詫びということにもなりかねないので、筑摩書房版現代文学大系（16）『永井荷風集』巻末の年譜から関係個所のみを写すと、次の通りです。
※昭和十一年（一九三六）五十八歳
　九月上旬、『濹東綺譚』を起稿、十月二十五日脱稿。
※昭和十二年（一九三七）五十九歳
　一月、「万茶亭の夕」（後に「作後贅言」）を「中央公論」に発表。四月、『濹東綺譚』（私家版百部限定）をつくったが、出来が悪かったので、僅少部数を一部知友に贈呈するに止めた。同月十六日より『濹東綺譚』を「東京朝日新聞」「大阪朝日新聞」に連載（六月十五日完結）。八月、『濹東綺譚』を岩波書店より刊行。


　以上「訂正お詫び」ですが、それにしてもこの「作後贅言」は、実に不思議な文章だと思う。第一、『濹東綺譚』は朝日新聞の依頼で書いていたものだ。何でも稿料は一回七十円とかで、当時の新聞記者の月給並みだったらしいという話を、何かで読んだような気がする。確か、『濹東綺譚』を依頼に行った担当記者が、退職後に書いた回想録のようなものだったと思うが、月給並みの一回分はともかく、新聞社の依頼で書いた小説が新聞連載される前に、「作後贅言」が（それも他社の雑誌に）発表されたというのも奇妙な話だ。

　もっとも、これは荷風一流の自己宣伝だったかも知れない。とすると、新聞社の方も怒るわけにはゆかない。怒るどころか、シメシメということだったのかもわからないが、ただの宣伝文にしては、少しばかりなが過ぎるような気もする。いま手許にある新潮文庫でいえば小説本文七十五ページに対して、「作後贅言」二十ページである。それに、これを宣伝文として読んでみると、小説そのものについて宣伝らしい宣伝は、ほとんど見当らない。まあ、そこが並の宣伝文でないところであろうが、実際、「向島寺島町に在る遊里の見聞記をつくって、わたくしは之を濹東綺譚と命名した」という書き出しのあと、題名の由来を次のように語っている程度である。

　すなわち（本当か嘘かはわからないが）「濹東綺譚はその初め稿を脱した時、直ちに地名を取って『玉の井雙紙』と題したのであるが、後に聊か思うところがあって、今の世には縁遠い濹字を用いて、殊更に風雅をよそおわせたのである」という。ただし、これだって必ずしも満足というわけではないらしく、自分は十余年前に井上《いのうえ》啞々《ああ》を失い、更に去年春には神代帚葉翁《こうじろそうようおう》（ぼくは知らないが、知ってますか？）を失ったため、もはや小説の題名などを自由かつ真剣に相談出来る相手もいなくなったのだという。そして、そこから早くも帚葉翁の話になって、翁こそは「ずっと早くからかのラビラントの事情に通暁」していたという。

また荷風が翁と知り合ったのは大正十年頃、互いにある古書市の定連であったためだそうだが、最近では、ほとんど毎晩のように銀座で待ち合せをしているらしい。ただし、待ち合せの場所は（当時大流行しはじめた）カフェーや喫茶店などではない。銀座街頭の十字路であって、翁はそこに立って約束の時間が来るまで街頭の人間たちをつぶさに観察し、「某処に於いて見る所、何時より何時までの間、通行の女凡《およ》そ何人の中《うち》洋装をなすもの幾人。女給らしきものにして檀那《だんな》らしきものと連立って歩むもの幾人。物貰い門附《かどづけ》幾人などと」手帖のようなものに鉛筆で書き込んでいたそうである。また、翁は千駄木の住人であって、常に白足袋、日和下駄をはいていたという。

この謎めいた隠者ふうの人物については、「翁は郷里の師範学校を出て、中年にして東京に来り、海軍省文書課、慶応義塾図書館、書肆《しょし》一誠堂編輯部其他に勤務したが、永く其職に居ず、晩年は専ら鉛槧《えんざん》に従事したが、これさえ多くは失敗に終った。けれども翁は深く悲しむ様子もなく、閑散の生涯を利用して、震災後市井《しせい》の風俗を観察して自ら娯しみとしていた。翁と交るものは其悠々たる様子を見て、郷里には資産があるものと思っていたが、昭和十年の春俄に世を去った時、其家には古書と甲冑《かっちゅう》と盆栽との外、一銭の蓄《たくわえ》もなかった事を知った」、と書かれているから、これは荷風の創造人ではなくて、あるいは実在したのかも知れない。名前はともかく、少なくともモデルはあったのだろう。

しかし、それはどちらでもよい。とにかく、こうしてカツ丼から荷風が出て来たのである。ギリシャ神話ではゼウスの頭からアテナがとび出し、ゼウスの太腿からディオニソスがとび出す。ヘラはゼウスと交わらずにヘパイストスを生んだ。ダザイは、その醜男の鍛冶屋へパイストスを「美男のヴァルカン様」に変えた。ぼくはある日、教文館にドン・ボスコ社の聖書を買いに出かけた。それから銀座のそば屋で天丼を食った。そしてカツ丼から荷風が出て来たのである。

荷風はボルノグラフィー売人の仮面をつけて玉の井に出かけた。「作後贅言」の荷風は銀座に出現する。そして手当り次第にイチャモンをつける。震災後の「復興都市」東京の中心めがけて、ペッペッと唾《つばき》を吐きかける。あのイチャモン、あの唾、どうもただごとではないと思うのだが、どうだろうかね、M君？

52

「作後贅言」および天丼について若干の補足をします。ただし、こないだは銀座のそば屋の天丼が、いつの間にかダザイと荷風に化けてしまったようであるから、今回は天丼の方からはじめることにします。こないだは天丼から『濹東綺譚』が出て来た。したがって今回はその逆でも、たぶん罰は当らないと思うが、どうだろうかね、M君？それともこれはケシカランことだろうか？　しかし、もし万一、荷風センセイがケシカランとおっしゃるようであれば、もちろん何が何でも天丼に固執しようという気はない。早速、天丼をセンセイ大好物のカツ丼に切り換えてもよい。そしてこれは（断わるまでもないと思うが）相手が荷風センセイだからではない。荷風であれダザイであれ、（あるいはダザイが死ぬまで咬みつき続けた大文豪であれ）、この際まったく理屈は同じだからである。また天丼であれカツ丼であれ、理屈はまったく同じだからである。

つまり問題は、天丼かカツ丼か、ではありません。天丼か天重か、あるいは、カツ丼かカツ重か、であります。これをいい換えれば、ドンブリか重箱かというわけであって、ぼくは重箱派ではなくてドンブリ派だということです。いわゆる食通人の反対を自称している人間がこんなことをいうのはおかしな話かもわからない。もっとも食通の極北はカツ丼なり、という説もあるらしい。しかし、それはまた別問題です。つまり、諸々の食物とカツ丼の比較論ではなく、ここではあくまでカツ丼とカツ重の比較論であります。とにかくカツ丼はドンブリでなければいけない。重箱ではいけない。そしてその理由は、たぶんドンブリの蓋にあるのではないかと思う。

われわれが（そば屋ならそば屋に入り）カツ丼を注文する。これを店の者が調理場に伝える。われわれはそのあと、少しばかり腹を立てることもあるし、立てないこともある。その店に入ったことを後悔したり、しなかったりする。ここでいう「われわれ」とは、いわゆる食通人以外のことだが、（腹を立てたり後悔したりする）理由は、ほぼ似たようなものだ。すなわち、店の者（男女いずれであれ）の応接態度、テーブルその他の清潔の度合い、茶の出て来るタイミングおよびそのぬるさ加減、そして注文品が運ばれて来るまでの時間などであるが、腹を立てたにせよその反対だったにせよ、ビールなどは注文しない方がよいと思う。熱燗一本（お銚子一本）なども止めた方がよい。つまり、野暮であろうが、貧乏くさかろうが、後悔しようがその反対であろうが、とにかく、ただひたすらに注文品を待つのが、カツ丼の食い方というものではないかと思う。

せいぜい煙草だ。それと出された茶とを交互に口に運びながら、現在ただいま一人で（女連れにカツ丼が似合わないのはこないだ書いた通りです）そうやってそこに腰をおろしているところの自分を認識すること。それはいかなる自分であろうか？　いうまでもなくカツ丼を待っている自分である。何かの義理でそうしているのではない。誰に強制されてそうしているのでもない。後悔しようがその反対であろうが、腹を立てようがその反対であろうが、蓋のついたただ一つのドンブリを（人知れず）待っている自分なのである。そして荷風も、たぶんそうであったのではないかと思う。また、英語の落書きのついたシャツを着て、陽に灼けた長髪に細い革のハチマキをしめ、ソクラテスのように髭を生やし、デパートの前でゴザだか毛布だかの上にあぐらをかいて針金細工をやっている街の哲学者も、同じだろうと思う。

さて、問題のドンブリであるが、もちろんカツ丼製法の詳細は知らない。したがって途中は省略するが、とにかく誰かが、まずドンブリの飯に卵、ネギなどと一緒に煮えたトンカツ一式をのせる。そして上から蓋をかぶせる。それを店の者が客のテーブルに運ぶ。それから客がドンブリの蓋を取ることになるが、その間、どのくらいの時間か、はっきりしない。せいぜい二分か三分くらいかも知れない。また、ドンブリの蓋の重さもわからないが、しかし、カツ丼の味は、あのドンブリの蓋によるものではないであろうか。調理場から客テーブルまでの間合い、誰かがかぶせた蓋を客が取るまでの時間、および蓋の重量によるものではないかと思うのだが、どうだろうかねM君？

なるほど、カツ重にも蓋はついている。また調理場から客テーブルへ運ばれるまでの間合い、時間もドンブリの場合と同じであろう。そして蓋であるからには、ドンブリあるいは重箱の内部を外部から密閉している点も同じである。しかし、同じ密閉であっても、重さが違う。形が違う。蓋は蓋でも、ドンブリと重箱では材質が違う。そして、ここまで違えば当然の結果として味も違うのではないかと思うが、この際それは、敢えて比較しないことにする。第一にぼくは（何度もいうようであるが）食通人ではない。したがって誰かを啓蒙説得しようとも思わないし、誰かを感服させる必要もない。また、誰かを羨ましがらせる趣味も持たない。いや、百人中九十九人が反対であっても一向に困らないし、メンツにかかわるということもないのである。

そいつは何ともお気の毒な舌ですなあ、とあるいは奇特な食通人はいうかも知れない。しかし、試験のカンニングならば他人の脳味噌の借りようもあろうが、食通人（いちいち名前はおぼえていないが、テレビで見ると、彼ら食通人の顎、口、舌の動かし方には一種特有の共通性が見られる。また、目の動き、首のかしげ方、噛んだものを嚥下するや否や舌鼓を打つような口調で一口批評をするところなども同様である）の舌を拝借してまで、カツ丼とカツ重を食い分けてみたいという気にはなれない。また、断わるまでもないと思うが、ぼくはドンブリ製造業者のまわし者でもないし、重箱製造業者に親の仇がいるわけでもない。

したがってここでは、食通人であれ非食通人であれ、目に見えるものだけを比較することにするが、まずドンブリと重箱では、蓋を取ったときの湯気が違う。これは蓋の材質の違いによるものだろう。また、その形の違いによるものだろう。片や平たい木の塗り物であり、他方は低いドーム状にゆるく湾曲した陶器である。同じ密閉でもそこが違うわけであって、ドンブリの方は蓋と内部との間に、低いドーム状にゆるく湾曲した空間が残る。そして蓋を取ると、そのドームの内側に水滴化した（あるいは水滴化しつつあるところの）湯気が見える。つまり、水滴化した（あるいは水滴化しつつあるところの）湯気は、卵やネギなどと一緒に煮られたトンカツ一式の上にまだ落下しはじめていない。しかし、まさに落下しようとしている。そして、このいわば境界線上的すれすれの状態を保っているところが、まさにカツ丼の蓋の蓋たる所以ではないかと思う。調理場で密閉された湯気が、客テーブルに運ばれて来て、蓋を取られるまでのすれすれの間合いであり、タイミングである。

然るに、重箱の方はどうだろうか？　もちろん科学と味覚はこの際無関係である。つまり、平たい木の塗り物と、ドーム状の陶器と、果してどちらがよりよく湯気を吸収するのか、そんなことはわからない。また、その相違と味覚との関係もわからないが、少なくとも、重箱の蓋の裏側（何という塗りかはわからないが）は、すでにびっしょり濡れているように見える。

いや、濡れているように見えるだけではない。実際そこには一枚の一両小判が、はりついてしまった。もちろんこれは、作り話だ。西鶴の『諸国噺』巻一の三「大晦日はあはぬ算用」を更にダザイが作り直した『新釈諸国噺』中の一篇「貧の意地」に出て来る話であるが、とにかく、わが西鶴＝ダザイは、重箱の隅ならぬ、湯気に濡れた重箱の蓋から一篇のケッサクを作り上げたのである。

もちろん君も知っていると思うが、話はある年の大晦日、長屋暮しの落ちぶれ浪人原田某のもとへ大枚十両が転がり込んで来たことにはじまる。実はこの金、薬問屋か何かをやっている原田某の妻女の兄が見かねて、「貧病《ひんびょう》の妙薬金用丸よろずによし」と上書きして恵んでくれたものであるが、面白いのはこの原田某なる浪人がダザイそっくりなところだ。そういえば、いつか話した例の（ゼウスの息子で、足の曲った鍛冶屋のヘパイストスをおどろかせ、同時に、大いにわが東洋の島国をPRした小説に出て来る）美男の「ヴァルカン様」もダザイに似ていたし、「桃太郎」「カチカチ山」「舌切雀」などを作り直した『お伽草紙』の中の「浦島さん」の浦島太郎もダザイそっくりである。もっとも、ぼくは実物のダザイを知らない。したがって、ここでいう「そっくり」は「晩年」「思い出」「津軽」その他に書かれた、いわばダザイの「自画像」あるいは「戯画的分身」を規準にしての話であるが、この「貧の意地」に出て来た原田某も、「容貌おそろしげなる人は、その自身の顔の威厳にみずから恐縮して、かえって、へんに弱気になっているものであるが、この原田内助も、眉は太く眼はぎょろりとして、ただものでないような立派な顔をしていながら、いっこうに駄目な男で、剣術の折には眼を固くつぶって奇妙な声を挙げながらあらぬ方に向って突進し、壁につきあたって、まいった、と言い、いたずらに壁破りの異名を高め、云々」という文章のうち、「容貌おそろしげなる」という部分だけを反対の文句に置き換えれば、まずダザイの「自画像」あるいは「戯画的分身」そっくりではないかと思う。すなわち、とつぜん転がり込んだ十両にあわてふためき、その狼狽ぶりを細君の目の前で演じ、「こんな金は使わぬぞ」とかすれ声を出したかと思うと、「このまま使っては、果報負けがしてわしは死ぬかも知れない」「お前はわしを殺す気か」などと血走った目で細君をにらんだりするが、結局は、長屋暮しの浪人仲間を呼んで、ひとつ忘年会をやろうということになった。

ところでこの話の原典である西鶴の「大晦日はあはぬ算用」は、いまの活字にすれば僅か二ページ程度の長さだ。然るにダザイは、それを四百字詰め原稿用紙二十何枚だかの「貧の意地」に仕立て直したそうだが、読み比べてみると、話の筋はほとんど変っていない。登場人物も（原田夫妻、客の浪人七名）同じである。ところが長さは、原典の五、六倍近くなった。ふつう翻訳は、古文の現代語訳も洋文和訳も、約一倍半が平均だといわれているから（もっともダザイ自身、これは現代語訳ではない、そんなことはおよそ無意味で、小説家のやることではない、と自信満々に序文で断言しているが、その是非はともかく、ここでは長さだけを問題にすると）、いかにもこれは翻訳の標準からずいぶんはみ出している。そしてそのはみ出しの大部分は、登場人物の描写に当てられたことがわかる。すなわち、原田某のダザイ化はもちろん、作中の浪人諸公もそれぞれ、その容貌、セリフ、身振りその他いずれもダザイ化されて、古道具屋ふう、仮装行列ふうのいでたちで忘年会に集まって来る。やがて長屋の宴もたけなわとなり、原田某は小判十両を披露して、それぞれ手に取って見てくれという。ところが小判が一まわりして、さて片付けようとすると、一枚足りない。

　そしてその一枚が、問題の重箱の蓋にくっついていた、というわけであるが、もちろんそうとわかるまでが大騒動である。落ちぶれたりといえどもそこは武士で、一人がまず立ち上って褌一本となり、身の潔白を証す。それでは拙者も、ということになるが、運悪く一人がたまたま懐に小判一枚を所持しており、その先の部分を、西鶴の原文とダザイの文章で合成してみると、こういう具合だ。

　浮世には。かゝる難義もあるものかな。それがしは。身ふるふ迄もなし。金子《きんす》一両持合すこそ。因果なれ。思ひもよらぬ事に。一命《いちめい》を捨《すつ》ると。おもひ切《きつ》て申せば。一座口を揃へて。こなたにかぎらず。あさましき身なればとて。小判一両持《もつ》まじき物にもあらずと申。いかにも此金子の出所《でどころ》は。私持《もち》きたりたる。徳乗《とくじやう》の小柄。唐物《からもの》屋十左衛門のかたへ。一両二歩に。昨日売候事。まぎれもなけれども。折ふしわるし。つね〴〵語合《かたりあは》せたるよしみには。生《しやう》害《がい》におよびし跡にて。御尋ねあそばし。かばねの恥を。せめては頼むと。申もあへず。革柄《かはづか》に手を掛《かく》る時。小判は是にありと。丸行燈《まるあんどん》の影より。なげ出せば。扨《さて》はと事を静め。物には。念を入たるがよいといふ時。（ここまでが西鶴。以下ダザイ）

「あれ！」と女房の驚く声。すぐに、ばたばたと女房、座敷に走って来て、「小判はここに」と言い、重箱の蓋を差し出した。そこにも、きらりと小判一枚。これはと一同顔を見合せ、女房は上気した顔のおくれ毛を掻きあげて間がわるそうに笑い、さいぜん私は重箱に山芋の煮しめをつめて差し上げ、蓋は主人が無作法にも畳にべたりと置いたので、私が取って重箱の下に敷きましたが、あの折、蓋の裏の湯気に小判がくっついていたのでございましょう、それを知らずに私の不調法、そのままお下げ渡しになったのを、ただいま洗おうとしたら、まあどうでしょう、ちゃりんと小判が、と息せき切って語るのだが、主客ともに、けげんの面持ちで、やっぱり、ただ顔を見合せているばかりである。これでは、小判が十一両。

何だか少しばかりうまくゆき過ぎたような気もするが、どうだろうかね、M君？　このあと西鶴の原文は（いまふつうの本の活字にして）八行ばかりで終る。一方ダザイの現代文は（これもふつうの本にして）約四ページ続く。話は、天から降ったか地から湧いたか、とつぜん出現した一枚の小判をめぐって、主客ともに相譲らず、とうとう鶏が鳴き出してしまう。このあたりの、長屋浪人八名の「貧の意地」くらべの場面は、元祖西鶴の原文よりもむしろダザイの文章の方が面白いくらいだ。なるほど、古典の現代語訳などおよそ無意味であって、いやしくも小説家のやるべき仕事ではないと、さすが大見栄を切っただけのことはあるわいと思うが、そのへんの面白さは、直接、西鶴、ダザイの文章を読んで見る他に方法はない。

それに以上で、重箱の蓋の裏とはいったいいかなるものであるか、また、ぼくがそれにこだわった理由もおおよそのところは理解してもらえたのではなかろうかと思うが、ただ、もう一つつけ加えたいのは、重箱の蓋に最後までこだわったのは、原作者西鶴よりもむしろダザイの方だったらしいことだ。つまり、互いに譲らぬ「貧の意地」くらべのあと、原田某は一計を案じる。それは、まず余分の小判一枚を出口近くの暗がりに置く。それからそのことを客七名に告げ、然るのち客七名を一人ずつ、適当な時間差をつけて外へ送り出せば、誰にも見られずに小判はもとの持ち主のもとへ戻るであろう。そしてその計画は、まんまと成功した。すなわち、全員が帰ったあと原田某が行ってみると、暗がりの小判は消えてなくなっていたというわけであるが、その小判一枚を、西鶴が一升枡に入れて手水鉢の上に置いたのに対して、ダザイの方は、それを重箱の蓋にのせて玄関の式台に置いたのである。

「人のおだてに乗って、狐にでも憑かれたみたいにおろおろして質屋へ走って行って金を作ってごちそうし、みそかには朝から酒を飲んで切腹の真似などして掛取りをしりぞけ、草の庵も風流の心からではなく、ただおのずから、そのように落ちぶれたというだけの事で、花も実も無い愚図の貧、親戚の持てあまし者の浪人であった」にしては、なかなか頭脳的であるばかりか、まことに「花も実もある」名案だったのではないかと思うが、ただ、重箱に湯気の出ている山芋の煮つけを詰めて蓋をするのは、どうだろうか？　もちろん山芋の煮つけは浪人ではなくてその細君が詰めた。しかし、そもそも湯気の出ているものを重箱に詰めるというのは、どうだろうか？　食通人の反対を自称する人間がいうのもナンだが、重箱とは冷えたものを詰める容器ではないだろうか？

例えば、花見弁当、おせち料理、おはぎ、幕の内（以上、思い出したまま、順不同）などなど、いずれも冷えてから食べるものだ。いや、冷えても味が変らないものであり、あるいは冷えた方がうまいのかも知れない。そもそもが、そういう調理法になっているのかも知れない。例えば、駅弁のごとく、である。

しかし、だからといってカツ丼を、その味覚において何が何でもカツ重の上位に置こうというのではない。先にも書いた通り、そんなものはどちらでもよいのである。味の比較研究などというものは（例の、一種特有のやり方で顎や口や舌を動かす、また、同様のやり方で目を動かしたり首をかしげたり、嚙んだものを嚥下するや否や、舌鼓を打つような口調で一口批評をする）食通人たちにまかせておけばよいと思う。したがってここでは、自分はカツ重は注文しない、カツ丼を注文するというだけである。またそれはどうやら、蓋を取ったときの湯気の違いによるものらしい、というだけである。然らばその違いとはいかなるものであろうか？

そこでぼくは、まずカツ丼の蓋の裏側、すなわち低いドーム状にゆるく湾曲した陶器面に附着した湯気の状態を、何とか自力で書き表わしてみた。もちろんその表現は、必ずしも満足のゆくものだったとはいえない。ただ、その表現の出来ばえはともかく、少なくとも（貧の意地ではないが）ドンブリ派の意地くらいのところは書き表わせたのではないかと思う。だから、もしあのドンブリの蓋の裏側の部分が、一人のドンブリ派あるいは百人の重箱派に何らかのシゲキを与えたのだとすれば、それはいつにかかってドンブリ派の意地に負うものである。断わるまでもないと思うが（断じて）才能などというものによるのではない。一にも二にも意地であり、三、四がなくて五にも六にも、すべてドンブリ派の意地の産物だったのである。

然るに一方、重箱の蓋に関してはどうであろうか？　そもそもその「意地」が、まるでなかったのである。となれば何か意地以外のものを考えなければならぬ。いかにドンブリ派だとはいっても、ドンブリの蓋だけを表現して重箱の方を省略するのは片手落ちであろう。そこで西鶴センセイを煩わせたわけだ。ダザイセンセイを煩わせたのである。敬愛するわが西鶴＝ダザイよ、諒とされよ！　お蔭でカツ丼とカツ重に関するこのパッチワークは何とか出来上ったのであります！

いや、それにしても、あの山芋の煮つけを詰めた重箱の蓋には感服しました。実際、山芋の煮つけの湯気でびっしょり濡れた朱塗り（?）の重箱の蓋の裏側が目に見えるようです。そこにぴったりと吸いついた一両小判が目に見えるようです。いや、いや、目に見えるだけではない。ぷうんと山芋の煮つけがにおうようです。つまり、一両小判をぴたりと吸いつけるほど重箱の蓋の裏側を濡らした湯気とともに立ちのぼり、むさ苦しい浪人長屋の部屋じゅうにマンエンしたであろうところの、山芋の煮つけのにおいであります。

「しかしキミ……、西鶴センセイもこのぼくも、山芋のお煮つけのにおいなど、ただの一行も書いておらんよ」

と、あるいはここでダザイはいい出すかも知れない。なるほど、いかにも仰せの通りである。しかし、その一行も書かれていない山芋の煮つけのにおいを、わざわざここに持ち出した理由は、他でもない。なにしろそれは、現在ただいまこのぼくがこうしてこれを書いている9—9、すなわち空中にとび出した地下の延長であり同時に行き止りであるところの《贋地下室》においては、どこをいかなる方法でかぎまわってみても（ということは、たとえこのぼくがゴキブリであったとしても）、かぎ出すことの不可能なにおいではなかろうかと思うからであります。

第二部

『濹東綺譚』の作者と《隠地下室》の住人との対話

われは明治の児なりけり。
江戸文化の名残烟《けむり》となりぬ。
明治の文化また灰とはなりぬ。
今の世のわかき人々
我にな語りそ今の世と
また来む時代の芸術を。
くもりし眼鏡ふくとても
われ今何をか見得べき。
われは明治の児ならずや。
去りし明治の世の児ならずや。
——永井荷風『震災』

1

9―9すなわち《贋地下室》における『溷東綺譚』の作者と《贋地下室》の住人との対話。

「あんまり人を待たせるもんじゃないよ」

「これはどうも、失礼致しました」

「まあ、よいだろう。こうして勝手に、この椅子で居眠りしていたんだから」

「では、スイッチを入れましょうか」

「スイッチを入れると、どうなるのかね」

「では、ちょっと入れてみますから」

「おい、おい！」

「これはどうも、失礼致しました」

「昭和人は、これだからよくない」

「センセイ、肩はこられないんですか？」

「しかし、これはいったい何かね」

「それは、電気按摩椅子です」

「電気椅子とは、また物騒なものだな」

「いえ、電気椅子ではありません。電気按摩つまり、マッサージ用の椅子です」

「アメリカ製かね」

「いえ、日本製です」

「幾らかね」

「は？」

「値段をたずねておるのだよ」

「さて、ちょっと忘れましたが……」

「そうだな、十万はしないだろう」

「はあ……」

「まあ、七、八万というところだな」

「はあ……なにしろ月賦だものですから」

「クレジットだな」

「はあ……」

「それはもう終ったの？」

「さて、それがまた、どうもはっきりしないのですが……」

「まあ、いいだろう」

「いや、もう終ったのかな」

「電気椅子だか電気マッサージだかわからないが、二度死ぬこともあるまいからな」

「ところでお礼が遅れてしまいましたが、『遷東綺譚』および『作後贅言』には、本当にお世話になり、感謝致しております」

「しかし、まだ何かいい足りないらしいじゃないか」

「これはどうも、恐れ入ります」

「それにしても、ダザイの話はずいぶんとながびいたもんだな」

「はあ、ついムキになって予定を超えてしまいまして」

「…………」

「それに、西鶴の話も出たものですから」

「…………」

「しかし、それでもまだ終ったわけではありません」

「…………」

「センセイは、ダザイとはおつき合いはあったのでしょうか？」

「まあ、よいだろう。野暮はいうまい」

「はあ……」

「それに、どうやら、私のカツ丼が事のはじまりらしいからな」

「ですから、ここでは、ダザイよりもセンセイのことをお話致したいのですが」

「だから、あんまり人を待たせるもんじゃないよ、といっているのさ」

「何だか、どこかできいたようなセリフですが……」

「例の、濹東寺島町のラビラントであろう」

「あ、なるほど、お雪さんとセンセイの、いや、センセイの分身らしき人物との会話でしたね」

「ただし、ポルノグラフィー売人の仮面、とはよくもいってくれたものだ」

「ですから、『作後贅言』の方は、反対にその仮面をはずした面白さ、といえるのではないかと思いますが」

「ただし、あれはキミのいうような宣伝文ではないよ、ウッフッフ……」

「いや、まったく、おっしゃる通りだと思います」

「じゃ何かい、前言を取り消そうというのかい」

「いえ、そうではなくて、あのあともう一度あれを読み直して、どうやら自分のいいたいことがはっきりわかって来たわけです。それで、そのことをつけ加えようと思っていたのですが」

「それが、ついついダザイの話がながびいてしまった」

「いや、これはどうも恐れ入ります」

「まあ、いいから先を続け給え」

「では、お言葉に甘えて続けますと、要するにあの二篇は、それぞれが互いに独立しながら同時に一つの全体を形づくる、そういった関係にあるのではないでしょうか」

「続け給え」

「では、お言葉に甘えて続けさせていただきますと、そういうわけですから、平たくいえば、あの二篇は対をなしている。ただし『作後贅言』がいわゆる楽屋話でないのはもちろん、『濹東綺譚』の附属物でもない。あくまでも二篇は対等なものであって、その意味ではそれぞれが、全体である。しかし同時に、二篇は合成されて、もう一つの全体であるところの何ものかに変化する。そしてその意味ではそれぞれが、部分であるわけです。したがってあの二篇は、全体でもあるし部分でもあり、また、全体でもなければ部分でもない」

「………」

「よろしいでしょうか？」

「続け給え」

「では、お言葉に甘えて続けますと、したがいまして『作後贅言』は、当然、ながさにおいても、あのくらいの分量が必要であったと思うわけですが……」

「つけ加えたかったとキミがいうのは、そのことかな」

「いえ、それが前提だということです」

「続け給え」

「では、お言葉に甘えて続けますが……」

「その、お言葉に甘えて、は省略し給え」

「では、続けますが、センセイの作品……」

「その、センセイも……」

「省略致しますか？」

「そうだな、いや、まあそれはよいだろう」

「つまり、あのセンセイの『作後贅言』に対して、わたしども昭和一ケタ生れの人間は……」

「その、昭和日和下駄とは何の事かね」

「日和下駄ではなくて、一ケタ、つまり」

「日光下駄ではないのだね」

「なるほど、そういえばあの隠者ふうの老人は、日光下駄に白足袋でしたね」

「しかしキミは、帚葉翁に関心なし、ということではなかったかな」

「ですから、その点について、いまお話しようと思ったわけで、わたしども昭和一ケタ生れの人間としては、センセイのあの『作後贅言』に対して、実にいろいろな意味で興味を抱くわけです。なぜならば、それはわれわれ、つまり、わたしどもが生れた時代であり、われわれ、つまり、わたしどもが生れた時代の日本の中心が描き出されているからです。そして、その日本の中心に向って、センセイがさかんに唾を吐きかけておられるからです」

2

「なるほど、唾を吐きかける、ねえ……」

「お気に召しませんか？」

「いや、そうはいっておらんよ」

「実は、この表現は、センセイの〝唹唾〟から拝借致したつもりだったのですけど」

「おや、何かね、その唹唾とは」

「困っちゃうなあ、やっぱり、年は取りたくないもんですよね」

「それは、この私のことかな」

「いや、これはどうも失礼を致しました」

「昭和人はこれだから困る。こちらがちょっと譲歩して、一つだけ権利を認めてやると、たちまち二つ、三つと要求して、つけ上って来おる」

「でもセンセイは、あそこでご自分のことを、すでに〝老後〟だとお書きになっておられたでしょう。したがって、いまさら花柳病の心配なども無用であると……」

「なるほど、そう書いたかも知れぬ。しかし、それを〝老いの仮面〟と呼んだのは誰かな、キミ自身ではなかったかな」

「いや、これは一本参りました」

「わかればよい。ところで、実際にはどうだったのかな」

「センセイですか、それとも〝老いの仮面〟の方ですか？」

「もちろん、わしだよ」

「えーと、昭和十一年ですから、五十八歳だと思います」

「どこの年譜にそう出ているのかね」

「筑摩現代文学大系の年譜ですけど」

「ふうん……」

「と申しますと？」

「と申しますと？」

「五十七ではないかな」

「わしの生年月日をおぼえておるかな」

「ちょっと、お待ち下さい」

「いや、よい。では、わしのサークル・オブ・アニマルズすなわち獣帯星座、つまり黄道十二宮のサインは何かな？」

「あっ、そうか！」

「わしのサインは、アーチャーすなわち射手座なのだよ。またの名を人馬座、フランス語でル・サジテール、学名はサジタリウス」

「いや、はや、これはどうも恐れ入ります」

「ウッフッフ……何でもキミは、通俗星占い本の翻訳なんぞを、こっそりやっておるそうではないか」

「いや、その、別にこっそりというわけではありませんが……」

「まあ、よい。それも〝仮面〟ということにして置こうか。それとも、それでは不服かな？」

「いや、いや……」

「何でもキミは、贋地下室の住人とかを自称しておるそうだからな」

「いや、これはどうも……」

「まあ、よい。ところで射手座は……」

「えーと……」

「ウッフッフ……」

「ちょっと、お待ち下さい」

「確か十一月二十二日から十二月二十一日までの誕生であろう。そうではなかったかな」

「いや、はや、これは何とも、面目次第もございません」

「ところで、わしの生年月日は……」

「明治十二年十二月三日、です」

「然るに、あの作は……」

「えーと、筑摩現代文学大系の年譜によりますと、昭和十一年（一九三六）、九月上旬『濹東綺譚』を起稿、十月二十五日脱稿。昭和十二年（一九三七）、一月『万茶亭の夕』（後に『作後贅言』）を『中央公論』に発表、となっております」

「ふうん、それはいつの刊行かな」

「えーと、一九七五年つまり、えーと昭和五十年ですか、十二月十五日初版第一刷発行、です」

「ふうん、筑摩にしては雑な年譜だねえ」

「はあ……」

「『濹東綺譚』本篇の方はまだよいとして、『万茶亭』の方にも、擱筆《かくひっ》日はちゃんと記入しておいたはずだがねえ」

「ちょっと、お待ち下さい」

「誰の作製かね？」

「筑摩の年譜ですか？」

「左様」

「無署名です」

「定価は？」

「えーと、あ、奥付にはついてませんね」

「なるほど、それが最近の流行らしいな」

「確かに、最近は奥付に定価を入れず、帯とか、あるいは表紙のカバーだけに値段を入れることが多いようですが、ただ、この場合はバラ売りはしない、つまり、セットで売るためではないかと思いますが」

「まあ、よい。筑摩とはいろいろと縁も深かったしな」

「しかし、センセイの巻には、奥付に〝永井〟と検印がついています。たぶんこれは、センセイの巻だけではないかと思いますが」

「そうかい、ウッフッフ……」

「ところで、話をもとに戻してよろしいでしょうか？」

「そうし給え」

「確かに仰せの通り、新潮文庫版『濹東綺譚』所収の『作後贅言』には、昭和十一年丙子《ひのえね》十一月脱稿とあります」

「ということは、やはり五十七であろう」

「しかし、スレスレですね」

「スレスレだろうが、ダブダブだろうが、五十七は五十七だろうさ」

「はあ、それは確かにその通りですが、十一月何日なのか、日付がありませんので」

「そこまでは、わしもおぼえておらんよ」

「しかし、『濹東綺譚』の方には確か入っていたようでしたが」

「そのくらいの勝手はキミ、作者に許されてよいのではないかな」

「はあ……えーと、しかし、ちょっと待って下さい」

「キミはわしの研究家でもなさそうだが、それにしてはシッコイようだねえ」

「これはどうも恐れ入ります。ただ、新潮文庫版では『濹東綺譚』の本篇の方の終りに、丙子十月三十日脱稿とあるのが、筑摩版の年譜では十月二十五日脱稿、となっております。これは……」

「おや、そうかい」

「もちろん、どちらにしても、仰せの通り五十七歳に変りありませんが」

「そういうセンサクを専門にする人は、ずいぶんと多いんじゃあなかったのかねえ」

「もちろん、わたしなどは門外漢ですから、センセイさえ気になさらなければ、どちらだって構いませんけど」

「ウッフッフ……まあ、年譜なんて、そんなものだろうよ」

「しかし、センセイがお年にこだわるとは、一発見でした」

「おや、年のことをいい出したのは、キミではなかったのかね」

「いや、あれは失敗致しました。芝居の傍白《ぼうはく》のつもりだったんですが」

「まあ、よい。あれで話が面白くなったともいえそうだからねえ」

「そういっていただけると、有難いのですが」

「勘違いしちゃあいけないよ。わしがいいたいのは、昭和人はずいぶんと年にこだわるものだ、ということなんだからねえ」

「どうぞ、先をお続け下さい」

「そうかい、じゃあ、いってあげよう。キミはわしの五十七をスレスレだと評しておったな」

「はい」

「いや、腹を立てておるのではないよ。いや、なかなか面白い評だといってあげてもよいのだが、スレスレの五十七にせよ、ダブダブの五十八にせよ、昭和人はそいつを〝老後〟と呼ぶであろうか、そうは呼ぶまい」

「仰言る意味は、だいたいわかって来たような気がしております」

「そうかい。じゃあ続けるが、何でもそちらの長寿大国とやらでは、五十七、八は未だ老人に非ず、ということになっておるそうではないかな」

「仰言る通りです」

「で、何といったかな」

「えーと、中高年というのもあります」

「いや、いや。もっとおかしな呼び名だったねえ」

「では、オジン、でしょうか？」

「いや、いや。オジンはいわば流行語であろう。それに、もっと低年齢であろう」

「ふうん……それでは、マドギワ族かな？」

「いや、いや。マドギワは、いわばマスコミ用語であろう。そうではなくて、一種の官製用語があったであろうが」

「官製用語ですか……」

「左様、ほれ、干からびたタクワンを無理矢理水につけてふやかしたような……」

「ははあ……」

「どうも昭和人は記憶が悪くていけないねえ」

「えーと、梅干しばばあ、いや、これは官製用語ではないなあ」

「梅ではなくて、むしろ、柿だな」

「柿？」

「左様、何だか、腐った柿みたいな呼び名だったねえ」

「ああ、わかりました！　熟年でしょう」

「やれ、やれ。それにしても、婆さんの何とかではないが、ずいぶんと手間取ったものだな」

「しかし、センセイも、こうしておききしておりますと、さすがは……」

「ウッフッフ……キミの心底くらいは先刻読めておる」

「いや、さすがは、ラビラントの大家という意味ですが……」

「しかし、それにしても、熟年とはねえ。まったく昭和の日本語は、腐った柿みたいなものかも知れないねえ」

「なるほど、この日本語の混乱は……」

「混乱ではなく、もはや腐敗であろう」

「つまり、日本語の混乱腐敗の問題は、『作後贅言』におけるセンセイの現代人批判の大きなポイントの一つだと思いますが」

「おや、何だか急に話が固くなったようだねえ」

「はあ……しかし、この会話はそもそも『濹東綺譚』および『作後贅言』に、なぜ昭和一ケタ生れのわたしどもが興味を抱くか、ということではじまったものでありまして……」

「続け給え」

「それで、そのセンセイの日本語批判も、その重大な問題の一つだと考えるわけです」

「例えば……」

「例えばですねえ……えーと」

「読んでみ給え」

「えーと……ちょっとお待ち下さい」

「何を捜しておるのかね」

「はあ、問題のページに紙片を挟んで置いたのですが、なにしろ問題が一つではありませんので……」

「では、最初から読めばよいであろう」

「最初からですか？」

「左様」

「しかし、それでは余りにながが過ぎますし……」

「構わないよ、それにわしも、久しぶりに自分の文章をきいてみたくなったのでねえ」

「しかし、文庫本でも本篇が七十四、五ページ、『作後贅言』が二十ページですから」

「出典さえ明らかにすれば、引用は自由なのではないのかねえ」

「もちろん、そうさせてはいただいてますが」

「それなら遠慮は無用であろう。しかも著者であるこのわし自身が、こうして読んでくれ給えといっておるのだからねえ」

「しかし、やはり、この際時間の問題もありますし……」

「そうかい。じゃあ、好きにし給え」

「では、お言葉に甘え……いや、それは省略させていただいて、まず『濹東綺譚』の方から抜き出してみますと……」

「どのあたりかね」

「えーと、六章で、センセイが、いや、センセイの分身らしき人物が、お雪さんのところへ出かけると、急に歯が痛くなって寝ていたのだといってお雪さんが蚊帳から這い出して来る。そして、例の『あんまり、待たせるもんじゃないよ』というセリフを吐いたあと……」

「それは、わし、いや、ポルノグラフィー売人の仮面をつけた人物のセリフだったかね、それとも……」

「お雪さんのセリフですね。そして、そのあと、ちょっとやり取りがあってお雪さんが歯医者へ出かけたあとのくだり……」

「読んでみ給え」

「では……」


わたくしは女の言葉遣いがぞんざいになるに従って、それに適応した調子を取るようにしている。これは身分を隠そうが為の手段ではない。処と人とを問わず、わたくしは現代の人と応接する時には、あたかも外国に行って外国語を操《あやつ》るように、相手と同じ言葉を遣う事にしているからである。「おらが国」と向《むこう》の人が言ったら此方《こっち》も「おら」を「わたくし」の代りに使う。説話《はなし》は少し余事にわたるが、現代人と交際する時、口語を学ぶことは容易であるが文書の往復になると頗《すこぶ》る困難を感じる。殊に女の手紙に返書を裁する時「わたし」を「あたし」となし、「けれども」を「けど」となし、又何事につけても、「必然性」だの「重大性」だのと、性の字をつけて見るのも、冗談半分口先で真似をしている時とはちがって、之《これ》を筆にする段になると、実に堪難い嫌悪の情を感じなければならない。

「続け給え」

「本篇の方は、これで終りです」

「何だい、もうおしまいかね」

「このあと、虫干の折に出て来たとかで、昔柳橋の芸妓だった女からの手紙が、候文の見本として出て参ります。これはたぶん、候文は愚か、まともな手紙一本書けない現代知識人よりは、昔の芸妓の方がまだマシだったという、センセイの現代批判と受け取ってよろしいかと思いますが」

「まあ、よいから続け給え」

「それでは次は『作後贅言』の、帚葉翁とセンセイの会話の場面なのですが、その前に一つおたずねしてよろしいでしょうか？」

「帚葉翁のことかね、わしのことかね？」

「センセイのことです。実は、さっきから気がついていたんですが、いつの間にか〝わし〟に変ったのは何故でしょうか？　最初は、センセイ、ご自分のことを〝私〟といっておられたと思いますけど」

「おや、そうかい」

「ということは、さっき朗読させていただいた部分の通り、現代人であるところのわたしの話し方に適応させておられる、というわけでしょうか」

「そう思いたければ、そうし給え」

「もちろん、わたしはどちらでも構いませんけど」

「なるほど、その〝けど〟は、現代人だねえ」

「腐った柿、ですか」

「まあ、よいから、帚葉翁のところを読んでみ給え」

「ただ、センセイがあそこで唾をかけている現代人というのは……」

「理屈は読んだあとにし給え」

「では……」

「いや、待てよ、だいたいどのあたりの話かな」

「えーと、そうですね、日比谷公園で東京音頭が披露されて……」

「なるほど、デパートが浴衣を売りまくったときだな」

「何でも、震災前に帝国ホテルで催されたダンスパーティ会場に、愛国の志士が日本刀を振って乱入したとかいう事件があって、それでセンセイは、今度の東京音頭大会でも何か騒動が起るのではないかと、内心ひそかに期待されておったご様子ですが、残念ながら起らなかった」

「帚葉翁に、わしが、いや、ぼくが……」

「どうぞ、わし、で結構です」

「そんなことまで喋っておるのかね」

「残念ながら……とまでは、はっきり書いておられません。これはわたしの想像ですけど」

「まあ、よかろう」

「ただし、そのあたりは省略させていただきまして、そのあと女性の和服と洋装論議になり……」

「読んでみ給え」

「帚葉翁との会話の形で、最初は帚葉翁の言葉だと思います。では……」


「武断政治の世になったら、女の洋装はどうなるでしょう。」

「踊も浴衣ならいいと云う流儀なら、洋装ははやらなくなるかも知れませんね。然し今の女は洋装をよしたからと云って、日本服を着こなすようにはならないと思いますよ。一度崩れてしまったら、二度好くなることはないですからね。芝居でも遊芸でもそうでしょう。文章だってそうじゃないですか。勝手次第にくずしてしまったら、直そうと思ったって、もう直りはしないですよ。」

「言文一致でも鷗外先生のものだけは、朗吟する事が出来ますね。」帚葉翁は眼鏡をはずし両眼を閉じて、伊沢蘭軒が伝の末節を唱えた。「わたくしは学殖なきを憂うる。常識なきを憂えない。天下は常識に富める人の多きに堪えない。」

「もうおしまいかな」

「はあ、この部分は、一応これで……」

「そうかい。しかし、議論はあとまわしに願いたいねえ」

「はあ……」

「だって、そうだろうじゃないかねえ。こちらはサカナになってあげてるのだし、それにキミのさっきの話じゃあ、何でも幾つかのポイントとかがあるそうじゃないかね」

「はあ……」

「だからまあ、そのキミのいうポイントとかを出して、つまり、まず読んで……」

「ですから、一つずつ……」

「しかし、まだ残っているのであろう？」

「ただ、個条書きのように出すのも、どうかと思いまして……」

「何も、そうはいっておらんよ」

「もちろん、ただいま読ませていただいた部分につきましては、二葉亭なども関連のあるものですから……」

「二葉亭というと、あの露国の余計者の翻案者かな」

「はあ、先ほどの部分にもありました、言文一致の……」

「円朝やら三馬やらの俗語を取り込んだお人だな」

「ですから、そういう意味をも含めまして、当然あとでまた問題になって来ると思いますけど……」

「そうだねえ、そういえば、あのお人なんかが、腐った柿のタネだったのかも知れないねえ」

「おっしゃる意味は、まあ、よくわかりますが、しかし、いきなりそれでは、ちょっと飛躍し過ぎではないかと思いますけど」

「飛躍かねえ。しかし、まあ、よかろう。それにしても、さっきの、ほら何とかいったねえ……」

「熟年、ですか」

「左様」

「しかし、それと二葉亭は無関係だと思いますけど」

「何も、そうはいっておらんよ」

「では、議論はあとまわし、ということに致しまして……」

「それともあれかい、昭和人の女は、五十七、八になっても、まだアガらないのかい」

「は？」

「だって、未だ老人に非ず、なのであろう」

「さあ、そちらの方は、どうも……」

「まだ探求が足りないというのかい」

「ただ、はじまる方は、最近ずいぶんと早くなりましたそうですけど」

「いくつかね」

「何でも、早いものは小学校の四、五年からとかきいておりますけど」

「それで何かい、昭和人の女は五十七、八になっても、熟し柿みたいなナニをしているのかねえ」

「それはセンセイ、お話がちょっと……」

「そうかい、飛躍かい」

「いや、飛躍というのとも少し違うと思いますけど……」

「けど、どうなのかね」

「つまり、飛躍ではないが、ズレ過ぎ……」

「そうかい、ズレ過ぎたかい」

「つまり、この場合は一応、話を『濹東綺譚』と『作後贅言』に限定した方が、という意味です」

「それとも、昭和人は男も女も、一億総色キチガイということなのかねえ」

「ただ、例の『四畳半』裁判は、ご存知の通り……」

「ウッフッフ……だいぶ文士諸公が活躍しておったようだねえ」

「もちろん、あれがセンセイのお作かどうか、また、あれがワイセツ文書であるか否か、という問題には、ただいまのところわたしも特に関心を抱いておりませんし、それに、これこそ、話がズレ過ぎということにもなりますので」

「それにしても、公認ラビラントの方は、つまらぬ理屈をつけて廃止して置きながら、一方では……おや、何とかいったたな」

「熟年、ですか」

「一方では、熟年なぞという腐った柿みたいな呼び名を案出して、年を取りたがらない」

「どうぞ、お続け下さい」

「これは何かねえ、昭和人というのは、一億総色キチガイでなければ、一億総分裂症なのかねえ」

「あ、その分裂症というのも、『作後贅言』の大きなポイントの一つだと思います」

「でも、議論はあとまわしに願うよ」

「しかし、もう、そろそろ……」

「時間のことかね」

「いや、ポイントも幾つか出揃ったように思いますので……」

「それにしても、熟年とはねえ、それこそ唊唾でも吐きたくなるような日本語だわさ」

「あっ！　これでどうやら、話がもとに戻りました」

「おや、そうかい」

「いやだなあ、センセイ、今度はトボケないで下さいよ」

「おや、わしがいつトボケたかい」

「とにかく、ここでトボケられちゃうと、せっかく振り出しの〝唊唾〟に戻った話が、またアミダクジ式にどこへ行くのかわからなくなってしまいますから」

「まあ、よい。続け給え」
「では、トボケられぬうちに、読ませていただきます」

銀座通に柳の苗木が植えつけられ、両側の歩道に朱骨《しゆぼね》の雪洞《ぼんぼり》が造り花の間に連ねともされ、銀座の町が宛《さなが》ら田舎芝居の仲《なか》の町《ちよう》の場と云うような光景を呈し出したのは、次の年の四月ごろであった。わたくしは銀座に立てられた朱骨のぼんぼりと、赤坂溜池の牛肉屋の欄干が朱で塗られているのを目にして、都人《とじん》の趣味のいかに低下し来《きた》ったかを知った。霞ケ関の義挙が世を震動させたのは柳まつりの翌月《あくるつき》であった。わたくしは丁度其夕《ゆう》、銀座通を歩いていたので、この事を報道する号外の中では読売新聞のものが最も早く、朝日新聞がこれについだことを目撃した。時候がよく、日曜日に当っていたので、其夕銀座はおびただしい人出であったが電柱に貼付《はりつ》けられた号外を見ても群集は何等特別の表情を其面上に現さぬばかりか、一語のこれについて談話をするものもなく、唯露店の商人が休みもなく兵器の玩具に螺旋《ぜんまい》をかけ、水出しのピストルを乱射しているばかりであった。

「もうおしまいかい」
「一応、ここで切らせていただきますが、初めの方の、〝次の年〟というのは、昭和七年つまり満洲事変がはじまった次の年、ということですね」
「左様」
「それから、〝霞ケ関の義挙〟というのは、犬養首相が陸海軍の将校に襲撃されて射殺された、五・一五事件ですね」
「左様」
「いわゆるキナ臭い時代の、日本の中心が、いかにもセンセイらしい文章で描かれていると思いますが……」
「続け給え」
「このあと、カフェーの話が出て来ます」
「読んでみ給え」

「それでは、またトボケられないうちに、まとめて読んで置きますか。ただし、途中ちょっと省略させていただくかも知れません」

「おや、何故かね？」

「それは、まあ、いろいろと都合がございますので……では……」


銀座通の裏表に処を択《えら》ばず蔓衍《まんえん》したカフェーが最も繁昌し、又最も淫卑《いんび》に流れたのは、今日から回顧すると、この年昭和七年の夏から翌年にかけてのことであった。（中略）百貨店でも売子の外に大勢の女を雇入れ、海水浴衣を着せて、女の肌身を衆人の目前に曝《さら》させるようにしたのも、たしかこの年から初まったのである。（中略）地下鉄道は既に京橋の北詰まで開鑿《かいさく》せられ、銀座通には昼夜の別なく地中に鉄棒を打込む機械の音がひびきわたり、土工は商店の軒下に処嫌わず昼寝をしていた。月島小学校の女教師《おんなきようし》が夜になると銀座一丁目裏のラバサンと云うカフェーに女給となって現れ、売春の傍《かたわら》枕さがしをして捕えられた事が新聞の紙上を賑《にぎわ》した。それはやはりこの年昭和七年の冬であった。


「なるほど、こうして読んで見ますと、だんだん柿が腐りはじめた、という感じですね」

「ウッフッフ……」

「しかし、ここでもう一つ面白いのは、招魂社境内の銀杏の木で三日間、雀合戦が続いたとか……」

「何か、そんなものを見物したような気もするねえ」

「センセイは、三日目だかに、麹町の女たちと見物されたことになっています」

「そうかい。さて、どんな女たちだったのかな」

「いや、そのセンサクはよいのですが、その前の年には、赤坂見附だかの濠で、真夜中になると大きなガマ蛙が出て来て、何とも悲痛な声で泣くとか……」

「そうかい」

「それで、その噂が東京じゅうにひろがり、ある新聞社などは、その大ガマ蛙を捕えた人に三百円の賞金を出す、

3

という広告を載せたとか、何だか奇怪な事件が続いたらしい」

「賞金三百円ねえ」

「もっとも、誰が三百円を獲得したのかは、結局わからなかったらしいですけど、何というのでしょうか。こういう、つまり柿がだんだん腐りはじめてゆくような時代には、そういった不思議な事件とか、奇怪な噂とかが次から次へと起るものだ、ということでしょうかね」

「反文明現象ということかい」

「そう、そう、怪談ふうの現象といってもいいと思いますけど」

「オカルトかい」

「そう、そう、そういう意味で、あの雀の戦争や夜泣きの大ガマ蛙の話は、実に面白く読ませていただいたわけです」

「おや、お世辞かい」

「困るなあ、こんなところでからまれちゃあ」

「じゃあ、先を読んでみ給え」

「はははあ、さっき省略したのが気に入らないんですね」

「そうかい、それじゃあお世辞じゃないことにして、礼をのべさせてもらってもよいが、しかし何だねえ、キミはさかんに、このわしが日本の中心だか、現代人だかに向って啖唾を吐きかけているという。しかし、それにしちゃあ、きいてみると、何だか、大した啖唾でもなさそうだねえ」

「いや、これから先が、本当の啖唾です。そして、センセイが本当の啖唾を吐きかけられたところの〝現代人〟、その〝現代人〟の落しダネこそ、他ならぬ、ここにこうして現在ただいま生きているところの、われわれ日本人だということなのです」

「われわれ日本人とは、誰のことかな」

「これは失礼致しました。つまり、わたしども、という意味です」

「キミのことかね」

「このわたしが代表という意味ではありません。当然わたしも含まれておりますけど」

「つまり、ワンノブゼム、かい」

「まあ、そうなります」

「おや、またずいぶんと欲がないねえ」

「と申しますと？」

「じゃあ、十把一からげでいいのかね」

「いや、そういう意味でもありませんが」

「じゃあ、何かい」

「つまりその、それはセンセイがあそこで〝現代人〟と呼んでおられる日本人、すなわち、例の霞ケ関の義挙だの、東京音頭の発表会だの、それから招魂社境内での雀の戦争だの、赤坂見附の濠の夜鳴きのガマだの、そういった事件が起きていた頃に、カフェーとか鮨屋とかに群がっていた〝現代人〟ですね、その〝現代人〟たちの息子に当るのがわれわれ、いや、わたしども昭和一ケタ生れの日本人であって、わたしも、その一人である、という意味であります」

「あります、ねえ」

「あります、ではよくありませんか」

「そうはいってておらんよ」

「では、続けさせていただきますけど、あそこで、門附《かどづけ》の娘の話が出て来ますね」

「そりゃあ、出て来たかも知れぬな」

「いや、門附そのものはどうでもよいのですが、そのあと、とつぜんマルクスが出て来るわけです」

「無産主義者のことかい」

「はい」

「読んでみ給え」

「いえ、読むというほど詳しくは書かれていないんですが、つまり、こういうふうなことです。四竹《よつだけ》を鳴らして説経節を唱《うた》っていた娘が、やがて三味線で流行唄《はやりうた》を歌うようになるのは、例えばボウフラが蚊になり、オボコがイナになり、イナがボラになって行くのと同じであって、これは自然の進化である。然るに、マルクスを論じていた人物が朱子学を奉ずるようになるのは、進化ではなくて、別のものに変ってしまったことだ。つまり、やどり蟹の殻の中に蟹でない別の生物が住んだようなものだ、という意味のことを書いておられるのですが……」

「別に、それで矛盾もないであろう」

「矛盾というのではありませんが、これは、わが国のマルクス主義者とは、まあ、こんなものだということでしょうか」

「まあ、ロシア人やフランス人は、朱子学はやらんだろうさ」

「それはそうでしょうが、これは、いわゆる転向をさすわけでしょうか」

「そのあとは、どんなことが書いてあったかね」

「えーと、そのあとは……」

「読んでみ給え」

「えーと、こうなってます。《われわれ東京の庶民が満洲の野《や》に風雲の起った事を知ったのは前の前の年、昭和五六年の間であった》となっておりまして……」

「そのあとは」

「そのあとは、いきなり《たしかその年の秋の頃、わたくしは招魂社境内の銀杏の樹に……》ということで、例の雀合戦見物になるわけです」

「おや、そうかい」

「どうも、このあたりの続き具合が、うまく呑み込めないのですけど」

「何かい、わしの書き方が、アイマイだということかい」

「いえ、そういう意味ではありませんが……」

「じゃあ、何かね」

「ただ、いきなり、ぽつんとマルクスが出て来て、あとはまったく出て来ない。いや、もちろんそれはそれで、別に悪いということではありませんが、実は、誰かこれにはモデルがあるのかと思いまして」

「なるほど、そんなことじゃないかと思っておったよ」

「いや、是非ともモデルのセンサクをしようというのではないのですけれども、例えばセンセイの『日記』に出て来る無産党員ですね。昭和二、三年頃ですか、春陽堂から全集が出る、改造社からは円本が出る、その印税を狙って寄附の強要に押しかけられる。また、それと相前後して、カフェー・タイガーの何とかいう女給さんまでが偏奇館に押しかけて来て、ほとんど無産党員と同じようなセリフを吐いて、印税の分け前にあずかろうとする」

「……」

「ですから、このマルクスと朱子学の関係は、先におたずねしたような、いわゆる転向という形での時間的な変化を指すのか、それとも、マルクスと朱子学がごっちゃ混ぜになっており、そのときの手前の都合で、マルクスになったり朱子学になったり早替りする、という意なのか……」

「……」

「それよりも、むしろ四竹を鳴らしていた門附娘が、三味線を抱えた姉《あね》さんに変化してゆく方がよほどスジが通っている、少なくとも自分は、最近のカフェーの女給やら無産党員よりは門附女の方を信用する……おや、センセイ眠くなられましたか？」

「続け給え」

「では……いや、といっても、センセイが無言のままでは、ちょっとやりにくいんですけど」

「では、他のことにし給え」

「なるほど、わかりました。この話には余り触れたくないわけですね」

「そうはいっておらん。『濹東綺譚』および『作後贅言』に話をしぼった方がよい、といったのは誰だったかな。

わが偏奇館への侵入者の話は、その枠外じゃ、という意味だよ」

「これはどうも恐れ入ります。しかし、あの部分は、少なくとも精読者には、ちょっと引っかかる個所じゃないでしょうか。もっとも故意に、そのつもりで書かれたのかも知れませんが、どうも、何度読んでも、いつの間にか、気がつくとマルクスが雀合戦に変ってる、という感じで……」

「ウッフッフ……」

「まあ、そこがセンセイの文章の魔術とでもいうところなんでしょうけど」

「おや、またお世辞かい」

「いや、ホントに不思議な文章だなあ、といつも思うのは、あそこでふっと、『鼻』のことを思い出すせいかも知れません」

「ハナとはノーズの鼻かい」

「といっても、小説ですけど」

「芥川かい」

「いや、ゴーゴリの『鼻』です」

「ツルゲエネフの仲間だな」

「そういえば、センセイの何かに、ツルゲーネフが出て来ますね」

「『狐』であろう」

「何か、ツルゲーネフの伝記でしたか、それを読んでいて、子供の頃センセイの屋敷の庭でニワトリを取った狐をつかまえて殺す、そしてその祝いに大人たちがニワトリを殺して酒盛りをする、そんな昔のことを思い出す、というものだったと思いますが」

「ウッフッフ……」

「ツルゲーネフは子供の頃、やはり屋敷の庭で蛇が蛙を獲えるのを見て、神の慈悲というものに疑問を抱いた。そしてセンセイは、大人たちの狐狩りと、ニワトリを殺しての酒盛りを見て……何に疑問を抱いたのでしたかね」

「ウッフッフ……」

「いや、自分が裁判とか懲罰とかいうものの意味を疑うようになったのは、子供時分のあの狐退治の記憶のせいかも知れぬ……」

「ウッフッフ……」

「しかし、あの小説はセンセイのものの中では異色というか、例外というか……」

「取って付けた、とでもいいたいのであろう」

「もちろん、実話をそのまま書くようなセンセイではないと思いますけど、ツルゲーネフが出て来るだけでも、珍しいですね」

「『悪の華』の作者にだって少年時代はあっただろうさ」

「それで『鼻』の話ですけど」

「ふうん、『悪の華』からゴーゴリの『鼻』か……」

「あそこで八等官の鼻が逃げ出しますね」

「農奴の鼻じゃあなかったのかね」

「死んだ農奴を買ってまわる話は、また別です」

「しかしだねえ、マルクスの話から思い出すのだとすれば、農奴ということになりはしないかい」

「あ、そういう意味でしたか」

「じゃあ、どういう意味だったのかね」

「どうもこれは、説明不足で失礼致しました。実は、センセイのあの文章が、マルクスかな、と思っていると、いつの間にか招魂社の境内の雀合戦に移ってしまうでしょう」

「どうもキミは、そこにばかりこだわるようだな」

「こだわるというのか、つまり、何ともいえず不思議で面白い、というか。マルクスと朱子学のあとに、とつぜんとび出すせいもあって……」

「その、マルクスはもう省略し給え」

「しかし、満洲事変が起り、続いて五・一五事件が起り……という、いわゆるキナ臭い時代の中で雀の戦争が起るところが面白いのではないでしょうか」

「キナ臭いから、鼻というシャレかい」

「そういえば、お雪さんのいた娼家はどぶ川のそばでしたね」

「われは生れて町に住む……か」

「は？」

「よどみし時代の児なりけり……」

「えーと……それは……」

「われは生れて町に住み、濁りし水のくされ行く、岸に杖ひく身にぞありける」

「ははあ、『偏奇館吟草』ですね」

「話がだいぶズレたんじゃないかな」

「しかしそれはセンセイが、とつぜん唸り出されたせいでしょう」

「おや、そうかい」

「しかし……ふうん……よどみし時代の児なりけり……か」

「続け給え」

「なるほどねえ……」

「感心していないで、続け給え」

「偏奇館にはカフェーの女給や無産党員が侵入して無心し、赤坂見附の濠には深夜巨大なガマ蛙が出現して悲痛な鳴き声をあげ、小林多喜二は築地警察署で虐殺された……そしてペテルブルグでは、主馬寮《しゅめりょう》の椅子が踊りはじめた……」

「わしが続けろといったのは『吟草』のことだよ」

「しかし、いまそれを続けると話がそれこそズレ過ぎますので……」

「まあ、よい」

「ですから、『偏奇館吟草』にはまたあとで触れるということに致しまして……」

「それで、キミが思い出したとかいう、そのペテルブルグの鼻は、どうなったのかい」

「そうですね、ちょっと読んでみましょうか」

「読むのかい」

「でも、理屈は読んでから、がセンセイの主義だったと思いますが」

「では、『遷東綺譚』に話をしぼろう、といったのはどこの誰かね」

「ははあ、わかりました」

「まあ、よい」

「と申しますと？」

「読んでみ給え。露国文士の文章もたまにはいいだろう。ただし、手短かに願うよ」

「では、お言葉に甘えまして」


そのうちに、この奇怪な事件の噂は、首都全体にひろまった。ご多分にもれず、尾鰭つきでひろまったのである。すべての人々の頭が異常なものへと向っていた。ちょうどそういう時期だったのである。磁力の作用に関する実験が社会の関心を引きつけて間もない頃で、その上、主馬寮の踊り椅子の話もまだ耳新しかったから、八等官コワリョーフの鼻が、三時になるとネフスキー大通りを散歩するそうだというようなことを、早速誰かがいい出しても別におどろくことはなかったのである。物好きな連中が毎日ぞろぞろと押しかけて行った。ユンケル商会に鼻があらわれたらしい、と誰かがいう。すると、もうユンケル商会のまわりは黒山の人だかりと雑踏で、果ては警官さえ出動しなければならないような騒ぎになってしまう。


「ふうむ……」

「いかがですか？」

「なるほど、ロシア臭いねえ」

「ははあ、さすが、よどみし時代の児なりけり、だなあ」

「おや、お世辞もだいぶ板についたな」

「これはどうも恐れ入ります。しかし、わたしがセンセイの文章のあそこから、ふっとこれを思い出す、というのは何となく分っていただけると思いますが」

「お世辞だけじゃなくて、売り込みもなかなかだな」

「幸か不幸か、われは昭和の児なりけり、ということでしょうか」

「で、いったい、いつ頃の話かい」

「えーと、ちょっと待って下さい。そうそう、では間を少し省略致しまして、もう少し読んでみましょう。たぶん、ヒントが出て来ると思いますから」

「おや、今度はクイズかい」

「いえ、そういう意味ではありませんけど、決して退屈な話ではありませんから」

「まあ、よかろう」

「では、お言葉に甘えまして……」


するとと今度は、また、こんな噂がひろまった。コワリョーフ少佐の鼻が散歩するのはネフスキー大通りではなく、タヴリーチェスキー公園だというのである。それもいまはじまったことではなく、ずっと以前からのことらしいとか、ボズレス＝ミルザもまだそこに住んでいた頃、この種の奇怪な自然のイタズラに驚かされたことがあったのだ、などという噂もひろがった。外科医学専門学校の生徒何人かが、わざわざそこへ見学に出かけた。また、ある顕官夫人は公園の管理人に書面を送って、どうか自分の子供たちにもその珍しい現象を見物させてもらいたい、そして出来ることなら、若い者たちにとって教訓となり、戒めとなるような説明もしてもらいたい、と頼んだのである。


「待てよ……」

「は？」

「何公園といったかな」

「えーと、タヴリーチェスキー公園、です」

「で、そこに住んでおったのは」

「えーと、ボズレス＝ミルザ、です」

「そいつはペルシャ人じゃあなかったかい」

「ははあ、これは恐れ入りました」

「何でも、ロシアのペルシャ大使が殺害された、ために、謝罪に訪露したペルシャ皇太子を、露西亜皇帝は人質として幽閉した。確か、そのときの皇太子であろう」

「いや、おどろきました。さすが博覧強記、われは明治の児なりけり」

「いわゆるペルシャ戦役の前後であろう。ということは西暦千八百二十年代かい。それで殺されたロシア公使だか大使だかは、何とかいったな」

「グリボエードフ」

「どうもロシア名はおぼえにくくていかんが、何でも有名な劇作家じゃないかい」

「えーと、新潮社の世界文学小辞典を要約しますと、もちろん古い家柄の貴族出身、モスクワ大学の文学部と法学部を卒業、英仏独伊の各国語だけでなく、アラビア語、ペルシャ語まで習得、プーシキンに《ロシア随一の聡明な人間》といわれました。一八一八年、外交使節秘書官としてペルシャに行き、そこでかねて腹案中の『知恵の悲しみ』の構想をまとめた。一八二六年に、デカブリストの関係で逮捕されたが、流刑には至らず、釈放後、一八二八年のペルシャとの平和条約締結に大役を果し、その功労によりペルシャ駐在公使に任命されたが、赴任後間もなく暴徒によって殺害された」

「暴徒とは、ペルシャ人かい」

「この辞典には出てませんけど、回教徒を何でもイギリス人が焚きつけたとか、そんな話じゃなかったでしょうか」

「確か、トルコ艦隊の方は、英仏露が連合して破ったはずだが、しかし、回教徒はこの地球上の永遠の謎だねえ」

「それにしても、センセイの博覧強記には、更めておどろきました」

「ウッフッフ……」

「あるいは、明治人間の知識というか」

「おや、そこにインネンをつけたいのではなかったのかい」

「いや、それはまた別と致しまして……」

「そうかい。じゃあ一つだけタネを明かしてみようか」

「しかし、センセイもおっしゃった通り、どうもわれわれ昭和人は、記憶が悪いものですから」

「じゃあ、右から左へ忘れてもよいが、幾ら何でも、文化文政時代くらいは知っているであろう。そして一八二〇年代はその文政期だな。伊沢蘭軒、鶴屋南北なんかがその末期に死んだ。式亭三馬、大田蜀山人、小林一茶などがその少し前、十返舎一九、頼山陽などがその少しあとじゃないかい」

「ははあ、そういうふうにつながってるわけか」

「おや、頭に無理矢理詰め込まないのが昭和の児じゃあなかったのかい」

「いや、『鼻』で話がズレたはずだったのだが、不思議ですねえ」

「何がかい」

「何がといって、これじゃあズレるどころか『作後贅言』そのものの世界じゃありませんか、センセイ」

「おや、そうかい。こちらはずいぶん露西亜につき合わされたような気がするがねえ」

「いやいや、センセイの話をきいていると、江戸と西洋が、そうだな、まったく右手と左手みたいにつながっています」

「つながってちゃあ、いけないかい」

「いや、そうではなくて、それこそまさに、『作後贅言』の世界だ、ということです」

「なるほど、右手と左手ねえ」

「いや『作後贅言』に限らず、センセイの帰朝後の世界、といってもよいと思いますけど」

「それで、昭和の児の両手はどうなってるのかい」

「それが、バラバラなんですねえ」

「バラバラというと、脱臼かい」

「脱臼だか捻挫だか骨折だかわかりませんがねえ、とにかく右手と左手みたいにはつながらない」

「そりゃあ、ずいぶんと不自由なことだねえ」

「いや、不自由なんて生やさしいものじゃあありませんよ、これは」

「自由でもなければ、不自由でもない、というわけかい」

「そうです。だから、うまく言葉が見つからない、ということです」

「しかし、右手と左手のように、とはなかなかうまいことをいったもんだな」

「お世辞は結構です」

「おや、そうかい。こちらもタマにはと思ったんだが」

「いや、これはセンセイに向って、どうも失礼致しました。それにしてもセンセイ、自由でもなければ不自由でもない、とセンセイがいわれた、その状態にぴったりの言葉は何かありませんか」

「それはキミが考え給え」

「それは、そうですね。つながってる人にバラバラの話は無理でしょうから」

「われは昭和の児なりけり、か」

「しかし、センセイだって、本当はバラバラなのかも知れませんよ」

「おや、ずいぶん物騒な話じゃないか」

「いや、これはどうも失礼致しました。いまのはひとりごとのつもりだったのですけど」

「それとも何かい、この電気椅子は、右手と左手をバラバラにも出来るのかい」

「電気椅子ではありません。電気按摩椅子」

「どっちにしても、わしには無関係だが」

「しかし……センセイ、どうして右手と左手の話になったのかな」

「昭和人は、これだからつき合えない」

「そうです、どうせバラバラ人間です」

「露西亜人の鼻を勝手に持ち出して来たのは、どこのどいつだ」

「あ、これはどうも失礼致しました。センセイの雀戦争と夜鳴きの大ガマ蛙から、例の主馬寮の踊り椅子が出て来て……」

「例の、はいいが、その話はまだきいておらんよ」

「では……」

「ただし、手短かに頼むよ」

「はい。えーと、このゴーゴリの『鼻』という中篇小説は、一八三六年に、プーシキンが主宰していた『同時代人』という雑誌に発表されたもので……」

「年代は、もうわかっておる」

「はい。では話の内容などもすべて省略致しまして、〝踊る椅子〟のことだけを申し上げますと、これは、センセイの雀合戦や夜鳴きの大ガマ蛙同様、当時のペテルブルグで実際に噂になった話でありまして……」

「キミ、何か簡単な説明書のようなものはないのかね」

「と申しますと？」

「つまり、それを読んだ方が手っ取り早いんじゃないか、ということだよ」

「えーと、〝訳註〟でよろしいでしょうか」

「読んでみ給え」

「えーと、これは……」

「さっき読んだ本とは別のようだな」

「さすがセンセイ、目が早いですなあ」

「いいから、読んでみ給え」

「えーと、これは河出書房新社版ゴーゴリ全集の第三巻の巻末の訳註でありまして、横田瑞穂という方のものです」

踊り椅子――踊り椅子のことはアー・エス・プーシキンもその日記（一八三三年十二月十七日）のなかで、つぎのように書いている。「市中ではいま奇怪な出来事について噂がたっている。主馬寮に属するある一軒の家で、家具が動きまわり、踊りだそうとしたというのだ。このことは上司の耳に達し、ヴェー・ドルゴルーキイ公は実情の調査を命じたのだった。つまり、ある官吏が僧侶を招いたところ、祈禱の際に椅子やテーブルがじっとしていることをいやがったというのである。これについてはいろいろ取り沙汰されている。ある者は言った、家具は宮廷用の家具だから、アニチコフ宮殿へ行きたがっているのだろうと」

4

「ふうむ……」

「ロシアの話は、退屈だったでしょうか？」

「いや、そうは申しておらん」

「では、もう少し続けさせていただいて、よろしいでしょうか？」

「キミ……」

「は？」

「その前に、煙草を一本くれ給え」

「あ、これはどうも、気がつきませんで、まことに失礼致しました」

「さっきから見ておると、キミはずいぶんとヘヴィ・スモーカーのようだな」

「どうも、つい話に夢中になってしまい、申訳ございません」

「いったい、灰皿に何杯分くらい煙にしておるのかね」

「はあ……勘定したことはないのですが」

「まあ、よい。それで長生き出来れば、いうこともなかろう」

「はあ、何とかセンセイと同じくらいまではと願ってはおるのですが」

「ウッフッフ……」

「どうぞ、この新しい方の灰皿をお使い下さい」

「ゴホン、ゴホン……」

「あっ、センセイ、大丈夫ですか」

「やはり、お口に合わなかったのかな」

「いや、久しぶりのせいであろう」

「そんならよろしいのですが……」

「何か星のようなものがついておるが、これは何かね」

「セブンスター、という煙草です」

「アメリカ物かい」

「いえ、国産品です」

「幾らかね」

「二十本入り二百円、でしたか」

「一本十円か」

「中の上というところだと思いますが」

「ところで先刻のロシア奇譚だが、一八三三年といったかな」

「えーと、そうです」

「一八三三年というと、天保年間の初期に当るな」

「はあ……」

「いや、調べなくともよい。わが為永春水の『春色梅児誉美』、それから広重の『東海道五十三次』が刊行せられたのが、確か天保四年のことであったが、その前後のあたりであろう」

「はあ……」

「それで、その主馬寮の〝踊り椅子〟とやらを日記に書いたというプーシキンなる露国文士は、プッシキンと同一人物かい」

「は？」

「つまり、プロスペル・メリメエが仏訳した『怪談骨牌の謎』の作者のことではないのかね」

「ははあ、わかりました。『スペードの女王』のことですね」

「左様、La Dame de Pique」

「いや、これはどうも恐れ入りました」

「何もキミが恐れ入ることもないであろう」

「いえ、先程はツルゲーネフのことで、何か失礼なことを申し上げたのではなかったかと思いまして……」

「わしと露国文士との取合せが、ということであろう」

「はあ、正直申し上げまして、何となく不思議といいますか……」

「ウッフッフ……」

「しかし、いま思い出しました」

「おや、何をかい」

「センセイの『断腸亭日乗』に、確か、メリメ訳の『スペードの女王』いや、『怪談骨牌の謎』と、それから、これもフランス語訳のチェーホフのことが書かれていたと思いましたが」

「チェーホフという人は、少々マジメ過ぎるようだねえ」

「はあ……」

「奇譚も書いていないようだし」

「それにしても『スペードの女王』を『怪談骨牌の謎』とは、よくも訳したもんだなあ」

「昭和人の口には合わぬかも知れぬな」

「ところが、最近、江戸趣味のマネゴトが一種の流行のようにもなっております」

「為永春水調がかい」

「春水と決ってるわけではないのですが」

「ははあ、テレビの宣伝文句だの、新聞の広告だのであろう」

「さすがセンセイ、これはおどろきました」

「しかし、テレビの宣伝文句だの新聞の広告文だのでは流行しても、春水を読む者はいないであろうが」

「仰言る通りです」

「庶民大衆は愚か、文士諸公においても、春水を寝転んで愛読出来る者が、果して何人おることやら」

「実は、いま『断腸亭日乗』を大急ぎでパラパラめくって探し出したのですが……」

「何をかね」

「つまり、日本語といいますか、言葉に関するセンセイの批判なのですが」

「読んで見給え」

「これが最もいい例かどうか、なにしろ大慌てで探したものですから」

「いいから、読んで見給え」

「えーと、これは岩波書店版『断腸亭日乗』㈣の、昭和十一年十月廿一日のところですが、まず、晴。新寒脈々《みゃくみゃく》たり。とあって、そのあと午睡、外出、食事などの記事がありますが、それは省略致しまして、最後の部分だけ読んでみますと……」


　銀座裏通の看板におうさかりようり（おほさかれうりト書クベキモノ）かほる（かをるノアヤマリ）など書きたるを見る。否定の意「ず」とあるべきを「づ」となしたるは写真画報の解説なり。（略）日本語及文字の行末はいかになり行くにや。

「と、いうことなんですけど、テレビ、新聞の広告文までご存知のセンセイのことですから、すでによくご存知だと思いますが、いまでは〝大阪料理〟は、〝おうさかりようり〟を通り越しまして、〝おおさかりようり〟になってしまいました。また〝かをる〟の方は、〝かおる〟でありまして、広辞苑はもちろん教科書もそうなっております」

「〝かほる〟と間違えるのは、むしろ高級というわけだな」

「これがセンセイの指摘された〝日本語及文字の行末〟でありまして、為永春水は愚か、センセイの『断腸亭日乗』だって、とても寝転んで愛読するなどというわけには参りません」

「これぞ昭和の児なりけり、か」

「いや実際、そのうち『断腸亭日乗』口語訳本が出るかも知れませんよ、センセイ」

「なるほど、出版商の考えそうなことだな。それに、一葉もすでに昭和語になっておるそうだし、鷗外先生、漱石ばかりか芥川全集にも註がつけられておるそうだからな」

「そうだな、こうなったら、いっそ『断腸亭日乗』の口語訳をやってみるかな」

「ウッフッフ……」

「は？」

「いや、キミに出来るかな、といっておるのだよ」

「ところで、センセイ、話を『怪談骨牌の謎』に戻しますけど、あれはメリメの訳ですか？　それともメリメの仏語訳をセンセイが春水調に再訳されたものですか」

「ウッフッフ……」

「ははあ、ごまかされましたな」

「まあ、キミの好きに想像し給え」

「といいますのはですね、いま大急ぎでプーシキンの年譜をめくって見たのですが」

「キミは、何かというと大急ぎでだの、慌ててだの、だねえ」

「どうも申訳ありません。なにしろ昭和人はセンセイのように記憶力がよくないものですから」

「まあ、よい。知ったかぶりよりは、その方がマシかも知れんしな。それで、プッシキン年譜がどうかしたのかい」

「それではセンセイ、おどろかないで下さいよ」

「おや、今度は脅迫かい。昭和人の図々しさについては日記にもずいぶんと書いたはずだが、そうだな、ひとつここで、キミの特技の大急ぎ、大慌てというやつで、その実例を一つ二つ探し出してもらおうか」

『断腸亭日乗』の中からですか？」

「左様」

「しかしセンセイ、岩波版は全七冊ですよ。それに一冊が、ご覧の通りの厚さです」

「しかし、大急ぎは、キミの特技であろう」

「昭和人も図々しいかも知れんが、明治の児の強引さも相当のもんだなあ」

「何？」

「あ、きこえましたか？」

「そこに、何か紙片のようなものが挟んであるのは、何かな」

「いや、これは昭和人とは無関係の部分ですから」

「まず、そこを読んで見給え」

「しかし……これは……」

「読んで見給え」

「しかし、センセイ、本当にいいんですか」

「おや、また脅迫だ。いいも悪いも、それは発禁本ではあるまい。歴とした岩波書店の刊行本であろう」

「それはそうですけど……」

「けど、何かい」

「では、この紙片を挟んだところ、ですよ」

（昭和十一年）一月三十日。晴れて風烈し。去冬召使ひたる下女政江西洋洗濯屋朝日新聞其他自分用にて購ひたる酒屋のものなど其勘定を支払はず行方不明となりしため朝の中より台処へ勘定を取りに来るもの三四人あり。其中呉服屋もあり。政江といふ女わが家に殆二ケ月程居たりしが暇取りて去る時余に向ひては定めの給料以外別にゆすりがましき事を言はず、水仕事に用ゆるゴムの手袋と白き割烹着とを忘れ行きしほどなれば、金銭の慾なく唯しだらなく怠惰なる女なるが如し。貸したるものも催促せぬ代り借りたるものも忘れて返さぬといふやうな万事無責任なる行をなすものは女のみならず智識ある男子にも随分多く見る所なり。西洋人には少く支那人にも少く、これは日本人特徴の一ツなるべし。三四十年来の事を回想して手切金を取らずに去りし女まづこの政江一人なるべし。つれぐなるあまり余が帰朝以来馴染を重ねたる女を左に列挙すべし。


「ふうむ……」

「そしてこのあとに、えーと、十六名の女性が列記されております」

「ふうむ……」

「そして、名前の下に、例えば《柳橋芸者にして余と知り合ひになりて後間もなく請負師の妾となり、向嶋曳舟通に囲はれ居たり、明治四十一年のころ》といった具合に、関係を持たれた経緯、身請金額、出生、交渉期間、手切金額、中には別れたあとの消息、親の職業まで書き込まれたものもあります」

「昭和十一年一月といったな」

「そうです。確か日記によりますと、『濹東綺譚』の起稿日はその年九月二十日となっておりますから、その少し前ですね。十六名の女性との交渉期間は明治四十一年頃から昭和十年秋頃までです」

「ウッフッフ……」

「どうしますか、センセイ。もう一個所紙片を挟んだところも読みますか？　それとも止めて置いて、昭和人批判の部分の方を大急ぎで探すことにしますか？」

「どうして止めるのかね」

「だって、昭和人批判の部分を探せというのが先生のご注文だったわけでしょう」

「しかし、キミがわざわざ紙片を挟んだページではないかね。それに、わしが書いた文章を他ならぬこのわしの面前で朗読するのを、誰に憚る必要があるというのかね」

「わかりました。読みゃあいいんでしょう。同じく昭和十一年の……」

二月廿四日。昨夜霽れわたりし空再び曇りて風また寒し。午後徒に眠を貪る。燈刻銀座に往かむとせしが顔洗ふが面倒にて家に留り、夕餉の後物書かむと机に向ひしが何といふ事もなく筆とるに懶く、去年の日誌など読返して徒に夜をふかしたり。老懶とは誠にかくの如き生活をいふなるべし。芸術の制作慾は肉慾と同じきものの如し。肉慾老年に及びて薄弱となるに従ひ芸術の慾もまたさめ行くは当然の事ならむ。余去年の六七月頃より色慾頓挫したる事を感じ出したり。其頃渡辺美代とよべる二十四五の女に月々五十円与へ置きしが、此女世に稀なる淫婦にて其情夫と共にわが家にも来り、また余が指定する待合にも夫婦にて出掛け秘戯を演じて見せしこともたび〳〵なりき。初めの程三四度は物めづらしく淫情を挑発せらるゝこともありしが、それにも飽きていつか逢ふことも打絶えたり。去月二十四日の夜わが家に連れ来りし女とは、身上ばなしの哀れなるに稍興味を牽きしが、これ恐らくはわが生涯にて閨中の快楽を恣にせし最終の女なるべし。色慾消磨し尽せば人の最後は遠からざるなり。依てこゝに終焉の時の事をしるし置かむとす。


「それだけかい」

「このあと、遺体の処理、葬儀無用のこと、財産処理のこと、全集出版のこと、銀行の定期預金のことなど、七箇条が記されておりますが、省略しました」

「おや、どうしてかい」

「どうしてって、センセイ、このあとセンセイは昭和三十四年まで、二十三年間も生存されたじゃありませんか」

「おや、生存して悪かったかい」

「困るなあ、こんなところでカラまれちゃあ。そういう意味ではありません」

「じゃあ、どういう意味かい」

「生存されただけでなく、センセイはこのあと、ほとんど毎日のように土州橋の病院とかへ通ってホルモン注射を打たれるでしょう。そしてその足で、玉の井ですよね」

「おや、ホルモン注射を打っちゃあ、いけなかったかい」

「そうはいっておりません。いや、それどころか、そのお蔭で、いまわれわれはセンセイの『濹東綺譚』を読むことが出来るわけですからね。それにしても、朝日新聞の原稿料二千四百余円というのは、オドロキですねえ。しかも、前金と来ている。『濹東綺譚』はセンセイ、原稿用紙で何枚ですかね？」

「ウッフッフ……」

「新潮文庫本で七十四、五ページですから、まあざっと百枚として、一枚二十四円強ですか」

「まあ、あれは新聞だからな」

「しかも、新聞社からの出版を断わって、その理由が、えーと、連載が終る頃だから、昭和十二年六月頃ですか」

「また特技の大急ぎ、かい」

「ありましたよ、センセイ。昭和十二年六月十一日の日記に、こうあります。《午後日高丼皐君来りて朝日新聞社出版部とやらにて新聞連載中の余が小説を単行本にして出したき由、伝達を請はれたりといふ。余曰く毎日連載の文中誤植平均五六字を下らざる処にて単行本出版は依頼しがたき旨御返事あるべしと。丼皐君笑つて痛快となす》と――」

「ウッフッフ……」

「あ、それから、そのすぐ手前のページに、いいものが見つかりました」

「おや、そうかい」

「六月九日の途中からですが、これは彦太屋という娼楼に泊った翌朝ですな。《浅草松屋食堂にて朝飯を喫す。蜆汁玉子焼香物にて価二十銭なり。但し蜆も玉子も危険なれば口にせず。銀座第百銀行に立寄り帰宅の後直に眠りて正午に覚む。読書執筆例の如し。夜十二時出でゝ芝口の金兵衛にて茶漬飯を喫し、北里の河内屋に宿す。此日冷湿深秋に似たり。余が敵娼客三人ありとて喜びゐたり。（欄外）養魚処の蜆は腐りやすき由聞きたることあり》というわけなんですが、浅草松屋食堂の朝飯が二十銭の時代なんですねえ」

「いまは幾らかね」

「さあ、そうなるとよくわかりませんが」

「では、ざるそば一杯、幾らかい」

「待てよ、えーと、四百円か五百円じゃないかなあ」

「大急ぎは特技のようだが、どうやら物価の方はダメのようだねえ」

「そりゃあ、センセイにはかないませんよ。そこで、せめて特技の大急ぎでもう一つ探しますと、こんなのが見つかりましたよ。これは『濹東綺譚』起稿の少し前で、ははあ、阿部定事件の直後ですねえ」

「あの切取り事件は、確か五月半ば頃であろう」

「その通り。昭和十一年五月十九日の日記の終りに《銀座久辺留《きゆぺる》に立寄るに今朝新聞に出でたる男殺しの噂とりぐ〳〵なり》とあって、その下に小さな字で《中野薬師の待合の亭主その情婦のために絞殺せられ陰茎を切取られし事件なり、犯人の行衛未だ知れずと云ふ》と書き込まれてます。といっても、もちろんこれは印刷ですけど。そして翌五月二十日、やはり日記の最後に《昨日来新聞の紙面を賑はしたる男根切取りの女、今夕品川八ツ山の旅館（品川館）にて遂に捕へられし由》とあります」

「何か見つけた、というのはそのことかね」

「あ、そうか。これはどうも失礼致しました。見つけたというのは、その阿部定逮捕の翌々日、つまり五月廿二日の日記です」

「読んで見給え」

「そうですね、これは短いですから。《晴。中央公論の島中君書を寄す。拙稿の随筆は一枚十円小説は十二円に致せし由なり。午後隣家の人来り地代値上げ反対運動の事を告ぐ。夜雨》と書かれております」

「十二円ねえ、新聞よりはだいぶ安いな」

「しかしですねえ、センセイ、朝飯二十銭時代なんですよ」

「それを、ざるそば一杯四百円だか五百円だかの現代に換算すると幾らに当るか、ということかい」

「いったい、幾らになりますかねえ」

「それはキミが勘定し給え。幾ら物価がニガ手なキミでも、そのくらいの勘定は出来るであろう」

「まあ、そのくらいは出来ますけど」

「しかし待てよ、先刻キミは何とかいったねえ」

「は？」

「昭和人はこれだから困る。先刻キミが、センセイおどろかないで下さいよ、とか何とかいったのは、このわしの原稿料の話とは別であろう」

「あ、そうか。しかし……」

「しかし、何かい」

「しかしですねえ、センセイの昭和人というか、現代人批判の部分、つまりその実例を大急ぎで探せといわれたのは、センセイですよ」

「では、いまから探し給え」

「しかし、ところがですよ、わたしが探そうとすると、センセイは、わたしが『断腸亭日乗』に挟んで置いた紙片を見つけて、わたしはそれは無関係だといったのですが、どうしてもそこを読めという。それで、話がこんぐらかって……」

「それで、このわしを、おどかそうと思いついたことを忘れたわけかい」

「ま、そういうことです」

「では、思い出し給え」

「困るなあ、センセイ。これだから明治人は無茶だというんだ」

「おや、アベコベに明治批判かい」

「だって、探せといったかと思えば、今度は思い出せ、では無茶というもんでしょう」

「じゃあ何かい、キミが勝手に思いついたことを、このわしが思い出さなきゃあ、いけないのかい」

「それじゃあ、昭和人批判の実例を探す方はいいのですね」

「何も、そうはいっておらんよ」

「じゃあ、どうするんです？」

「そちらはあとまわしにして、為永春水の方を先にし給え。いや、待てよ、それともプッシキンの方だったかい」

「あ、そういうことでした！」

「やれやれ、これが昭和の御代の大学教師というものかねえ」

「センセイは先程、『春色梅児誉美』の刊行は天保初期といわれましたね」

「それがどうかしたのかい」

「では、正確には天保何年だと思いますか」

「おや、またクイズかい」

「いま大急ぎで年表を見たんですが、『梅児誉美』刊行は天保四年、すなわち一八三三年となってます。そして、その同じ一八三三年に、プーシキンは『怪談骨牌の謎』すなわち『スペードの女王』を書いているわけですよ、センセイ」

「そうかい、あのプッシキンのものも天保四年の作なのかねえ」

「だって、一八三三年は天保四年、これはもう決ってるわけですから」

「何も、嘘だろう、とはいっておらんよ」

「もちろんこちらも、そんなことでセンセイが素直におどろくだろうとは、はじめから思っておりませんけど」

「事実、いささか大山鳴動ネズミ一匹、の感じでもあるがな」

「しかし、偶然としても、面白い一致とはいえるでしょう」

「それと、何だな、少なくとも『怪談骨牌の謎』の訳が生きて来るであろう」

「ははあ、するとやはりこの一致は、センセイにとっては相当なものだな」

「まあ、閑話のタネくらいにはなるであろうな」

「あ、そうそう、その閑話でいま思い出したんですが……」

「キミは、何でもないときには、とつぜんあれこれ思い出すようだな」

「いや、実はこれは、だいぶ前から一度おたずねしようと思っておったのですけど」

「だいぶ前とは、いつ頃のことかね」

「つまり、他でもない、こうしてセンセイとの会話というか、対話というか、要するにお喋りをはじめてからです」

「で、何をききたいのかい」

「しかし、いまは引っ込めることにします」

「おや、今度はまた、ずいぶんとおとなしいことだね」

「いや、これをやり出すと、またまた肝心な何かを忘れちゃって……」

「糸の切れた凧になるというのかい」

「まあ、そういうわけです」

「いいから、いって見給え。何なら、糸探しは手伝ってやるから」

「これはまた、センセイにしてはずいぶん親切で、気味が悪いなあ」

「おや、ずいぶんと人聞きの悪いことをいうじゃないかね」

「いや、これはどうも失礼致しました。では、お言葉に甘えまして……いや、やっぱりいまは止めて置きます」

「そうかい、まあ、好きにし給え」

「いや、誤解されては困るのですが、なにしろこれをはじめると、たぶん二葉亭が出て来ることになると思いますから」

「ふうん……」

「つまり、断腸亭対二葉亭、という問題にならざるを得ないと思うわけです」

「……」

「そうでしょう、やっぱり。そうなるとセンセイも厄介だろうと思いますし……」

「……」

「それに、折角センセイのお好きな為永春水の話に戻ったところですから」

「……」

「というわけで、いまのはご破算ということに、いや、断腸亭対二葉亭の件はいつかあらためて、ということに致しまして……」

「……」

「センセイがメリメ訳の『スペードの女王』すなわち『怪談骨牌の謎』を読まれたのは、『濹東綺譚』を書かれる前でしたかね、それとも……」

「そんなことは、キミが調べ給え」

「はい。やっぱり、二葉亭がまずかったかなあ」

「何も、いま調べよ、とはいっておらんよ」

「はあ……」

「いずれにせよ、例の日米戦争開戦の前であろうな」

「日本では、神西清という人の訳が、確か昭和八年頃に出たのだと思いますけど」

「おや、そうかい」

「もちろんセンセイは、日本語訳など無用だったと思いますけど……」

「何も、そうはいっておらんよ」

「はあ……センセイの日記に出て来るチェーホフは、メリメの訳ではないようですね」

「そりゃあ、キミ、時代が違うんじゃないのかい」

「はい。仰言る通りです。プーシキンの他にメリメは、ゴーゴリも訳していますね」

「いつかの、農奴の鼻が逃げた話かい」

「農奴ではなくて、逃げまわるのは八等官の鼻ですけど」

「その奇譚は、キミにきいただけなんだが」

「ゴーゴリのものは、初期の『ディカーニカ近郷夜話』から、『ネフスキー大通り』『肖像画』『狂人日記』から『外套』まで、奇譚といえば、みな奇譚ですからね」

「しかしキミ、メリメに一等ぴったりなのはプッシキンだよ」

「はい、仰言る意味はよくわかります。また、メリメの『スペードの女王』がなかなかの名訳だということも伝えきいておりますけど、ただ……」

「ただ、何かね」

「ただ余りに名訳過ぎて、『スペードの女王』をメリメの作品だと思い込んでいたフランス人も多かったらしいですね」

「露国文士としては、それこそ作家冥利に尽きるというものであろう」

「しかしセンセイ、メリメは翻訳だけでなく、プーシキンの評伝も書いてますね。もちろんセンセイはご存知でしょうけど」

「だから、冥利といっておるのさ」

「なるほど、センセイの目から見れば、そういうことになるでしょうね」

「おや、何か不服かい」

「いえ、不服というのではありませんけど」

「じゃあ、ひとつたずねるがね、あの小説はフランス抜きで成り立つかい」

「なるほど」

「あの小説は、パリ抜きで成り立つかい」

「確かに、あそこに出て来る老伯爵夫人に、問題の〝骨牌の謎〟を教えたのは、パリの何とかいう伯爵だったなあ」

「サン・ジェルマン伯、であろう」

「そう、そう。あるときは不老不死の仙丹を作るさまよえるユダヤ人ふうの錬金術師とも呼ばれ、またあるときはペテン師とも呼ばれ、そして、カサノヴァの『回想録』によれば、どこかのスパイだったとかいう怪人物……」

「左様、いわゆる百鬼夜行の十八世紀フランス宮廷の社交界だねえ」

「そこで、嘘かマコトか、若かりし頃の老伯爵夫人に、政界の何とかいう大物がいい寄ったとか……」

「好色絶倫男として名高かった、リシュリューであろう」

「なるほど、ゼツリンねえ」

「しかしキミ、プッシキン氏も、露国社交界において、なかなかの助平詩人であったそうではないかな」

「そうらしいですねえ。ただ、プーシキンの方は、ゼツリンというには余りに若死ですなあ」

「幾つかね」
「えーと、一七九九年のロシア暦五月二十六日生れで……」
「その露暦を新暦に直すのは、何日を加えるんだったかい」
「えーと、この年譜によりますと、新暦では六月七日となっておりますから……」
「十二日を加算するわけだな」
「えーと、それで、決闘が一八三七年の同じくロシア暦一月二十七日、そして死んだのが二日後の一月二十九日となっておりますから、満三十七歳ですか」
「決闘の相手は、フランス人じゃあなかったかい」
「フランス系の近衛騎兵士官ジョルジュ・ダンテス」
「決闘の原因は、美人のかみさんをめぐるスキャンダルであろう」

5

「ところで、露国詩人プッシキン氏は、フランス語は出来たのかい」
「そりゃあ当然、出来たと思います」
「まあ、当時の露国貴族はフランスかぶれであったろうからな」
「何でも彼は、十一歳だかのとき、フランス語で詩を作ったそうですし、この『スペードの女王』の各章のエピグラフも、フランス語で幾つか書かれてましたでしょう」
「おや、そうかい」
「なるほど、センセイはメリメの仏訳で読まれたわけか」
「どこかにダンテの文句が出て来たであろうが」
「ははあ、リザベータという例の老伯爵夫人の養女が身の上を嘆くあたりでしょう」

「ゲルマンとかいうドイツ系の青年士官にだまされた娘だな」

「そうです、そうです。そういえばセンセイは、あの文句を確か日記の中にメモしておられましたね」

「おや、これはまた、記憶嫌いの昭和人にはお珍しいことだな」

「これはどうも恐れ入ります。ただ、正直申しますと、あれにはちょっと意外な気が致したものですから」

「おや、何がかね」

「つまり、センセイがあの文句をわざわざメモされたことが、です」

「では、探して、読んで見給え」

「神西清訳でよろしいでしょうか」

「ふうむ……」

「これなら、すぐに見つかりますから」

「まあ、よいであろう」

「それに、確かセンセイのメモは、フランス語の引用だったと思いますので、お恥かしい話ですがわたしには正確に読めませんので」

「なら、好きにし給え」

「それでは、えーと、あの部分は神西訳ではこうなってます。《リザヴェータはほんとうに不幸な娘であった。〝他人のパンは味わい苦く〟とダンテはいう、〝他人の楷《はし》は踰《こ》ゆるにかたし。〟もし束縛の絆が、高貴な老夫人のもとに養い取られた哀れな娘の身にこたえぬとしたら、他の誰がその苦さを知ろうか》――となっておりまして、文中のダンテの言については、次のような注があります。《天堂篇第十七歌、五八―六〇行。山川丙三郎氏の訳文を拝借した》」

「それで、キミが意外というのは、どういうことかい」

「まあ、そう正面からいわれますと、何だか困るわけですけど」

「わざわざメモするには、いささか陳腐に過ぎる、といいたいのであろう」

「はあ、それもありますが」

「それに、いささかお説教ください」

「はあ……しかし、そこまでおわかりになっていて、ではどうしてわざわざメモされたのでしょうか？」

「それはたぶん、露国文士の小説中に、ダンテの句の引用されておるところが珍しかったためであろうな」

「ははあ、なるほど」

「何かね、その、なるほど、というのは」

「はあ、つまり、その、センセイのそういった眼は、あそこに出て来た老伯爵夫人の眼と同じではないかという気がしたものですから」

「例の、パリの社交界でサン・ジェルマン伯からカルタの秘密を教わり、絶倫男リシュリューにいい寄られたという伯爵夫人かい」

「そうです、そうです」

「もう少し、わかりやすくいって見給え」

「はあ……それは例えば、いまのダンテの句が出て来るすぐ前のところですが、こんな場面が出て来ます。会話が混っておりますので、うまく要約出来ませんので、ちょっと神西訳で読んでみますと——」

「ポール」と伯爵夫人が衝立の陰から呼んだ、「何か新しい小説を届けておくれでないか。でも今様趣味のだけはお断りですよ。」

「とおっしゃると、お祖母《ばあ》様。」

「つまり、親を踏みつけにする人間や、水死人の出て来ないのにしてもらいたいのさ。私は水死人はあまり好かないのでね。」

「お望みのようなのは今どきありませんよ。いっそロシアのではいかがです。」

「おや、ロシアに小説があるの。じゃあお前、それにしよう。きっと届けておくれ、待っていますよ。」

「ポールというのは、老伯爵夫人の孫で、近衛の騎兵少尉で、たまたま伯爵夫人に何か頼みにやって来てたんですね。一方、伯爵夫人はどこかのパーティに出かける前で、下女たちに身仕度をさせている。そういう二人の会話なんですけど……」

「けど、何かい」

「このあと身仕度を終った老伯爵夫人がリーザ、つまり、リザベータを呼ぶ。ただいま身仕度をしておりますというと、まだ早いから、ここへ来て読みかけの小説の続きを読んできかせよ、という。それで、とんで来て読みはじめると、何というバカ気た本だろう、さっさとこんなもの何とか公爵に返してしまえ、という。そして、とつぜん馬車の仕度はどうなっているというので、すでに用意はととのっていると答えると、リーザに向って、何をぐずぐずしているのだ、さっさと着換えをして来ないか、という……」

「ちょっと待ち給え」

「は？」

「何だか話がおかしいのではないかい」

「はあ……ちょっと話がズレましたか？」

「ズレは毎度のことのようだが、いったいいま話しているのは、誰のことかね」

「もちろん、老伯爵夫人のことです」

「それはわかっておるが、そのロシアの老伯爵夫人とこのわしの眼とが同じだ、とか何とかいうことではなかったのかい」

「はあ……」

「それは、ダンテの句についてではなかったのかね」

「つまり、ダンテの句についてであるということは、すなわちロシアについて、ということになり、ロシアについてということは、すなわち、フランスとロシアの関係ということになりますので、つい……」

「話がズレた、ということかい」

「いえ、この場合は、決してズレてはいないつもりですが……」

「そうかい、昭和人の頭じゃあ、これでズレておらんというわけかい」

「それに、なにしろ、いま申し上げた三つの問題は、互いに絡まり合い、重層しておりますものですから、こういう手順でお話を致しませんと、どうもうまく前へ進まないものですから……」

「例の、昭和人の脱臼というやつかい」

「は？」

「例の、右手と左手とがバラバラっていうやつかね、といっておるのさ」

「いや、これはどうも恐れ入ります。それに、問題はまさしく、そのバラバラにあるのでありまして、われわれは、いかにしてバラバラ人間になったか？　であります。ただ、そのバラバラ人間への道というのが、なかなかどうも、厄介でありまして、うまく真直ぐにお話出来ないものですから、おきき苦しいとは思いますが、こうやってあちこち廻り道をしているわけでありまして……」

「それにしても、この昭和人のバラバラ病とやらは、かなり重症じゃあないのかねえ」

「あるいはそうかも知れません。しかし、われわれだって、ある日とつぜんバラバラ人間になったわけではありません。これには、当然のことながら、歴史的な原因と歴史的な潜伏期間があります」

「つまり、黴毒《ばいどく》みたいなものかい」

「いかにも、これは黴毒のようなものかも知れません。実際、それは西洋に感染したわけですからねえ……そしてこの昭和人のバラバラ病のもとは、そういっちゃあナンですけれども、そもそもの原因は明治人にあるわけですからねえ……」

「おや、今度は黴毒菌扱いかい」

「困るなあ……」

「じゃあ、バラバラ事件の犯人かい」

「そう簡単にいえれば苦労はしませんよ。それが、そううまく出来ないからこそ、こうやって、あちこち廻り道をしてるわけじゃあありませんか」

「まあ、それがバラバラ病の特徴なのであろうがな」

「ではセンセイ、こう致しましょう。この廻り道が一通り済みましたら……」

「本当に済むのかい」

「困るなあ、そう半畳を入れられたんじゃあ」

「まあ、よい。ただ、廻り道がクレタ島の迷宮になってしまっても、わしのせいではないことにして置いてもらうよ」

「縁起でもないこといわないで下さいよ。こちらはこれでも、話を一寸でも一尺でも進めようと努めてるんですから」

「ふうむ……」

「それで、廻り道が済むとして、どうなのかい」

「そのときは、ひとつ、センセイの詩を朗読させていただく、というのは如何でしょうか」

「お気に召しませんか」

「いや、そうは申しておらん」

「では、そういうことで、もう少しこの廻り道につき合っていただけますか」

「その、わしの詩とは『珊瑚集』のことかい」

「やはり、訳詩集よりは、『偏奇館吟草』の中から選ばせていただきたいと思っておりますけど」

「どうも昭和人の頭というやつは、理解しにくいものだねえ」

「『偏奇館吟草』ではお気に召しませんか」

「そうは申しておらん」

「では、何か？」

「昭和人の頭のことだよ」

「どうせ、明治人の記憶力にはかないませんよ」

「そうではなくて、いったいバカなのか、老獪なのか、さっぱりわからんといっておるのさ」

「は？」

「まあ、よい。続け給え」

「では、お言葉に甘えまして……といいたいところなんだが……」

「おや、すでに早くもクレタ島かい」

「センセイが半畳を入れたせいですよ」

「ウッフッフ……」

「ちょっと待てよ……」

「出そうで出ぬのが、昭和人の何とやらと、老伯爵夫人の何とやら、ということらしいねえ」

「いや、これはどうも、一本参りました」

「わかれば、よい」

「では早速、でもないかな……とにかく『スペードの女王』に戻りますと、老伯爵夫人はさっさと外出の身仕度をするようリザベータをせかせる。リザベータがあわてて外出用のマントを羽織り帽子をかぶって出て来ると、そんなにめかし込んで、いったい誰に見せる気だね、という。それから従僕に天気をたずねる。至極おだやかな天候だと従僕が答えると、いや、こんなに風があるではないか、という。そして、今日の外出は取り止めだ、という……」

「キミ……」

「そこで《なんというみじめな境涯だろう》というリザベータの嘆きが入りそのすぐあとに、さっきのダンテの文句が出て来る。そしてセンセイは、メリメ訳のその部分を『断腸亭日乗』にメモして、その理由を、露国小説にダンテが登場するのは実に珍しいと思ったため、といわれた。そしてそれこそ、明治知識人の、ロシアを見る眼の典型ではないかと思うわけです」

「おや、さっきの話じゃあ、老伯爵夫人の眼と同じ、とかいうことじゃあなかったのかい」

「さすが明治人の記憶力は大したものです。それをおぼえて置いていただければ、あとは話が早《は》えーや、ということです」

「そうかい、クレタ島行きにはならずに済みそうかい」

「つまり、センセイの詩を朗読させていただけるのも、そう遠い先のことではない、ということですけど、ここで余計なお喋りをしていると折角の希望がまたまた遠のくおそれもありますので、先を続けますと、例のダンテの句の次に、老伯爵夫人が孫の近衛将校に小説を頼むところがありましたでしょう」

「あったもなかったも、キミが勝手に読んだのであろうが」

「それはそうかも知れませんが、しかし、決してそれは廻り道のための廻り道ではない、ということです。それと、これが肝心なところですが、まず、《でも今様趣味のだけはお断りですよ》と老伯爵夫人がいうところ。それから《お望みのようなのは今どきありませんよ。いっそロシアのではいかがです》と孫がいうと、《おや、ロシアに小説があるの》と老伯爵夫人がいうところ。これは、いったい、どういう意味だと思われますか？」

「テストはいいから、先を続け給え」

「ではそうさせていただきますが、これは要するに、老伯爵夫人が読んで来たのは、といっても、いまではほとんどリザベータに音読させているわけですが、フランスの小説だったということなのです。そしてそれは、一人老伯爵夫人のみならず、当時のロシア貴族社会全体がそうであったということでしょう。つまり、小説といえばフランス、これが常識だったわけです。もちろん、社交界の会話もフランス語です。フランス語で読んだフランスの小説をフランス語で喋り合うこと、これが当時のロシアの貴族社交界の教養であり、話題だったということでしょう。そしてこれが、『おや、ロシアに小説があるの』という老伯爵夫人の言葉の背景だと思います」

「しかし、事実そうだったのであろう」

「ま、そういうことです。なにしろ、ロシアの近代小説というものは、他ならぬプーシキン自身からはじまっているわけですから。もっとも彼は、この『スペードの女王』の前に『エウゲニー・オネーギン』を書いています。これはまあ、一言でいえば、バイロンのパロディーで、『チャイルド・ハロルド』あるいは『ドン・ジュアン』のロシア版ということになっていますが、幸か不幸か、老伯爵夫人の目には止っていないらしい。小説では、そういうことになっている。ということは、ロシア貴族社交界の話題にはなっていない、つまり無視されているということですが、この小説のミソは、それを作者自身が自作の中で、老伯爵夫人にいわせたところではないかと思います」

「それが当時の露国社交界への諷刺、カリカチュアであることくらいは、キミにきかなくともわかると思うがねえ」

「これはどうも恐れ入ります。そして、いかにも仰せの通りであります。それに、このプーシキンという男は、大変な笑い上戸だったとかで、ときどき作中において悪ふざけのようなこともやります。ただ、どういうものかわが国では、彼の笑い上戸の方は余り好まれませんようで、専ら白面の桂冠詩人、ロマンチックな愛国詩人の方面のみに人気が傾いているようですが、それはまたどこかでということにして老伯爵夫人に戻りますと、つまり、当時のロシア貴族どもは、ロシア人の眼でなく、フランス人の眼でロシアを見ていた、というわけです。文明的、文化的先進国であり、その模倣によって自らを近代化したところの、つまり、お手本であるところのフランス人の眼でです」

「それで、何かい、それが老伯爵夫人の眼つきとわしの眼つきが同じだ、ということなのかい」

「眼つき、ではなく、眼です。つまり、これは一種の譬喩という意味ですけど、わが国の知識人もこれまたロシア貴族と同じでありまして、例えば英語を学んだものは先進国英国人の眼で、仏語を学んだものは先進国フランス人の眼で、また、独語を学んだものは先進国ドイツ人の眼で、〝野蛮国ロシア〟を見ていたのではなかろうか、ということです。そして、それは知らず知らず、いつの間にかそうしていた。つまり、そうなっている自分の目には無意識であった、ということなのです」

「そしてそれは、日露戦争勝利のせいだ、とこういいたいわけかい」

「もちろん、それだけとは申しませんけど」

「では一つたずねてみるが、日清戦争はどうなるのかね。日清戦争は、わしが十六、七の年であったが、わしが『水滸伝』『西遊記』『演義三国志』などに読み耽ってこれに魅了され、続いて岩渓裳川師について漢詩作法を学んだのが、まさにその頃であった。そして、わしが外国語学校支那語科に入ったのは、日清戦争後のことだからな。もっとも学校の方は間もなく廃捨致した。そのへんのことはキミなども年譜なんぞで知っておると思うが、しかし『紅楼夢』の価値が、日清戦争などというものによって変るものでないことくらいは、幾らバラバラ病の昭和人といえども、わかっておるであろう」

「いや、その点センセイには、まったく敬服の他ありません。センセイは漢語を学んで漢詩、漢文を敬愛され、清語を学んで『紅楼夢』を敬愛された。また、フランス語を学んでボードレール、ヴェルレーヌ、ゾラその他を敬愛された。そしてその態度は、およそ戦争などというものによっては、いささかも変形させせられることなく、終始一貫されました。ですから、例えばロシアを見る眼も、フランス一辺倒の眼でなかったことは、当然だろうと思うわけです」

「わかればよい」

「ただ、やはり……」

「おや、わかったのではなかったのかい」

「ただ、やはり、日清戦争と日露戦争は同じではありません。もちろんこれは当り前のことなのですが、ここで申し上げる意味は、日清戦争に勝つまでもなく、明治の文明開化そのものが、いわゆる〝和魂漢才〟から〝和魂洋才〟への急変だったということです。そしてそれは明治日本の近代化の理想であり、ために知識人たちの理想となったわけです。ところがセンセイは、わが明治近代日本が、まるで破れ草履か古歯ぶらしのごとく捨て去った〝漢才〟の方も、単なる趣味教養以上に身につけてしまった」

「わしの国家、軍、官憲への嫌厭は、『断腸亭日乗』に明らかであろうが」

「そしてそのセンセイの〝洋才〟と〝漢才〟は、いつかも申し上げました通り、あたかも右手と左手のごとく、つながったわけです」

「然るに昭和人は、それが脱臼だか捻挫だかで、バラバラ病を起した、ということだったな」

「いかにも、そういうことなんですけど、ここでもう一度『スペードの女王』に話を戻しますと……」

「おや、またかい」

「確か、まだ、ダンテの件が残っていたと思いますけど……」

「まあよかろう。ただし、手短かにな」

「では、ご注意に従いまして、極く手短かに申し上げますと、なるほどロシアは西欧諸国からは後進国であったが、わが日本にとっては、その反対であったということです。早い話、ピョートル大帝が、《ヨーロッパよりもヨーロッパ的な》首都ペテルブルグを建設したのは、いつだったと思われますか?」

「クイズ、テストの類は一切ぬきにし給え」

「それではそうさせていただきますが、いま大急ぎ年表を見ますと、西暦一七一二年であります。これは、わが国の正徳二年に当り、六代将軍家宣の時代です。そして、こんなことをセンセイに申し上げては、それこそ釈迦に説法の見本みたいなものと思いますけど、同じ年表に例えば、この年、新井白石蘭人に西洋事情を聴く、などと書いてあります」

「中学校の歴史は、省略し給え」

「これはどうも恐れ入ります。では、ご注意通り、そのあと百年余りを省略しまして、いきなり『スペードの女王』に戻りますと、この小説が書かれたのは、為永春水が『春色梅児誉美』を書いた天保四年、すなわち一八三三年でした。また『オネーギン』はその前、一八三〇年に完成しております。そしてこれが、ロシア近代小説のはじまりということになっておりますから、ピョートル大帝のペテルブルグ建設以来、約百二十年を経て、ようやく近代小説が誕生したことになります。

然るに、明治元年は、中学校の歴史ふうで恐縮ですけど、西暦一八六八年でした。もちろんロシアの近代化は、ピョートル大帝のペテルブルグ建設以前からはじまっておりました。しかし、ここでは、それ以前つまり端数は切り捨てまして、便宜上ペテルブルグ建設をわが明治元年として考えますと、小学校の算数で計算致しまして、わが明治の近代化はロシアより遅れること百五十六年という勘定になります。

いや、はや、われながらいささかバカバカしくなって来ました。もう止めます。ただ、もう一度だけ繰り返させていただきたいのは、ペテルブルグ建設からプーシキンの近代小説が誕生するまで、百二十年を要したということです。然るにわが〝明治百二十年〟は、西暦一九八八年で、われわれはまだあと何年か生きなければ、そこに到着致しません。つまり、わが国の近代小説に、まだ『オネーギン』『スペードの女王』が誕生しないのは、当然かも知れぬというわけであります」

「では、二葉亭はどうなるのかい」

「いかにも、二葉亭はわが国のプーシキンに相当する存在です。ただ、いかんせん、『浮雲』はわが明治近代化後、わずか二十年の産物です。百二十年と二十年、この百年の差はいかにわが二葉亭の才能努力をもってしても、埋められるものではない。内海文三は、百年早過ぎたオネーギン、ということではないでしょうか」

「おや、あれはオブローモフとかいう、三年寝太郎がモデルじゃなかったのかい」

「二葉亭をプーシキンに当てはめたのは、あくまで、文学史としてであります。それに、いまセンセイがおっしゃった『オブローモフ』というのは、『オネーギン』より更に三十年近くあとのものですから、それとの比較ということになると、それこそ内海文三は百三十年早過ぎたオブローモフという勘定になります。そして、その分、二葉亭四迷の栄光と悲惨の度合いも、更に大きくなるということでしょうね」

「いつぞやキミが、二葉亭対断腸亭なぞといっていたのは、いまのことかい」

「もちろん、無関係ではないと思いますけど、はっきりいえば、それは言文一致、散文について両者は対立衝突するだろう、ということです。なにしろ、センセイの〝漢才〟に対して、あちらは、漢文を〝美文素〟として排する主義ですから」

「おや、排するほどに、彼には漢文の素養があったのかい」

「ほら、早くもこの調子だ」

「え?」

「いや、その二葉亭対断腸亭の対決の場をこの目で見学したい気持は、もちろんわたしとて山々であります」

「見学かい」

「いや、見学だけでなく、論議の末端にでも加えていただければ、それこそ光栄至極に存じますが、ただし……」

「おや、また引込めるのかい」

「決して逃げるわけではございません」

「自分でちらつかせて置いて、逃げるも逃げないも、ないであろう」

「でもセンセイ、それをいまここに持込んでご覧なさい。それこそ、クレタ島の迷宮行きを覚悟せねばなりませんよ。ということは、つまり、センセイの詩を朗読させていただく可能性も怪しくなって来るということです」

「おや、ストリップのあとは、脅迫かい」

「ストリップ?」

「ちらつかせては、引込める。すなわちストリップであろうが」

「センセイ、最近のヌード劇場では、そういうストリップはなくなりました」

「それで、ダンテはどうなのかい」

「あ、これはどうも失礼致しました。では大急ぎで結論から申し上げますと、ダンテなんぞ、あそこではどうでもいい、ということではないのでしょうか」

「それじゃあキミ、キミのいう廻り道はペテンだったということかい」

「ペテン？」

「どうでもいいもののために、これだけの廻り道をつき合わせたのだから、立派なペテンというものであろう」

「これはどうも、表現がまずくて、申訳ございません。ここで、どうでもよいといったのは、作者はダンテの文句を大袈裟に、勿体ぶって使っているのではない。つまり、ダンテという大詩人は、こういうことをいっているのですぞ皆さん！　といった調子で使っているのではなく、むしろ、すでに誰でも知っている名文句を、悲壮調ではなく、どちらかといえばやや喜劇的な扱いで使っているのではないかということです。つまり……」

「キミのいうところの、誰でも知っている名文句とは、といわれたのはセンセイですよ」

「困るなあ。テスト、クイズは一切ぬき、といわれたのはセンセイですよ」

「これはテスト、クイズいずれにも非ず。質問なり」

「なるほど、わかりました。そうだなあ、例えば……」

「旧約でいえば《目には目を、歯には歯を》、新約でいえば《人の生くるはパンのみによるに非ず》、シェイクスピアでいえば《トゥ・ビー・オア・ノット・トゥ・ビー》、といったところであろう」

「これはどうも恐れ入ります」

「陸機《りくき》でいえば《渇すれども盗泉の水は飲まず》、劉希夷《りゅうきい》でいえば《年々歳々花相似たり、歳々年々人同じからず》、いろは歌留多でいえば《葦のずいから天井のぞく》……」

「明治人はこれだからつき合いにくい」

「え？」

「いや、センセイにはかないませんよ」

「では続け給え」

「つまり、ここではダンテの文句も、いまセンセイが並べられたような名文句と同じような種類、性質のものとして、パロディーふうに使われているのではないかということです。そしてそれは、余りにも知られた文句であるがゆえに、誰の文句であるかはむしろどうでもよろしい。ダンテはこの際どうでもよい、と申し上げたのは、そういう意味です」

「しかし、露国において、それほどまでにダンテの文句が知られておったのかい」

「困るなあ……」

「何もここで、キミが困ることはないであろうが」

「しかしセンセイ、廻り道は、実はそのためだったんですよ。やれ手短かにだの、中学校の歴史だの、何だのかんだのと文句をつけられながら、ペテルブルグと東京を比較して来たのは、そこのところをわかっていただきたいためだったんですよ、センセイ」

「ストリップ式に、ちらりと出したり、引込めたりしながら、かい」

「それでは、もう一つだけ申し上げますが、リザベータ、つまり、リーザが老伯爵夫人にフランスの小説を読んできかせる、ということは、どうお考えでしょうか？　つまり、天保四年、センセイのお好きな為永春水が『春色梅児誉美』を書いた頃、ペテルブルグにおいては、リーザのような女性がフランス語を読んでいた、ということでしょう。他人のパンは苦い、とわが身の上を嘆かずにはいられないような養女でも、ちゃんとフランス語だけは読んでいた、ということなんです」

「まあ、そのくらいでよいであろう。では、そろそろ詩の方をはじめ給え」

「は？」

「もうそろそろ、約束の詩の朗読に移ってもよいのではないか、といっているのさ」

「しかし、センセイ……」

「キミ、とぼけちゃあいかんよ」

「とぼけるどころか、こちらは反対に、話が少々マジメになり過ぎたのではないかと、もうだいぶ前から気になっていたんですから」

「何かといえば、わしが大事なところでカランで来るの、半畳を入れるのと注文をつけておるくせに、肝心なところに来ると、これだから昭和人は度し難いというのさ」

「困るなあ……」

「もうよい。あくまでとぼけるのであれば、わしが自分で朗読するまでだ」

「しかし、センセイ、いいんですか？」

「わしの詩をわしが読んで、悪い理由がどこにあるかい」

「いえ、そういう意味ではなくて、わたしがいうのは、わたしの廻り道はまだ途中だという意味ですけど……」

6

「センセイ……」

——無言。

「センセイ……」

——無言。

「困ったなあ……センセイ……眠っちゃったんですか」

——無言。

「セ、ン、セ、イ……ふてくされちゃったのかな」

——無言。

「それとも、少しジラせ過ぎたか」

——無言。

「セ、ン、セ、イ！　狸寝入りとは卑怯ですよ！　まだ約束の廻り道は終っていないんですからね！」

――無言。

「セ、ン、セ……そうだ、よし、よし……ウッフッフ……」

――無言。

「ウッフッフ……何だかセンセイの笑い方が伝染したようだが、まあ、これだけつき合えばそういうこともあるであろう。いやはや、これまたセンセイ口調に感染したようだが、まあそれもよいであろう。ウッフッフ……よろしいかな、センセイ……」

――無言。

「あくまで狸寝入りを決め込むおつもりなら、ウッフッフ……いま起してさし上げますからね。よろしいですか、はい！　電気椅子のスイッチ・オン！」

「おい、おい！」

「ウッフッフ……」

「おい、キミ、おい！」

「どうです、センセイ、お目ざめでしょうか」

「おい、止めんか、おい！」

「はい、ではストリップ、じゃあなかった、これにてストップに致します。どうも、まことに失礼致しました」

「まったくもって、ふざけた機械だ」

「大丈夫ですよ、センセイ。この電気按摩椅子は、昭和人間製造機ではありませんから」

「昭和人間？」

「つまり、バラバラ人間ということです」

「ふむ、誰がバラバラになんぞされてたまるものか」

「しめ、しめ、どうやらこちらの土俵にまた引張り込めそうだぞ」

「何をブツブツいっておるのかね」

「いや、これはどうも失礼致しました。こっそり電気按摩椅子のスイッチを入れ、センセイをおどろかせたことは、本当に悪かったと思っております。しかし……」

「しかし、何かね、悪ふざけが過ぎたというわけかね」

「いえ……この、しかし、は……」

「おや、悪ふざけのことじゃあなかったのかい」

「いえ、いえ、その点はもう充分に反省致しております。しかし……」

「ほれ、また、しかし、だ」

「しかしですね、センセイ、センセイは廻り道につき合って下さるお約束だったんですよ。ところがとつぜん、狸寝入りを……」

「おや、わしがいつ狸寝入りをしたかい」

「とぼけちゃあ困りますよ、センセイ。いや、これはどうも失礼致しました。だって、何度呼んでも返事をされなかったじゃあ、ありませんか」

「だから狸寝入りだというのかい」

「でなければ、何でしょうか？」

——無言。

「それとも、どこかお加減が悪いですか？」

——無言。

「あ、そうか、これはどうも気がつきませんで、失礼致しました。センセイ、あれでしょう」

——無言。

「センセイ、カツ丼でも取りましょうか」

「その取る、とはどういうことかい」

「どういうことかといって、つまり、出前のことですけど……そうか、そういえばセンセイの日記には、不思議に出前というのは出て参りませんね」

「わしは外食主義者だからな」

「いや、まったくセンセイの日記に書かれた外食記録には、感服致しますよ」

「なら、読んで見給え」

「しかし……」

「ほれ、また、昭和人の度し難き、しかし、がはじまった」

「しかし、センセイ、ここで外食記録を持ち出しますと、どうなると思いますか？」

「何が、かい」

「何がって、つまり、このセンセイとの対話に決ってるじゃあありませんか」

「迷宮入り、っていうわけかい」

「まったく、これだからイヤになっちゃうんだよなあ。ちゃんと、わかっててトボけるんだから」

「おや、カツ丼を持ち出したのは、そっちじゃなかったのかい」

「そりゃあそうですけど、それは、つまりセンセイが……」

「狸寝入りしたから、というのかい」

「つまり、センセイがですねえ、狸寝入りではないとしても、黙秘権を行使されたものですから……」

「それで、カツ丼で釣ろうとしたわけかい」

「困るなあ……そりゃあ、わたしもあれですよ、刑事がカツ丼で犯人にドロを吐かせるというくらいのことは、映画やテレビドラマみたいなもので知っておりますけど……」

「おい、おい」

「いや、これはどうも、つい夢中になりまして……」

「夢中はよいが、いくらわしがカツ丼狂だとはいえだねえ、刑事部屋のカツ丼はまだ食しておらんよ」

「はあ、それと、いま思い出しましたので、忘れないうちに訂正させていただきますと、思想犯つまり確信犯の場合は、カツ丼よりも親子丼の方がききめがあるそうです」

「ききめ？」

「つまり、何かを白状させたり、転向上申書を書かせたりするわけでしょう。その場合、親子丼で釣るわけですね。

もちろんわたしも誰かの本で読んだだけなんですけど、なぜ確信犯にはカツ丼よりも親子丼の方がききめがあるかといいますと、ご存知の通り親子丼というものは、鶏肉つまりカシワと鶏卵、つまり親子を……」

「いったいこれで正気なのかねえ」

「はあ?」

「親子丼くらいは、わしも知っておるといっておるのだよ」

「いや、これは失礼致しました。ただ、わたしが読んだところによりますと、確信犯の場合は、親子丼を食べさせながら……いや、それとも、刑事も一緒に食うのだったかな? まあ、とにかくそうやって食べさせながら、親の話をさせるらしい。あるいは刑事の方も自分の田舎だか何だかにいる親の話をするらしい。つまり、親子丼で親子の情に訴えるという、いかにも日本的ナニワブシ的方法というわけなんですが、これが一番ききめがあるらしい。これをやられると、いかにマルクス＝レーニン主義による理論武装をした帝大生、つまり当時の新人会ですか、そういう秀才コミュニストも、あっけなく陥落しちゃうらしい。まあ、もっともききめのある奴隷酷使法は〝鞭と飴〟だといわれてますけど、この古典的な方法は、インテリ確信犯に関しても通用するということでしょうかねえ。奴隷には〝鞭と飴〟、インテリ確信犯には〝拷問と親子丼〟ということらしいんですが、もっとも長崎の隠れキリシタンも、例の長崎チャンポンで転んだらしい。いや、長崎チャンポンじゃあなくて、皿うどんだったかな。あるいはそれとも単なる握り飯みたいなものだったのかも知れませんが、いったいに長崎人というのは大食いなんだそうです。そして、隠れキリシタンといえども、その点だけは例外ではなかったらしい。それで、どんなひどい拷問にかけても秘密を白状しない、あるいは転ばないものは、食い物を減らす。まあ一種の兵糧攻めですが、そうやって食い物を減らしといて、長崎チャンポンだか、皿うどんだかを大盛りにしたやつ、あるいは超特大の握り飯だかを見せる。すると、どんな苛酷な拷問にも耐え抜いて来た神の僕《しもべ》が、ころりと転ぶ、いや、転んだらしい。実際それは役人たちの方が不思議がったくらい、不思議に転んだらしい。そういえばわたしも長崎には一度行ったことがありますが、なるほど洗面器みたいな大皿に皿うどんが出て来た。ただ、この皿うどんというのは、いわゆるうどんではなくて、そうだなあ、まあ一種の焼きビーフンかな。本当をいうとわたしは、本場の長崎チャンポンの方を一度食ってみたかったんですが、案内してくれた知人が先に皿うどんを注文してしまった。それに、そちらの方もはじめてだったものですから、まあ、どちらでも構わないわけなんですけど、あの洗面器ふうの大皿を見たときは、なるほど、長崎人は大食いなのかも知れないとは思いましたねえ」

「やっぱり、少々おかしいようだな」

「は？」

「いったいそれは、誰の説かね」

「親子丼説の方ですか、それとも、長崎チャンポン説ですか？」

「隠れキリシタンの方だよ」

「あ、これは、安吾の説です」

「アンゴ？」

「つまり、坂口安吾という……」

「ははあ、ヒロポン中毒の無頼派だな」

「えーと、確かあれは……『安吾巷談』だったか、それとも……ちょっと待って下さい。いま探しますから」

「その必要はない」

「は？」

「どうせヒロポン中毒の大ボラに決っておるだろうからな」

「しかし、弓削道鏡とか天草四郎とかも書いていますよ」

「たかが、田舎地主か何かの小倅じゃあないか」

「せんせいは、アンゴとは、おつき合いはなかったんですか？」

「おや、あんな田舎者とつき合わなければならぬ理由が、わしにあるかい」

「あ、思い出しました！　さっきの長崎チャンポン説は、『安吾巷談』ではなくて、『安吾新日本地理』の中の長崎篇でした」

「だから日本はダメになったのさ」

「ははあ……」

「ヒロポンと安酒で脳をやられたような男に、何が日本地理か、ということだよ」

「ははあ、わかりました。センセイのことを書いた安吾の文章だな。『通俗作家、荷風』だったかな」

――無言。

「センセイ、また黙秘権ですか」

――無言。

「ははあ、それならばこっちもこの手でいってみるか」

「キミ、電気椅子は許さんぞ」

「もちろん、それはわかっております。えーと……」

「何を探しておるのかね」

「えーと……そうそう、このあたりかな。……彼は『濹東綺譚』に於て現代人を罵倒して自己の優越を争うことを悪徳と見、人よりも先んじて名を売り、富をつくろうとする努力を罵り、人を押しのけて我を通そうとする行いを憎み呪っているのである……」

「そりゃあ、いったい何のことかい」

「センセイのことを書いた、安吾の文章です」

「しかし、それじゃあ、悪口にも批評にもなっておらんではないか」

「では、もう少し読んでみますよ」


元々荷風と言う人は、凡そ文学者たるの内省をもたぬ人で、江戸前のただのいなせな老爺と同じく極めて幼稚に我のみを高しと信じわが趣味に非ざるものを低しと見る甚だ厭味な通人だ。


「ウッフッフ……」

「そのあと、ちょっととばしまして……」

荷風は生まれながらにして生家の多少の名誉と小金を持っていた人であった。そしてその境遇が他によって脅かされることを憎む心情が彼のモラルの最後のものを決定しており、人間とは如何なるものか、人間は何を求め何を愛すか、そういう誠実な思考に身をささげたことはない。

「ウッフッフ……」

「なるほど、このあたりは別にどうということはないようだな。どれも皆センセイ自身が作中で書いていることばかりですからね」

「だから田舎批評だといっているのさ」

「それでは、もう少し読んでみますか」

「どうせ泡の出ないビールのごときものであろう」

『濹東綺譚』を一貫するこの驚くべき幼稚な思考が、ただその頑固一徹な江戸前の通人式ポーズによって誤り買われ、恰も高度の文学の如く通用するに至っては、日本読書家の眼識の低さ、嗟嘆あるのみである。

「というあたりは、いかがですか？」

「ウッフッフ……」

「なるほど、まだ、どうということはないわけですね」

「自分が田舎者だ、といっておるだけのことであろう」

「えーと、それでは……と」

荷風の如くに亡びたるものを良しとし、新たなるものを、亡びたるものに似ざるが故に悪しというのは、根本的に作家精神の欠如を物語る理由でもある。

「ウッフッフ……」
「では、もう少しとばして……このあたりはどうかな」
荷風はその風景の安直さ、空虚なセンチメンタリズムにはいささかの内容もなく、ただ日本千年の歴史的常識的な惰性的風景観に身をまかせ、人の子たる自らの真実の魂を見究めようとするような悲しい願いはもたないのだ。（中略）
情緒と道楽と諦観があるのみで、真実人間の苦悩の魂は影もない。ただ通俗な戯作の筆と踊る好色な人形と尤もらしい風景とが模様を織っているだけである。

「と、まあ、こういうわけですけど」
「おや、それだけかい」
「もちろん、とびとびに抜き出してみたわけですけど」
「いつ頃書いたものかね」
「えーと、昭和二十一年の八月頃のようですね」
「ウッフッフ……」
「何だかセンセイ、ずいぶんお元気になりましたね」
「おや、そうかい」
「さっきの黙秘権のときには、どうなることかと心配だったんですが」
「ウッフッフ……」
「この、ウッフッフ……が出だすと調子がよくなるんですよね、センセイは」
「なに、噂ほどにもない、毒なしマムシだと思っただけさ」
「そりゃあ、センセイの毒気は、また格別です」
「なに、現代人なんて、あんなものだよ」

「現代人、といいますと？」

「いまキミが読んできかせてくれた、毒なしマムシ三太夫のことだよ」

「つまり、アンゴのことですね」

「左様」

「どうもこれは、失敗したようだな」

「おや、何かいったかい」

「その上、地獄耳ときている……」

「なに、『地獄の花』だって」

「いえ、鼻ではなくて、耳のことです」

「ウッフッフ……」

「しかし、アンゴは明治生れですよ」

「しかし、震災の頃はまだ毛も生えそろわぬガキであろうが」

「ちょっと待って下さい……えーと、大正十二年の震災のときは……アンゴは十七歳ですね」

「だから、現代人だといっているのさ」

「ははあ、なるほど。関東大震災当時十七であるということは……」

「左様、銀座にカフェーが繁昌する時分には幾つになっているかい」

「えーと、センセイの『作後贅言』に出て来る時代ですから、昭和六、七年ですから、二十六、七というところですか」

「つまり、あんなものは、明治人と呼ばないのさ」

「ははあ、センセイが『作後贅言』の中でさかんに啖唾を吐きかけている現代人ですね」

「さっきの文章のようなものは、わしに唾をかけられた毒なしマムシの泣き言であろう」

「しかし待てよ、どうして安吾がここに出て来たのかな」

「おや、キミが勝手に連れて来たのではなかったのかい」

「あ、そうか。しかし……」

「しかし、何かい」

「しかし、それはセンセイがですねえ、狸寝入りではないが、勝手に黙秘権を行使して、廻り道につき合うという約束を破ったからじゃあなかったんでしょうか」

「だから、もうその、ロシアの廻り道がいやになったということなのさ」

「ロシアの廻り道か……」

「そうじゃあ、なかったかい」

「まあ、そういわれればそうなんですけど、それはでも、センセイの日記にメリメ訳のプーシキンの『怪談骨牌の謎』が出て来たせいでもあるわけですよ」

「だから、それがいやになったと申しておる」

「でもセンセイ、約束でしょう」

「……われは明治の児なりけり……」

「ははあ、なるほど催促だな」

「いやになったから、沈黙した。すると……大地にわかにゆらめき……」

「ははあ、電気按摩椅子のことだな」

「……われは明治の児ならずや……」

「いや、わかりました、わかりました」

「わかればよい」

「本当はまだ廻り道の途中なんですけど、まあいいでしょう」

「では、まず、ここから読み給え」

「ずいぶん手廻しのいい人だなあ。まったくセンセイにはかないませんよ」

「おや、『偏奇館吟草』の方がよいといったのは、キミではないかな」

「しかし、これはセンセイ『断腸亭日乗』ですよ」

「だから、その昭和十五年十月二十四日のところに、『偏奇館吟草』の縁起が書いてあるのさ」

「わかりました。読みゃあいいんでしょう、読みゃあ」

十月廿四日。午後より雨ふり出して風も次第に吹添ひたり。この頃ふとせし事より新体詩風のものつくりて見しに稍興味の加はり来るを覚えたれば、燈下にヴェルレーヌが詩篇中のサジヱスをよむ。戦乱の世に生を偸む悲しみを述ぶるには詩篇の体を取るがよしと思ひたればなり。散文にてあらはに之を述べんか筆禍忽ち来るべきを知ればなり。


「読んで見給え」

「本文はこれだけで、あと〔欄外朱書〕という一行がありますけど、『偏奇館吟草』とはカンケイないものです」

「それだけかい」


〔欄外朱書〕九段参拝の群集にまぎれ十六歳の女学生掏摸をはたらき捕へらる。


「それだけかい」

「これだけです」

「では、次はこれを読み給え」

「おや、自選かい、いや、自選ですか」

「自選じゃあ、悪かったかい」

「そうは申しておらぬ、いや、申しておりません」

「じゃあ、キミは何を選ぶつもりだったのかね」

「まだ、そこまでは決めていなかったのですよ。なにしろ、まだ廻り道の途中だったんですからね」

「じゃあ何かい、この『震災』には反対というわけかい」

「いや、そうは申して、おりません」

「では、これでよいわけであろう」

「もう、こうなりゃあ何だって構いませんよ」

「え？」

「いや、では……」

震災

今の世のわかき人々
われにな問ひそ今の世と
また来る時代の芸術を。
われは明治の児ならずや。
その文化歴史となりて葬られし時
わが青春の夢もまた消えにけり。
団菊《だんぎく》はしをれて桜痴《あうち》は散りにき。
一葉《いちえふ》落ちて紅葉《こうえふ》は枯れ
緑雨《りよくう》の声も亦絶えたりき。
円朝《ゑんてう》も去れり紫蝶《してふ》も去れり。
わが感激の泉とくに枯れたり。
われは明治の児なりけり。
或年大地俄《にはか》にゆらめき
火は都を燬《や》きぬ。
柳村先生《りうそんせんせい》既になく

鷗外漁史《おうぐわいぎよし》も亦姿をかくしぬ。
江戸文化の名残烟《けむり》となりぬ。
明治の文化また灰とはなりぬ。
今の世のわかき人々
我にな語りそ今の世と
また来む時代の芸術を。
くもりし眼鏡ふくとても
われ今何をか見得べき。
われは明治の児ならずや。
去りし明治の世の児ならずや。

7

「ふうん……」
「おや、溜息かい」
「……われは明治の児なりけり……か」
「ははあ、何かいいたいことがあるのなら、いってみ給え」
「センセイ、もう一度読みましょうか」
「おや、これはまた意外なことをきくものだねえ」
「これは、お世辞ではありません」
「じゃあ、何かい」
「センセイが、この詩を選ばれた理由がよくわかった、という意味です」

「ほほう、わしの自選に不服なのじゃあなかったのかい」

「最初は、そんな気もしたんですが、読んでいるうちに、だんだんはっきりして来たわけです」

「では、もう一度読んでみ給え。いや、それとも……」

「それとも、何かい、いや、何でしょうか」

「他のものにするかな」

「いや……」

「そうだな、今度はキミが選び給え」

「いや、センセイ、わたしがいったのは、そういう意味ではないんですけど」

「……嗤《わら》ふなかれ怪しむなかれ／この集をひらきみる人／この集に載せたる詩篇／思出の言葉なきものあらざることを……」

「センセイ……」

「からす／地獄の鳥……」

「ちょっと待って下さいよ、センセイ」

「去れ。去れ／からす／地獄の鳥／STYX《スチクス》の河辺はるかに……」

「まったく、明治人はこれだから困っちゃうんだよね」

「じゃあ、キミが自分で選び給え」

「わたしがいうのは、そういう意味ではありません」

「じゃあ、どういう意味かい」

「ですから、わたしは『震災』を……」

「ははあ、『震災』以外の詩は読む気がしない、という意味かい」

「ほらほら、またはじまった」

「新体詩ふうの詩なぞ、古くさくて読めぬ、ということであろう」

「困るなあ。そんなことは誰もいっておりませんよ、センセイ。それに、いや、それは誤解というものです」

「どうせわたしは、誤解されたる遊蕩児さ。誤解されたるエゴイストさ。誤解されたるペシミストだろうよ」

「おっしゃる意味は、よくわかるつもりです」

「それみろ、やはりそれがホンネであろうが」

「ははあ、やはり被害意識はかなり強いようだな」

「何かいったかい」

「いや、いや、そうではなくてですね、わたしはセンセイのおっしゃった、その誤解を何とか解きたいと思って、そのためにこうやって、ながながと、あちこち廻り道までして来たんじゃありませんか」

「だから、その廻り道にはもう倦きた、と先刻いったはずだが」

「ですから、それは一旦打切りに致しました」

「不本意ながら、といいたいのであろう」

「まあ、そうでないとは申しませんけど、しかしとにかく、お約束の通り、センセイの詩を朗読させていただいたんですから」

「おや、それで恩に着ろというのかい」

「まあ、そう取りたければ、そう取って下すって結構です」

「おや、今度は開き直りかい」

「どうせ、わたしは、センセイから唳唾を吐きかけられた昭和人です。そうですね、センセイの新体詩調でいえば、われは明治の孫なりけり……いや、待てよ……孫ではなくて、曾孫かな」

「どちらにしても、大差はなかろう」

「そうです、どうせ昭和のバラバラ人間なんですよ、わたしなどは」

「しかし、先刻は何だか、わかったようなことを申しておったのではないかな」

「わかったのではなくて、わかろうと努力しているのですよ。ところが、センセイは一向に協力してくれない。協力どころか、ぶちこわしにかかる。わかろうと努力しているのですよ。まあ、ナルシズムも明治人の一特性かも知れませんがね。それに、さっきの『からす』の詩ではありませんが、冥府の彼方のスチクスから、こうしてわざわざ、わがニセ地下室までご足労願っているのですから、少々のことは大目に見ることに致しますがね」

「スチクスはキミ、冥府の彼方に非ず、冥府を七巻きにしておる、三途の川なり」

「わかりました、わかりました。では、スチクスの彼方の冥府よりわざわざご足労願った、と訂正お詫び致せばよいのでしょう」

「わかればよい。それに、これぱかりはキミをあちら へ呼びつけるわけにもゆかぬだろうからな、ウッフッフ……」

「ははあ、だいぶ調子づいて来たな」

「まあ、安心し給え。わしは、かのオデッセイを冥府に案内したメルクリウスではないからな。それに見渡したところ、どうやら、このニセ地下室とやらには、女も出入りしておる様子だからな」

「困るなあ……折角こちらが質問しようとすると、この調子なんだから」

「ウッフッフ……隠さなくともよい」

「何も、センセイに隠す必要もないことでしょう」

「何なら、いまここに呼んでも構わん、といっておるのさ」

「それこそセンセイには、関係のないことですよ」

「年は幾つかい」

「センセイには関係ないことです」

「それとも、場所を変えるかい」

「あ、そうか」

「ウッフッフ……」

「そういえば、その電気按摩椅子にもそろそろ倦きが来る頃ですよね」

「ウッフッフ……」

「それに、出前が駄目だとすると、ひとつ、大黒屋にでも行ってみますか」

「ふうむ、大黒屋か……」

「そうです、センセイがスチクスの彼方へ旅立たれる前、最後にカツ丼を食べられた店です」

「いつが最後になっているかい」

「えーと、ちょっと待って下さい」

「読んでみ給え」

「えーと、昭和三十四年、センセイは元日から浅草へ行っておられますね」

断腸亭日乗第四十三巻　荷風散人年八十一
昭和乙亥卅四年正月元日
西暦一千九百五十九年
一月一日（旧十一月二十一日）雨。正午浅草。高梨氏来話。日本酒を贈らる。雨雪となる。
一月二日。雪後晴天。風なく暖なり。正午浅草に往きて飦す。午後帰宅。
一月三日。晴。正午浅草アリゾナ。

「そのあと、見事にハンコで押したように、〝正午浅草〟が三月一日まで続きます。そして……」


三月一日。日曜日。雨。正午浅草。病魔歩行殆困難となる。驚いて自働車を雇ひ乗りて家にかへる。

「これが、センセイの最後の浅草となったわけです。そして、そのあと、大黒屋が続くわけです」

「続け給え」


三月二日、陰。病臥。家を出でず。

三月三日。晴。病臥。午前晙《(ママ)》霜氏小山氏及東都書房店員来話。

三月四日。晴。病臥昨日の如し。

三月五日。晴。病臥。小林来話。

三月六日。細雨烟の如し。風邪未だ痊えず就床読書。

三月七日。雨。後に陰。病臥。午後大黒屋に一酌す。


「このあと、八、九、十日と三日間、ふたたび病臥、就床が続きまして……」


三月十一日。晴。正午大黒屋食事。

三月十二日。晴。嶋中高梨二氏来話。病臥。大黒屋晩食。

三月十三日。晴。正午大黒屋。


「となりまして、あとずっと〝正午大黒屋〟がずらりと並んでいます。そして……」

四月十九日。日曜日。晴。小林来話。大黒屋昼飯。


「これが、最後の大黒屋です」

「あとは」

「大黒屋はもう出て来ません。出前もありません。なにしろ、旅立ちの十日前ですから」

「ふうむ」

「それで、センセイ、一つ質問してよろしいでしょうか」

「何かい」

「いや、やはり止めた方がよいかな」

「おや、またお得意のストリップかい」

「では、おたずねしますが、センセイが一度吐いたカツ丼をもう一度口に押しこんで呑み込まれたという伝説は、四月十九日、最後の大黒屋での話でしょうか」

「伝説？」

「はい。その場面を大黒屋の女中だか女店員だかが目撃しておった、という……」

「女中がそういったのかい」

「いえ、センセイの評伝類にそう書いてあるわけです」

「誰のものかね」

「誰といっても、もちろん、名前を挙げればセンセイもご存知の人物がいると思います。また、ご存知でない人物もいると思いますが」

「ウッフッフ……」

「わたしは、まだ大黒屋へは行ったことがないのですが」

「なら、そのまま伝説とやらにしとき給え」

「はあ、ではそのことはセンセイの〝カツ丼伝説〟ということにして置きます」

「大黒屋は、カツ丼に非ず、カツ重なり」

「何だ、カツ重なんですか」

「左様、したがって〝カツ重伝説〟の方が正確であろう」

「はあ、それでは伝説の方は、まあ、そういうことに致して置きますけど、どうもカツ重は……」

「ウッフッフ……誰もキミに大黒屋へ連れて行けとはいっておらんよ」

「じゃあ、浅草ですか」

「女の部屋です」

「ははあ……」

「ここへ呼ぶのを渋っておるようだから、何ならそちらへ場所変えをしてもよい、といっておるのさ」

「ははあ、そういう意味だったんですか」

「左様」

「しかし、それでしたら、どうぞご心配無用に願います」

「おや、大変な自信なんだね」

「いえ、いえ、そういう意味ではなくてですね」

「じゃあ、何かい」

「つまり、その、小さな親切、大きなお世話……」

「おや、何かいったかい」

「いえ、いえ、センセイの貴重なお時間を出来る限り有効に使わなければ申訳ないと思いまして」

「ウッフッフ……スチクスの彼方に時間はない」

「はい。いや、それではセンセイ、カツ丼はよろしいわけでしょうか」

「キミ、キミは二言目にはカツ丼カツ丼を連発するようだが、わしは一度も催促などしておらんよ」

「はあ、しかしですねえ、場所を変えようかといい出されたのは、センセイですよ」

「それを勝手にカツ丼と誤解したのは、キミであろう」

「これはどうも恐れ入ります。しかし、センセイがお急ぎでないのを知って、安心致しました」

「キミ、誤解してはいかんよ」

「と申しますと……」

「なるほど、スチクスの彼方には時間はない。ただし、それは退屈がない、という意味ではないのだからな」

「これはどうも、重ね重ね恐れ入ります。それでは、早速ですが、『震災』のことで質問させていただいてよろしいでしょうか」

「おや、先刻は、よくわかったといったのではなかったのかい」

「ははあ、これでいつも話がこじれるんだな」

「おや、何かいったかい」

「いえ、では、最も単純な質問からはじめさせていただきますが、あの『震災』の詩はいつ頃のお作なのでしょうか」

「おや、何かと思えば、そんなことかい」

「いや、どうも余りに単純過ぎて申訳ないような質問なんですが、どうも頭が悪いものですから、一つずつ順番に確認させていただきますと、この『震災』を含む『偏奇館吟草』がはじめて世に出たのは、戦争が終ってからですね」

「詳しくは、年譜を見給え」

「つまり、昭和二十一年九月、作品集『来訪者』の中に収録されて、筑摩書房から出たわけです。それで、次は『偏奇館吟草』の起源ですが、これはセンセイご自身が正式に記録されたもの、つまり、『断腸亭日乗』によりますと、昭和十五年十月二十四日に、例のヴェルレーヌの『サジェス』を読む、ということと一緒に、近頃新体詩ふうのものを作りはじめていることが書かれている」

「読んでみ給え」

「いや、これはもう、一度読みましたから、申訳ありませんが省略させていただきます。いや、もちろん一度読んだからもう読む必要がない、という意味ではなく、話の整理がつきましたならば、何度でも喜んで読ませていただきますが、ただここでは話の筋道の都合上、先へ進ませていただきますと、とにかく昭和十五年十月二十四日付でその記述がありまして、次には昭和十八年十一月九日付の『断腸亭日乗』に次のような記述があります」

「読み給え」

「はい。これは初めてですので、読ませていただきますと……」


十一月初九。夜来の雨晡下に至つて歇む。去年十二月頃書きかけし冬の夜がたりと題する小品文を草し終りぬ。燈刻表通の洗濯屋に物持ち行き電車通の混堂に浴す。思返せば震災の折瓦斯水道ともに用をなさゞりしかば其時避難し来りし今村お栄と云ふ廿四五の娘と共に屢々この風呂屋に行きしことありき。其時には余も年四十を半越せしのみ女色の楽しみも猶失せざりしなり。烏兎匆々早くも二十年のむかしとはなれり。湯屋よりかへり孤燈の下にさつま芋を惣菜にして飯炊きて空腹をいやす。一睡して後旧稿及び新体詩の近詠を浄写す。ツルゲネフの散文詩集をよむこと数頁にして窓忽ちあかるし。

「というわけですから、ごく単純にといいますか、機械的に考えますと、『偏奇館吟草』の新体詩ふう詩篇は、主として昭和十五年十月あたりから十八年十一月あたりまでの間に、つれづれなるままに書き貯められた、と一応シロウトには考えられます。ところが、『海月《くらげ》の歌』『山の手』『綵虫《さなだむし》』『不浄の涙』の四篇は、『大正二年われ父を失ひしころの所作なり』と注がついております。ということは、『偏奇館吟草』には、実際には『断腸亭日乗』昭和十五年十月二十四日の記述よりも、かなり古い詩篇が含まれておるということになります」

「おい、おい……」

「は?」

「いかにも、キミのいう通りかも知れぬが、いったい何がいいたいのかね」

「これは、どうも失礼致しました。いや、まったく、ごもっともなご指摘です。それでは、ご指摘に応えまして、単刀直入に申しますと、まず次の部分です。これは『断腸亭日乗』昭和十五年十月二十四日分で、つい先程、省略するといったばかりの部分なのですが、止むを得ませんので、もう一度読みますと……」

この頃ふとせし事より新体詩風のものつくりて見しに稍興味の加はり来るを覚えたれば、燈下にヴェルレーヌが詩篇中のサジエスをよむ。戦乱の世に生を偸む悲しみを述ぶるには詩篇の体を取るがよしと思ひたればなり。散文にてあらはに之を述べんか筆禍忽ち来るべきを知ればなり。

「というわけなんですが、ここに、二つの問題があります。まず第一は、ヴェルレーヌの詩篇『サジェス』、これは新潮文庫の堀口大学訳では『知恵』となっておりますが、その『サジェス』と、センセイが作りはじめたといわれる新体詩風のものとの関係です」

「ふうむ……関係なし、といいたいのだな」

「はあ、まあ申し上げにくい話ですけど、正直にいえば、そういうことです。もっとも、『サジェス』なる詩を知らなければ、話は別でしょうけど。つまり、もし知らなければ、あの日記の文脈は、『サジェス』なる詩がセンセイの新体詩のための、スタイル上のモデルといいますか、そういうことで、まことに見事な文語体日記以外の何ものでもないわけですけど」

「読んでみ給え」

「しかし……」

「そうか、フランス語は読めなかったか。なら、堀口訳でよいことにしよう」

「しかし、かなりながい詩ですよ。それに、もう一つの問題の方を片付けてからにしないと、またまた話がクレタ島行きになるおそれがありますからね」

「何も、全部とは申しておらんよ」

「では、第二部の冒頭だけですよ」

おお、わが神よ、御身は愛をもてわれを傷つけたまえり、
その傷手《いたで》なお疼《うず》きたり、
おお、わが神よ、御身は愛をもてわれを傷つけたまえり。
おお、わが神よ、御身が畏怖《おそれ》は雷《らい》のごとわれを撃ちたり、
その火傷《やけど》なおここに鳴りはためけり、
おお、わが神よ、御身が畏怖《おそれ》は雷《らい》のごとわれを撃ちたり。
おお、わが神よ、われはもの皆の醜きを知れり、
かくて、わがうちに御身が御栄《みさか》えは置かれぬ、
おお、わが神よ、われはもの皆の醜きを知れり。
わが魂を御身が「葡萄酒《ぶどうしゅ》」に溺れさせたまえ、
わが生命を御身が食卓の「パン」に溶け入らせたまえ、
わが魂を御身が「葡萄酒」に溺れさせたまえ。

「それともう一つは、『偏奇館吟草』中の詩篇が必ずしも〝戦乱の世〟の産物ではない、ということです」

8

「その点は、センセイいかがなんでしょう」

「その点とは、どんな点かね」

「つまりですね、センセイの『偏奇館吟草』が、必ずしも〝戦乱の世〟の産物ではないのではないか、という点ですけど」

「例えば、何かね」

「ですから、さっき挙げました、『海月《くらげ》の歌』とか『不浄の涙』とか……」

「読んだかい」

「いいえ、朗読したのは、ヴェルレーヌの『サジェス』の一節だけですけど」

「なら、読んで見給え」

「しかし、その前に質問に答えていただきませんと」

「いかにも、それらの詩篇はキミのいう通りかも知れないよ」

「では、特にヴェルレーヌの『サジェス』とは関係ない、ということですね」

「わしの詩集『偏奇館吟草』に何を入れようと、わしの自由ではないのかい」

「もちろん仰せの通りなんですけど、どうもあの日記の文句が気になったものですから」

「あの文句とは、どんな文句かい」

「困るなあ、さっき読んだばかりじゃあないですか。つまりですね、戦乱の世に生を偸む悲しみを述ぶるには詩篇の体を取るがよしと思ひたればなり、云々という、昭和十五年十月二十四日の日記ですよ」

「その文句のどこがおかしいのかい」

「別におかしいとは申しておりません。ただ、そこに〝戦乱の世〟以外の詩が混っていることについて、おたずねしただけです」

「たまたま何篇かが混ったところで、別に罪悪ではないであろう」

「わかりました。ただ、戦乱の世の筆禍の怖れと、『サジェス』とのつながりが、どうもよく呑み込めませんでしたので」

「何だか、奥歯に何とかが挟まったような表現だが、わしが日記のあちこちを削り取った苦心はキミも知っているであろう」

「もちろん、存じているどころではありません。しかし、センセイ、とつぜん途中で開き直りますね」

「開き直る、とはどういう意味かい」

「あれは確か、第二次世界大戦つまり太平洋戦争のはじまる前だったと思いましたが」

「キミの得意の大急ぎで、探して見給え」

「ちょっと待って下さい」

「あったかい」

「ははあ、昭和十六年六月十五日、ですね」

「読んで見給え」

「しかし、これはちょっとながいなあ」

「読み給え」

「センセイ、この喜多村筠庭《いんてい》というのは、何者ですか？」

「ふうむ、『筠庭雑録』のことだな」

「そうです、そうです。その何とか雑録をセンセイが読まれて……」

「喜多村筠庭は本名は節信《ときのぶ》、江戸後期の国学者なり。民間伝承文化の集成に努め、雑録の他に『新増年中行事』などの著作がある」

「センセイの日記では、その雑録がかなりながながく引用されておりますが、要約させていただきますと、仮に写本だとはいってもいつどこで世間に知れるかもわからないから、高貴、すなわち天子や将軍のことに関しては決して書かぬように、と身内の者たちは心配して忠告してくれるけれども、自分は従う気になれない。筆をとるからには、何事に対しても絶対に遠慮手加減は無用である。まあ、ざっとそんな意味だと思いますが、わたしが開き直り、といったのは、そのあとのセンセイの文章のことです」

余これを読みて心中大に慚るところあり。今年二月のころ杏花余香なる一篇を中央公論に寄稿せし時、世上之をよみしもの余が多年日誌を録しつゝあるを知りて、余が時局について如何なる意見を抱けるや、日々如何なる事を記録しつゝあるやを窺知らむとするもの無きにあらざるべし。余は万々一の場合を憂慮し、一夜深更に起きて日誌中不平憤慨の文字を切去りたり。又外出の際には日誌を下駄箱の中にかくしたり。今翁草の文をよみて慚愧すること甚し。今日以後余の思ふところは寸毫も憚り怒るゝ事なく之を筆にして後世史家の資料に供すべし。

「それだけかい」

「いや、いや、この日は特にながいようです」

「ということは、読まぬ、ということかい」

「読みたいのは山々なんですが、それより何より、この迫力にはあらためて感服致しました。いや、まったく、これはまさに司馬遷的迫力です。『史記』的な迫力です。いや、あらためて脱帽致します」

「ウッフッフ……」

「センセイ、これはお世辞ではありませんよ」

「誰もそうだとは申しておらんよ」

「しかし、どうして、とつぜん……」

「とつぜん、とはどういう意味かね」

「いや、その、とつぜんといっては失礼なのかも知れませんが、さっきの江戸の国学者ですね……」

「喜多村筠庭であろう」

「その国学者のことは、さきほどセンセイからおききしたのと、センセイの日記に引用された部分だけしか知らないわけですが、あの本は、あの日たまたま読まれたわけでしょうか？」

「何と書いてあるか、読んで見給え」

「えーと、六月十五日、日曜日、いや、ちょっと待てよ」

「おや、日曜日がどうかしたかい」

「おかしいですね。お天気が書いてありませんよ、センセイ。ちょっと待って下さい。ははあ、センセイ、これはフランス風邪のせいじゃあないでしょうか」

「フランス風邪とは、何の意味かね」

「センセイ、センセイはセンセイがスチクスすなわち冥府を七巻きにしている三途の河の彼方へ旅立たれる前日のことをおぼえておられますか？」

「それがどうかしたのかい」

「では、その日のお天気をおぼえておられますか？　いや、ご返答には及びません。それは、ここにちゃんと記録されておりますから。すなわち、昭和三十四年の四月廿九日。祭日。陰。そしてこれが、『断腸亭日乗』の最後の一行であり、またセンセイが書き残された最後の文字でもあるわけですが、それは、お天気を記録した『陰』の一字であったわけです。つまりセンセイは、スチクスの彼方なる冥府に旅立たれる前日まで、日記にお天気を書き込まれておりますす。ところが、いま大急ぎでページをはぐって見ますと、この昭和十六年六月十五日およびその前々日の十三日、この二日分だけ、お天気が書き込まれておりません。十三日の分は短いですから、ちょっと読んでみましょうか」


六月十三日。正午土州橋の医院に至り診察を請ふ。風邪未痊えず急性肺炎を起さぬやう当分静臥養生すべしとなり。〔欄外朱書〕去年此日巴里独人ノ侵略ニ遇フ

「というわけなんですが、たまたまドイツ軍のパリ侵入一周年に当る日に、センセイは風邪で気分がすぐれなかっ

た。ただし、前の年の日記を当ってみると、ドイツ軍のパリ占領は十三日でなくて、十四日です」

六月十四日。晴。植木屋来りて庭を掃ふ。巴里陥落の号外出でたり。晡下土州橋に至る。〔欄外朱書〕巴里落城

「これが前の年、昭和十五年の日記ですが、不思議なことに、この日も土州橋医院に行かれています。ははあ、試しにそのあとを読んでみますと、次のようなのが目につきますね。六月十六日のところには、黄昏出でゝ日本橋花村に夕飯を喫す。日曜日にて赤子老婆など連れたる家族七八人、麦酒サイダーを命じて晩飯くらへるもの幾組もあり。皆軍需品商人なるべし。東京の言葉をつかふものは殆ど無し。また、六月十九日のには、こんなところがあります。都下諸新聞の記事戦敗の仏蘭西に同情するものなく、多くは嘲罵して憚るところなし。其文辞の野卑低劣読むに堪えず」

「キミ、キミ……」

「そして翌年、昭和十六年六月十五日、とつぜん司馬遷ばりの激しい文章がとび出すわけですが、その日の書き出しはこうなっています。六月十五日、日曜日、病床無聊のあまりたま〳〵喜多村筠庭が筠庭雑録を見るに、云々、とありますように、やはりセンセイは風邪を引かれておられる。そして、それは、どうやら単なる偶然とは思えない。その理由は、先の軍需品商人家族や新聞記事への憎悪の表現、また、その一年後の司馬遷ばりの激しい文章を見れば明らかだろうと思います。そして昭和十六年六月二十日には、ついに次のような文字が書きつけられるわけです」

六月二十日。雨昼近き頃漸く歇む。（略）伊太利亜の友と称する文士の一団より機関雑誌押売の手紙来る。時局に便乗して私利を営むなり。本郷の大学新聞社速達にて突然寄稿を請求し来る。現代学生の無智傲慢驚くの外なし。余の若かりし頃のことを思返すに、文壇の先輩殊に六十を越えたる耆宿の許に速達郵便を以て突然執筆を促すが如き没暁漢《（ママ）》は一人とてもあらざりしなり。現代人の心理は到底窺知るべからず。余は斯くの如き傲慢無礼なる民族が武力を以て隣国に寇することを痛歎して措かざるなり。米国よ。速に起つてこの狂暴なる民族に改悛の機会を与へ

しめよ。

「キミ……演説はそのくらいにし給え」

「これは演説ではありません。センセイの日記の朗読です」

「それで、何をいいたいのかね」

「それは、もちろん、センセイとフランス、センセイとパリとの関係です」

「ふうむ……」

「それにしてもセンセイ、米国よ、の最後の一行は凄いですね」

「ふうむ……」

「その前の宣言が司馬遷ばりの発憤だとすれば、この米国よ、の一行はヨハネ黙示録ばりの予言みたいなものです。なにしろ日米開戦の半年前ですからね」

「何だかさっき、天気のことをいっていたようだな」

「はあ、パリ落城一周年の日、それをセンセイは一日間違えておられたわけですけど、その日と翌々日の日記にお天気が書かれていないということですね」

「それは、どういう意味かい」

「どういう意味、といいますと？」

「フランス風邪だとか、パリ風邪だとか、妙なことをいっておったようだが」

「はあ、それはセンセイにとって、ドイツ軍によるパリ占領は、それくらいの意味を持つものだということです」

「ふうむ……」

「だって、パリ陥落の少し前、センセイはこう書いておられたじゃありませんか。号外独軍大捷を報ず。仏都巴里陥落の日近しと云ふ。余自ら慰めむとするも慰むること能はざるものあり。晩餐も之がために全く味なし。燈刻悄然として家にかへる。そして、そのあと風邪を引かれた。一年後にも、また引かれた。お天気を書き忘れたのも、それと同じことだと思いますけど」

「同じこと、とはどういう意味かね」

「ははあ、またそろそろカラミが出て来たようだな」

「何かいったかい」

「まったく、これだからいやになっちゃうんだよな。小学校の夏休みの宿題の日記じゃあるまいし」

「小学校の宿題がどうかしたのかい」

「つまりですねえ、お天気が書いてないのは、たぶんあとから書き加えたからなんだろう、なんて、そんなこと誰も考えちゃあいないということですよ」

「では質問に答え給え」

「ですから、風邪と同じことだと答えてるじゃありませんか。つまりですねえ、センセイは冥府へ旅立たれる前日の日記にまで、ちゃんとお天気を書き込まれた。そのセンセイがパリ陥落一周年の日記には、それをつい忘れてしまった。つまりパリとは、フランスとは、センセイにとってそれくらいのものなのだ、ということなんです」

「ふうむ……」

「は？」

「ウッフッフ……」

「あれ、何だかおかしな具合だな」

「ウッフッフ……」

「まさか、まさか、センセイ、トイレですか？」

「その、まさか、だよ」

「といいますと？」

「帰るのさ」

「しかし、どこへです？」

「ずいぶん長居をしたようだからな」

「しかし、センセイ……」

「どこへって、そりゃあ決っているであろう」

「ちょっと、それは困りますよ」

「おや、それとも一緒について来るかい」

「とにかく、センセイ、ちょっと待って下さいよ」

「おや、まだ何か用があったかい」

「だって、そうとつぜんじゃあ、こっちの予定が狂ってしまいますよ」

「予定とは、また妙な話をきくものだな」

「だって、小説の主人公に、とつぜん逃げられちゃあ、センセイだって困るでしょう」

「おや、小説の主人公とは、誰のことかい」

「主人公というのは必ずしも正確ではないかも知れませんが、とにかく重要人物なんですから」

「それで、その重要人物とは、まさか、このわしのことではないんだろうね」

「その、まさかなんですよ、センセイは」

「わしがいつ、そんなものを引き受けるといったかい」

「確かに仰せの通り、はっきりそうとご承諾をいただいたわけではありません。しかし」

「その、しかし、が日本人の悪習ですよ」

「なるほど、そうかも知れません。しかし、センセイだって、いや、これだけながくおつき合い願ったということは……」

「だから、ここらでそろそろ、といっておるのさ」

「ですが、そうとつぜんいい出されては困るといってるわけです」

「小説の予定上、困るってことかい」

「まあ、そういうことです」

「じゃあ何かい、これは小説ってことかい」

「困っちゃうなあ……いや、センセイ、これは一本参りました」

「何も、あやまれとはいっておらんよ」

「ご覧の通り、どうせわたしはシガナイ英語教師です。私立大学のシガナイ七コマ講師です」

「私大の講師が小説を書いて悪いとは誰もいっておらんよ。それに、現代人がいかなるものを小説と称しておるのか、あいにく知識も興味も持っておらんのでね」

「いや、まったく、ごもっともです。ただ、わたしが申し上げたいのは、現代においてはみんな困っているということです」

「みんな、とはいったい誰のことかい」

「つまり、小説家と呼ばれているものたちも、果していかなる人物を、いかなる方法によって書き表わせばよろしいか、大いに困っている、という意味です。ですから、ましてやわたしのようなものにとっては、いまここでとつぜんセンセイに逃げ出されては、いや、どうも失礼致しました。いまここで、センセイに帰ってしまわれては、それこそ大海の真中で、とつぜん浮き袋を見失ったも同然、ということになるわけです」

「おや、今度は泣き落しかい」

「何といわれても構いません」

「しかし、そろそろシビレを切らせてる連中がいるんじゃあないのかい」

「は？」

「出番を待ちくたびれて、さ」

「といいますと？」

「例えば、女薬剤師さ」

「ははあ、そういう意味ですか」

「ひょっとして、もうそこのドアだかエレベーターのあたりまで来てるんじゃないのかい」

「それはないと思いますよ。彼女なら、まず電話がかかるはずですから」

「じゃあ、あのオカマ・バーの方はどうかね」

「オカマ・バー？」

「左様、例のゼンキョートーくずれとかの」

「ははあ、あれはバーではなくて、スナックです」

「あそこにはもう一人、ニセ女子学生のようなのもおったようだし」

「これはどうも、いろいろご心配いただいて恐縮です。しかしですね……」

「それから、もう一人、銀座の街頭に坐っている、垢だらけの男がいたであろう」

「ははあ、あの針金細工屋ですね」

「まあ、男はともかく、女はあんまり待たせぬ方がよろしいのではないかな」

「いや、これは何から何まで恐れ入ります。大先生のご忠告として有難く拝聴させていただきましたが、しかしセンセイ、それは小説作法としてでしょうか？」

「まあ、キミの好きな方に解釈し給え」

「それではセンセイにおたずね致しますが、さっきセンセイがお帰りになろうとしたのは、どちらへお帰りになろうとされたのでしょうか？」

「どちら、とはどういう意味かね」

「つまり、ご両親様とご一緒の雑司ケ谷の方か、それとも三の輪の浄閑寺の方でしょうか、という意味です」

「三の輪の浄閑寺とは、またなつかしい名前をきくものだねえ」

「もっとも、いますぐ帰られては困ります。というのは、まだ、ヴェルレーヌのお話が残っておりますから。しかし、ヴェルレーヌのお話が終りましたら、ご無理を申し上げてお引き止めしたお詫びとお礼を兼ねまして、雑司ケ谷の方へでも、あるいはまた浄閑寺の方へでも、お好きな方へお伴をさせていただきます」

「お伴？」

「つまり、送らせていただきます、という意味です」

「しかし、わしが何故、浄閑寺へ帰ることになるのかい」

「は？」

「いかにも、わしは自分の墓所を浄閑寺に望んだ。そのことはキミも日記で知っているであろう」

「あの寺のことは何度も出て来るようですけど、直接お墓のことを書かれているのは、昭和十二年の、六月二十二日ですね」

「読んで見給え」

「ただ、少しながいですから、いまはその部分だけにしますよ。天気は、快晴、となっています」


余死するの時、後人もし余が墓など建てむと思はば、この浄閑寺の塋域娼妓の墓乱れ倒れたる間を選びて一片の石を建てよ。石の高さ五尺を超ゆべからず、名は荷風散人墓の五字を以て足れりとすべし。


「ところが、事実はそうならなかったこともキミは知っているであろう」

「しかし……」

「もちろん、例の詩碑のことくらいは、風の便りにきいておるがな」

「ははあ……では……」

「では、何かい」

「いや、では詩碑の発起人に加わった女性のお名前はご存知ですか？」

9

「ウッフッフ……」

「は？」

「なに、キミもなかなか隅に置けないお人だ、といっているのさ」

「は？」

「ヴェルレーヌかと思えば、浄閑寺、浄閑寺の詩碑かと思えば、女と来る」

「これはどうも恐れ入ります」

「なかなかどうして、客引き上手さ。大学教師も変ったもんだねえ」

「しかしセンセイ、客引きはちょっと……」

「おや、大学のセンセイにポン引き呼ばわりは、ちょいと失礼であったかな」

「そりゃあまあ、さっきも申し上げました通り、わたしはどうせ私大のシガナイ七コマ講師ですがね」

「まあ、よい。先を続け給え」

「いえ、もうこれ以上無理にお引き止めは致しません」

「おや、今度はまた、三流芸者みたいなセリフだねえ」

「三流大学の三流講師とおっしゃりたいんでしょう」

「何も、そうはいっておらんよ」

「どうも、八重次さんでなくて相済まぬことです」

「ほう、八重次とは、あの八重次のことかい」

「まあ、そういうことです」

「こりゃあまた、思いがけない話をきくものだねえ」

「つまり、新橋の芸妓からセンセイの二度目の奥さんとなり、しかし半年後にとつぜん家を出てふたたび芸妓となった八重次さん、すなわち、のちの藤蔭静枝さんのことです。センセイが日記の中で、その出自から紆余曲折の流転ぶりを詳述されている、八重次さんです」

「それで、彼女がどうかしたのかい」

「いえ、別に昨日今日どうしたというわけではありませんけど」

「まさか、彼女……」

「しめしめ、どうやらこれで引き止め策成功ということらしいぞ」

「何かいったかい」

「いえ、その、まさかなんですよ、センセイ」

「しかし、彼女は確か、わしより一つ年下ではなかったかな」

「は？」

「ちょっと急いで探して見給え」

「といいますと？」

「日記だよ、わしの。八重次について書いた個所を、大至急探し給え」

「しかしセンセイ、わたしが申し上げたのはですね……」

「よいから、探し給え」

「わかりました」

「では読み給え」

「えーと、これは、いつだったか一度出て来た例の、昭和十一年一月三十日の女性一覧表ですね。お天気は、晴れて風強し、か。それで、そのあとずっと略しまして、と、ははあ、こうなってますな。つれぐ〳〵なるあまり余が帰朝以来馴染を重ねたる女を左に列挙すべし、か。それで、ははあ、八重次さんは第四番目に出て来ますね」

四　内田八重　新橋巴家八重次　明治四十三年十月より大正四年まで、一時手を切り大正九年頃半年ばかり焼棒杭、大正十一年頃より全く関係なし、新潟すし屋の女

「それだけかい」

「はい、そうです」

「生年月日は？」

「この一覧表には書いてありませんね」

「では、その紆余曲折の流転ぶり、とかキミがいっておった、そちらの方だろう」

「探すんですね」

「探して、読んで見給え」

「えーと、ははあ、これはだいぶ後のようですねえ。昭和十二……十三……十四……あ、そうそう」

「あったかい」

「いえ、その前に、ちょっと一つおたずねしてよろしいですか」

「キミ、また話をそらすんじゃあないだろうね」

「まったくこれだから困っちゃうんだよなあ」

「それはこちらがいいたいことだよ」

「センセイ、人聞きの悪いことといわないで下さいよ」

「しかし、事実であろうが」

「ですから、事実としてはですね、話がそれたり、ズレたりしたことは認めますけど」

「それ過ぎ、ズレ過ぎ、というのだよ」

「ですから、それはあくまで結果でありまして、わざわざ意図的にやっておるわけではないということです。それはセンセイにも、なにしろこれだけおつき合い願っているんですから、すでに充分わかっていただいているものと思いますけどねえ。つまり、ホームランと同じでしてね」

「ホームラン？」

「まあ、これは例が適当ではなかったかも知れませんが、とにかく、狙って打てるわけではない、という意味ですよ」

「しかし、米大リーグのベーブ・ルースは、予告して打ったというそうではないかね」

「これはどうも失礼致しました」

「ウッフッフ……そのくらいの神話は知っておるのさ」

「しかし、センセイは確か……」

「わしがベースボールのことを知っておってはいかんかね」

「いや、そうは申しておらん、ではなくて、申しておりません。ただ、センセイは例の『作後贅言』の中で、確か早慶戦の夜の銀座での、学生たちの狼藉ぶりを、吐き捨てるような調子で痛罵されてましたから」

「キミ、それは話のそれ過ぎであろう」

「しかし、ベーブルースの話はセンセイですよ」

「まあ、よい。それで質問とは何かい」

「確か、八重次さんの本姓は内田でしたね」

「いかにも、本名は内田八重なり」

「金子八重、ではありませんか」

「金子？」

「はい」

「キミ、またまた何か企んでおるのではないであろうな」

「やれやれ、センセイもずいぶん疑ぐり深くなったもんだ」

「疑うな、という方が無理であろう」

「ではわたしが、何を企むといわれるのですか」

「そんなことは決っているであろう。八重次の名を持ち出してまずわしを引っかけて置き、気がついて見ると、いつの間にか、するりと別人の話にすり変っておった、というマジックだよ」

「それじゃあ、まるでペテン師扱いじゃあないですか」

「ペテン師というか、かいかたりというか」

「では、これを読んでみますよ」


明治四十三年（一九一〇）　三十二歳。この年、新橋の妓巴家八重次（本名金子ヤイ、後の藤間静枝）と知った。


「そりゃあ、いったい何かね」

「筑摩現代文学大系（十六）の、巻末のセンセイの年譜です」

「誰の作かね」

「えーと、無署名ですね」
「そのあとは、どうなっておるかね」
「えーと……」
「ただし八重次関係の部分だけにし給え」
「わかりましたよ、念を押さなくとも」

明治四十五年・大正元年（一九一二）　三十四歳。九月、材木商斎藤政吉二女ヨネと結婚した。十二月下旬、八重次を伴って箱根に遊び、二十九日一旦帰京したが、なお別れがたく遊里に流連していた。三十日、父が脳溢血で倒れ、家人が百方さがしたが行方が分からず、三十一日、籾山庭後の連絡によってかけつけた時、父はすでに意識不明であった。

大正二年（一九一三）　三十五歳。一月二日、父久一郎死去。享年六十二。父の死を機会に、二月、妻ヨネと離婚。

大正三年（一九一四）　三十六歳。三月、市川左団次夫妻の媒妁で巴家八重次と結婚。

大正四年（一九一五）　三十七歳。三月、妻ヤイ、突如家を出て再び芸妓となった。

「以上です」
「では、わしの日記の方を読んで見給え」
「えーと、ありました。昭和十五年十二月一日ですね」

昨夜人より藤蔭静枝の過去の生涯を問はれ余の知るところは大略語りきかせたり。（略）静枝は本名を内田八重といふ。戸籍簿には仮名にてヤイとなせり。新潟の妓界に生れ育ちたるなり。明治十三年の生と戸籍面に識るされたれど実はその前年の生なりと云ふ。

「ははあ、そうしますと、センセイと同年ということですね」

「もう少し読んで見給え」


生れていくばくもなく富裕なる土地の娼家（名は忘れたり）に貰はれ、七八歳にて舞妓《まひこ》となる。


「センセイ、これじゃありませんか」

「ふうむ……」

「生れて間もなく貰われた娼家、これが金子さんだったのではないですかね」

「いや、その娼家が、内田であろう」

「しかし、名は忘れたり、と書いてありますよ」

「それは、娼家の屋号のことではないかな」

「じゃあ、内田八重が、いったいどこで金子八重にすり変ったんですか。それこそ、マジックじゃあないですかね」

「ふうむ……」

「あ、それとも、八重次さんは金子某氏と結婚したんじゃあないですか？」

「金子某氏と結婚？」

「つまり、センセイと離婚したあと、また芸妓になり、そのあと、今度は金子さんという男と結婚した」

「その金子というのはキミ、有馬温泉主人の金子元助のことかね」

「は？」

「何だ、知らずにいっていたのかい」

「わたしはただ、推理しただけですよ。でなければ、筑摩版の年譜が完全に間違っているだけなのか。そのどちらかでしょう」

「では、こうしよう。八重次の踊の師匠は藤間勘右衛門といった。また、向島の有馬温泉主の金子元助と勘右衛門とは親戚関係にあった。その金子元助の息子は坂東秀調と名乗る俳優であった。そして、秀調の妻、この名はいま失念したが、その妻女と八重次は藤間勘右衛門の弟子仲間であった」

「ははあ、そうすると、やはりわたしの推理はかなり正確だということになるわけですね」

「いや、そうは申しておらん」

「しかし……」

「話を最後まできき給え。そしてキミは、わしがいま話してきかせた人間関係を頭に入れた上で、わしの日記を読めばよいのさ」

「何だ、結局は読むわけですか」

「ただし、全部読めとはいっておらんよ」

「そうですねえ、この八重次の生々流転というか、男性遍歴というのは、ずいぶん複雑かつ波瀾に富んでるようですからね」

「であるからして、いまわしの話した人間関係をポイントにして、他は適宜省略せよ、ということです。つまり、いま挙げた人名を目で拾いながら、適宜とばし読みをすればよろしい。常々キミはいって来たではないか。センセイ、ここはなが過ぎますので省略します、とね。全部読みたいのは山々であるが、それはいろいろな事情で無理であるから、前略、中略、後略します、と。あの調子でよいわけだよ」

「何だか、奇妙な注文のつけ方だなあ」

「おや、大急ぎのとばし読みは、お得意じゃあなかったのかい」

「わかりました」

「では、やって見給え」


静枝は二十歳過ぎて後東京に来り新橋の平井家の芸妓となり、当時売出しの力士荒岩と浮名を流せしことありと云ふ。(略)後に年寄花籠の株を買ひて隠退せしなり。

「しかしセンセイ、こりゃあ、余りにもめまぐるし過ぎますよ。だってですねえ、彼女がセンセイと知合うまでの男関係は、えーと、どこかの富豪の息子の慶応ボーイ、欧州帰りの川上音二郎の後見人の市川某、音二郎一座の作者江見某、それから座長の音二郎、一座を出されてからは、何とか座の狂言師花房柳外、かと思うと横浜の富豪某、そのあと新潟に帰って県知事阿部某、その阿部某の転勤によりふたたび東京、それで何か花柳病、これはセンセイの原文では×××となっておりますが、の手術をしてまた新潟に帰り、俠客桜井某の妾となり……」

「そのあとのあたりを探して見給え」

「しかし……ふうん……なるほど、新潟の俠客と相談して、また東京へ踊りの師匠になるために出て来たあたりからですね」

……上京して藤間勘右衛門の内弟子となり、向島長命寺裏にさゝやかなる家を借り妹をも呼び寄せ日々浜町なる藤間の稽古場に通ひたり。これは明治四十年頃より四十二三年の間のことなり。小山内薫が始て静枝を知りしは向島有馬温泉の構内に住居せし坂東秀調の家に於てなりと云ふ。（略）さて静枝は明治四十二年の末ころに至り師匠勘右衛門より踊指南の免許及芸名を得たり。されどこれは最初より郷里新潟の花柳界にて師匠をなすべき為にして、東京にて看板を掲ぐべき筈にては非らざりしところ、静枝はいかなる考なりしにや、（略）待合茶屋の主人同郷の者なるをたより金を借り、（略）突然巴家の看板を出し八重次と名乗りて芸妓の弘めをなしたり。此に於て浜町札下の古参弟子は一斉に苦情を言出せしが俳優秀調の実父有馬温泉主人金子元助、藤間勘右衛門とは姻籍の関係あり。藤間の弟子一同を言ひなだめ其儘事なくおさまりたり。されど此時の事後々まで悶着の種となり遂に今日の如く藤間の名を藤蔭と改むるに至りし次第なり。

「やれやれ、やっと出て来ましたよ、センセイ」

「そのあと、何と書いてあるかい」

「このあと、まだ一ページばかりこの日の分は続きますけど、しかし、これでほぼ決まり、じゃあないですか」

「何が、決まったのかね」

「もちろん、金子問題ですよ」

「とにかく、もう少し読み給え」


余は明治四十三年の冬静枝が名弘めの頃吉井小山内の両氏と山城河岸の茶屋に静枝を招ぎ程なく情交を結び、四十五年九月余が結婚の際一時関係を絶ちしが半年あまり過ぎて余が正妻病気のため離縁となりて後再び元の如き仲となり、大正三年九月余の後妻となりしが翌年二月嫉妬家出の事より再び返らず。静枝はまたもや新橋より芸妓の弘をなし傍舞踊の師匠をなし、大正六年十月藤蔭会をつくり大正八年に至り芸妓を止めしが、芸者家は震災のころまでつゞけ居たり。震災前大正十年頃肺を病み一時は生命も危気に見えしが（略）全快して純然たる舞踊教授となりて今日に至れるなり。大正四五年ごろより折々余の許に送り来りし手紙は別冊に写し置きたればこゝに言はず。静枝の一生はまず大略以上の如し。


「このあと、父親、兄、姉、妹などの話が続きますけど……」

「もう、よい」

「どうやら、わたしの推理がマグレ当りしたようですね」

「先の、筑摩版は何年の刊行かい」

「えーと、一九七五年十二月十五日初版発行となってます」

「すると、幾つになるかい」

「は？」

「彼女は何歳になるわけかな」

「ははあ、なるほど。そういう意味だったんですか」

「一九七五年すなわち昭和五十年であろう」

「センセイが、スチクスの彼方の国へ行かれてから、十五、六年後ですから、足し算をしますと、九十六、七歳ということですね」

「ウッフッフ……」

「しかしですね、八重次さんとセンセイとは離婚後、大正九年頃でしたか、焼棒杭とありましたね。しかし、大正十一年頃よりはまったく関係が切れた、と書いてあります。そして大正十一年といえば、えーと、彼女は、つまりセンセイと同年らしいですから、まだ四十四歳ですからね」

「ウッフッフ……」

「しかも、あれだけの女性ですから、金子某との結婚の可能性は充分以上にあるわけでしょう」

「ウッフッフ……」

「それともセンセイ、あれは嘘なんですか。ははあ、何だか様子がおかしいなあ。大正十一年頃で関係が切れた、というあの日記は嘘なんですね、センセイ」

「おや、自白の強要かい」

「どうもヘンだと思いましたよ。だって、大正十一年に切れた女の記録が、それも、あんなに詳しく、昭和十五年の日記にとつぜん出て来るわけですからね」

「ウッフッフ……今度はまたゼニガタ警部のマグレ推理かい」

「しかしですねえセンセイ、油断は出来ませんよ。つまり、仮にですねえ、わたしはあの昭和十五年十二月一日の日記の記述を、センセイが彼女と手を切った直後か、いずれにせよ間もない時期のものではないか、とにらんだわけですが、そのときすでに彼女は金子姓であったとも考えられる。あるいはまた、昭和十六年以後に、そうなったとも考えられます。昭和十六年といえば、えーと、なるほど彼女は六十三歳です。しかし、何といったって、あれだけのツワモノですからねえ」

「キミ、そりゃあ、何かね」

「は？」

「さっきからキミがそこでちらちらさせている、その薄っぺらいものだよ」

「あ、これは『浄閑寺と荷風先生』というパンフレットです」

「それでそこに、何かおかしな事でも書いてあるのかい」

「おかしな事かどうかわかりませんけど、終りの方に、こんなところがあります」

「自分は文壇の士と平生交際しないから、死後、拙劣な銅像など建てられないで済む」と、日記に書いた荷風先生も、人の心をうつくしく清らかに、寂静の思いにみちびく詩碑を見ては、満足されることと思う。

当代一流の建築家谷口吉郎博士が、彫心鏤骨の設計による立派な碑の壁面には、偏奇館吟草の中より「震災」の詩を撰んで黒御影石に活字体をもって刻みつけた。その下、東隅にスエーデン産赤御影石の花畳《はなたとう》型筆塚の中には、荷風先生の養子永井永光氏より贈られた、故人の二枚の歯と、常用の平安堂製白圭の銘の小筆一本が納められ、期せずして、分骨埋葬の形となったことも不可思議な因縁である。

故人の歯は前歯一本と金冠をかぶせた左方大臼歯一本で、永井永光氏が偶然、故人の巻煙草ケースの中に収めてあるのを発見して建立委員会に寄贈されたものである。

「つまり、先程わたしがセンセイに、雑司ケ谷の方か浄閑寺か、どちらへお帰りになるつもりですか、とおたずねしたのは、このためだったわけです」

10

「そりゃあ、いったい誰の作物かい」

「えーと、奥付には署名はございませんね」

「しかし、誰かが書いたものであろう」

「そりゃあそうでしょうけど、とにかく奥付には著者名はありません。ははあ、発行人もありませんねえ。発行所として、東京都荒川区南千住町二の一の十二、浄閑寺、と印刷されてあるだけです」

「いつ出たものかね」

「えーと、最初は、昭和三十八年五月十日発行とありまして、ははあ、これは大したもんだな」

「重版かい」

「そういうことです。しかし、さすがはセンセイ、いいカンですねえ。おどろきました」

「で、どのくらい刷ってるのかね」

「さあて、部数までは、ちょっと……」

「版数をたずねておるのさ」

「あ、そうか。えーと、昭和三十八年五月十日初版、昭和三十九年四月一日再版……」

「ほう、翌年に再版かい」

「ただし、そのあとは少し間があきまして、昭和四十四年九月一日三版、昭和四十七年九月一日四版、昭和五十一年四月一日五版、昭和……」

「おや、まだ続くのかい」

「いえ、もうそろそろおしまいです。昭和五十三年九月一日六版発行、ということです」

「それで、幾らなのかね」

「この昭和五十三年版のもので、二百円となっていますね」

「すると、いまはもう少し上っておるということだな」

「さあ、それは調べておりませんけど」

「別に調べなくとも、当然そうなる理屈であろうが」

「なるほど、さすが、預金の荷風ですなあ」

「キミ、それはこの際、あちらのことではないかい」

「あちらのこと？」

「おや、またそろそろ昭和人の分裂病がはじまったようだな」

「は？」

「バラバラ人間だか、バラバラ病だか知らないけれど、まるで小商人《こあきんど》の倅みたいに抜け目ないかと思うと、今度はまるで、どこかの大大尽《だいだいじん》の御曹子みたいにお人好しというのか、間が抜けておるというのか、ねえ」

「なるほど、そういう意味でしたか」

「自分で感心してりゃあ、世話はないよ」

「では、あちらというのは、スチクスの彼方の国、つまり、センセイのお国ということですかね」

「これだからバラバラ人間はつき合いにくいというのさ」

「しかしセンセイ、地獄の沙汰もナントカ次第、ということではないのですか」

「わしが預金通帳一切をボストンバッグの中に置いて来たことは、それこそキミたちの方が、週刊誌や何ぞでよく知っているのではないのかい」

「それは存じております。確か、あの当時で、えーと、総額三千何百万円だったとか……」

「まったく昭和人はどうしようもないねえ」

「それはもう、耳にタコが出来るくらい、きかせていただいておりますが」

「死者のボストンバッグを暴いて商品にして置きながら、いざとなると、正確な金額も記憶しておらないのだからねえ」

「何なら、調べてみましょうか、大急ぎで」

「ウッフッフ……余が残せし預金通帳の金額は三千数百万円に非ず、二千三百三十四万四千九百七十四円ナリ」

「なるほど、これはオソレ入りました」

「ウッフッフ……」

「しかしセンセイ、センセイがそのボストンバッグを、こちらに置いて行かれたことはわかりましたが、あちらといえば、やはりセンセイが行かれた国のことになるのではないでしょうかね」

「どうしてかい」

「どうしてって、そりゃあ、わたしがこちらの人間だからです」

「キミ、そのこちらというのは、何かい、昭和人だという意味かい」

「そう解釈していただいても構いません」

「おや、何だか、裏がありそうな口調だね」

「ウッフッフ……いや、これはどうも失礼致しました。つまり、センセイの大嫌いな、現代人というふうに解釈されてもよい、という意味です」

「おや、今度は開き直りかい」

「別にそういうわけではありません」

「じゃあ、何かね」

「ただ、センセイ次第で、こちらは裏にもなれば、表にもなる、ということです」

「じゃあ、十円玉みたいなものかい」

「しかしセンセイ、あちらがあればこちらもある、というのは当然でしょう」

「何かい、それがいまはやりの、両面性とかいうやつかい」

「要するに、わたしはこちらの人間であり、そのこちらのわたしから見れば、センセイはあちらの人間ということです」

「これじゃあ、話がズレるのも当り前だねえ」

「しかしセンセイ、あちらを持ち出したのはセンセイですよ」

「いかにもそうであったかも知れぬが、それを勝手にズラしたのは、誰かね」

「その、勝手に、というのは、わたしが、という意味でしょうか」

「でなけりゃあ、どういう意味かね」

「センセイとわたし、という意味です」

「じゃあ何かい、このわたしが話をズラしたというわけかい」

「誰もそうは申しておらぬ、いや、申しておりません。ただ、話がズレたとすれば、それは他ならぬ対話のためだ、といいたいわけです。早い話、あちらの人間であるセンセイのあちらと、こちらの人間であるわたしのあちらは、どうやら同じあちらではなさそうである。もちろんこれは、ほんの一例に過ぎません。ただ、話がズレた、あるいはどんどんズレてゆくのは、決してわたしがセンセイを目の前にして、勝手に独演会をやっているせいではない、ということです。そりゃあタマには、センセイを欺すようなことを、一つや二つはやらなかったとは申しません。何とかセンセイを引き止める手段として、思わせぶりな方法……えーと、つまり……」

「ストリップ式、であろう」

「あ、そうでした。そのストリップ式とセンセイが命名されたチラリズムとか、また、あるときは、えーと……」

「ポン引き式、であろう」

「あ、そうでした。ポン引き式とセンセイが命名されたところの、つまり、馬の鼻先にニンジンをぶらさげるような、多少エゲツナイような方法も、決して用いなかったとは申しません。しかしそれは、あくまでもセンセイとの対話をいかにして成立させるか、いかにして続行させるか、というそのための方法として用いられたのでありまして、決してわたし自身の独演会のためではありませんし、実際それは、結果としてもわたしの独演会ではなかったはずです。証拠として、速記録とか録音テープとかが残っていないのが何とも残念ですが、もし、センセイとの対話が何らかの形で記録されておれば、いまわたしの申し上げていることが、決してデタラメや嘘八百ではないことを、センセイも認めて下さるものと思います。そして、ここで是非とも申し上げたいことは、そういったわたしの多少エゲツナイような方法を、やれストリップ式だのポン引き式だのと難くせをつけながらも、そのストリップ式にせやらポン引き式に、他ならぬセンセイ自身がつき合って下さった、ということです。なにしろ、ストリップ式にせよポン引き式にせよ、センセイが命名されたわけですからね！　つまり、センセイを欺すための方法、すなわち、いかにしてセンセイとの対話を続けるかという方法それ自体が、決してわたしの独演会としてではなく、他ならぬセンセイとの対話によっておこなわれた、ということです。これをいい換えれば、方法が結果であったということでしょう。なるほど、その結果として、われわれ、いや、センセイとわたしとの対話は、しばしば迷宮的でありました。また、しばしばアミダクジ式でありました。しかし、それはいわば当り前でありまして、なにしろ迷宮的、アミダクジ的であることが、そもそもセンセイとの対話を成り立たせる方法だったからであります。つまり、迷宮的、アミダクジ的方法でおこなわれた対話が、結果として迷宮的、アミダクジ的な対話になった、ということです。要するに、方法が結果であり、結果が方法であったということでありまして、この場合、迷宮的、アミダクジ的であるということと、センセイの命名されましたストリップ式、ポン引き式とが同義でありますことは、あらためて申し上げるまでもないと思います」

「キミ、キミ、独演会はそのくらいにして置き給え」

「あ、これはどうも失礼致しました。しかしセンセイ、ここでもう一つだけ是非とも申し上げて置かなければならないことがあります。それは他でもない、われわれ、いや、センセイとわたしの対話が、今度こそは本物の迷宮入りではなかろうかというスレスレのところまで何度も踏み迷いながら、その度に、いま一歩のところで辛うじて本物の迷宮入りとならず、とにもかくにもここまでこうしてたどり着くことが出来ましたのは、一にも二にも、いや、三にも四にも、すべてセンセイのお蔭によるものだということです。先にも申し上げました通り、やれストリップ式だのポン引き式だのと難くせをつけながらも、結局センセイはわたしとの迷宮的、アミダクジ的対話にここまでつき合って下さいました。いや実際、その好奇心の非凡さには感嘆の他ないのですが、同時にセンセイは、時折り、カンシャクを起されました。つまり、いったい何のために、わたしなどと、こんな迷宮的、アミダクジ的な対話を続けなければならないのか、その馬鹿馬鹿しさにとつぜん気づかれたわけです。そして、腹を立てられたわけです。そこで、その度にわたしは、何とか次なる新手、つまり、センセイを欺すストリップなりポン引きなりの新手の考案工夫に、無い知恵をしぼらなければならなかったわけですけれども、同時に、あの時折り、とつぜん思い出したようにといいましょうか、ドストエフスキーのテンカンのようにと申しましょうか、センセイのカンシャクが爆発しなかったならば、おそらくこの対話は、とうの昔に本物の迷宮入りとなっていたに違いありません。つまり、ミイラ取りがミイラになったようなもんです。あるいは、クレタ島の迷宮の住人、牛頭人身の化物ミノタウロスを見事退治したのはよいが、今度は迷宮から脱出出来なくなってしまった、例の……えーと……」

「アテーナイ王の息子、テーセウスであろう」

「あ、そうでした。そのテーセウスのようなもんです。ですから、その意味で、時折り、とつぜん、睡眠薬の切れた人間の寝言のようにきこえて参りますセンセイのカンシャクは、あのクレタ島の王様……つまり……」

「クレタ島の王は、ミーノスなり」

「あ、そうでした。そのミーノス王の娘の、えーと……」

「なるほど、これは放って置けば本物の迷宮入りかも知れないねえ」

「えーと……まあ名前はどうでもいいようなものですけれども……つまり、例の英雄テーセウスに惚れた、王様の娘ですね……」

「ウッフッフ……」

「は？」

「昔は紙芝居屋でも、そのくらいは知っていただろうよ」

「紙芝居屋？」

「いや、ミーノス王の娘ならば、アリアドネーであろう」

「あ、そうでした。つまり、時折り、例えば麻酔注射の切れた患者の悲鳴のように発せられますセンセイのカンシャク、それは、そのアリアドネー、でしたか、とにかくテーセウスに惚れた王女さんが、テーセウスにこっそり与えた糸玉のようなものであった、と思うわけです」

「なるほど、いかにもペテン師ふうの理屈だねえ」

「紙芝居屋から、今度はペテン師ですか」

「まあ、折角の骨折りだから、ペテン師にも三分の理、といって置こうか」

「いや、センセイ、三分あれば充分ですよ」

「しかし、それにしても、少しばかり話が出来過ぎじゃあないのかねえ」

「ということはセンセイ、お世辞だろう、という意味ですか」

「お世辞にしても、ということだよ」

「しかし、いま先のセンセイのセリフを拝借すれば、お世辞にも三分の実、ですから」

「ではたずねるが、浄閑寺は、どっちなのかね」

「は？」

「つまり、あっちなのか、それとも、こっちなのか、とたずねておるのさ」

「あ、そうか。そのセンセイの、あっちから話がズレはじめたのでしたね」

「左様、だからキミの命名に従って、さっそくアリアドネーの糸玉の糸を、ちょいと引っ張らせてもらったのさ」

「では、さっきセンセイがおっしゃったあっちというのは、浄閑寺のことだったわけですかね」

「ところがキミは、待ってましたとばかりに、やれスチクスの彼方だの何だのと、勝手にアミダクジをはじめおった」

「これはどうも失礼致しました」

「では質問に答え給え」

「えーと……」

「浄閑寺は、あっちかい、それとも、こっちかい」

「ふうむ、これは難問だなあ」

「どうしてかい」

「どうしてかいって、あっちでもあればこっちでもある、っていうのがお寺というものだからですよ。あっちでもあるしこっちでもあり、あっちでもなければこっちでもない。つまり、あっちとこっちの境界ですね。こっちからの出口でもあり、同時にあっちへの入口でもある」

「ではたずねるが、その一部二百円ナリのパンフレットは、どっちのものかい」

「ははあ、なるほど。さすが、預金の荷風ですなあ」

「キミ、キミはそれとまったく同一のセリフを先にも吐いたが、そこでわしは、それはあっちのことであろう、といったはずだよ」

「ははあ、なるほど。つまり、センセイは、坊主丸もうけとおっしゃりたかったわけですね」

「そう露骨には申しておらん」

「確かに、六版とは大したもんだなあ」

「しかも著者がなければ印税も不要であろう」

「確かに著者は明記されておりませんが、この文章の書き手は、坊さん、つまり浄閑寺住職ということになってますね」

「例えば、どんなものかい」

「センセイの写真も載ってますよ」

「おや、どんな写真かい」

「ふうん、これはなかなかいい写真だなあ。といいましても、こんなパンフレットですから印刷はまあ止むを得ないと思いますけど、まず、『浄閑寺書院で過去帳を見る荷風先生』、次が『浄閑寺墓地入口の荷風先生』、三枚目が……」

「おや、そんなにあるのかい」

「そうですねえ、えーと、三枚目が『玄関にて』というもので、これはセンセイが上り口に腰をおろし靴を脱いでいるところ。一枚目のとこれが、なかなかいいスナップですね。それから四枚目が『浄閑寺境内地にて』というものですが……」

「ふうむ……いつの写真かい」

「いや、実はわたしもこれを見まして、センセイにおたずねしたいと思っていたのですがね、その前にちょっとパンフレットの一部を読んでみましょう。いまの写真と直接関係もあるし、また同時に、この文章の書き手もはっきり出て来る。そしてその上、わたしがセンセイにおたずねしたかったこととも直接かかわりがあるという、三拍子揃った部分を、うまい具合に見つけましたから」

「そりゃあまた、ずいぶん都合のいい文章が出て来たものだねえ」

「あ、そうか。その前に、このパンフレットのことをざっと説明して置きますと、全部で三十ページ足らずのものなんですが、㈠が『浄閑寺の草創』で、開基は明暦元年（一六五五）、最初は増上寺の末寺であったが現在は京都知恩院に属するという縁起。㈡が『遊女の霊二万五千』で、いわゆる投込み寺の由来ですね。えーと、かくて新吉原創業以来吉原廃業までの三百年間に、浄閑寺に葬られた遊女は、実に二万五千に及んだ。（遊女の子、遣手婆など直接関係あるもの、または、安政二年、大正十二年両年度の大震災に合葬された者を含む推定）などと書いてあります。㈢は『明治中葉の浄閑寺』でありまして、ここでセンセイがはじめて浄閑寺を訪れたのは明治三十一、二年であること、またそれは、明治十二、三年頃品川楼で情死した遊女盛糸《せいし》と谷豊栄《とよさか》という男の新比翼塚の話をきいたためであることなどが記され、センセイの『里の今昔』の一節が引用されています。ただし、センセイの文章には、内務省の小使谷豊栄となっているがそれは誤りで、谷豊栄は内務省属の警部補で西南戦争に武勲をたてた勇士である、と訂正してあります。それから、小門勝二氏の『散人―荷風歓楽』、井上唖々氏の『夜の女界』、センセイの『断腸亭日乗』などが出て来まして、井上唖々作といわれている『夜の女界』のうち、浄閑寺のことを書いた部分はセンセイの文章であることをつきとめるあたりは、ちょっとシロウト離れした書き方ではないかと思います。そのあと『夜の女界』の、それに当る部分、そうですね、これは九章の『遊女の最後』というところですね、それがかなりながく引用されています。㈣は『十月二日の空也《くうや》念仏踊』で、これは安政大震災で横死した遊女たちの霊を供養するため新吉原の楼主たちが空也念仏踊の会を催したということ、しかし関東大震災以後は吉原池畔で九月一日に法要を営むようになったこと、などです。㈤の『新比翼塚』では、森鷗外の妹金井喜美子さんの『森鷗外の系族』、実はわたしはこれは読んだことありません。もちろんセンセイはよくご存知だと思いますが、その文章がかなり詳しく引用されておりまして、森家の家作の一つに例の心中した谷豊栄一家が住んでいたという話が書いてあります。また鷗外が、その谷という男の西南戦争従軍談をずいぶん面白がってきいていた、などという話も出て来ますが、センセイはすでにご存知でしょうから、あとは省略します。ただ、この新比翼塚とセンセイとの結びつきを、繰返し強調しております。㈥『昭和十二年夏の浄閑寺詣』では、その夏センセイが三度も浄閑寺を訪れたことが記され、『断腸亭日乗』の六月二十二日、六月二十八日、七月八日が抜萃《ばっすい》引用されています。あと寺内の豕塚《いのこづか》が紹介され、浄閑寺が安政、関東の両震災ばかりか昭和二十年の東京大空襲をも免れたのはこの豕塚のお蔭かも知れない、などと記されています。あ、そうそう、この豕塚には猪の絵が描いてあるそうで、昔から〝火伏せの豕〟とか伝承されているそうです。さて……」

「キミ、さっきキミがいっておった三拍子だか四拍子だか揃っているという個所は、まだ出て来ないのかい」

「いや、これはどうもお待たせしてスミません。実は、次がそのお待ち兼ねの㈦『荷風葬式筋書のこと』でありまして……」

「その葬式筋書とは、わしの葬式のことかい」

「そういうことです。ちょっと読んでみましょうか」

昭和三十年は、奇しくも寺の開基三百年と、安政大震災百年忌、関東大震災三十三回忌と、浄閑寺にとって、記念すべき行事が三つ重った。これを機会に、寺では開基以来法燈のつづくことを慶祝し、他方いたましき二万五千の無縁遊女の慰霊をも兼ねた大法要を、十一月十三日に併せて行なうべく、夏から心をこめて準備に当った。

偶然、この年七月三十日に『荷風思出草』が毎日新聞社より刊行され、荷風先生と相磯凌霜氏との対談記録に、再び浄閑寺が話題に上って出るのである。

「『荷風思出草』は相磯凌霜という人との対談ですけど、これはどういう人ですかね」

「本業は鉄工所の重役さん」

「対談では、相磯勝弥の名になってますね」

「それが本名」

「まあ、そんなことはどうでもよいとして、このパンフレットでは、いま読みましたところのあとに、お二人の対談が、こんなふうに要約されております」

(前略) 相磯氏が、浄閑寺の奥の方には空地がまだ残っているから、先生のお墓は大丈夫です。といって、前々から、二人の間に交された、荷風先生のお葬式の筋書を、語り出したのを読むと実に風変りな、先生らしい情趣に満ちた相談なのである。

先生のお葬いは、遺骸を差荷《さしにない》の駕籠に入れ、なるべく雨のショボショボ降っている夕ぐれ時に、お伴は相磯氏ただ一人が、冷飯《ひやめし》草履をはき、尻っぱしょり姿で、ボンノクボまではねを上げてトボトボ三輪の浄閑寺に送りこむという寸法である。(後略)

「というわけなんですが、対談と読み較べてみますと、この要約は、まあ当然といえば当然なんでしょうが、かなりの意訳ですなあ。というより、むしろ我田引水的なもので、それは次のような部分も同様です」

荷風先生は、さきに昭和十二年六月二十二日の日記中に、死後の墓を三輪浄閑寺にと定め、墓碑銘、墓の大きさまで指示したが、昭和十六年一月十日の日記には、従弟、大島加寿夫宛の遺書を発表し、（略）葬式と墓の無用を明言した。しかしまた、三十年の前記、相磯氏との対談では、再び浄閑寺へ葬る話が登場しているのである。

荷風日記を先生の創作の類と見做す人は、先生がその時折りの気まぐれの放談で、真実の吐露ではないと極めつけたがる向きもないではない。しかし記録も再度に及べば、一時の気まぐれとはなしがたい。

「なるほど、書き手のはっきりしない文章だねえ」

「そうでしょう。はじめから大体この調子で来まして、このあと、はじめて書き手がちらりと顔を出すわけですけど、ただ、ひたすらセンセイを、というのか、センセイの遺体をどうでもこうでも浄閑寺に投げ込みたい、という、その気持だけはよく出てますねえ」

「それで、わしの写真のことは、どうなったのかい」

「いま出て来ます。ただ、全部を引用するとながくなりますので、そこへ至る部分を簡単に説明しますと、小門勝二氏の『荷風歓楽』の中でのセンセイと小門氏のやり取りが出て来る。つまり、センセイが墓は浄閑寺に、といわなくなったのは何故かと小門氏がたずねたのに対して、センセイは、自分はお祭りは嫌いだ、と答える。自分の墓があそこに建ったら、たぶんまたあれをやられるに違いないからご免蒙るという。そのあと、こういうふうに書かれているわけです」

お祭り、というのは、前記開基三百年と、安政、関東大震災無縁遊女の大法要を指す。荷風先生のお好みがどうあろうとも、僧としては開山の恩を謝し、憐れな無縁の供養をなすべきは当然のことで、しない方が怠慢、不精無慈悲となる。昭和三十年の大法要の話は、相磯氏から先生の耳にも当然入っていたはずだから、もし先生に浄閑寺退散の決意があったなら、翌三十一年一月訪れて浄閑寺の書院へ上られることはなかったにちがいない。先生が明白に筆にした記事さえ首尾一貫しないのだから、まして片言隻語に神経質になる必要はなかろう。

昭和三十一年の一月十八日は快晴だったが、きびしい寒さだった。茶の外套、中折帽子、茶の洋服姿の荷風先生は、相磯凌霜氏と小門勝二氏を伴って、来寺された。明治以来、この文豪は幾度か浄閑寺を訪れたが、刺を通じて、上ったのは初めてであった。（中略）大火鉢に炭を山とついでも、暖かくならぬ書院の寒さに住職の妻は幾度か「お寒うございますから、外套をお召しになりますように」とすすめたが、先生は室内では遂に外套をはおることをしなかった。明治人の作法というのであろうか、にこにこと柔和な態度でご機嫌はよかった。役僧の差し出した江戸期の古い過去帳を三十分あまり披見されたのち、境内に下り本堂前、墓地入口など数カ所でカメラマンのカメラに入った。（後略）

「なるほど、シロウトにしちゃあ幾らか心得のありそうな文章だねえ」

「いや、センセイにそういわれれば、もはやわたしごときシロウトは何もいう必要がなくなるわけですがね、とにかく、写真の説明としても、この文章は実に正確です。もっとも白黒ですから色はわかりませんが、書院の中のものは無帽で外套なし。髪の毛にはきちんと櫛が入っており、ネクタイも締めておられます」

「それで、キミがたずねたいというのは、どんなことかい」

「まず一つは、この写真を撮ったのは誰だろうか、ということです」

「それがどうかしたのかい」

「つまり、このパンフレットの書き手が、わざわざ〝カメラマン〟と書いているのはどうしてだろう、ということです」

「何だか裏のありそうな口ぶりだねえ」

「だって、小門氏なら小門氏、相磯氏が撮ったのであれば相磯氏と書けばよいわけでしょう。ところがそのどちらでもなく、センセイは〝カメラマン〟のカメラに入った、という。これは、プロのカメラマンではないでしょうかね」

「おや、今度は訊問かい」

「いや、これはどうも失礼致しました。それにセンセイの写真を撮ったのが、シロウトであろうとクロウトであろうと、そんなことはどうでもよろしい。ただ、センセイの一月五日の日記は、こうなっております」

一月五日。晴。凌霜子と午後四時半有楽町にて会見の約あり。其の時刻に赴き見るに凌霜子毎日新聞記者小山氏と共に在り。木挽町天国の料理を馳走せらる。上野発京成電車にてかへる。

「つまり、この五日の会見と、十八日の浄閑寺行とは関係があるのではないか、ということです。そして、それが浄閑寺行の打ち合せだったとすれば、センセイを撮った〝カメラマン〟は毎日新聞のカメラマンだろうということになりますが、もちろんだからどうというわけではない。また十八日の浄閑寺行が毎日新聞社の写真撮影のためだったのか、そうでなかったのか、ということも、どうでもよろしい。また、このパンフレットの書き手は、荷風日記をセンセイの創作の類と見做す人は、云々と書いておりましたが、わたしとしては『断腸亭日乗』が仮に三分の事実に過ぎないとしても、一向に構わないと思う。同時に、そこに何がつけ加えられ、あるいは、そこから何が削除されようとも、これまた一向に構わないと思う。しかし、一月十八日の日記に、浄閑寺行が一行も書かれなかったのは何故でしょうか。それが、どうにも不思議なわけです。それは、毎日新聞社の写真撮影のためだったせいであるのか。あるいは浄閑寺そのもののせいであるのか。とすれば浄閑寺の何のせいなのか。とにかく一月五日の日記同様、昭和三十一年一月十八日のセンセイの日記に、浄閑寺行のことが一行も出て来ないこと、それが不思議だということなのです」

一月十八日。晴。午後一時凌霜子小山氏来話。吉原京町外洋食店ナポリに行き昼餉の馳走になる。本所押上にて二氏にわかれ燈刻家にかへる。夜初更雨声頻なり。

11

「いや、これはどうも、少々ムキになったようで失礼致しました」

「なに、キミのいう意味が、まんざらわからぬわけでもない」

「そうおっしゃっていただけると、助かります。それに実は、あの日の日記からセンセイが浄閑寺の文字を一切抹殺といいますか、一切無視されたお気持は、よくわかる。つまり、ああいう形で浄閑寺を訪問したことを、記録に残したくなかったわけでしょう」

「おや、さっきは、一行も書かれておらぬのが不思議だ、といっていたのではないのかい」

「それはですね、そういうふうにいえば、案外センセイがホンネを吐いて下さるのではなかろうか、と思ったからです」

「ホンネ？」

「つまりそれは、一般論としていえば、後世に活字として残さなかった部分、ということです」

「それは、残したくない、という意味かい」

「もちろん、そういう意味も含みます」

「では、その一般論とやら以外にも、何かあるということかい」

「そうです。つまり、個人的な理由ですね」

「そんなものは、何もわしに限らず、ではないのかい」

「まったく、おっしゃる通りで、何もセンセイに限ったことではありません。およそ世界じゅうの著述家で、記録しい、た、く、な、か、っ、た、も、の、を、記、録、し、た、著述家はいないでしょう」

「ところが、後世のカラス族が、そこのところをほじくりまわす、わけさ」

「カラス族といいますと……」

「いわゆる、ナニナニ研究家と自称する御仁たちのことなり」

「しかしセンセイ、そのセンセイのおっしゃるところのカラス族を何百人、何千人食わせておるか、というのが、文豪なるものの度合いを計る物指なり、という説もあるらしいですよ」

「ところで、いま繁昌してるのは何ガラスかねえ、相変らずの漱石ガラスかい、太宰ガラスかい」

「そうですねえ、そいつは今度調べて置くことにしまして、話を元に戻しますと……」

「おや、これは珍しいこともあるものだね。それとも、それがカラス仲間の仁義というものかね」

「とんでもない。わたしなんぞ、カラス仲間にも入れてもらえない、スズメ族みたいなもんです。しかし、スズメ族でありますがゆえに、却って勝手なこともおたずね出来るようなわけなんですけど、あの日、すなわち昭和三十一年一月十八日ですね、あの日の日記でセンセイが、浄閑寺行きを一切無視されたのは、浮世の義理でつき合われたものだからではありませんか？」

「おや、浮世の義理なんて言葉が、まだ使われているのかい」

「どうも何だか、会話の役どころが、アベコベになったみたいだなあ」

「そうかい」

「だって、わたしが話を先に進めようとすると、センセイが脇道へそらそうとする」

「そうかい。これでもわしとしては、ずいぶんカラスの勝手に、辛抱しておつき合いしてるつもりなんだがねえ。もっともキミは、自称カラス族に非ず、スズメなり、ということらしいが」

「それでは、スズメの勝手ということで、話を続けさせていただきますと、あの日の浄閑寺行きは、浮世の義理がお気に召さなければ、不本意ながらの頼まれ仕事、だったからではないでしょうか。そして、それはセンセイの個人主義の哲学に反する、ということではありませんか」

「わしは、哲学なんぞは、どこでも勉強しておらんよ」

「まあ、哲学がお気に召さなければ、個人主義思想でも、経済学でもよろしいですが、例えばセンセイは、とつぜん日記の中に、遺言状のようなものを書かれたことがありますね」

「遺書らしきものは、何度か書いたおぼえがあるがね、キミのいうのは、いつのものかい」

「えーと、例の、いつだったか出て参りましたお墓、つまり浄閑寺に小さな墓石を建てよ、というあれではなくてですね、そうです。昭和十六年一月十日の日記ですね」

「読んでみ給え」

「では、例によって、前略式でその部分だけ読ませていただきます」

一月十日。陰。（略）南風吹きて暖なり。深夜遺書をしたゝめて従弟杵屋五叟の許に送る。左の如し

一　拙老死去の節《(ママ)》ハ従弟大嶋加寿夫子孫ノ中適当ナル者ヲ選ミ拙者ノ家督ヲ相続セシムル事、其手続其他万事ハ従弟大嶋加寿夫ニ一任可致事

一　拙老死去ノ節葬式執行不致候事

一　墓石建立致スマジキ事

一　拙老生前所持ノ動産不動産ノ処分ハ左ノ如シ

一　遺産ハ何処ヘモ寄附スル事無用也

一　蔵書画ハ売却スベシ図書館等ヘハ寄附スベカラズ

一　住宅ハ取壊ス可シ

一　住宅取払後麻布市兵衛町一ノ六地面ノ処分ハ大嶋加寿夫ノ任意タルベキ事

西暦千九百四十年十二月廿五日夜半認之

日本昭和十五年十二月廿五日

荷風散人永井壮吉

従弟　杵屋五叟事

大嶋加寿夫殿

「ということなんですが、カラス族ならぬスズメの質問として一つおたずねしますと、日記の日付と〝遺書〟につけた日付が違っているのは何故でしょうか。つまり、昭和十六年一月十日の深夜にこれをしたためたとありますが、これは前年、昭和十五年十二月二十五日、すでに作成しておいた遺書を、翌年一月十日に浄書された、ということでしょうか」

「まあ、そんなことであろうな」

「では、これこそ、まったくスズメ族的センサクというべきでしょうが、《深夜遺書をしたゝめて》は、浄書して

の意味と致しまして、次の《従弟杵屋五叟の許に送る》は、どうなりますでしょうか」

「どうなります、とは、どういう意味かい」

「つまりですね、深夜に手紙を送られたわけでしょうか。もちろん、街のポストは年じゅう無休で口を開いておりますけど、センセイご自身か、あるいは使いの者か何かが、深夜その遺書をポストに投函されたわけでしょうか。それとも、深夜に浄書されたものを、翌日投函されたのでしょうか」

「まあ、そのあたりは、カラスの勝手、いや、スズメの勝手にし給え」

「はあ、おそらく、そうせざるを得ないと思うのですが、そのスズメの勝手解釈の前に、念のため、遺書の日付になっております昭和十五年十二月二十五日の日記を見ますと、こうなっております」


十二月廿五日。陰。午後平井君来話。昏暮共に出でゝ銀座に飰し浅草に往く。


「それだけかい」

「はい。つまり、遺書のことは一行もありません。それで今度は、これも念のため、深夜に遺書を浄書された、と考えられる翌十六年一月十日の翌日、一月十一日の日記を見ますと、こうなっております」


一月十一日。晴。読書家に在り。


「それだけかい」

「はい。つまり前日の深夜に浄書された遺書を投函されたことは、まったく記されておりません。もちろん、先の浄閑寺行きの場合と同様、何が何でも書かなければならん、ということは、まったくありません。そして、そのことは、遺書の日付になっている前年十二月二十五日の日記に関しても、まったく同様であります」

「おや、何だか口調が変ったようだねえ」

「おや、そうかい、いや、これはどうも失礼致しました」

「何か獲物を摑んだ検察官、何か動かぬ証拠を押えた刑事の自信あり気な口調、というところかねえ」

「いや、いや、とんでもございません。ま、せいぜい、ミミズか何かを見つけたスズメといったところ、でしょうか」

「それで、そのスズメの勝手でゆくと、どういうミミズが出て来るわけかい」

「その前に、もう一つおたずねしてよろしいでしょうか」

「何かい」

「先の遺書の日付ですけど、あれは何か、一月十日、つまり浄書された日の日付ではまずい、という事情がありましたのでしょうか」

「その前後のあたりに、何かそれらしき事情が書いてあるかい」

「法律その他の変更とか、そういうことですか？」

「まあ、そうしたことも含めて、わしの個人的な事情全般だね」

「特に見当らないようですけど」

「ならば、特別の意味はなし、ということであろう」

「すると、前年十二月二十五日に作成された遺書を、そのまま翌年一月十日に浄書し、日付も作成日のままにした、ということですね」

「何かい、そりゃあ。アリバイ崩しとかいうやつかい」

「ウッフッフ……いや、これはどうも失礼致しました」

「それで、スズメの勝手ではどうなるのかね」

「では、お言葉に甘えまして、スズメの勝手解釈を申し上げますと、センセイは確かに、昭和十六年一月十日の日記の中に、あの〝遺書〟を書かれた。そして、現実とは直接に関係を持たぬある種の理由、例えば広い意味での文学的理由のようなもの、によって、その〝遺書〟の日付を前年十二月二十五日とされた。しかしその『遺書』は、あくまでもセンセイの日記帳に書き込まれた日記の一部分であって、本物の遺書ではない」

「続け給え」

「何故ならば、それは日記帳に書きつけられただけで、現実には投函されなかったからであります」

「続け給え」

「ですから、先ほどわたしは、わざわざ日付を、現実の日記の日付とズラされました理由を、広い意味での文学的理由と申し上げましたが、これは二重の意味を持って来るように思われます。つまり、その一面は、〝遺書〟そのものが、文学的な感興といいますか、興趣によって書かれたということ。そして、興趣をさらに虚構化したいという小説家の、というか、センセイのというか、とにかく自己虚構化の願望によって、現実の日記とは異なる過去の、それも余り遠くない過去のある日付が選ばれ、記入された」

「続け給え」

「さて、もう一面の方ですが、これは先の一面が、いわば虚構の現実化、つまり嘘を本当に見せかけようとしたのに対して、現実を虚構化しようとした文学性、といえるのではないかと思います。なにしろ、日記であれ何であれ、その〝遺書〟が他ならぬセンセイの直筆によって書かれたことは、現実だからであります。ところがそこに、現実の日付とは異なる日付を書き込むことによって、その現実の有効性はゼロになります。つまり、もし仮に、あのセンセイの日記中の〝遺書〟を、何らかの形、何らかの目的で悪用、乱用しようとする者があらわれても、どっこい、そうは参りませんよ、ということになります。これは、まあ何となく現在の心境を詠んだ歌のようなものですよ、ということです。そういう意味で現実性を無効にしてしまう、そういう性質の文学性ではなかろうか、と思うわけです」

「続け給え」

「もちろん、申し上げるまでもなく、この解釈といいますか、カングリには、何一つ証拠はございません。なにしろ、証拠なしに勝手なことを申し上げるのが、いわばスズメ族の特権というものだからであります。また実際、立派な証拠などを持っておれば、誰だってスズメ族に甘んじようなどとは思わないでありましょう。誰だってカラス族になりたいと願うに決っているだろうからです。

　以上、お言葉に甘えまして、センセイの日記中の『遺書』に関するスズメの勝手を披露させていただきましたが、もし、この勝手に対して、権威あるカラス族からの反証が提出されましたときには、即刻、すべてを撤回致しますことは、申し上げるまでもありません。まあ、だからこそ、スズメの勝手というものなんでしょうからねえ」

「続け給え」

「いや、センセイ、これでもうおしまいです」

「まったく、これだからスズメは困る」

「燕雀《えんじやく》いずくんぞ鴻鵠《こうこく》の志を知らんや、ですか」

「まあ、自分でいってりゃあ世話はないがねえ。ミミズ一匹で大はしゃぎするところは、やっぱりスズメだねえ」

「しかし、センセイは、続け給え、を連発されたじゃありませんか」

「誰も、カラスとスズメの話が、面白くなかったとは申しておらんよ」

「じゃあ、どうしてスズメは困る、わけですか」

「これだから困るのさ。やれ会話の役どころが代ったの、センセイが話を脇へそらすの、などといっておきながら、いったい、浄閑寺の方はどうなったのかい」

「あ、これはどうも失礼致しました」

「やれセンセイの遺言状はフィクションだの、歌みたいなものだの……」

「あ、その遺言状の中のですね、遺産や蔵書類、書画類、一切どこにも寄附すべからず、というところと、例の浄閑寺行きとのムジュンを申し上げたかったわけです」

12

「ちょっと待ち給え」

「は?」

「スズメといえば、キミ、何か大事なものを忘れちゃあいないかい」

「と仰言いますと?」

「例の、招魂社境内のスズメ合戦」

「センセイ、おどかさないで下さいよ。何かと思ったら、そんな話ですか」

「おや、ずいぶんと面白がってたんじゃなかったのかねえ」

「もちろん、あのスズメ合戦の話は面白かったですよ」

「それだけかい」

「それから、赤坂見附だか何だかのお濠で、真夜中になると大ガマ蛙があらわれて、世にも悲し気な声で泣くとか、そいつを捕えた人に三百円也の賞金を出すという広告を、どこだかの新聞社が出したとか」

「それだけかい」

「それから、何とか小学校の女教師が、夜は銀座の、何とかいうカフェー……」

「ラバサン、であろう」

「あ、そのラバサンというカフェーの女給に早変りし、その上、売春をしながら枕探しをやっていた、とか」

「それだけかい」

「ははあ、センセイ、また話を脇にそらせる気だな」

「しかし、スズメを持ち出したのは、そもそもキミの方であろう」

「しかし、あのスズメと招魂社のスズメ合戦とは無関係です」

「わしだって何も、キミとスズメ合戦をやろうなどとは考えておらんよ。ただ、キミのいうスズメの勝手を、ちょっと真似てみただけのことです」

「もちろん、わたしだって、センセイをスズメ扱いなど致したおぼえはありませんし、これから先も、そんなつもりは毛頭ございません。わたしのスズメと、センセイのスズメ合戦が無関係だと申し上げたのは、そういう意味です」

「しかし、わしのスズメ合戦を、それこそ勝手に面白がったのは、キミであろう。お蔭でわしは、露国人の鼻が逃げまわる話にまでつき合わされたんだからねえ」

「まったく仰せの通りです。満洲事変が起る。五・一五事件が起る。日本が次第にキナ臭い時代に突入して行く。

センセイの現代人嫌悪はますます募ってゆく。すると、招魂社境内ではスズメ合戦が起った。赤坂見附のお濠には夜泣きの大ガマ蛙が出現した。そして銀座のラバサンというカフェーには、女教師の女給が出現し、売春をしながら枕探しをはじめた。これが面白くないはずはありませんからね」

「だから、それを勝手といっておるのさ」

「しかし、あのスズメ合戦とわたしのスズメとはまったく無関係です。わたしのスズメは、センセイの遺書と、浄閑寺行きとのムジュンを発見したわけですから」

「ではたずねるが、わしの例の遺書を、フィクションと決めつけたのは、誰であったかな」

「はい、それはいかにも、このわたしです」

「それでは、あの日記の方は、どうなるのかい」

「あの日記というのは、どちらの日記を指すのでしょうか？」

「どちらの日記、とはどういう意味かね」

「つまり、問題の遺書が書いてある、といいますか、記載されているといいますか、とにかくセンセイがあの遺書を、深夜したためて送られた、と書いておられる日記なのか、それとも、新聞社の人と浄閑寺へ出かけて写真撮影をしたにもかかわらず、そのことを一切無視された日記なのか、そのどちらなのでしょうか、という意味です」

「ウッフッフ……」

「困りますねえ、センセイ。ここは、ウッフッフの出るような個所ではないと思いますけど」

「おや、何故かい」

「何故かい、といわれても困りますけど」

「じゃあ、何かそんな決りでもあるのかい」

「別に、そんなものはありませんけど」

「なら、わしがどこでウッフッフを出そうと勝手じゃあないのかい」

「もちろん、センセイとわたしのこの対話は、決められた芝居のセリフではありません。ですから、何を喋ろうと、どこで笑おうと、それはセンセイの自由です。また、どこでヒステリーを起そうが、どこで居眠りをされようが、どこで黙秘権を行使されようが、それもすべてセンセイの自由です」

「なら、他に何か不都合があるのかい」

「困るなあ、センセイ。不都合ではなくて、いろいろと都合があるということですよ」

「それは何かい、例の、他の登場人物たちとの都合ということかい」

「そうだったら、おれはいつでもさっさと退散するよ、といいたいのでしょう」

「まあ、その件はもうよいとして、ではたずねるが、キミはどちらだと思うかい」

「は？」

「だから、話を元に戻して、さっきのわしの日記の件だよ」

「クイズはなしにし給え、いや、これはどうも失礼致しました。しかしセンセイ、それはわたしからセンセイへの質問ですよ」

「だから、キミはどちらだと思うかい、とたずねておるのさ」

「何だか奇妙な具合だけど、まあ、いいでしょう。そりゃあ、もちろん、あとの方ですよ」

「あとの方というと、どっちになるかい」

「浄閑寺行きの事実を、一切抹殺した方の日記です」

「すると、それはフィクションということになるのかね、それとも、ならないのかい」

「もちろん、あの遺書をフィクションであると考えるのと、まったく同じ意味において、フィクションです」

「すると何かい、キミのいうムジュンとやらは、そのフィクションとフィクションの間にあるということかね」

「いや、センセイ、それはむしろ反対でしょう」

「何が、どう反対なのかい」

「つまり、あの遺書とあの日記には、ぜんぜんムジュンはない、ということです」

「ところが、あの寺のパンフレットによると、どうやらそうではなさそうだ、ということであろう」

「まあ、そういうことです。わたしは、あの遺書をフィクションだと申し上げました。しかし、あの遺書に盛られた思想は、センセイの個人主義そのものではないでしょうか。センセイのペシミズムそのもの、センセイの金銭哲学そのものではないでしょうか」

「また、ずいぶんといろんな主義だの哲学だのが並んだものだねえ」

「いや、センセイが主義だの哲学だのをお嫌いなことは、重々承知致しております。ですから、センセイのご趣味に幾らかでも合わせるとすれば、まあ、隠者趣味とでもいうことになるのかも知れませんけど……」

「隠者趣味、ねえ……」

「いや、わかってます、わかってます。個人主義やらペシミズムやら金銭哲学やらを、隠者趣味といい換えてみたところで、どうせお気に召さぬことはわかっております。どうせ、われわれ現代人の日本語は、腐れかけた柿みたいなものです。いや、もはやすでに、腐れ果てて銀蝿やらウジ虫やらがたかっているのかも知れません。明治の児であられるセンセイが、啖唾を吐きかけられるまでもなく、すでに日本語ではなくなっているのかも知れません。しかし、われわれは昭和の児なりけり、です。腐れ果てた柿であろうが、銀蝿やらウジ虫やらがたかっていようが、この日本語で話す他ないのですよ、センセイ」

「おい、おい、大丈夫かい。何だか声が上ずってるようだが……」

「ウッフッフ……」

「おい、おい、まさか泡を吹くんじゃないんだろうね」

「いや、これはどうも失礼致しました」

「本当にテンカン持ちじゃあ、ないのかい」

「幸か不幸か、そのような〝聖なる病〟は持ち合わせておりません」

「じゃあ何かい、いまのは……」

「はい、ちょっとした狂言であります」

「まったく、これだから昭和人は度し難い、というのさ」

「そこで、そのセンセイの仰言る度し難き昭和人のブロークン・ジャパニーズで話を続けさせていただくわけなんですけど、センセイが最初に浄閑寺を訪ねたのは、明治三十年頃といわれています。明治三十年頃といえば、センセイはまだ十九か二十の青年時代ですが、まあ細かいことは横へ置いときまして、当時の浄閑寺の模様をセンセイは、少年時代からの親友、あるいは御学友である井上唖々との合作本『夜の女界』に書かれた」

「ちょっと読んで見給え」

「『夜の女界』第九章、『遊女の最後』という部分で、いや実際、これはセンセイに命令されなくとも、つい朗読したくなるような文章であります。そして、一度朗読したものは、おそらく、先程のわたしの〝狂言〟が、単なる〝狂言〟ではないことに思い当るのではないでしょうか。つまり、あれこそ正しく明治の児の文章というべきものでありまして、とても昭和の児が真似など出来るものではございません。先程のわたしの〝狂言〟にも一片の真実あり、と申し上げた所以であります。しかし……」

「しかし、何かい」

「しかし、まことに残念ながら、只今は朗読する時間がございません。そこで……」

「おいキミ、それじゃあ約束が違うのではないのかい」

「わたしも朗読したい気持は山々であります。しかし、朗読するとお約束はしておりません。つまり、そうお約束出来ないのが、何とも残念至極ということなのです」

「しかし時間の都合、ということかい」

「そういうことです」

「ではたずねるが、この会話だか対話だかに、そもそも時間などというものがあったのかね」

「いや、仰言る意味はよくわかります」

「そもそも時間などというものを無視しておるのが、この会話だか対話だかじゃあなかったのかい」

「さすがはセンセイ、恐れ入ります。いや、正直なところ、そこまでセンセイにご理解いただいておるとは、思っておりませんでしたから」

「なら、さっさと読んで見給え」

「ところが、それが……」

「それが、だか、これが、だかわからないが、それこそ時間の無駄というものであろう」

「いかにもこの対話には、時計の時間は、存在しません。ということは、お言葉を返すようでナンですけど、いかなる意味においても、時間の無駄というものも存在しない、ということになります。つまり、三千年も一時間も同じだということです。キリスト生誕の八百年だか九百年だか前に書かれたと伝えられるギリシャの叙事詩『イーリアス』『オデュッセイア』も、キリスト生誕の千九百三十六年後すなわち昭和十一年に書かれたセンセイの『濹東綺譚』も、この対話における時間の中では同じだということです。また、まったく同じ意味において、司馬遷の『史記』もセンセイの『断腸亭日乗』も、変りはないということであります。そこで……」

「もうよい。キミのいうところの時間なるものは、よくわかった」

「いや、これはどうも恐縮です」

「で、読むのかい、読まないのかい」

「はい。ただし、時間を四十年ばかりとばさせていただきます」

「どういう意味かね、それは」

「はい。これは例の浄閑寺製のパンフレットにも載っておりましたが、センセイは昭和十二年夏に、たて続けに三度、浄閑寺へ出かけておられる。それで、ここでは、『夜の女界』に書かれた最初の浄閑寺行きから、その昭和十二年夏まで、約四十年をとばしまして、センセイの日記を見ますと、こうなっております」

「おい、キミ……」

「えーと、まず最初は昭和十二年の……」

六月廿二日。快晴。風涼し。朝七時楼を出で京町西河岸裏の路地をあちこちと歩む。起稿の小説中主人公の住宅を定め置かむとてなり。日本堤を三ノ輪の方に歩み行くに、大関横町と云ふバス停留所のほとりに永久寺目黄不動の祠あるを見る。香烟脉々たり。掛茶屋の老婆に浄閑寺の所在を問ひ、鉄道線路下の道路に出るに、大谷石の塀を囲らしたる寺即是なり。門を見るに庇の下雨風に洗はれざるあたりに朱塗の色の残りたるに、三十余年むかしの記憶は忽ち呼返されたり。(略)今門の右側にはこの寺にて開ける幼稚園あり。セメントの建物なり。

「このあと、狂客の刃にかかって非業の死を遂げたという、新吉原角海老楼の若紫とかいう遊女の墓碑の写しがあり、次に、先にも一度出て来た谷豊栄と遊女盛糸の新比翼塚の墓石が三十何年か前にはじめて見たときよりも密着していたようだ、という話があり、それから例の《この浄閑寺の塋域娼妓の墓乱れ倒れたる間を選びて一片の石を建てよ》云々、という遺書めいた名文句が続くわけですが、それらは省略させていただきまして、次は……」

「おい、キミ……」

「えーと、次は昭和十二年の……」


六月廿八日。七時半曲輪を出で再箕輪の浄閑寺墓地を見る。雨降り出し風も吹添ひたり。（略）尾張町不二あいすに飰して家に帰る。十時半頃訪問者ありしが応へず。何人なるを知らず。夜銀座に往く。細雨烟の如し。


「というわけですが、前の楼、といまの曲輪はいずれも廓の意でしょうね、センセイ」

——無言。

「それから、もう一つ。前の六月二十二日の中にあった〝起稿の小説〟というのは、結局、書かれなかった幻の作品ということでしょうね、センセイ」

——無言。

「ははあ、『夜の女界』の名文朗読を無視しちゃったんで、ツムジを曲げたらしいな。まあ、いいや。それに、たぶん次を読めば機嫌も直るだろうし。えーと、次は同じく昭和十二年の……」


七月初八。朝八時彦太楼を出るに日光赫々舗道に反射す。三たび箕輪の浄閑寺に至り、見残したる墓石を展す。本堂の階前右側に一碑あり。東都花柳街曰吉原。自古多罹災。天保八年亦災。闔郷為之憂。而俗伝豕能圧勝焉。因飼之于大門側。至十年冬暴死。乃葬之於箕輪浄閑寺。建石以表。為祈其冥福。冀霊魂長護災也。天保十一歳次庚子夏四月。応需南海竹塢驥識。この文の下に豕の図を刻したり。大門口に豕を飼ひたることは古人の随筆等にも曾て見ざるところ、為永春水の著述中にも見えざるなり。

「それだけかい」

「いえ、これはどうも失礼致しました。ちょっと喉が渇いたものですから、いま、こいつを一口……」

「そりゃあ、何かね」

「ざま見ろ、やっぱり予想通り、けろりとご機嫌が直ってしまった。それにしても、為永春水の霊験あらたかさには、おどろきましたなあ、まったく」

「何かいったかい」

「いえ、あ、これは缶ビールというもので、いまでは日本じゅう、どこでも売っております。あ、そうだ、これは気がつきませんで、とんだ失礼を致しました。センセイも一口いかがですか。冷蔵庫に何本も入っておりますから。それとも、センセイはビールよりコーヒーかな。いえ、時間のご心配はまったくございません。この缶ビールとまったく同じタイプの缶入りで、冷蔵庫から取り出すだけですから。しかも、栓抜き、缶切り、コップなど、いずれも不要という至極簡便なシロモノであります」

「それより、先を続け給え」

「では、どちらも要らぬといわれるのですか」

「あ、ちょっと待ち給え」

「は？」

「日記の続きを読む前に、ちょっと『作後贅言』を開いて見給え」

「『作後贅言』とはまた、何故でしょうか」

「おや、この対話に時間の無駄というものは存在しない、のではなかったのかい」

「はい、はい。えーと、これだな。はい、開きました」

「そこに、帚葉翁がわしを銀座の万茶亭に誘った理由が述べられているであろう」

「あ、なるほど……」

「相変らず、大急ぎで探すことだけは達者のようだねえ」

「ははあ、わかりましたよ、センセイ」

「ならば、そこを読んで見給え」

「まあ、これは読まぬわけにはゆかないでしょうなあ」


銀座通のカフエーで夏になって熱い茶と珈琲とをつくる店は殆ど無い。西洋料理店の中でも熱い珈琲をつくらない店さえある。紅茶と珈琲とはその味《あじわい》の半《なか》ばは香気に在るので、若し氷で冷却すれば香気は全く消失《きえう》せてしまう。然るに現代の東京人は冷却して香気のないものでなければ之を口にしない。わたくしの如き旧弊人《きゅうへいじん》にはこれが甚だ奇風に思われる。この奇風は大正の初にはまだ一般には行きわたっていなかった。


「これは、どうやらセンセイに一本取られたようです。どうも失礼をば致しました」

「なら、もう少し続け給え」

「まあ、止むを得んでしょうなあ、これは」


紅茶も珈琲も共に西洋人の持ち来ったもので、洋人は今日《こんにち》と雖その冷却せられたものを飲まない。これを以て見れば紅茶珈琲の本来の特性は暖きにあるや明《あきらか》である。今之を邦俗に従って冷却するのは本来の特性を破損するもので、それはあたかも外国の小説演劇を邦語に訳す時土地人物の名を邦化するものと相似ている。わたくしは何事によらず物の本性《ほんせい》を傷《きず》つけることを悲しむ傾があるから、外国の文学は外国のものとして之を鑑賞したいと思うように、其飲食物の如きもまた邦人の手によって塩梅《あんばい》せられたものを好まないのである。

万茶亭は多年南米の植民地に働いていた九州人が珈琲を売るために開いた店だという事で、夏でも暖い珈琲を売っていた。然し其主人《あるじ》は帚葉翁と前後して世を去り、其店もまた閉《とざ》されて、今はない。


「センセイ一応こんなところではないかと思いますけど」

「まあ、よかろう」

「しかしセンセイ、これはセンセイの思想そのもの、といえるんじゃないでしょうか」

「おや、また思想かい」

「つまり、センセイの近代日本論であり、文明論であり、ホンモノニセモノ論であり、失われたるものの美化主義であり、自己を旧弊人と呼ぶことによる反語的エリート意識であり、同時にペシミズムであり……」

「おや、またまたお得意の、小間物屋の店開きかい」

「そして、それこそ、センセイお得意の現代人蔑視であり、明治信仰であり……」

「キミ、演説はそのくらいにしとき給え」

「それにしてもセンセイ、よくぞ思い出してくれたものです」

「ウッフッフ……いや、それとも、ここでウッフッフは、まずかったかい」

「いえ、いえ、大いに結構です。二度でも三度でも、どうぞご遠慮なくお続け下さい。いや、十度だって構いません。つまり、そのくらいわたしは、センセイのあのコーヒー論に感謝しているということです」

「おや、これはまた、ずいぶんと風向きが変ったもんだねえ」

「いや、まったく、仰言る通り、その風向きですよ。センセイ！　冴えてますなあ、いや、ホント、おどろきました。なにしろ、東へ走るべき船が思うにまかせず、苦心サンタンしているところへ、とつぜんおあつらえ向きの西風が、その帆いっぱいに吹きつけて来たようなものですからね、これは。ご存知の通り、ガリバーの船はインドへ向いながらあるときは小人国に、あるときは巨人国に漂着します。また、トロイ戦争の知将オデュッセイアの船は、貞淑なる愛妻ペネロペーの待つ故郷イタケーへ帰還の途中、ありとあらゆる苦難に遭遇します。謎の島アイアイエーの魔女キルケーによって部下たちが豚に変えられたり、歌う魔女セイレーンの誘惑を帆柱に体を縛りつけて辛うじて逃れたり、というわけですが、このセンセイとの対話も彼らの船と同じようなものです。いや、まったく同じだといっても、決して過言ではありますまい。なにしろ、あるときはセンセイが、またあるときは不肖わたしが、いくら舵を東へとっても、決して舵通りには走ろうとせず、迷走に迷走を続けたのですから。ところがそこへ、正しく天の恵みとでもいうべき西風が、帆いっぱいに、吹きつけて来たようなものですからねえ、これは。いや、これは絶対に西風でなければならないのですよ、センセイ」

「何だか、わけのわからない西風だねえ」

「センセイがそんなことを仰言るとは、心外ですなあ」

「おや、スズメのさえずりを、いちいちわしが理解しなきゃあいけないのかい」

「だってセンセイ、ボッティチェルリの『ヴィーナスの誕生』をご存知でしょう」

「そりゃあ何かい、知っていたら本物のヴィーナスを拝ませてくれる、とでもいう意味かい」

「ではたずねるが、あ、これはどうも失礼致しました。じゃあセンセイ、あのヴィーナスの長い金髪が、どんな具合に描かれているかご存知でしょう」

「確か、臍の下を隠しておったのではなかったかな」

「いかにも仰言る通りです。ただし、それだけではありません。彼女の長い金髪は、画面の右方向、すなわち東にたなびいております。なぜならば、画面の左側すなわち西から、西風が吹きつけておるからです」

「ふうん、そういえば、ニグロ男のような『西風』が頬をふくらませておったようだねえ」

「そうです、そのニグロ男の西風です！　つまりヴィーナス、いや、すべての生命の誕生するところに西風あり、です。万物に生命を吹き込む西風です。いや、まったく偉大なるかな西風、ですよセンセイ、こいつは」

「まあ、よかろう。しかし、ナゾナゾはそのくらいにしとき給え」

「ところがこれは、ナゾナゾなんかじゃあないんですよ、センセイ。そうですなあ、まあ囲碁でいえば勝つための目が出来た、また、トンネルでいえば出口が見えて来た、とでもいうところでしょうか」

「そりゃあ何かい、またスズメがミミズでも見つけた、という意味かい」

「冗談いっちゃあいけませんよ、センセイ。いや実際、これは決してミミズなんかじゃあありません。これをミミズと呼ぶのは、隻脚の詩人ならぬ隻脚の捕鯨船長、狂気のランボーならぬ狂気のエイハブが、海の果ての果てのハーデスまで追い続けた、象牙のように白いオケアノスの魔神モゥビ・ディクをば、イワシかサバと呼ぶようなものです。いや実際、あのセンセイのコーヒー論は、この対話をクレタ島の迷宮から救出するダイダロスの翼のようなものです。この対話に生命を吹き込む偉大なる西風なのです」

「おい、キミ……」

「いや、まったく、偉大なるかなコーヒー、アイスコーヒーよ永遠なれ、ですよセンセイ。いや、それとも……」

「西風だか東風だか知らないが、いったい船は進んでいるのかねえ」

「いや、それとも、偉大なるかな缶ビール、われらが缶ビールよ永遠なれ、かなあ」

「まさか缶ビール一本で酔っ払ったんじゃあないだろうね」

「ウッフッフ……」

「おや、缶ビールの泡吹きかい」

「いや、いや、鯨の潮吹きですよ」

「やれやれ、これじゃあダイダロスの翼ではなくて、イカロスの墜落だねえ」

「縁起でもないことといわないで下さいよ、センセイ」

「それとも、犬が西向きゃ尾は東、かい」

「いえ、わがピークォド号は確実に東へ向っております」

「ではたずねるが、いつ頃浄閑寺にたどり着くのかい」

「あっ！　これはどうも、まことに失礼致しました」

「ピークォド号だか贋地下室号だか知らないが……」

「いや、まことに申訳ございません。ついつい、センセイのコーヒー論に興奮致しまして……」

「缶ビールを飲んでコーヒー論に興奮、ねえ」

「しかしコーヒー論を持ち出されたのは、センセイですよ」

「いかにも万茶亭の部分の朗読を催促したのはわしであったが、酩酊せよ、とは申しておらんよ」

「いかにもわたしは、朗読の途中、つい缶ビールを口にしました。しかし、その缶ビールに酩酊致したのではございません」

「ではたずねるが、缶ビールを飲んでコーヒー論に興奮するというのは、これはムジュンではないのかい。何だかキミは、わしのムジュンは浄閑寺にあり、といいたいらしいが」

「いやはや、これは重ね重ね恐れ入ります」

「なら、さっさと東へ進み給え」

「は？」

「浄閑寺はここから東の方角であろう」

「なるほど、そういえばそういうことになるわけだなあ。こりゃあ本物の西風かも知れんぞ」

「ぶつぶついわずに、先を続け給え」

「はい。では、えーと、昭和十二年七月八日の、缶ビールからあとの部分です」

本堂左側の軒下に
東楠太郎之墓　明治廿三年五月廿一日永代祠堂金拾円納之
と刻せし石と、其傍に由来をしるせし石とあり。左の如し。
世に若狭楼の七人斬と称し身を犠牲に供して其の主人を庇護し身を以て殺害せらる。当時その義気を称表し此の碑を建つ。
頗悪文なれば娼家の人の作りしものなるべし。却て漢文などより情味あり。菊池寛が撰せし一葉女史旧棲の地の碑文とまづ好一対のものなるべし。(中略)
この寺には名妓の墓と思はるゝものはなきやうなり。目黄不動の門前よりバスに乗り、銀座不二あいすにオートミール一碗を食して家にかへる。午睡及執筆例の如し。夜初更銀座不二地下室に行く。いつもの諸子在り。十一時竹下杉野空庵千香の四氏と車にて芳原に行く。竹下君の紹介にて引手茶屋浪花屋に登り、仲之町の妓小槌小仙の二人を招ぎ雑談暁の二時過に至る。(後略)

「というわけなんですけど、ここから問題の昭和三十一年一月十八日まで、センセイの足はまったく浄閑寺から遠ざかっております。その理由は一応あとまわしにすると致しまして、この昭和十二年夏の、たて続けの浄閑寺訪問を、例のパンフレット『浄閑寺と荷風先生』は大変重視しているというか、要するに有難がっている。しかし、おどろいたことにこのたて続けの訪問は、三度とも吉原の廓からの朝帰りの途中なんですね、センセイ」

「おや、朝帰りに立寄っちゃあいけなかったかい」

「まあ、寺は寺でも、浄閑寺と吉原とは親戚みたいなものかも知れませんけど……」

「なら、別におどろくことはないであろう」

「ただ、この場合、センセイの服装はどんな具合なんでしょうかね」

「それは、スズメの勝手に想像し給え」

「では、そうさせていただきますけど、帰りにセンセイは銀座の不二アイスで朝食をとったりしていますね。ということは、まさか『濹東綺譚』の〝わたくし〟というようなわけにはゆかないでしょう。寺島町のどぶ際のお雪さんのところへ通う、ポルノグラフィー売人の仮面をつけた〝わたくし〟、ざんばら髪の朦朧円タクの運ちゃんみたいな〝わたくし〟というわけにはゆかないと思いますけど」

「違っていては不都合だとでもいうのかい」

「いえ、そうではなくて、センセイが浄閑寺を三度訪れながら、寺に挨拶もしない、名乗りもしない、その理由は服装のせいではなかったわけですね、という意味です。またそれは、吉原からの朝帰りの途中だったせいでもない。とするとこれは、服装こそ違え、思想的には『濹東綺譚』の〝わたくし〟、ポルノグラフィー売人の仮面をつけた〝わたくし〟と同じ、ということになります。つまり、センセイのあくまで個人的な隠者主義、あくまで自分本位の、自分のためだけの隠者趣味ということですよね」

「隠者主義だか隠者趣味だか知らないが、勝手自由な探墓散策に、いちいち名乗る馬鹿もいないだろうよ」

「わかりました。ところでセンセイは、昭和三十一年一月十八日、何とか鉄工所社長の相磯凌霜氏、毎日新聞社員の小門勝二氏とともに、昭和十二年夏以来およそ二十年ぶりに浄閑寺を訪れ、はじめて名乗りを上げられた。その折のセンセイの正装ぶりは、先に例のパンフレットの中から紹介した通りですが、そのあと、同パンフレットには、こんなふうに書いてあります」

　戦後、巷の噂による先生は、ベレー帽、買物籠、下駄ばき、そののち籠がボストンバッグに替って、かまわぬ風体を伝えられたが、いま寺を訪ねた先生には、うらぶれの翳もなかった。（略）春陽堂荷風全集を少女期に耽読して以来、先生の著作を愛好していた住職の妻は、先生が若かりし日より蒲柳病気の身を嘆き、死と隣り合せて生きているような随筆日記の文章と、眼前の姿とを比べて甚だしい隔りを感じないわけにはゆかなかった。

「そして、その折のセンセイの正装は、例のパンフレットに証拠写真として載っております。ただし、この写真、どういうわけか出所も撮影者名も記されておりません。しかし写真撮影後センセイが浄閑寺を去られるときの模様は、《辞し去るにあたり、門前に待たせた自動車に乗り、見送りに対して鄭重な答礼をされたことも、印象に残った》と書かれております。とすると、これもスズメのカングリですけど、その車には毎日新聞社旗が立てられていたのではないでしょうか。もちろん、それ自体は何らケシカラヌことではありません。というより、余りにも当り前過ぎて、そんなことをわざわざ大袈裟に書き表わしたパンフレットの文章の方が不自然だといえます。もっとも浄閑寺の大黒さんは、想像上のセンセイと実物のセンセイとのズレに、ずいぶんおどろいたようですが、それはまあ、大黒さんの勝手ということでしょう。ですから、わたしが申し上げたいのは、次のことです。つまり、センセイと相磯凌霜氏、小門勝二氏との間に、あるいはセンセイと毎日新聞との間に、いったいいかなる義理があったのかは存じませんが、とにかくあの、最初にして最後の浄閑寺正式訪問は、センセイにとって、まったく自分本位のものではなかった。いや、何らかの理由によって、その正反対の性質のものであった。そしてそれは、いま更申し上げるまでもなく、センセイの徹底個人主義に反する行為だ。また、センセイの隠者主義に反する。その他、あらゆる意味においてセンセイの思想とはムジュンする。もちろん、日記の中のあの遺書ともムジュンする。しかし、にもかかわらず、あの浄閑寺行きは事実であった。ゆえにセンセイはその事実を、その日の日記から一切抹殺された。そうすることによってセンセイは、徹底個人主義、隠者主義の辻褄を合わせた。つまり、フィクションとしての日記を首尾一貫されたわけです」

13

「そりゃあ何かい、わしの隠者主義だか隠者趣味とかいうものも、ニセモノだという意味かい」

「いえ、いえ、とんでもございません」

「じゃあ、いったい何がいいたいのかい」

「それはセンセイ、こちらがいいたいセリフですよ」

「おや、これはまた奇態なことをきくものだねえ」

「だってセンセイ、いま頃になってそんな誤解を受けたんじゃあ、たまりませんからね」

「しかし、キミのいうムジュンの追求とやらをきいておると、知らないものにはそうきこえるということだよ」

「話が少しばかり理詰めになり過ぎたということかな」

「そうは申しておらん」

「では、何が、どんなふうにきこえるということでしょうか」

「キミのいうムジュンの追求とやらをきいておると、日記では墓も要らぬと書いておきながら、その実、浄閑寺の詩碑もわしの指図によるものではないかと……」

「困るなあ、センセイ、明治の児がそうひがみっぽくなられたんじゃあ」

「われは明治の児なりけり、か」

「あ、そうか。じゃあセンセイ、こうしましょう。理屈っぽい話はこのあたりで一休みということにして、これからちょいと浄閑寺へ出かけて見るという趣向は如何でしょうか」

「わしの詩碑とやらを見物にかい」

「だって、まだご覧になってないんでしょう?」

「そりゃあ何かい、わしの詩碑の前に立ってるわしの写真でも撮ろうということかい」

「なるほど。それが出来りゃあ、『フォーカス』に高く売れるだろうなあ」

「何だね、そりゃあ?」

「いや、いまのは傍白でして……」

「もっとも、この頃じゃあ生きてるうちに文学碑の建つ文士も、珍しくないらしいねえ」

「もちろん無理にとは申しません。ただ、気晴らしくらいにはなるんじゃないかと思っただけですから」

「それで、どこに建ってるのかい」

「浄閑寺境内の、例の新吉原総霊塔の真正面です」

「遊女の無縁墓かい」

「そうです、そうです。センセイが『夜の女界』の中で、新吉原無縁墓と書いておられるものを、確か関東大震災後に建て直したものだと思います」

「さっき、時間の都合で朗読出来ない、とかいってたとこだな」

「ははあ、なるほど」

「何かい」

「いや、ただの独り言です。これはどうやら三の輪くんだりまで出かけるよりは、自分の文章に酩酊した方がましだ、ということらしいな」

「他人のことより、そっちの缶ビールの酔いの方は大丈夫なのかい」

「いや、いや、缶ビールの酔いなんぞとセンセイの文章とを較べるなど、とんでもありません。それこそ、イワシとモゥビ・ディクみたいなもんです」

「おや、久しぶりにお世辞かい。それとも、これも西風とやらのせいかね」

「センセイ、さっき読まなかったところを、ちょっと読んでみましょうか」

「おい、おい、時間の方は大丈夫なのかい」

「ここでセンセイに臍曲げられたんでは、折角ここまで粘って来た対話が台無しだからなあ。このへんで、ちょいとゴマをすっておかなくちゃあ」

「年の割には、何だかんだと独り言の多い御仁だねえ」

「は？」

「いや、なに、独り言だよ」

「しかしセンセイ、そうながくは読めませんよ」

「前略、中略、後略にはもう慣れっこだよ」

「これはどうも恐れ入ります。でも、浄閑寺へ出かける手間を考えれば、お安いもんです。では、総霊塔いや無縁墓の部分です」

何たる、淋しい、物怖ろしい有様なるよ。来る人は忽ち陰惨の気に打《う》たれて、已に冷たい穴の中に這入つた様な心持がする。昨日まで、緑の黒髪を黄金に飾り、雪なす肌《はだえ》を錦の裲襠《しかけ》にまとはせた、花とも蝶とも見るべき遊女の骨は、実に、此の陰気な淋しい処に横《よこた》はつて居るのであつた。

見よ。二本ほど、大きな榎木を後《うしろ》にして、此処に、魏然と高く石垣を築き上げた、其の上に、一個の石柱がある。新吉原《しんよしはら》無縁墓《むえんづか》此の六文字が彫り付けられてあるばかり。其の周囲《まはり》には幾何《いくばく》の雑草の生へて居るのも見た。安政大地震の時に大供養をした太い卒塔婆が猶、腐れずに立つて居るのも見た。

「それで、わしの詩碑とやらは、いつ頃建ったのかい」

「えーと、このお寺のパンフレットによりますと、あ、ここに撰文が載っております」

撰文

明治、大正、昭和三代にわたり詩人、小説家、文明批評家として荷風永井壮吉が日本芸林に遺した業績は故人歿後益々光を加へその高風亦やうやく弘く世人の仰ぐところとなつた　谷崎潤一郎を初めとする吾等後輩四十二人故人追慕の情に堪へず故人が生前「娼妓の墓乱れ倒れ」（故人の昭和十二年六月二十二日の日記中の言葉）てゐるのを悦んで屢々杖を曳いたこの境内を選び故人ゆかりの品を埋めて荷風碑を建てた

荷風死去四周年の命日

昭和三十八年四月三十日

荷風碑建立委員会

「その四十七士とは、どんた顔ぶれかい」

「四十七士ではなくて、四十二名です」

「読んで見給え」

「えーと、発起人、五十音順、敬称略……ははあ……」

「何か、読めない字でもあるのかい」

「いや……」

「じゃあ何かい」

「はあ、いえ……その前に、一つおたずねしたいのですけど」

「何かまた、とつぜん思いついたのかい」

「思い出したときにたずねておかないと、また忘れるおそれがありますので」

「簡単なことかい」

「実は、一つだけわからない名前があるんですけど」

「その四十七士だか、委員会だかのことかい」

「いえ、そちらの方の名前ではなくて、センセイの詩の方です」

「その詩碑に彫られているという『震災』のことかい」

「あの詩に、団十郎とか菊五郎とか鷗外とか、センセイが親しまれた人たちの名前が詠み込まれておりますでしょう」

「団菊はしをれて桜痴は散りにき……」

「そうです、そうです」

「一葉落ちて紅葉は枯れ……」

「そのあとかな」

「緑雨の声も亦絶えたりき……」

「続け給え。いや、これはどうも失礼致しました。そのあとあたりでしょうか」

「円朝も去れり紫朝も去れり……」

「ストップ、ストップ。その紫朝のことです。その名前だけがどうもわからなかったのですけど、落語家ですか？」

「紫朝は落語家に非ず、盲目の新内語りなり」

「ははあ、新内ですか」

「左様、同じ明治の頃、やはり盲目の新内語りに富士松錦蝶というのがいた。これも大変な名人だったが、ある晩のこと、ひいきの客に連れられて上野の料亭に行っていると、表を新内流しが通りかかったそうな。それが余りうまいのに驚き、客に頼んで部屋に呼び入れてもらい、さっそく世話をして寄席に出してやった。それが紫朝」

「ふうん、なるほど」

「紫朝の〝明烏《あけがらす》〟は名人芸でしたよ。それに新内もうまかったが余興もうまい。坊主頭に象牙の撥をのせて、それが滑り落ちて来るところを受け止めて、曲弾きなんかもやったもんです」

「なるほど、いかにもうまそうですなあ」

「そうだねえ、いまどきこんなこと知っているのは、まあ森銑三君くらいじゃあないのかい」

「そういえば、センセイの『断腸亭日乗』には、ずいぶん森銑三さんのお名前が出て来ますね」

「森君は、体格もよかったが、いまでもずいぶん元気のようだねえ」

「あ、それから、もう一つ」

「柳村先生既になく……」

「いや、センセイ、そうではなくて……」

「鷗外漁史も亦姿をかくしぬ……」

「そうではなくてですね、紫朝のことです」

「それはたったいま、話したんじゃあなかったかい」

「はい、確かにうかがいました。ただ、このお寺のパンフレットに載っている『震災』には紫蝶となっており、筑摩版の荷風集には紫朝となっておりますけど、これはどちらでもいいのでしょうか」

「紫朝《してう》の師匠が紫蝶《してふ》であろう」

「何だか、ややこしくなって来たなあ」

「まあ、そのあたりの詳しいことは、森銑三君にたずねて見給え」

「なるほど、錦蝶に紫蝶に紫朝、ねえ」

「森銑三君なら、たいていのことはわかると思うよ」

「いえ、もうこのくらいで充分です」

「では、さっきの四十七士ならぬ、発起人とかの名前を挙げて見給え」

「それでは、その前に、もう一つ」

「おや、また何かとつぜん思いついたのかい」

「センセイは、浄閑寺行きに余り気乗りしないご様子ですけど、それは、ご自分の詩碑のせいでしょうか」

「そうは申しておらんよ。それに四十七士ならぬ発起人の面々も、わしに見せるために作ったわけではないであろうからな」

「ではセンセイは、浄閑寺をご自分の墓とは認められないわけですか」

「そりゃあキミ……、どういう意味かい」

「センセイの詩碑の脇の筆塚のことは、確か先にお話したと思いますけど……」

「そこに、わしの歯を埋めたとか、埋めないとかいう話かい」

「そうです、そうです。例のお寺のパンフレットには、こう書かれています。故人の歯は前歯一本と金冠をかぶせた左方大臼歯一本で、永井永光氏が偶然、故人の巻煙草ケースの中に収めてあるのを発見して建立委員会に寄贈されたものである。そしてそのあとに、センセイの日記の、昭和九年八月二十六日の次の部分が引用されています」

日曜日　晴れてまた暑し。左方の臼歯根元より折る。この歯明治三十六年米国タコマに在りし時、其地の歯科医につきて治療を請ひ金冠をつけて貰ひしなり。治療代金十弗なりしと記憶す。歯科医の家はタコマシアタ（劇場なり）の二三軒手前なりき。当時の事歴歴として思ひ出さる。感慨窮りなし。

「このあとセンセイは、日記によりますと、九月二日頃まで岩本歯科に通って歯の治療をしておられますが、それはまあよいと致しまして、この、センセイの折れた歯というのは、センセイの遺品と呼ぶべきものでしょうかね？」

「遺品？」

「といいますのはね、ちょっと話が飛躍するかも知れませんけど、もうだいぶ前の話ですが、いつだったかテレビを見ておりますと、ＢＣ級戦犯として処刑された人の、義眼が出て来たわけですよ」

「ギガン？」

「義眼、つまり入れ目です。それで、そのテレビは戦後、巣鴨プリズンで処刑されたＢＣ級戦犯の遺族のその後といったものをルポしたような番組だったんですけど、そのうちの一人の未亡人が、処刑された夫の義眼を取り出して見せたわけです。つまり、処刑された彼女の夫の片目は義眼だったわけです。何でも、中国戦線のどこかで貫通銃創を受けて片目を失い、それで内地に送還されて、どこかの捕虜収容所でアメリカ兵の捕虜の監督みたいな仕事をしていたらしい。そのときの何かの行為が戦後告発されて、ＢＣ級戦犯に挙げられ、処刑されたということなんですけど、まあ、それはともかくとして、その義眼というのは、彼の何に当るのでしょうかねえ」

「その義眼と、わしの折れ歯と、どう違うかということかい」

「そうです。つまりそれは、遺品と呼ぶべきものであるのか、あるいは遺体の一部と呼ぶべきものであるのか、それとも、遺骨と呼ぶべきものであるのか、ということです」

「しかし、義眼と折れ歯とは、別物であろう」

「でも、センセイのその歯は、米国タコマ市の歯科医で、金を冠せたものでしょう」

「しかし、金そのものではないよ」

「つまり、義眼は物体である。しかし、センセイの折れ歯は、金を冠せてはいるが、センセイの肉体の一部なり、ということですね」

「それで、浄閑寺を認めるの認めないのとたずねたわけかい」

「まあ、そういうことです。なにしろ例のパンフレットには、はっきり、分骨埋葬の形となった、と書いてあるわけですから。つまり、センセイの二枚の歯によって、センセイの詩碑の脇の筆塚は、単なる筆塚ではなくなった。筆塚以上のものになった」

「それを、認めるか、認めないか、ということかい」

「もちろん、イエスかノーか、ということではありません。ただ、少なくとも浄閑寺側としては、そう解釈しておる、ということになるだろう、ということです」

「それで、仮に認めたとなると、どういうことが起るのかい」

「といいますと？」

「また、ムジュンの追求とやらがはじまるのかい、とたずねておるのさ」

「センセイ、こんなところでカラまれちゃあ、困りますよ。それに、お墓は別に、幾つあったって、決してムジュンすることにはならないいんじゃあないでしょうか」

「ではたずねるが、キミはわしのその詩碑を見て、どう思ったのかい」

「わたしの感想なんぞ、センセイに申し上げる値打ちはありませんよ」

「おや、遠慮かい」

「あ、そうそう。それよりもセンセイ、いいものを思い出しましたよ。ここに、鮎川信夫という詩人の『戦中〈荷風日記〉私観』というエッセイがあります。そうですねえ、十ページばかりの文章ですが、その最初と最後の部分に浄閑寺のセンセイの詩碑が出て来ますので、そこのところだけでも読んでみましょう」

一昨年の春、私は三ノ輪の浄閑寺を訪れた。自発的にお寺を訪ねてみたいという気になったのは、これがはじめてである。浄閑寺は荷風日記で印象に残っていたし、そこに荷風碑が建てられているというので、行ってみる気になったのであった。

「これが書き出しで、次がしめくくりの部分です」

その期待は、なかば満され、なかば裏切られた。荷風が書き記している墓をたずね、その碑文をたどりながら、一々の生涯を空想してみるのはたのしかったが、かんじんの荷風の文学碑は趣味の悪いしろもので、文学碑なんてみんなこんなものなのかも知れないが、失望した。なぜか、羞恥で、顔の赧らむ思いであった。

「若い詩人かい」

「いえ、確か大学の中途で戦争に引張られた世代の人ですから」

「どんな詩人なのかね」

「そうですねえ……このエッセイの全文を読んでいただければ、わたしなんぞが説明しなくとも、充分センセイにもおわかりいただけると思うんですけど……まあ、極くごく平凡な紹介でカンベン願えれば、『荒地』という詩のグループを代表する詩人、ですね。同時に、現代のわが国の現代詩を代表する詩人の一人、だと思います」

「では、その詩人のエッセイの、いま読んだ部分について、キミの感想意見をのべて見給え」

「それではセンセイ、約束が違いますよ」

「わしは何も約束なんぞ、しておらんよ」

「だってわたしは、わたしの感想なんぞよりも、こちらの方が参考になるとお断わりして、これを読ましてもらったわけなんですから」

「では、まったく同一意見、ということかい」

「そうではなくてですね、わたしはただ、鮎川信夫という詩人のエッセイの中から、センセイの詩碑について書かれた部分を紹介しただけです」

「何か義理でもあるのかい」

「困るなあ、センセイ。一私立大学の万年講師のわたしに、そんなものがあるわけないじゃありませんか」

「では何かい、四十七士ならぬ詩碑建立委員会への遠慮かい」

「ははあ、なるほど……センセイそれがいいたかったわけだな」

「どうも先刻来、話がそこへ来ると、お得意のアミダクジ流で、縦、横、斜めに逃げまわっていたようだからねえ」

「よろしい。わかりました。そこまでいわれれば申し上げます。いかにもわたしはアミダクジ式に話をズラせました。それは、例のお寺のパンフレットに連記された発起人四十二名の中に、藤蔭静枝、高見順の名前を見つけたからです」

14

「おや、何かと思ったら、そんな話かい」

「あれ、センセイ、おどろかないんですか」

「どうして」

「どうして、はないでしょう、センセイ。こちらは、そのために気を使って、話を故意にアミダクジ式にそらせてたんですから」

「わしがいつ、そうしてくれと頼んだかい」

「そうは申しておりません。しかしですね、もしあのとき、お二人の名前をいきなり出したら、どうなったと思いますか」

「そりゃあ何かい、わしが泡を吹いてひっくり返るとでもいうことかい」

「そうは申しておりません」

「じゃあ、何かい」

「しかし、センセイ、お二人の名前をきいて、本当におどろかなかったんですか」

「そりゃあ何かい、その四十七士の中に……」

「四十二名です」

「その四十二名だかの中に、藤蔭静枝こと八重次と、高見某なる人物が入っておることを、あらかじめわしが知っていたのではないか、と、そういいたいわけかい」

「しつこいようですけど、本当に知らなかったんですね」

「それこそ、死者が自分の通夜の客を知らぬのと同然であろう。知っていたら怪談であろう」

「わかりました。では申し上げますが、わたしがお二人の名前をあのとき避けましたのは、センセイが泡を吹いてひっくり返るのではないかと心配したためではありません。最初にお二人の名前を出せば、おそらくセンセイは、例の黙秘権を行使されるだろうと思ったからです」

「どうして」

「どうしてって、センセイ、八重次さんの方はともかく、高見順については、それこそ汚物に唾を吐くような書き方ですからね」

「読んで見給え」

「しかし……」

「しかしも何も、そのわしの日記は、すでに巷間に流布しておるのであろう」

「しかしですね……」

「おや、また何か義理でもあるのかい」

「先程も申しました通り、わたしは一介の、某私立大学の無名講師に過ぎません。政治、経済、文学、芸術、いずれの世界にも、幸か不幸か、いかなる義理も持ち合わせぬ身の上です。ですから、わたしのいうしかしは、そういう意味のしかしではなくてですね……」

「なら、さっさと読んで見給え」

「しかしですね……」

「なるほど、しかしの多い御仁だねえ」

「しかし、いや、では読ませていただきます。しかしセンセイ……」

「おいおい、まだ何かしかしがあるのかい」

「いや、もうこれで止めます。しかし、その前に一つだけ約束していただけますか」

「やれやれ、昭和人はくたびれるねえ」

「これはどうも恐れ入ります。では、読ませていただきます」

「おいおい、それで、その約束とやらはしなくてもよくなったのかい」

「はあ、よいわけではありませんが、ここでセンセイを不快にさせては、却って逆効果ではないかと思いますので」

「やれやれ……遠慮かと思えば計算ずく、臆病かと思えば押しつけがましい」

「まったく仰せの通り、昭和の児はセンセイ方明治の児のあわれなる末裔であります。しかし……」

「しかし、はもうよい。その約束とやらをいって見給え」

「シメシメ……」

「何かいったかい」

「いえ、では申し上げますが、それはこういうことです。つまり、わたしはこれからセンセイのご命令に従って……」

「おい、キミ、その命令は……」

「ははあ、やはり命令はいけませんか」

「いいも悪いも、わしは命令などしておらんよ」

「しかし、読めといわれたのはセンセイですよ」

「いかにもわしは、そう申した。ところが、それはいまだにわしの耳に聞こえて来ない。それはキミが、何だか知らぬが、約束だのヘチマだのを持ち出して来たためではないのかい」

「わかりました。ご命令がお気に召さなければ、ご要望にでも、ご希望にでも変更致しますが、どちらがよろしいでしょうか」

「どちらとも好きに仕給え」

「ではそうさせていただくとして、これからセンセイの日記の、高見順に関する部分を読ませていただきますが、お約束をいただきたいのは、次のことです。つまり、そのために万一、センセイが不愉快になられたとしても、それはわたしのせいではない。したがってですね、そのために、このわたしとの対話を中止するようなことはしない。つまり、黙秘権は行使しない。そのことをお約束願いたいわけです」

「何だか裏がありそうな話だねえ」

「困りますねえ、センセイ。明治の児が、そう疑り深くなっちゃあいけませんよ」

「まあ、よかろう」

「では、お約束いただけるんですね」

「とにかく、読んで見給え」

「では、センセイを信頼して……あ、それから、問題の個所なんですが、とびとびに四、五個所あるんですけど、それはどう致しましょうか」

「そんなにあるかい」

「いえ、一回の分量は、短いのは二、三行、ながくて、えーと……」

「そのあたりは、好きに仕給え」

「では、順にメドレー式にやっちまいましょう。まず最初は、えーと、昭和十一年ですな、これは……」

八月廿七日。くもりて湿気多し。秋蟬頻に鳴く。夜銀座散歩の際（略）東京茶房に少憩す。偶然この喫茶店の女給（石田某）とよべる女の旧情人高見沢《ママ》某なる人は余が叔父阪本三蘋翁が庶子なる由を知りぬ。（略）余は大正三年以後親類と交らざるを以て今日此時まで何事をも知らざりしなり。

（昭和十一年）九月初五。晴。（略）八月末の日記にしるせし高見氏の事につき、其後また聞くところあり。氏は近年執筆せし短篇小説を集め起承転々と題し、今年七月改造社より単行本を公にしたり。書中私生児と題する一小篇は氏の出生実歴を述べたるものにて、実父阪本翁一家の秘密はこれが為悉く世に曝露せられたりと云ふ。気の毒のことなり。阪本翁は余が父の実弟にて、明治十五六年頃阪本政均と云ふ官吏（大審院判事なるべし）の聟養子となりたり（略）官僚肌の典型とも云ふべき人物なり。英語は知らず洋行したることもなし。儒教を奉じ好んで国家教育の事を説く。されど閨門治まらず遂に私生児を挙ぐるに至りしも恬として恥る所なく、貴族院の議場にて常に仁義道徳を説く。余は生来潔癖ありて、斯くの如き表裏ある生活を好まざるを以て三四十年来叔姪の礼をなさず、一たびも起居安否を問ひたることなし。銀座街頭に於て偶然高見氏のことをきゝ、叔父の迷惑を思ひ、痛快の念禁ずべからざるなり。元来私生児の事などは道徳上の論をなすにも及ばず。ルーデサツク一枚を用意すれば人生最大の不幸を未然に防止し得るなり。若し其瞬間の快感如何を慮らばゴム製の安物に代るに上等舶来魚皮製の高価の品を以てすべし。其他に簡易の方法いくらもあり。叔父三蘋先生治国平天下を説くに忙しくサツクとセモリの世に在るを知らざりしと見ゆ。是亦儒者の世事に迂遠なるところか。（略）

（昭和十五年）二月十六日。晴。午後平井猪場二氏来話。共に出でゝ日本橋花村に飰しオペラ館に至る。谷中氏に逢ふ。同氏のはなしにこの日の午後文士高見順踊子二三人を伴ひオペラ館客席に来れるを見たり。原稿紙を風呂敷にも包まず手に持ち芝居を見ながらその原稿を訂正する態度実に驚入りたりと云ふ。曾て三上於菟吉といふ文士神楽坂の待合にて芸者に酌をさせながら原稿をかきこの一枚が十円ヅヽだから会計は心配するなと豪語せしはなしと好一対の愚談なり。

（昭和十五年）六月十六日。薄晴。（略）此日到着の郵便物の中に文士高見順といふ面識なき人、住復端書にてその作れる戯曲を浅草公園六区楽天地にて上演すべし。会費を出して来り見よといふが如き事を申来れり。自家吹聴の陋実に厭ふべし。或人のはなしにこの文士は、東京にて昔より俚俗何々新道又は何々横町など称へ来りし地名あることを知らず。新道の上に固有名詞をつける時、例へば狩野じん道稲荷じん道など発音する習慣あることをも知らず。じん道は人道の当字なり。しん道とじん道とは同義ならざるが如きことを其作品中に述べ居れりと云ふ。この人帝国大学の卒業生の由。当世文士の無智を窺知るべき好例となすべし。

（昭年十五年）九月十三日。晴。（略）午後佐藤観次郎来話。薄暮水天宮前にて房陽子に邂逅し篠池の揚出しに夕飯を喫す。共にオペラ館楽屋裏に至る。文士高見順屢楽屋に来り余に交際を求めむとすと云ふ。迷惑甚し。（略）

「以上です。まあ、これでわたしが、センセイの詩碑建立委員の名前を避けて通ろうとした理由、少なくともそれをあとまわしにしたかった理由はわかっていただけたと思いますけど、実はわたしも、センセイと高見順という作家の関係が、こういう運命的なものであったとは、センセイの日記を見るまで知らなかったわけです。というより、高見順という作家そのものを、もちろん面識などはありませんし、作品の方も、ほとんど読んでおりません。まったく、というのではないのですが、まあ題名は幾つか知っているけれどもそれすら必ずしも読んではいない、といった程度で、つまり愛読者の部類とはほぼ反対の人間に属するといえる。ところが、いまこうやって、筑摩書房版現代日本文学大系高見順集の年譜を眺めて見ますと、なるほど、ちゃんと、その出生、センセイとの関係も書いてあるんですねえ……ははあ、一九七七年版というと、えーと、センセイはすでにスチクスの彼方の国へ行かれたあとなんだが、ふうん、しかし、これは知らなかったなあ……」

明治四十年（一九〇七）一月三十日（戸籍では二月十八日）、福井県坂井郡三国町平木に生れる。（略）本名は高間義雄（後に芳雄）。父の坂本釤《さん》之助は旧尾張藩の永井家の出。当時は福井県知事。のちに名古屋市長、勅選貴族院議員をへて枢密顧問官となる。また鷲津毅堂門下の漢詩人としても知られ、三蘋《さんぴん》と号した。永井荷風は釤之助の長兄永井久一郎（禾原）の息にあたる。母は高間古代《こよ》。三国町の人。

明治四十一年（一九〇八）九月、父の東京転任のあとを追って母、祖母と共に上京し、東京市麻布（現港区）に住む。以後、麻布区内を転々とする。

昭和二年（一九二七）東京帝国大学文学部英文科に入学。（略）

昭和三年（一九二八）二月、左翼芸術同盟に参加。機関誌「左翼芸術」にはじめて高見順の筆名で小説『秋から秋まで』を発表。（略）

昭和五年（一九三〇）東大を卒業。（略）コロムビア・レコード会社に入社。（略）この年（劇団制作座の）石田愛子と結婚（略）翌六年頃から日本プロレタリア作家同盟員として、また日本金属労働組合のオルグとして非合法運動にたずさわる。

昭和八年（一九三三）一月、治安維持法違反の疑いによって大森の自宅で検挙され、長期留置ののち、三月、起訴留保処分で釈放される。この頃、妻愛子去る。（略）

昭和十年（一九三五）二月『故旧忘れ得べき』を「日暦」七―十一号に連載（七月まで）。第一回の芥川賞候補作品となる。七月、水谷秋子と結婚。（略）十二月『私生児』を「中央公論」に発表。『私生児』の発表によって、坂本家との関係が悪化する。

昭和十一年（一九三六）一月、「文芸時評」を「文学界」に連載（三月完結）。この「文芸時評」で第三回文学界賞を受ける。三月、武田麟太郎の主宰する「人民文庫」の創刊に「日暦」同人とともに加わり、『故旧忘れ得べき』の続篇を創刊号から九月まで六回にわたって連載。（略）五月、評論「描写のうしろに寝てゐられない」を「新潮」に、六月（略）最初の新聞小説『三色菫』を約半年にわたって「国民新聞」に連載。これを機にコロムビア・レコード会社を退社、文筆生活に入る。七月十五日、最初の短篇集『起承転々』を改造社から刊行。（略）十二月、父の死をラジオで聞き、坂本家を弔問する。

「ははあ、これが先にセンセイの日記に出て来た問題の小説集ですな。しかし、これはセンセイのところには送られて来なかったんですかね、ふうん、なるほど……七月に本が出て、センセイが銀座ではじめて高見順が叔父さんの私生児だという噂をきいたのが、八月か……ははあ、その銀座の何とかいう喫茶店の女給さんが、学生時代に知り合って高見順と最初に結婚した、新劇女優の石田愛子という女性というわけか。それで翌年、高見順が検挙された前後に別れ、銀座の喫茶店の女給となってセンセイに出遇った。いや、高見順の噂を彼女が直接センセイに話したかどうか、それは日記にも明記はされてませんけど、しかし、この高見順年譜とセンセイの日記との対照は、何とも面白いですなあ。例えば、早い話、昭和十一年十二月に高見順は、自分を嫡子として認知しなかった父親の死をラジオできいて、坂本家へ弔問に出かけた、と年譜に出ている。まあ、この《ラジオで聞き》というあたりが、わざとらしいといえばわざとらしいし、また同時に、いかにも私生児らしい怨念だともいえる。また同時に、私生児といえども名門なり、というプライドでもあろうし、更に自分はいまや〝文芸時評〟も書けば新聞に連載小説も書くところの、押しも押されもせぬ一人前以上の文士なり、という自信に満ちた弔問であっただろうと思いますけど、一方、センセイのこの日の日記は、えーと、あ、ありました、ありました」

（昭和十一年）十二月十六日。晴れてます〳〵暖なり。（略）留守中（略）義絶せし弟威三郎来り、名刺に叔父阪本釤之助翁病死、今夕納棺、十八日葬式の趣を認めて去りしと云ふ。余と弟威三郎との関係は改めてこゝに言はず、大正三年より昨年鷲津伯母葬式の日まで一たびも顔を合せしことなかりしなり。（略）余が阪本叔父の許に赴きたる事なきも其原因は威三郎より起りしことなり。余は言ふまでもなく其葬式には参列せざるべし。

（欄外朱書）阪本三蘋歿

「いや、センセイ、まったくもって面白いですなあ。もちろんこれは、ただ単なる私的な興味関心からではありません。そうですねえ、やや大袈裟にいえば、昭和の、いわゆる十五年戦争時において、二人の小説家、二人の知識人がどういうふうに生き、どういうふうに書いたかという、その軌跡の比較対照とでもいいましょうかねえ。しかもその二人は、歴とした血縁によって結ばれているわけですからねえ……高見順は、庶子とはいえ、センセイとの血のつながりは純然たる従弟なんですからねえ……いや、実際、センセイの日記と高見順の詳細な年譜との比較対照表を作ってみようという研究者が一人くらい出てもよいと思いますよ。いや、こんなことをいっているわたしが知らないだけで、何かそういったものがすでに出ているか、あるいは作成されつつあるのかも知れませんけど、例えば、早い話、先のセンセイの日記に、高見順の名前がとつぜんあらわれた昭和十一年から十五年という時代が、日本にとっていったいどういう時代であったたか。さっきは、えーと、昭和十一年まででしたから、そのあとの高見順年譜をごくごく大ざっぱに走り読みして見ますと……えーと、ははあ、昭和十二年は、特にないようですが、そのあとは、こうなってます」

昭和十三年（一九三八）一月、「人民文庫」（一月号で廃刊）に『化粧』を発表。戦争がはじまってから再び大森署の特高刑事がたえず来宅するようになる。（略）二月、『机上生活者』を「中央公論」に発表。このころから浅草の五一郎アパートに仕事部屋を借り、浅草生活がはじまる。四月『神経』を「文芸」に、『文学的自叙伝』を「新

潮」に発表。（略）九月、『人間』を「文芸春秋」に発表。『更生記』を「大陸」に連載（翌十四年二月完結）。（略）

昭和十四年（一九三九）一月、『如何なる星の下に』を「文芸」に連載、翌十五年三月完結。（略）この年五月、長女由紀子誕生。

昭和十五年（一九四〇）七月、雑誌「新風」を丹羽文雄、石川達三、北原武夫との共同編集により中央公論社から創刊したが、一号のみで廃刊。（略）九月「文芸時評」を「文芸春秋」に連載（十二月まで）。十月、日本文学者会が発足、発起人に加わる。（略）十二月、長女由紀子を失う。

「ははあ、なるほどこれはマズイですなあ。いや、マズイ、まったくマズイですよ、これは。といっても、もちろんこの時代のことは、わたしは何も知りません。それが昭和一ケタ人間の運命なんですからねえ……まったくもって無知そのものの鼻たれ小僧だったわけですからねえ……しかし、まあ、そのことは少しあとまわしにしましょう。でないと、そのことをいいはじめたら最後、それこそセンセイと高見順の関係どころではなくなってしまうに決ってますから、いまはそちらへ話を戻しますと、この年譜を見て、はじめて先のセンセイの日記が、なるほど、とわかったような気がしたわけです。いや、センセイの日記とこの年譜は、絶対に重ね合わせて読まれるべきだと思いますよ。

例えば昭和十三年には、大森署の特高刑事が頻繁に出入りするわけですね。それから浅草生活になるわけですねえ……そう、そう、その浅草生活の産物である『如何なる星の下に』、これはわたしも読んだおぼえがありますが、しかし、ところが昭和十五年になるととつぜん『文芸春秋』に〝文芸時評〟を連載している。これは、いわゆる〝転向〟ということなのかも知れませんが、わたしなどの世代にはここのところが、どうもよくわからない。うまくつながらない。いや、逆にいうと、余りにもうまくつながり過ぎている。まあ、センセイと文芸春秋との事件はともかくとして、また、当時の『文芸春秋』がいかなる内容のものであったかもよくはわかりませんが、少なくとも左翼でないことだけは確かでしょう。またそれが当時の文壇、文学界の中心であったかどうかもわかりませんが、少なくともそこに〝文芸時評〟を連載するということは、単に文壇的に安泰であるだけでなく、とにかく社会的にも安泰であったといえるでしょう。そしてそれ自体は、センセイの主義、感情はともかくとして、客観的には別段どうということもないといえます。要するに、まあ、ある程度エラクなった、ということに過ぎないわけです。ところが、高見順は、昭和十五年十月、今度はとつぜん〝日本文学者会〟の発起人になっちゃったんですねえ……そして、ここまで来ると、先のセンセイの日記の《迷惑甚し》が、ようやく、なるほど、とわかるわけです。

ということは、何といってもセンセイの日記の言葉は、相当ドギツイですからねえ。ですから逆に、いまはやりの言葉でいえば、私生児として差別されている高見順の方に、同情する読者もかなりあったんじゃないでしょうか。センセイの特権意識のようなものを、そういってはナンですけど、逆に軽蔑した読者もかなりあったんじゃないでしょうか。ところが高見順の方は、そのあとビルマに出かけたり、太平洋戦争がはじまると報道班員として中国に出かけて、そこで大東亜文学者会議に参加したり、そして昭和十九年の末には、とうとう〝文学報国会〟の審査部長になってしまった。おそらくこれは、センセイが昭和十九年の日記の、えーと……あ、これ、これ、ここに書かれているような〝審査部長〟なんでしょうね」

七月十二日。晴。(略)夜旧浅草オペラ館文芸部員川上典夫来り劇場幕内の仕事をなす者は此度政府より出演者許可證を下附することになりし為若しこの證書を得ざるものはおのづから衣食にも窮する事になるべく既に其審査も一応は済みたり。されど念の為審査員へ直接問合せの必要もあり。審査員は久保田万太郎金子洋文長谷川伸菊田一夫等なれば何卒紹介状をかいて下されたしとの話なり。余この話をきゝ現代軍人政治の悪弊につき唯驚歎するのみ。(略)審査員の姓名を耳にしたる時余は覚えず抱腹絶倒したり。

「いやはや、この《抱腹絶倒》には、感服致しました。ところで、そのセンセイを抱腹絶倒させたところの審査員たちの、そのまた部長となった高見順の年譜の続きを、あと一度だけ、ちらりとのぞいて見ますと、こうなっております」

昭和二十年(一九四五)三月『馬上侯』を「文芸春秋」に発表。五月、久米正雄、川端康成らと貸本屋「鎌倉文庫」をはじめる。九月、大同製紙の誘いに応じ、久米正雄、川端康成、中山義秀らと出版社「鎌倉文庫」を創立、常務取締役となる。

「つまり、センセイを抱腹絶倒させた審査員たちの最高責任者となった審査部長さんが、敗戦の翌月、といっても敗けたのは八月十五日ですから、実際には一月も経っていないのかも知れませんが、今度は早々と、出版社の常務取締役になってしまった。いや、これではセンセイが嫌厭されるのも無理はなかろうと思うわけです。もちろん、お断わりするまでもなく、わたしは高見順という作家に対して、いかなる因縁をも持つものではありません。親の仇でもなければ恩人でもなく、いかなる義理もございません。同時に、いかなる私憤公憤をも抱くものではありません。いや、文学者としては、むしろ、センセイを抱腹絶倒させた面々よりは、数等上だと思っているくらいです。いや、実際に、数等上でしょう。

ただ、その彼とセンセイとの宿縁の不思議さ、というものを考えるわけです。それにしても、二人は、また何という時代にめぐり逢ったものでしょうねえ……いや、まったく、彼の小説ではありませんが、如何なる星の下にや生れけむ、ですよ、センセイ。何の因果だかわかりませんが、選りにも選って、昭和十一年から昭和十五年という時代に、この二人の従兄弟はめぐり逢う運命だったんですからねえ……もし、この従兄弟同士が、もう少し違った時代にめぐり逢っていたら、二人の関係もこれほどまでに不幸なものにはならずに済んだのではないでしょうか。もちろん、何もかも、すべてを時代のせいにするつもりはありません。

しかし、それにしても高見さん、昭和十五年というのは、やはりまずかったです。余りにもタイミングが悪過ぎます。実際、昭和十五年という年が、センセイにとっていかなる年であったか、そうですねえ……日記の中からざっと拾って見ても、えーと……」

六月十四日。晴。(略)巴里陥落の号外出でたり。(略)

七月初二。近来種々なる右翼団体または新政府の官吏輩より活版摺の勧誘状を送り来ること甚頻々たり。このまゝになし置く時は余も遂には浪花節語と同席して演説せざる可らざる悲運に陥るやの虞あり。余はこれを避けんがため不名誉なる境遇に身をおとさんと思立ち去月半頃より折々玉の井の里に赴き、一昨々年頃より心安くなりし

家二三軒あるを幸ひ、事情を聞き淫売屋を買取りこゝに身をかくさんと欲するなり。（略）
九月念八。晴。世の噂によれば日本は独逸伊太利両国と盟約を結びしと云ふ。愛国者は常に言へり日本には世界無類の日本精神なるものあり外国の真似をするに及ばずと。然るに自ら辞を低くし腰を屈して侵略不仁の国と盟約をなす。国家の恥辱之より大なるは無し。其原因は種々なるべしと雖余は畢竟儒教の衰滅したるに因るものと思ふなり。（略）
十月三十日。専制政治の風波は遂に操觚者の生活を脅すに至りしと見え、本月に入りてより活版摺の書状にて入会を勧誘し来るもの俄に多くなれり。（略）今入会勧誘の手紙の甚滑稽拙劣なる一例として今朝到着せし書簡をこゝに写す。（前文略）もと〳〵時局に処するための文学者の運動は既に数多く存する。然し本会は特に文学の局部的機能を強調宣伝せんとするものではない。文学そのものゝ大使命を提げ文学報国の真意義を世に徹底せしめると同時に一国文化の担当者たる文学者の自主的機関たらしめんとするものである。（略）本会は高邁にして健全なる国民文学の建設に全力を尽し文学の社会的認識を高め日本文学界の一元化を図りつゝ新文化創造運動の一翼たらんことを期す。（以下略）余笑つて曰く、若し此文言の如くにならむと欲せばまづ原稿を書く事をやめ手習でもするより外に道はなし。（略）

「ところでセンセイ、この文面ですが、まさか、高見順が発起人に加わって昭和十五年十月に発足したという、日本文学者会議の入会勧誘状じゃあないんでしょうね？」

15

「ありましたよ、センセイ！　ありました、ありました！」

「何だか表が騒々しいようだねえ」

「騒々しいのは、表じゃあありません。困るなあ、センセイ、寝とぼけてる場合じゃありませんよ」

「おや、キミかい」

「キミかいじゃありません、高見順です。高見順の……」

「おや、まだその話が続いていたのかい」

「どうやら、本当に居眠りしてたようだな、これは」

「それとも何かい、その審査部長さんが、これからここにやって来る、とでもいうのかい」

「ははあ、なるほど。そういえばセンセイは、高見順と一度もお会いにならなかったんですね。しかし、審査部長というからには、ぜんぜん居眠りをしてたわけでもないらしいな。いや、それとも、そんなことはちゃんと知っていた、ということかな」

「それで、その審査部長さんは、まだ達者なのかい」

「え、えっ⁉」

「おや、また泡吹き、かい」

「まさか、センセイ、それはセンセイの方が先刻ご存知なんじゃありませんか」

「どうしてかい」

「どうしてって、センセイ、こちらでは一度もお会いにならなかったでしょうが、あちらでもやっぱりお会いにならないんですか」

「どこでかい」

「どこでって、あちらの国に決ってるじゃありませんか。あちらのお国、すなわちスチクスの彼方、ですよ」

「知らないねえ」

「そりゃあセンセイ、ホントですか。いや、センセイがこちらで、高見順に会わなかった、決して会おうとしなかった、絶対に面会を許さなかった、その理由は、センセイの日記からよくわかります。しかしですねえ……いや、そのセンセイの気持はあちらでもまったく変らない、変っていない、ということにしてもよいでしょう。しかしセンセイ、噂くらいはおききになってるんじゃありませんか」

「どんな噂かい」

「噂、つまり情報です。センセイの日記でいえば、例の《街談録》、つまり、公衆便所の落書きとか、特高と翼賛会の幹部連が待合いでどんちゃん騒ぎをしたとか……」

「それから」

「それから、えーと、なるほど、これはケッサクだなあ、ウッフッフ……」

「読んで見給え」

「えーと、これは昭和十八年の二月十九日から。ははあ、ここでは《街談録》ではなくて、ずばり《噂のききがき》となってますね」


荏原区馬込あたりにては良家の妻女年廿才《ママ》より四十歳までのものを駆り出し落下傘米軍襲撃を防禦する訓練をなしたる由。其方法は女等めい〳〵に竹槍をつくり之を携へ米兵落下傘にて地上に降立つ時、竹槍にて米兵の眉間を突く計略なりと云。軍部より竹槍の教師来り三日間朝十時より午後三時まで休まず稽古をなしたりと云。(略)良家の妻女に槍でつく稽古をさせるとは滑稽至極。何やら猥褻なる小咄をきくやうなり。


「ウッフッフ……」

「笑ってる場合じゃありませんよ、センセイ」

「おや、傑作だといったのは、誰だったかな」

「ちぇっ、まんまと一杯食わされちまった。実際、こんな馬鹿話をしてる場合じゃないんだよなあ、まったく。お蔭でカンジンな話をまた忘れるところだったが、まあ、このくらいで済めば、御の字かも知れんな」

「何か、いったかい」

「いや、つまりですね、ことほど左様に地獄耳であるところのセンセイが、高見順の噂をまったく知らないというのは、とても信じられない、ということです」

「だから、どんな噂かとたずねているのさ」

「では、よくおきき下さい。それから、これは、噂ではなくて、歴とした年譜です。そう、そう、センセイの永井荷風集と同じ筑摩現代文学大系高見順集の年譜です。センセイの巻が大系の十六、高見順の巻は大系の五十二、その巻末年譜の最後の部分です」

昭和四十年（一九六五）五十八歳

（前略）八月十六日、東京駒場公園で近代文学館の起工式がおこなわれた翌十七日、午後五時三十二分死去。十六日付で文化功労者に推された。八月二十日、日本文芸家協会、日本ペンクラブ、日本近代文学館の三団体葬により青山斎場で川端康成を葬儀委員長として葬儀がおこなわれた。

「そりゃあ、わしよりも先かね、あとかね」

「何をいってるんですかね、このボケ老人は。だって高見順は、例の三の輪の浄閑寺の、センセイの詩碑の建立委員の一人なんですよ。センセイがあちらへ行かれたのは、えーと、昭和三十四年、一九五九年で八十一歳。年譜によりますと、一月、『向島』を『中央公論』に発表。四月三十日、朝、胃潰瘍のため吐血絶息しているのを、通いの手伝い婦が発見した。五月二日、自宅で葬儀が行われ、雑司ケ谷の永井家の墓地に埋葬された、というわけです。そして、浄閑寺の詩碑が建ったのが、その四年後の昭和三十八年、ですから、高見順があちらへ行ったのは、詩碑が建って二年後というわけです。それをセンセイが知らないというのは、おかしな話じゃありませんか」

「おや、おかしな話とは、またどういう意味かい」

「どういう意味もこういう意味もありませんよ。それじゃあまるで、怪談じゃあありませんか」

「ウッフッフ……」

「笑ってる場合じゃありません！」

「おや、そうかい。ではたずねるが、キミはあちらの国へ行って来たのかい」

「縁起でもない話しないで下さいよ、センセイ。そうでなくとも、すでに怪談みたいな話なんですからねえ、まったく」

「では何故、そんな知ったかぶりをするのかい」

「別に、知ったかぶりとか、そういうことではなくてですねえ……困っちゃうなあ」

「じゃあ、空想かい」

「そうです、そうです。広い意味での空想ですよ。つまり、センセイがまだこちらの国におられた時分に、空想されたような、まだ生きている人間の空想ですよ。ですから空想といえば空想、常識といえば常識」

「じゃあ、どんな常識かい」

「困るなあ、センセイ、常識というものは説明しなくともよい、というのが常識じゃあないんですか」

「それは、そちらの常識であろう」

「決ってるじゃあないですか。つまり、エンマ大王とか、針の山とか、血の池地獄とか、『古事記』なんかの黄泉の国とか、仏教説話の地獄極楽とか、『地獄草紙』『餓鬼草紙』に出て来る腹だけとび出したいろんな亡者とか、六道とか……それから、オデュッセウスがヘルメスに冥府に連れて行かれて、トロイ戦争で、敵の王子パリスの射た矢をアキレス腱に受けて死んだ英雄アキレウスに会う場面とか……それから、牢屋の中でソクラテスが、毒を飲む前に弟子たちに向ってえんえんと話してきかせる、魂がハデスにたどり着くまでの道順とか……それから……いや、まあ、つまり、そういった常識ということです」

「それを、知ったかぶり、といっておるのだよ」

「じゃあ、どうしろっていうんですか」

「まあ、行って見るのが一番よいであろう」

「ちぇっ、それが出来りゃあ、誰がこんな苦労するもんですか。早い話、あんなながったらしい誰かさんの日記なんぞ読む必要もないでしょうからね」

「おや、わしがいつ、読んで下さいなどといったかい」

「いや、これはどうも失礼致しました。いまのは、きこえなかったことにして下さい」

「そういう話は、よくきこえるもんだよ」

「いや実際、センセイの地獄耳には脱帽致します。まったく、その耳あってこそ、はじめてあの日記が可能であった、と思うわけなんですけど、しかし、だからこそ、その地獄耳に同じあちらの国の情報が入らなかった、ということが信じられない、ということです」

「おそらく、別の方へ行ったのであろう」

「別の方、といいますと？」

「別の方、すなわち別の冥府」

「それは例えば、センセイは地獄に落ちたが、高見順は天国に昇った、という意味ですか」

「おや、じゃあ何かい、彼はアカから大政翼賛文学者の会の審査部長さんになり、それから今度は、キリスト信者にでもなったということかい」

「センセイ、それはちょっと、いい過ぎではないかなあ……」

「おや、ではたずねるが、彼が天国でわしが地獄、というのは、いい過ぎではないのかい」

「ははあ、荷風散人でも、やっぱりそこが気になるもんですかねえ」

「ぶつぶついわずに、答え給え」

「ですから、つまり、あれはあくまで、例えば、の話でありまして……それに事実、といっても、もちろんわたしの知る限りにおいてですけど、高見順はキリスト教徒ではありませんから」

「しかし、天国とはキリスト教の世界であろう。それがキミのいう常識というものではなかったのかい」

「いや、センセイ、これは一本参りました。しかしですね、センセイ、いきなり別の冥府といわれればですよ、ふつう天国と地獄、いや、もちろんこの場合どちらがセンセイかということはまったくなしにしての話ですけど、まあ、ふつう天国と地獄というふうに考えちゃうのが、これまた常識というものではないでしょうか」

「まあ、よかろう。どうせ一度はキミも行くことになる」

「そりゃあ、まあ、そういうことになっているんですけど……」

「それに、あちらのことについて知ったかぶりをしておるのは、別にキミだけじゃあないわけだからねえ」

「それはセンセイ、行ってみなきゃあ、わからん、という意味ですか」

「知らないものを知っているように喋る。あるいはそういう顔をする。知ったかぶり、とはそういうことであろう」

「確かに、知ったかぶりの定義はそういうことだと思いますけど、あの世に関してだけは例外ではないでしょうか」

「何も、あの世について空想するな、とは申しておらんよ」

「しかしですねえ、折角こうしてセンセイとお話する機会に恵まれたわけですから、まあ、空想の方は他の機会にいろいろ出来ますけど、こういう機会は、それこそ、あの世へ行っても二度とないのかも知れません。いや、実際にセンセイは、高見順が亡くなったことさえ知らぬといっておられる。何だかよくわからないが、別の冥府に行ったのだろう、という。とするとですよ、もし仮にわたしが、いまセンセイの目の前で、この9―9から飛び降りて……」

「その、9―9とは何のことかい」

「9―9すなわち、この九階建てのビルの九階、すなわちこの部屋ということです」

「なるほど、ニセ地下室とか称するやつだな」

「そうです、その通りです。つまりですねえ……よろしいですか、センセイ、見えますか、センセイ……こちらです、こちら。鬼さんこちら、手の鳴る方へ……です。よろしいですか、いまわたしが手をかけているガラス窓、これが9―9のガラス窓です」

「おい、おい……キミ……」

「ということは、見えるということですね、よし、と。では次に、この窓をこうやって、こじあけてですね……」

「おい、キミ、本気で行って見る気じゃあ、ないんだろうねえ」

「そして、こうやってここに足をかけて、ですよ……ここから地上までは、えーと、まあ、四捨五入して約三十メートルということにして置きますか、その約三十メートル下の地上すなわちアスファルトの街路に飛び降りたとしてもですよ、あるいはあちらで、センセイに会うことが出来ないかも知れませんからね。そうでしょう、センセイ」

「しかし、それほど大急ぎで見に行くほどのところでもないよ」

「もちろん、いまのは狂言です」

「そんなことくらいは、わかっておる。その窓は手では開かぬ仕掛けであろう」

「何だ、知っていたのか」

「おや、わしの『あめりか物語』を忘れたのかい」

「いや、これはどうも失礼をば致しました」

「これでもちゃんと、自由の女神を拝んで来ておるのだからな」

「しかし、もし仮にわたしがいま、この9—9の窓から飛び降りて、アスファルトの街路上でザクロのような頭になったとしても、そのアスファルト街路の底の底の方のあちらで、必ずしもセンセイに会えるとは限らない。そういうことでしょう。センセイの説によれば、そういうことになるわけでしょう」

「左様、だからそんなに大急ぎで見に行くほどのところでもない、といったであろう。まあ、自由の女神くらい拝んで来てからでも遅くはないのではないのかい」

「もちろん、わたしだって自由の女神も拝みたい、万里の長城から小便もしてみたい。ところがいまだにどちらも果せない。しかし、いや、つまり、だからこそこうやって、しつこくセンセイにたずねているわけじゃあありませんか」

「まあ、よかろう。ただ、生憎くとわしは、男ばかりの冥府の方にまわされておるものでねえ……」

「センセイ、なるほど知ったかぶりは、余りホメたものではありません。それは先刻センセイがいわれた通りです。しかしですね、センセイ、こちらがいかにあちらのことを知らぬからといって、それはあんまりジラせ過ぎ、つまり、センセイのいうストリップ式チラリズムというやつではないでしょうかね」

「おや、わしは知らぬものは知らぬ、といっておるだけだよ」

「ではたずねるが、いや、おたずねしますが、その男ばかり、というのはいったいどういう意味なんでしょうか」

「簡単にいえば、例えば温泉のようなものであろう」

「温泉？」

「左様」

「それはどういう意味でしょうか」

「おや、温泉を知らないのかい」

「それは何ですか、例えば別府温泉の地獄めぐりみたいな、いかにも地獄の釜がぐらぐら煮えたぎっているようなとか、あるいは、朦々と硫黄くさい湯気が立ちこめているような、とか、そういうことですかね」

「その、何とか温泉……」

「別府温泉……」

「その別府温泉というのは、混浴かい」

「そのコンヨクというのは、男女混浴という意味ですか」

「左様」

「さあて、どうだったかなあ……いや、混浴ではなかったように思います。もっとも、わたしが行ったのは、そうですねえ……まだ十九か二十の頃ですから、もうかれこれ二十年いや、待てよ、二十五、六年くらい前かなあ」

「しかし、混浴のところもあるであろう」

「それは、行ったことがあるか、という意味ですか」

「どちらでもよろしい」

「そうですねえ、実際に行ったところでは、えーと、関東では群馬の猿ケ京の奥の方の法師温泉。これは何でも弘法大師が猿のあとをつけて行って発見したとかいう大変に有難い温泉でして、湯の底に大中小さまざまな石が沈んでいるというのか、敷き詰めてあるというのか、とにかく底がごろごろした石なんですね。そして、四角い大浴槽が、障子ほど真四角にではないけれども、もう何十年も経っているような古い丸太、いや角材だったかな、とにかく、両手でつかまえられるくらいの丸太、やはり丸太でしょうね、そういうぬるぬるした丸太で四角い浴槽が幾つかに仕切られてるわけです」

「それで、混浴かい」

「というより、とにかく、浴場はそれ一つですから、まあ、運がよけりゃあ、ということになるんでしょうけど、わたしは遭遇しませんでした。しかし、もし仮に遭遇したとしても、あのインインメツメツたる暗さじゃあねえ……なにしろ、ぼうっと点っている黄色いカンテラの明りをすかして、太い歪んだ梁にぶらさげられた板切れを見上げているところ、のうびやうなんて文字が薄ぼんやりと見える……それも、いまにも湯気で消えてなくなりそうな文字なんですからねえ」

「そりゃあ何かい、それがいかにもあの世ふうに見える、ということかい」

「そういえば、温泉というのは、なるほどあの世的な場所かも知れませんねえ。あの薄暗い浴場で裸の男や女どもがぬるい湯につかっている。両足の裏で石を抱えるように挟んで、両手でぬるぬるした丸太につかまって黙々と湯の中にしゃがみ込んでいる……あるいは反対に、例えば、十和田湖の近くの、東北の何とかいう連隊が雪中行軍の訓練で全滅した八甲田山の麓の、いや、中腹かなあれは、とにかく、その八甲田山と十和田湖の近くの、えーと、あれは、何とか湯といったなあ……そこの場合はバスから降りた客が、脱いだ靴をビニール袋に入れたのを抱えてずらりと列を作り、番台というよりバナナの叩き売りみたいな台に載った男から番号札のようなものをもらい、それを首にぶらさげて、イモ洗い式の浴場へ流れ込んでゆくと、強い硫黄の臭いが鼻に来るばかりでなく、目にしみるようだ。あ、思い出した、酸ケ湯です、酸ケ湯。えーと、それから、そうそう、もちろん混浴です。脱いだ靴を入れたビニール袋を抱えて並ぶ列は、別々なんですねえ……まあ、これは観光地のホテル式の温泉旅館なんかにも、よくあるといえばよくある仕掛けなんですけど、入口から脱衣湯までは男女別々、しかし浴場に入るとこれが混浴というやつなんですが、この八甲田山の近くの酸ケ湯の場合は、入口よりも浴場の方が低くなっている。つまり、すとんと穴に落ち込む、というほどではないんですが、ずうっと歩いて来た地面から、一瞬、窪みに入り込んだような気がする。それと、鼻と目にしみる強い硫黄の臭気ですね。その朦々たる湯気の中で裸の男ども女どもがひしめいている。床にべたりと坐り込んだのもいる。坐り込んで一塊りにかたまったのもいる。みんな首から番号札みたいなものをぶらさげている。その番号札をのぞき込むように首をがくんと折り曲げているのもいる。番号札よりももっと下の黒い毛をのぞき込むように、自分の股ぐらにほとんど首を突っ込んでいるのもいる。浴場の中を、ぐるぐる歩きまわっているのもいる。湯舟の縁に腰をおろしているのもいる。もちろん湯につかって首だけ出しているのもいる。誰が誰に何を喋っているのかわからない。何か歌っているものもいるのかも知れない。とにかく男ども女どもの声が洞窟に充満している。声が声にからみつき、それが洞窟の壁に当って反響し、そこにまた男ども女どもの声がからみつき、それらがまた洞窟の壁に当って反響し……といった充満の仕方である。つまり、両足の裏で石を挟み、ぬるぬるした丸太に黙々とつかまって湯の中にしゃがみ込んでいる、例の法師温泉とは、すべてまる反対なんですね、こちらは。ところが、まる反対でありながら、にもかかわらずどちらも、いかにもあの世的なんですねえ……」

「もうそのくらいでよいであろう」

「は？」

「きいておる方が、湯疲れしそうだ、ということだよ」

「しかし、混浴のことをたずねたのは、センセイですよ」

「しかし、描写しろ、とはいっておらんよ」

「これはどうも、ついのぼせてしまって、失礼しました」

「のぼせそうなのは、きいてる方だよ」

「じゃあ、あの世が温泉みたいなものだ、というのは、どういう意味の温泉なんですか」

「だから、混浴もあれば、別浴もある」

「は？」

「すなわち、男ばかりの冥府、女ばかりの冥府、男女混浴の冥府」

「つまり、そういうふうに、三種に分けられている、ということですか」

「左様」

「何だか、プラトンの人間元三性説みたいですけど、それはどこで分類されるんですか。まさか、センセイの場合、希望でそうなったわけではないでしょうからね」

「そこが行って見なきゃあ、わからんとこだよ」

「しかし、あちらのお国にも、そういう差別があるとは知らなかったなあ。もしそれが本当だとすれば、ですがね」

「差別だか、分類だか知らないがねえ」

「それじゃあ高見順は、男女混浴、いや、男女混合の方に行かれた、ということでしょうか」

「まあ、そういうことになるであろうな。まさか女の方に行くわけにもゆかんだろうからねえ」

「何だか銭湯みたいな話になりましたけど、それで、それは永久にそうなんでしょうか。それとも何かの理由で、場所換えというか、入れ換えのようなことがあるわけでしょうか」

「まあ、噂くらいは、ときどきあるようだな。しかし、目下のところは、生憎くとそういう事情になっておるから、別の方の消息はきこえて来ないのだよ」

「ははあ……なるほど。しかしセンセイ、もしそれが本当だとすればの話ですけど、そういう事情だったとすれば、やはりセンセイは、こちらで一度、高見順に会ってやるべきではなかったんでしょうか」

「おや、どうしてかい」

「もしセンセイがあのとき会ってやっておれば、彼だってあるいは、センセイが抱腹絶倒されたような〝審査部〟の、審査部長などにはならなかったかも知れない、という意味です」

16

「何だかおかしな理屈だねえ」

「センセイ、これは理屈じゃありませんよ」

「じゃ何かい、理屈抜きで、わしがハイヤーでも仕立てて、彼をお出迎えしなきゃならなかったとでもいうことかい」

「何も、そんなことは申しておりません。いや、むしろそれはアベコベじゃあないでしょうか。つまり、もしセンセイのお許しさえあれば、高見順の方こそ、ハイヤーでお迎えに参上したかったのではないでしょうかね」

「おや、彼はそんなことをキミにいったのかい」

「わたしがそんなこと、きけるわけないじゃありませんか」

「じゃあ、又ぎきかい」

「いかにも彼は、センセイ宛てに直接そうは書いておりません。センセイの日記に記録されている限りにおいては、むしろ、その反対であるかのような印象さえ受けます。しかし、高見順としては何か一言、直接センセイの口からききたかったのではないでしょうか」

「おや、これはまた面妖な、とはこのことではないのかねえ」

「だって、腹違いとはいえ、レッキとした従兄弟には違いないでしょう」

「イトコの押売りかい」

「なるほど、センセイの徹底個人主義、ウルトラ反家族主義からいえば、まあ、そういわれても仕方ないかも知れません。実際センセイは、高見順の実父である坂本三蘋翁とは《三四十年来叔姪の礼をなさず。一たびも起居安否を問ひたることなし》と書いておられる。もちろん葬儀にも行かなかった。叔父ばかりでなく、義絶した実弟の家で亡くなったという理由で、母親の葬儀にさえ行かれなかった。あ、そうだ。ここにもセンセイの、そういう生き方について書かれた、ちょうどよいものがありますので、ちょっと読んでみましょう」


当時の私が、荷風の文学、あるいはその人間にひかれるようになったのは、荷風が「家庭の幸福」から徹底的に疎外された文学者であったことが、おそらく作用しているであろうと思う。（中略）私が『濹東綺譚』を読んだ頃は、荷風の日記のことは知らなかった。しかし時世に背反し孤立してもつねに自己の道を歩きつづけようとする一徹な個人の耽美の精神は、その作品からでも充分に感得することができた。（中略）それは、個人主義的な強い自我の主張というよりは、享楽に徹底した人間の、のっぴきならない、生き方として、そこに在ったのである。

荷風はそのような生き方を、永年にわたって、意識的につくり上げてきた。おそらく、それは「家庭の幸福」から疎外された文学者にしてはじめて可能な、といえるような性質のものであった。（中略）荷風が戦争期のナショナリズムと無縁でありえたのは、あるいはこのような家族に対するきびしい態度と軌を一にしているのではないか、と私は思う。日本人のナショナリズムは、一心同体的な家族意識とつながっていたから、それを断ちきれる人間でないかぎり、戦争期のナショナリズムと全く無縁の位置に立つことは容易ではなかったはずである。（以下略）

「いったい誰の文章かね」

「さあ、誰でしょう？　ヒントを出しましょうか」

「クイズなぞやってるヒマはないのではないかね」

「まあ、そう言えばそうですね。では、クイズ抜きで申し上げますが、ただ、その前に一言、センセイの感想をうかがいたいわけです」

「クイズがなけりゃあ、注文か。相変らず昭和人は抜け目がないねえ」

「それはまあ、お蔭さまで、いろいろと苦労をさせていただきましたから」

「しかし、家庭の幸福からの徹底的な疎外、とはよくいってくれたものだな」

「それを戦争期の日本のナショナリズムから独立したセンセイの、生き方、作品と結びつけた。野球でいえば、まさにバットの真芯でボールを叩いた、という感じだと思いますけど」

「この批評家に、高見順論を書かせてみたら面白いのではないかな」

「ははあ、なるほど……」

「それとも何かい、すでに何かあるのかい」

「いや、残念ながら、それはたぶんないのではないでしょうか」

「じゃあ、せいぜい爪の垢でも煎じて飲むがよかろう、ということだよ」

「それは、高見順の方が、飲むわけですね」

「もちろん、そうに決っているであろう。といっても、すでに遅し、か」

「あ、遅いで思い出しました。申し遅れましたが、あの文章は批評家のものではありません。鮎川信夫という詩人の『戦中〈荷風日記〉私観』という文章の一部です」

「どこかできいたような名前だねえ」

「そりゃあ、そうでしょう。例の三の輪の浄閑寺の、センセイの詩碑のことを書いた文章をちょっと読んだことがありましたね。あれと同じ筆者の、同じ文章ですから」

「それで、その詩人とやらは、いまはどうしているのかい」

「わたしも詳しいことは存じませんけど、そうですね、ここにある詩集の裏についている略歴を紹介しますと、一九二〇年（大正九年）東京生れ。一九三九年（昭和十四年）第一次『荒地』を創刊、一九四〇年十二月までに六号までを刊行。一九四二年、早稲田大学英文科を中退、そのまま東部第七部隊（近衛歩兵四連隊）に入隊。一九四四年春、傷病兵としてスマトラより帰還。一九四七年、つまり戦後ですね、田村隆一、木原孝一らと再び『荒地』を創刊。まあ、こんなところでしょうか」

「傷病兵として帰還というのは、どういう傷病だったのかい」

「わたしも、よくは知らないんですけど、たぶんマラリアではなかったんでしょうか」

「マラリアならば、治ったわけだな」

「そう思いますけど」

「大正九年生れ、というと、高見順とはどうなるかい」

「そうですね、えーと、高見順は明治四十年生れですから、十三か十四、年下ということになるわけですけど、実はこれは、高見順とわたしたち、つまり昭和一ケタ人間との、ちょうど中間に挟まる世代の日本人なんですね。そして、実は鮎川信夫を持ち出したのは、もちろんセンセイの日記や浄閑寺の詩碑との関連もありますけど、もう一つ、そういった世代的な関連もあったわけです。つまり、高見順、鮎川信夫、昭和一ケタ人間、この三つの世代の日本人を、センセイにとって最も不愉快だったと考えられる〈昭和十五年〉というマナイタ（でもタライでもいいですけど）の上に並べてみると、次のようになります。

昭和一ケタ人間（ただし、すでに小学校を卒業していた元年、二年、三年生れは除く）は、「紀元二千六百年」の歌を唄っているハナたれ小僧だった。歌詞は次の通り。

〽金鵄輝く日本の
栄《はえ》ある光身に受けて
いまこそ祝えこの朝《あした》
紀元は二千六百年

鮎川信夫は早大英文科に在学中で、前昭和十四年に創刊した第一次「荒地」の第五号を翌十五年五月に発行。十二月に第六号を出したが、これはすでに「文芸思潮」と改題されており、事実上の「荒地」は、五月の第五号が終刊号だといえる。理由は、次の高見順の項を見ればわかると思う。

高見順は、四月、『如何なる星の下に』を新潮社から刊行。八月から十二月まで「文芸時評」を「文芸春秋」に連載。十月、第二次近衛内閣により大政翼賛会が創立され、文化部長に岸田国士が就任。続いて日本文学者会が発足、その発起人の一人となった。

これが昭和一ケタ人間、鮎川信夫、高見順という三つの世代の日本人の〈昭和十五年〉です。そして、センセイのところへも、センセイがその年の十月三十日の日記に書いておられる例の勧誘状が届けられた、というわけです」

「それで何かい、それはすべてわしが彼に面会しなかったせいだ、ということかい」

「いや、そうは申しておりません。ただ、ここでついでに復習をしてみますと、センセイの日記にはじめて高見順が登場したのは、えーと、昭和十一年八月二十七日で、そのときセンセイは、高見順が叔父阪本三蘋翁の庶子であることをはじめて知った、となっております。次は九月五日の日記で、高見順が私生児である出自を書いた『起承転々』の話が出て来た。三度目は、少し間があいて昭和十五年二月十六日の日記で、浅草オペラ館へ行くと、高見順が踊子二三人を連れて来て客席で芝居を見ながら原稿に手を入れていた、という話をきき、〈愚談なり〉と書いている。四度目、昭和十五年六月十六日、浅草公園六区で自作芝居上演案内の往復葉書を受け取り、〈自家吹聴の陋実に厭ふべし〉と書いた。五度目は昭和十五年九月十三日、やはりオペラ館へ行くと、高見順がたびたび楽屋へやって来てはセンセイとの交際を求めているという話をきき、〈迷惑甚し〉と書いた。そして、これがセンセイの日記に高見順の名が出て来る最後、ということになるわけですけど、センセイ、高見順の『昭和文学盛衰史』というのをご存知でしょうか?」

「『源平盛衰記』なら知っているがね」

「たぶん、そんな返事だろうと思ってましたがね。これは、まあ、回想的体験的な昭和文壇史といったものです。ただ、これもご存知かどうか知りませんけど、伊藤整が同じ頃すでに『日本文壇史』を雑誌に連載中だったため、盛衰史という題名にしたのだと思います」

「いつ頃の本かい」

「えーと、一巻目が昭和三十三年三月刊、二巻目は同年十一月刊となっておりますが、あ、そうだ、センセイは、高見順の、ノイローゼ時代、というのをご存知でしょうか」

「何かい、その、ノイローゼ時代とかいうのは、小説かい」

「いや、これは小説ではなくて、事実です。昭和二十七年頃らしいですけど、かなりひどいノイローゼで、執筆不能の状態だったそうですよ」

「どこか、脳でもおかしくなったのかい」

「年譜によりますと〈前年からの尖端恐怖、白壁恐怖のはげしいノイローゼ〉となっており、この『昭和文学盛衰史』は、それが漸くおさまった頃から『文学界』に連載されはじめた、となってますね」

「それで、その『ノイローゼ盛衰史』とやらには……」

「ノイローゼではなくて、昭和文学、です」

「とにかく、その何とか盛衰史には、何かわしの悪口でも書いてあるのかい」

「いや、それは、まったくといってよいくらいありません。そこで扱われている時代は、えーと、高見順が第一高等学校に入学した大正十三年から、昭和十八年まで、です。その間彼は、昭和十六年十一月下旬に、白紙つまり徴用令状を受けて、軍属としてビルマに派遣されています。そして翌々十八年二月に帰国する、そこのところまでです。ところが高見順はそのあと、昭和十九年六月に、今度は陸軍報道班員として中国へ出かけ、十二月に帰国しています。そして間もなく、文学報国会の〈審査部長〉に就任したわけですが、それは書かれておりません。ですから、まあ、意地の悪い見方をすれば、その直前のところで回想録を故意に終らせてしまった、というふうにも取れるわけです。あ、それから、徴用で思い出しましたが、少し前にセンセイの日記《噂のききがき》に出て来た、馬込方面で良家の子女に竹槍訓練をさせているという話、確かあれは、えーと、昭和十八年二月十九日の日記だったと思いますけど、実は、ちょうどその時分に、高見順は大森に住んでるんですね。大森といえば馬込方面でしょう。それで何でも昭和十六年に徴用令状が来て、指定された集合場所の本郷区役所へ行こうとして、大森駅から電車に乗ろうとすると、やはり大森に住んでいた尾崎士郎にばったり出会う、という話が、例の盛衰史に出て来る。尾崎士郎も同様の白紙を受け取って出頭するところで、集合場所へ行ってみると、太宰治も来ていたらしいですよ。まあ、それは大森とは無関係なんですけど、ビルマに派遣された高見順が帰国したのが昭和十八年一月なんですね。そして、良家の妻女たちの竹槍訓練の噂がセンセイの日記に載ったのが、二月十九日。これはセンセイ偶然でしょうかね。それとも、まさか、センセイはすべてを承知の上で……」

「それも、わしが彼に一度も会わなかったことと、関係あるのではないかということかい」

「いや、そういうわけではないんですけど、この問題は、どうも何だか、肝心なところへ近づくと、話がズレてしまうようで困ったものです。要するにわたしがお話したいのは、こういうことです。つまり、さっきセンセイは、高見順は鮎川信夫の爪の垢でも煎じて飲むべし、といわれた。それは、センセイ式にいえば、イトコの押し売り、といったふうな彼の態度に対してだと思いますし、実際彼は、先の徴用令状を受け取ったあと、外務省に勤めている異母兄に当る阪本瑞男という人物を訪ねた、と例の盛衰史にも書いております。こんな具合です」

別れの挨拶を言いに行ったというだけでなく、当時、欧亜局長をしていた彼から、この徴用の目的について何か暗示的なことでも聞けるかもしれないという気持で行ったのだ。行くと、緊急会議とのことで、局長室で待たされた。やがて、彼が沈痛な表情で私の前に現われた。

「身体をくれぐれも大事にするように……」

と沈痛な声だった。顔と言い、これが今生の別れになるかもしれないと言わんばかりの沈痛さだったのは、間近に迫っていた対英米宣戦がすでに予知されていたのかとも思われる。（以下略）

「ははは、なるほど、センセイが顔をシカメられる気持は、よくわかります。しかし、いまの個所をわざわざ読みましたのは、センセイに顔をシカメさせてやろう、と考えてのことではありません。いや、むしろ、この阪本某なる〝異母兄〟に対するような態度と、センセイに対する彼の態度とは、反対に近いものではないだろうか、つまり高見順は、センセイに対しては、イトコの押し売りどころか、むしろ、イトコとしての接触を避けようとしたのではないだろうか、ということがいいたかったためです」

「イトコでなければ、何かい、才能の押し売りかい」

「まあ、押し売りかどうかは別として、少なくともセンセイに対しては、そういった血縁的な特権みたいなものを捨てて、一人の作家として会いたかったのではないですかねえ。つまり、腹違いのイトコである〝永井壮吉〟にではなく、一人の作家として、大先輩作家である〝永井荷風〟に会いたい、ということではなかったんでしょうか」

「おや、これはまた、ずいぶんと親切な弁護人があらわれたものだねえ。ということは何かい、その大先輩だかに会って、文壇出世術でもたずねるつもりだった、というわけかい」

「さっきも復習しました通り、高見順の名がセンセイの日記に初登場したのは、昭和十一年でした。しかし、彼がセンセイに会いたいというサインを送ったのは、昭和十五年六月、自作芝居の案内状が最初です。しかもそれは往復葉書という、消極的、遠慮勝ちな方法でした。しかし結果は逆に、その往復葉書はセンセイから《自家吹聴の陋》と受け取られてしまった。それで二度目は浅草オペラ館の楽屋で、それとなくセンセイがあらわれそうな日を、誰かにたずねた。ところがこれまた、昭和十五年九月十三日のセンセイの日記に《迷惑甚し》と書かれてしまった。つまり、彼の意識、方法、手段のすべてが、ほとんど正反対の逆効果になったわけです。イトコの押し売りを何とか避けたいという彼の配慮が、ことごとく裏目裏目になってしまって、何だか陰湿でコソクなもののように受け取られてしまうんですね」

「それはわしが、彼の真意を悪意に曲解した、という意味かい」

「というより、まあ、お二人はお互いそういう星の下に生れ合わせた、というところでしょうなあ。つまり、鮎川式にいえば、センセイは〈家庭の幸福〉というものを自分のイデオロギーで断ち切った人であり、高見順は生れながらにして〈家庭の幸福〉というものから断ち切られた人、だったわけですからね。ですから同じ肉親との疎外でも、センセイの方のは、はっきりした理由を持つ義絶であるのに対して、高見順の方のは、自分の中に理由を持つことの出来ない不条理みたいなものです。もちろん大学時代に彼が左翼になったのは、そのためかどうかわからない。しかし少なくとも、すべて自分の理由、自分の論理、自分の選択によって生きているセンセイのウルトラ個人主義を、彼が常に意識していたことは、まず確かでしょう。センセイが彼を知らなかっただけです。

ところが昭和八年に検挙され、小林多喜二は死んだけれども、共産党の大物二人が獄中で転向を声明した。河上肇も転向した。高見順も転向した。このあたりのことは、例の盛衰史にかなり詳しく書いてあります。例えば、同じ転向でも、杉山平助式では三つのタイプに分類出来るとか、いや、大宅壮一式では五つに分類出来るとか、自分を含めて知識人たちの転向がいかに《良心に反した》ものであったか、などという弁明も書かれていますが、わたしがこんなことをいっているのは、何も転向そのものについて、一般的にそれを問題にしているわけではない。わたしの興味関心はあくまで、センセイと彼との関係です。宿縁であり因縁です。

それと昭和十五年という〈時代〉です。その問題の昭和十五年に、わたしはハナたれ小僧で、〽紀元は二千六百年……ああ一億の胸は鳴るゥ……と歌っていた。それから、いまちょっと歌詞は思い出せないのですが、〈大政翼賛の歌〉というのも、やがて歌いはじめたはずです。然るに、その同じ昭和十五年の六月十六日、高見順はセンセイに自作芝居の案内葉書を送った。その第一信は、空振りに終った。第二信は九月十三日、浅草オペラ館の楽屋に送った。まあ、これは文書ではありませんが、やはりセンセイへのサインだったと思いますよ。しかし、これまた梨のツブテに終った。それから何日かあと（九月下旬）、文芸春秋の社員某が高見順を訪ねて来て、重大な相談があるから集まってくれ、という河上徹太郎からの伝言を伝えた。それで約束の日に出かけて行くと、それが問題の、日本文学者会を作るための打ち合せ会議だった、と『昭和文学盛衰史』に書かれている、ということなのです」

17

「じゃあ何かい、彼が何度もサインとやらを送ったにもかかわらず、わしが応答しなかった。それで彼はヤケッパチで、そのナントカ会の……」

「日本文学者会、です」

「だか何だかの発起人になり、そして、とうとうナントカ報国……」

「文学報国会、です」

「だか何だかの、審査部長とやらになってしまった、というわけかい」

「まあ、ヤケッパチかどうかはわかりませんですけど」

「ヤケッパチでなきゃあ、何かい、面当て、かい」

「相変らずセンセイのセリフはドギツイなあ。しかし、これだけドギツイということは、やっぱり血のつながりということかも知れませんねえ……いや、いや、これで『昭和文学盛衰史』の、あの書き方も、なるほどとよくわかりますよ。ただし、そいつはこの際、ちょっと脇へ置いておくとして、わたしが先程からくどくどと申し上げている高見順のセンセイへのサインですね、これは、まあ〈呼びかけ〉といってもよいのではないかと思いますが、その最後のサインつまり〈呼びかけ〉がですよ、昭和十五年九月十三日であったということ、これはやはり、ただの偶然ではなかったんじゃなかろうか、という気がするわけなんですよ」

「偶然でなきゃあ、何なのかい」

「SOS、です」

「助け舟のSOSかい」

「その通りです。最後のSOSだったんじゃないでしょうか」

「おや、『文芸春秋』に文芸時評を書いている御仁が、玉の井通いの隠者にSOSとはお門違いも甚しいのではないかな。SKDか何かの間違いであろう」

「確かに昭和十五年、高見順は『如何なる星の下に』を出版し、まあ、これはいわゆる転向小説と呼ばれているものので、彼自身も例の盛衰史の中でそれを認めているようですけど、それに、センセイのお嫌いな『文芸春秋』に文芸時評を連載もしておりますけど、それだけに時代とか危機とかには、非常に敏感だったのではないでしょうか」

「時代に敏感は、大いに結構だがねえ……」

「もちろん、これはセンセイが鈍感だという意味ではありませんよ。それは先程の鮎川信夫の文章を持ち出すまでもなく、センセイの日記を見れば歴然としております」

「彼が敏感なら、こちらは鈍感でも一向に構わないよ」

「わかりました。それでは、センセイの場合、敏感というより時代を透視していた、ということでは、如何でしょうか」

「おい、おい、何だか御用聞きみたいな口調だねえ……敏感と透視、どちらに致しましょうってわけかい」

「相変らず口の減らないお年寄りだなあ。しかし、まあこのくらいでなきゃあ、とてもあの日記は書けなかった、ということでしょうから、このまま先を続けますと、先程の鮎川信夫の文章にもあった通り、昭和十五年というのは、このわが島国日本がウルトラ・ナショナリズム化を露骨にあらわした、紀元二千六百年でありました。その紀元二千六百年に背中を向けて、ウルトラ個人主義を貫き、超然たる存在であり得たのは、当時の文壇において、まあ、センセイくらいのものではなかったんでしょうか」

「その隠者に、時局の動きをたずねようってわけかい」

「何か、ヒントというか、暗示というか、そういったものを求めたい、と思ったんではないでしょうかね」

「インテリさんが、街の易者にたずねるようなものかい」

「まあ、そのあたりはお好きな解釈におまかせしますが、とにかく、高見順がセンセイに送った最後のサイン、呼びかけ、SOSは昭和十五年九月十三日であった、ということです。そして実際、その九月下旬、彼は文芸春秋社の人物を介して、会議に呼び出され、日本文学者会の発起人となった。そして翌十月、大政翼賛会が発足した、ということです」

「その、最後のSOSとやらが、単なる偶然ではなかったのではないか、というわけかい」

「そういうことです」

「偶然でなければ、必然ということであろう」

「時代の状況、彼自身の危機意識、その両面から考えて、そういってもよいと思いますけど」

「ならば、それで結構ではないのかい」

「なるようにしかならん、ということでしょうか」

「そうは申しておらん。わしは高見某のサインだか、呼びかけだかに応じなかった。然るに高見某は、日本文学者会だかの呼びかけに応じた。それだけのことじゃあないのかい」

「それが、センセイのいうヤケッパチということですか」

「それはこっちがききたいところだよ。しかし、ヤケッパチだか過敏症だか知らないが、文芸春秋からお迎えが来るなんぞ、結構なご身分じゃあないのかい」

「しかし、呼び出しを受けたときは、彼自身、何もわからなかったんじゃないでしょうか」

「何も知らずに出かけたとしても、そのお迎えが気に入らなかったわけではないであろう」

「なるほど、センセイとわたしでは、論理がサカサマになってるわけですよ。わたしが結果だと考えてるものを、センセイは原因だと考えてるわけですから」

「どちらがニワトリだかタマゴだかわからないがね、ベースボールの解説式にいえば、結果論からいっても、わしのところへなんぞ来なくてよかった、ということですよ」

「それは、どういう意味でしょうか」

「わしのところへ来ておれば、文芸春秋からのお迎えも来るはずはないし、ナントカ委員だの、ナントカ部長さんにはなれなかったであろう、ということです」

「これまた、ドギツイお話ですなあ。しかし、なるほど、そういわれてみれば確かに、彼には、何でも発起人みたいなところが、あることはありますねえ……そうそう、例の浄閑寺のセンセイの詩碑も、そうですし」

「何でも発起人、とはなかなかうまいことをいってくれるじゃないか。とにかくそれが本意だか不本意だかは知らないが、あっちの水が性に合ったんじゃあないのかい。あっちの水が甘いのか辛いのか知らないがねえ……とにかく、以後は音信不通ということだよ」

「なるほど……例の最後のSOS以後、ということですね」

「あっちへ行ってはみたものの、どうにも居心地が悪けりゃあ、お得意のサインだか、呼びかけだか、SOSだかをまた送って来るのではないのかい。それがないところをみると、便りの無いのが良い便り、ということであろう」

「ははあ、そういえばあれ以後、センセイの日記に彼の名はぜんぜん出て来ませんね」

「それで何かい、その高見某のナントカ盛衰史とやらの方には、わしは登場するのかい」

「あれ、まだお話してませんでしたか」

「キミ、困るねえ……もっとも、わしの悪口は書いておらぬ、ということだけはきいたような気がする」

「いや、これはどうも失礼致しました。おっしゃる通り、確かに悪口は一切書かれておりません」

「おっしゃる通りではなくて、キミがそういったといっておるのだよ」

「はい、いま思い出しました」

「読んで見給え」

「しかしですね……」

「よいから、読み給え」

「しかしですね……センセイ……どうも弱っちゃったなあ」

「キミが弱ることはないであろう」

「しかしですねセンセイ、センセイに臍を曲げられちゃうと、こちらにもいろいろと都合がありますのでね」

「何もキミが書いたわけではないであろう」

「まあ、理屈は確かにそうなんですがね……」

「ぶつぶついわずに、読み給え」

「わかりました。では、えーと、これは第一巻の、えーと、第四章〈源流行〉、つまり、大正末期の同人雑誌群を振り返って書いてる部分のようです」

「同人雑誌かい」

「ははあ、大正十五年には、同人雑誌が百六十四誌、その関係者は千百四十名に達した、なんて書いてありますよ」

「よいから、肝心の部分を読んで見給え」

「あ、そうか。では第一巻の、これは八十五ページです」

なお、この大正十五年四月に『三田文学』が復活した。編集委員が水上瀧太郎、久保田万太郎、井汲清治、南部修太郎、西脇順三郎、小島政二郎、水木京太、石井誠、横山重で、編集の実際を勝本清一郎が担当した。この復活第一号に、『三田文学』の創始者永井荷風が小説『西班牙料理』を載せている。他の小説執筆者は、水上瀧太郎、南部修太郎、加宮貫一、久野豊彦、木村庄三郎である。


「というわけです」

「というわけも何も、いまのは『三田文学』復刊号の目次であろう」

「まあ、そういうことです。ただ、センセイの小説だけは題名が出ており、他は作者名だけで、題名は省略されておりますね」

「それはわかっておるが、それだけかい」

「はい」

「それは、いつからいつまでの盛衰史だったかい」

「えーと、高見順が一高に入学した大正十三年からはじまりまして、あ、そうだ、その前にちょっとプロローグのような部分がありますけど、終りは、太平洋戦争直前の昭和十六年十一月に徴用でビルマに派遣され、昭和十八年二月に帰国するところまで、です。ところがこの『昭和文学盛衰史』全二巻を通じまして、センセイのお名前が出て来るのは、あとにも先にも、この一個所だけです。第二巻巻末の〈人名索引〉も調べましたが、間違いありません。そして、そういうわけですから、わたしは読みたくなかったわけです。なにしろ『断腸亭日乗』はもちろんのこと、『濹東綺譚』も出て来ない。もちろん理由は、わかりません。つまり想像する他はないわけですけど、まあ、こうやってセンセイの前で読んでしまった以上、仕方ありません。それで、わたしなりに、この本についての感想をもう少しのべてみますと、えーと、先にちょっと申し上げましたプロローグのような部分に、こんなふうなことが書いてあります。それを、かいつまんでいいますと……なるほど……菊池寛が『文芸春秋』を創刊したのが大正十二年一月、その年の十月に大震災、その震災直前に有島武郎が情死、か。えーと、それから、大正十三年六月『文芸戦線』が創刊され、同年十月『文芸時代』が出た。そしてそのあと、こうなってます。《……時代はまだ大正だが『文芸戦線』『文芸時代』の創刊は昭和文学史に属するものと考えられる。私はその大正十三年の春、高等学校に入った。……》なるほど、これはまあ、別に問題なしとして、そのあと、いや、あとではなくて、その前の部分か。そこのところに、大正九年十一月、花袋秋声の生誕五十周年大祝賀会というものが催されたことが書いてあります。これは、昭和二十六年に書かれた久米正雄の『文士会合史』とかいう文章をもとに書かれたものらしいんですけど、記念講演では正宗白鳥が喋ったそうです。また、記念小説集を出版して、その印税を田山花袋、徳田秋声の両氏にプレゼントしようという、全文壇を挙げての大祝賀だったらしい。五十歳で大祝賀とは、老害、ボケ老人問題を抱えたいまの長寿大国ニッポンから考えると、まるでウソみたいな話ですけれども、まあ、それはよいと致しまして、そのあとが問題ではなかろうかと思います。まず、こういう文章が出て来ます

記念小説集が新潮社から出版された。三十三名の作家が短篇を寄せた。あとがきに「……両氏が小説家たるの因縁により、戯曲、詩歌、評論の類は姑《しばら》く措《お》き、現文壇に活動せられつつある小説作家の創作のみに限ることとせり」とあるごとく、劇作家、詩歌作家、評論家の名は見えないが、大正時代の小説家はことごとくここに名をつらねている。大正作家とはいかなる人々か、それを知ろうとするには、まことに便利であるからして、ここに煩をいとわず列挙しておこう。

島崎藤村、谷崎潤一郎、里見弴、中村星湖、芥川龍之介、藤森成吉、正宗白鳥、有島生馬、上司小剣、相馬泰三、水上瀧太郎、谷崎精二、菊池寛、加能作次郎、広津和郎、吉田絃二郎、豊島与志雄、久保田万太郎、小川未明、江口渙、宇野浩二、久米正雄、水守亀之助、葛西善蔵、室生犀星、中戸川吉二、加藤武雄、近松秋江、細田民樹、田中純、白石実三、佐藤春夫、有島武郎。

「というわけなんですが、まず、傍点をつけた部分です。これは、わたしがつけたものなんですけど、《大正時代の小説家はことごとくここに名をつらねている》となっております。ところが、ご覧の通りといいますか、おきき

の通りといいますか、そのあとに列挙された三十三名の中に、センセイの名前は見当りません。これは、どういうことなんでしょうかね、センセイ。もちろん、この記念小説集の選者は、高見順ではない。大正九年ですから、彼はまだ高校にも入っていない。しかし、いまわたしが読んだ文章は、傍点をつけた部分も含めて、高見順の文章です。大正九年に出た、その記念小説集の顔ぶれを見て、彼が書いた文章です。つまり彼は、そこにセンセイの名前がないことを知った上で、《大正時代の小説家はことごとくここに名をつらねている》と書いたわけです。

それでいま、大急ぎでセンセイの年譜を調べてみますと、ははあ、この大正九年というのはセンセイの全生涯において、また、センセイの作家としての生涯において、まさに記念すべき、歴史的な年なんですねえ!! そうか、なるほど、センセイが偏奇館の住人になったのは、この大正九年だったわけか。田山花袋、徳田秋声の生誕五十周年も、それはなるほどオメデタイことには違いないでしょうが、このセンセイの偏奇館完成も、こりゃあわが近代文学史上の大〝事件〟じゃあないでしょうか。いや、これは間違いなく一つの〝事件〟です。まあ、とにかく、ざっと年譜を眺めて見ましょう。例の筑摩現代文学大系では、こうなってます」

大正九年（一九二〇）　四十二歳。三月、『江戸芸術論』、四月、『おかめ笹』（末尾五章加筆）をいずれも春陽堂より刊行。「小説作法」を『新小説』に発表。五月、麻布市兵衛町の新居完成、偏奇館と名づけた。七月、「開化一夜艸」（戯曲）、十月、「偏奇館漫録」（十年三月まで連載）を『新小説』に発表。

「なるほど、この年は小説は少ないようですなあ。しかし、前々年の暮れから『荷風全集』全六巻を、春陽堂から刊行中ですし、前年の大正八年には、例の《戯作者宣言》小説として知られる短篇『花火』を発表している。そのセンセイを《大正の小説家》から外したというのは、いったいいかなる文学観によるものでしょうか。これは好みとかヒイキの問題ではなく、疑わない方が異常というものでしょう。それとも、文学観以外の部分で、何か文壇との間にトラブルのようなものがあったのでしょうか。そうだ、ちょっと待って下さいよ。日記の方を当って見ますから。えーと、《大正九年五月廿三日。この日麻布に移居す。母上下女一人をつれ手つだひに来らる。麻布新築の家ペンキ塗にて一見事務所の如し。名づけて偏奇館といふ。》《五月廿四日。転宅のため立働きし故か、痔いたみて堪難し。谷泉病院遠からざれば赴きて治療を乞ふ。帰来りて臥す。》か。それから、六月、七月と、特に事件らしきものはなさそうですなあ。竹友藻風が来訪したり、木曜会の句会に出たり、ブラジル滞在中の堀口大学からレニエーの新著を贈られたり、有楽座で文楽座の人形を見物したり、三田文学会の茶話会に出たり、全集校正のために老眼鏡を買ったり、という具合で、事件どころか、まことに平和な年のように見えます。日記の文も短くて、淡々としている。事件らしきものを強いて挙げれば、次の戯文くらいでしょうかね」

八月二十日。新聞記者の訪問を避けむとて戯に左の如き文言を葉書にしたゝめ新聞雑誌の各社に送る。

拝啓益々御繁栄の段奉賀候、陳者小生今般時代の流行に従ひ原稿生活改造の儀実行致度大略左の如く相定申候間、何卒倍旧の御引立に与り度く伏して奉願上候。

一、新聞雑誌其他文芸の御用向にて御訪問の節は予め金拾円御郵送被下度候、さ候へば三個月以内に面晤の時日御通知可申上候。尚其節は面談料三十分間に付金五円宛申受候。

一、寄稿御依頼の節は長短に係らず前金手付金壱百円御郵送被下度候。左候得者三個年以内に脱稿可仕其節は別に一字金壱円宛申受候。

一、小生写真御掲載の節は金五拾円申受候。

月　日　　　　小説家永井荷風敬白

「というものなんですが、大正九年当時の一円というのは、いまの金にするとどのくらいのものなんでしょうかね、センセイ。まあ、センセイと金銭との関係は、いまや伝説化しているわけですけれども、『濹東綺譚』を担当した当時の朝日新聞の記者だった新延修三《にいのべしゅうぞう》という人の書いた『朝日新聞の作家たち』（昭和四十八年十月二十日、波書房刊）によりますと、『濹東綺譚』の原稿料は一回分（原稿用紙三枚半）七十円という当時最高のもので、それを前金で千八百九十円、小切手で偏奇館に届けたことになってます。またセンセイの原稿は八十枚足らずで、それを三枚半で割ってゆくと二十二回分にしかならない。そいつを何とか一回分でも延ばそうと考えて、改行その他の工夫を凝らして、ようやく二十七回分に引き延した。だから自分のお蔭でセンセイは、五回分つまり三百五十円余計に儲ったわけだ、と書いてあります。

ところがですよ、センセイの昭和十一年十一月十七日の日記では、それがこうなってます。《午後日高君両度来談。朝日新聞記者新延氏日高君と共に来り拙稿濹東綺譚の原稿料金二千四百余円小切手を贈らる。》つまり、朝日新聞の新延記者は千八百九十円支払ったと書き、センセイは二千四百余円を受け取ったと書いておられる。いったいどちらが本当なのか？　つまり、ここで早くも伝説が発生しているわけですけれども、もちろん、わたしはどちらだっていいわけです。新延氏という人は、本の奥付にある略歴を見ると、明治三十八年生れ、昭和三十五年朝日を定年退社となっており、それ以上のことは、わたしはぜんぜん知りません。しかし、センセイが受け取ったのは果して千八百九十円か、それとも二千四百余円であるのか？　何が何でも確かめずにはいられない、というのであれば、もちろん方法はあるでしょう。例えば朝日新聞の古い経理簿を調べるとか、まだ他にいろいろ方法はあると思いますし、すでに誰か、調べた研究家がいるのかも知れませんけど、それはまあ、興味のある方におまかせするとして、わたしがいいたかったのは次のことです。

つまり、ここで『濹東綺譚』の原稿料を持ち出したのは、他でもない、センセイが大正九年八月二十日の日記に書かれた戯文の中の〈一字金壱円〉という金額が果していかなるものであるのか、それと比較するためだったわけです。新延氏は『濹東綺譚』の原稿料として、千八百九十円支払ったという。ところがセンセイは、二千四百余円受け取ったという。しかし〈一字壱円〉ということは、四百字詰原稿用紙一枚四百円ということで、これを『濹東綺譚』の約八十枚に当てはめてみると、三万二千円という勘定になる。つまり、千八百九十円にしても二千四百余円にしても、てんで問題にならない、まったく桁違いの原稿料ということです。しかもそれが、『濹東綺譚』より十四、五年も前の大正九年の話ということになれば、〈一字壱円〉が、ただの冗談であるくらいのことは、誰にだってわかる。まあ、少々悪ふざけが過ぎるとしても、それが悪ふざけであることだけは明らかであって、もしそのために、荷風乱心、荷風発狂などと考えた人物がいたとすれば、それは考えた方がオカシイに決っている。

何だか、高見順の『昭和文学盛衰史』から、少々話がそれたようですけれども、つまり、そういうことです。大正九年のセンセイの生活は、少なくとも日記で見る限り、心身共に、大した事件もなかった一年だったということです。まあ、偏奇館への引越し仕事で痔が痛み出したり、十月の晦に《歯痛甚しく悪感を感ず》とあるくらいで、ながいながいセンセイの日記の中でも、平穏無事の部類に入る一年なのではないでしょうか。

ところで、問題の、花袋秋声両氏の生誕五十年大祝賀がおこなわれた十一月のセンセイの日記ですが、この大正文壇を挙げての大祝賀については、まったく一行の記述も見当りません。そうですねえ、十一月では、《十一月十三日。飯倉通りにてセキセイ鸚哥を購ふ。一トつがひ十四円なり。先年大久保に在りし頃、九段坂小鳥屋にて買ひし折には七八円と覚えたり。物価の騰貴鳥に及ぶ。人才の価は如何》というのがちょっと目につくくらいのもので、文壇挙げてのお祭りなど、影も形もありません。

例の、三十三名の記念小説集についても同様なんですけど、これは果してどうだったんでしょうかね、センセイ。センセイの耳にその話がまったく入らなかったとは、『断腸亭日乗』の愛読者としては、とても信じられないわけですよ。ですからこれは、例の、いつかの浄閑寺行きの話同様、意識的な黙殺、無視にまず間違いあるまい、とわたしはカンぐっているわけなんですけど、単刀直入におたずねして、センセイのところには最初から話が来なかったのでしょうか。それとも、お祭り嫌いのセンセイの方が、断わったのでしょうか。いや、断わったのだとすれば、まあ《笑ふべし》とか何とか、一言日記にあるはずだと思いますね。ですから、やはりこの場合は、最初からセンセイにはお声がかからなかった、と解釈する方が事実に近いのではないかと思うのですが、もしそうだったとすれば、その理由は何だったのでしょうか。いや実際、いかなる理由、いかなる文学観によってセンセイが除外されたのか、理解に苦しむのは決してわたしだけではないはずだからです。

しかし、まあ、そこのところを百歩譲って、それは編者の主観であった、ということにしてみましょう。ただ、『昭和文学盛衰史』には、編者の名前ははっきり出ていないようですけど、まあ、誰であったにせよ、センセイに敵がいないとは考えられませんし、それに、編者が誰であったか、薄々見当がつかぬわけでもありません。しかし、それはいまは右脇だか左脇の方へちょっと置いておくと致しまして、わたしが不思議だと思うのは、センセイの名前が抜けていることについて、高見順が何故、一言も触れていないか、ということです。その点について、疑問を提出するどころか、さっきも申し上げました通り、《大正時代の小説家はことごとくここに名をつらねている》と書いている、ということですね。そしてそれについてわたしはさっき、高見順は明らかに、そこにセンセイの名前がないことを承知の上でそれを書いたと申し上げました。これはもはや、センセイの敵であろうが味方であろうが、シロウトにだって、見ればわかることですからね。ところが高見順は、もしかするとシロウトには、そこのところ、つまり彼が意識的に書いた部分が、わからないのではないかと心配になったのかも知れませんね。いや、あるいはそうではなかったのかも知れませんけど、とにかく、例の三十三名の小説家を列挙したすぐあとに、もう一度ダメを押すように、こう書いております」

ここで、ひとり、長田幹彦が落ちている。人選に洩れたのである。その間の事情は、先にあげた久米正雄『文士会合史』に詳しい。その人選のときの模様にヒントを得て、菊池寛は歴史小説『入れ札』を書いた。菊池寛と言えば、横光利一、川端康成等の名がすぐ脳裡に浮かぶが、この人々の名は出ていない。まだ文壇に登場していない。里見弴の弟子として、大正八年『イボタの虫』で文壇にデビューした中戸川吉二（恐らく三十三人のうちの最年少者だろう）を最後として、大正文学の実質的担当者が全部出揃っているこの顔触れは、今日から見ると、すこぶる興味深いものがある。／『現代小説選集』というのが題名であって、八一九頁に及んでいる。花袋、秋声より一つ年上の島崎藤村が短い序文を書いている。云々。

18

「というわけなんですけど、この長田幹彦という作家をセンセイはご存知でしたか？　もちろん、名前くらいはご存知でしょうね、昭和一ケタ生れのわたしだって知ってるわけですから。といっても、敗戦後の話です。そうですねえ……昭和二十三、四年……いや、二十四、五年かなあ、まあ、どっちみちそのあたりなんですが、中学だったか、あるいは新制度の高校だったか、とにかく物好きな国語の教師がおりましてね、国語の時間に、文壇の番付表みたいなものを作って見せたんですよ。

どういうつもりでそんなことを思いついたのか、まあ、そのあたりが物好きということなんでしょうけど、とにかく何十人かの小説家を東西に分けて、黒板にずらりと書き並べたわけです。当時の相撲の横綱は、誰だったかなあ、照国あたりか、あるいは羽黒山、前田山あたりだったか、それとも安芸の海、佐賀の花あたりだったか、ちょっと記憶がアイマイですけど、それに、小説家を何によって東西に分けたのかも、はっきりしません。また、誰が横綱だったのかも思い出せません。

谷崎だったか、いや、志賀直哉だったか、いや……待てよ、それともセンセイだったかな？　何だかそうだったような気もしますが、やっぱりはっきりしません。それに、この際それは特に問題ではありませんし、なにしろ、物好き教師のしたことなんですから、もともと大した意味はないわけです。もちろん、センセイの名前は入ってました。それだけは間違いありません。センセイのものは、当時の国語の教科書に載ってましたしね。確か『雨瀟瀟』の部分じゃあなかったかと思うんですが、あるいは記憶違いかも知れません。『つゆのあとさき』は、ちょっと内容的に教科書向きではないんですけど、何でも、雨に関係のある文章で、うっとりするようなというか、酩酊するというのか、これはお世辞ではなく、そんな感覚が記憶に残ってます。内容も、題名もはっきり思い出せないのに、おかしな話かも知れませんが、詠嘆的な響きが耳に残っているんですね。いや、耳じゃなくて、舌かなあ。舌と耳の両方かな。

それから、その番付表には、高見順も出ていたはずです。これも番付の位置は忘れましたが、かなりいい線いってたんじゃないでしょうか。確か、新聞に連載小説も書いてたようですし、それに、映画が大きかったんじゃないかと思いますよ。えーと、あれは何といったかなあ……女優は確か、高峰三枝子ですね……例の美人女優で、戦前のレコードでは『湖畔の宿』で有名じゃないかと思うんですが、男の方は誰だったかなあ……この女優はまだ生きてましてね、上原謙と温泉につかってる国鉄のポスターなんかに出てるようですけど、あの映画の相手は上原謙ではなかったようですね。とすると、佐分利信とか、佐野周二とか、あと二枚目では誰ですかねえ、あ、池部良というのがいましたが、あれは『青い山脈』か……えーと、あ、そうそう、思い出しました、『今ひとたびの』ですよ！

いま調べてみると、これは昭和二十一年に『婦人朝日』という雑誌に連載したものらしいですけど、同級生に一人、大変な高見順狂がおりましてね、『わが胸の底のここには』だの、『山の彼方の空遠く』だの、ずいぶん吹聴されたもんです。それで、わたしも何か半強制的に読まされたような記憶がありますが、何だったのか、はっきりしません。ただ、『故旧忘れ得べき』にしても『今ひとたびの』にしても、題名がひどく印象的というか、ニキビ時代の少年の感傷にぴったりだったんでしょうかね。もちろん、映画『今ひとたびの』も見ました。そして、何だか、これまたひどく感動したような記憶があります。とにかく当時は、映画復興期というより、映画の大洪水期みたいなもんでして、チャップリンの『モダンタイムス』やらジャン・ギャバンの『望郷』やらの戦前の名作から邦画、洋画の最新作まで、まるで前後の脈絡なしに手当り次第見たものでした。『今ひとたびの』は、当時、名作といわれた映画の一つじゃないでしょうか。また、わたし自身、ひどく感動したような記憶もあるわけですけど、では、いったいどんな映画だったかというと、まったく思い出せない。いや、これは別に、センセイに遠慮していってるわけではありませんよ。ホントに、不思議なくらい、何にも思い出せないんですから。ただ『今ひとたびの』という題名だけが、唯一つの証拠みたいに、はっきり残っている。そういう題名なんですかね、これは。

ところで、肝心の長田幹彦なんですけど、わたしはこの小説家の文章を一行も読んだことがありません。もちろん、その作品を一行も読んだことのない作家は、彼だけではない。世界といわず、日本の小説家にもずいぶんいます。早い話、『昭和文学盛衰史』に列挙された《大正作家三十三人》の中にも、ずいぶんおります。いや、作品どころか、名前すら知らなかった《作家》も、何人かいますが、それはちょっとあとまわしにして長田幹彦の話を続けますと、わたしはその作品を一行も読んだことがないだけでなく、作品の題名も知りません。本当に、一つも知らないわけです。にもかかわらず、わたしがその名前だけを知っているのは、物好きな国語教師のお蔭なんですね。彼が黒板に書いて見せた、奇妙な文壇番付表のお蔭なんですよ。

東の横綱も忘れました。西の横綱も忘れました。センセイがどの位置にいたのかも、また高見順がどこにいたのかも、忘れました。ただ、番付の欄外に書き出された二人の作家だけを、いまでもはっきりおぼえています。長田幹彦と加藤武雄の二人です。

どちらが東で、どちらが西だったかは、忘れました。とにかく、この二人が番付の欄外に書き出されていました。これは、〝張出し〟の意味でもなかったようです。では、いったいどんな意味か？　物好き国語教師曰く《この欄外の二人は、わが国最低の小説家である》。というわけで、以後その二人の作家はわたしの記憶にへばりついたままだ、ということなのです。

幸か不幸か、わたしはこの二人の作品を一行も読んでおりません。長田幹彦については先に申し上げましたが、加藤武雄についてもまったく同様でありまして、作品名もまったく知りません。わが物好き国語教師は、たぶんその二人の作家が〈わが国最低〉である理由も、そのときのべたと思われます。そしてそれは、例えば〈歯の浮くようなな〉といったふうな形容詞のつく〝通俗小説〟というようなものではなかろうかと思いますが、これはたぶんそんなものだったろう、という想像であって、はっきりした記憶ではありません。したがって、『昭和文学盛衰史』に列挙された《大正作家三十三人集》の顔ぶれと、その三十三人集の人選に〈ただ一人〉洩れたという長田幹彦の名前を見たとき、とっさに思い出したのは、物好き国語教師の作成した文壇番付表の欄外に書かれた二人でした。二人のうち、加藤武雄は《三十三名》の中に入っており、長田幹彦は入っていなかったからです。

もちろん、《大正作家三十三人集》は大正九年の話であり、わが物好き国語教師の文壇番付表は敗戦後の話であります。それに、その番付表は物好き国語教師の独断であるのに対して、三十三人集の人選は、『昭和文学盛衰史』によれば、どうやら合議によるものらしい。そして、その人選の模様は久米正雄の『文士会合史』なる文章に詳しいという。また、その人選の模様にヒントを得て書かれたのが、菊池寛の短篇小説『入れ札』だということなんですが、残念ながら、久米正雄の『文士会合史』なる文章は、いま手許にありません。もちろん、国会図書館に行けば、すぐに読むことが出来ます。

えーと、昭和二十六年四月号の『新潮』か……まあ、どのくらいのながさの文章かわからないけど、何ならセンセイ、コピーを取ってもらいましょうか。なあに、わざわざ出向かなくても、電話で用は足りますよ。まあ、こう見えても、国会図書館にそのくらいのコネは持ってるんですから。

しかし、昭和二十六年にそんな文章を書いているとすると、久米正雄という人もずいぶん長生きしたもんだな、いや、それほどでもないか……はは あ、昭和二十三年に菊池寛が死んだ……六十一歳か……その葬儀委員長を久米正雄がつとめたわけだな。すると、大正九年には……菊池寛が三十三歳か……久米正雄は筑摩現代文学大系に入っていないので、いま年譜で確かめられないけれども、菊池寛は一高に入るまでに、あちこち回り道をしてるから、それより二つ三つ年下として、三十歳というところだろうか。つまり、久米正雄は三十歳で、問題の《大正作家三十三人集》に入っている。入っているだけでなく、その人選にも参加している。そしてそのときの模様を『文士会合史』という文章に書いた。菊池寛も《三十三人集》に入っている。また、久米同様、その人選にも参加している。つまり、長田幹彦が《三十三人集》の人選から洩れた場面に立会っている。そして、それをヒントにして『入れ札』を書いた。『入れ札』は赤城の山にたてこもった国定忠次が、ついに力尽きて、信州の山伝いに逃げて行く話だった。五十人いた子分も、あるいは捕えられ、あるいは逃亡して、十一人だけが最後に残った。忠次は信州追分の今井小藤太という人物の家に転がり込むつもりにしている。しかし、代官を斬り、関所を破った凶状持ちが、十一人の子分をぞろぞろ連れて行くわけにはゆかない。かといって、いくら落ちぶれたとはいっても、子分なしでは恰好がつかない。彼は、浅太郎、喜蔵、嘉助の三人を腹の中で選んでいる。しかし自分の口からは、なかなかいえない。十一人のすべてが、最後まで死生を共にする覚悟の子分なのである。

そこで〝入れ札〟ということになるわけであるが、結果は、浅太郎と喜蔵が四票ずつ、嘉助が二票、九郎助が一票で、忠次が希望していた通りの人選となった。他の子分たちは分け前の何両かを取って分散するのである。九郎助が山を降りはじめると、弥助が追って来て、九郎助への一票は自分が投じたのだという。九郎助は思わず脇差に手をかけた。この大嘘つき野郎！　九郎助の一票は彼自身が書いたものだからである。九郎助は弥助のもう一票を当てにしていた。子分の最古参は九郎助だが、新参の浅太郎、喜蔵、嘉助の実力に追い越された点では、弥助も同じだったからだ。しかし九郎助は脇差から手を放した。なるほど弥助は、ぬけぬけと嘘をついている。しかし自分は、そんな弥助でさえ想像しないような恥かしい真似をしたわけであった。

と、まあ、こういう具合の、いわゆる菊池寛式心理小説ですね、これは。そうだな、長さは、二十四、五枚か、二十五、六枚というところかなあ。ははあ、それで発表されたのは、大正十年二月、これは二月なのか二月号なのか、ちょっとはっきりしませんけど、『中央公論』に掲載された。例の、秋声花袋五十歳の大祝賀会が大正九年十一月ですから、約三ヵ月後ですね。

まだ『文芸春秋』は出しておりませんが、菊池寛は前の年、大正九年、『真珠夫人』を『毎日新聞』に連載してます。これが、彼の最初の、いわゆる通俗小説で、このあと次第に流行作家になってゆく。そして大正十二年に『文芸春秋』を創刊するわけですけど、その年の九月一日、関東大震災に遇うんですね。これはずいぶんこたえたらしく、〈芸術無力説〉とかいう文章を書き、これがまたずいぶん反響を呼んだらしい。文学なんか頼りにならない、床屋にでもなった方がましだ、といったとかいわなかったとか『盛衰史』にも出てましたけど、菊池寛はそれ以後、新聞小説と婦人雑誌の連載小説を書きまくり、震災以後、いわゆる純文学はほとんど書いてませんから、〈芸術無力説〉は案外、本気だったのかも知れませんね。

つまり、センセイは『震災』に、江戸→明治の終焉を見て、《われは明治の児なりけり》と詠嘆した。一方、菊池寛は震災によって芸術の無力を悟り、金儲けの通俗小説家に転向、書いて書いて書きまくり、昭和三年、最初の普通選挙に社会民衆党公認で東京第一区から衆議院議員に立候補した。これは、まあ落選したようですけど、その年、文芸春秋社を株式会社にして、取締役社長になっております。やはり〈芸術無力説〉は本気だったみたいですね。

そうか、その前年、昭和二年に芥川が自殺してますけど、話を『入れ札』に戻しますと、もしあの小説が例の《大正作家三十三人集》の人選をヒントに書かれたものだとすれば、長田幹彦が九郎助ということになるわけでしょうかね。そして、もしそうだとすると、その人選の場に、長田幹彦自身もいたことになるわけで、となると、これはいったい、どういう顔ぶれの会合なのか。なるほど『盛衰史』の著者は、《その間の事情は、先にあげた久米正雄の『文士会合史』に詳しい》と書いている。しかし、それにしても、その会合についての『盛衰史』の記述は、ちょっとアイマイ過ぎるような気がしませんかね、センセイ。

えーと、《準備会が新橋駅楼上のミカドで行われた》か。なるほど、これで会合の場所はわかった。また、そこで選ばれた三十三人の小説家もわかった。本の題名は『現代小説選集』で新潮社から出たこともわかった。最年長の藤村が序文を書いていることもわかった。本が八一九ページに及ぶものであることもわかった。その三十三人集から長田幹彦が落ちたこともわかった。その選考の場所に、久米正雄と菊池寛がいた（らしい）こともわかった。しかし、その他に誰がいたのか、あるいはいなかったのか、さっぱりわからない。肝心な長田幹彦がいたのか、いなかったのかもわからない。そして、それらのことがわからないまま、読者は次の文章を読まされるわけです。

《大正時代の小説家はことごとくここに名をつらねている》

《大正作家とはいかなる人々か、それを知ろうとするには、まことに便利であるからして、ここに煩をいとわず列

挙しておこう》

《大正文学の実質的担当者が全部出揃っているこの顔触れは、今日から見ると、すこぶる興味深いものがある》という、いずれも前に紹介済みのものなんですけど、このたたみかけるような繰り返しは、何となく意味あり気じゃあないでしょうか。いや、確かに『昭和文学盛衰史』全体が、もともと思い入れの多い文章ではあります。そして、この場合は、その思い入れが、次の《ここで、ひとり、長田幹彦が落ちている。人選に洩れたのである》という、これまた謎めいた話にかかっているわけです。そしてそれが、明らかにセンセイを意識した思い入れであり、強調であることは前に申し上げましたけど、その《ひとり》とは、いったいいかなる《ひとり》であるのか、読者にはわからない。

　例えば、その人選の席には、三十三人集に入った三十三人の小説家と長田幹彦の計三十四人が出席しており、投票の結果、長田幹彦《ひとり》だけが落ちたという意味ならば、わからないことはない。もっとも、そうなれば、いったい長田幹彦という人は、どんな顔をしてそんな席に出席していたのだろうという、また別の興味と疑問が出て来るわけなんですけど、それでもとにかく、《ひとり》という意味だけは、はっきりします。

　ところが『盛衰史』の著者は、三十三人の小説家を列挙して、《大正時代の小説家はことごとくここに名をつらねている》という。そして列挙した小説家を眺めながら、《まことに便利》であるとか、《すこぶる興味深い》とか、一人ご満悦のようすですけど、こちらにしてみれば、そのご満悦ぶりがよくわからない。いや、むしろそのご満悦ぶりが《すこぶる興味深い》わけで、例えば、大正九年現在において、森鷗外は五十九歳であります。また、泉鏡花は四十八歳であり、荷風、いや、センセイは、これはわたしが申し上げるまでもなく、四十二歳でありました。そして、これまた申し上げるまでもなく、いずれも《三十三人集》には入っておりません。

　一方、有島武郎、有島生馬、里見弴の三兄弟は、仲よく《三十三人集》に入っております。ところが、同じ『白樺』グループでも、武者小路実篤、志賀直哉は入っておりません。もっとも、志賀直哉は、何だかんだで、しょっちゅう休筆をします。大正二年、山の手線電車にはねられて重傷を負い、城崎温泉で養生したことは、短篇『城崎にて』で、まあ、誰でも知っていますが、翌大正三年、漱石にすすめられた『朝日新聞』の連載小説を断わったあと、約三年間、創作の筆を断っています。その後も年譜を見ると《昭和四年（一九二九）四十六歳。この年より約五年間、創作の筆を断つ》《昭和九年（一九三四）五十一歳。『颱風』執筆後また約二年半創作の筆を断つ》といった具合です。

まあ、それで困らないのですから、売文稼業の連中から見れば、まったく腹の立つような存在だったのではないかと思いますけど、《三十三人集》の出た大正九年前後は、ずいぶん多作しております。どういうわけだかはわかりませんが、とにかく珍しいので、ちょっと筑摩現代文学大系の年譜を読んでみましょう」

大正八年（一九一九）　三十六歳

三月『流行感冒』、十一月『夢』、十二月『小僧の神様』を書く。『流行感冒』は四月「白樺」十周年記念号に掲載された。別に、二月『憐れな男』を書き、「中央公論」四月号に発表した。これは『暗夜行路』前篇の最終部分で、のちに「改造」に再録された。（後略）

大正九年（一九二〇）　三十七歳

一月六日より三月二十八日まで、「大阪毎日新聞」夕刊に『或る男、其姉の死』を掲載。これは直哉の唯一の連載新聞小説である。二月『雪の日』を、三月『焚火』を、五月『赤城にて或日』を、八月『真鶴』を書く。三月四月、京都、須磨、宮崎（新しき村）、長崎、博多、別府を旅行した。（後略）

「まあ、ざっとこんな具合で、こういう状態は彼の作家生活全体の中でも、余りなかったことじゃあないかと思いますけど、もちろん、だからどうというわけではありません。つまり、だから何が何でも《大正作家三十三人集》に彼を入れるべきであった、ということではありません。また、彼が《三十三人集》に入らなかった理由を、あれこれセンサクしようというのでもありません。そしてそのことは、鷗外、鏡花、センセイに関してもまったく同様です。

また、わが物好き国語教師が文壇番付表の欄外に書き出した、長田幹彦と加藤武雄のうち、加藤だけが入って長田が入らなかったのはヘンではないか、というわけでもない。その反対であっても構わないと思うし、両方落ちても一向に構わない。ということは、両方入ったって結構だということです。先にも申しました通り、わたしはこのご両所の作品を一つも知りません。読んでいないばかりか、題名すら知りません。しかし、それは何も、ご両所に限ったことではないからです。選ばれた三十三人の《大正作家》の中にも、ご両所と同じ方々がずいぶんおります。中村星湖、加能作次郎、相馬泰三（この方は名前も知りませんでした）、水守亀之助（何となく名前だけはきいたことがあるような気がしますが、そんな気がするだけかも知れません）、細田民樹（何か一つくらい読んだような気もしますが、題名も思い出せません）、中戸川吉二、田中純、白石実三（この三人は、名前も知りませんでした）。

これらの《大正作家》たちが、《三十三人集》に選ばれ、鏡花やセンセイや志賀直哉などが選ばれなかった理由が、わたしにはわかりません。そして、確かわたしは少し前に、それがいかなる文学観に基づくものであるのか理解に苦しむ、と申し上げたと思いますけど、ここでは一応、その理由はどうでもよいということにしてみましょう。これは必ずしもムジュンではないと思いますよ。いや、仮に、幾らかの自己矛盾を含むとしても、とにかくここでは、そういうことにして置いて、話を先に進めてみます。つまり、《三十三人集》に、誰が入って誰が入らなかったか、その理由はどうでもよい、ということです。血縁、地縁、門閥、閨閥、学閥、ゴマスリ、エコヒイキ、その他その他、何でも結構。そしてその結果が仮に〈石が浮かんで木の葉が沈む〉式のものであったとしても、これまたどうでもよろしい。もちろんこれは、例の《三十三人集》がそうである、という意味ではありませんよ、センセイ。要するに、この際、理由は考えない、ということですから。ということは、理由はこの際、問題ではない……ここでいま問題にしているのは理由ではない……理由以外のものだ、ということですから。

さて、となると、やはり問題は例の《ひとり》ということになります。なにしろ入らなかったのは、長田幹彦《ひとり》ではなかったわけですから。実際、シロウトのわたしでさえ、それも、ほとんど即座に、センセイを含む五人の《大正作家》を思いついたんですから……それとも、いや、待てよ、やはりセンセイ、これは久米正雄の『文士会合史』を当ってみるべきでしょうかね。それに何だか、その久米正雄の文章を読んでみたくなって来たようです。よし……そうしましょう。なあにセンセイ、わけはありませんよ。ぜんぜん、お待たせなんぞは致しません。ただ、この電話番号をプッシュするだけなんですから。

ところで、国会図書館はと……えーと、ちょっと待って下さいよ……はい、ありました、ありました……えーと……581の……2331……か。そして、内線はと……しかし、ちょっと待てよ……その前に何かセンセイに是非とも話して置かなければならないことが、あったような気がして来たぞ。とにかく、煙草一本分だけ待ってみるか。電話はそれからだっていいわけだし、問題の《ひとり》についても、もはや、ほとんど結論は出たようなものではないだろうか。それに何より心配なのは、肝心な何かをついうっかり忘れてしまうことだ。ここで電話をかけたために、是非ともセンセイに話して置かなければならない何かを忘れてしまったんでは、いったい何のためにここまで対話を続けて来たのか、それこそわからなくなってしまうわけですからねえ、センセイ」

19

「ははあ、わかりました、わかりました。なるほど、なるほど……センセイが例の、大正九年だかに秋声と花袋の五十歳を記念して出版された《大正作家三十三人集》、正式にいうと、えーと、『現代小説選集』に載らなかった理由は、中村武羅夫という人との喧嘩だったんですね。いや、これは国会図書館で調べたわけではありません。つまり、高見順の『盛衰史』に出て来た久米正雄の『文士会合史』によるものではなくて、『中央公論』の座談会です。昭和三十四年七月号の『荷風文学の真髄』という座談会で、出席者は伊藤整、武田泰淳、三島由紀夫という顔ぶれですから、ふうん……いまはすべてあの世へ行かれた作家ばかりですけど、この昭和三十四年七月号の『中央公論』は、いわばセンセイの追悼特集号のような形になっておりまして、伊藤、武田、三島の座談会の他に、相磯勝弥、これはセンセイと一緒に浄閑寺に行った鉄工所の重役さんですね。それから佐藤観次郎という元『中央公論』編集長で当時は社会党の議員だった人、それから菅原明朗という人、これは浅草オペラ館の作曲家で、センセイの偏奇館が東京空襲で焼け落ちたあと一緒に岡山の方まで逃げた人ですね、えーと、それから役者の花柳章太郎、こういう人たちがセンセイの思い出話を書いておりますが、これだけではありませんよ、センセイ。

このあとに、奥野信太郎の『荷風と中国文学』、ははあ、これはずいぶんながいエッセイですなあ……それから、巌谷槇一の『荷風先生聞き書――我が青春回顧』、これはセンセイが『あめりか物語』の序文で〈わが恩師にして恩友〉と書いておられる巖谷小波の息子さんですかね、そして最後に吉行淳之介の『抒情詩人の扼殺』というエッセイがある。これはセンセイの戦後の短篇『買出し』を『濹東綺譚』と比較しながら書いたものですけど、センセイこれは大変な大特集ですよ。そうですね、全体でざっと四、五十ページはあるんじゃないでしょうか。

まあ、センセイにしてみれば『荷風と中国文学』があって、なぜ『荷風とフランス文学』がないのかい、とおっしゃりたいところかも知れませんけど、その問題は、伊藤、武田、三島の座談会で論じられているはずです。それで、その座談会なんですけど、センセイがあの世へ行かれた翌月の、五月二十二日〈荷風先生ゆかりの八百善にて〉と記されてます。これは場所は赤坂ですかね、食事をされたり、また、そこの娘さんと銀座でコーヒーを飲んだり、映画を見たり、戦後はかなり親しいお店だったようですけど、確か、だいぶ前に、何かの会合があったとき、居間の方で誰かがしきりにバイオリンの稽古をしていて、客の迷惑も考えない店のようだ、といったようなことが書いてあったような気がするんですが、あれと同じ店なんでしょうか。いや、これはわたしの記憶違いかも知れません。ただ、もしかすると、戦後センセイがコーヒーを飲んだり、映画見物に連れて行ったりした八百善の娘さんというのが、その、だいぶ以前に客の迷惑も考えずに奥の方でバイオリンの稽古をしていたんじゃあなかろうか、という気がしただけで、もちろん、これはこの際、どうでもよいことです。

それとも、センセイ、大急ぎで調べてみますか？　あ、そうか、いまはそんなことやってる場合じゃありませんよね。いや、それはもう、わたしにもようくわかっておりますので先を急ぎますと、いや、しかし、それにしてもこの写真の三島由紀夫は若いなあ……頭は例の短い三島刈りで、黒シャツに銀、たぶんこれは銀かそれに近い色のネクタイでしょう。ふうん、昭和三十四年というと、彼はまだ三十五、六じゃないかな。もっとも彼は死ぬまで若かったわけで、腹が出る前に腹キリで死んだわけなんですけど、あ、そうそう、その三島由紀夫がセンセイのことを〈青年のミイラ〉といったのをセンセイ知ってますかな？　つまり、〈西洋かぶれ〉のまま、いわゆる〈日本への回帰〉なるものをせずに、よぼよぼに年取って、野垂れ死にした、という意味らしいですけど、ただしこれは、この追悼座談会での発言ではありません。そうだな、この座談会では、《荷風はカツ丼を食っても、彼は西洋です》と、これまたなかなかうまいことをいってますな。まあ、これも〈青年のミイラ〉と同類の荷風論だと思いますけど、その〈西洋〉〈カツ丼〉〈ミイラ〉の問題はちょっと右脇だか左脇だかに置いておきまして、その前に、例の大正文学《三十三人集》の方を片づけちゃいますと、ははあ、これは三島ではなくて、伊藤整の発言ですね。とにかく、そこの部分をちょっと読んでみましょう」

伊藤　これは新潮社の中村武羅夫とけんかした時のとばっちりなんだけどね。文士も出版屋も、みなやっつけているんだ。たとえば「文士の生活と言つたのは何であるか。則現代の青年が専門の学校を卒業した後、世の雑誌新聞に文章を掲げ其報酬を以て生計を営むことを謂ふのである。此等現代の文士はまだ学業を卒らぬ中から早くも学校内で広告がはりに発行してゐる雑誌または新聞紙に草稿を投じ、其編輯を担任してゐる先進者の推挙を待ち、やがて其後任者となる。是等が文士生活の第一歩であらう。学校の経営者も今日の世に在つては教育事業も商業の一種となつた事を意識してゐる。そして自分等も校長とか教授とか或は監事とか評議員とかいふ職務を踏台にして、折もあらば他に栄達の道を求めようとしてゐるので、第一には学校の広告となり、第二には学生の気受をよくしたいがために、校内で新聞や雑誌を刊行することを許可してゐるのである」

（略）

何か自分のことをいわれているような気がするな。（笑声）とにかくわれわれが言うとまずいな、というようなことを自由に言い得るような立場を、いつでも持っていた人ですね。（略）僕は、荷風さんの人気の源泉は、これだと思うんですよ。（略）われわれ自身も気がついているんだ、自分らが批評されるべき存在であるということを。

「というわけなんですけど、しかし、待てよ、どうしてここでとつぜん中村武羅夫が出て来たんだろう？　えーと、ははあ、いまの伊藤発言の前を見ると、三島由紀夫が荷風、いや、センセイの文体とかレトリックのことをいおうとしてるんですね。つまり《パリーには十九世紀の工業生産物がそのまま残っている。非常に装飾過多で、あらゆるものに飾りがついていて、エレベーター一つだって、よけいな鋳鉄がくっついている。荷風さんはあれに似ているな》とか、《日本だけ古いものが残ってないですよね》とか、《ニューヨークには、もう高架鉄道はなくなったけど、あの高架鉄道に乗ってみると、一九五二年でも『あめりか物語』そのままの雰囲気でしたね》とか、三島がいう。すると伊藤整もそれに同感したようなことを最初は話してるんだけれども、そのあと、とつぜん中村武羅夫とセンセイのケンカが出て来る。しかし、まあ、いいでしょう。というより、むしろ、これだからこそ、対話であり、座談会なんだ、というべきでしょうね、センセイ。すなわち、飛躍、脱線、混線、迷路、アミダクジ……いや、これは何も我田引水ということではなくてですね、そもそも対話というものは、ズレるものだということなんです。しかし、いかにズレるとしても、われわれはそれ以外の対話をすることは出来ない。ズレてもズレても、われわれはそれ以外の言葉、それ以外の方法で他者と対話することは出来ない。それ以外の方法で、他者と関係することは出来ない、ということなんです。

それでこの場合はですね、伊藤整の《新潮社の中村武羅夫とけんかした時》云々、というのを見たとき、もうそれだけで、ははあ、これだな、とピンと来たんですよ。そう、不思議にピンと来たわけです。もちろん、この座談会は、例の《三十三人集》とは何の関係もありませんし、センセイと中村武羅夫とのケンカが、いつ頃おこなわれたいかなるものであるかについても、具体的には何一つ出て来ません。実際、《新潮社の中村武羅夫》も、先に読みました個所、そこに唯一回出て来るだけですからね。

もちろん、センセイと高見順との関係も出て来ませんし、高見順の夕の字も出て来ません。『昭和文学盛衰史』も出て来ません。つまり、いわゆる文壇ゴシップふうのものとか、楽屋話ふうのものは、まったくといってよいくらいありません。なるほど、カツ丼は出て来ます。また三島は《死ぬ前日か前々日にカツ丼を食べて吐かれてまた食べたという話――実際の話でしょうかね。女なんか見ていて、吐かれた。あれはすばらしい、非常に劇的な話だな》と、カツ丼に異常な関心を示してます。これは、京成電鉄八幡駅前の大黒家でのことだと思いますけど、試しにここで、ぱっとセンセイの日記の最後のページを開いて見ると、こうなってます」

四月十九日。日曜日。晴。小林来話。大黒屋昼飯。
四月二十日。陰。時々小雨。小林来話。
四月廿一日。陰。
四月廿二日。晴。夜風雨。
四月廿三日。風雨纔に歇む。小林来る。晴。夜月よし。

四月廿四日。陰。
四月廿五日。晴。
四月廿六日。日曜日。晴。
四月廿七日。陰。また雨。小林来る。
四月廿八日。晴。小林来る。
四月廿九日。祭日。陰。

「これが、大正六年九月十六日からはじまった、ながいながい荷風日記の幕切れです。そしてこの翌日、つまり昭和三十四年四月三十日にセンセイはあの世へ行かれたわけなんですけど、これによると、最後のカツ丼は、四月十九日、あの世へ行かれる十日前ということになり、三島の《死ぬ前日か前々日》というのはやや誇張ということになりますが、もちろんそんな日数の差など、ここではぜんぜん問題ではありません。要するに、カツ丼は出て来るけれども、それはただのゴシップとかエピソードとしてではない、ということなのです。また〈三千万円〉の預金通帳の話も出て来ます。これも正確には、三千万円じゃなくて、えーと、二千何百何十何万何千何百何十何円とかになるのだ、とセンセイに教えられたわけなんですけど、この預金通帳についても、決してゴシップとかエピソード的な扱い方をしていないで、例えばこんなやり取りになっているわけですよ」

三島　荷風のロマンチストの面とレアリストの面とが、のたれ死と、三千万円の預金とで実に尖鋭に対立していた。ただの文学的な死に方だという感じを受けませんね。両方まっとうしたのは、えらいことだ。
伊藤　金とのたれ死で象徴させると、非常にはっきりするな。
武田　どんな違った死に方をしても、あの範疇に入る。それがシャクにさわるけど、やられちゃったな。
三島　それは、太宰治が死ねば、ロマンチスムに殉じたと考える、あれは簡単で、つまらない死に方だと考えるんだけど、荷風のは手がこんでいて、どう転んだって、文学的ドラマが成り立つようにも、生活者としても成り立つようにできている。（略）

「という具合でして、一言でいえば、実にマトモな座談会なんですよ。ということは、早い話、わたしみたいなシロウトというか、文壇というものとは縁もゆかりもない門外漢が読んでも、実によくわかるという意味なんですけど、これはちょっと珍しいんじゃないでしょうかね。つまり、ふつう小説家の座談会とか対談とかいうものは、必ずどこかにわからないところがあるわけです。まあ、いわゆる文壇用語というのか、アウンの呼吸というのか、符牒というのか、とにかく当事者同士はわかっているのだろうけれども、どうしてもわからない部分がある。

もっとも、そういう言外にただよっている謎めいた雰囲気が有難いんだ、という読者もいるのかも知れないし、賛成しているんだか反対しているんだかわからないような、そういうすれすれの虚実皮膜の境界が読み取れないところがお前さんの鈍感なところなんだとか、だからお前さんは文壇の門外漢なんだとか、まあそういうことになるのかも知れませんけど、この座談会には、そういう特殊な難解さがまったくない。もちろん、話の内容は、決して難解でないわけではない。いや、かなり複雑であり、難解だといえます。しかし、それは荷風文学そのもの、というか、荷風文学における〈西洋〉と〈東洋〉、〈パリ〉と〈江戸〉、あるいは荷風の生き方、死に方における〈西洋〉と〈日本〉、あるいは〈知識人〉と〈戯作者〉といった二重性が、果して分裂であるのか、それとも奇跡的な混血であるのか？　また、そのような荷風文学、永井荷風という存在を、芥川のいう〈ぼくらの日本〉近代における〈和魂〉と〈洋才〉との理想的な結合として肯定すべきであるのか、それとも、あくまで例外的な、特殊な畸型と見なすべきであるのか？　つまり、いってみれば、そういう荷風および荷風文学を、どこで肯定しどこで批判するかという問題そのものの複雑さ、難解さであって、例えば、座談会の最後は、こんなふうなやり取りになっております」

武田　（前略）原爆が落ちたあとで、結局自分は、戦争があろうが平和があろうが、自分の考えたことは変らない、と言っていますね。（略）新帰朝の時の考えから、一貫している。だからその点で、ニヒリストですね。現代文明におけるニヒリストが、最後に勝利を得るのかというと、若い人はすぐ言うんですよ。荷風だけが転向しなかったと。その時、ちょっと困るんですね。文学というものは、荷風のように、そこまで拒否できて、はっきりしたことが、うらやましいのか。それとも、一緒になって、わっとさわいだものも文学として内包していった方がいいのか。他の文学者は荷風ほど、はっきり無視してはいないわけですよ。罹災日暦の前、一九四〇年に北狄がパリに侵攻した時から、自分は絶望した——北狄がパリに侵攻したという観念を持ったことが、果して日本文学でどういう意味なのか、まだ解決されてない。戦犯責任がいろいろ問題になっているけど、じゃ荷風こそ本当に批判者であり得るのか。僕は、どうもはっきりしないんですね。

伊藤　荷風は、非常に日本全体と対立するだけの比重を持っていたわけですね。荷風がいるから日本が見える、というふうに。荷風自身、一つの観念とか論理を持っている人間として日本から立ち退いているんですね。荷風の立ち退き方からいうと、荷風は戦争に参加しなかった。もう一つの立ち退き方は、川端康成みたいな態度だと思う。死ななくて生きているから、ものがそこにあって、すべてのものは、悪徳も含めて美しいという。これも戦争に全然参加しないで、生きていられるわけだね。この二つの考え方が、一体、戦争に参加しなかったといってほめられるべきか。あるいは今武田君の提出した問題に引っかけていって、どっちが本質的に文学につながるかという問題もあるわけですね。

（中略）

三島　しかし、北狄パリを侵すという考え方の遠い末裔が、僕は「きけわだつみの声」だと思うな。戦死した兵隊のそばにヴェルレェヌ詩集の頁が風にひらめいていた。これは最も醜悪な日本知識階級の戯画だと思うな。荷風がそういう醜悪なものの元祖をなしているということが言えるな。

武田　そうなると、今後の研究課題としてますます重大になる。やっぱりニヒリズムの問題は、もっと評論家もやってくれなくちゃあね。

伊藤　そう。ニヒリズムの問題と、日本的無の思想というのを批評家は戦争批判の上で、取上げてくれないんだ。日本的というものを、唯美的な立場からしか論じないんだ。しゃべって、やっと入口に今とどいたようなものだな。

「いや、まったく、幸せ者ですよセンセイは。実際、三人が三人とも、本気で大マジメに喋ってます。誰も、相手の話をはぐらかさない。思わせぶりな沈黙や、省略もない。センセイのカツ丼をめぐって、〈三千万円〉の預金通帳をめぐって、野垂れ死にをめぐって、伊藤整も武田泰淳も三島由紀夫も、マトモ過ぎるくらいマトモに、カンカンガクガク喋っている。いや、これは、いっそ野暮といった方がよいでしょうね。そうです、野暮です、野暮の頂点です、これこそ野暮の真髄です！

自分だけシャレたことをいおうなどとは、誰も考えていません。人の揚げ足を取ろうなどというケチな料簡は持ち合わせておりません。たぶん、そんなヒマはないからです。三人が三人とも、自分のことで精一杯だからです。相手の腹をさぐって、自分を少しばかり悧巧に見せようなどというイジマシイというか、セコイというか、文学青年相手みたいな心理家ではないからです。また、反対に、老獪ぶった腹芸もない。コンニャク坊主ふうの禅問答式ポーズもない。みんな一生ケンメイです。一生ケンメイ、ふつうの言葉で喋っている。何を喋っているのか？ もちろん、センセイのカツ丼のことです。〈三千万円〉の預金通帳のことです。野垂れ死にのことです。

しかし、それを語ることは、自分を語ることです。センセイが、カツ丼や〈三千万円〉や野垂れ死にによって、彼らに〈西洋〉を突きつけたからです。

だから彼らは、それぞれ自分の中の〈西洋〉を考えなければならない。自分の内なる〈西洋〉と自問自答しなければならない。自分の中の〈西洋〉と対話しなければならない。と同時に三人の対話もしなければならない。すなわち伊藤⟷武田⟷三島の対話です。そしてまた同時に、三人それぞれが荷風すなわちセンセイと対話している。いわば、センセイはテキストなのです。カツ丼を食って〈三千万円〉の預金通帳を残し野垂れ死にした、テキストです。

それは、明治が生んだミノタウロスです。〈東洋〉の島国〈日本〉と〈西洋〉が混血した牛頭人身の牛男です。そのテキストとしてのミノタウロスを前にして、三人の小説家が対話している。このテキストをどう読むべきであろうかと対話している。しかも、対話している三人の小説家も、それぞれ自分もまたミノタウロスと無縁ではありえないことを意識している。そうです、この座談会は、そういうふうに複合された声です。そういうふうに複合された声による、複合された対話なのです。

しかし、それは、わたしのようなシロウトにもよくわかります。それは三人の〈日本〉の小説家が大マジメに話しているからです。これが野暮の真髄だ、といわぬばかりに、ふつうの日本語で話しているからです。その声は必ずしも単純ではない複合されたものであるけれども〈文壇〉の内部にではなく外部に向って開かれています。つまり、門外漢のわたしなどにもわかる、ふつうの言葉です。

ここまで来れば野暮もスーパーです。ウルトラ野暮です。何故なら、ミノタウロス荷風を〈文壇〉の密室から担ぎ出して、われわれ一般大衆の前に公開してくれたからです。そうすることが出来たのは、この座談会が『中央公論』という雑誌でおこなわれたからでしょうか。伊藤、武田、三島という三人の小説家の力でしょうか。それともミノタウロス荷風のテキストとしての力でしょうか。たぶん、それらすべての複合された力によるものと思います。

もっとも、こんなことをいうとセンセイは、わしはハナから〈文壇〉などという〈密室〉の住人ではないよ、といわれるかも知れません。いや、いかにもおっしゃる通りです。つまりセンセイの〈密室〉は〈偏奇館〉だとおっしゃりたいわけでしょう。それは、ただに〈文壇〉だけでなく、〈家庭の幸福〉も〈日本〉という〈国家〉をも拒絶する〈砦〉であり、ウルトラ個人主義を固守する〈城〉であり、〈現代〉および〈現代人〉にぺっぺっと唾を吐きかけるための〈地下室〉であり、亡命地としての〈パリ〉であり、滅亡した〈江戸〉〈明治〉を哀悼しその幻を再生する〈幻夢館〉であり、そのようなミノタウロス荷風のための〈迷宮〉です。

そして、例の秋声と花袋の五十歳を祝賀して記念出版された大正作家《三十三人集》にセンセイが入れられなかったのも、他ならぬそのためであったことは、センセイ自身が誰よりもご存知だったはずです。しかし、そのミノタウロス荷風を〈文壇〉の〈密室〉から担ぎ出し、われわれ一般大衆の前に公開してくれた座談会の中で、はからずも、実際これこそ、はからずも、というものではないかと思いますけど、大正九年における〈文壇〉的真相が明らかにされたということは、何とも愉快なる皮肉ではないでしょうかね、センセイ。つまり、《三十三人集》の人選の鍵を握っていたのは、版元である新潮社の中村武羅夫という人物だった。ところがセンセイはその中村某とケンカをした。だから《三十三人集》に載らなかった、というまことに単純明快な理屈になるわけですけど、この中村武羅夫というのは、大衆小説家だった中村武羅夫と同一人物なんでしょうかね。といっても、これまた先の長田幹彦、加藤武雄と同様、一行も読んだことはありません。また、読もうと思っても、まずふつうの書店では入手不可能ではないでしょうか。それに、これまた長田、加藤の御両所同様、作品名も知りません。まあ、国会図書館に電話をすればわかりますけど、さっきの座談会のお蔭で、どうやらその電話の必要もなくなったようです。

もっとも《三十三人集》に入らなかった事情が判明したのはセンセイについてだけで、他の作家のことはわかりません。鷗外、鏡花は何故入らなかったか。有島三兄弟は入っているのに、同じ『白樺』派の志賀、武者小路は何故入らなかったか。加藤武雄が入って長田幹彦が入らなかったのは何故だろう、などなどですが、ただ、高見順が『昭和文学盛衰史』の中で、〈落選者〉長田幹彦を強調することによってセンセイの存在を故意に無視した理由は、実によくわかります。いや、それは他ならぬセンセイ自身が誰よりもよくご存知だと思いますけど、高見順が、あそこでわざわざ久米正雄の『文士会合史』なる文章を持ち出しながら、何となく思わせぶりな省略をおこなっていた理由も、これでどうやらはっきりした、ということです。つまり彼は、当然のことながら、あの人選の鍵を握っていたのが中村武羅夫という人物であることを知っていたのですね。その中村某とセンセイとの関係も、もちろん知っていたのですね。だから、その肝心な中村武羅夫の名前を、あそこで故意に省略した、というわけだったんですね。

いや、いや、これではっきりしました。しかしセンセイ、これは誤解なきよう是非ともお断わりしておきますが、だから高見順がどうのこうの、ということではないということです。つまりわたしがセンセイとの対話の中に高見順および彼の書いた『昭和文学盛衰史』を持ち出したのは、センセイの口を借りて彼を批判しようなどと考えたためではありません。センセイと高見順はイトコである。これが第一の理由です。それからもう一つは、〈時代〉です。イトコ同士であるセンセイと高見順が、お互いに小説家として生きた〈戦争〉の時代です。その〈時代〉は、そのまま、わたしがハナタレ小僧の〈少国民〉の時代だったからです。ハナタレ小僧の〈少国民〉として、『紀元二千六百年』や『大政翼賛の歌』を金切り声で歌っていた時代だからです。

センセイと高見順の関係が幸福なものでなかったことについては、すでにいろいろと話し合いました。その不幸の原因を、センセイは〈時代〉のせいにはしておられません。〈大政翼賛会〉のせいにも〈戦争〉のせいにもしておられません。それは鮎川信夫氏がいっていた通り、〈家庭の幸福〉を自ら断ち切ったウルトラ個人主義者として、当然の考え方でしょう。そしてセンセイは〈偏奇館〉にたてこもり、『断腸亭日乗』を書き続け、カツ丼を食い、〈三千万円〉の預金通帳を残し、野垂れ死にしました。

そして、先程紹介した座談会は、そのようなセンセイをいかに読むか、という三人の小説家のウルトラ野暮、スーパー・マジメの対話でした。しかし、それがウルトラ野暮のスーパー・マジメであったがゆえに、〈日本人〉としてのミノタウロス荷風に対する三人三様の疑問が出て来たわけです。三人のうち三島由紀夫はちょっと若いとしても、伊藤整と武田泰淳は、まあ高見順とほぼ同世代といってよいでしょう。たぶん高見順を挟んで伊藤が二つくらい年上、武田は幾つか下だと思いますけど、彼らはいずれも〈明治の児〉であるセンセイから批判され、さんざんこきおろされている〈現代人〉に当る〈日本人〉なんですね。確かさっきの座談会でも、伊藤整がセンセイの〈現代大学〉あるいは〈現代文士〉批判文を持ち出し、持ち出した伊藤自身が、まるで自分のことをいわれてるみたいだと苦笑しておりましたけど、『作後贅言』においてその〈現代人〉の自己顕示欲批判は、ついに鮨の食い方にまで及んでおります。そうですね。久しぶりに、ちょっと読んでみましょうか。えーと……これはもう『贅言』も終りに近く、銀座のカフェーの女給たちや酔客目当ての円タクがうるさくラッパを鳴らしはじめる時分になっておりますが……」

彼らは店の内《なか》が込んでいると見るや、忽ち鋭い眼付になって、空席を見出すと共に人込みを押分けて驀進する。物をあつらえるにも人に先んじようとして大声を揚げ、卓子《たくし》を叩き、杖で床を突いて、給仕人を呼ぶ。中にはそれさえ待ち切れず立って料理場を窺き、直接料理人に命令するものもある。日曜日に物見遊山に出掛け汽車の中の空席を奪取ろうがためには、プラットホームから女子供を突落す事を辞さないのもこういう人達である。(略)

「つまり、これが《明治時代に成長した》センセイたちの目に写った《大正時代に成長した現代人》というわけなんですけれども、実はわたしのオヤジも、その〈現代人〉のクチなんですよ、センセイ。といってもオヤジはもちろん、文士でもなければ学者でもありません。また偉い官僚でもなければ大実業家でもありません。それと、年も伊藤整や高見順より三つ四つ上だと思いますけど、まあ、センセイの分類でいけば〈現代人〉の一人には間違いないでしょう。オヤジは陸軍の航空将校で、飛行隊のある場所を日本じゅう転々としておりました。いや、内地だけではありません。北朝鮮と満洲の境界を流れる豆満江《とまんこう》沿いの会寧《かいねい》という町にも行ったことがあります。といっても、まだわたしが小学校に上る前で、どのくらいいたのかもはっきり思い出せませんけど、町じゅうが国境守備の要塞みたいな町で、歩兵連隊はもちろん、高射砲隊、野戦重砲隊、工兵隊、それに飛行連隊があるという具合でした。確か、第九飛行連隊といっていたように思います。

兄は小学校に上ってましたので、もう少しおぼえていると思いますけど、何とかいう低い丘があって、確か楡の木に囲まれた公園のようなところで、朝鮮人たちが首からさげた長い鼓を叩いて、朝鮮服で踊っているのを見た記憶があります。その低い丘は、そうですね、まあ十メートルくらいの高さじゃないかと思いますけど、そこに登ると豆満江が見えるんですけど、どんより曇った日には薄暗い雲のすぐ下を流れていて、向う岸がぜんぜん見えません。向う岸はもちろん満洲で、真向いは何とかいう山脈だったと思いますけど、それがあるときは灰色の断崖のように見えたり、またあるときは海に浮かぶ要塞の城壁のように見えたりして、ひどくおそろしかったのをおぼえております。あとおぼえているのは、ポプラ並木と楊柳の繁みと、町にあった耶蘇教会の高い尖塔くらいでしょうかね。あ、それからオヤジが歌ってた『白頭山節』です。

〽白頭み山に（テンツルシャン）
　積もりし雪は
　溶けて流れて
アリナレの、あゝ可愛い（テンツルシャン）
乙女の化粧の水（ツルツルテンツル、テンツルシャン）
〽泣くな嘆くな
　必ず帰る
　桐の小箱に錦着て
　会いに来てくれ
　九段坂

「いや、これはどうも失礼致しました。将校仲間だったんでしょうが、よく家の座敷で宴会を開いて、歌ってました。飛行隊だけじゃなくて、バンダの桜の襟章もいたようです。そうですねえ、ひょっとすると、ちょうどセンセイが『濹東綺譚』を書かれた頃かも知れません。あるいは、そのちょっとあとで、ノモンハン事件の頃かも知れませんけど、何でもそのあたりのことです。昭和十五年の紀元二千六百年のときは、福岡の太刀洗《たちあらい》にいました。例の《あゝ特幹の太刀洗》の、飛行第四連隊です。これは、わたしが小学校に上った年ですからはっきりおぼえてますけど、いつ頃までオヤジと一緒にいたのか、はっきりしません。たぶん、いまでいう単身赴任式に行ったり来たりしてたんでしょう。死んだのは、昭和十七年、ラングーンでということになっております。

何だか〈私小説〉の真似事みたいになったようで、おかしな具合ですけど、まあ、こんな機会でもなければ、オヤジがセンセイや高見順や伊藤整や武田泰淳や三島由紀夫なんていう、文学史上の有名人たちと同じ舞台に登場するなんてことはないでしょうから、何分ご海容のほどお願い致します。もっともオヤジの方も、さぞかし面喰ってることと思いますが、まあ、こんなことは、あとにも先にも、これきりということにして、その頃のセンセイの年譜は、どんな具合なんでしょうかね。えーと……《昭和十七年（一九四二）六十四歳。三月十九日『浮沈』脱稿。十二月『勲章』執筆》か。こりゃあまた、この年はずいぶん簡単ですなあ、じゃあ、日記の方を当ってみますか。えーと、シンガポール陥落が昭和十七年二月十五日で、ラングーン陥落が三月八日か。オヤジが死んだのはその何日か前ですから……ははあ、この年の正月は寒かったようですなあ」

一月廿三日。 八日頃の月よし。（略）塵紙懐紙なくなり銭湯休日多くなる。戦勝国婦女子の不潔なること察すべきなり。

二月初四。 立春くもりて月おぼろなり。オペラ館踊子の部屋に行く。この近くにて汁粉を売るところ千束町昭和座の裏林家、国際劇場筋向の珈琲店、田島町角千鳥なりなど言ひて踊子共幕間の雑談、甘い物ほしいといふ事ばかりなり。（略）

二月十六日。 晴。午後日本橋を通るに赤塗自働車に新嘉坡陥落記念国債（金十円／二十円）の幟を立て蓄音機をしかけ国債を売あるくを見る。大蔵省の役人供なるべし。

二月十八日。 晴、（略）白鬚神社のほとりに女共多く集りゐたれば近づきて見るに玉の井娼家の女組合の男につ

れられ新嘉坡陥落祝賀祈禱のため隊をなして参詣するなり。滑稽のきはみと謂ふべし。（略）

三月初一。日曜日。（略）薄暮嶋中氏に招かれ上野鶯谷の塩原に至る。上野地下鉄構内売店つゞきたる処に若き男女二人相寄り別れんとして別れがたき様にて二人とも涙ぐみたるまゝ多く語らず立すくみたるを見たり。二人の服装容姿醜くからず。中流階級の子弟らしく見ゆ。余は暫くこれを傍観し今の世にも猶恋愛を忘れざるものあるを思ひ喜び禁じ難きものあり。去年来筆とりつづけたる小説の題目は恋愛の描写なるを以て余の喜び殊に深し。余は二人の姿勢態度表情等を遠くより凝視し尾行したき心なりしかど約束の時間迫りたれば急ぎ車坂出口に出るに人力車二輛ありて客待したればこれに乗る。（略）塩原に至るに谷崎君既に在り。（略）

「ははあ、三月八日のラングーン陥落については何も見当らないようですなあ。えーと……《三月十二日。晴また陰。市中昼の中より酔漢多し。戦勝第二回祝賀のためなりと云ふ》か。あるいはこれがラングーン陥落に当る部分でしょうかね。しかし、待てよ、ラングーンというのは、確かビルマの首府ですよね、センセイ。とすると、昭和十七年にラングーンということは、ひょっとすると、ちょうどその頃、高見順もそこにいたんじゃないでしょうかね。えーと……《昭和十六年（一九四一）三十四歳。（略）十一月下旬、徴用令を受けて日本を発ち、輸送船上で太平洋戦争の開始を知る》か。それで《昭和十七年、三十五歳。一月、タイのバンコックで元旦を迎え、まもなくビルマ方面に配属され、一年をビルマで送る。（略）ビルマ作家協会の誕生のため協力する》か。そして翌十八年一月に帰国しているわけですから、ひょっとすると高見順とオヤジは、ビルマのどこかで擦れ違ってるかも知れませんなあ、これは。あるいは擦れ違っただけではないかも知れない。

しかし、擦れ違いだったにせよ、それ以外の出会いだったにせよ、それは高見順とわたしの関係に結びつくものとはならなかった。ですから、二人が仮に偶然出会っていたとしても、それはあくまで高見順の偶然であり、オヤジの偶然であって、わたしの人生には無関係の偶然ということになるわけですけど、ところでセンセイ、例のセンセイの分類でゆくと、オヤジの場合は、あの世のどこにまわされてるんでしょうかね。センセイの、例の温泉式の区分でゆくと、男だけのあの世でしょうか、あるいは男女混浴じゃなくて男女共学でもなくて、えーと、男女混合のあの世でしょうかね。それとも、何ですか、ラングーンなんていう外国の戦場で死んだ人間は、センセイの区分とはまた別の、どこかのあの世にまわされるんでしょうかね。そして招魂社に飛んで来て、スズメ戦争をはじめるということになるんでしょうかね、センセイ。

あれ、何だか様子がおかしいようだな。センセイ……センセイ……はは あ、どうも怪しいと思ってたら、やっぱり狸寝入りか。そういえばだいぶ前から、ウンともスンともきこえないんで、こりゃあ何か企んでるんじゃないかと警戒しながら喋ってたんだが、それにしてもずいぶんながい間一人で喋り続けたもんだな。センセイ、いったいどのあたりから狸を決め込んでいたんですかね、え、センセイ！」

20

「ウッフッフ……」

「なるほど、そういえばこのウッフッフ……もずいぶん久しくきかなかったな」

「ウッフッフ……」

「しかしセンセイ、いくら何でも、ちょっと狸がなが過ぎたんじゃないでしょうかね」

「ではたずねるが、この対話の中では、わしがいつ癇癪を起そうと、いつ狸寝入りをしようと、いつ黙秘権を行使しようと、それはすべてわしの自由に属する、と申したのはどこの誰であったかな」

「いや、これはセンセイ、おどろきました。さすがは〈明治の児〉の記憶力です。しかしですね、センセイ」

「しかし、何かい」

「折角の記憶力にケチをつけるようでナンですけれども、センセイが記憶されているのは、古い約束です」

「その古い約束とは、何かい、反古同然という意味かい」

「いえ、そうではなくて、あれは古い約束であり、これからのものは新しい約束、という意味です」

「おや、約束に古いのだの、新しいのだのがあるのかい」

「はい」

「それが、昭和人の約束という意味かい」

「いえ、そういうことではありません」

「じゃあ、説明し給え」

「……われ律法また預言者を毀《こぼ》つために来れりと思ふな。毀たんとして来らず、反《かへ》つて成就《じやうじゆ》せん為なり」

「もう一度読んで見給え」

「いまのは、マタイ伝第五章十七節ですが、では同じ個所を今度は口語訳で読むと、こうなります。……私が律法や預言者を廃するために来たと思ってはいけない。廃しようとして来たのではなくて、完成するために来たのである」

「それが新しい約束、という意味かい」

「まあ、そういうことです。つまり、ここで《律法や預言者》というのは旧約聖書のことなんですね。そしてそれは、エホバの神とイスラエル人、すなわち人間の代表者であるモーゼとの間に結ばれた古い契約、古い約束である。しかし自分、つまりイエスは、その古い約束を廃止するために来たのではなくて……」

「おい、キミ」

「は？」

「折角の講釈中だが、何かい、キミはクリスチャンかね」

「いいえ、そうではありません」

「ではたずねるが、ノアのキンタマだの、悪魔の数字だの、蕩児の帰宅だの、悪霊に入られて崖から湖に落ちた豚の群だのを、やたらと引き合いに出すのは、何のためかね」

「は？」

「ウッフッフ……」

「いや、待てよ……」

「キミが〈M君〉とやら宛てに、これまで何を書いて来たのか、わしが知らぬとでも思っていたのかい」

「待てよ、いや、待って下さいよ、センセイ。あのとき、わたしが、国会図書館へ電話する前に是非ともセンセイに話して置かなければならない何かがあるような気がしていながら、いままで思い出すことが出来なかったのは、そのことです。そうです、実は、そのことだったんですよ、センセイ！」

21

「おいキミ、あんまり人を待たせるもんじゃないよ」

「おや？」

「何が、おや、だね」

「しかし、センセイ、まだここにおられたんですか？」

「おいキミ、さんざん人を待たせて置いて、まだここにいたんですか、とは失礼千万であろう」

「しかし、おかしいですねえ……」

「おかしいのは、そっちじゃないのかい」

「それとも、あれは夢だったのかなあ」

「いい加減にし給え」

「しかし、センセイ、とつぜん電話が切れたみたいに、ぷつんと、話がきこえなくなりましたでしょう？」

「そんな寝言より、いったいどこへ行って来たのかとたずねておるのだよ」

「は？」

「国会図書館かい」

「いえ……」

「それじゃあ、9—15かね」

「ははあ……なるほど……」

「どっちなのかね」

「いえ、そうではありません」

「じゃあ、9―12かい」

「そうか……そういえば……」

「いったいどっちなのかね」

「いえ、どちらにも行っておりません」

「じゃあ、三の輪の浄閑寺かい」

「いえ」

「それとも大黒屋かい。何だかあの店のカツ重にずいぶん執心しておったようだからな」

「いいえ……」

「それじゃあ何かい、スチクスの向うのハーデス見物に行って来た、とでもいうのかい」

「いえ、いえ、とんでもありません。縁起でもないこといわないで下さいよ、センセイ。これでもまだ、一つや二つは、こちらでやりたいことがないわけでもないんですから」

「では、質問に答え給え」

「ですから……」

「ハーデスでもないとすれば、何かい、海の向うへでもちょいと遊びに行って来た、ということかね。近頃では男も女も徒党を組んで、何とかツアーと称する団体洋行にぞろぞろ出かけるらしいからな」

「いえ、いえ、とんでもない。海はもう、ずいぶんながいこと見たことさえありません。そうですねえ、海といえば、本当にずいぶん見ていないなあ」

「おい、おい、いい加減にし給え」

「しかし、おかしいなあ……本当にセンセイは、ずっとここにおられたんですか？」

「ではたずねるが、やれエホバとモーゼの古い約束がどうの、マタイ伝の新しい約束がどうのと、さんざんご託を並べて人を引き止めたのは、どこの誰かね」

「はい。そのことであれば、確かにこのわたしが申し上げた記憶があります。それははっきりしているのですが、しかし……」

「しかし、何かい」

「ですから、さっきもちょっと申し上げましたようにですね、とつぜん、ぷつんと……」

「電話が切れた、というのかね」

「はい。さっきは確かにそう申し上げました。しかし、もう少し正確にいいますとですね、とつぜん電話が切れた、というのではなくて、電話は切れていないのですね。ところが、切れてはいないにもかかわらず、いくら話をしても通じなくなる……まあ、そんな状態です」

「そんなふうな、悪い夢でも見たといいたいわけかね」

「いかにも、おっしゃる通り、一種の悪夢的な状態といえます。しかしこの場合は、夢でもなければ、何かの比喩でもありません。実際、現実に起きた現象でありまして、ただ、その原因が何だかわからないわけです」

「ただの故障じゃないのかい」

「それが故障じゃないから、悪夢的なんじゃありませんか。そうですねえ、センセイは経験ありませんかねえ……そうか、センセイは電話嫌いなのかな。そういえば、あのながいながい『断腸亭日乗』には電話が出て来ませんなあ。反対に漱石の『明暗』は、確か大正五年の作だったと思いますが、あれにはずいぶん電話が出て来ます。


あの作は、申し上げるまでもなく絶筆未完なんですけれども、あの主人公は、えーと、津田でしたかね。その津田の後見人みたいな吉川家とか、津田の細君のお延《のぶ》でしたか、彼女の親戚の岡本家などには、自宅に電話がある。また、津田の妹の、あれは秀子でしたかね、彼女が嫁に行った下町の方の金持ちの商人の家にも、電話がある。しかし、新婚の津田は借家住いで、家には電話がない。それで何かというと、すぐ〝自動電話〟に走ってゆく。公衆電話のことを〝自動電話〟といったんですねえ。とにかくそんな具合で、あの小説にはずいぶん電話が出て来るんですが、もちろんセンセイは大金持ちなんですから、わざと電話をつけなかったんでしょうなあ。確か、年月日は忘れましたが、センセイのお嫌いな叔父さんが亡くなられたときも、これまたお嫌いな弟さんか何かが、名刺に書き置きして行かれたとか、出て来ましたからね。それともあれですか、偏奇館には、こっそり隠し電話を取りつけておられたんですかね？」

「おい、キミ……」

「いや、これは余計なことをセンサク致しまして、どうも失礼致しました」

「余計なセンサクは、何もいまはじまったことではあるまい」

「いや、これはどうも恐れ入ります」

「それより、電話の故障はどうなったのかね」

「ですから、故障ではない、ということを申し上げているわけですよ、センセイ。そのことを申し上げようとしているんですが、どうやらセンセイは、わたしと共通体験をお持ちでないらしい。そこで話が少々まわりくどくなるわけなんですが、例えばですね、ここからAに電話をかけたとしますよ」

「Aとは、誰のことかい」

「ですから、例えば、の話です」

「男かね、女かね」

「どちらでもセンセイのお好きにして下さい」

「9―15じゃあ、ないのかい」

「まったく好奇心の強い老人だなあ」

「それとも、9―12の方かい」

「その方が話がわかり良いのでしたら、そうして置いて下さい」

「では、Aを9―12とさせてもらうよ」

「それで、とにかく、そのAにここから電話をかけたとします。そして、それは何の異常もなく通じるわけです。ところが、その直後、これは、そうですねえ、五分後でも、三分後でも、一分後でもよろしい。いや、受話器を置くや否や、と考えてもよい。今度はBのダイヤルをまわすわけです。まあ、この電話ですと、ダイヤルをまわすのではなく、ご覧の通り、この数字ボタンを押す、つまりプッシュするわけなんですが、そうですね、このBを、センセイのお好みに合わせて、仮に9―15としますか」

「何も、好みとはいっておらんよ」

「あ、そうですか。では、好みではなく、センセイが理解しやすいように、と訂正してもよろしいですが、とにかくAに電話した直後、この同じ電話で、Bに電話をかける。すると、どんなことが起きたと思いますか？」

「やって見給え」

「は？」

「だから、どんなことが起るのか、やって見給えといっているのさ」

「しかしセンセイ、それじゃあわたしの質問に対する答えになりませんよ。それに、あの現象は、いつでも起るわけではありません。ということは、いつ起るのかわからない、ともいえるわけですが、なにしろ原因不明の現象ですからね。それで話を先に進めますと、電話は、Aにかかったと同じように、Bにもちゃんとつながるわけです。ところが、そのあとが問題なんです」

「かけてみないのであれば、先を続け給え」

「電話はつながるわけですから、当然、もしもし……と向うの声がきこえるわけです」

「誰が、もしもし……と答えるのかい」

「は？」

「キミの細君の声かね」

「ちょっと待って下さいよ、センセイ」

「それとも、キミの息子か娘かい」

「センセイ、AとBとを混線させているんじゃありませんか。いま話しているのは、Bの方ですよ」

「では、その、もしもし……という声は、キミの声じゃあなかったのかい」

「困りますねえ……そんな怪談みたいなこといわないで下さいよ」

「しかし、そんなふうな経験をした、ということじゃあなかったのかね」

「センセイ、話を混線させないで下さいよ。だから最初から、単純にAとBということにして置けばよかったんですよ。それを、おかしな好奇心を起して、やれ9―15だの9―12だのと持ち込むもんだから話が混線してしまうんです。おとなしくしてりゃあいいんですよ、年寄りは。おとなしくこちらの説明を最後まできいてりゃあ、いいんです。ちゃんときいてさえいれば、そんなに頭を使うほどのむずかしい理屈でも何でもないんですから。それにですよ、この話は、そもそもセンセイが原因なんですからね」

「おや、わしがキミと女との電話を妨害したとでもいうのかね」

「そうは申しておりません。センセイが妨害したのではなく、わたしとセンセイの対話が、とつぜん何ものかによって妨害されたということなんですよ、これは」

「妨害された、とはどういうことかい」

「いや、あるいはこれは妨害されたのではないかも知れません。何ものかの故意によるものではなくて、何かの事故なのかも知れません。なにしろ原因不明なんですからね。ただ、センセイとわたしの対話が、とつぜん、何かよくわからない原因によって、中断されたことは事実です。実際、センセイも《あんまり人を待たせるもんじゃないよ》といわれたわけでしょう。そしてその理由を、あれこれセンサクされた。やれ9―15へ出かけたんではないかとか、9―12ではないかとか、センセイの現住所であるスチクスの彼方ではないかとか、海の向うへ遊びに行って来たんじゃないか、とか。ところがこちらは海の向うどころか、もうかれこれ一年ばかり、海そのものさえ見ていない。それじゃあ、いったいどこで油を売ってたんだ、とセンセイはいう」

「おい、キミ、いつわしがそんなことをいったかね」

「いや、これはどうも失礼致しました。確かにセンセイは、油を売っていたなんてことはいわれなかったかも知れません。ですから、まあこれは、いわゆる言葉のアヤとでもきき流して下さい。ただ、とにかくセンセイとわたしの対話は、何故だかわからない理由によってとつぜん中断した。それを、センセイは《待たされた》という。しかしわたしにしてみれば、そんなつもりはない。そこでセンセイのいう《待たされた》状態を、わたしの側からいえばこうなる、ということを電話の比喩でもってご説明申し上げてるわけじゃありませんか」

「おや、電話は比喩ではない、といっていたのじゃなかったのかい」

「いや、これは一本参りました。さすが〝明治の児〟の記憶力です。脱帽します。しかし脱帽は致しますが、頭を下げっ放しというわけには参りませんよ。いかにも、いまお話しかけている電話体験は事実です。しかし同時に、それは比喩でもあるわけですからね」

「またお得意、十八番の昭和人間のバラバラ病かい」

「何いってやがんだい。手前こそ〃バラバラ日本人〃の元祖のくせして……」

「何かいったかい」

「いや、いまのは傍白というやつでございまして、次のが本題です。つまり、電話体験そのものは事実であるけれども、同時にそれは、センセイとわたしの対話が中断した状態の比喩でもある、ということです。そこで、まず、その事実の方からお話しますと……えーと、どこまで話したのか、わからなくなったぞ……」

「もしもし……じゃあなかったのかい」

「あ、そうでした、そうでした。Aに電話した直後、わたしはこの同じ電話器を使ってBに電話をした。すると電話は通じて、もしもし……という声がきこえた。そこで、こちらも、もしもし……という。そこまでは、どうやら向うにもきこえたらしい。もう一度向うから、もしもし……と声がきこえた。それでこちらも、もしもし……と繰り返した。ところが、それは明らかに向うに通じていない。通じていないことは、すぐにわかりました。つまりですね、自分の声が受話器、いや、送話器ですね、送話器に吸い込まれないからです。

しかし、電話は切れたわけではない。切れれば、はっきり反応があるでしょう。これはいくらセンセイが電話嫌いでも経験されていると思います。また、例のツー、ツー、ツー、という音もきこえない。つまり、電話は切れたのではなくて、つながっている。しかし声は、送話器の穴に吸い込まれない。そうです、この穴です。はは
あ、なるほど、こうやって見ると、受話器の穴よりも送話器の穴の方が多いんですね。これは、気がつかなかったなあ……ふうん……」

「おい、キミ、何を勘定してるのかね」

「いや、これはどうも失礼致しました。しかしセンセイ、受話器の穴よりも送話器の穴の方が……そうですなあ……これでざっと、三倍、いや、五倍くらいでしょうかね。いったい、幾つくらいあいているのかわかりませんが、とにかくこの送話器の穴に声が吸い込まれてゆかずに、はね返って来るわけです。実際それは、奇怪な感覚ですよ。そうですね、これもセンセイはもちろん経験なしだと思いますが、例の留守番電話という奴、こちらからかけると向うに装置されたテープレコーダーにつながって、例えば、こんなことをいう。《只今留守を致しておりま

すが、ピーッという音がきこえましたら、お名前とご用件をお話下さい。帰宅次第、こちらからお電話させていただきます。ではよろしくお願いします……ピーッ》というような具合で、あれも何だか奇怪なもんです。しかし奇怪な感覚ではあるけれども、あの場合は少なくとも、ピーッという機械の合図と同時に、こちらの言葉、こちらの声は、送話器の穴に吸い込まれてゆくわけです。穴に吸い込まれ、線を伝って、あちらの穴だか箱だかに吸い込まれてゆくわけです。

ところが、わたしの場合、つまりBの場合は、声が穴に吸い込まれないで、送話器に当ってはね返るだけです。はね返って、話しているわたしの耳にきこえるだけなんですね。かといって、ぷつんと切れた反応もない。ツー、ツー、ツーの音信もきこえない。しかし、喋っても喋っても、声は穴に吸い込まれてゆかない。何現象というのかわかりませんが、とにかく、わたしにとって、センセイとの対話のとつぜんの中断は、そういう現象であり、そういう感覚であったということなのです」

「その珍現象は、何度も起ったのかい」

「えーと、あの場合、つまりB現象の場合、確か三度かけ直してみました。しかし、三度とも、まったく同じ現象が起りましたね」

「それで、どうなったのかね」

「もちろんアタマに来て、止めましたよ」

「ウッフッフ……」

「は？」

「しかし、またあとからかけたのであろう、といっておるのさ」

「しかし、それは、また別の問題ですよ。つまり、センセイとわたしの対話の中断状態の比喩としての事実、とはまた別の問題ということです」

「理屈は、いかにも左様であろう。ところが生憎とわしには、その比喩とやらよりも、事実の方が面白い、といっておるのさ」

「もちろんそれはセンセイの自由です。センセイが何を面白がるのもセンセイの勝手、ですがね、しかしわたしの方にも同様に自由があります。それにセンセイには、どうしてもおたずねしなければならぬことが、まだ残ってますからね」

22

「ウッフッフ……」

「は？　センセイ、まさか……」

「ウッフッフ……その、まさかだよ、キミ」

「ちょ、ちょっと待って下さいよ、センセイ。電話の比喩が少しばかりながくなったことは、これこの通り、お詫びします。ですから、もう少しだけつき合って下さい。いまセンセイに逃げられちゃあ、いや、センセイにここで帰られちゃあ、まずいんですよ。まったく、これだから困っちゃうんだよなあ。いざとなると、必ずこの奥の手を使うんだから」

「奥の方で、何かあったのかい」

「いえ、いえ、何でもありません。奥も何も、ご覧の通り、ここはただ白い四枚の壁に囲まれた四角い場所に過ぎないんですから」

「そうかい。では、わしはそろそろ……」

「ですから、センセイ、ちょっと待って下さいよ。そうだ、こう致しましょう。約束です、約束。つまり、次のことを約束します」

「おや、古い約束だの新しい約束だのの他に、まだ何か約束があるのかい」

「わかりました。センセイがお疑いになるのも、もっともです。ですから、くだくだしくは申しません。よろしい、先ほどセンセイがききたがっておられた電話事件、つまりB現象のことをお話しましょう。それも、比喩としてではなく、センセイのお望み通り〝事実〟としてお話致しましょう。ただし……」

「ただし、その前に……かい」

「いや、これはどうも恐れ入ります。いかにもお見透しの通り、その前に、ヴェルレーヌのお話を、ちょっと……」

「ウッフッフ……」

「わかります。わかります。どっこいその手には乗らないよ、と、こうおっしゃりたいんですね。それでは、論より証拠、まずこれをおきき下さい」

――兄閣下
お手紙ありがたう御在います。無事帰朝しまして、もう四五個月になります。然し御存知の通り、西洋へ行つても此れと定つた職業は覚えず、学位の肩書も取れず、取集めたものは芝居とオペラと音楽会《コンセール》の番組《プログラム》に女芸人の写真と裸体画《はだかゑ》ばかり。年は已《すで》に三十歳になりますが、まだ家をなす訳にも行かないので、今だにぐづ〳〵と父が屋敷の一室に閉居して居ます。処は市ケ谷監獄署の裏手で、この近所では見付《みつき》の稍大《ややおほき》い門構へ、高い樹木がこんもりと繁つて居ますから、近辺で父の名前をお聞きになれば、直《すぐ》にそれと分りませう。

「これは申し上げるまでもなく、センセイの御作『監獄署の裏』の書き出しの部分です。発表は明治四十二年三月、『早稲田文学』となっております。センセイが帰朝されたのは明治四十一年八月ですから、まあ、帰朝間もない時期の代表的短篇の一つといってよいかと思いますが……」

「続け給え」

「シメシメ……うまくいったぞ」

「先を続け給え。それともまた何かい、また不通電話式の珍現象でも起きたのかい」

「いえ、いえ、センセイのお声はちゃんときこえております。ただし……」

「また、ただし、かい」

「といいましても、この〝ただし〟は決してセンセイを不愉快にする性質のものではありません。つまり、この作品以外にも幾つか読ませていただかねばならない文章があります。それで、この作品だけに余り時間を費しますと、そちらの方を割愛せねばならないという事態が生じるおそれがありますので、この作品は、まことに残念ですが、間を大きく中略して、こういうことにさせていただきます」


閣下よ。私は昨日からヴェルレーヌが獄中吟サッジェスを読んでをります。

おゝ、神よ、神は愛を以て吾を傷付け給へり。其の瑕《きず》開きて未だ癒えず。

おゝ、神よ、神は愛を以て吾を傷付け給へり。……

閣下よ。冬の来ぬ中是非一度、おいで下さい。私は淋しい……。


「おい、キミ、いまのは結末じゃあないのかい」

「はい。おっしゃる通り、いま読みましたのはセンセイの『監獄署の裏』の、結末、最終部分です。そして、何故ここを読ませていただいたのかといいますと、これまたお察しの通り、ヴェルレーヌの『サジェス』が出て来るからです。センセイのこの文章では、『サッジェス』となっておりますが、『断腸亭日乗』の方では『サジェス』となっております。もちろん、そんなことはどちらでも構いませんのですが、ここでは便宜上、新かなで『サジェス』とさせていただきました。また、堀口大学訳では、これは『知恵』と訳されております」

「おい、キミ、それならすでに読んだのではなかったかね」

「これまたおっしゃる通り、もうずいぶん前に第二部冒頭の部分だけを読ませていただきました。もっとも、〝ずいぶん前〟といっても、このセンセイとの対話には、いわゆる日常的な日付のついた〝時間〟はないわけですから、いつ頃、というわけには参りません。ただ、センセイとの対話が、先ほどお話した電話のB現象的に一時中断する以前であったことだけは確かです」

「では、何故またそれを繰返すのかね」

「いえ、『監獄署の裏』を読んだのは、いまはじめてですよ、センセイ」

「しかし『サジェス』は繰返しであろう」

「あ、そのことでしたら、こういうわけです。つまりセンセイが書き残された全文章の中で、『サジェス』が登場するのは、明治四十二年に発表された、この『監獄署の裏』がはじめてだからです。あ、それから、これは直接センセイとは関係ないかも知れませんが、いま思い出しましたのでついでに申し上げますと、太宰治が、このヴェルレーヌの『サジェス』の断章を、処女作『晩年』の、もう少し正確にいうと、処女短篇集『晩年』冒頭の作『葉』のエピグラフに使っていることは、センセイご存知でしょうか。

いいえ、いいえ、別にご返事を求めているのではありません。ただ、堀口大学は新潮文庫『ヴェルレーヌ詩集』中の『知恵』第二部の最終ページに、わざわざ次のような脚註をつけております。

《「選ばれて在ることの恍惚と不安とふたつわれにあり」——太宰治が愛誦した詩句。生前最初の小説集『晩年』の扉にエピグラフとしてこれを誌している。死後出生地津軽の金木町に建てられた記念の文学碑にも、この詩句がこの訳で大きく刻まれている》

堀口大学のことは、わたしなどがつべこべいうより、センセイが先刻ご存知のことと思いますが、《この訳で大きく》というところを一言いって置きたかったんでしょうかね。堀口大学さんは、この新潮文庫訳を《今後は本集をもって、自分のヴェルレエヌ詩の定本としたい》と〝あとがき〟に書いてますから、その気持はわからないではありません。この〝あとがき〟の日付は一九四八年新春となってますね。太宰の『葉』は昭和九年、一九三四年作ですが、堀口大学が最初に『ヴェルレエヌ詩抄』を出したのは昭和二年、一九二七年ということですから、太宰が堀口訳を使う可能性は充分にあるわけです。

しかし、使ったって、もちろんいいわけです。ただ、太宰の使い方には、ちょっとズルイところもある。例によって筑摩現代文学大系『太宰治集』を見ますと『葉』のエピグラフは、

撰ばれてあることの
恍惚と不安と
二つわれにあり

と、三行書きになっておりまして、下に小さく、ヴェルレエヌと書いてあります。つまり堀口訳の〝選〟が〝撰〟に変わり、〝在る〟が〝ある〟となっているわけですが、わたしがズルイと思うのは、そのことよりも、その

文句の出所を、ただ〝ヴェルレエヌ〟とだけしている点です。ヴェルレーヌの訳詩集がわが国でベストセラー的に読まれていることは、センセイもよくご存知の通りです。センセイの詩『震災』にも出て来る〝柳村《りゅうそん》先生〟すなわち上田敏訳の《秋の日の／ヴィオロンの／ためいきの、云々》は、おそらく日本じゅうの中学生、高校生が知っています。しかし『サジェス』を知っている日本人は、どうでしょうかね。

しかし、まあ、それはどうでもいいことにしても、肝心なのは、太宰が使ったエピグラフが、ヴェルレーヌの詩の断片であることを、太宰文学愛読者のほとんどが忘れているのではあるまいか、ということです。つまり、あれを、太宰自身の名文句だと思い込んでいるのではないでしょうか。ということは、それだけダザイさんの存在が大きい、ということでもあります。またダザイは確かに、いろいろ名文句を吐いてもおります。ご存知かどうかは知りませんが、《富士には月見草がよく似合う》とか、《生まれてスミマセン》とか、なるほどウマイ。ですから、例のエピグラフがヴェルレーヌの断片としてでなく、ほとんどがダザイの自作だと思われ勝ちなのも、あながち理由のないことではない。しかし、訳者の堀口大学にしてみれば、それだけに、一言、強調して置きたかったのだと思いますね。

それに、堀口さんも書いておられる津軽金木町のダザイ文学碑の方には、実際、ヴェルレーヌの名が、省略されております。この文学碑は、何年か前、わたしもちょっと見て来ました。太宰の生家は、いまでは〝斜陽館〟という旅館になっておりまして、そこから歩いて二、三十分くらいの芦野公園に建ってるんですが、これは、何とも、実に下品な文学碑です。いや、お世辞ではなく、三の輪浄閑寺のセンセイの詩碑の方が遥かに立派です。いつかお話した鮎川信夫という詩人は、センセイの詩碑を見て《かんじんの荷風の文学碑は趣味の悪いしろもので、文学碑なんてみんなこんなものかも知れないが、失望した。なぜか、羞恥で、顔の赧らむ思いであった》と書いておりますけど、太宰の文学碑を見たら、いったい何と書くでしょうかね。

というより、どこの誰が作ったのか知りませんが、あれじゃあダザイが可哀想です。ダザイふうにいえば、キミ、イクラナンデモ、アレジャア、アンマリダ、というところですかね。アレジャア、キミ、トチナリキンノ、オヒャクショウサンガ、ゲンカンワキニ、ゴテゴテトタイルヲハリツケタガル、アレトオンナジジャア、ナイダロウカ。まあ、即席で、あまりうまい物真似じゃあありませんが、それでも、当らずといえども遠からず、くらいの線はいっていると思いますよ。もちろんわたしも、鮎川氏同様、文学碑なんてものは幾つも見ておりません。しかし、あのダザイの文学碑は、何ともひどいシロモノです。悪趣味の見本みたいなものです。それに、どういうわけだか、例のエピグラフが、三行で横書きになっている。しかもそれが、金文字なんですねえ……その上、さっきも申し上げましたように、ヴェルレーヌは省略されているわけですからねえ……いや、実際、もし本当のダザイ・ファンならば、あの碑の前で、ダザイに代って大いに泣いてやるべきじゃあないでしょうか。いや、それとも、いっそ……」

23

「おい、キミ……」

「は？　あ、いや、これはどうもセンセイ失礼致しました。わかっております、わかっております。ダザイの話は、もうお仕舞いです。それでと……次に『サジェス』がセンセイの文章に出て来るのは、明治四十二年から、なんと大正を軽くとび越えまして、えーと、昭和十五年ですから、そうですなあ、実に三十何年目かということになります。つまり、『監獄署の裏』から三十何年目かに、とつぜん、今度は『断腸亭日乗』昭和十五年十月廿四日の中に、ふたたび『サジェス』が出て来たわけです。ただし、これは、先ほどセンセイもいっておられましたが、だいぶ前に一度読んでおりますので、どう致しましょうか？」

「その、だいぶ前というのは、キミのいうところの〝中断〟前かい」

「そういうことです」

「なら、読んで見給え」

「そうですか。では、そうさせていただきましょう。それに、大してながい文章でもありませんし」

十月廿四日。午後より雨ふり出して風も次第に吹添ひたり。この頃ふとせし事より新体詩風のものつくりて見しに稍興味の加はり来るを覚えたれば、燈下にヴェルレーヌが詩篇中のサジエスをよむ。戦乱の世に生を偸む悲しみを述ぶるには詩篇の体を取るがよしと思ひたればなり。散文にてあらはに之を述べんか筆禍忽ち来るべきを知ればなり。


「というわけです。尚、《欄外朱書》の部分は省略しました」

「何故かね」

「何故って、それは『サジェス』と関係ないからですよ」

「何故それが、省略の理由になるのかい」

「困りますねえ、センセイ。それはですね、つまり、キリスト教と関係ないからじゃあありませんか」

「キリスト教かい」

「はい。もしキリスト教がお耳ざわりでしたら、耶蘇教に致しましょうか。もっともセンセイは日記の中で、どちらも使っておられますけど。つまり、耶蘇教と書いたり、基督教と漢字を当てたり」

「おや、そうかい」

「それから、ただ〝聖書〟と書いているところもあります」

「おや、そんなにあれこれ書いているかい」

「読んでみましょうか」

「そうし給え」

「では……」

「ちょっと、待ち給え」

「おや、センセイが自作の朗読に待ったをかけられるとは、これはまた、どういうわけでしょうか」

「確かキミは、クリスチャンではない、といっておったね」

「はい。いかにも、クリスチャンではございません」

「それにしては古い約束だの、新しい約束だの、何だかずいぶんこだわるようだね」

「いかにも、おっしゃる通り、こだわっていないとは、申せません。ただし、ここではわたし自身のことよりも、センセイのお話をうかがいたいわけですよ」

「ということは、何かい、それがいまの流行ということかい」

「流行?」

「左様。つまり、わしとキリスト教を縒《よ》り合わせよう、ということじゃないのかね」

「なるほど、そういう意味ですか。つまり、永井荷風とキリスト教の関係、あるいは、永井荷風におけるキリスト教の問題、といったことですね」

「まあ、そういうことになるのであろうな」

「それでしたら、センセイ、心配ご無用に願います。第一にわたしは、センセイの研究家などではありません。これはセンセイもすでにご存知の通り、一介の英語教師に過ぎません。しがない私立大学の七コマ講師です。だからこの暑い盛りに、こんなところに泊り込んで、面白くもおかしくもない、通俗医学書の代訳なんぞもやっておるわけです」

「しかし、この9―9とやらにキミが泊り込んでおるのは、そのためばかりではないであろう」

「もちろん、それは、こうやってセンセイとお話をさせていただいてるわけですから、門外漢なりに、センセイの作品には……」

「ウッフッフ……」

「困るなあ、センセイ。話をそらさないで下さいよ」

「おや、話をそらしたのは、そちらじゃあないのかい」

「わたしは、そらしておりません」

「じゃあたずねるが、ここに泊り込んでいるのは、わしと話をするためだった、というわけかい」

「もちろん、それだけ、とは申しておりません。しかしですね、いまはとにかく、こうやってセンセイとの対話を続けているわけでしょう。しかもそれは、センセイとのある約束に基づいておこなわれている対話なんですからね」

「約束?」

「おや、お忘れになったのでしたら、こちらは一向に構いませんけど」

「ウッフッフ……例の謎の電話のことかい」

「謎の……というわけじゃあないですよ、あれは」

「じゃあ、電話の謎かい」

「まあどちらでもいいことにしておきます。とにかく忘れておられなければよいわけです」

「そういうことは忘れないものだよ」

「では、こちらも約束通りに話を続けさせていただきますと……えーと、あ、そうでした。もちろん、わが国にはセンセイの研究家はゴマンとおります」

「おや、お世辞かい。もっとも、たまには悪いもんじゃない」

「いや、ゴマンはちょっと大袈裟でした。しかし、わたしなど門外漢の関知すべくもない専門家たちの間では、実にさまざまな荷風研究がおこなわれているはずです。ですから、あるいは、先ほど話に出ましたところの、永井荷風とキリスト教の関係、また、永井荷風におけるキリスト教の問題などといった研究が、日本じゅうの大学のどこかの研究室で、おこなわれているのかも知れません。いや、もしかするとすでにどこかの大学の紀要か何かに発表されているかも知れない。しかし、少なくともそれが流行している、とはいえません。流行というからには、わたしのような門外漢の耳にも届かなければなりません。しがない私立大学ではありますけれども、それでもとにかく、七コマ持ってる講師ですから。しかし、いまのところ、まだわたしの耳には届いていないようです」

「それじゃあ何かい、そこでキミが、一つ新種の論文でも書いて、一旗挙げようということかい」

「いえ、いえ、とんでもありません」

「じゃあ、何かい」

「何かいって、センセイ、ヴェルレーヌの『サジェス』が出て来れば、いやでもキリスト教が出て来なきゃあ、おかしな話でしょう」

「いかにも『サッジェス』は、獄中吟なり。彼は一八七三年、ベルギーの首都ブリュッセルの街上にて、ランボーに向って拳銃を発射、その左手首に傷を負わせて、モンス刑務所に収監され、約一年半の歳月を過ごした。『サッジェス』は、その獄中での作であろう」

「さすが、センセイ。いや、恐れ入りました。しかしセンセイ、このヴェルレーヌとランボーとの関係は、同性愛なんですかね」

「堀口大学君は、何と書いているかね」

「はっきり、同性愛とは書いてません。それに一応、結婚もして、息子も一人いますしね」

「妻はマチルド、息子はジョルジュ、であろう」

「ところが、その妻子を放っぽらかして、十八歳の天才詩人ランボーと駆け落ちする。いや、駆け落ちではないのかも知れませんが、ベルギー、ロンドンと二人で放浪の旅を続ける。そして、こっそり逃げようとしたランボーをブリュッセルまで追っかけて行って、ピストルで撃った。それから、刑務所を出たあと田舎の学校の教師をしたときも、教え子の一人を追っかけまわすでしょう。そしてその少年が卒業すると、学校を辞めて、少年の実家の近くの農村に住みつき、百姓の真似事みたいなことまでやっている。しかしやがて少年は兵隊になって、伝染病か何かに罹って病死する。かと思うと、晩年は、カルチェ・ラタンの安カフェーで詩を売ってアブサンを飲み、老いぼれ娼婦たちとつき合い、息を引き取ったときも、何とかいう娼婦と同棲していたわけでしょう。しかし、センセイ、あの《秋の日の／ヴィオロンの／ためいきの……》の詩人が、オランウータンばりの醜男《ぶおとこ》だったというのは……」

「おい、キミ……」

「あ、これはどうも失礼しました。センセイに向ってヴェルレーヌを語るなどは、それこそお釈迦様にナントカ以上にオコの沙汰なんでありますけれども、話を『サジェス』に戻しますと、堀口大学は次のように書いていますので、ちょっとおきき下さい」


……在獄中、一八七四年七月二十四日、パリでは妻マッティルドの要求により離婚成立の決定が下ったと知り、非常なショックを受けて、ベッドの上に倒れたほどだが、この時、助け起してくれた誨教師《かいきょうし》の言葉に心機一転、泣いて神を信じる心になり、悔いあらためて早速書きだしたのがこれら『知恵』集中の宗教詩であった。

詩集『知恵』は三部から成るが、中心は第二部。文学史上最高の宗教詩と定評あるこの一連のソネットは、長い間望みながらも許されなかった、聖体拝受の希望が容《い》れられたその週内に、一気に書きあげられたという。

小説『さかしま』の作者ユイスマンは『知恵』を評して言う、「カソリック教会は詩人ヴェルレーヌのうちに、中世紀以来最大の詩人を持った。数世紀このかた、唯一の例外として、この詩人は、謙譲と純潔の歌口《うたぐち》を、訴えるような含羞《はじらい》の祈願を、小児のようなよろこびを、こうしたすべて、ルネッサンス以来忘れられていたものを、回復してくれた。他にもこの詩人は、民謡の純朴と、また霊から肉へと沁《し》みとおる悔悟《かいご》の痛々しさを伝える言葉を見出してもくれた。……云々

「というわけです。まあ、文庫本の解説ですから、センセイのお気に召すかどうかは別と致しまして、とにかく『サジェス』がいかなる詩であるか、また、それはいかにして書かれたか、その凡そのところは語られていると思いますけど……」

「お気に召すも召さないも、キミ、すでに話したのではなかったのかい」

「しかしですね、そのときは、キリスト教の話は出なかったわけです」

「どうしてかね」

「どうしてって、センセイ、いま頃そんなことをいわれても困りますよ。なにしろこの対話は、テープレコーダーなしでやってるんですから。ですから、話がどこでどう折れ曲ったのかわかりません。たぶん、例によってアミダクジ式にどこかへ脱線しちゃったのだと思いますけど……」

24

「おい、キミ、何をもぞもぞやってるのかね」

「いや、これはどうも失礼致しました」

「この《贋地下室》とやらには、ノミかシラミでもいるのかい」

「いや、実はその……」

「見たところ、そういうものは棲みそうではないがね」

「いや、これは、どうも有難うございます」

「いや、礼には及ばないよ。棲みたくとも、ここには棲めないだろう、ということさ」

「いや、ところが、どういうわけか、ゴキブリが一匹……」

「おい、キミ……」

「いえ、いえ、いまここにいるというのではありませんから」

「じゃあ、その、もぞもぞは、ゴキブリのせいじゃあないのかい」

「はい。実は、センセイの『来訪者』なんですけど……」

「『来訪者』とは、またなつかしい本だが、それがどうかしたのかい」

「はあ……実はこの本、センセイがこちらへ来訪されます少し前に古本屋で見つけまして、買って来たのですが、一応、初版本で、奥付は、昭和二十一年九月五日第一刷発行。定価六十五円、著作者永井壮吉、発行者古田晁、発行所筑摩書房、となっております。しかしセンセイ、この検印は、またずいぶん大きなハンコですなあ……」

「それで古書店では幾らで買い求めたのかい」

「えーと、確か二千五百円ではなかったかと思いますけど……」

「二千五百円なら、掘り出し物であろう」

「いえ、はあ……確かにそういうことになるかも知れません。ボール紙にホチキスとはいえ、とにかく箱に入っておりますし、表紙は、もとの白がずいぶん黄ばんではおりますけど、一応センセイの自装です。これは、ふーん、墨絵の植木鉢ですかね。それから紙は、うーん、そうですねえ、土気色のペラペラ紙で、活字がその上に辛うじてへばりついているという恰好ですかね。いや、半分消えかけている字もありますが、これはまあ当時は日本じゅうがそうだったわけで、別に珍しいことではないのでしょう。いや、いや、これなど、最上等の部類だったかも知れません。

実際、こういうことがありました。何でもその頃の中学では、新聞紙を折り畳んだみたいな、表紙も奥付も見分けのつかない教科書を使ってましたが、ときどき細かい藁屑みたいなものがページにひっついてるんです。それで、爪の先か何かでそれをこすりますと、ぽろっと藁屑はとれるわけです。ところが、その藁屑と一緒に、活字も見えなくなっている。つまり、一緒にとれちまうわけなんですね。それに比べりゃあ、このセンセイの本など、立派なものです。贅沢なもんです。それに、近頃はわざと貧乏くさい再生紙を使った本が、それこそ流行中ということらしいですから、案外、これとそっくり同じ材質、同じ装幀で売り出してみたら、そうですなあ、こりゃあちょっとしたアイデアかも知れませんよ、センセイ。しかし、まあ、それにしても、古本屋のオヤジという奴は……」

「古本屋のオヤジが、どうかしたのかい」

「いや、二千五百円はまあ、とにかくと致しまして、どうも、この本を触っておりますと、体じゅうが痒くなって来るんですよね。痒いだけじゃなくて、どうかすると、手の甲に湿疹が出て来ます。それと、この臭気ですよね。いや、これはもちろん、別にセンセイの『来訪者』に限ったことではありません。そもそも古本というものは、そういうものであるという一般論でありまして、ですから、あの古本屋のオヤジという奴は、大したものだと感心するわけです。なにしろ、明けても暮れても、この痒みとにおいの中で、息をしているわけなんですからね。息をするだけでなく、飯を食ったり、寝たり起きたり、その上で頭まで働かせているわけですからね。

いや、あれは大したもんです。実際、忍者か仙人みたいなものです。あるいは昔の中国の道士みたいなもの、といってもいいでしょうね。なにしろ、あの痒みとにおいを超越しているわけですからなあ。まあ、どの世界にも、やれゴマスリ何年だの、鞄持ち何年だの、ヒモ何年だの、ということはございます。もちろんわたしども教師の世界もご多分に洩れず、ですが、あの痒みとにおいを超越するには、どのくらいかかるもんでしょうかね。センセイなどは、それこそずいぶんいろんな古本屋のオヤジをご存知だったと思いますけど、〝におい三年に掻き八年、都合併せて十一年〟くらいのところですか。そして、そいつを超越すると、ああいった人相になれるんでしょうかね。いや、これは、叔父さんが古本屋をやっていたという、ある知人にきいた話ですがね、これという掘り出し物を見つけて、ニヤリとするようじゃあ、古本屋失格なんだそうですね。もちろん、これは買入れの場合ですがね、掘り出し物を見つけたときには、ニヤリの反対の顔にならなければダメなんだそうです。つまり、日常においてはあの痒みとにおいを超越し、いざ掘り出し物、という場合には、反射的にそいつを想起してニヤリの反対となる。ところがそれも、余り露骨ではいけない。シロウト相手の買入れならば、まあそれでも何とかなるのでしょうが、クロウト同士の市になると……」

「おい、キミ、アミダクジはいい加減にし給え」

「いや、これはどうも失礼致しました」

「アミダクジもアミダクジだが、キミ、ゴキブリは大丈夫なのかね」

「は？」

「何だか、こちらも、どこかが痒くなって来たようなのでね」

「あ、ゴキブリならばご心配御無用です。この部屋には入って参りません」

25

「ならば、先へ進み給え」

「では、そうさせていただきますが、少々スピードアップ致したいと思いますので、まず、この〝来訪者〟の〝序文〟は省略させていただきます」

「しかしキミ、それでは約束が違うのではないかね」

「おや、そうかい、いや、そうですか」

「幾通りかの文章を読むために、前略、中略、後略をする、そういう約束じゃあなかったのかい」

「わかりました。それに、なるほどこの〝序文〟はやはり必要かも知れませんね。ただし少々ながいですから、最初の部分だけにしますと……」


戦争中、わたくしの友人達は日に日に物資と食料のなくなるにつれ、わたくしの独居生活を気の毒に思はれ、時折菓子や砂糖また野菜のかづ〳〵を恵まれた。わたくしは何とかして此の厚意に報いたいと思ひながらも、書は拙く画もかけないので思案の果、詩篇と小説の草稿を浄写し、之を贈呈して謝意に代へた。今本書に収め載せられてゐる来訪者以下の詩篇が即ちそれである。（以下略）

「ということで、まず『踊り子』『来訪者』『冬の夜がたり』『虫の声』『雪の日』『枯葉の記』、この六篇の散文が並んでおります。それが前半でありまして、後半が問題の『偏奇館吟草』となるわけです。つまり、先に出て来ました『断腸亭日乗』の、えーと、昭和十五年十月廿四日のところに記されていた《新体詩風のもの》がこれに当るわけでありまして、そうですね、全部で三十五、六篇でしょうかね。そして、《昭和十八年十月編》とありますから、十五年から三年間にそれだけの詩作を残された、ということになるわけですけれども、その『偏奇館吟草』の扉、まあ扉といっても、例の土気色のペラペラ紙なんですが、そこに次のようなエピグラフが掲げられております。

De la musique avant toute chose——

Paul Verlaine

詩は何よりも先《まづ》音楽的ならむことを。

ポール、ヴエルレーヌ

これはヴェルレーヌの『詩法』の冒頭の一行ですね。つまりヴェルレーヌが自分の詩学を詩にしたもので、堀口大学訳では次のようになっております。

音調を先ず第一に
そのゆえに〈奇数脚〉を好め
おぼろげに空気に溶《と》けて
何ものもとどこおるなき。

これが第一連の四行で、冒頭の一行の訳がセンセイのものと少し違っておりますが、わたしのシロウト考え、および好みでいいますと、センセイの訳の方が格調が高いように思います。ナマイキなようですが、漢詩的な張りがあります。もちろんこれは、お世辞ではございません。そして、このヴェルレーヌの『詩法』を、センセイがご自分の《新体詩風のもの》の詩法、詩学の基本として取り入れようとなさったことに関しても、もちろん何の異存もございません。

しかし、と、まあ、ここから先が異存ということになるわけですが、センセイは先の、えーと、昭和十五年十月廿四日の日記に、《この頃ふとせし事より新体詩風のものつくりて見しに稍興味の加はり来るを覚えたれば、燈下にヴェルレーヌが詩篇中のサジヱスをよむ》と書かれました。なるほど『サジェス』も、ヴェルレーヌ自身の『詩法』に基づく詩でありましょう。しかし同時に、その『サジェス』なる詩がどのようなものであったかは、もはや、わたしにさえわかっております。となりますと、ここでどうでも、キリスト教が出て来なければなりません。もし出て来なければ、モグリみたいなもんですからね」

「そりゃあ何かい、わしがモグリだということかい」

「いえ、いえ、とんでもありません。それが、ちゃんと出て来るわけですから」

「おい、キミ……」

「困りますねえ、センセイ。自分で忘れちゃあ困りますよ。しかし、ご心配には及びません。いま、そこを読んでおきかせしますから」

小雨ふりては歇む。夜も燈火なければ門を出でず。旧約聖書（仏蘭西近世語訳本）を読む。日本人排外思想の由つて来るところを究めむと欲するのみならず、余は耶蘇教及仏教が今日に至るまで果していかなる程度まで日本島国人種の思想生活を教化し得たるものありしやを知らむと欲する心起りしが故なり。余は今日に至るまで殆聖書を開きたることなかりき。今俄にこの事あるは何の為ぞ。（此間一行弱切取）べし。

「というわけなんですが、ところでセンセイ、これはいったい、いつの日記だと思われますか？」

「キミ、クイズは無しにし給え」

「ではお言葉に従って申し上げますと、なんとこれは、昭和十五年十月三日の日記なんですよ、センセイ。先の『サジェス』が出て来たのが、十月二十四日でした。ですからセンセイの場合、『サジェス』と『聖書』の関係についていえば、モグリどころか、むしろその逆でありまして、はじめに『聖書』ありき、ということになります。なにしろ、二十一日前なんですからね。そこで本来ならばここで、ではその次にセンセイの日記に『聖書』があらわれたのは果していつでありましょうか、と申し上げたいところなんですけれども、そいつを〝欲しがりません勝つまでは〟式に、ぐっとこらえて生唾もろとも腹の中へと押し込みまして、クイズ抜きで先へ進みますと……」


十月初四。快晴の空雲翳なし。無数の蜻蜓落花の如し。終日旧約聖書をよむ。唐玄奘の西遊記をよむが如き興味あり。黄昏の微光消え失ぬ中に急ぎ芝口の金兵衛に至り夕餉を喫す。帰途暗夜の空を仰ぐに満天星の光うつくしく宵の明星の殊にひかり輝くを見たり。


「というわけでして、実に二日連続です。それにしてもここで『西遊記』が出て来るところは、さすがセンセイですなあ。いや、あの揚子江的といいますか、黄河的といいますか、万里の長城的といいますか、とにかく、センセイのお好きな『紅楼夢』もながいが、こちらもながい。たぶん旧約聖書よりもながいと思いますけど、なるほどセンセイにいわれてみると、『西遊記』の第一回《霊根　育孕《はぐく》まれて源流出で／心性　修持《おさま》りて大道生ず》は、まさしく旧約『創世記』第一章に似ておりますな。

　どちらも混沌からの天地創造、開闢の由来から説き起しているわけですが、旧約ではそのあとエホバの神が泥をこねて、人間のご先祖様と呼ばれているアダムを造る。ところが『西遊記』の方は、岩の裂け目から一匹の猿がとび出す。しかし、ここで、アダムと猿の比較に興味を奪われますと、またまたとんでもないアミダクジがはじまるおそれがありますので、これまたぐっと生唾と一緒に呑み下しまして、先へ進ませていただきます。

　といいましても、もちろん、ただヤミクモに猪突猛進しようというわけではありません。なんといってもこれは、あくまでセンセイあっての対話だからです。ですからセンセイを無視して成り立つものではありませんし、一方的にわたしがべらべら喋るだけでは、そもそも対話とは申せません。ただ、すでにセンセイには、かなりのご無理を申し上げてお引き留めしておりますす関係上、また、そのあとのお約束もありますなど致しますので、便宜上この際、キリスト教および聖書についてセンセイが触れておられる文章、といいましても、ここでは日記ですが、それをメドレーでまず読みまして、それをタタキ台、いや、テキストにしながら対話を進めるのが、時間の節約というものではなかろうかと思うわけです。

もちろん、センセイの文章を読ませていただくことが、時間の無駄だ、などという意味では決してございません。それどころか、むしろ反対です。つまり、センセイの文章を読むことも、わたしにとっては対話なのです。わたしはセンセイの文章を、例えば中学生や高校生が、国語だか英語だかのリーダーを音読するように、ただ音読しているわけではありません。センセイの文章を読むことが、すなわち対話なのです。わたしとセンセイの文章との対話なのです。わたしとセンセイとの対話なのです。わたしにとって読むとはそういう意味です。また、対話とは、そういう意味です。

いえ、いえ、決してご心配には及びません。何だかんだと屁理屈をこねて、肝心の約束の話を一寸のばしに先にのばし、結局はウヤムヤにごま化す気ではないのか、と疑っておられるかも知れませんが、どうぞ心配ご無用に願います。もし仮にわたしがその気だったとしても、残念ながら、それは無理です。実際、あと二つしかないんですから。さっきメドレーと申し上げましたが、たった二つきりです。ですからメドレーは取り消しましょう。水泳競技でもメドレーといえば四種目ですし、音楽だって、たった二曲でメドレーといったんじゃあ、羊頭狗肉みたいなもんでしょうからね。二曲ならば、まあ、レコードのA面B面というところでしょうなあ。ではA面から読んでみます」

十月十二日。晴。招魂社祭礼近くなりて市は電車の雑遝すること例年の如し。午後浅草を歩み新橋に飰す。月色清奇なり（九月幾望なるべし）。数日前より毎日台所にて正午南京米の煮ゆる間仏蘭西訳の聖書を読むことにしたり。米の煮ゑ始めてより能くむせるまでに四五頁をよみ得るなり。余は老後基督教を信ぜんとするものにあらず。

信ぜむと欲するも恐らくは不可能なるべし。されど去年来余は軍人政府の圧迫いよ〳〵甚しくなるにつけ精神上の苦悩に堪えず、遂に何等か慰安の道を求めざるべからざるに至りしなり。耶蘇教は強者の迫害に対する弱者の勝利を語るものなり。この教は兵を用ゐずして欧州全土の民を信服せしめたり。現代日本人が支那大陸及南洋諸島を侵略せしものとは全く其趣を異にするものなり。聖書の教るところ果して能く余が苦悩を慰め得るや否や。他日に待つ可し。

十月念三。くもりて暝き日なり。昨今家に惣菜にすべきものなければ海苔と味噌とを副食物となして米飯に飢を忍ぶ。これにつきて窃に思ふに人間の事業の中学問芸術の研究の至難なるに比して戦争といひ専制政治といふものほど容易なるはなし。治下の人民を威嚇して奴隷牛馬の如くならしむればそれにて事足るなり。ナポレオンの事業とワグネルの楽劇とを比較せば思半に過るものあるべし。燈刻金兵衛に至りて飦す。歌川凌霜二子在り。愬話二更に及ぶ。帰途風甚冷なり。就寝後聖書をよむ。


「これで、A面、B面なんですが、何かご質問はございませんでしょうか?」

「質問とは、どういう意味かね」

「つまり、クイズではなくて、質問ということです」

「わしの日記に、わしが何か質問せよ、ということかい」

「わたしはセンセイの日記を、一字一句省略せずに読ませていただきました。ただ、それをおききになって、何かご不審な点、不明な個所はなかったか、ということです」

「何かまた、仕掛けようというのかい」

「まったく仕掛けがない、というわけでもございませんが……」

「アミダクジかと思えばクイズ、クイズを止めろといえば質問、質問がないといえば仕掛け、かい。まったく倦きない御仁だねえ」

「ではわたしから一つ質問させていただきますが、よろしいでしょうか」

「まあ、よかろう。但し手短かに頼むよ」

「かしこまりました。では単刀直入におたずね致しますが、ただいまわたしが読みましたA面B面の日記は、昭和何年の日記だったのでしょうか」

「それは、わしの日記に書いてあったのではなかったかい」

「はい。仰せの通りです。それをここで整理させていただきますと、次のようになります。


『サジェス』の出て来る文章——

明治四十二年『監獄署の裏』

昭和十五年十月二十四日『日記』

『聖書』の出て来る文章——

昭和十五年十月三日『日記』

同　　十月四日『日記』

そして、そのあとを読ませていただいたA面は十月十二日の『日記』、B面は十月二十三日の『日記』でありまして、それはセンセイもおききの通りですが、いったいこれは、昭和何年の十月十二日であり、十月二十三日であろうか、というのがわたしの質問、ということになります」

「ふうむ……同じ年ではない、ということかね」

「その通りです。同じ十月でありますが、A面B面の日記は、なんと昭和十八年のものです。つまり、センセイの日記に『聖書』がはじめてあらわれたのが、昭和十五年十月三日。そして、それは二日続いた。ところが、そのあと『聖書』は、まるで深淵の底の底へもぐったモゥビ・ディクみたいに、センセイの日記にまったく登場しない。そして、三年後の昭和十八年になって、ひょっこり姿をあらわすわけです。そして、これまた、二日連続ではありませんが、二度出て来る。

これはいったい、どういうことなんでしょうかね、センセイ。この謎は、どういうふうに解けばよいのでしょうか。例えば、こういうことは考えられます。つまりセンセイは、昭和十五年十月三日からフランス語訳の旧約聖書を読みはじめ、三日と四日の日記にそのことを書いた。そしてそのあと毎日ずっと聖書を読み続けたが、四日以後は、いちいち日記には書き込まなくなった。やがてセンセイはフランス語訳旧約聖書を読了された。しかし、そのことも特に日記には書かなかった。そして三年後の昭和十八年十月十二日、ふたたび、フランス語訳旧約聖書を読みはじめ、それを日記に記録した。また同年同月二十三日の日記にも書いたが、それ以後は、昭和十五年の場合と同様にした——というのが、まず第一の推理です」

「おや、ということは、まだ他に何か推理することがあるということかい」

「もちろんですよ、センセイ。だってセンセイの日記における聖書は、深淵の底の底までもぐったモゥビ・ディクみたいに謎に満ちてるわけですからね」

「それでキミは何かい、その白鯨を探しまわるキチガイ船長エイハブというわけかね」

「まあ、そう考えていただければ光栄です」

「ウッフッフ……」

「は？」

「まあ、よいからその推理とやらを続けてみ給え」

「しかし、いまのセンセイのウッフッフは、何となく不吉な予感を与えるウッフッフだなあ」

「それはキミ、あの隻脚の詩人ならぬ、隻脚の鯨捕り、キチガイ船長の運命だろうよ」

「まあ、いいでしょう。ここまで来たからには、とにかく深淵の大魔王モゥビ・ディクを行き着くところまで追い詰める他なさそうですからね」

「ウッフッフ……」

26

「では第二の推理ですが、これは推理としてはかなり無理なものです。つまり、昭和十五年の十月三日と四日の二日間で、センセイはフランス語訳旧約聖書一巻を読破されたのではないか。以後、昭和十八年まで三年間、日記にまったく『聖書』の二文字が見当らないのは、そのためではなかろうか——というもので、その傍証となるのが、いつも引き合いに出しますところの筑摩現代文学大系巻末のセンセイの年譜です。この年譜の編者は誰だか不明ですが、とにかく、昭和十五年はまったくの空白となっております。空白、すなわちゼロでありまして、そこには〈昭和十五年〉という年そのものが存在しておりません。昭和十四年から、いきなり昭和十六年に移っているわけです。

ということは、要するに何も書かなかった。少なくとも、何も発表しなかったということです。書いたのは日記だけ、ということです。とすると、時間はふんだんにあるわけです。実際、十五年十月四日の日記には《終日旧約聖書を読む》とありました。

しかし、センセイの読まれたフランス語訳旧約聖書はどのような本だったのか、わたしはその実物を知りません。いま手許にもありませんし、仮にあっても、残念ながらフランス語は読めませんが、英訳のものなら、ここにあります。ご覧の通りのやや大型のものですが、これで旧約の部分は、えーと、八百八十八ページあります。また、参考までに日本語訳を見ますと、日本聖書協会発行の文語訳本の旧約は、千五百九十三ページ、同じく口語訳本は、千三百二十六ページあります。これを二日間で読了することは、果して可能でしょうか。もちろん、不可能ではないでしょう。ましてや、センセイお得意のフランス語です。それに、読み方なんてものは、いろいろあります。ナナメ読み、とばし読みだって、別に悪いわけじゃあありません。何も丸暗記する必要はないわけですから。また、本当に読んだのかどうかを、誰かにテストされるわけでもないわけですから。

といっても、もちろんセンセイがナナメ読みやとばし読みをされた、というのではありません。しかしセンセイは、昭和十八年十月十二日の日記に、こう書かれました。《毎日台所にて正午南京米の煮ゆる間仏蘭西訳の聖書を読むことにしたり。米の煮ゑ始めてより能くむせるまでに四五頁をよみ得るなり》、というわけなんですが、この南京米というやつは、戦争中わたしも食べた記憶があります。日本米よりも、ちょっと細ながい粒で、粘り気のないぱさぱさしたやつでしょう。それに、ややくさみがあったような気がしますが、それはともかく、その南京米の飯が《煮ゑ始めて能くむせるまで》とは、どのくらいの時間になりましょうかね。

一時間？　あるいは三十分？　そうですね、センセイの飯は一人分でしょうから、ここではやや短か目に計算して、約三十分ということにしてみましょう。するとセンセイのフランス語訳聖書を読むスピードは、約三十分間に四〜五ページという速度になります。つまり一時間に約十ページ、十時間で約百ページ、もうひとがんばり、一日に十五時間読んだとすると、約百五十ページ。そしてこれを二日間続けると、約三百ページとなります。いやはや、どうもお疲れさまでした、というところですがやはり〈時速十ページ〉では、二日間で旧約聖書を読了することは出来ないことになります。

そして、わたしが、この第二の推理が推理としてかなり無理なものだと申し上げたのは、そのためでもあります。しかし、それだけではありません。というのは、先に傍証として挙げたところのセンセイの年譜が、そのまま同時に、反証ともなり得るからです。つまり、センセイの年譜には〈昭和十五年〉そのものが存在しない。いい換えれば、〈昭和十五年〉という年、〈紀元二千六百年〉という年、〈大政翼賛会〉なるものが発足した年、〈ドイツ軍がパリを占領した年〉に、センセイは〈作家〉であることを拒絶された。

そして、ただ『断腸亭日乗』のみひそかに書き続けられた。センセイの年譜における〈昭和十五年〉そのものの空白を、そう解釈しても、それほど大間違いということにはならない、と思いますが、いかがでしょうか。そしてセンセイは、その〈昭和十五年〉十月三日に、とつぜんフランス語訳の旧約聖書を読みはじめ、翌四日も引き続き〈終日〉読み続け、それを日記に書いた。しかし、二日間でそれを読了することは、どうやら無理、という計算が成り立った。にもかかわらず、センセイの日記に、それ以後〈昭和十八年〉まで、聖書についての記述がまったく見られない、というのはどういうことだろうか？　なにしろ、〈昭和十五年〉におけるセンセイは、日記だけを書き続けたわけだからです。日記だけしか書かれなかったからです。その日記に、ただの二日間だけしか聖書が登場しないのは、どういうわけだろうか、ということなのです」

「そりゃあ何かい、二日だけで止めちまった、といいたいわけかね」

「何だか下手くそな詰め将棋みたいな推理だねえ、とおっしゃりたいのかも知れませんが、はっきりいわせていただければ、まあ、つまり、そういうことになると思います」

「本心は、モゥビ・ディクを追い詰めたエイハブ、とでもいいたいのであろう」

「いえ、いえ、とんでもありません。しかし……待って下さいよ。昭和十五年は十月三日と四日、昭和十八年は十月十二日と二十三日……」

「どちらも二日坊主、といいたいのであろう」

「いや、そうじゃあなくてですね、どちらも十月というのは、これは単なる偶然の暗合でしょうかね。それとも他に何かあるんでしょうかね……」

「ヴェルレーヌの『秋の歌』のせい、とでもいいたいのかい」

「いえ、いえ、そうは申しておりません」

「申してはおらぬが、腹の中はそうなのであろう」

「困りますよ、センセイ。そう先まわりしてヤケを起されたんじゃあ、せっかく読もうと思っていたものまで読めなくなってしまいますからね」

「おや、何かね」

「他でもありません。そのヴェルレーヌの詩とセンセイの関係ですよ」

「誰が、どんなことをいっているのかね」

「磯田光一著『永井荷風』の一節です」

「それは、何者かね」

「文芸評論家、です」

「いつぞやの詩人とは別人かい」

「もちろん、まったくの別人です」

「若いのかい、年寄りかい」

「そうですねえ、わたしなどと、ほぼ同世代、といえるでしょうね」

「ということは、昭和人間ということかい」

「そうです、昭和一ケタ人間です」

「まあ、よかろう、読んで見給え」

「では、ちょっと読んでみます」

ところで『珊瑚集』所収の訳詩のうちで、最初に発表されたのはヴェルレーヌの『ましろの月』『道行』『暖き火のほとり』の三篇で、明治四十二年三月であった。この三篇は恋愛に付随する愉悦の瞬間を歌った作で、ここから荷風のヴェルレーヌ理解のオプティミズムを導き出すことは容易であるが、しかしこの同じ月に『監獄署の裏』が書かれていて、その末尾にヴェルレーヌの『叡知《サジエス》』の一節、

おゝ、神よ。神は愛を以て吾を傷付け給へり。……

という一節が訳されている点が肝要なのである。


「というものでして、センセイのヴェルレーヌは、決して甘口の抒情や、女学生向けの純情詩や、軟派なセンチメンタリズムだけではない、と彼はいっているわけです」

「それで、キミはどう思っているのかね」

「それは、つまり、その……」

「わかっておる。わしの『サッジェス』そのものが、インチキくさい、とそういいたいのであろう」

「いえ、いえ、何もインチキだとは申しておりませんよ、センセイ」

「おや、わしの日記のアラ探しは、そのためではなかったのかい」

「センセイ、アラ探しは、ちょっと人聞きが悪過ぎるのではないですかね」

「じゃあ、何探しかい」

「ですからわたしは、何度も申します通り、センセイの『サッジェス』と聖書、あるいはキリスト教とのカンケイを追求……いや、追求ではなくて、センセイにおたずねしているわけなんでして……」

「それを、アラ探しだといっているのだよ」

「ではセンセイ、例えば、こういう文章はいかがでしょう。よろしいですか、いま読んでみますから、とにかくきいて下さい。お互い理屈は、それからということに致しましょう」

……また、昭和十八年十月十二日の日記には、南京米の煮える間に仏蘭西語訳の聖書を毎日四、五頁読むことにしたとして、……

「おいキミ、それはさっきと同じところではないのかい」

「いかにもその通りですが、これは、さっきセンセイが《いつぞやの詩人》とおっしゃったところの詩人、つまり鮎川信夫氏の『戦中〈荷風日記〉私観』の一節でありまして、いま読んだ個所のすぐあとに、例のセンセイの日記の引用がありますので、それは省略します。そして先を続けますので、とにかく、それをきいてからにして下さい」

……基督教と荷風は、いかにも奇妙なとりあわせのようだが、孤立した境遇の中にあって自己の生き方を模索し苦悩しつづけているその心中を察すれば、感情的には少しも不自然ではない。

これが六十も半ばに達した人間なのである。と思えば、その感情の流露のみずみずしさに驚くと同時に、その業の深さにも思い至らないわけにはいかない。


「それでお仕舞いかい」

「いえ、鮎川氏の文章は、もう少し続いています」

「なら、読んで見給え」

「しかし、聖書およびキリスト教とセンセイとの関係についての言及は、いまのところだけです」

「そのあとは、何が書いてあるのかね」

「えーと、このすぐあとに、昭和二十年三月十日の、いわゆる東京大空襲……」

「読み給え」

「しかし……」

「読み給え。でなければ……」

「わかりました、わかりました。読めばいいんでしょう、読めば。それに、そうですね、まあ、ここは読んで置いた方がいいかも知れません。うん、そうだな、まあ、これが読みおさめになるかも知れないしな……」

昭和二十年三月十日の空襲で、二十六年住みなれた偏奇館は焼亡する。九、十、十一日の記述は、冷静の極、かえって凄絶の印象を受ける。戦争期を通じての現実凝視、自己凝視のはてに、いままで考えてきたこと、感じてきたことの、確たる明証を受入れるような素直さでそれに対している。おそらくこのような態度で自分の家が焼け落ちるのを眺めた日本人は、ほかに一人もいなかったであろう。

「灯を消し眼を閉るに火星紛々として暗中に飛び、風声啾啾として鳴りひゞくを聞きしが、やがて此の幻影も次第に消え失せいつか眠《ねむり》におちぬ」——偏奇館の焼亡とともに、いままでの執念も消えうせたかのようである。「旅の道づれ程堪へがたきものは無之候」という「ひとり旅」の孤独な心情から出発して、家族の絆を絶ち、文人と反目し、社会から孤立して思うままに生きてきた、これがその旅の終りでもあった。

戦後の「荷風日記」は一年くらいは面白いが、あとはほとんど自己模倣に陥って習慣化し、あまり生彩がない。名物の奇人になってしまってはどうしようもない。偏奇館焼亡が「荷風日記」の最後のヤマであると思うゆえんである。

「やっぱり、これは読まない方がよかったですかね、センセイ。しかし、もちろんこれは鮎川氏の文章ですからね。それに、センセイが例の〝最後の手段〟に訴えようとされたため止むを得ず読んだようなわけで、わたしがどうしてもおたずねしたかったこととは、直接カンケイございません。それで、いまのは、一種のオマケということに致しまして、先へ進ませていただきます。まず、最初の、昭和十五年十月三日の日記。ここではじあて、センセイの日記に聖書が登場するわけでありまして、《余は今日に至るまで殆聖書を開きたることなかりき》とあります。そして《今俄にこの事あるは何の為ぞ》と自問しておられるわけなんですが、正直いってわたしは、まずそのことにおどろいたわけです。

これは決して、わたしだけのおどろきではないと思います。だって、まさかセンセイが、それまで殆ど聖書を開かなかったなどと、誰が考えていたでしょうか。そうじゃありませんか、ね、センセイ。早い話が『あめりか物語』の中の一篇『岡の上』です。シカゴから四時間ばかり離れた田舎町の宗教学校が舞台になっておりますが、そこで〝私〟は渡野某という日本人に出会う。彼はアメリカ東部の大学を出たあと、日本へ帰らず、自ら好んで田舎の宗教学校へやって来て、東洋思想史研究室の資料集めのような、助手的な仕事をつとめている。どことなくユーウツそうな、年の頃三十七、八の男なんですが、ある日〝私〟は、《君は基督教の神を信じて居られますか》と、とつぜんたずねられる。そこでセンセイは、こう書いておられます。《私は信じやうとして未だ信ずる事が出来ない。然し信ずる事の出来た暁には、如何様に幸福であらうかと答へた》

　すると渡野某は《懐疑派ですね。よろしい〳〵》と答え、それ以後二人は《朝夕相論じ相談ずる親しい友達》になったが、ある日、〝私〟は渡野某から、彼の日本における〝過去〟を打明けられる……」

「おい、キミ……」

「お言葉ですが、先を続けさせていただきます。いやなに、出来るだけ簡単に要約致しますから、どうぞご心配なく。えーと、つまり渡野某は日本で大学を出たあと父親の資産を背景に言論雑誌を主宰し、時代の寵児的存在となる。しかも美貌で、某伯爵令嬢を恋患いで煩悶させたり、女子学生たちの噂の中心となるが、《結婚を急いではいけない》という悪魔の声をきく。

　このあたり、ちょっと『ファウスト』のファウスト博士とメフィストを思わせるが、いや、もちろん同じではありませんな。しかし、とにかく彼はこの世で最も美しいといわれている人妻と、純潔無垢な処女と、どちらが魅力的か比較してみろ、という悪魔の声に従って、肉の快楽の限りを尽す。もちろん、センセイの文章はもっと古典的です。しかしこの際、文体の方はご勘弁いただいて要約を続けさせていただきますと、まあ、そんなわけで、彼は社会的な地位、名声、と同時に官能的満足をも充分に得ることが出来たわけです。つまり、地上的な満足、この世の快楽は可能な限り満たされたわけです。ところがある晩、そのような自己の二重生活、二重人格的生活に疑問を抱く。もちろん、社会的に知られている言論人としての自分と、私生活における快楽主義者、この二つの仮面を巧みに使い分けるくらいの才能は、自分も持っている。ただ、その〝秘密〟を抱えながら生きてゆくことが、何だか厄介に感じられて来た。センセイの言葉でいえば《秘密は一つの係累《けいるい》も同じ事で、云はゞ荷厄介な物ですからね》

というわけです。

それでは、私生活における快楽主義を自己暴露するのかというと、そうではない。あるいは、逆に、社会的存在としての言論人であることをやめて快楽主義に徹するのか、というとそうでもなくて、快楽主義を捨てて、結婚してしまうわけなんですね。

どうも、このあたり、少々あっさりし過ぎているような気もするのですが、もちろん、それで終ったのでは、別にセンセイの小説でなくともよいわけです。また、わざわざここで引合いに出す必要もなくなるわけなんですが、〝私〟は《二十七歳の処女》を結婚の相手に選びます。それは、風邪をこじらせた〝私〟のために医師が世話をしてくれた看護婦ということになっていますが、それはともかくとして、彼女は熱心なクリスチャンで、〝私〟の枕元で看護の暇には必ず聖書を読んでいる。しかも《孤児》だという。このあたりは何だか絵に描いたような筋立てになっていますが、これまた右脇だか左脇だかにちょっと措くことにして先へ進みますと、最初、彼女は結婚の申し込みを辞退する。しかし〝私〟は、過去のすべてを彼女の前にザンゲし、そのような自分を救ってくれるのは彼女の神聖なる愛をおいて他にはない、と訴えるわけです。そしてそれは、まんざら口先だけでもなかったわけです。

しかし、やがて〝私〟は、彼女を愛することが出来ない、ことに気づく。つまり、彼女の《霊》に対しては尊敬の念を抱くのであるが、《肉》の方とはどうしても合一する気になれない。何とか努力をして、彼女の頬に唇を当ててみると、その頬は大理石のように冷たい。おどろいて唇を離すと、彼女はにっこり笑う。〝私〟はそれを見てゾッとする。そして、何だか理由のはっきりしない《不快な嫌悪の情》をおぼえ、彼女の傍を離れて庭の奥の方へ歩いて行くと、うしろから讃美歌を歌う彼女の声がきこえてくる……。

いや、ナマイキなようですが、ここは、さすがだと思いました。ただ、そのあと、桃の花の下で居眠りしている若い女中の寝姿を見て欲情する、というところ、これには思わず吹き出してしまいましたが、それ以来、〝私〟の霊肉はふたたび分裂する。つまり、《妻》を愛すべきだという義務感と、生理的な嫌悪感、です。それでも〝私〟は《分身》との格闘を続ける。そしてある晩、思い切って眠っている彼女の胸のあたりを探ってみると、氷のような冷たいものに触れ、ふたたびゾッとする。それは、彼女が肌身離さず持っていた金の十字架だったというわけです」

「おい、キミ……」

「わかってます、わかってます。ヘタな要約はいい加減にしろ、とおっしゃるんですね。しかし、このあとが重大なんです。それに、もう少しのご辛抱です。いや、もう、ほとんど終りに近づいてます。つまり〝私〟は、《勉学のため》を口実にして単身アメリカへ渡ります。その際、妻に財産の三分の一を《生活費として辞退するのを無理やりに受取らせ》るのですが、ここで肝心なのは、《私》は決して離婚しようとはしなかったことです。そして、それが何故に肝心であるかと申しますと、次のようにセンセイは書いておられるからです」


御存知の通り、何しろ此の米国と云ふ所は人間社会の善悪の両極端を見る事の出来る所です。(略)昼と云ふものなき秘密倶楽部の一室、真赤な燈火《あかり》の下で、裸美人の肩を枕に鴉片《あへん》の夢を見るもよし、又は浮世の栄華なぞは何処にあるかと思ふやうな田舎の宗教生活、朝な夕な平和な牧場に響渡る寺院の鐘の音《ね》を聞くのもいゝでせう。

私は兎に角一通り米国社会の大体を見たからは此の上此の地に止《とど》まる必要もない。何時でも日本へ帰つて而《そ》して以前よりはもつと華やかに私の好む如何なる事業をも為す事が出来る。然し……


「しかし、ですよ、センセイ、ここから先が肝心なのです」

「なら、さっさと続け給え」

「あ、そうか。これはセンセイの文章でしたね。どうも失礼致しました」


然し私にはまだ一つの疑問がある。私は今後再び浮世の快楽を回想するやうな事はあるまいか。私は故国に帰つて幸福に彼《か》の氷のやうに冷い我妻《わがつま》と生活する事が出来るだらうか。無論人は多少の差こそあれ、何れも克己《こくき》の力を持つて居ますから、私だとて決して自分を制して行かれぬ事は無い。が、然し私は其では満足が出来ないのです。朝に聖書を展《ひろ》げた手で、夕《ゆふべ》窃《ひそか》に酒杯を挙げたい位なら、(例へ禁欲し得られるにもせよ)寧ろ進んで酒杯のみを手にするが好い。制欲と云ふことは意志の稍強いことを示すより外には全く無意義のものです。牢獄の中の囚人は一番の聖人です。彼等は牢獄の中に居る間は何一つ悪い事はしません。

私は自ら好んで此のイリノイス州の淋しい片田舎にもう三年近くを送つたのですが、私はまだ自分から安心する事は出来ません。私はもう一度都会の生活、都会の街に輝く燈火《とうくわ》を見るつもりです。そして私は此後の生活について最後の決断を与へるつもりです。

私は明日貴兄とお別れします。私は如何に決断するかをお知らせする為めに、遠からず二つの中何《うちいづ》れか一枚の写真をお送りしませう。若し私にして、幸ひにも自分の予想して居る如く、心の底から快楽の念を去ることが出来て居たならば、貴兄は私が看護婦と結婚した時の写真をお受取りなさるでせうし、若し然《さ》うでなくば、私は……然《さ》うですね、仏蘭西あたりの妖艶な舞姫の写真をお送りしませう。それに因《よ》つて私の此の後の生活の如何なるかを御推察なすつて下さい。

「いや、センセイ、これは大変な諷刺小説です。少なくともアメリカ的キリスト教、アメリカ式清教主義への痛烈なる諷刺です。もちろん小説としては、まだ観念的です。渡野某なる人物も、いささか類型的ですし、先ほども申し上げましたように、特に渡野某の日本における〝過去〟の表現は、そういっちゃあナンですが、幼稚でお芝居じみています。

しかしそれは、まあ当然といえば当然でしょう。なにしろこれは、えーと、明治三十七年十二月の作なんですからね。三十七年といえば、センセイがアメリカへ着いて、まだ一年になるかならないかです。日露戦争はまだ終っておりません。ということは、センセイはまだワシントンの日本公使館の給仕になっておりません。あれは、ポーツマス条約の会談の期間中、臨時に雇われたわけですからね。そして、ということは、センセイは、問題の《売笑婦イデス》に、まだめぐり逢っていないということです。

しかし、もちろんここでは、《売笑婦イデス》は直接カンケイありません。ただ、とにかく、ここに書かれたアメリカ文明批判は大変なものだということです。二十階建てのビルディングと貧民窟が同居するアメリカ文明社会の矛盾、なんてものじゃありません。確かに『夜の霧』には、アメリカの暗黒面が描かれています。日本人出稼ぎ労働者が破滅して《癲狂院》へぶちこまれるあの話は、なるほど『岡の上』よりも、赤裸々で露骨で、残酷です。『岡の上』はその点、どうかすると一見牧歌的にさえ見えます。しかし、《浮世の栄華なぞは何処にあるかと思ふやうな田舎の宗教生活、朝な夕な平和な牧場に響渡る寺院の鐘の音を聞くのもいゝでせう》は、痛烈ですよ、センセイ。

なにしろそれは、つまり彼らアメリカ農村の清教徒たちの、いわゆるケイケンなる生活は、単なる部分的な《制欲》に過ぎないことになるわけですからね。もっとはっきりいえば、それは昼間の《制欲》に過ぎない。実際、彼らは《朝に聖書を展げた手で、夕窃に酒杯を挙げ》るだけではない。その手で男たちは妻を抱き、妻たちは夫を抱きしめているわけです。それも決して《窃に》どころではないからです。

もちろん彼ら米国人にいわせれば、渡野某はキリスト教徒の未熟児みたいなものでしょう。あるいは去勢願望者、インポテンツ願望者ということになるかも知れない。また渡野某の妻となった看護婦に至っては、《処女の化石》か、あるいはただの《冷感症の女》か《不感症の女》ということになるかも知れません。いや、単なる、ニセモノの十字架を首にかけたロボットに過ぎない、とさえ評するかも知れません。しかし、渡野某にいわせれば、逆に彼ら米国人清教徒たちはすべて囚人です。つまり、キリスト教という牢獄=制欲の中の囚人=聖人たちです。これほど痛快なアメリカ文明批判、キリスト教文明批判があるでしょうか!! 《牢獄の中の囚人は一番の聖人です。彼等は牢獄の中に居る間は何一つ悪い事はしません》とは、何とも冴えたことをいってくれたものです。いや実際、これはほとんどニーチェ的かも知れませんよ、センセイ。ところが、です」

27

「おい、キミ……」

「ところが、です」

「そのニーチェとかいうのは、あれかい、例の梅毒で頭のおかしくなったドイツ人のことかい」

「そうです。いや、ところが、です。そのニーチェ的なハンマーでアメリカ・キリスト教の脳天に痛烈な一撃を見舞ったセンセイが、何を間違えたのか《余は今日に至るまで殆聖書を開きたることなかりき。今俄にこの事あるは何の為ぞ》と、来た。それも『岡の上』から、はるばる三十五、六年も経った、昭和十五年に至ってです。これじゃあ、誰だって面喰っちゃうんじゃないでしょうか」

「キミが勝手に面喰ってるだけじゃないのかい」

「あるいはそうかも知れません。しかし、これでは面喰う方が少なくとも正常じゃないでしょうか。これで面喰わなきゃあ、鈍感というものでしょう」

「なら、面喰うも泡喰うも勝手にし給え。ニーチェだかハンマーだか知らないが、そんなものには、それこそいまだかつてお目にかかったことさえないんだからねえ」

「ホントですか、センセイ?」

「ホントだといえば、信用するのかね」

「ホントだとすれば、天才ですよ」

「おや、アラ探しかと思えば、今度は天才かい。で、お次はキチガイという段取りであろう」

「……この十九世紀の末に、昔の力強い時代の詩人たちがインスピレーションと呼んだものがどういうものであったか、はっきり知っている者がいるだろうか? もしいないなら、わたしがそれを述べてみよう。——」

「おや、何だかおかしくなって来たぞ。まさか、泡吹きじゃないんだろうね」

「……ほんの僅かでも迷信のなごりを心に留めている者なら、実際、インスピレーションに打たれたとき、自分は圧倒的に強い威力の単なる化身、単なる口舌、単なる媒体にすぎないのだという考えを、ほとんど払いのけることはできまい」

「おや、とうとう呪文を唱えはじめた。おい、キミ……」

「……啓示という言葉があるが、突然、名状しがたい確かさと精妙さで、人を心の奥底から揺り動かし、それに衝撃を与える或るものが、見えてくる、きこえてくる。そういう意味においては、この言葉はただありのままの事実を述べているだけである。人は探すのではなく、ただ耳に聞くのである。誰が与えてくれるのかを問わず、ただ受けるのである。稲妻のように、ひとつの思想がひらめく、必然の力をもって、ためらいのない形式で。——」

「おい、キミ、いい加減にし給え。いったいその呪文は何のマネかね」

「いや、これはどうも失礼致しました」

「ということは、正気ということかい」

「困りますねえ、センセイ。いまのは、あ、そうか。申し遅れましたが、いまのは『この人を見よ』の中の、インスピレーションの定義です。日本語訳は、えーと、手塚富雄です」

「ははあ、例の頭のおかしくなったドイツ人の文章だな。まさか、悪い病気が染《うつ》ったんじゃないだろうね」

「困りますなあ、センセイ。これは『この人を見よ』の中の『ツァラトゥストラ』を語った一節ですけど、わざわざ読み上げたのはセンセイのためなんですよ」

「おや、わたしがいつ、そんな呪文を注文したかい」

「もちろん、ご注文は受けておりません。ただ、このインスピレーションの定義は、そのままセンセイに当てはまります。《人は探すのではなく、ただ耳に聞くのである。誰が与えてくれるのかを問わず、ただ受けるのである》。つまりこれは、読まなくとも知ることは出来る、ということでしょう。然るにセンセイは、聖書もニーチェも読まずに『岡の上』を書かれた。いや、もし、本当にそうだとすれば、センセイは天才だということになるわけですよ」

「まあ、よかろう。とにかく先を続けて見給え」

「ではそうさせていただきますが、『岡の上』を書かれたセンセイが、ああいう日記を書かれちゃあ困りますなあ。それでも、昭和十五年のものは、まだましです。そこでは《日本島国人種の思想生活》とキリスト教とのカンケイが考えられておりますし、旧約聖書『創世記』と『西遊記』との比較、連想はさすが、といえます。しかし、そのあとの、昭和十八年の日記は、天才にしてはちょっと陳腐過ぎるのではないでしょうかね」

「おい、キミ、誰も天才にしてくれとは注文しておらんよ」

「わかりました。では、次のような定義はどうでしょうか」

　聖書は偉大なる文学であるが、有島などは、その聖書から文学を盗んで日本の文壇で名を成したのだと、内村は罵つてゐたさうである。植村よりも度量の狭かつた所以であるが、キリスト教の殿堂に入つて、その宝庫から文学だけを盗んだと評したのは、内村らしい観察で甚だ面白いのである。有島の文学には、キリスト教の影響が随所に現はれてゐる。それだけにバタ臭い感じがする。小山内の文章はスツキリしてゐるが、その考へ方が翻訳的であつて、戯曲、演劇、詩、小説など、翻訳時代の秀才と云つた感じがする。私は、作品その物の価値如何は別として、有島や小山内に興味を覚えてゐたのは、私自身が翻訳時代の文人で、彼等と同じ範囲に属してゐたためではないだらうか。年齢は同様であつても、永井荷風は全然趣きを異にしてゐる。有島や小山内や私などのやうに内村鑑三に心酔したり、「我等の主なるキリストよ」と、内村流に祈禱を捧げたりするやうな舶来的野暮な真似は荷風のなし得るところではなかつた。


「さて、これはいったい誰の文章でしょう?……と申し上げたいところですが、この際クイズ、ナゾナゾの類は抜きにすることに致しまして、ズバリ申し上げますと……」

「ウッフッフ……」

「は?」

「ウッフッフ……」

「なるほど……そうでしたか。そんなことはきかなくともわかっておる、ということですね。それならば、こちらも大助かりです。ただし、クイズ、ナゾナゾの類はなし、というお約束ですから、そのルールに従って申し上げますと、これはたぶんセンセイのご想像通り、正宗白鳥の定義であります。『我が生涯と文学』という文章で、自伝というほどではありませんが、エッセイとしてはかなりながいもので、《昭和二十年十一月、軽井沢の陋宅、炬燵の上にて、完》となっております。

　偏奇館が焼け落ち、避難した東中野のアパートも空襲に会い、菅原明朗という浅草オペラ館の作曲家と一緒にセンセイは岡山へ逃げ出されますね。そこでまたまた三度目の空襲に会ったあと敗戦を迎え、熱海まで戻って来られる。そして翌年に『来訪者』を出版されるわけですが、この白鳥の自伝的エッセイも、同じ昭和二十一年に『わが生涯と文学』という題で出版されております。もっとも、センセイが、これをお読みになったとは思いませんが、生前、つまり、この世で白鳥とお会いになったことはないんですか?」

「あの、田舎のダンナみたいな御仁ね……」
「なるほど……あ、その田舎で思い出しましたが、白鳥の田舎は岡山ですよ。ところが白鳥の方はその田舎へ逃げずに軽井沢に疎開し、センセイが岡山へ逃げて行かれた、というのも何となく皮肉な話ですね。もっともセンセイが疎開したのは岡山市で、白鳥の田舎は、和気郡というホントの田舎です。しかし、それよりもっと面白いのは、センセイと白鳥がまったく同じ年生れだということですよ。

白鳥は明治十二年（一八七九）三月三日生れ、センセイは明治十二年十二月三日生れ。白鳥は和気郡穂浪村というところのダンナの長男、センセイは東京小石川の高級官僚の長男。都鄙《とひ》の違いはあれ、どちらも氏素姓、家柄門閥に不足はありません。白鳥の生家は、『入江のほとり』という小説なんかにも出て来ますが、何でも二百年以上続いた旧家なんだそうですなあ。この正宗家、屋号は《亀屋》だとかで、お酒の正宗とはカンケイないらしいんですが、二百年といやあ、まあ大したもんの部類でしょう。

一方センセイの永井家は尾張藩の儒者の出で、厳父はプリンストン大学に留学した超エリートで、帝国大学書記官、のち日本郵船の重役になられた。こちらは何百年組かは存じませんが、まあ、どちらも自慢しておかしくないお家柄といえます」
「おい、キミ……」
「いえ、いえ、もちろん、こんなところで御両家の名門比べをやろうなんていうわけじゃあございません。テレビドラマの〈葵の印籠〉じゃあありませんが、徳川家三百年と比べてみたって仕様がありませんからね。お断わりするまでもなくわたしの関心事は、センセイと白鳥が、同じ年に生れたということにあります。片や東京小石川、片や岡山県和気郡穂浪村。そしてお二人は明治—大正—昭和三代に亙って文学を業とされた。そのお二人の、それこそ《我が生涯と文学》が、わたしの関心事であります。

しかし、それにしても、お二人ともずいぶん長生きされたもんですなあ。センセイが昭和三十四年までで、八十一歳。白鳥は、それより更に三年長生きして、昭和三十七年までで八十四歳ですよ。旧家正宗家の二百年も大したもんなんでしょうが、この八十四歳も大したもんです。ご存知かどうか、このところわが島国日本は〈経済大国〉だけでなく、〈長寿大国〉というものにも相成りまして、どんどん平均寿命がのびております。反対にオリンピックの百メートル競走やら水泳競技、それからマラソン競走などの記録は、年々短縮更新されておる。そんなわけで、これから先いったいどこまでマラソン競走の記録が短縮されてゆくのか、そして反対に人間の寿命がどこまでのびてゆくのか、また両者には何か因果関係のごときものがあるのか、ないのか。まあ、これはどうでもよいことですが、とにかくそういった現象が起きております。しかし、さすが〈長寿大国〉ニッポンの平均寿命も、まだ八十には達しておりません。

いま、ちょっと手許に資料がございませんので正確な数字はアレですけど、確か男が七十何歳かで、女の方が二～三歳だか四～五歳だか上まわっていたように思います。これは何ですな、最大原因は子供が流行病や伝染病で死ななくなったためらしい。予防注射一式のお蔭らしい。それから食い物も豊かになったし、肺結核というものがほとんど病気ではなくなった。残る人間の敵はガンのみ、ということになりつつあるらしい。そしてそれは医学薬学の進歩のお蔭ということになっているらしいのですが、その産物として〈ボケ老人〉なるものが大量に発生して来た。つまり、寿命はのばしたが、ボケは防げなかったという医学薬学の片手落ちですかね。

とにかくこの〈ボケ老人〉現象は、いまやわが国の大社会問題となり、〈ボケ老人を持つ家族協議会〉みたいなものまで出来て、その対策に知恵をしぼっているようです。いわゆる〈ワラシ還り〉〈二度ワラシ〉という言葉は昔からあったわけなんですが、その〈二度ワラシ〉たちに昔の童謡を思い出させて歌わせたり、お遊戯をさせたり、折り紙だの積木細工なんかをさせている施設が、こないだテレビに映ってました。ところが一方では老人ホーム内の恋愛、見合い、結婚というのも大流行だそうでして、こないだは、一週間に最低三回は性交をおこなうという〝新夫婦〟がこれもテレビに映っておりました。

年は忘れましたが、養老院内結婚組です。いや、実に意気軒昂たるものでしてね、あの分じゃあ老人ホームで赤ん坊が生れるのも、そう珍しいことではなくなるかも知れませんねえ……なにしろ一週〈最低三回〉をひどく強調しておりましたし、〝自慢じゃないが〟と断わっていたかどうかは忘れましたけど、生れてはじめてオルガスムスというものを経験したと〝新婦〟は告白した、と〝新郎〟が報告しておりました。そうですねえ……〝新郎〟八十、〝新婦〟七十二、三といったところでしたかねえ……いや、あの分じゃあ、とても〈週三回〉なんてものじゃあなさそうな顔つきでしたよ。実際、他にすることもないわけですから、ひょっとすると、〈週三回〉ではなくて、あれは〈日に三回〉のきき間違いだったのかも知れません。とにかく、いずれにせよ、大したものです。ルソー顔負けの〈大告白〉ですよ。

　もちろん、文学者の寿命も例外ではありません。目下どなたが日本文壇の最長老であるのか、いまちょっとはっきりしませんけど、こんな話があります。何でもある文学者の団体が、六十歳を迎えた会員にスコットランド製の膝掛け毛布を還暦記念として贈呈していたが、ある年、毛布が足りなくなった。いや、これは毛布のせいではなくて、某会員からの申し出によるものだったかも知れません。いかにも自分は六十歳になったが、まだ老人扱いは受けたくない。したがって記念のスコットランド製毛布は辞退する、ということだったのかも知れません。そしてそれは、何とかいう女流作家だったような話もききましたが、もちろんわたしみたいな門外漢の耳にきこえて来るのは、又聞きの又聞き的な噂ですから、まあ、そのあたりは、そのおつもりで適当にきき流しておいて下さい。

　ただ、いきさつはともかく、スコットランド製毛布を受け取る資格が、いつの間にか六十歳から七十歳に繰上げられたのは、事実のようです。そしてそれでも毎年、二、三十枚の毛布は必要らしいですから、日本文壇も〈長寿大国〉ニッポンの例外ではないわけです。そして、ここで例の大正九年の〈事件〉が、どうしても思い出されてくるわけです。すなわち、田山花袋と徳田秋声の〈生誕五十周年〉を記念する、文壇を挙げての大祝賀会です」

「その、島国自然主義者たちの文壇村祭の話は、もう済んだのではなかったかい」

「いかにも仰せの通りです。確かに、大正九年の大祝賀会については、すでに一度センセイとお話致しました。それも、かなりながながとお話したと思います。ただし、それはセンセイと高見順との関係をめぐってでした。また、高見順が『昭和文学盛衰史』の中で、それをどのように書いているか、をめぐってでした。また、田山花袋と徳田秋声の〈生誕五十周年〉大祝賀会の年に新潮社から出版された『現代小説選集』について、《大正時代の小説家はことごとくここに名をつらねている。大正作家とはいかなる人々か、それを知ろうとするには、まことに便利であるからして、ここに煩をいとわず列挙しておこう》と書いた高見順のルサンチマンについて、でした。なにしろその『現代小説選集』に名をつらねた三十三名の小説家の中に、センセイの名前は見当らなかったからです。

　しかしセンセイと高見順との関係は、ここでは一切繰返さないことにします。時代はすでに……いや、時代ではなくて、センセイとわたしとの対話の中心は、すでにセンセイと白鳥に移っております。もちろんセンセイと高見順との関係も、どうしてなかなか面白いものでした。実際あれは、日本文学史上の大した因果物語です。奇縁物語です。しかし、センセイ対白鳥、この組合せの面白さは、センセイ対高見順に勝るとも劣らないものです。

　早い話、大正九年の二人を比較してみましょう。どちらも明治十二年卯年生れの四十二歳。ところが例の《大正時代の小説家はことごとくここに名をつらねている》と高見順が書いた『現代小説選集』に、センセイの名は見えないが、白鳥はもちろん載っている。そればかりか、センセイが〈島国自然主義者たちの文壇村祭〉と呼んだ、花袋・秋声生誕五十周年の大祝賀会の記念講演をおこなったのは、正宗白鳥その人でした。つまり、彼は、まさに文壇の中心にいたわけです。

　然るにセンセイは、その同じ大正九年の五月、麻布市兵衛町に偏奇館を建築、そこにたてこもったわけですからね！　つまり、〈反文壇〉〈反現代〉の〈地下室〉にたてこもったわけです。『銭形平次』の八五郎じゃあないですけど、センセイ、これは大変な〈事件〉ですよ」

28

「おい、キミ、何を一人でそうハシャイでるのかい」

「お言葉ですけど、これがハシャガずにいられますか、ですよ、センセイ。こうなったら、何が何でも対談ですよ、対談」

「おい、キミ……」

「は？」

「対談はいいが、それはわしとの約束を済ませてからにしてもらうよ」

「約束、といいますと……」

「キミ、とぼけてはいかんよ」

「困りますねえ、いまはとてもじゃないですが、とぼけてるような場合じゃありません。そんなヒマはないんです」

「おや、何か急ぎの用でも出来たのかい」

「だから、対談だ、といってるじゃありませんか」

「だからそいつは、約束のあとにし給え、といってる」

「だから、それは何ですか、ということです」

「とつぜん電話がきこえなくなる話」

「何かと思えば、そんなことだったんですか」

「ただし、女との電話の方だよ」

「この忙しいのに、まったく、センセイも、お好きですねえ」

「実は、忘れていたのだろう」

「センセイ、〝明治の児〟がそう疑ぐり深くなっちゃあいけませんよ」

「では、どんな話だか、いって見給え」

「しかし、それではセンセイ、こっちの約束が違うってもんですよ」

「とにかく、そいつをきくまでは、ここにいさしてもらうからな」

「ということは、そいつを話しちゃったら最後、さっさと消えてなくなっちゃう、ということでしょうが」

「そうは申しておらんよ」

「しかし、勝手に、すうーっと消えてなくなるおそれがありますからね」

「まあ、そこまでわかっておれば、よい。ただし、その対談とやらは、出来るだけ手短かに頼むよ。何だかにわかに忙しがってるようだが、どうやらこの69号室とやらには……」

「69ではなくて、9―9」

「9―9だか《贋地下室》だか知らないが、どうやらここの時計にはクモの巣が張ってるようだからね。では、わしはちょっと、この電気椅子で……」

「あ、これはどうも気がつきませんで、失礼致しました。スイッチを入れましょうか」

「いや、結構」

「まったく、妙なところで用心深いんだからなあ、このセンセイは。何度も申し上げるようですが、これは電気椅子ではありません。電気按摩椅子ですから、どうぞご安心下さい」

「わかっておる。ただ、昼寝にはスイッチは無用、といっているのさ」

「昼寝、といいますと？」

「だって、その対談とやらをはじめるのであろう。どうせ欠伸の出るような話なんだろうから……キミ、耳栓はないかね」

「耳栓？」

「無ければ、よい。まあ、せいぜい小声でやってくれ給え。それから、唾など飛ばさないようにな」

「冗談じゃありませんよ、センセイ!!」

「おや、何かい。わしがここにいてはマズイような内容なのかい」

「何をとぼけてるんですか、センセイ。いいですか、よく耳の穴をほじって聞いて下さいよ。これはですね、センセイと白鳥との対談なんですよ、センセイ。さっきの老人ホームの〈大告白〉なんてものはですね、この対談の前では、それこそモゥビ・ディクの前のイワシ、いや、チリメンジャコみたいなもんです。荷風対白鳥——これぞまさしく、わが日本近代文学史上、最初にして最大、空前にして絶後、文字通り〈夢の対決〉です。〈世紀の対話〉です。これはもはや〈事件〉なんてものじゃありませんよ、センセイ。もちろん〈村祭〉でもなければ〈田舎芝居〉でもありません。要するに、ただの事件ではなくて〈大事件〉なんですよ。〈世紀末の大事件〉です。いや実際、どうしてこんな企画を、まるで忘れたみたいに、いままで思いつかなかったんでしょうねえ……。いや、まったく不思議なくらいです。インスピレーションとは、なるほどあのドイツ人、うまいことをいったもんです。センセイが〈梅毒で頭のおかしくなったドイツ人〉といっていた、例の哲学者です。しかし、この思いつきはひょっとすると……」

「おい、キミ、サーカス小屋の呼び込みは、いい加減にし給え」

「それ、それ、それですよ。センセイ。その〈呼び込み〉です。いや、恐れ入りました。〈村祭〉でもない、〈田舎芝居〉でもない、サーカス小屋とは、さすがセンセイです。やっぱり、ここ一番となると、例の誰の声でもない声、インスピレーションがきこえて来るんですなあ……いや、耳栓が無くて幸いでしたよ。それで、その〈呼び込み〉なんですがね、ひとつ、この9―9、つまり、このビルのてっぺんから垂れ幕でもぶらさげますか。いや、待てよ、それとも電話による口コミの方がいいかな。なにしろ収容人員に限度がありますからね、この部屋では。しかしまあ、十人や二十人は大丈夫でしょう。いざとなればあのベッドの上だって使えます。それに若い連中は、このジュウタンの上にあぐらをかかせてもいいし、なあに、壁際に立たせたままだっていいわけですからね。

それよりもセンセイ、タイトルですよ、タイトル。〈呼び込み〉の垂れ幕はやめるとしても、対談にはタイトルが必要です。それに、なにしろ〈世紀末の大事件〉なんですからね。センセイ、早いとこ、例のインスピレーションをお願いしますよ」

「おい、キミ。何故わしがそんな対談をしなくちゃならんのかね」

「困りますなあ、センセイ。失礼ではございますけど、それは愚問というものですよ」

「愚問、とはどういう意味かい」

「決ってるじゃありませんか。センセイと白鳥の対話の意味、それはですね、まず第一に、いままでセンセイと白鳥が一度もまともに〈対話〉をおこなわなかった、ということですよ。もちろん、それにはいろいろ事情があったことでしょう。早い話が、片や自然主義から出発して、文壇の主流となり、やがてその中心的存在となった白鳥、片や〈文壇〉および〈日本〉に背を向けて偏奇館にたてこもった〈地下室〉の住人。その他その他、いろいろとわが島国的、および時代的さまざまなる事情があったと思いますが、とにかくその二人がはじめて〈対話〉するわけです。だから〈世紀末の大事件〉なんじゃありませんか」

「大事件だか、大サーカスだか知らないがね、わしはそんな役は引き受けたおぼえがないよ」

「困りますなあ、いま頃になって主役がそんなことをいい出すようじゃあ」

「主役?」

「そうです。それとも〈主役〉はお嫌いですか」

「お嫌いも何も、わしはそんな役は、もともと引き受けておらん、といっておるのだよ」

「しかしですね、いま更そんなことをいわれても困りますよ。じゃあセンセイ、まさか〈主役〉がいやなら〈道化〉をどうぞ、というわけにもゆかないでしょう。それとも……いや、まさか幾ら何でもそういうわけにもゆかんでしょう。それと、これは別に脅すわけじゃありませんがね、白鳥はすでにセンセイに攻撃を仕掛けているわけですよ。すでに引き金を引いているんですよ。そしてそれは活字になり、われわれ〈現代人〉たちに読まれているんですからね。さっき読んだ『我が生涯と文学』の一節もその実例の一つですが、例えば次のような、かなりドギツイものもあります」

永井荷風が、この事件を傍観して、自分がかういふ事件に沈黙を守つて、たゞ見て過すのは、文学者としていかにも腑甲斐ないやうに思はれたので、これを機会に、文学の大道を棄てゝ、江戸の戯作者見たいな態度で、世を茶化して過さうと、自卑的決心をした事が、意味ありげに伝へられてゐるが、私にはかういふ小説は、お笑ひ草見たいに思はれる。

「というものですが、いかがですか？　これは、えーと、『世相の文学的解釈』というエッセイの一節で、えーと、昭和三十四年十月に書かれたものです。三十四年十月というと、センセイはもう、あの世の方ですな。あの世へ移られて約半年後ということで、その点、白鳥のこの嘲笑的な書き方は、やや、ヒキョーだともいえますが、そこはいまのところ、ちょっと目をつむっていただきまして、白鳥が《永井荷風が、この事件を傍観して》と書いている《この事件》とは、明治四十三年のいわゆる〝大逆事件〟を指しています。また、ここで白鳥が直接ターゲットにしているのは、センセイが大正八年に発表された短篇『花火』ですが、どう致しましょうか。そうですね、片方だけ読んだのでは不公平ですから、白鳥がネライをつけた部分だけでも読んでみましょう」

明治四十四年慶応義塾に通勤する頃、わたしはその道すがら折々市ケ谷の通で囚人馬車が五六台も引続いて日比谷の裁判所の方へ走つて行くのを見た。わたしはこれ迄見聞した世上の事件の中で、この折程云ふに云はれない厭な心持のした事はなかつた。わたしは文学者たる以上この思想問題について黙してゐてはならない。小説家ゾラはドレフュー事件について正義を叫んだ為め国外に亡命したではないか。然しわたしは世の文学者と共に何も言はなかつた。（略）わたしは自ら文学者たる事について甚しき羞恥を感じた。以来わたしは自分の芸術の品位を江戸戯作者のなした程度まで引下げるに如くはないと思案した。その頃からわたしは煙草入をさげ浮世絵を集め三味線をひきはじめた。わたしは江戸末代の戯作者や浮世絵師が浦賀へ黒船が来やうが桜田御門で大老が暗殺されやうがそんな事件は下民の与り知つた事ではない——否とやかく申すのは却つて畏多い事だと、すまして春本や春画をかいてゐた其の瞬間の胸中をば呆れるよりは寧ろ尊敬しやうと思立つたのである。

「これがセンセイの、いわゆる〈戯作者宣言〉として〈伝説〉化した『花火』の一節です。小説の方は七月発表となってますが、その原型は、同じ大正八年四月六日および七月一日の『日記』に、『断腸亭日乗』の文体すなわち漢文調の文語文で書かれています。つまり『花火』は、その日記を合成して口語化したものともいえるわけで、センセイの『日記』と創作、〈地下室〉と地上＝外界との関係を知る上でなかなか興味深いものなんですが、その〈地下室〉と〈地上〉との間には、単なる時間的なズレだけでなく、デテールの変更、相違が見られます。もちろんそれはアタリマエダのクラッカーでありまして、そのズレ、変形がセンセイのフィクションということになると思うのですが、例えば、『花火』の〃旗日〃には〈七月一日〉の〃独逸降伏平和条約調印記念の祭日〃が当てられており、ポンポン祝賀の花火が打ちあげられるところから話がはじまっております。しかし、いわゆる〈戯作者宣言〉的な文章はその日の『日記』ではなくて、〈四月六日〉の方に書かれている。ところが、これまた、小説の中でその〈宣言〉のきっかけとなったように書かれている〃大逆事件〃で逮捕された幸徳秋水たちを運ぶ〃囚人馬車〃に関する記述は、『日記』にはぜんぜん見当らない。

ざっと、そういう具合なんですが、『大逆事件』の囚人たちと監獄の様子は、むしろだいぶ前にお話した『監獄署の裏』で描写されてましたね。附近の薄汚れた小さな魚屋とか、そこで安い魚のハラワタだか切っ端だかを買い求めて帰宅する下級サラリーマンだとか、薄暗い電燈の下での貧しい夕飯の食卓とか、赤ん坊の泣き声だとか、そういったものが〃閣下〃宛ての書簡体で、陰々滅々たる日本の湿った暗さとして描写されていたのを思い出しますが、確かにセンセイの『花火』『監獄署の裏』は、戦後いろいろな研究家たちによって〈伝説〉化されたようですよ。なにしろ、ある大逆事件研究家による『革命伝説』という本でも、重要なテキストとして扱われているようですからね。

同時に、というか、反対にというか、白鳥式の〈嘲笑〉も出たようです。佐藤春夫なんかもそのクチで、あれはセンセイ自身が《流布した伝説といふ人のあるのは卓説である》なんて書いているそうですけど、『日記』の中でセンセイは、軍服を着て演説していた戦争中の佐藤春夫をポンチ絵にしてますから、これはそれへのお返しかも知れませんが、センセイ、読まれましたか？　いや、いや、ご返事は無用です。先を急ぎますから。それに、仮に読んでいても正直に読んだと答えるようなセンセイでもないでしょうから、ま、ここでは不肖わたしがセンセイに成り代って、『ウッフッフ……』と答えておくことにします。さて、ところで白鳥センセイですが、これは……」

「ウッフッフ……」

「いや、それで助かりました。白状致しますと、あそこであの文章を持ち出しましたのは、一種のアテ馬みたいなものでして、〈対談〉のネライは実はもっと別のところにあるわけです。ただ、それをいきなり持ち出すと、センセイにうまく逃げられるのではないかと心配しまして、いわばあの文章を催淫剤……いや失礼、まあ、挑発剤として使わせてもらったわけでありまして、それもこれも、〈世紀末の大サーカス〉ではなくて、〈世紀末の大事件〉を一刻も早く実現したいという熱意苦心のためということで、ひとつ御海容願いたいと思う次第です。

それにしても《お笑ひ草》とは、白鳥老人も、いいたいことをいってくれたもんですなあ。しかし、その点にかけてはセンセイだって、そういっちゃあナンですけど、余り他人のことはいえないですからね。それに、センセイがあそこで、どうでもちらっと出してみたかったのは、ドレフュース事件ではありませんか。センセイの文ではフランス読みで《ドレフュー事件》となってますけど、とにかくセンセイは、あそこでドレフュース事件、えーと、あれは一八九四年ですか、あのパリのドイツ大使館の紙屑箱から発生したドレフュース事件のことを、一言書きたかった。そして、フランス陸軍の秘密文書をドイツ大使館に売り渡した容疑で逮捕されたユダヤ人ドレフュース大尉の無罪を主張する〝弾劾文〟を発表してイギリスに亡命したゾラのことを、一言書いてみたかった、ということではないでしょうかね」

「それは何かい、例の頭のおかしくなったドイツ人のいう、インスピレーションというやつかい」

「いや、これはどうも恐れ入ります。わたしのは、とてもそんなに高級なシロモノではありません。ただ、少し前にジャンヌ・ダルクの〈伝説〉というか、〈神話〉というか、そういうことを書いた本を読んでおりますと、そこに、ドレフュース事件のことがとつぜん出て来まして、おやっとおどろいた、という記憶があります。あるいは、そのせいだったかも知れませんけど……」

「ジャンヌ・ダルクとドレフュー事件とは、またいったいどんな関係があるのかね」

「もちろん、わたしにも詳しくはわかりません。読みましたのも専門的な研究書ではなくて、ごく一般向きのものです。ただ、著者はジャンヌ・ダルク研究では世界的な学者らしいですよ」

「日本人かい」

「日本人です。何でも、『ジャンヌ・ダルク処刑裁判』という大変な記録を全訳した人だそうで、わたしが読んだものにもその概略は出て来ますが、ところで、ジャンヌ・ダルク〈神話〉の中に、何故とつぜんドレフュース事件が出て来るのかといいますと、どうもフランスという国では、国民が何か精神的な危機感を抱きはじめると、必ず〈ジャンヌ・ダルク神話〉が復活するらしい。そして、政治家や文学者たちの間に〈ジャンヌ・ダルク論争〉がまき起るらしい。

わたしがおどろいたのは、もちろん、そういったフランス人たちの精神構造を知らなかったためなんですけど、とにかくフランスは、一八七〇年の普仏戦争に敗れた。そして、その約二十年後に、ドレフュース事件が起った。この事件については、わたしなんぞがお話するのはおかしな話で、それこそ釈迦にナントカを絵に描いたようなものだと思います。ただ、それを承知の上で、復習のつもりで、ほんのスジだけをたどらせていただきますと、軍と政府はユダヤ人ドレフュース大尉をスパイ罪で逮捕し、さっさと軍法会議で終身刑をいい渡し、アメリカのどこかのナントカ島……」

「南米ギアナ沖の、悪魔島であろう」

「いや、やはり、このあとはセンセイにお願いした方が……」

「続け給え」

「では、手短かに続けますが、その……悪魔島へドレフュースを収監してしまったわけですが、そのネライはごく簡単にいえば〈反ドイツ〉〈反ユダヤ〉にあったわけですね。ところが悪いことに、真犯人が出て来た。あ、それから申し遅れましたが、ドレフュース自身も最初から無罪を主張し続けていたんですが、真犯人があらわれたにもかかわらず、大統領宛ての公開状を発表したゾラは、逆に〝誹謗罪〟ということになり国外へ亡命するといった状況だったわけです。しかし、そのゾラの〝弾劾文〟が引き金になって、フランスの知識人たちはドレフュース派と反ドレフュース派の真二つに分裂。そして事件から十年後の一九〇六年に、漸くドレフュース事件判決の破棄が決定するまで、両派の激しい論争は続いた。つまり、フランスの良心、真実と正義を賭けての論争ということで、その《フランスの良心》の危機状態、危機意識の中から、ジャンヌ・ダルク神話が復活した、ということになっております。

あ、それから、ゾラの亡命後は、アカデミー・フランセーズ会員であり、もちろん作家として日本にもよく知られているアナトール・フランスが《ジャンヌ派》の中心的存在となったそうです。そして彼は『ジャンヌ伝』を書いた。また、カトリック社会主義者のナントカいう若い詩人も、対話劇『ジャンヌ・ダルク』を書いた。ところが、この二派をめぐって、またまた論争がはじまり、その論議は、いまなおフランスのジャンヌ・ダルク研究家たちの間で、えんえんと続けられているらしいです。

ふーっ！　いやはや、センセイ、とんだところで大汗冷汗をかいてしまいましたよ」

「なら、汗を拭いて、続け給え」

「いや、これ以上は、もうご勘弁下さい。でないと、それこそこの対話はクレタ島の迷宮行きになってしまいます」

「おや、ドレフュー事件は、キミが勝手に持ち出したんじゃなかったのかい」

「あ、そうか！」

「またドイツ式インスピレーションかね」

「今度のはあるいは、そうかも知れませんよ、センセイ。いや、やっぱりそうではなくて、これはジャンヌ・ダルクのお告げのお蔭かも知れません」

「なら、さっきの話を続け給え」

「いや、いや、そういうことではなくてですね、ジャンヌ・ダルクで思わぬ道草を食ったお蔭、という意味です。つまり、そのお蔭で、センセイの『花火』の中の、ドレフュース事件と大逆事件との関係がはっきりした、ということです。ゾラと江戸の戯作者との関係がはっきりした、ということです。

といっても、これまた一門外漢の空想に過ぎませんけど、まず、空にはポンポンと祝賀の花火が打ちあげられていますね。そして、近所には軒毎に日の丸の旗が立てられている。日の丸の旗が出ていないのはセンセイのところだけです。ところが、その〈現実〉が、とつぜんひとつの〈夢想〉に変容する。そして、その〈夢想〉の中で、大逆事件の犯人を運んで行く囚人馬車とドレフュース事件が結びつく。パリからイギリスに亡命したゾラと結びつく。つまり、大逆事件の囚人馬車を目撃したセンセイの記憶を媒介にして、センセイの〈夢想〉の中で、〈東京〉と〈パリ〉が結びついたわけです。

それから〈夢想〉はさらに勃起し、いや、膨張して、〈江戸〉の戯作者や浮世絵師たちに結びつく。するとたちまち、〈東京〉は〈パリ〉となり、〈パリ〉は〈江戸〉となります。いや、〈江戸〉であって〈江戸〉でなく、〈パリ〉であって〈パリ〉でなく、〈東京〉であって〈東京〉でない〈夢想の王国〉が出現する。ですから『花火』は、まぎれもなく偏奇館の産物ですよ。そもそも偏奇館とは、そういう〈夢想の地下室〉だったわけですからね。

ところが、です。その〈地下室〉の産物が〈地上〉においては、今度はとつぜん、大逆事件の研究資料に変化するわけです。実際、『革命伝説』なる本を書いた研究家は、センセイが『監獄署の裏』の家から慶応義塾へ出かけた道順を丹念に調査したそうです。また、大逆事件の囚人馬車が監獄署から日比谷の裁判所へ通った道順と時間を、これまた丹念に調査したそうです。そうして、慶応義塾へ通勤途上のセンセイと囚人馬車が、果してどの地点で交叉するか、どこで出遇うことになるか、それを実地調査したそうですからね」

「で、どこでいったい出遇うことになったのかい」

「えーと、センセイの小説では……《わたしはその道すがら折々市ヶ谷の通で囚人馬車が五六台も引続いて日比谷の裁判所の方へ走つて行くのを見た》となっておりますが、研究家の実地調査では《合羽坂から四谷見付附近の路上》ということになるようですな。

実は、わたしはその『革命伝説』なる本はまだ読んでおりません。それで、いまのは森山重雄という人の『大逆事件＝文学作家論』という本からのマゴビキなんですが、まあ、センセイと囚人馬車の出遇った地点は、研究家たちにおまかせすることにして、さて、いよいよ白鳥です。

しかし、それにしても白鳥の〈大逆事件〉に対する反応は、ちょっと異常な気もしますね。この『世相の文学的解釈』は、そもそも尾崎士郎から送られてきた小説『大逆事件』を読んだことから書きはじめているわけですけど、例のセンセイに対する《お笑ひ草》云々の少し前に、こんなことが出て来ます」

私は、幸徳秋水に関係でもあるやうに警視庁で認めてゐたらしく、刑事がをりをり附き纏つてゐたが、幸徳秋水処刑の日には、わざ〳〵面識のある刑事がやつてきて、「今日は外へ出ないやうにしてくれ。」と、私に厳命した。私は何ともなかつた。心に疚しくないから、刑事に対しても、何の作為も弄せず、目も澄んでゐた筈だ。

「また、《お笑ひ草》云々の少しあとには、こんなことを書いています」

私は幸徳の思想なんか、よく知らないし、彼の書いたものも殆ど読んでゐない。たゞ、『キリスト抹殺論』を買つて読んで、いかに愚書であるかを感じただけであつた。（略）私は幸徳には、他所ながら二三度会つたことがあつたが、彼の顔は、甚だ貧相であつた。片山潜の風手も同様。銅像にしても、レニンやスターリンほどには引き立つまい。幸徳や片山の生涯を小説化しても、さう面白いものは出来まい。尾崎の『大逆事件』を読んでも、私などには魅力が感ぜられない。（略）

「先に挙げました森山某氏の研究書も、この白鳥が秋水と会ったということについては、もちろん触れていたようです。たぶん新聞記者時代ではなかったかと思いますが、それにしても秋水の顔が銅像向きか不向きかまで書くというのは、ちょっと異常です。異常であり、またケッサクでもあります。まさか白鳥センセイ、ご自分の顔が銅像向きだとは考えていなかったんでしょうからね。しかし、それを承知で、つい、銅像云々まで筆が及んだ。何か、そのあたりに白鳥センセイと秋水との関係の秘密のようなものがあるのかも知れませんね。

ですから、もし、その秘密のようなものに興味がおありでしたら、センセイから直接たずねてみてはと思いますが、いかがなものでしょうか」

「いかがなものでしょうか、も何も、こちらは何も読んでおらんのだよ、キミ」

「あ、その点ならばセンセイ、どうぞご心配無用にお願いします。つまり、いままで通りでいいわけですよ。いままでセンセイとわたしがこうやって、えんえんと続けて来た、この調子、この対話法でいいわけですよ」

「というと何かい、お得意のアミダクジ式かい。それとも、クレタ島の迷宮式かね」

「対話とは逸脱なり……」

「おや、頭のおかしくなったドイツ人が、そんなことをいったのかい」

「いや、これは例のドイツ人ではなくてですね、えーと、誰だったかな……とにかく、どこかの偉い哲学者です。しかし、いまは例外です。つまり、いかなる定義、いかなる説にも危機というものはあるもんです」

「道草の危機、というわけかね」

「あるいはそうかも知れません。とにかくですね、ここが天国と地獄の分れ目なんですよ、センセイ。野球でいえば一点負けで九回裏、二死満塁、ツーストライク・スリーボール……デッドボールでも何でもいい。とにかくこれは、センセイを〈世紀末の大事件〉の舞台に押し上げられるか、られないかの大バクチなんですからね。そのサイの目が丁と出るか半と出るか、その瀬戸際なんですからね」

「なら、ジャンヌ・ダルクでも呼んで見給え」

「何とか協力して下さいよ、センセイ。お願いします。この通りです。例のお約束は必ず守りますから、ここは何とか、ひとつ……」

「なら、9—15を呼んで見給え」

「……会得すべし、

　一を十とせよ、

二は去らしむべし。

ただちに三を作れ。

しからば汝、富むべし……」
「おい、キミ……」
「……四は手放せ、
五と六とより、
七と八とを作れ……」
「おい、キミ、いい加減にし給え。それとも何かい、今度こそホントの泡吹きかね」
「……これ魔女の勧めなり。
それにて成就疑いなし。
九は一にして、
十は無、
これぞ魔女の九九……」
「そりゃあ、何かい。9―9のおまじないかね」
「いや、どうも、とんだ茶番で失礼致しました。これは『ファウスト』に出て来る魔女の呪文です。メフィストフエレスの注文で、魔女がファウスト博士に飲ませる〈秘薬〉を作る。そのときに唱える呪文でして、申し遅れましたが、いま唱えました日本語の呪文は高橋義孝訳です。やがて〈秘薬〉は出来上る。魔女がそいつをファウストの口許に近づけると、かすかに炎が立ち昇る。《ぐっとおやんなさい、ぐっと》とメフィストはファウストをそそのかす。コップ一杯飲めば世の中の女という女が、ギリシャの美女の中の美女ヘレンに見えて来るという〈秘薬〉です。

そして、ファウスト博士の場合はそれでOKということになっておるわけですけれども……センセイの場合は、どうでしょうかね。いや、たぶん無理でしょうなあ。なにしろセンセイの場合は、例の『日記』でおなじみの土州橋医院で、あれだけホルモン注射を打っておられますからねえ……それに、相手が白鳥ですからねえ……魔女の中の魔女、いや、ソクラテス秘伝の《惚れ薬》をもってしても、ヘレンに見えるというわけにはゆかないでしょうなあ」

「ウッフッフ……」

「センセイ、それは、どういう意味のウッフッフ……でしょうか？」

29

「おや、気になるかい」

「いままでずいぶんセンセイのウッフッフ……はきかせていただきましたけど、いまのウッフッフ……は、何だかいままでのウッフッフ……のどれにも当てはまらないウッフッフ……にきこえたんですがねえ」

「ウッフッフ……」

「待てよ、それとも魔女の〈呪文〉が利いたのかな」

「キミは、いままで通り、だという」

「はい、その通りです」

「しかしだね、キミ。相手はキミではないわけであろう」

「ですから、相手は変っても、いままで通りの対話法で結構です、といってるわけです。つまり、センセイが変らなければよいわけです。いままで通り、というのはそういう意味です」

「しかしだねキミ、相手はキミではなくて、アーメンの旦那であろう」

「それ、それ、それですよ、センセイ！　それでいいんですよ、その調子です！　つまり、その、いまの、〝アーメンの旦那〟です！　いや、これはひょっとすると、ホントに〈呪文〉が利いたのかも知れんぞ。そうです、その〝アーメンの旦那〟なんです。そう来なくっちゃあいけません。実をいうとその一言を、いまかいまかと待ってたんですからねえ、わたしは。その一言がセンセイの口から、いつ出るか、いつ出るかと待っていたわけですよ。それにしても、いや、はや、この一言を引っ張り出すのに、いったい何万言を費したことになるだろうか？　三万語か？　五万語か？　いや、いや、いまはそんなものを勘定している場合じゃないぞ。まだまだトンネルの中なんだからな。まだまだうしろを振返ってはいかんよ、キミ。相手はなにしろ、日本のミノタウロスだからな。それも背中に苔の生えた曲者と来ている。最近のボケ老人などとは、もちろんワケが違う。いつ、何どき、気が変らんとも限らんからなあ。

しかし、それにしても〝アーメンの旦那〟とは、よくぞいってくれたもんだ。もしかするとこれは〈世紀末の大事件〉のタイトルに使えるかも知れんぞ。ウッフッフ……なるほど《〝アーメンの旦那〟と〝お笑ひ草〟》か。しかし、〝舶来的野暮〟というのも、なかなか捨て難いな。

ただし、タイトルも重大だが、いや、重大であるからこそ慎重の上にも慎重を期するとして、その前にセンセイと打合せをして置かねばならんよ、キミ。いや、この際、むしろ打合せの方が重大かも知れない。それに打合せをやってるうちには、ひょっとして例のインスピレーションがきこえて来るかも知れない。実際、打合せというやつこそ、正真正銘、台本のないドラマ、台本のない対話ということになるわけだからな。書かれた言葉は死んだ言葉であり、対話こそ生きた言葉だ、とプラトンはいった。いや、ソクラテスがそういった、とプラトンが書いた。つまり、書かれた言葉は死んだ言葉であり、対話こそ生きた言葉である、とソクラテスがいった、とプラトンは書いた。したがって……

「キミ、何をぶつぶついってるのかね」

「は？　いえ、つまり、ですから、実際にはプラトンの『対話篇』よりも、打合せの方が、より生きた言葉ということになるわけでありますので、ここで大急ぎ、センセイと打合せを致したいと思います。もっとも打合せといいましても、センセイは八十一歳、片や〝アーメンの旦那〟、いや、正宗白鳥センセイは八十四歳、併せて百六十五年間という長大なる生涯であります。しかもお二人ともそれぞれ、何十巻という全集を書き残されております。その全体の中から短時間にすべての問題を引き出すことは不可能でしょう。それに、ここではその必要もありません。ここで必要なポイントは、いみじくもセンセイご自身の口からとび出しましたところの、〝アーメン〟、この一言であります。まさに、そのワンポイントなのであります。

そこでわたしが、そのワンポイント法によりまして、正宗白鳥センセイの生涯と文学を新幹線式にスピード紹介致します。といいましても、もちろんこれはセンセイとわたしだけの、内輪の打合せですから、途中、もしご質問なり、ご注文なりがございましたら、どうぞご遠慮なくストップをかけて下さい。また、わたしの方からセンセイにおたずねすることが出て来るかも知れません。あるいはまた、わたしが〝アーメンの旦那〟、いや、白鳥センセイになり変っておたずねしたり、お話したりするような場面が出現することになるかも知れません。

といっても、別にややこしい仕掛けや儀式は不要です。そうですね、ちょっとやってみましょうか。よろしいですか。つまり、こうやってですね、まず両手を顔に当てまして、わたしの顔を隠します。それから、タオルで顔を拭く要領で、上から下へつるりと顔を一撫でしますと……はい、これでもう……白鳥センセイ！　そうです、そうです。センセイが、《あの田舎の旦那みたいな御仁》といわれた、あの顔に早変り、というわけです。どうですセンセイ、センセイもひとつ、やってみませんか？

いえ、いえ、もちろん、いまでなくとも結構です。なにしろこれは、孫悟空の分身の術みたいに、体の毛を引き抜く必要もありません。実際、鼻毛一本抜く必要はないわけですよ。また、〈一飛び十万八千里〉のキント雲を呼ぶときみたいに、トンボを切る必要もない。能面のように、かぶったり、取り替えたりする必要もない。忍者みたいに印を結んで呪文を唱える必要もなく、火遁水遁術のごとく煙を出したり水に潜ったりする必要もない。あるいはまた中国の京劇やら歌舞伎みたいに、ごてごてと顔に色を塗る必要もありません。名探偵シャーロック・ホームズや怪盗ルパン式に、髭をつけたりカツラをかぶる必要もないわけです。

何でもこの頃の銀行強盗は、頭からパンティストッキングをかぶるのが常識のようですけど、こちらはそのパンティストさえいらない。という次第で、とにかく、ウルトラマンの《ヘンシン、ショワッチ！》よりもさらにスンダ、革命的ヘンシン術であります。なにしろ、両手で顔をつるりと撫でる。ただそれだけなんですからねえ。つるり、ですよ、つるり。それで、はい、あるときは〈片目の運転手〉、はい、またあるときは〈街の易者〉……そして、またまたあるときは〈アーメン・センセイ〉……という、いつでも、どこでも、誰にでも出来るポスト・ウルトラ〈怪人二十プラスX面相〉術です。ま、そういうわけですから、いつでもお好きなときに試していただくことに致しまして……では、そろそろはじめます。えーと、ご破算で願いましては……」

明治二十五年（一八九二）　十四歳。（略）岡山の本屋が売りに来た雑誌「国民之友」を愛読し、はじめてキリスト教を知った。

明治二十七年（一八九四）十六歳。聖書を読んで、穂浪の西方約十キロの、香登《かかと》村にあった基督教講習所へ通った。胃腸が弱かったので岡山へ出て、病院通いをしながら、薇陽学院に入学。孤児院長石井十次について、聖書を学んだ。八月、「国民之友」に掲げられた「流竄録」を読んだのが、内村鑑三の著作に接した最初である。これから内村への傾倒がはじまる。

明治二十九年（一八九六）十八歳。二月、上京して、牛込横寺町の下宿に入る。キリスト教と英語を学び、名優の舞台を観ることが希望であった。東京専門学校（早稲田大学の前身）の英語専修科に入学。市ヶ谷の基督教講義所で、植村正久の説教を聴く。（略）七月、興津で基督教夏期学校が開催され、内村鑑三の連続講演があると聞いて、病軀をおして出席、はじめて内村の謦咳に接した。（略）

「おい、キミ……」

「こりゃあまたセンセイ、ずいぶん早々とストップですか」

「それはいったい、何の話かい」

「何の話かいって、〝アーメンの旦那〟、いや、白鳥センセイの経歴に決ってるじゃありませんか。困りますなあ、さっき打合せたばかりですよ、センセイ。あ、それから、申し遅れましたが、これは例の筑摩現代文学大系の巻末につけられた後藤亮編の年譜によるものです。では、先を急ぎますので……」

明治三十年（一八九七）十九歳。植村正久によって洗礼をうけ、市ヶ谷の日本基督教会の会員となった。

明治三十一年（一八九八）二十歳。一月から月曜ごとに、神田美土代町の基督教青年会館で行われた内村鑑三の文学講座に、欠かさず出席した。七月、東京専門学校英語専修科を卒業。更に新設された史学科に入る。

明治三十二年（一八九九）二十一歳。史学科廃止のため文学科に転じた。

明治三十三年（一九〇〇）二十二歳。七月、「独立雑誌」廃刊の頃から、急速に内村に対する敬慕の情を失った。

明治三十四年（一九〇一）二十三歳。（略）島村抱月の指導の下に、近松秋江ら数名の同級生と合評会を催し、その記事は抱月の添削を経て、「読売新聞」の月曜文学欄に掲載された。（略）六月、東京専門学校を卒業。九月、母校附属の出版部に就職。月給十五円。文学科講義録を編集しながら、講義録の余白に、気紛れに文芸時評を書いた……。


「センセイ、このあとを、よーく聞いておいて下さいよ。ようござんすか」

「おや、まだ続くのかね」

「まだってセンセイ、まだ、二十三歳なんですよ。しかし、ご心配なく。打合せ通り、新幹線式スピードのワンポイント法ですから。ただし、この、二十三歳の最後の一行だけは聞き漏らさないで下さいよ。えーと、明治三十四年の最後の一行です」


……この年、キリスト教を棄てた。


「おや、もう棄てちゃったのかい」

「えーと、洗礼を受けたのが明治三十年、一八九七年で、十九歳のときですから、四年間ですね」

「理由は何かい」

「それについては、実にいろいろと書いてますね。少しながいものでは、前にちょっと出て来た『我が生涯と文学』にも書いてますし、それから『内村鑑三』とか『生きるといふこと』などでしょうか。ある意味では、これらの長篇エッセイ、自伝的エッセイはすべてキリスト教からの転向論ともいえます。余はいかにしてキリスト教を棄てたか、というわけです。短い文章も、ずいぶんあります。しかし、読んでみると、まあ、ほとんど同じようなことが繰返し繰返し書いてある。ですから、キリスト教からの〈転向〉は、白鳥センセイのエッセイの、いわばドル箱的ネタだった、ともいえるし、もっと悪くいえば、キリスト教を逆利用しているとさえいえるくらいです。

　しかし、ということは、もう一度これを逆にいえば、キリスト教というものが白鳥センセイにとっては、それだけ大きな問題であった、厚い壁であった、とも考えられます。また実際、そうでなければ、何もいやがるセンセイに頭をさげてまで、こんな対談をお願いする必要もなかったわけですからね。

しかし、それにしても、ホントに繰返し繰返し書いてますなあ。ですからたぶんこの対談でも、繰返し繰返しお話することになると思うのですが、とにかくここでは一つの実例をまず挙げてみることにします。たぶんセンセイも、その方が手っ取り早いし、わたしのヘタな要約や説明よりは、ずっと分りよいと思われるに違いないのですが、実は、いざそうしてみようということになりますと、これが何とも、やりにくい。

これは、いったい何のせいでしょうかね。文章のせいでしょうか。あるいは、余りにも繰返し、いろんな文章に書かれているためでしょうか。それとも年のせいでしょうか。白鳥のキリスト教および転向、棄教論は、主として戦後に書かれておりますから、年齢でいうと、えーと、大体において六十七歳以後になります。しかし、この際、年の問題は除外しましょう。いや、これは何も、センセイに遠慮してではありません。それに、センセイの文章は、これまでにずいぶん読ませていただきましたが、こんなふうに頭が混乱するというのか、妙なくたびれ方はしませんでしたからね。いや、ホント、これは決してお世辞じゃありません。

もちろんセンセイにいわせれば、わたしの読み方は、前略、中略、後略で、さぞご不満だったと思います。しかし、全体の中からある部分を、ある場面に必要な実例として取り出すのは、割と容易でしたね。つまり引用しやすいわけです。ところが、この白鳥センセイの文章は、何だか妙にくたびれるんですな。例えば、こんな具合です。では、（つるり……）と顔を一撫で、アーメンの旦那に早変り致しまして……」

私にとつては、植村正久は日本のキリスト教徒のうち唯一の師であつたし、また師とするに価ひしたひとりの日本人であつたと後々までも心にとめてはゐたが、その植村師にも次第に会はなくなつた。師はかつて「この教会に来てゐた早稲田の学生で、いつか離れる者がよくある。坪内さんの感化のせゐだらう」といつたことがあつたが、私についてもさう思つたかもしれない。（略）むろん私はさうではなかつたが、植村師の推測にもいくらか意味のないことはなかつた。薄気味悪い殉教精神を忘れて遊芸三昧に興がるのは、当時の私などの心境であつたのだらう。日本におけるキリスト教は、根が浅い。珍らしもの好きの青年が一時かぶれただけで、ざうさなく離れるのも当然であるともいはれようが、私などは、きまじめ一方で、西洋の青年とちがつて、殉教精神を考へ、殉教なしで永遠

の生命は得られないと、自分なりに信じるやうになつてゐたのであつた。（略）

私など死の恐れから救はれんとしてキリストの教へに入りながら、かへつて殉教の強要を感ずるやうになつたりして、死の恐れをいつさう深くしたやうなものであつた。（略）

「ちょっとながくなりましたが、センセイ、いかがでしょうかね。これは『生きるといふこと』の一節で、昭和三十三年に書かれたものですから、えーと、八十歳の文章ですか。白鳥センセイ自身も、文中で、《老衰時代》と書いておられますけど、まあ、これは自分で書いているからいいようなもんで、他人にそんなことを書かれれば、もちろん黙ってはいないでしょう。

しかし、年のことは先の約束通り除外することに致しますと、読者の頭が妙にくたびれるのは、論理の無視あるいは飛躍のせいでしょうかね。それとも、わたしの頭の出来のせいなんでしょうか。とにかく、わたしの頭は妙にくたびれるんですが、センセイはいかがですか。白鳥センセイの書き方は、〝事実〟そのままを、どんどん次から次へと並べてゆく。いわば一種の、クソリアリズムです。そして実際、その言葉には、有無をいわせぬ経験の強み、自信にみちた図太さがあります。

つまり、〈夢想家〉の反対です。少なくとも〈夢想家〉には真似の出来ない芸当だと思うんですが、いかがでしょうかね、センセイ。しかし、もちろんいまは、白鳥センセイの文体を論じる時間ではありません。キリスト教、アーメンの時間です。それに、いま読みましたのは、白鳥センセイの中でも、特に頭がくたびれる文章です。わざと、その種のものを選んでみたわけです。その方が、センセイとの違いもはっきりするのではないかと、そう思ったからなんでありまして、実は、もう少し、くたびれない部分もあります。しかし、まあ、それも程度の差でありまして、やはり基本的にはくたびれる文章です。少なくとも、わたしは、くたびれます。

何だかずいぶん〝頭がくたびれる〟ばかり繰返したようですが、これには少しばかり説明が必要かも知れません。つまり、何故そうなのかということですね。しかし、それをここでやりはじめますと、せっかくの新幹線式が成立たなくなります。それで、その〝頭がくたびれる構造〟については、新幹線がひとまず停車してから、ということにして先へ進みます。

しかし、さすがに聖書はよく読んでますなあ。読むだけでなく、講習会にも出ている。これは決定的ですね。いや、何も、センセイへのアテコスリではありませんよ、これは。なにしろ彼の〝アーメン〟は、中学生時分からですからなあ。それと、そのアーメン学習、キリスト勉強が、英語学習と結びついている。切り離せない。表裏一体というよりも、いわば右手と左手式の一体化なんじゃないか。とにかく〈表〉と〈裏〉という関係とは、違う。しかも、英語、アーメン、どちらも〈舶来〉の学習、勉学であったということなんですなあ。そして、ここで思い出されるのが、前にちらりと出て来た〝舶来的野暮〟というやつです。

あれは、意外に大きいかも知れませんよ、センセイ。あれなんか、もちろん、ただの造語、珍語としてもなかなか面白い。世の中に面白おかしいものなんてあるはずがないといった白鳥式ニルアドミラリ、つまり、いかにも白鳥センセイの顔そのものみたいな、皮肉であり冗談ですな。また実際、そういう面白さも持ってます。しかし、ただそれだけじゃあなさそうですね。あれはセンセイ、やはりセンセイへの挑戦状かも知れませんよ。少なくとも、あれは直接センセイを意識して吐かれたものでした。〝お笑ひ草〟と同じ類です。しかし、ひょっとすると〝お笑ひ草〟よりも、もっと強烈なるハンマーの一撃とも考えられますなあ。いや、だんだんそんな気がして来ました。とにかく〝舶来的野暮〟は単なる珍語ではないでしょう。もっと根深い構造的なものです。そしてそれは、まず間違いなくセンセイの中の〈西洋〉に対するハンマーの一撃です。同時に、センセイの存在を徹底的に意識しながら吐かれた、自己宣言です。センセイを視野に入れ横目でニランだ、開き直り宣言ではないかと思うのですが、いかがでしょうか。

そして、これは当然、さっき読みました、いささか頭のくたびれる文章にもつながって来る問題です。〝日本〟〝きまじめ〟〝西洋の青年とちがつて〟……などなど、にひっかかって来ます。もちろん、あの文中で、誰の目にも明らかな最大のポイントは、〝殉教〟の二文字です。この二文字は、ただの二文字ではなく、活字でいえばゴチック体でしょうね。地の文章が9ポだとすれば、その倍くらいの活字でしょうね。つまり、これが白鳥センセイとキリスト教の関係、また、キリスト教からの転向、棄教を解くキーワードというわけです。そしてもちろん、白鳥センセイも、それを十二分に意識して書いておられる。とにかく、繰返し繰返し書いておられますからね」

「ウッフッフ……」

「何か、ヘンなことを喋りましたか？」

「キミ、手前で〝白鳥センセイ〟は、ヘンではないかね」

「は？」

「その顔だよ、キミ。〝白鳥センセイ〟の顔で〝白鳥センセイ〟は、ヘンではないかといっているのさ」

「あ、そうか。それでは、いっそ、この顔のままで、対談を続けちゃいましょうか」

「いや、その前に、一度、試しにもとに戻して見給え」

「なるほど。では……（つるり）」

「まあ、よかろう」

「ということは、もとに戻っているわけですね」

「確かに〈贋地下室人〉の顔に戻ったようだな。では、別のところを読んで見給え」

「ということは、また、もう一度、（つるり）ということになるわけかな」

「そういうことになる」

「何だか、ややこしくなって来たぞ」

「しかし、キミ、〝アーメンの旦那〟も、三度、つるりをやったのであろう」

「えーと……ちょっと待って下さいよ」

「何もキミ、勘定するほどのことはないであろう。（つるり）でアーメン。次の（つるり）でアーメン廃業。ところが死ぬ前に、三度目の（つるり）をやったという噂ではないかね」

「なるほど、そういう意味の（つるり）ですか。それでしたら、さっき中断したあとを、もう少し続けてみましょう。えーと、あれはキリスト教を棄てたところ、つまりセンセイのいう二度目の（つるり）のところまででしたね。そのあとを新幹線式ワンポイント法でやってみましょう。しかし待てよ、この場合は……（つるり）は必要なのかな、不要なのかな。そうか、不要なんだな」

明治三十六年（一九〇三）二十五歳。（略）長谷川天渓、石橋思案の紹介で、読売新聞社に入社。初任給十五円。

美術、文芸、教育の分野を担当した。（略）
明治三十七年（一九〇四）二十六歳。一月から「読売新聞」に劇評を執筆。（略）十一月、後藤宙外に勧められて、はじめて小説『寂寞』を「新小説」に発表。
明治四十年（一九〇七）二十九歳。二月、『塵埃』を「趣味」に発表して、漸く文壇の注目を集めた。（略）
明治四十三年（一九一〇）三十二歳。（略）六月、読売新聞社を退社。（略）

「センセイ、ここで何かご質問はございませんか？」

「しかし、まだ三度目の（つるり）は出て来ないのではないのかい」

「そうではなくて、例えばこの年は《大逆事件》の年ですから。えーと、《五月二十五日、大逆事件の検挙始まる》……《六月一日、幸徳秋水検挙》か。ははあ、しかしセンセイ、この、白鳥センセイの読売新聞退社と幸徳秋水の検挙……これは単なる偶然の一致なんでしょうかね……ふうん、しかし、いずれにしてもこの明治四十三年というのは、何とも騒然たる年だったんですなあ……《八月二十九日、韓国併合に関する詔勅発布……朝鮮総督府設置》……となるわけですからねえ」

「おい、キミ……」

「はい、どうぞ」

「キミ、『三田文学』の創刊を忘れちゃあいかんよ」

「あ、これはどうも失礼致しました。明治四十三年のセンセイの年譜は……えーと、あ、出てます。出てます。トップに出てますよ。《慶応義塾大学文学科刷新に際し、森鷗外、上田敏の推輓により同大学文学科教授となり、また『三田文学』（五月創刊）の編集を司った。月俸百五十円。大学教授中の最高給であった》……これでよろしいでしょうか」

「まあ、よかろう」

「では、先を急ぎます」

昭和三十七年（一九六二）　八十四歳。一月、『わが終末記』を「朝日新聞」に発表……。

「おい、キミ……」

「は？」

「明治四十三年から、いきなり昭和三十七年かい」

「そうです。つまり、このときセンセイは、すでにあちらの方へ行かれて、三年後ということになります」

「新幹線式だか何だか知らないが、ちょっととばし過ぎじゃあないのかい」

「その代り、駅弁だって走ってる汽車の中で買えるわけです。それに、センセイ、もう着いちゃいましたよ。よろしいですか、えーと、昭和三十七年の……」


……四月、読売ホールに於て「文学生活の六十年」と題して講演。『白鳥百話』を「文芸」に十月まで連載。八月二十七日、日本医大附属病院に入院。膵臓癌と診断。十月二十八日午前十一時、同病院で永眠。三十日、日本基督教会柏木教会に於て、旧師植村正久の息女、植村環牧師司式のもとに、葬儀告別式が行われた。（略）

昭和四十年（一九六五）（略）七月、長野県軽井沢町北京ヶ沢の林の中に、十字架型の文学碑が建てられた。

「はい、着きました。この〈白鳥文学碑前〉が、新幹線の終着駅です。何か、ご質問はございませんか」

「キミは、そのアーメン文学碑とやらを見て来たのかい」

「いえ、残念ながら、まだ見ておりません」

「死ぬ前に、アーメンといったという噂は本当なのかい」

「そういう噂のようですね。もっとも、噂なんていうと、ケシカランといわれるかも知れませんがね」

「おや、いまの島国文壇では、そんなにキリスト教がはばを利かせているのかい」

「さあ、そのあたりのことは、門外漢にはよくわかりませんけど、研究家たちの間では、白鳥センセイの〈臨終の回心〉と呼ばれているようですからね」

「それで、アーメン文学碑が建ったというわけかね」

「さあ、わたしはまだ見たことがありませんけど、そのあたりは、浄閑寺のセンセイの詩碑と同じようなものじゃないですかね。つまり、白鳥センセイのアーメンの噂、すなわち〈臨終の回心〉と、文学碑の十字架とはあんまりカンケイないんじゃないでしょうか。ただ、こんなことをいってますね。えーと、これは『欲望は死より強し』というエッセイで、えーと、昭和二十九年に書かれたものですけど……」

「キミ、読む前に、(つるり)を忘れぬようにし給え」

「あ、そうか。では、よろしいですか……(つるり)……」


私は祖母育ちであつたが、毎朝仏前で観音経なんかを読んでゐた祖母は、幼い私の白紙のやうな頭脳に、地獄極楽などの来世の光景を印象させたのだ。その痴呆的来世観は拭ふ事が出来ないのである。幼少期の教養が一生を支配する事はよく考へて置かねばならぬと思ふ。

《新を求めて地獄までも》この意気込み、この冒険心は、詩としては面白い。しかし、これも一ぺんの詩空言《しそらごと》である。私は自分が臨終の折に、《南無阿弥陀仏》を口ずさむか、或は、《ヱスキリスト》を呟くか、いづれであらうかと空想してゐるが、それは私の身に潜んでゐる日本的伝統の力がつよいか、私個人として志してゐた外来の宗教の力がつよいかがそこに実現されるのである。


「それで、(つるり)をやったわけかね」

「……(つるり)……と、まあそういうことになったわけですね。つまり、《日本的伝統の力》よりも《外来の宗教の力》の方が強かった、という結果になるんでしょうけど、どうもわたしには、この〈臨終の回心〉が例の〈殉教〉論の延長のように思えるわけです。この〈殉教〉論は、前にもいいました通り、ホントにあちこちに繰返し出て来ます。それで、いったいどれを引用文に選んだらよいのか、こんぐらかってしまいますけど、例えば、こんな具合です。あ、その前に……(つるり)……」

日本においても、徳川時代に切支丹迫害があり、ナチスのユダヤ人虐殺にも劣らぬほどの残酷きはまる現象が出現したのであつた。（略）私は迫害史を読みながら、信者はなぜ転向しないのかと、じれつたい思ひをするのである。なぜ転向をよそほつて無法な迫害を免れないのかと疑ふのである。天上からこのさんたんたる迫害光景を見おろしてゐたまふ神は、形の上だけでも転向を許し賜はぬかと疑ふのである。形だけの「絵踏」をすることを寛恕されぬかと疑ふのである。しかし、殉教を信仰の極致として、あらゆる迫害を忍ぶのが天国行の条件であると神みづからきめてゐるとすると、私は真の宗教は苛烈であると、ふと痛感するのである。（中略）

殉教の強要、死後の復活、キリストの再臨などは、私にとつては、キリスト教の重点であると感ぜられながら、それに疑ひを寄せて、一生未解決で過したやうなものである。

「つまり、一旦洗礼は受けたものの、とても自分は、心身ともに〈殉教〉の苦難に耐えられそうもない。そういう自分に気がつきながらキリスト教徒であり続けることは自己欺瞞以外の何ものでもない。したがって自分は棄教し、転向した。というわけで、あ、その前に……（つるり）……というわけで、白鳥センセイ自らいわれた通り、その棄教、転向の理由は、人生論としてはまことにクソマジメであり、ホンネ的であるわけです。そして、そのクソマジメでホンネ的な棄教、転向が、次のような内村鑑三批判になるわけです。……（つるり）」

終戦後、内村鑑三の名があちこちで思ひ出されるやうになつてゐた。（略）戦争中には、そんな議論は歯牙にも掛けられないで、戦争が終つてから、非戦論の讃美者が続出するところに、人間の心理が看取されるのである。六日の菖蒲《あやめ》、十日の菊が持て囃されるのか。（略）日露戦争がはじまらんとする頃（略）万朝報の非戦論は、幸徳秋水、堺枯川《こせん》などの社会主義者の外には、基督教徒の内村鑑三であつた。キリスト信者が戦争反対を唱へるのは当然であるが、（略）内村も日清戦争の時には、それを正義の戦であるとして、英文で書いて、世界に向つて宣伝したりしたのだつた。（中略）

……或時、何かの雑誌に彼の軍備撤廃論の出てゐるのに偶然目を触れて、大に興味を感じたことがあつた。「軍備は全然止めるがよい。それで、西洋の強い国のどれかが日本を攻めに来たら、聖書を持つて詰問するといゝ。聖書には戦争が排斥されてゐて、武力で他国を攻撃することは許されてゐないのである」といふ意味の感想が述べられてあつた。（中略）

ところで、彼内村は本当に頭脳の奥底に於て、さう信じ切つてゐたであらうか。（略）私はそれを疑ふのである。（略）トルストイの無抵抗主義でも、当人左様に信じて心に安を得てゐたか否か疑はしいが、内村の無抵抗主義なんか、自分で自分を欺いてゐたのぢやないかと疑はれないこともない。事物を強調する者は、己自らを欺いて、作られた自己を、自己以外に持つやうな気持になる事もあるのである。（中略）

彼は、あゝも云ひ、かうも云ひ、聖書を材料に使つて、彼の詩境を捻出し、彼の童話的境地を造り出して楽しんでゐるのである。日本はむしろ傍観的態度で、遠い欧州の悪戦苦闘の光景を観てゐた時代であつたから、内村ものびくと太平楽が云つてゐられたのである。

「……（つるり）……というわけなんですが、センセイいかがでしょうか？」

30

「おい、キミ、そりゃあいったい誰がいってたことなのかね」

「誰がって、白鳥センセイに決ってるしゃありませんか。白鳥センセイの『内村鑑三』という、堂々たるエッセイですよ」

「それは、いつ頃の文章かい」

「えーと、昭和二十四年ですか」

「それで、内村鑑三は、それを読んだわけかい」

「いえ、いえ、鑑三センセイは、とっくの昔にあちらへ行っておられます。えーと、一九三〇年ですから、昭和五年ですね」

「なるほど。それで太平楽を並べたわけかい。内村鑑三が殉教しなかったのが、余程くやしかったのかねえ」

「つまり、内村は自分で出来もしないくせに、他人に向って大言壮語しているだけじゃないか。それは〈自己欺瞞〉じゃないか、ということでしょうね」

「じゃあ、ニキビ面の中学生の喧嘩みたいなものかい」

「おや、センセイ、だんだん冴えて来ましたね。ただ、そこにもう一言つけ加えさせてもらいますと、ニキビ面の中学生の〈三角関係〉ですな。つまり、聖書とキリスト教を中に挟んで、ニキビ面の中学生が互いに競争している。聖書に対して果してどちらがよりマジメであり、より忠実であったか。どちらがより良心的で、真の愛を抱いておったか。白鳥センセイは、その秤として、〈殉教〉を挙げたわけです。

要するに、白鳥センセイにとって〈聖書〉〈キリスト教〉は、〈舶来のマドンナ〉なんですよ。そのマドンナに田舎のニキビ中学生が憧れ、こがれた。ところがマドンナ様は、どうやら〈殉教〉を強要されるらしい。しかし自分は、もともとホリュウの質だ。子供の時分から胃腸が弱い。とても〈殉教〉の苦難には耐え切れそうもない。さて、どうしたものか。仕方がない。マドンナ様への敬愛と思慕は絶ち難いが、ここは耐え難きを耐え、忍び難きを忍んで、イサギヨク諦めよう。しかしこれは決してマドンナ様への〈裏切り〉でもなければ〈心変り〉でもない。いや、反対に、マドンナ様への純粋な愛を守るためだ。永遠の思慕を貫くためだ。そしてこの誠心はマドンナ様にいつかは通じるはずである。いや、もし仮に通じなくとも、自分は自己欺瞞の罪だけは犯したくない。と、まあ、これが白鳥センセイの〈棄教〉〈転向〉の論理です。

ところが、内村鑑三の存在が気になって仕方がない。……（つるり）……あの男、〈殉教〉出来もしないくせに、マドンナ様への愛情をしゃあしゃあとまくしたてているとは、何たることか。何たる厚顔、何たる無恥ぞ！　マドンナ様！　彼は嘘つき男です。あんな男の誓文、恋文を決して信用なさってはいけません。あの男はあなたのために〈殉教〉する勇気など本当は持っていないのです。

ご覧下さい。この島国ニッポンには〈殉教〉の機会など、どこにもありません。島原の乱は遠い過去の物語です。神話です。いまの日本は西洋文明によって開化した〈近代日本〉であります。大逆事件は罰せられましたが、キリスト教は公認され、教会もあらゆる宗派もその自由を守られております。〈殉教〉の機会など当分あり得るとは思えません。あの男はそれをちゃんと承知しておるのです。承知の上で、〝太平楽〟を並べ立てているのです。マドンナ様、もし、このわたしの言葉をお疑いなら、ひとつ、あの男を試してみて下さい。そうです、聖書の中でエホバの神がヨブに悪魔をつかわされたように、です。どうか悪魔を、あの男にさし向けて試して下さい！　そして、あの男がニセモノのヨブ、インチキのヨブであることを証明して下さい！」

「しかし正宗クン、その内村鑑三というのは、第一高等学校で〈勅語事件〉を起したお人であろう」

「おや、これは永井クン、噂にきいていた偏奇館主人とは思えないような質問だな。内村の〈勅語事件〉なんて、あれは一般大衆の俗受けをネラった彼のスタンドプレイなんだよ。それが見抜けないとは、キミの〈西洋〉も何だか怪しいもんだな。まあ、その件について以前に書いたものを読むから、話はそれからにしてくれ給え」

……（内村鑑三は）戦争に反対はしたが、教育勅語に説かれてゐるやうな東洋道徳日本思想に反抗してゐたのではなかつた。彼は教育勅語に形式的に礼拝をしなかつたにしろ、その勅語の精神はこれを服膺することを公言し、世の教師学生などが御真影や勅語の文字には礼拝しながら、日常、勅語の精神に違反してゐることを憤つてゐる。（略）勅語の所説は、人間の奉ずべき道として是なりと信じてゐたことは、時々現はされた彼の感想に依つて察せられるのである。（略）彼には俗人福沢ほども、思想の新しさはなかつた。彼は政治家や宗教家や一般日本人の腐敗堕落は一生を通じて憤慨してゐたが、武士道や東洋道徳にまだ未練を残して、時々は旧い型の道徳を推讃してゐた。東洋豪傑の西郷隆盛を讃美したり、ファッショの日蓮上人を推讃したり、貧乏性の上杉鷹山を祭り上げたり、私はそこに内村の人生鑑賞の古さを見る。カーライルによつて歴史修業をした彼には似合はないことである。内村だけではない。あの頃の日本の秀才には、その頭脳の半面に甚だしい古さが潜んでゐる。鷗外然り、漱石然り。……

「正宗クン、演説中だが、きいてみれば内村某は、なかなか立派なもんじゃないか。〈つるりの名人〉よりは余程立派な思想家だよ。それに正宗クン、キミは、内村某は〈殉教〉も出来ないくせに、というが、例の事件のために彼は第一高等学校の教職を追われ、九州やら関西やらを転々として、生活にも窮する状態だったという話ではないかね。何も死ぬだけが〈殉教〉ではあるまい。あれも立派な〈殉教〉であろう。それから、これはいま気がついたんだが、お顔に似合わずキミもなかなかの雄弁家なんだねえ……まあ、そうでなければ、〈花袋・秋声大祝賀会〉の代表弁士にも選ばれなかっただろうからな」

「まあ、せいぜい聖書を読んでくれ給え。永井クン、何でもキミは戦争中、ついに孤立に耐え切れなくなって、あわてて聖書を読みはじめたそうだな。それで、昼飯を作りながらフランス語訳の聖書を読んだそうだが、どのくらいハカがいったかい」

「キミが帝国芸術院会員になったり、日本ペンクラブとやらの会長になったり、そしてとうとう、日本文学報国会とやらの小説部会長の椅子に収まった頃の話かな」

「話をそらしちゃいけないよ。いまは聖書の話をしているところだ。ぼくは最初は、少年時代に徳富蘇峰のやっていた民友社本の、直訳調の新式文体の聖書を読んだが、あれはあれで、なかなか面白かった。それから、英語を学び、英訳聖書を読むようになり、何度も読んだ。教会を離れてからも、ずっと同じだ。

キミもフランス語はずいぶん勉強したらしいが、六十過ぎてからの聖書入門じゃあ、さぞかしご苦労だったろうと思う。それに独習じゃあ、あれでなかなか呑み込めないのが聖書だからね。しかし、幾ら何でも《山上の垂訓》くらいは知ってるだろうね。《出エジプト記》の第二十章だから、まあ一日四、五ページのスピードでも、一月あれば、あのへんくらいまでは読めるだろう。俗にいう《モーゼの十戒》だが、参考までに、ちょっと読んでみようか」

汝我面《わがかほ》の前に我の外何物をも神とすべからず。

汝自己《おのれ》のために何の偶像をも彫むべからず。又、上は天にある者下は地にある者、ならびに地の下の水の中にある者の何の形状をも作るべからず。之を拝むべからず。これに事《つか》ふべからず。我ヱホバ、汝の神は嫉む神なれば我を悪《にく》む者にむかつては父の罪を子にむくいて三四《さんよ》代におよぼし、我を愛しわが誡命《いましめ》を守る者には恩恵《めぐみ》をほどこして千代にいたるなり。

汝の神ヱホバの名を妄《みだり》に口にあぐべからず。ヱホバはおのれの名を妄にあぐる者を罰《つみ》せではおかざるべし。

安息日を憶えてこれを聖潔《きよく》すべし。六日の間労《はたら》きて汝の一切の業を為すべし。七日は汝の神ヱホバの安息なれば、何の業務《わざ》をも為《なす》べからず。（略）其はヱホバ六日の中《うち》に天と地と海と其等の中の一切の物を作りて第七日《なぬかめ》に息《やす》みたればなり。是をもてヱホバ安息日《あんそくにち》を祝ひて聖日としたまふ。

汝の父母を敬へ。是は汝の神ヱホバの汝にたまふ所の地に汝の生命の長からんためなり。

汝殺すなかれ。

汝姦淫するなかれ。

汝盗むなかれ。

汝その隣人に対して虚妄《いつはり》の証拠《あかし》をたつるなかれ。

汝その隣人の家を貪るなかれ。又、汝の隣人の妻およびその僕《しもべ》、婢《しもめ》、牛、驢馬ならびに凡て汝の隣人の所有《もちもの》を貪るなかれ。

「ところで永井クン、たずねるが、キミはこの〈十戒〉を守ることが出来ると思うかい。いや、これはキミのような遊蕩児には、たずねるだけ野暮だったかも知れんな。それでは、ぼく自身のことをいうが、ぼくはこの《山上の垂訓》を忠実に実行しようと思ったことはなかった。実行出来ないのに、実行しているつもりに妄想したこともなかった。

このことは例の『内村鑑三』の中にもはっきり書いておいたので読めばわかると思うが、あの内村鑑三という人物は、この〈十戒〉を実行しようとしたらしい。というより、実行したつもりでいたらしい。そしてその点に、彼に対するぼくの最大の疑惑があるわけだよ」

「そりゃあ何かい、キミに出来ないことが、他人に出来るわけがない、ということかい」

「そう一般化していってはいないよ。ぼくは、ぼくという人間、また内村という人間を現実に経験として知った上で、事実をいっているだけだよ」

「なるほど……それがキミたちの、島国自然主義の流儀であったな」

「十把ひとからげは、迷惑だな。お断わりする」

「そういえば、キミは自ら〝舶来的野暮〟と名乗っておったな。英語もなかなかマジメに学習したようだし」

「聖書も知らずに、やれヴェルレーヌのボードレールのという〈フランスかぶれ〉とは、わけが違うよ。それこそ〝お笑ひ草〟というものだろう。こっちは、聖書の正門から、まともに〈西洋〉に入っているんだ」

「しかし〈殉教〉はいやだから、（つるり）というわけかい」

「まあ、大逆事件の囚人馬車を見たくらいで、ドレフュース事件を妄想するような芝居がかったセンチメンタリストには縁のない話だろう。せいぜい、臆病風に吹かれて、江戸の痴呆小説にでも逃げ込むくらいが関の山だろうからね。その上、聖書も知らずに『サジェス』なんぞを担ぎ出すから、若いもんに揚げ足取られたりするんだよ。

　キミの〈西洋〉のお面なんて、せいぜいそんなもんだろう。しかし、どうせお面をかぶるのなら、もう少しきちんとかぶらなくちゃあ。ぼくだって、お面くらい幾つもかぶった。ただし、キミになんぞいわれなくとも、かぶるからには自覚している。つまり内村みたいに〈殉教〉出来ぬとわかっていて〈殉教者〉の面をかぶったことはないよ。〈十戒〉を守れぬとわかっていて、〈キリスト者〉の面をかぶったことはないよ。

　だから、いさぎよく教会から離れたのさ。他人がそれを〈転向〉といおうが〈棄教〉といおうが、一向に構わない。しかし、山上の垂訓におけるキリストの偉容を仰ぎ見、その訓戒の偉大さに敬服する心だけは、貫いたつもりだ。そしてそれは、自分の心の中で敬服し続ければよいと思って来た。俗世間での仮面は、それを守るためさ。これがぼくの哲学だよ」

「なるほど、（つるり）の人生哲学というわけかい」

31

「……（つるり）……いやあ、センセイ、ストップ、ストップ！　どうも、どうも、お疲れさまでした。いや、それにしても〝正宗クン〟〝永井クン〟の応酬には、おどろきました。さすが〈世紀末の大事件〉です。ただし、ここからあとのセリフは、わたしのセリフでなくては、困ります。そうでないと、９―９の意味が消えてなくなってしまいますからね。せっかく白熱化したお二人の対話にストップをかけたのは、そういうわけです。

ということで、ここからはふたたび、お二人の対話をきいていいた〈贋地下室人〉とセンセイとの対話になりますが、まず、白鳥センセイの〈三度のつるり〉、つまりキリスト教への〈入信〉〈転向〉〈臨終の回心〉は、いずれも彼自身がいわれた通り、彼の〈人生哲学〉として一貫したものだったと思います。ただ、それをわたし流に解釈すると、こうなるわけです。すなわち、八十四歳で膵臓癌の診断、これはご本人には告げられないとしても、そこまでゆけば白鳥センセイにとって〈山上の垂訓〉も〈殉教〉も、もはや恐怖ではあり得ないでしょう。〈姦淫〉のおそれもないだろうし、病院のベッドの上では〈殉教〉の機会も、まずあるまい。つまり、いわば〈殉教〉〈十戒〉なきキリスト教ですな。そこで〈回心〉という論理です。

もちろん、これはわたしのカングリに過ぎません。しかしこのカングリは、決してその〈回心〉にケチをつけるものではない。それどころか、もし本当にそこまで計算したとすれば、たとえそれが白鳥式〈純愛キリスト教〉だったとしても、とにかく一貫したことになります。彼は最後まで〈白鳥キリスト教〉を裏切らなかったことになります。

ただ、その〈白鳥キリスト教〉は、最後まで内村鑑三との〈三角関係〉から抜け出すことが出来なかった。〈西洋マドンナ〉をめぐる内村鑑三との〈純愛〉競争です。そして白鳥は鑑三の〈矛盾〉〈自己欺瞞〉〈分裂〉を突きまくるわけです。彼が、ヨブのように試されないことに苛立ち、訴えています。

しかし〈西洋マドンナ〉そのものは、一度も疑おうとしない。キリスト教、聖書、そのものは決して懐疑と批判の対象とはならない。早い話、内村鑑三の〈反戦論〉〈非戦論〉は、いまではオトギ噺以前でしょう。聖書がミサイル除けになるなんていうのは、もしかするとナンセンス劇画の題材かも知れません。この際、十字架マークつきのミサイルでは話が余りにも生ま生まし過ぎるというのであれば、十字軍の例でもよろしい。なるほど十字軍の目的は、聖地エルサレム奪回であった。しかしその実際は、回教圏への侵入であり、異端狩りであり、ユダヤ人虐殺であり、異教徒の老若男女無差別、大量殺人だったというのが、いまでは常識です。まさか白鳥センセイが、その常識を知らぬわけはありません。しかし、彼の内村批判にナチスの大虐殺は出て来たけれども、十字軍は出て来ない。ジャンヌ・ダルク処刑裁判も出て来ない。はじめから目がそちらへは向いていない。〈西洋マドンナ〉に惚れた弱みです。

それは白鳥センセイの、センセイ批判にも共通してます。彼はセンセイの〈西洋〉を指さして、聖書なきヴェルレーヌは〝お笑ひ草〟という。これはなかなか手キビシイ。ところが、カンジン要の、次の部分には触れていません。えーと、昭和十八年十月十二日の『日記』の次のくだりです。

《耶蘇教は強者の迫害に対する弱者の勝利を語るものなり。この教は兵を用ゐずして欧州全土の民を信服せしめたり。現代日本人が支那大陸及南洋諸島を侵略せしものとは全く其趣を異にするなり。聖書の教るところ果して能く余が苦悩を慰め得るや否や。他日に待つ可し》

というところですが、そういってはナンですが、これこそ〝お笑ひ草〟ではないでしょうか。ところが白鳥は、そこのところは笑わなかった。指さしもしなかった。そして出来上るのは、今度は〈西洋〉をめぐる白鳥とセンセイの三角関係です。〈洋行帰りの偏奇館人〉と〈アーメン仕込みの舶来的野暮〉と、どちらがホンモノ〈西洋〉に近いかというわけです。

しかし、そういえば白鳥センセイ、この〈三角関係〉というやつがずいぶんお好きなようですなあ。これは、〈嫉みの神ヱホバ〉との場合は、どうなるのだろう？　案外これは、白鳥文学を解く一つの鍵になるかも知れんぞ。いや、失礼……それはともかく、白鳥センセイの〈告白〉の中で一番面白かったのは、〈十戒〉を守れない、いや、守れるという妄想さえ抱かなかった、というところですね。しかし面白いのはそれがホンネ、大胆、アケスケ、だからではありません。せっかくそこまで〈告白〉しながら、どうして〈十戒〉そのものは疑ってみないのだろう、というところです。つまり、本場の〈西洋人〉たちは、その点をいったいどうしているのだろう、というふうには頭がまわってゆかない。そして鉾先は内村鑑三へ向けられ、彼に守れるはずがない、という。そして、ここでもまたまた〈十戒〉をめぐる三角関係が出来上るわけです。自分にはとても十戒は守れない。だからいさぎよく棄教した。しかし、十戒の偉大さには敬服し続けている。そして、そういう自分と、内村とを比較しています。自分と内村と、果してどちらが十戒に対して純粋だろうか、という比較です。そしてもちろん、腹の中でどちらに軍配を挙げているか、それはいうまでもないだろう、キミ、という顔です。

ここまで来ると、これはもはや構造みたいなものでしょう。三角関係的思考または情念の構造です。しかしライバルとの現実的な闘争は起らない。自分が表面から身を引くからです。しかし、ルサンチマン、怨恨は内攻する。表面からは身を引いたけれども、〈対象〉に対する〈純粋〉さは、ライバルよりも自分の方が勝る、と信じているからです。

もちろん、この構造は、特に珍しいものではありません。いや、珍しくないから構造だといえます。つまり、ある種の型です。そしてこの構造は、ひょっとすると日本の、センセイいうところの〈田舎の旦那〉の構造なのかも知れません。もう少し引きのばすと、いわゆる〈田舎の旦那〉と〈近代〉＝〈西洋〉が結びついた構造、ということになるのかも知れません。

つまり、「二百年」続いた〈田舎の旦那〉がそのまま〈近代知識人〉になったわけです。白鳥センセイはそのタイプの一代表ではないでしょうか。頭がくたびれるのは、たぶんそのせいです。そしてそれは、たぶんこちらが昭和バラバラ人間であるためでしょう。

次に、例の頭のおかしくなったドイツ人の〈キリスト教道徳〉の定義みたいなものを、幾つか断片的に並べてみますので、白鳥センセイの内村批判と比較してみて下さい。

(A)キリスト教は怨恨（ルサンチマン）の精神（ガイスト）から生れたものであって、一般に信じられているように〈精霊〉（ガイスト）から生れたものではないこと——すなわちその本質上、一つの敵対運動であって、高貴な諸価値の支配に対する巨大な蜂起であること。

(B)キリスト教に対する盲目は、真の意味の犯罪——生に対する犯罪である。

(C)「生」の反対概念として発明された「神」という概念。

(D)——そして、そういう「道徳的存在」として、最大の人類侮蔑者でも夢想しえないだろうほどに不条理で、うそつきで、空虚で、軽薄で、おのれ自身にとって有害なものであった。

出所は、前と同じ『この人を見よ』で、訳者も同じ手塚富雄です。それから(A)(B)(C)(D)は、わたしが勝手につけたもので、配列も同様です。

もちろんわたしは、キリスト教徒じゃありません。反キリスト教徒でもありません。頭のおかしくなったドイツ人哲学者の信奉者でもありません。しかし、少なくとも、彼の反キリスト論は頭がくたびれません。こうやって、わざわざ並べて見たのは、そのためです。

ついでにもう一つ。白鳥センセイがとても守れない、といった《十戒》については、頭のおかしくなったドイツ人は、こういっています。


……神学的に語るなら――聞くがいい、わたしが神学者として語ることなどはめったにないのだから――あれは神自身だったのだ、予定の仕事を終えて、蛇となって知恵の木の下に身を横たえていたのは。彼はそのようにして、神であることから休息したのだ……神はすべてをあまりに美しくつくってしまったのだ……悪魔とは七日目ごとの神の息抜きにすぎない……


これでゆくと《十戒》は、守るためにあるのではなく、破るためにあるものということになります。なにしろ、エデンの園でイヴにリンゴを与えた蛇は、実はエホバの神だった、ということですからね。

これでは守れないのが当り前です。蛇から与えられたリンゴを食ったアダムとイヴの子孫である人間には、守れない。もし、守れるものがあれば、それは人間以外のナニモノかでなければなりません。

ですから、わが白鳥センセイは、間違いなくアダムとイヴの子孫といえます。しかしエホバの神は〈十戒〉に〈汝姦淫するなかれ〉を加えた。そしてそれを人間の代表者モーゼに与えた。しかしエホバの神は、〈それを守れ〉といっただろうか？　どうもそうではないような気がする。つまり、エホバの神は、もともと守れない〈十戒〉を与えた。生きている以上、とても守れない。だから、生きている以上、人間は罪を犯す。生きていることは、日々、罪を犯すことに他ならない。

では、いっそ……と考えると、死んではいけないという。死ぬのではなくて、罪をザンゲせよ、というのである。つまり、生きることは、日々、謝罪するということになる。謝罪、贖罪、ザンゲ、すなわち神への祈りである。生きる―罪を犯す―ザンゲする。その繰返しです。

バカバカしい、といえばそれまでです。しかし、これならば、やってやれないことはない。要するに〈罪人〉になればよいわけです。そしてどうやらエホバの神は、それが当り前だといっているようです。つまりエホバの神は〈十戒を破れ〉といっているようです。もしお前がアダムとイヴの子孫であるならば、それを破り、人間であることを神の前で証明しなさい、といっているようです。

しかし、わが白鳥センセイの〈十戒〉は、そういう〈蛇の十戒〉ではなかった。それは永遠に犯すべからざる、〈舶来マドンナ〉だったわけです。ところがその〈舶来マドンナ〉をめぐって、内村鑑三との三角関係が生じる。そこで白鳥センセイは、鑑三の〈矛盾〉〈分裂〉をあばき、攻撃し、追及します。〈キリスト教〉＝〈西洋〉と〈教育勅語〉＝〈東洋〉の矛盾、分裂です。そして、ついに、次のように〈総括〉します。

《カーライルによつて歴史修業をした内村には似合はないことである。内村だけではない。あの頃の日本の秀才には、その頭脳の半面に甚しい古さが潜んでゐる。鷗外然り、漱石然り》

頭脳の半面とは、いかにも白鳥式ズバリそのものです。この場合、右脳なのか左脳なのかわからない。しかし、どっちにしても、とにかく分裂している。新と旧に分裂した頭脳、新と旧が混血した頭脳ということでしょう。かくしてついに、鷗外、漱石まで〈総括〉されたわけです。〈西洋〉と〈東洋〉に分裂したヤヌスとして〈総括〉されたわけです。また〈西洋〉と〈日本〉の混血したミノタウロスとして〈総括〉されたわけです。内村鑑三、森鷗外、夏目漱石といった《あの頃の日本の秀才》たちが、すべて、早くいえば〈バラバラ人間〉として総括されたわけです。

《あの頃》とは何でしょうか？　たぶん白鳥センセイの一つ上の世代ということでしょう。となると、当然、二葉亭四迷も入れなければ不公平ということになると思いますが、とにかく、総括されたのは、いわゆる〈和魂洋才〉の草分けたちです。

ところで、ここに一つの定義があります。

《ヨーロッパ的文明の知識と教養を身につけたために、ロシアの大地から切り離された人間――それがロシアの知識人だ》

こういっているのは、ドストエフスキーの『地下室』の住人です。この男のことは、センセイも噂くらいはご存知でしょう。ごく簡単に紹介すれば、四十歳で官吏を辞めた人間です。彼は、ただ生きてゆくのに必要な金を得るために、いやいやながらつとめていた八等官ですが、たまたま遠縁の親戚から六千ルーブリの遺産が転がり込んで来る。六千ルーブリは、八等官の約十年分の給料に相当します。そこで彼は、さっさとつとめを辞めて、地下室にたてこもるわけです。

彼にいわせれば、〈地上〉の世界は、〈ニニンガ四〉の世界です。そして〈地下〉の世界は、〈ニニンガ四〉の権利を、一切放棄した世界です。しかし、その代償として彼は〈ニニンガ四〉、すなわち地上の全世界、全人類に向って、ペッペッと唾を吐きかけます。それが、〈地上〉の権利を放棄した〈地下室人〉の特権だからです。彼にいわせれば、〈地上〉すなわち〈ニニンガ四〉の世界のオコボレにあずかっている人間は、地上の世界に唾を吐きかける権利はない、ということになります。これは、正論でしょう。そこで彼は〈地下室人〉の元祖ということになります。

この元祖〈地下室人〉は、えんえんと喋り続けます。喋るのをやめたとたん、そのまま死んでしまうに違いないと自分で決めているかのように、喋り続ける。実際、彼は、そうやって一人で喋り続ける以外に存在の仕方を知らないわけです。つまり、そうすることによってしか、世界と関係することが出来ない。人類と関係することが出来ない。そうすることをやめたとたん、世界も人類も、とつぜん消えてなくなるわけです。ということは、彼自身も消滅するわけです。

彼は〈ニニンガ四〉の世界の権利を六千ルーブリで売り渡した〈地下室人〉です。そしてその代償が〈ニニンガ四〉の世界にペッペッと唾を吐きかける権利でした。つまり、そうすることが、世界と関係する唯一の方法です。人類と関係する唯一の方法です。唾を吐きかけることは、すなわち喋ることです。だから、喋り続ける他はないことになります。そうです、要するに独楽ですな。喋ることをやめたとたん、ぱたりと横倒しになるわけですよ。

さて、その〈地下室〉の定義によれば、ロシアの知識人たちは〈スラブ〉と〈西欧〉の分裂人間だ、ということになります。また、これを〈和魂洋才〉式にいえば、〈露魂〉と〈洋才〉の混血人間だ、ということになります。つまり、〈バラバラ人間〉です。そして、ここでちょっと強調しておきたいことは、この〈バラバラ人間〉は、そのまま〈地下室人〉の自画像だということです。つまり〈地下室人〉の元祖は、自分のことを〈バラバラ人間〉だといっているわけです。

この元祖〈地下室人〉の理屈は、白鳥センセイの〈総括〉にかなりよく似ています。そして、二人に共通の分類法でゆきますと、白鳥によって〈総括〉された《あの頃の秀才》たち、すなわち鑑三、鷗外、漱石、彼らはすべて〈地下室人〉ということになります。

同時に、この分類法をもう一つ進めてゆきますと、鑑三や鷗外や漱石を〈総括〉した白鳥センセイ自身も、〈地下室人〉ということになります。然るに〈地下室人〉は〈バラバラ人間〉です。ですから当然、白鳥センセイも〈バラバラ人間〉ということになります。

ところで、センセイ、センセイはいつだったか、昭和人間はバラバラ人間だといわれましたね。いや、待てよ。これはセンセイではなくて、わたしがいったのかも知れません。なにしろ、対話もこのくらい続けて来ると、いったいどちらが喋った言葉なのか、わからなくなりますからね。いや、実は、だからこそ対話でもあるわけですからね。ま、そういうわけで、どちらがいったにせよ、昭和人間は〈バラバラ人間〉です。

そのバラバラぶりは、もはや〈和魂〉と〈洋才〉の分裂=混血なんていう、のどかなものではありません。〈舶来的野暮〉なんて、いや、ホントに羨ましいようなもんです。実際、そのバラバラぶりは、分裂だの混血だの以前に、《和魂とは何でしょう?》というところからはじめなければならんわけですから。そうですなあ、そう、そう、早い話、わが日本の首都〈東京〉みたいなものです。分裂=混血=バラバラ都市トーキョーみたいなものです。

《ペテルブルグはこの地上に存在する都市の中で最も人工的な都市である》

と元祖〈地下室人〉は申しております。ペテルベルグは、フィンランド湾に注ぐネバ河の河口のデルタ地帯に、とつぜん蜃気楼のごとく出現した、嘘のような都市だといわれております。もちろん天から降ったのでも、地から湧いたのでもない。一七一二年、〈北方の巨人〉ピョートル一世が、ロシアじゅうの石と石工を集めて〈ヨーロッパよりもヨーロッパ的な街〉を、と命令して作った都市だといわれています。

〈ヨーロッパよりもヨーロッパ的な街〉とはどんな街か？　ヨーロッパであってヨーロッパでなく、ロシアであってロシアでなく、ロシアでもあればヨーロッパでもあり、ロシアでもなければヨーロッパでもない街、ということでしょうか。元祖〈地下室人〉の生みの親ドストエフスキーは、『ペテルベルグ年代記』に、こんなことを書いています。

《……たしかにロシア人は、誰一人として自分たち民族の歴史に（その歴史がどんなものであるにせよ）、冷淡ではいられない。このことは、われわれも諸君と争おうとは思わない。しかしながら、骨董的意義を有する貴重な物だけのために、現代性を棄て去れ、忘れろ、と万人に要求するのは、最高に間違ったことであり、馬鹿気ている。

ペテルブルグはそういったものではない。ここでは一歩と歩かずに、現代の瞬間と現代の理念を目にし、耳にし、感じとることができる。おそらくある点では、ここのすべてが混沌であり、すべてが混ぜ合せなのである。多くのものが、戯画の餌食なのかも知れない。しかしそのかわり、すべてが生であり、運動である。ペテルブルグはロシアの目でもあり、心臓でもある。

筆者は、わが市街のことからはじめることにしよう。この建築の性格の多様性さえ、思想の一致と運動の一致を証明しているのである。このオランダ様式の建物の列はピョートル大帝時代を思い起させる。ラストレリ（ロシア・バロックの代表的建築家）的趣向のこの建物はエカチェリーナ二世時代を、ギリシャ・スタイルとローマ・スタイルのこの建物はずっとのちの時代を思い出させる。しかしこれらがすべて一つとなって、ペテルブルグとロシア全体のヨーロッパ的生活の歴史を想起させるのである》

という米川正夫訳なんですが、いかがですか、センセイ。いや、さすが、元祖〈地下室人〉を生んだ都市ではありますなあ。その分裂＝混血ぶりは、ほとんど幻想的です。しかし、これだって、わがバラバラ都市トーキョーに比べれば、まだまだ羨ましいようなものです。つまり、まだまだ古典的〈分裂〉、古典的〈混血〉だ、ということなのであります。

そして昭和人間がバラバラ都市トーキョーだとすれば、さしずめセンセイは、ペテルブルグというところでしょうか。ということは、センセイは、昭和バラバラ人間のご先祖さま、ということです。これは、あるいはご不満かも知れませんが、この際は理屈を優先させていただきますと、ご迷惑かも知れませんが、そういうことになってしまいます。なぜならば、センセイが偏奇館にたてこもった〈地下室人〉であることは、いまでは誰だって知っているからです。

さて、これで全員〈地下室〉に集合しました。内村鑑三、森鷗外、夏目漱石、正宗白鳥、それにセンセイという、何ともそうそうたる顔ぶれです。それがすべて、ネズミ取りにかかったネズミみたいに、全員〈地下室〉に収容されたわけです。いえ、いえ、もちろんわたしがとじ込めたわけではありません。他ならぬ白鳥センセイの〈総括〉法にしたがって分類した結果、そうなったわけです。

ただ、ここで一つ気がかりなことは、果して白鳥センセイご自身が、そう思っているかどうか、ということです。そこのところが元祖〈地下室人〉と白鳥センセイとの違いなんですが、これはどうも困ったことです。何かよい知恵はないでしょうかね、センセイ。なにしろ白鳥センセイは〈純粋〉がお好きですからね。それを聖書のごとく振りまわして、《あの頃の日本の秀才》たちのすべてを〈総括〉しちゃったんですからね。

しかし、ジタバタしても、もう遅い。つまり、白鳥センセイご自身がどう思われようと、彼もまた、昭和バラバラ人間のご先祖サマだということです。『悪霊』のステパン教授が、ロシアの過激派〈五人組〉の頭領ピョートル・ヴェルホーヴェンスキーの父親であったようなもんです。

ステパン教授は、ピョートルたちがシャートフを殺害し、街に火を放ち、キリーロフを自殺させ、行方をくらませたあと、〝ロシアを探す〟放浪の旅に出ます。そして聖書売りの女に、ルカ伝の例の一節を何度も何度も読んでくれ、とせがみます。そうです、そうです。例の悪霊が豚の群に入り込む話です。悪霊に入られた豚の群はとつぜん走り出し、崖から湖に転げ落ち溺死する……あの一節です。ステパン教授はそれをききながら、わが息子ピョートルはロシアに取り憑いた悪霊だ、という。しかし、それは他ならぬ自分が生んだ息子なのだ、という。そしてフランス語でウワ言をいいながら、駅亭の安宿でのたれ死にします。好むと好まぬとにかかわらず、それは歴史的必然であり、とにかく〈事実〉なのだというわけです。

そしてこれがステパン教授の、いわば〈臨終の回心〉でした。そして、そこのところがステパン教授と白鳥センセイの違いなんですが、しかし、仮に白鳥センセイがそのことに無意識だったとしても、彼が昭和バラバラ人間のご先祖サマであるという〈事実〉は変りません。なにしろこれは、他ならぬ白鳥センセイの〈総括〉法で分類した結果ですからね。ようござんすか、これは他ならぬ白鳥センセイご自身の〈総括〉の論理なんです。その論理によってセンセイご自身がネズミ取りに、かかったわけです。つまり、自分が考案したネズミ取りにかかったようなものです。いいや、これはどうも失礼致しました。つまり、〈地下室人〉となられたわけです。

もっともロシア人は、地下室のことをネズミ穴とも呼ぶらしいですよ、センセイ。この元祖〈地下室人〉がえんえんと喋り続けるドストエフスキーの小説は、日本語ではふつう、『地下生活者の手記』あるいは『地下室の手記』、また『地下室から』などと訳されているようですが、アメリカで『ロリータ』を書いたロシアの亡命貴族作家ナボコフは、あの小説を『ねずみ穴から出た回想記』と訳したそうですからね。

それはともかく、白鳥センセイがどう思われようと、彼はもはや〈白鳥式ネズミ取り〉にかかった〈地下室人〉です。分裂と混血のバラバラ人間です。もっとも、中には、最後まで自覚症状を持てないバラバラ人間もいるそうです。つまり自分がバラバラ人間であることを意識しないバラバラ人間ということになりますが、それは本当は意識出来ないのではなくて、ある種の強迫観念のせいらしいですね。

簡単にいえば、それは〈バラバラ〉はよくない、という強迫観念があり、その裏返しとして、自分だけは〈バラバラ〉ではないというナルシズムに満足を求めるらしい。もっともその種のバラバラ人間の識別法は割と簡単で、まず彼を〈バラバラ人間〉たちの前に連れて行く。そこで真先に誰かを指さして、『おい、キミ、キミはバラバラだよ』といって笑い出す。それが、その種のバラバラ人間だ、ということらしいですな。相手はみんなミノタウロスで、自分だけはテセウス王子だと思っているミノタウロスみたいなバラバラ人間、まあ、そんなところでしょうか」

32

「では、キミはいったいナニモノかね」

「そんなことなら、いまさらいわなくとも決ってるじゃありませんか。つまり、わたしは〈贋地下室人〉です。ご覧の通り、この9―9は、地下の延長であって同時に地下の行き止まりでもある、空中にとび出した壁の中なんですからね」

「では、あの電話は、どうなったのかね」

「あ、あのことですか。いや、うっかり忘れるところでしたが、実は話せば簡単なことです。つまり、わたしが9—9から、9—12に電話をかけた。そして約十分後に9—15に電話をかけた。すると、ツー、ツー、ツー、という呼び出し音のあと電話はカチャッといつものようにつながり、もしもし……という女の声がきこえた。そこで、こちらも、もしもし……と応じると、向うも、ふたたび、もしもし……と答えた。ところが、そのあとの声は、送話器の穴に吸い込まれずにですね、そう、このプラスチック製の電話器から、まるでプラスチックみたいな音で喋っているわたしの耳に、そのままはね返って来るわけです。そうです、この穴です。電話はつながったのですから、わたしの声は、この送話器の穴に吸い込まれるはずです。ところが、その吸い込まれるはずのわたしの声が、こういうふうに、このプラスチックからはね返って来るわけですよ。え？　もちろん、それはやりました。そうだな、三度、いや、四回かな。しかし、いずれも、結果は同じでした。まあ、ずいぶんお待たせした割には、何だかあっけないような話で、まことに申し訳ないのですが、つまり、そういうことなのであります」

「ウフフフ」

「は？」

「それは生霊のシワザでしょ、セーンセイ」

「イキリョウ？」

「ツー、ツー、ツー、ツー……」

「生霊が妨害したんです」

「何？」

「わが愛すべきバラバラ日本国の病人、健気《けなげ》なるバラバラ人間に取り憑いた生霊ですよ」

「キミはいったいナニモノかね？」

「陽に灼けた長髪に細い革のハチマキをしめ、ソクラテスのように髭を生やし、デパート前でゴザだか毛布だかの上にあぐらをかいて、針金細工をやっていた街の哲学者ですよ」

「え？」

「……ぼくの女は持っている

グラジオラスの性器
ぼくの女は持っている
カモノハシの性器
ぼくの女は持っている
昔の飴玉の性器
ぼくの女は持っている
鏡の性器……」

「キミはいったいナニモノかね？」

「お忘れかな、海兵くずれの詩人だよ」

「あの右肘のバンソウコウはどうなったんだよォ、センセイ」

「痛てて！　キミはいったいナニモノかね？」

「英語の落書きつきエプロンをつけたひょろながい男、すなわちゼンキョートーくずれのオカマだよ」

「１９００２４７」

「何だ、そりゃあ？」

「これ、センセイの教員番号じゃない」

「キミはいったいナニモノかね？」

「ゼンキョートーくずれのオカマ・スナックのアルバイト、すなわちニセ女子学生でーす」

「センセイ、あの『英文演習２Ｄ』の休講はどうなったんですか？」

「キミはいったいナニモノかね？」

「４７６１００８９、すなわちヘッドホーンをつけてジーパンをはいた学生です」

「大変ですよ、皆さん！　トイレでゴキブリが一匹泳いでるわよ」


【了】

原本：後藤明生『壁の中』一九八六年三月二十日刊（中央公論社）
初出：『海』一九七九年十一月号より一九八四年五月号までと『中央公論　文芸特集』一九八五年夏季号に掲載。

付録

作者解読「再読　後藤明生――小説『街頭』」
多和田葉子

作品解読「『壁の中』は素晴らしいキャンパスノベルだ」
坪内祐三

作者解読「再読　後藤明生――小説『街頭』」

多和田葉子

林檎の木の葉が身をよじる度に、窓の外が明るくなる。わたしは書き物机の上に置かれたポータブル・コンピューターのスクリーンに向かっている。文字が揺れて、薄くなったり、濃くなったりする。明暗コントラストを調節すると、遠くでコーヒーの香りがする。立ちあがりたいと思っても、窓の枠と、スクリーンの枠と、二重の枠に囚われて、身体を動かすことができない。

このパソコンの機種は、会社名を挙げることは避けておくが、非常に奇妙な商品名を付けている。どうしてそんな機種を買ったのか、と聞かれれば、その時のことは何も思い出せない、としか答えようがない。そして、わたしが今インターネットで探そうとしている単語は、その機種名以上に、場違いな響きを持っている。どちらかと言えば地味でありながら、どこか人の恥辱神経に触れるところがあるために、色気と混同されてしまいそうな言葉なのである。それは、単なる普通名詞であって、人名ではないのに、どこか人間の後姿を思わせる。町を散歩していると、そういう後姿がふいに目に入って、あ、あれだ、と思って、追いかけて行くと、すっと角を曲がって、消えてしまう。あわてて後を追って駆け出し、角を曲がると、そこにはもう誰もいない。相手はわたしが後を追ってくることが分かっていて、姿を隠したのだろうか。もちろんこれは失恋などと言う劇的な出来事とは関係ない。それでも、後に残されたわたしはみじめなような、気の抜けたような、中途半端な気持ちである。

わたしは、どちらかと言うと、ひとつの言葉を探して歩くような体質ではない。ひとつの言葉が気になると、そこから横へ横へとずれていく。過去のある出来事を突き詰めていく習慣もない。現在が毎日めまぐるしい勢いで襲いかかってきて、それが、色とりどりの破片を万華鏡のように回転増幅させていくので、それを見ているだけで、目が疲れてしまう。何かを探す気になどなれない。

　ところが、このインターネットの捜索システムのせいで、この日のわたしはいつの間にか探し屋になっていた。あの言葉を探して、彷徨い始めた。すると、他にやることなどないような気がしてきた。もちろん、頼まれた原稿は書かなければならない。残念ながら、今回は探す過程そのものが物語になっていかない。ただ、スクリーンの中の路地をひとり無言で歩きさまようだけである。スクリーンの中を彷徨うのは、はっきり言って、退屈である。実際に自分の足で歩き回って探すのならば、電車に乗ったり、知らない町を歩いたり、文房具屋の店員に道を教えてもらったり、道に水をまいている女性に噂を聞いたり、途中の喫茶店でコーヒーを飲んだり、いろいろ面白いことがあるかもしれない。そういう出来事を書き連ねていけば、短篇小説の下地ができるかもしれない。しかし、スクリーンの中を徘徊するのでは、特に人に話すような出来事には出逢わない。

　こんなことを書くと、読者の諸君は、なんだ、この作者はインターネット文化を批判することで原稿用紙を埋めようとしているな、と思うかもしれない。そんなずるいことをしないで、ひとつ面白いストーリーを作ってみろ、と言うかもしれない。また、作者が文面に躍り出て、「諸君」などと語りかけるのは、みっともない、と考える諸君もいるかもしれない。そう、まさに、みっともないのである。それは、自己顕示欲とは全く別のものであり、まして ナルチシスムではない。姿を見せぬ全能の神として文字の背後に隠れていることがむしろキザに思えて耐えられず、つい生身を晒して、「諸君、わたしも一介の団地族に過ぎない。特別たくさんのことを見聞きしたわけでもないし、勉強したわけでもない。なぜこのわたしが語り手でなければならないのかは、わたし自身にも分からないのである。」と言い訳するために、登場してしまうのである。「何も知らないのに、なぜ語るのか。言い訳までして、しかも、語り手として登場するのは、ずうずうしいではないか。」と諸君は批判するかもしれない。しかし、よく読んでほしい、わたしは、物語など語ってはいない。この小説の情報量は限りなくゼロに近い。それでもわたしの書くものがコンピューターの中で場所を食うのは、文字に身体があり、言葉が住処を必要とするからである。

　わたしは、捜し屋である。インターネットの路地を歩きながら、誰とも会話をかわさない。時々、誰でも読めるように、メモや感想、疑問の類をホームペイジに発表することもあるが、これまで一度も誰かの反応を得たことがない。わたしの言い方がまどろこしくて、みんな嫌気がさしてしまうのかもしれない。あるいは、わたしのブログラムがよじれていて、わたしの言うことがすべて文字化けしてしまっているのかもしれない。
そういうわけで、わたしはひとり黙って、情報の枠と枠の間の路地を彷徨うのである。路地がスクリーンを一杯に満たしてしまうので、原稿を書く場所がない。町と原稿用紙が同じ平面に現われるとは、なんという設計ミスだろう。

ここは奇妙な町である。この町には、ラーメン屋がない。八百屋もない。レコードや雑誌やコンサートのチケットを売るショップはたくさんある。いかにもショップという感じで、店ではない。店員はいないし、並べてあるのも商品なのか商品の写真なのか分からない。この町で一番栄えているのは、ポルノ・ショップである。網タイツをはいた女性がこちらを見て笑っている。情報網のネットも網タイツのネットのように誰かの脚に巻きついているのだろうか。もしそうだとすると、それは誰の脚なのだろう。一種の神のような存在が肉付きのよい太腿を大空に投げ出して、くつろいでいるのだろうか。虱のような人間たちが、そのタイツの表面にたくさんへばりついて、情報を貪り食っている。

その映画館の前で、網タイツの女のポスターをぼんやり見上げているふたりの学生。日本人だろうか。なんとなくわたしの見慣れている日本人学生とは見かけが違っている。髪の毛が固く、目が鋭く、顎が張って、喉仏が飛び出している。服装もおかしい。彼らは学生服を着ている。が、学生が学生服を着ているのは稀である。学生服は中学生、高校生が着るものだ。しかも、彼らは下駄を履いている。親指が立派すぎるような気がする。ふしくれだって、筋肉がある。下駄を引きずりながら、ふたりは映画館の前を離れて歩き出した。あたりはもう薄暗い。そろそろバッテリーを充電した方がいいのか、それとも単に夕方なのか。もし、夕方ならば、いくら充電しても無駄で、勝手に夜になっていくのだろう。わたしは、ふたりの後をつけていった。と言っても、わたしは自分の身体がどこにあるのか自信がなかった。わたしの身体は本当に路地にあるのか。それとも世界はスクリーンの中にあって、わたしはその外部にいるのか。そもそもここはどこなのか。ひらがなが点滅しているから、日本なのだろう。どうやら高田馬場の辺りらしい。知っている店は見当たらないが、雰囲気がどうしても高田馬場なのだ。ただ、町の照明が暗すぎるような気がする。ふたりは急ぎ足で大学の方へ歩いていった。ふたりは、タカダノバーバヤーガという人物の噂をしていた。それがおどろおどろしい怪物的な女性であること以外、内容がよく分からない。それから、クラスの同級生の話になった。「あいつは外見など気にしない大物だ。」とひとりが言うと、もうひとりが笑って、「あいつは単なる酒飲みだ。」と言った。ふたりは途中、小さな売店でピロシキのようなものを買って食べながら歩いた。ピロシキ、と思った途端、突然、ルパーシカを着た男が目に入った。大学の門の前に立ち、はげちょろびたギターを抱えて、トモシビを歌っている。日本語のようでもあるし、ロシア語のようでもある。ふたりの学生は、歌い手には見向きもせずに、校舎に入っていった。月がしらじらと空に浮かんでいる。教室には男子学生たちがひしめいている。ひとりだけ女の学生がいる。ふけ、垢、汗、精液、唾液、排泄物、そういったものの混ざった耐え難く健康的な人間のにおいがする。「ああ、腹が減った、タバーリシチ、何か食うものはないか？」と窓際の男が、わたしが後を付けてきた男の背中を突ついて言った。「ないよ。食事は邸宅ですましてきた。今度の召使は料理がうまくてなあ。ペルメニもボルシチも最高の味だ。」「馬鹿。そんなもの食ってるなら、オブローモフくらい太ってみせろ。十円のかけそば食えれば天国だろう。」そう言えば、どの学生も痩せている。それも、柔らかくしなやかに痩せているのではなく、スープを取った後の鳥ガラのように痩せている。「赤貧」という言葉が浮かんだ。こういう言葉が日本語に本当にあるのかどうか、自信がなくなり、ことえりプログラムで漢字変換してみると、「背気品」という漢字が出た。爪に火を灯せば、赤く燃える。赤字をたくさん出せば、赤裸になる。それとも、赤は豪華な色か。赤いじゅうたん、赤いドレス。「アカーキイ・アカーキエウィッチは、」いつの間にか授業が始まっていて、眼鏡をかけた学生がテキストを訳している。「アカーキイ・アカーキエウィッチは、私の記憶に間違えさえなければ、三月二十三日の深夜に生まれた。」ああ、それは、わたしの誕生日ではないか。わたしは、自分のごく個人的なデータを小説に織り込む趣味など毛頭ない。しかし、ここではごく個人的なと言っている場合ではないのである。誰か知り合いがわたしの誕生日をインターネットで流してしまった。それからと言うもの、世界中の誰でも、わたしがいつ生まれたか知ることができるようになってしまった。わたしがいつ生まれたのか知りたいと思っている人間など誰ひとりいないのに、その情報はいろいろなリストに自動的に収録されてコピーされ、増幅されていく。しかも、わたし自身はそんなことはついこの間まで知らずにいた。友達が去年の誕生日に、「三月二十三日生まれの人のリスト」というのをインターネットからプリントしてプレゼントしてくれた。もちろん、全リストではなく、ある条件を満たす人たちだけのリストである。それはほとんど条件とは呼びがたいもので、単に「ロシア文学」と言うキーワードを追加した時に人工頭脳が勝手に選り分けた結果なのである。わたしは早稲田での学生時代、ロシア文学を専攻していたので、このリストに載せられてしまったらしい。そして、アカーキイ・アカーキエウィッチもまた、このリストに捕まってしまったのである。初めてこのリストを見た時には、何かのまちがえだろうと思ってすぐに忘れてしまった。小説の主人公の誕生日など分かるはずないと思ったわけだ。しかし、彼がこの日に生まれたことは、本当に小説に書いてあったのだ。そして、彼はまるで生まれなかったかのように、誰にも気にかけてもらえず、死んだ途端にみんなの記憶から消えてしまったはずであったのに、今インターネットの網に捕えられ、誕生日が同じであるというだけの理由で、わたしの隣にいる。

眼鏡をかけた学生は、ゴーゴリを訳し続けていた。突然、教室が真っ暗になった。停電だろうか。学生たちは停電には慣れているのか騒がない。あるいは、わたしの方のパソコンのバッテリーが切れてしまったのかもしれない。充電しなければいけない、と思うのだが、真っ暗なので、コンセントがどこにあるのか分からない。窓際に雑然と並んだ事物の凹凸だけがシルエットになって見える。教室の隅に何かぼっと浮かび上がったものがある。亡霊だろうか。無言で樹木のように立っている。これなら、別に怖くはない、と思っていると急に「返せ!」と言う声がして、目鼻のものすごく大きな顔が横から現われた。目はつり上がって、四角く開かれた口の中が真っ赤に燃えている。「返せ!」その顔の後ろから、もうひとつ、似たような顔が現われた。「返せ!」その後ろからも、現われた。彼らは何かを奪われて怒り出したのだ。でもいったい何を?「何ですか? 何を探してるんですか?」わたしは声を張り上げて聞いてみた。こんなに感情的になって大きな声を出すのも久しぶりだが、言い方がなんだか、翻訳小説のようになってしまった。

突然ライトがついて、妖怪たちは消えた。学生がひとり、何事もなかったかのように静かに立ち上がって、テキストの続きを訳し始めた。しばらくすると、どこかから、別のテキストを翻訳する別の学生の声が聞こえてきて、最初の声に遅れて重なった。どうやら右隣の教室らしい。「荷作りをおえると、ジャンヌは窓辺に寄った。」そのうち左隣からも、翻訳者の慎重さとたどたどしさを備えた声が聞こえてきた。「ある朝、グレゴール・ザムザが目を覚ますと、」この建物には、いったいいくつ教室があるのだろう。細胞のような教室のひとつひとつが栄養失調の学生たちで満たされているのだ。彼らは厳しい顔をして、異国の文字を一生懸命、日本語に翻訳している。わたしはふいに、その口元が拡大されて、はっきり見えるような気がした。糸を吐く蚕の口の動きをスローモーションで見ているようで、もどかしい。壁の時計は十時を指し、夜学の空はスリープ状態のスクリーンの色をしていた。授業は延々と続く。単語がひとつひとつ、よじれるようにして、学生の口の中から紡ぎ出されていく。その糸が、暗い窓ガラスを背景に光り始めた。まだ見たことのない広大な草原の早朝を思い出させるような不思議な光沢だった。

初出：「早稲田文学」二〇〇〇年九月（秋）号　特集「再読　後藤明生」より再録

追伸

子供の頃、母が時々、大学で同じクラスだった後藤明生さんの話をしてくれた。地のままで格好をつけることがなく、いつも風呂敷に本を包んで持ち歩いていたとか、試験があると聞いてみんなが騒いでいても、一人だけ「あ、そうなの？」と他人事のように落ち着いていて、なんだか浮世離れした感じだった、というような思い出話を聞いて、わたしは子供心に「小説家というのはなかなか格好いいものだな」と思った。

母は一九五三年に早稲田大学の露文科に入学し、後藤明生さんと同級生になった。当時の早稲田は、今のようにまず文学部の試験を受けて入って途中から専門に別れるのではなく、最初からロシア文学科を受けたらしい。一学年上にはわたしの父もいた。父の記憶では、民青の集まりか何かで後藤さんと知り合って、つきあうようになったそうだ。

夜間部だったので、昼間はみんな生活費を稼ぐために働いていた。授業が終わってから、高田馬場まで夜道をみんなでおしゃべりしながら歩いて帰った話を母が時々楽しそうにしてくれた。母は小さな民営会社でアルバイトしていたので一日も休むことができなかったが、後藤さんは役所のようなところでアルバイトしていたので待遇がよくて羨ましかった、と母が話していたのを覚えている。当時の露文の学生がお役所で働いていると聞くと、ゴーゴリの「外套」に出てくるアカーキエ・アカーキエウィッチとイメージが重なってしまう。

この間、父が後藤さんからもらったという葉書を二枚探し出してきてくれた。紙がすっかり茶色くなっていて、一枚目には昭和30年4月13日のスタンプ、もう一枚には同年5月4日のスタンプが押してある。万年筆で書かれた細かい字は、まるで生き物のようだ。後藤さんは病気で大学を休んで帰省していたようで、東京に戻りたいが二、三泊泊めてほしいと書いてある。これだけ読むと、父が客間のある広い家にでも住んでいたように誤解される恐れがあるが、父の下宿はなんと畳二畳という狭さだったそうだ。アルバイトを紹介してほしい、とも書いてある。また、露文科の他の友達何人かの名を挙げて、「喧嘩はしても露文の奴は気が置けぬ」と書いてある。この葉書を読んでいると、喧嘩をしたり、借金しあったり、狭い下宿に泊めあったりする当時の露文科の学生たちの生活のにおいが伝わって来る。

　身体をこわして、「ぶらぶら本など読んだりしている」とも書いてあるが、この「ぶらぶら」という感じが、記憶の中を散歩するような後藤文学にぴったりだ。

　一枚目の葉書の最後は、「永見さんによろしく」で終わっている。永見は母の旧姓である。

　父と母は早稲田を卒業して中野のアパートで暮らし始め、昭和三十五年にわたしが生まれた。赤ん坊の顔を見に後藤さんが一度ふらっと訪ねて来てくれた、と母に昔聞いた覚えがあるが、父は覚えていないと言うので、どちらの記憶が正しいのか分からない。

　実はわたし自身も一九七八年に早稲田大学に入学し、ロシア文学を専攻した。小説家としてデビューした時には、後藤さんから励ましの葉書をいただいた。

書き下ろし：二〇一七年九月十九日脱稿

（たわだ・ようこ／小説家・詩人）

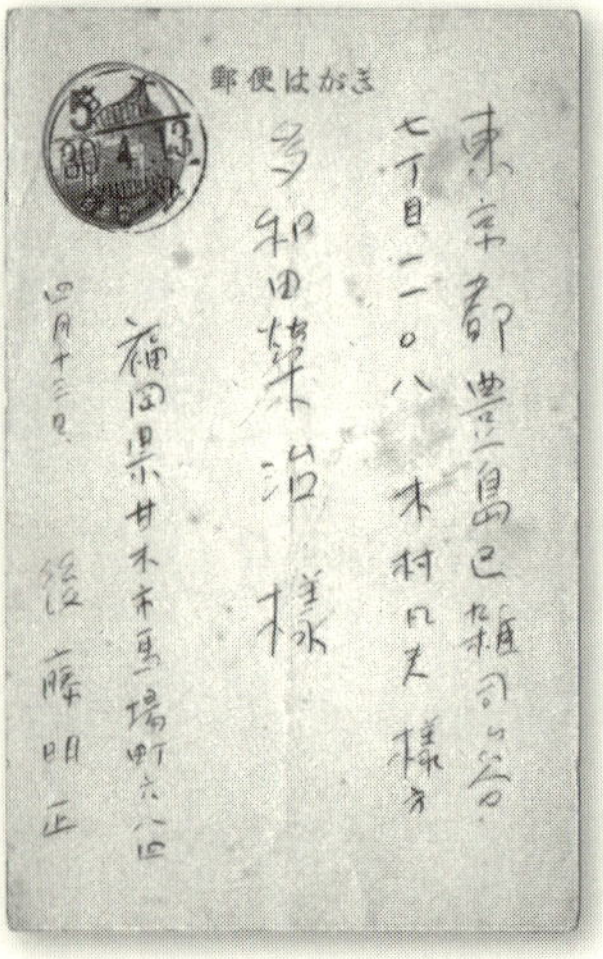

後藤明生（本名・明正）から
多和田葉子氏の父・栄治氏宛の葉書

作品解読　「『壁の中』は素晴らしいキャンパスノベルだ」

坪内祐三

一九七八年四月、早稲田大学文学部に入学した私は現代日本文学を意識するようになっていた。

つまりそれまで高校の図書館や新刊書店でチラ見していた文芸誌を購入するようになった。

当時、文芸誌は六誌あり、その内の一誌を二カ月に一度あるいは三カ月に一度の割で購入した。私は追悼号マニアだからその年亡くなった平野謙の追悼号（『群像』）を購入した記憶がある。

当時、純文学の中心は「内向の世代」にあった。

しかし「内向の世代」の作家たちは私には難しかった。今振り返るとこれは納得出来る。例えば社会人経験なしにいきなり作家になった芥川や太宰や三島あるいは大江健三郎はともかく「内向の世代」の作家たちは社会人経験をもとに作家活動を行なっていたから青二才である大学生にわかるはずがない。

そんな私の文学的メンターと言えたのが現役入学（私より一歳年下）で今は読売新聞記者として活躍するH君だった。

高校の頃から文芸誌を読み込んでいたH君は、「内向の世代」とは何か私にレクチュアーしてくれた。

そのH君が一番高く評価していた「内向の世代」の作家が後藤明生だった。

大学二年生（一九七九年）のある時、H君と一緒に文学部の事務所の手前にある休講掲示板の方に行ったら、H君は、後藤明生だよ、と私にささやいた。そうか、この人が後藤明生かと思った（当時後藤氏は秋山駿と並らんで文芸科の授業に出講していたのだ）。

六誌ある文芸誌の中で私が一番よく購入していたのは『海』だ。

理由は簡単。私は現代アメリカ文学に興味があって、『海』でよく現代アメリカ作家の特集が組まれたからだ。H君の影響もあって私も後藤明生の読者になった。『笑いの方法　あるいはニコライ・ゴーゴリ』（一九八一年）や『小説––いかに読み、いかに書くか』（一九八三年）や『復習の時代』（同）といった評論やエッセイに続いて最初に私がリアルタイムで買った（読んだ）後藤明生の小説は『汝の隣人』（一九八三年）だった。続く『謎の手紙をめぐる数通の手紙』（一九八四年）も出てすぐに購入した。

その頃（一九八〇年代に突入していった頃）、一番奇妙な純文学は小島信夫が『群像』に連載していた大長篇小説「別れる理由」だった。

しかしその内、後藤明生が『海』に連載していた「壁の中」もそれにおとらず奇妙であることに気づいた。いつまでも終わらない小説。

しかし「別れる理由」は一九八一年三月（号）、連載百五十回を以て完結した。

しかし「壁の中」は連載五十回で、『海』が一九八四年五月号で休刊したため中断する。

翌一九八五年六月、『中央公論　文芸特集』夏季号に完結篇二百枚を一挙掲載し、千七百枚の長篇小説が完成する。さらにその翌年一九八六年三月、中央公論社から単行本となり、もちろん私はすぐに購入した。

そして読了したのかと言えば、何カ所かを拾い読みしただけだ。

先週（二〇一七年八月半ば）までずっと。

実は私は読了計画を持っていた。

日本文学におけるモダンがポストモダンに変って行ったのが一九八〇年代への突入だとしたら、その際にもっとも重要な小説家が小島信夫と後藤明生だと思う。

小島信夫の『別れる理由』もずっと未読でいたのだけれど、ある時、意を決して読み始めた。つまり、その大長篇小説についての論を書くために。

そうして生まれたのが『群像』に連載された『『別れる理由』が気になって』だ。

同様のことを後藤明生でも考え、その計画を『群像』に配属されて間もない編集者Kさんに打ちあけた。

Kさんもとても興味を持ってくれた。

その長篇評論を始めるに当ってKさんにお願いをした。

『壁の中』の単行本を私は持っている。しかしそれに続く未完の長篇「この人を見よ」にも目を通したいから、初出誌(『海燕』一九九〇年一月号〜一九九三年四月号)に当って全コピーをもらえないだろうか、と(理不尽な要求のように思えるかもしれないが出版社の資料室には殆どの文芸誌のバックナンバーが揃っているのだ)。

二週間ほどで全コピーが送られて来たというのに私がグズグズしている内にKさんは異動になってしまった。

そして『この人を見よ』は幻戯書房から単行本化され、私は『群像』に書評を書いた。つまり『壁の中』の前に『この人を見よ』を通読したのだ。

そして今回、この原稿依頼によって初めて『壁の中』を通読した。

小島信夫や後藤明生のポストモダン的小説に共通するのはポリフォニックなことだ。つまり一つの主体を信じていない。複数に分裂して行く。

しかも後藤明生はドストエフスキーやゴーゴリらロシア文学のバックボーンがある。さらにこの時期彼はプラトンの対話篇を発見する。「プラトン講義」という副題を持つギリシア哲学者斎藤忍随との対談集『「対話」はいつ、どこででも』(朝日出版社一九八四年)の「あとがき」(「講義を受けて」)で彼はこう書いている。


プラトンの『饗宴』を読んだとき、どうしてこんなに面白いのだろう、と思った。そして、それは〈対話〉という形式、〈対話〉という方法のせいだろうと考えた。実際、対話の中に対話を何重にもはめ込んでゆく構造に、わたしはあっとおどろいたのである。


これはまさしく『壁の中』だ。

ポストモダンを特徴づけているのは、さらに、もうオリジナルなものはないことだ。

オリジナルがないとすればどうするのか。

復習をするのだ。

後藤明生はそのものズバリ「復習の時代」（朝日新聞一九八二年一月八日夕刊）で、プラトンやアリストパネスを例にあげたのち、こう述べている（傍点は原文）。

よし、わかった、と読者はここでわたしにたずねると思う。ところでお前さんの小説はどうなんだね？　本当はこの問いに、わたしは答えたくない。ただ、それは不可能だからではないという証拠に、こう答えて置きたい。すなわち、ここに書いて来たようなやり方で、わたしはプラトン、ゴーゴリ、ドストエフスキーなどを読み返している。そして、そういうふうに読み直す方法が、そのままわたしの書く方法なのだ、と。つまり「復習以外に予習なし」というわけであって、幸か不幸か、それがわれわれの現在というものではなかろうか、と思うからである。

そして『壁の中』を読み始めた。

主人公の「わたし」はある高校の英語教師と大学の非常勤（一コマ）講師をつとめていたが、大学紛争が盛んな頃、造反助教授が職を辞したため専任（授業は週七コマ）講師となった。それからもう十年（本文中では「まだ十年」）経った。

物語は東京の中の幾つかのトポスで展開するが中心となるのは三カ所だ。

彼と妻と子が暮らすマンション。十二階建ての九階だから9―12と表記される。

仕事場として使わせてもらっている一室。九階建てのビルの最上階にある医院の医者（翻訳の仕事をまわしてくれている）の好意によるもので9―9と表記される。

もう一つはその医院の薬剤師をつとめる若い女性——二人はある夜九階の医院で関係を持つ——の住む十五階建てのマンションの九階にある一室。9―15と表記される。

読み進めて行く内に、この小説を一番味読出来るのは私だという自負心がわいてきた。

私が早稲田大学文学部に入学したのは最初に述べたように一九七八年、大学紛争のピークから十年後のことだ。当時の早稲田大学文学部キャンパスは複雑な構造を持っていた。

『壁の中』から引く。

この文学部のキャンパス（文学部だけが他の学部から少し離れた場所に独立していた）は、七コマ講師としてもう何年も通っているにもかかわらず、いまだに迷路のようだ。キャンパスというより、正確にいえば、わかりにくいのはこの建物なのだが、大ざっぱにいって、全体がコの字形になっており、その裏側に、余り広くない中庭を挟んで、もう一並び三階建てのやや古い校舎が建っているのはわかっている。ただ、問題はコの字形の方なのである。

まさにこの通りだった。「三階建てのやや古い校舎」とは、かつてこの場所に早稲田大学附属第一早稲田高等学院があり、その当時の建物で、戦前からあったと言われていた。

さすがは後藤明生。作家ならではの記憶力と描写力。

「もう何年も」とあるが正確には七年だ。私は学部大学院と合わせて八年間通ったけれどこの「わたし」ほど上手に描写出来ない（描写はまだまだ続く）。

ところが……。

『復習の時代』に「出席簿」という一文が収められている。

二年ほど前わたしは、東京の某私立大学文学部の非常勤講師を一年間つとめた。

（中略）

もちろんわたしは学者でもなければ研究者でもない。実際、教師というものは、大学に限らず生れてはじめてだったが、ゼンキョートー以後の大学および大学生を見ることが出来たのは、いろいろな意味で実に貴重な経験であった。また、現代の大学における非常勤講師という存在にも興味を抱いたが、コンピューターによる記号化出席簿には面喰った。例えばそれは、次の如し、である。

４７７２１０４２Ｘ７９アサオカユキコ／４７７２１０６５Ｘ７９アサヌマテツヤ……この調子で四十何名

がぎっしり横書きに続くわけだ。

この記号化された出席簿のことは『壁の中』でも効果的に使われていたが、ポイントとなるのは「一年間」だ。後藤明生は一年間しか早稲田大学文学部で教えていなかったのだ（H君に教えられていらい私はしばしばその姿を目撃したがあれは僅か一年の出来事だったのか）。

それにしても改めて後藤明生の記憶力と描写力は見事と言うしかない。

『壁の中』は携帯しながら読んだので、帯もカバーもはずした。

すると、本の表紙と裏表紙にカラフルな凝ったイラストが描かれていることを知った。

カブト虫やカミキリ虫やクワガタ。しかし一番目立つのはゴキブリだ。そう思って眺めているとすべてがゴキブリに見えてくる。

だから私は『壁の中』のラストに衝撃を受けた。

謎の人物たちと「わたし」との対話だ。

「キミはいったいナニモノかね？」

「４７６１００８９、すなわちヘッドホーンをつけてジーパンをはいた学生です」

「大変ですよ、皆さん！　トイレでゴキブリが一匹泳いでるわよ」

４７６ということは文学部（第一文学部）に一九七六年に入学した学生だが、最後にゴキブリが登場するとは。

それをまた正しく受けとめた装幀の亀海昌次も大したものだ。

書き下ろし：二〇一七年八月三十一日脱稿

（つぼうち・ゆうぞう／評論家・文筆家）

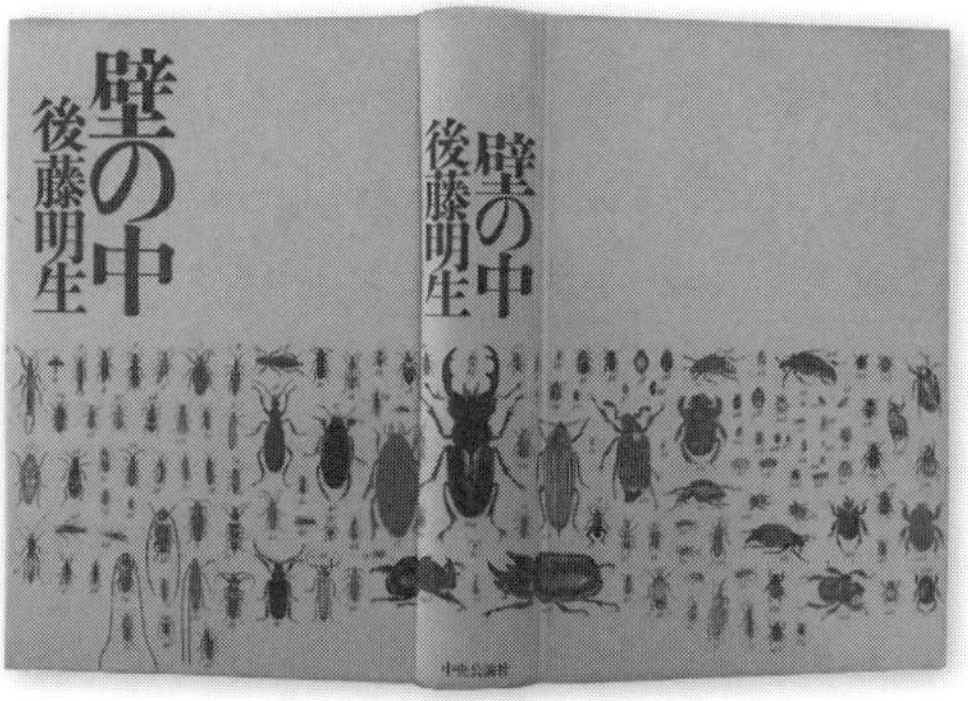

写真は中央公論より 1986 年に刊行された『壁の中』の装丁
（上：カバーと帯／下：表表紙・背・裏表紙）

❖著者

後藤明生｜ごとう・めいせい（一九三二年四月四日〜一九九九年八月二日）

一九三二年四月四日、朝鮮咸鏡南道永興郡永興邑（現在の北朝鮮）に生まれる。旧制中学一年（十三歳）で敗戦を迎え、「三十八度線」を超えて福岡県朝倉郡甘木町（現在の朝倉市）に引揚げるが、その間に父と祖母を失う。引揚げ後は旧制福岡県立朝倉中学校（四八年に学制改革で朝倉高等学校に）に転入。当初は硬式野球に熱中するが、その後、「文学」に目覚め、海外文学から戦後日本文学までを濫読。高校卒業後、東京外国語大学ロシア語科を受験するも不合格。浪人時代は『外套』『鼻』などを耽読し、本人いわく「ゴーゴリ病」に罹ったという。五三年、早稲田大学第二文学部ロシア文学科に入学。在学中の五五年、「赤と黒の記憶」が第四回・全国学生小説コンクールに入選し、「文藝」に掲載。卒業後、一年間の就職浪人（福岡の兄の家に居候しながら『ドフトエフスキー全集』などを読み漁る）を経て、学生時代の先輩の紹介で博報堂に入社。翌年、平凡出版（現在のマガジンハウス）に転職。六二年、小説「関係」が第一回・文藝賞・中短篇部門佳作として「文藝」復刊号に掲載。六七年、小説「人間の病気」が芥川賞候補となり、その後も「S温泉からの報告」「私的生活」「笑い地獄」が同賞の候補となるが、いずれも受賞を逃す。六八年三月年、平凡出版を退社し執筆活動に専念。七三年に書き下ろした長編小説『挾み撃ち』が柄谷行人や蓮實重彥らに高く評価され注目を集める。また、古井由吉、坂上弘、黒井千次、阿部昭らとともに「内向の世代」の作家と称されるようになる。七七年に『夢かたり』で平林たい子文学賞、八一年に『吉野大夫』で谷崎潤一郎賞、九〇年に『首塚の上のアドバルーン』で芸術選奨文部大臣賞を受賞。そのほかに『笑い地獄』『関係』『円と楕円の世界』『四十歳のオブローモフ』『小説――いかに読み、いかに書くか』『蜂アカデミーへの報告』『カフカの迷宮――悪夢の方法』『しんとく問答』『小説の快楽』『この人を見よ』など著書多数。八九年、近畿大学文芸学部の設立にあたり教授に就任。九三年より同学部長を務め後進の育成に尽力。小説の実作者でありながら理論家でもあり、「なぜ小説を書くのか？　それは小説を読んだからだ」という理念に基づく、「読むこと」と「書くこと」は千円札の裏表のように表裏一体であるという「千円札文学論」などを提唱。九九年八月二日、逝去。享年六十七。二〇一三年より後藤の長女で著作権継承者が主宰する電子書籍レーベール「アーリーバード・ブックス」が設立され、これまでに三〇作品を超える長篇小説・短篇小説・評論が電子化としてリリースされている。

後藤明生「アーリーバード・ブックス」公式ホームページ：http://www.gotoumeisei.jp

検印廃止

壁の中【新装普及版】

2017年12月10日　初版印刷
2017年12月30日　第1版第1刷発行

著者❖後藤明生

発行者❖塚田眞周博
発行所❖つかだま書房
〒176-0012 東京都練馬区豊玉北1-9-2-605（東京編集室）
TEL 090-9134-2145／FAX 03-3992-3892
E-MAIL tsukadama.shobo@gmail.com
HP http://www.tsukadama.net

印刷製本❖モリモト印刷株式会社

ISBN978-4-908624-02-5 C0093

後藤明生

『壁の中　新装愛蔵版』

造本／A5判・上製・角背・PUR製本・本文680頁・貼函入り
愛蔵版特典①　著者愛用の落款による検印入り
愛蔵版特典②　未発表作品を含む8作のレプリカ生原稿による写真集を同梱

ISBN978-4-908624-02-2 C0093
定価：本体12000円＋税